Horst Jüssen

JESCHUA

ISBN 3-89478-232-3

EWERTVERLAG GmbH
Mühlentannen 14 - 49762 Lathen (Ems)
Telefon (0 59 33) 9 26 20 - Fax (0 59 33) 9 26 21
email: info@ewertverlag.de
Internet: ewertverlag.de

Horst Jüssen

JESCHUA

Roman

EWERTVERLAG

Für meine Frau Lena und meine Söhne Marco und Don

Zwar hat der Glaube bisher noch keine wirklichen Berge versetzen können, obschon dies, ich weiß nicht wer, behauptet hat.
Aber er vermag Berge dorthin zu versetzten, wo keine sind.
Friedrich Nietzsche (1844-1900)

EINLEITUNG

Dieses ist die Geschichte des Jeschua. Eines Wanderpredigers, der vor zweitausend Jahren im Vorderen Orient eine beispiellose Karriere machte. Perfektes Management und gekonnte Öffentlichkeitsarbeit machten aus einem Unbekannten ein Idol seiner Zeit, vergleichbar nur mit den amerikanischen Popgrößen unseres Jahrhunderts. Seine Mitarbeiter bedienten sich einer psychologischen Strategie, von der man nicht erwarten würde, dass sie zum Beginn unserer Zeitrechnung bereits bekannt war. Unter anderen politischen Voraussetzungen hätte sich der Erfolg des Jeschua über Jahre erstrecken können, aber die damaligen Machthaber beendeten seine Karriere schon nach zwölf Monaten. Sie befürchteten, dass Jeschua aus der Verehrung, die ihm das Volk entgegenbrachte, politisches Kapital schlagen würde. In zwei spektakulären Schauprozessen verurteilten sie ihn zum Tode. Wie auch in der jüngeren Geschichte solcher Prozesse ließen sie dem Angeklagten nicht die geringste Chance.

In diesem Buch kommen zum ersten Mal auch die Manager des Jeschua zu Wort, und es wird deutlich, dass sie ihre ureigensten Interessen verfolgten. Saulus, der nichts anderes als seine eigene Karriere im Kopf hatte, Jakobus, der seine schriftstellerische Begabung ausleben konnte, Mattäus, der seine Abenteuerlust befriedigte, Bartholomäus, dessen Stärke seine Phantasie war und Judas Ischariot, der rein materielle Interessen verfolgte. Diese Team passte hervorragend zusammen, da jeder das Aufgabengebiet übernommen hatte, das seinen Talenten und Begabungen entsprach.

Als die Erfolgsstory durch die Kreuzigung des Jeschua abrupt beendet wurde, nutzten Mattäus und Bartholomäus ihr Wissen um die Ereignisse und machten als angebliche Jünger des Jeschua im Römischen Reich und in Griechenland Karriere. Jakobus und Saulus, der eine in Indien, der andere im Exil in Marib, der Hauptstadt des samäischen Reiches, versuchten, ihre Erlebnisse zu Papier zu bringen, um durch das Schreiben die Ereignisse zu verarbeiten. Judas Ischariot, dem als Einzigen mit einen größeren Geldbetrag die Flucht gelungen war, baute sich als Weinbauer auf Zypern eine neue Existenz auf.

Die Lebensläufe ihrer politischen Gegenspieler verliefen unterschiedlich. Der römische Prokurator, Pontius Pilatus, beging Selbstmord, weil er einen Prozess in Rom zu befürchten hatte. Der Hohepriester Kaiphas wurde vom syrischen Legaten, Vitellius, abgesetzt und sein Besitz eingezogen und dem römischen Hof übereignet. Der Landesfürst von Galiläa, Herodes Antipas, wurde von Kaiser Caligula nach Lugdunium Convenarium in die Verbannung geschickt. Es ist im Nachhinein nicht zu klären, ob sie ihre Schicksale erleiden mussten, weil an ihrem Verhalten in der Sache Jeschua Anstoß genommen wurde, oder aus anderen staatspolitischen Gründen.

Dem persönlichen Ehrgeiz von Mattäus und Bartholomäus allein ist es zu verdanken, dass die Geschichte des Jeschua von Nazareth auch heute noch auf Interesse stößt. Ihnen verdankt die Welt die christliche Religion, die sich auf die Tatsache gründet, dass Jeschua gelebt und gewirkt hat und in seiner Person Gottes Offenbarung geschichtlich greifbar wurde.

Viele Epochen der Menschheit sind von den Historikern nur unbefriedigend beurteilt und unterschiedlich ausgelegt worden. Die reine Wahrheitslehre kann niemand für sich in Anspruch nehmen. Auch die Augenzeugenberichte in diesem Buch können deshalb nicht als unumstößliche Tatsachen betrachtet werden, aber sie geben doch Einblicke wieder, die jeder Leser zur eigenen Meinungsbildung nutzen kann.

SAULUS

BEI JOSEF IN SAFED

Es war einer dieser warmen Sommerabende. Ich hatte mit Freunden ein festliches Sabbatmahl genossen und mich nach draußen unter einen uralten Akazienbaum gesetzt. Es konnte höchstens noch eine Stunde dauern, bis die Sonne hinter dem schneebedeckten Gipfel des Berges Hermon verschwinden würde. Ihre Strahlen ließen die Himbeersträucher, die am Eingang des Gartens standen, aufleuchten. Es sah aus, als würden die Büsche brennen. Im Südosten lag der See Genezareth, im Westen konnte ich das vielfarbig schimmernde Wasser des Mittelmeers erkennen, obwohl mir die Tamariskenbäume fast die Sicht versperrten. Ihre Stämme waren krumm und ineinander verschlungen gewachsen und erinnerten, jetzt, da sie im Halbschatten lagen, an Hieroglyphen, an geheimnisvolle Zeichen, als wolle die Natur aus längst vergangenen Zeiten Nachrichten übermitteln. Die Dattelpalmen reckten ihre Kronen schlank und kerzengerade dem Himmel entgegen und ihre überreifen Früchte warteten darauf, geerntet zu werden. Eine Oase des Friedens war dieser Garten. Der richtige Platz, um über Vergangenes nachzudenken.

Safed, der Ort, in dem ich Zuflucht gefunden hatte, liegt hoch in den Bergen des oberen Galiläa und das Haus meines Gastgebers etwas außerhalb der Stadt an einem steilen Berghang, den ich an manchen Tagen nur mühsam hinaufsteigen kann. Ich bekomme häufiger Anfälle von Atemnot, wenn ich mich körperlich anstrenge. Die Ärzte sind sich nicht einig. Manche halten es für asthmatische Beschwerden, andere bescheinigen mir einen angeborenen Lungenschaden.

Meine Name ist Saulus von Tarsos. Besser bekannt bin ich unter dem Namen Paulus. Ich habe eine wesentliche Rolle bei den Ereignissen, die in den letzten sechs Jahren in unserem Land stattgefunden haben, gespielt. Es kann keine unbedeutende Rolle gewesen sein, denn seit vier Jahren versuchen die jüdischen und die römischen Machtorgane meiner habhaft zu werden, und für meine Ergreifung ist ein nicht geringes Kopfgeld ausgesetzt worden. Aber hier, in dem abgelegenen Ort, bei den Freunden, die ich durch Jakobus kennen gelernt habe, fühle ich mich einigermaßen sicher.

Es herrscht Unruhe im Land. Alle Anzeichen sprechen dafür, dass es zu einem Aufstand der jüdischen Bevölkerung kommen wird. Kaiser Caligula hat seine Truppen verstärkt, ja, er hat die Zahl seiner Legionäre fast verdoppelt. Und diese militärische Präsenz spricht für sich, denn, das haben bereits die ersten Monate seines Machtantritts gezeigt, Caligula war nicht der Mann, der auch nur eine Provinz aus seinem Herrschaftsbereich entlassen würde. Er war ein würdiger

Nachfolger des Tiberius, was seine Arroganz nicht römischen Völkern gegenüber betraf. Eine seiner ersten Amtshandlungen war, Herodes Antipas, den Landesfürsten von Galiläa und Piräa, in die Verbannung zu schicken. Herodes Antipas war während seiner Amtszeit nicht mehr, als eine Marionette der Römer. Ob Kaiser Augustus, der ihn eingesetzt hatte oder Kaiser Tiberius, Herodes nahm sich alle zum Vorbild, was die Ausbeutung der Bevölkerung durch immer wieder neue Steuern und Abgaben betraf. Man sagt uns Juden nach, dass wir ein Volk wären, das zum Dulden und Leiden bestimmt sei. Ich behaupte, wir sind wie ein Vulkan, der viele Jahre kein Lebenszeichen von sich gibt, aber wenn er einmal ausbricht, mit der Gewalt seiner ausströmenden Lavamassen alles unter sich begräbt. Und dieser Vulkan konnte jeden Augenblick ausbrechen. Die jüdische Bevölkerung lebt an der untersten Armutsgrenze und wenn man dort erst einmal angekommen ist, verliert sich die Angst vor dem Tod. Es ist ein offenes Geheimnis, dass es eine Befreiungsarmee der Juden gibt, der sich täglich Unzufriedene anschließen. Ich kann mir gut vorstellen, dass Caligula auch heute noch glaubt, dass ich zu den Rädelsführern der Untergrundkämpfer gehöre, und er deshalb alles daran setzt, mich dingfest zu machen. Aber ich habe mich einmal in meinem Leben zum Helfershelfer einer Interessengruppe machen lassen. Nicht einmal für mein geliebtes Palästina würde ich das ein zweites Mal tun.

Die Stille hier oben wird nur manchmal unterbrochen vom Blöken der Schafe, die auf den steil abfallenden Bergwiesen weiden, und vom Bellen der Hütehunde, die die Tiere, die sich zu weit von der Herde entfernen, mit lautem Kläffen zurücktreiben. Aus dem offenen Fenster tönt das tiefe Lachen des Hausherrn, Josef von Arimathäa, und der Applaus seiner Gäste. Josef muss gerade wieder einen seiner zahlreichen Witze über den römischen Kaiser erzählt haben. Die Nachbarn glauben, dass ich ein entfernter Verwandter von ihm bin. Ihre Kinder nennen mich Onkel Samuel aus Tabhgah, wenn sie in den Garten kommen und mich bettelnd auffordern, ihnen Geschichten zu erzählen.

Ich wäre nie auf die Idee gekommen, meine Erinnerungen zu Papier zu bringen, wenn nicht ein Besucher vor einigen Wochen erzählt hätte, dass ein gewisser Lukas, ein Grieche, mein Leben recherchiert, weil er ein Buch über mich schreiben will. Leider fühlen sich alle Griechen dazu berufen, Bücher zu schreiben. Es gibt kein Thema, über das sie sich nicht auslassen. Da sie aber gleichzeitig über eine ausschweifende Phantasie verfügen, entstehen, auch wenn sie angebliche Tatsachenberichte niederschreiben, die abenteuerlichsten Erzählungen.

Aus diesem Grund erscheint es mir vernünftiger, dass ich selbst die Ereignisse der letzten Jahre schriftlich festhalte, damit diejenigen, die es interessiert, sich ein wahrheitsgemäßes Bild dieser Zeit machen können.

Ich habe einen Stein losgetreten, der eine gewaltige Lawine auslöste. Einige meiner früheren Mitarbeiter kochen noch heute ihr Süppchen auf dem Feuer, das ich entfacht habe. Halbwahrheiten werden verbreitet, kleine Geschichten ausgeschmückt und aufgebauscht. Wir Orientalen sind geborene Märchenerzähler, und es fällt uns nicht schwer, aus einem Insekt einen Elefanten oder aus einer kleinen Begebenheit etwas Hochdramatisches zu machen. Ich will mich bemühen, einen chronologischen Ablauf zu verfassen, und ich will meine Rolle in diesem Ablauf weder beschönigen, noch will ich etwas auslassen. Egal, ob andere mein Verhalten verurteilen.

Wer ohne Schuld ist, der werfe den ersten Stein. Diesen Satz hat Jakobus Jeschua in eine seiner ersten Predigten geschrieben. Du wirst mir verzeihen, Jakobus, alter Freund, wenn ich ihn auch für mich in Anspruch nehme.

JAKOBUS

IM INDISCHEN EXIL

Es ist heiß im indischen Amritsar. Durch das offene Fenster höre ich den *gita*, den heiligen Gesang der Hindus. Sie feiern das Fest *dasra*. Vir Singh, in dessen Haus ich lebe, kam mit einer dampfenden Tasse Tee herein.

„Wie geht es dir heute, Sahib“, fragte er besorgt.

Ich hatte seit einigen Tagen schwankende Temperaturen. Während der Nacht stieg das Fieber an, ging aber in den Morgenstunden wieder zurück.

„Mir geht es gut, mein Freund“, sagte ich. „Eigentlich könnte ich aufstehen.“

„Du wirst das Bett erst verlassen, wenn du völlig fieberfrei bist“, sagte Vir Singh. „Es wäre sowieso nicht gut, wenn du dich am *dasra* auf der Straße blicken läßt. An heiligen Festen verlieren die Hindus oft ihre Toleranz Fremden gegenüber. Das hat schon mancher Unreine schmerzhaft zu spüren bekommen.“

Er deutete eine kleine Verbeugung an und ging lächelnd hinaus.

Mein Leben ist eine Verkettung von Glücksmomenten, dachte ich. Eigentlich stand ich immer auf der Sonnenseite des Lebens, Selbst hier im Exil hätte ich keinen besseren Freund als Vir Singh finden können. Nach meiner Ankunft in Bombay, ich hatte die Überfahrt für einen Hungerlohn auf dem Schiff abgearbeitet, sprach er mich auf dem Hafengelände an. Der sich hilflos umschauende, der Sprache nicht mächtige Fremde fiel ihm auf. Vir Singh konnte ein paar Brocken arabisch, weil er eine Zeitlang auf einem ägyptischen Handelsschiff gearbeitet hatte. Ich weiß nicht, ob er meine Wünsche nach einer Arbeit und einer Unterkunft richtig verstanden hatte. Er nahm mich einfach auf die Reise ins Landesinnere mit und so landete ich in seinem Haus in Amritsar. Er war in meinem Alter, aber behandelte mich wie einen verlorenen Sohn, der wieder heimgekehrt war.

In den letzten Fiebernächten, wenn ich wach auf meinem Bett lag, musste ich häufig an Paulus denken. An diesen wunderbaren Freund, mit dem ich die schönste Zeit meines bisherigen Lebens verbrachte.

Ihm verdanke ich, dass ich Zeuge von Ereignissen wurde, die fast den ganzen Orient in helle Aufruhr versetzten. Und nicht nur Zeuge, nein, ich hatte an der Entwicklung des Geschehens Anteil. Mir ging es wie dem Dramatiker, der im Publikum sitzt und die Schauspieler seine Worte sprechen hört. Jeschua war mein Schauspieler. Ich schrieb ihm seine Texte. Der Applaus, den er erhielt, war gleichfalls Lohn und Anerkennung für mich. Wir hätten unsere erfolgreiche Arbeit noch Jahre fortsetzen können, aber die politischen Verhältnisse ließen das leider nicht zu. In seltener Einmütigkeit suchten Pontius Pilatus, Herodes und der

Hohepriester Kaiphas ein Opferlamm, das sie dem aufgebrachten Volk zum Fraß hinwerfen konnten, um es zu besänftigen. Bedauerlicherweise fiel ihre Wahl auf Jeschua. Sie warfen ihm Volksverhetzung vor. Unserem Jeschua, der alles andere war, als ein Demagoge, ein Aufrührer oder gar Revolutionär. Jeschua war ein schlichter, mit einer gewissen Intelligenz ausgestatteter Mensch, dessen Persönlichkeit mehr auf seiner Größe und seinem Aussehen beruhte, als auf seinen intellektuellen Fähigkeiten. Was ihn auszeichnete, war diese unbeugsame Einbildungskraft, die er im Laufe unserer Zusammenarbeit entwickelte. Mit dieser Kraft muss Moses die Kinder Israels aus Ägypten geführt haben; sie muss Kleopatras ungeheure Machtansprüche beflügelt haben und Epelos den genialen Einfall zum Bau des Trojanischen Pferdes gegeben haben, der es den Athenern ermöglichte, das Kriegsglück doch noch zu wenden. Diese unbeugsame Einbildungskraft war es, die Jeschua seinen Weg bis zum bitteren Ende gehen ließ. Er hatte die Verehrung der Massen in vollen Zügen genossen. Er nahm die Triumphe, die er bei seinen Auftritten erlebte, wie selbstverständlich hin, und schon nach kurzer Zeit war er davon überzeugt, dass es seine Worte und Gedanken waren, die er aussprach. Ich war nur das Werkzeug, das der Allmächtige ihm zugeteilt hatte. Paulus, Mattäus, Bartholomäus und Judas waren nicht freiwillig seine Weggefährten, sondern von Gott mit dieser Aufgabe betraut worden. Sie hätten sich, ob sie es wollten oder nicht, dieses Auftrags gar nicht entziehen können. Es war nicht Hybris, die Jeschua zu dieser Überzeugung brachte. Es war ein tiefer, innerer Glaube. Manchmal erinnerte er mich an ein Kind, das sich so sehr in ein Lügengespinnst verstrickt, bis es am Ende davon überzeugt ist, die Wahrheit zu sagen. Jeschua hatte nicht die Fähigkeit, den schnellen Ruhm zu verkraften. Manchem Dichter oder Philosoph gelingt es nicht, nach einem erfolgreichen Erstlingswerk ein zweites folgen zu lassen. Auch Jeschua war, sosehr sich Paulus und ich auch bemühten, nicht in der Lage, die Anfangserfolge behutsam auszubauen.

Ich erinnere mich noch gut an ein Gespräch, das ich am Ufer des Sees Genezareth mit ihm führte.

„Moses schrieb auf eine Tafel: Ich, Jahve, bin dein Gott. Du sollst vor mir keine anderen Götter haben", sagte ich.

„Ich kenne das erste Gebot", antwortete Jeschua.

„Dann erkläre mir, warum der Gott, der Moses diese Zeilen schreiben ließ, einen Sohn auf die Welt schicken sollte, den die Menschen anbeten", sagte ich.

„Niemand betet mich an", sagte Jeschua abweisend.

„Ach nein", fragte ich. „Was ist es dann, was die Menschen tun? Sie küssen dir die Hand und den Saum deines Rockes. Sie fallen vor dir auf die Knie und nennen dich Sohn Gottes."

„Wenn sie vor mir knien, dann knien sie vor dem Allmächtigen. In den alten Überlieferungen kannst du lesen, dass Gott einen Messias auf die Welt schicken wird, der sein Werk vollenden soll“, sagte Jeschua hochmütig.

„Und du bist dieser Messias“, fragte ich.

„Ich bin der, der ich bin“, sagte Jeschua. „Wer an mir zweifelt, wird an Gott zweifeln.“

„Die Menschen haben das Goldene Kalb angebetet und Gott hat sie dafür bestraft. Fürchtest du nicht, dass er die, die dich verehren auch bestrafen könnte“, bohrte ich nach.

Jeschua überlegte einen Moment. Dann sagte er: „Ein Sohn ist nie wie sein Vater. Der Herrscher regiert das Land, bis er das Zepter in die Hände seine Nachfolgers legt. Der Bauer bewirtschaftet den Hof, bis ihn der Sohn erbt. Der Nachkomme des Karawanenführers reitet auf einem Esel, bis ihn der Vater für reif genug hält, auf einem Kamel an der Spitze der Karawane zu reiten. Der Allmächtige aber hat das ewige Leben. Er ist und bleibt der einzig wahre Gott.“

„Dann bist du also nicht Gottes Sohn, sondern ein Prediger, der sein Wort verkündet“, stellte ich fest.

„Wäre ich nicht sein Sohn“, sagte Jeschua, „was hätte er für einen Grund mit zu sprechen.“

„Er spricht mit dir“, fragte ich. „Worüber spricht er mit dir?“

„Über die Zweifler und die Ungläubigen“, sagte Jeschua und sah mich herablassend an. „Selig sind die, die an mich glauben.“

„Der Satz ist von mir“, sagte ich. „Ich habe ihn dir für die Predigt in Joppe geschrieben.“

Jeschua stand wütend auf und ging davon.

Vir Singh trat ins Zimmer, um die Teetasse zu holen.

„Du hast wieder geträumt, Sahib“, sagte er. „Du hast nicht einen Schluck von dem köstlichen Tee getrunken. Was beschäftigt dich so sehr?“

„Die Vergangenheit“, sagte ich.

„Ein Heute ist besser denn zehn vergangene Jahre“, sagte Vir Singh.

„Schreibe auf, was du erlebt hast und mit jedem Wort wird dein Kopf freier werden. Was man sich von der Seele schreibt, schafft Platz in den Gedanken.“

„Vielleicht hast du recht“, sagte ich.

„Wenn du fieberfrei bist, werde ich dir Pinsel und Bambusrollen besorgen“, sagte der Inder. „Dann kannst du sofort mit der Arbeit beginnen.“

Ein kleiner Vogel hatte sich auf das Fensterbrett gesetzt und schaute neugierig in den Raum. Er zwitscherte munter, so, als wolle er mir etwas erzählen. Das Geräusch der Tür, die Vir Singh hinter sich zuzog, erschreckte ihn und er flog davon.

Sollte ich wirklich aufschreiben, was ich erlebt hatte? Wen würde das interessieren? In Palästina, den angrenzenden Ländern oder im Römischen Reich würde kein Mensch mehr über Jeschua reden. Die Toten sind schneller vergessen, als die Hinterbliebenen es im Augenblick der ersten Trauer glauben. Selbst Paulus, Mattäus, Bartholomäus und Judas Ischariot würden sich in Schweigen hüllen, um sich nicht in Gefahr zu bringen. Ich hoffe, dass sie wie ich, ein Land gefunden haben, in dem sie ohne Angst vor Verfolgung leben können. Die Geschichte ist vergessen und vorbei. Es wäre doch unklug, sie wieder in die Erinnerung zurückzurufen. Auf der anderen Seite musste ich Vir Singh wirklich recht geben. Ich brauchte eine Beschäftigung. Ich konnte mein Leben nicht damit verbringen, über Vergangenes nachzugrübeln. Ich werde anfangen aufzuschreiben, was mir im Gedächtnis geblieben ist, auch wenn es hinterher nur Vir Singh und ich lesen würden.

Aber was sollte ich schreiben? Wenn ich mich an die Wahrheit halte, stehen Paulus, Mattäus, Bartholomäus, Judas und ich in keinem guten Licht da. Wir haben die Menschen getäuscht und belogen und haben uns diese Täuschungen und Lügen auch noch indirekt bezahlen lassen. Zwar haben wir letztendlich von den Einnahmen nichts gehabt, aber das entschuldigt nicht unser Tun. Was schreibe ich über Jeschua? Habe ich ihn wirklich gekannt? Kann ich seinen Charakter und sein Denken beurteilen? Was soll's. Ich werde einfach anfangen, und wenn ich merke, dass es mir nicht gelingt, kann ich das Geschriebene auf dem Scheiterhaufen meiner Eitelkeit verbrennen.

SAULUS

MEINE JUGEND IN TARSOS

Ich wurde in Tarsos, einer kleinen Stadt in Kilikien geboren. Mein Vater Samuel war aus Piräa hier hergezogen, weil er in seiner alten Heimat keine Möglichkeit mehr sah, bei der erdrückenden Steuerlast, die die Römer und die jüdische Verwaltung ihm aufbürdeten, eine Existenz aufzubauen, die ihn in die Lage versetzen würde, eine Familie zu gründen. Wie er hatten sich viele Juden in Kleinasien niedergelassen, waren sogar ins afrikanische Marokko, nach Germanien und in die Mongolei ausgewandert. Von der einheimischen Bevölkerung wurden die Fremden nicht besonders herzlich aufgenommen. Ihnen eilte der Ruf voraus, dass sie alle Geldverleiher wären, die sich durch Wucherzinsen innerhalb kürzester Zeit ein Vermögen anhäufen würden. Erst als die Einheimischen merkten, dass es sich in der Regel um Handwerker, Händler oder Bauern handelte, sperrten sie sich nicht mehr gegen eine Integration der Juden. Ihre Religion allerdings kam ihnen suspekt und mysteriös vor.

Mein Vater besaß in Tarsos eine Zeltmacherwerkstatt. Zeltmacher stellten nicht nur Zelte her, sie fertigten auch Schuhwerk, Satteldecken und Zaumzeug und die, besonders bei den Beduinen wegen ihrer eingenähten Innentaschen für Geld und Schmuck, so beliebten Ledergürtel an. Das Geschäft lief gut und mein Vater schaffte es, dass er in kurzer Zeit von seinen Mitbürgern anerkannt und geschätzt wurde. Er lernte Melina, ein griechisches Mädchen kennen, verliebte sich in sie, und die beiden heirateten ein Jahr vor meiner Geburt. Melina brachte vier Kinder zur Welt, zwei Knaben und zwei Mädchen. Die Freude über den Erstgeborenen war so groß, dass drei Tage gefeiert wurde. Für meinen Vater war es selbstverständlich, dass sein ältester Sohn einmal sein Nachfolger im Geschäft werden würde.

Meine Mutter, die aus einer gebildeten Familie stammt, brachte mir schon sehr früh Lesen und Schreiben bei. Nicht ahnend, dass sie damit eine unstillbare Leidenschaft für alles Gedruckte in mir weckte. Ich bin zweisprachig, griechisch und hebräisch, aufgewachsen und in ganz Tarsos gab es bald niemanden mehr, der Bücher oder Schriften zu Hause hatte, den ich nicht anbettelte, mir seine Werke für ein paar Tage zu überlassen. Ich las mit derselben Begeisterung griechische Sagen, römische und persische Schlachtenberichte, historische Abhandlungen und die Bücher der großen Philosophen. Später wagte ich mich auch an das jüdische Gesetzbuch, die Thora, heran. Diese Lektüre war für jeden gläubigen Juden Pflicht.

Mit acht Jahren fing ich sogar an, eigene Geschichten und Gedichte zu schreiben, fand aber nie den Mut, sie irgend jemand zu zeigen. Nicht einmal meine Mutter bekam sie zu Gesicht, obwohl sie meine engste Vertraute war. Ich versteckte meine Werke in einer Kiste, die in der Scheune stand, und ich weiß bis heute nicht, ob sie je von einem Menschen gefunden und gelesen wurden. Vielleicht sind sie verschimmelt oder wurden zum Ofenanzünden verwandt. Beides wäre kein größerer Verlust für die Weltliteratur.

Ich war siebzehn, als ich die Lehre in der Werkstatt meines Vaters begann. Ich liebte meinen Vater und war bemüht, ihm eine echte Hilfe zu sein, aber ich schien zwei linke Hände zu haben. Vater musste so manche Arbeit von mir nachträglich ausbessern, was er auch ohne Tadel und Vorwürfe tat. Er ahnte, dass meine Gedanken ihre eigenen Wege gingen. Ich träumte von einer Welt, in der Leder, Ahlen, Nähgarn, Hämmer und Nieten keinen Platz hatten. Ich wollte ein großer Dichter werden, ein Philosoph, dessen Werke noch in der übernächsten Generation Bewunderung erzeugten. Und sollte sich herausstellen, dass meine Wünsche meiner eigenen Kritik nicht standhalten würden, dann wollte ich zumindest ein hoher Verwaltungsbeamter oder ein anerkannter Schriftgelehrter werden.

Ein mit meinem Vater befreundeter Rabbiner, der oft Gast in unserem Haus war, diskutierte häufig mit mir über bestimmte Thora-Abschnitte und ich spürte, dass er von meinen Kenntnissen oft überrascht war. Was ihm aber wohl am meisten imponierte, waren meine Auslegungen und Interpretationen.

„Der Junge sollte studieren", sagt er eines Tages zu meinem Vater.

„Studieren ist etwas für Reiche", sagte mein Vater.

Der Rabbi ließ sich nicht beirren: „Er hat das Zeug dazu, ein guter Schriftgelehrter zu werden, wenn nicht sogar ein Rabbiner."

„Er mag das Zeug dazu haben", sagte mein Vater, „aber ich habe nicht das Zeug, das man Geld nennt, um es ihm zu ermöglichen."

„Wo ein Wille ist, ist auch ein Weg", sagte der Rabbi. „Der Bruder meiner Frau lebt in Jerusalem. Saulus könnte bei ihm wohnen. Damit hätte er schon mal ein Dach über dem Kopf. Außerdem habe ich ein paar Ersparnisse, die ich gerne in die Ausbildung des Jungen stecken würde."

„Das kommt überhaupt nicht in Frage", sagte mein Vater, „die wirst du dir für deine alten Tage aufheben."

„Ich habe keine Kinder und um meine alten Tage musst du dir keine Sorgen machen", sagte der Rabbiner. „Der Junge gehört nach Jerusalem."

„Jerusalem", mischte sich meine Mutter ein, „Jerusalem ist das reinste Sündenbabel. Selbst in den Synagogen soll es schlimmer zugehen, als in den Harems der arabischen Sultane. Und der Tempelvorplatz ist ein einziger Basar, auf dem nur betrügerische Händler ihre Waren feilbieten. Der Junge würde schnell in schlechte Gesellschaft kommen."

„Anfechtungen ist man überall ausgesetzt“, beruhigte sie der Rabbi. „Der Junge hat einen guten Charakter, ist mit dem nötigen Ehrgeiz ausgestattet und intelligent. Der wird seinen Weg machen.“

„Wenn er seinen Weg sowieso machen wird“, sagte meine Mutter, „dann kann er ihn auch hier machen.“

„Ich werde darüber nachdenken“, sagte mein Vater und dieser Satz bedeutete in der Regel, dass ein Gespräch beendet war.

Er war kein Mann, der gerne schnelle Entscheidungen traf. Er brauchte Zeit, um das Für und Wider abzuwägen.

Jerusalem! Ich wagte nicht einmal davon zu träumen. Und trotzdem tat ich es jede Nacht. Seit dem Gespräch mit dem Rabbiner gab es keine Sekunde, in der ich nicht daran dachte. Es dauerte lange, sehr lange, bis mein Vater sich zum Vorschlag des Rabbiners äußerte. Doch dann, eines Tages, wir waren beide allein in der Werkstatt, forderte er mich auf, das Werkzeug aus der Hand zu legen und mich neben ihn zu setzen.

„Du würdest gerne nach Jerusalem gehen“, begann er das Gespräch.

Ich wusste nicht, ob er diesen Satz als Feststellung oder als Frage meinte.

„Ich würde Mutter und dich ungern verlassen“, sagte ich, „aber in Tarsos habe ich natürlich nicht die Möglichkeiten, die mir Jerusalem bietet.“

„Eine Antwort, wie sie sich für einen wohlerzogenen Sohn geziemt“, sagte mein Vater. „Ein Studium ist nicht umsonst zu haben. Es kostet Geld. Du siehst ja selbst, dass meine Einnahmen nicht gerade gewaltig sind. Sie reichen für das tägliche Leben.“

„Ich könnte versuchen, in Jerusalem ein Arbeit zu finden“, sagte ich schnell. „Viele Studenten arbeiten, um sich ihr Studium zu finanzieren.“

„Gut“, sagte mein Vater. „Ich mache dir einen Vorschlag. Du beendest die Lehre. Es hat noch nie jemandem geschadet, einen ordentlichen, handwerklichen Beruf zu erlernen. Wenn die Lehrzeit vorbei ist, überlasse ich es dir, ob du in Tarsos bleiben, oder dich der Herausforderung Jerusalem stellen willst.“

Ich hätte vor Freude schreien können und obwohl meine Entscheidung sofort feststand, bedankte ich mich nur artig für das Vertrauen, das er in mich setzte. Ich wollte nicht, dass zu große Freudenkundgebungen seine Gefühle verletzten könnten.

SAMUEL

MEIN SOHN SAULUS

Saulus war ein außergewöhnliches Kind. Seine Wissbegierde war schon mit vier Jahren so groß, dass meine Frau, saß er beim Briefeschreiben auf ihrem Schoß, ihm jeden Buchstaben erklären musste, egal ob sie in Griechisch oder in Hebräisch schrieb. In einem Alter, in dem andere Kinder die Sonne, Strichmännchen oder Bäume malten, versuchte Saulus sich im Schreiben. Er war gerade sechs Jahre alt, als er uns schon kleine Briefe auf den Frühstückstisch legte, in denen er uns mitteilte, was er in der letzten Nacht geträumt hatte. Zu Festtagen dachte er sich kleine Geschichten aus und schenkte sie meiner Frau, wobei er die kleinen Pergamentfetzen, auf die er sie gekritzelt hatte, an den Rändern liebevoll verzierte. Er begann alles zu lesen, was ihm in die Finger fiel. Meine Frau war Griechin und hatte eine Sammlung der griechischen Heldensagen mit in die Ehe gebracht. Saulus kannte die Geschichten bald auswendig und seine Beliebtheit bei den Nachbarskindern stieg ins Unermessliche, als er damit begann, ihnen diese Sagen vorzutragen.

Rabbiner Izak und ich wurden Freunde kurz nachdem ich in Tarsos angekommen war. Er war es, der Saulus mit Lesestoff versorgte. Er war vernarrt in den Jungen, sicher auch, weil er keine eigenen Kinder hatte und Saulus so war, wie er sich einen Sohn gewünscht hätte. Ich hatte viel Arbeit in der Werkstatt und Melina, meine Frau, musste sich um die jüngeren Geschwister von Saulus kümmern, deshalb waren wir dem Rabbi sehr dankbar, dass er sich in jeder freien Minute mit Saulus beschäftigte. Ich verdiente nicht schlecht, aber die arabische Kundschaft war oft nur kurze Zeit in der Stadt und deshalb mussten Sandalen, Gürtel oder Satteldecken in den wenigen Tagen bis zur Abreise hergestellt werden. Das bedeutete, dass ich immer ein größeres Lager an Rohmaterial im Geschäft haben musste, was wiederum Geld kostete, das wir nicht für unseren persönlichen Bedarf verwenden konnten.

Saulus war neun oder zehn Jahre alt, als der Rabbi mit ihm die einzelnen Thora-Abschnitte studierte. Meine schönste Feierabendbeschäftigung war es, den beiden zu lauschen, wenn sie über die Auslegung des Gelesenen diskutierten. Izak behandelt Saulus bei diesen Diskussionen nie wie ein Kind. Er nahm jede seiner Anregungen auf und lobte ihn bei besonders logischen Schlussfolgerungen.

Obwohl es mein größter Wunsch war, dass Saulus einmal die Werkstatt übernehmen sollte, war mir doch sehr bald klar, dass der Beruf eines Zeltmachers seinen Begabungen nicht gerecht werden würde. Izak war fest davon überzeugt, dass Saulus ein bedeutender Rabbiner werden könnte, wenn er in Jerusalem eine entsprechende Ausbildung bekäme. Doch egal, ob Rabbiner, Schriftgelehrter oder hoher Verwaltungsbeamter, die Sprossen der Erfolgsleiter konnte man nur in der Metropole hinaufklettern. Nur in Jerusalem, der Stadt, in der sich alle Geistesgrößen des Vorderen Orients trafen.

Melina wollte von solchen Überlegungen nichts hören. Sie schilderte, obwohl sie nie da war, Jerusalem in den düstersten Farben. Für sie war es die Stadt der Sünde und der Versuchung, und dass ihr ältester Sohn sich diesen Gefahren aussetzen sollte, erweckte ihren heftigsten Widerstand. Es beruhigte sie außerordentlich, als ich Saulus als Lehrling in die Werkstatt nahm. In drei Jahren konnte so viel geschehen, dass Jerusalem vielleicht kein Thema mehr sein würde. Auch ich fand es gut, dass der Junge einen ordentlichen, handwerklichen Beruf erlernte. Dieses praktische Wissen würde ihm weiterhelfen, wenn seine anderen Pläne nicht so in Erfüllung gehen sollten, wie er es sich vorstellte.

Saulus war ein guter Sohn. Ich wusste, dass ihn die Arbeit in der Werkstatt wenig interessierte, aber er gab sich die größte Mühe, um mir eine gute Hilfe zu sein. Er machte mich sogar auf ein paar Verbesserungen aufmerksam, die uns die Arbeit erleichtern würden. So spanne ich, zum Beispiel, die Gürtel immer noch über ein Holzgestell, weil sie sich, wenn sie gestrafft sind, besser nähen lassen.

Ich werde nie seinen glücklichen Gesichtsausdruck, diese Strahlen in seinen Augen vergessen, als ich ihm am Vorabend des Shavuot-Festes sagte, dass seine Lehrzeit beendet wäre. Er versuchte, seine Freude zu verbergen, um mich nicht zu verletzen, aber es gelang ihm nicht. Rabbi Izak hatte bereits bei seinem Schwager in Jerusalem angefragt, ob er Saulus in seinem Haus aufnehmen würde und der hatte sich dazu bereiterklärt. Später erfuhr ich, dass Izak seinem Schwager Johannes einen großen Teil seiner Ersparnisse geschickt hatte, damit das Studium meines Sohnes finanziert werden konnte. Nach dem Tod seiner Frau nahmen wir Rabbi Izak in unserem Haus auf, so konnte ich mich für seine uneigennützige Hilfe wenigstens etwas revanchieren. Er ist uns auch heute noch ein lieb gewonnener Mitbewohner.

Ich konnte einen Kaufmann überreden, dass er für eine Satteldecke als Entgelt, Saulus in seiner Karawane aufnahm, die Jerusalem als Reiseziel hatte. Mein Sohn war zwanzig Jahre alt, als er seine tränenüberströmte Mutter küsste, und ich ihn ein letztes Mal in die Arme schließen konnte.

Wir beide haben bis zum heutigen Tag nie wieder ein Wort von ihm gehört.

SAULUS

ABSCHIED VON ZU HAUSE

Ich bemühte mich noch intensiver, die Arbeiten, die mir mein Vater in der Werkstatt auftrug, gewissenhaft auszuführen. Ich schaffte es sogar, dass mein Vater die eine oder andere Naht oder Zuschnitte von mir mit Lob bedachte, und ein Lob meines Vaters hatte Seltenheitswert. Er wusste, was in meinem Kopf vorging, und wenn es ihn auf der einen Seite auch traurig stimmte, mich zu verlieren, war er andrerseits doch stolz darauf, dass er einen Sohn hatte, der vielleicht für höhere Aufgaben bestimmt war. Oft saß er still, aber aufmerksam zuhörend in einer Ecke des Zimmers, wenn bei abendlichen Besuchen des Rabbiners aus der Thora vorgelesen wurde, und der Rabbi anschließend mit mir über das Vorgelesene diskutierte. Wurde ich in meinem jugendlichen Ungestüm zu heftig, zu laut oder zeigte mich, wenn es um Gegenargumente des Rabbiners ging, zu uneinsichtig, dann räusperte sich mein Vater laut und ich wusste, dass ich einzulenken hatte. Es war eine wunderbare Zeit, aber sie schien endlos zu sein bis der Tag erreicht war, an dem ich die Lehre abgeschlossen hatte. Der Rabbiner, der sehr sprachbegabt war, brachte mir die Grundzüge der lateinischen Sprache und ein paar Brocken arabisch bei, genug, um sich im Alltag verständlich machen zu können. Beides sollte sich später als ausgesprochen hilfreich erweisen.

Es war am Vorabend des Shavuot-Festes, das an den Empfang der Zehn Gebote erinnerte, als mein Vater mir mitteilte, dass die Lehrzeit beendet sei. Ich musste in den nächsten Tagen noch eine Prüfung vor dem Rat der Handwerker ablegen, und wenn ich die bestehen würde, wäre ich gelernter Zeltmacher. Zum Glück saßen in der Prüfungskommission einige Freunde meines Vaters. Es bedurfte eines großen Wohlwollens dieser Herren, um das, was ich an Praxis und Theorie präsentierte, mit der Note befriedigend zu bewerten. Aber ich bestand die Prüfung und das war das Entscheidende.

Nun stand mir noch ein schwerer Gang bevor. Ich musste meiner Mutter beibringen, dass ich Tarsos verlassen würde.

„Ich wusste seit dem ersten Gespräch mit dem Rabbi Izak, dass dein Entschluss schon damals feststand“, sagte sie unter Tränen. „Ich liebe dich über alles, aber ich will Deinem Glück nicht im Wege stehen. Geh mit Gott und vergiss deine Eltern nicht.“

Meine wunderbare, warmherzige, liebevolle Mutter. Wir wussten beide, dass ein solcher Ortswechsel eine Trennung für immer sein konnte.

Jerusalem lag, so schien es uns damals, am anderen Ende der Welt.

Ich war zwanzig Jahre alt, als die Reise nach Jerusalem bevorstand. Mein Vater hatte einem Kaufmann, mit dem er hin und wieder Geschäfte machte, gebeten, dass ich mich seiner Handelskarawane anschließen durfte. Für eine neue Satteldecke gab der Händler sein Einverständnis und die Zusicherung, dass ich mindestens drei Stunden am Tag auf einem Esel reiten könnte, täglich eine Karaffe Trinkwasser und eine Hand voll Datteln und Feigen bekäme und im Zelt der Kameltreiber schlafen durfte. Die letzten Nächte in meinem Elternhaus verbrachte ich schlaflos. Tausend Gedanken schwirrten mir durch den Kopf. Wie würden meine Eltern mein Fortgehen wirklich verkraften, wenn ich ein paar Wochen nicht mehr da wäre? Was würde mich in der Fremde erwarten? Ich war noch nie aus Tarsos herausgekommen. Ab und zu unternahmen wir mit den Eltern Ausflüge vor die Stadttore, wenn dort die Reiterwettkämpfe der Beduinen stattfanden. Die Araber waren perfekte Reiter und zeigten Kunststücke auf dem Pferderücken, die uns Kinder in Jubelschreie ausbrechen ließen. Ganz Tarsos war an solchen Tagen auf den Beinen. Wie würden meine Geschwister auf den Abschied ihres großen Bruders reagieren? Ich liebte sie von ganzem Herzen. Besonders meine jüngste Schwester, die meiner Mutter wie aus dem Gesicht geschnitten war. War Jerusalem es wert, diese wunderbare Familie zu verlassen? Aber letztlich siegte die Neugierde auf das Unbekannte, das Abenteuerliche. Vielleicht würde ich eines Tages auf einem rassigen Pferd, mit sechs Packeseln, beladen mit den schönsten Geschenken, in Tarsos einreiten und Vater, Mutter, Bruder und die Schwestern für die Zeit, die sie ohne mich verbringen mussten, mit auserlesenen Kostbarkeiten entschädigen können.

Das war ein Ziel, das ich mir steckte, und das ich erreichen wollte.

MATTÄUS

DIE SCHULZEIT IN TIBERIAS

Ich wurde als Sohn eines wohlhabenden Kaufmanns in Tiberias geboren und streng im jüdischen Glauben erzogen. Zu streng, wie mir oft schien. Von meinem siebten Lebensjahr an besuchte ich eine Schule, in der nur die Kinder der Oberschicht ihre Ausbildung erhielten. Die Rabbiner, die die Schule leiteten, legten Wert auf Zucht und Ordnung. Vergessene schriftliche Aufgaben wurden genau so bestraft, wie Schmutz unter den Fingernägeln, Zuspätkommen oder vorlautes Betragen. Freizeit gab es nicht. Wenn wir nicht in den Unterrichtsräumen arbeiteten, quälte uns ein drahtiger Rabbi mit Leibesübungen oder stundenlangen Läufen durch Tiberias. Nur den Sabbat durften wir zu Hause verbringen. Die Schule war der Stolz des Herodes Antipas. Aus ihren Schülern rekrutierte er seine höheren Verwaltungsbeamten und die Offiziere für sein Söldnerheer.

Seit kurzem gab es in Tiberias ein Amt, das sich ausschließlich mit dem Handel mit Parfum befasste. Es hatte sich am Hof und bei den Reichen als Mode durchgesetzt, dass man kein Festmahl vergehen ließ, ohne seine Gäste mit den vielfältigsten Duftwässerchen zu erfrischen. Weihrauch und Myrrhe reichten nicht mehr. Jetzt waren Lavendel, Melisse und Rosmarin gefragt. Wohlhabend war, wer seinen Gästen Tücher mit Jasminaroma anbot, reich war der, der sich Rosenöl leisten konnte, aber über ein wirkliches Vermögen verfügte nur jemand, der Nardusbalsam aus Indien besaß. Der Balsam wurde aus einer kleinen Bergpflanze gepresst und es war ein ganzer Sack nötig, um nur ein paar Tropfen Nardusöl zu gewinnen.

Mein Vater hatte die Nachfrage nach Parfums schon lange richtig erkannt und seine Karawanen transportierten nur Blätter, Samen und Pflanzen, die sich für die Herstellung eigneten. Einen Teil seiner großen Gewinne ließ er dem Landesfürsten zukommen. Gemeinsam beschlossen sie die Einrichtung dieses Amtes, das eigentlich nur eine Kontrollbehörde war, die darauf achten sollte, dass sich keine lästige Konkurrenz in Galiläa breit machen konnte. Ich, so wünschte es mein Vater, sollte nach erfolgreichem Schulabschluss in diesem Amt arbeiten, denn er hielt es für gut, wenn ein Familienmitglied die Arbeit dieser Behörde überwachte. Er befürchtete, dass der geldgierige Herodes sich eines Tages nicht mehr mit den Prozenten, die er von meinem Vater bekam, begnügen würde und sich selbst, oder durch einen Mittelsmann, mit der Herstellung und dem Verkauf von Parfum eine neue Einnahmequelle verschaffen könnte.

Sein Misstrauen Herodes gegenüber war nicht unbegründet.

Zehn Jahre ließ ich mir den Drill und den Kommandoton der Rabbiner gefallen, dann begann sich endlich bei mir und einigen Kameraden Widerstand zu regen. Je strenger unserer Lehrer uns behandelten, um so phantasievoller waren wir in unserem Bestreben uns Freiräume zu schaffen. Wir bekamen alle ein gutes Taschengeld von unseren Eltern, und das Bedienungspersonal und der Hausmeister waren genau so bestechlich, wie alle anderen in diesem Land. Nach dem Abendessen, wenn der diensthabende Rabbiner uns in den Schlafsälen eingeschlossen hatte, öffnete, gegen ein kleines Bakschisch, einer der Diener die Tür von außen und durch ein Loch im Zaun, das der Hausmeister tagsüber mit einem Wasserfass tarnte, entkamen wir ins Freie. Kein Gasthaus, keine Taverne war vor uns sicher, und meistens kamen wir erst in den Morgenstunden mehr oder weniger angetrunken auf das Schulgelände zurück. Es war also kein Wunder, dass unsere schulischen Leistungen immer mehr abfielen. Wir schliefen häufig im Unterricht ein und hatten auch im wachen Zustand nicht die Aufnahmefähigkeit, um den Lehrstoff zu begreifen. Die Rabbiner sahen sich dieses Verhalten eine Zeitlang an. Dann warfen sie zehn Schüler, darunter mich, von der Schule.

Mein Vater fiel aus allen Wolken, als ich mit dieser Nachricht nach Hause kam. Er tobte und schrie, dass ich befürchtete, sein Herz würde stehen bleiben.

„Ich will dich in meinem Hause erst wiedersehen, wenn du den Schulabschluss geschafft hast. Pack deine Sachen und verschwinde."

Das waren die letzten Sätze, die ich von meinem Vater hörte.

Nichts auf der Welt hätte mich dazu bewegen können, noch einmal diese Schule zu betreten. Die Steuerbehörden suchten Zöllner. Wer schreiben, rechnen und lesen konnte, wurde eingestellt. Der Beruf des Zöllners stand auf einer Stufe mit dem der Huren und war so verhasst, dass die Behörden jeden nahmen, der sich bei ihnen meldete. Ich wurde sofort genommen. Nicht nur an den Landesgrenzen, auch willkürlich an jeder beliebigen Handelsstraße waren Zollstellen eingerichtet worden. Herodes musste ein teures Söldnerheer unterhalten, und das kostete Geld. Egal, was ein Reisender im Gepäck hatte, alles musste verzollt werden. Handelskarawanen wurden auf einer Strecke von zwanzig Stadien oft fünfmal zur Kasse gebeten. Für die Höhe der Zölle gab es keine richtigen Vorschriften. Wir kassierten, was uns gerade einfiel. Die Kaufleute hatten sich längst darauf eingestellt. Sie schoben uns unaufgefordert einen kleinen Beutel zu, bevor wir ihre Handelsware besichtigten. Fühlte sich der Beutel gut an, fiel der erhobene Zoll entsprechend niedrig aus. Auch kleinere Sachspenden, wie Stoffballen, eine Tüte feiner Gewürze oder Silberkrüge, nahmen wir dankbar an. Wenn man an der richtigen Zollstation saß, konnte man, trotz des Hungerlohns, den die Regierung zahlte, einen guten Verdienst erzielen. Aber man musste wachsam sein. Tauchten Karawanen auf, deren Besitzer mit dem Landesfürsten Geschäfte machten, war Vorsicht geboten. Diese Kaufleute hatten zwar alle ein Dokument, das ihnen Zollfreiheit gewährte, aber oft zeigten sie das nicht sofort vor, um zu testen, ob wir die Bitte nach einer kleinen, persönlichen Spende vortrugen. Fiel ein Zöllner auf einen dieser Kaufleute herein, konnte er die nächsten Monate in dem gefürchteten Kerker von Tiberias verbringen. Forderungen nach eigenem Gutdünken konnten wir gefahrlos nur einzelnen Reitern oder Wanderern stellen.

Ich war mit meiner Arbeit zufrieden. Ich konnte mir von meinem Verdienst eine schöne Unterkunft in Kapernaum leisten und musste auch beim Essen und Trinken nicht sparen. Ich fand jedenfalls das Leben lebenswert.

SAULUS

DIE REISE NACH JERUSALEM

Ich reiste nach Jerusalem! Durch Kilikien, Syrien, an der Küste entlang durch Syro-Phönizien, Samaria bis nach Judäa. Nie werde ich diese Eindrücke, die mir die Reise vermittelte, in meinem Leben vergessen.

Karge Gebirgszüge wechselten sich ab mit sattgrünen Tälern, ödbraune Wüstenstriche mit blühenden Oliven- und Orangenhainen. Arabische Städte mit jüdischen Siedlungen, Beduinenlagern und römischen Festungsbauten. Alle Menschenrassen schienen sich in diesem Landstrich angesiedelt zu haben: Perser, Ägypter, Griechen, Syrer, ja sogar Mazedonier und Türken hatten sich hier niedergelassen. In den Herbergen herrschte ein Sprachgewirr, wie es schlimmer nicht beim Turmbau von Babel gewesen sein konnte. Aber die Menschen verständigten sich untereinander mit Händen und Füßen, mit Gesten und Gebärden, und jeder begriff, was der andere wollte. Meistens lagerten mehrere Karawanen am gleichen Platz, weil das mehr Sicherheit gegen Überfälle bot. Bei den Morgengebeten, die durch das Lager schallten, hörte ich die Namen von so vielen Göttern, dass ich mich fragte, wie die alle im Himmel miteinander verkehren konnten. Hatten sie den Himmel in Reviere aufgeteilt und jeweils ein Gebiet für die Seelen ihrer Gläubigen reserviert?

In der Nähe der Lager hielten sich oft Frauen auf. Die Händler und Kameltreiber lachten und scherzten mit ihnen, und häufig verschwand ein Pärchen in einem Zelt, einem kleinen Wäldchen, hinter einer Buschgruppe am Strand oder was sich sonst anbot, wenn man ungestört sein wollte. Glutäugige Araberinnen waren unter den Frauen und Mädchen, Jüdinnen, die durch ihre ausgeprägten Hüften auffielen, gertenschlanke Perserinnen und sogar Römerinnen, die wohl mit einem Legionär eingereist waren, der dann sein Leben für den Kaiser opfern musste, oder in eine andere Provinz versetzt wurde. Ich sah, zum ersten Mal in meinem Leben, Frauen mit hellblondem Haar. Dieser Anblick faszinierte mich so, dass ich mit offenem Mund staunend vor ihnen stehen blieb und sie anstarrte, als würde ich eines der Weltwunder sehen.

„Wenn dir ein Mädchen gefällt“, sagte der Kaufmann, dem die Karawane gehörte, „zeige es mir.“

„Ich finde alle wunderschön“, sagte ich errötend.

„Und welches ist das allerschönste“, fragte der Kaufmann lachend.

„Das blonde Mädchen mit dem roten Halstuch gefällt mir sehr“, sagte ich.

Der Kaufmann ging zu der jungen Frau, sprach mit ihr und drückte ihr etwas in die Hand. Die Blonde kam zu mir. Sie sprach kein Wort, lächelte nur, nahm meine Hand und führte mich zu einer Mulde, die hinter einigen Ginsterbüschen lag. Sie war gut einen Kopf größer als ich, und jetzt, da ich sie aus der Nähe sah, musste ich feststellen, dass sie die Dreißig schon überschritten hatte. Sie begann mein Hemd aufzuknüpfen und zog meine Hosen herunter. Ich stand regungslos da, mit rotem Kopf und zittrigen Knien. Ich wusste nicht, was ich tun sollte. Als ich nackt vor ihr stand, begann sie, sich auszuziehen, wobei sie sang und kleine, tänzerische Bewegungen ausführte. Sie verführte mich mit all der Erfahrung, die sie in ihrem Alter gesammelt hatte. Es war ein unbeschreibliches Erlebnis. Als wir am nächsten Tag weiterzogen, hatte ich das Gefühl, dass meine Stimme tiefer und kräftiger klang und mein Bart schneller sprießen würde. Jetzt war ich endgültig ein Mann geworden.

Auf der ganzen bisherigen Reise, waren die Menschen, die uns begegneten, offen, tolerant und stets fröhlich gewesen. Das änderte sich schlagartig, als wir nach Galiläa und Samaria kamen. Hier waren die Einwohner misstrauisch und zurückhaltend. Man spürte förmlich die Angst, die sie vor den Söldnerbanden des Herodes hatten. Die Söldner kannten keine Gesetze. Sie nahmen sich, was sie brauchten. Sie raubten Schafe und Rinder, plünderten die Getreidelager, belästigten die Mädchen und Frauen und verköstigten sie in den Gasthäusern, ohne je einen Denar zu bezahlen. Sie prügelten säumige Schuldner, erhöhten die Steuern vor Ort nach eigenem Gutdünken und entweihten Synagogen, die sie als Unterstand für ihre Pferde benutzten. Und als wäre das nicht schon genug, fielen auch immer wieder römische Kohorten, die eigentlich nur in Judäa eingesetzt waren, wie Heuschrecken in die Nachbarländer ein und stahlen das, was die Söldner übrig gelassen hatten. An Widerstand war nicht zu denken. Die Legionäre und die Söldner waren bis an die Zähne bewaffnet. Vereinzelt lieferten sich kleinere Gruppen der Sadduzäer und Zeloten Scharmützel mit ihnen, aber das waren nur Nadelstiche, die die Soldaten kaum beeindruckten. Es gab ein paar Tote auf beiden Seiten und das war es auch schon. Ein Menschenleben war in dieser Region so viel wert, wie eine lästige Fliege, die man auf der Tischplatte erschlug. Die Sadduzäer und Zeloten zogen sich nach ihren Attacken schnell wieder in ihre Verstecke in den Bergen zurück. Ich habe später in Jerusalem einige Sadduzäer kennen gelernt, die großen Einfluss hatten. Sie distanzierten sich von ihren kämpfenden Glaubensbrüdern. Wer in Galiläa oder Judäa ein einigermaßen gutes Leben führen wollte, der zog es vor, sich mit den Herrschenden zu arrangieren.

Die Karawanenbesitzer hatten alle eine spezielle Truhe bei sich, aus der die Hauptleute der Söldner oder der Legionäre ihren Obolus erhielten. Geld, das dem Kaufmann garantierte, dass er seine Waren auch ans Ziel bringen konnte. Man durfte sich nicht wundern, dass Stoffe, Gewürze und Getreide so teuer waren, wenn sie in Jerusalem auf dem Markt angeboten wurden. Die Kaufleute mussten an vielen Kleinstaatengrenzen Wegezoll entrichten. Dazu kamen noch die Zahlungen an die Söldner und Legionäre. Alle Kosten wurden auf die Verkaufspreise aufgeschlagen, und die Bevölkerung, die, zum größten Teil, in bitterer Armut lebte, hatte den Preis zu bezahlen.

Ein besonderes Phänomen waren für mich die vielen Wanderprediger, die man auf jedem Marktplatz, vor jedem Stadttor und in jeder Oase antreffen konnte. Jeder von ihnen verkündete auf seine Art und mit seinen Worten die Ankunft des Messias, und manche riefen sogar offen zum Widerstand gegen die römischen Besatzer auf. Die Zuhörer dankten es ihnen mit kleinen Münzen, Broten, Feigen oder einem Krug Wein. Die Prediger waren die einzige Abwechslung, die die Menschen den grauen Alltag vergessen ließ. Die Kinder Israels hofften seit Generationen auf die Ankunft des Messias. Sie waren überzeugt, dass nur durch sein Erscheinen ihr unglückliches Schicksal zu wenden wäre. Herodes Antipas und Pontius Pilatus waren diese Wanderprediger ein Dorn im Auge. Sie vermuteten, dass die Unruhe, die im Volk herrschte, durch diese Prediger noch verstärkt würde. Öffentliche Predigten außerhalb der Synagogen wurden verboten. Aber dieses Verbot zeigte keine Wirkung. Im Gegenteil, Bauern und Handwerker, die keine Arbeit fanden, zogen als Wanderprediger durchs Land, um sich wenigstens ihren notwendigsten Lebensunterhalt zu verdienen. Wenn man so will, waren es Bettler, die sich von denen, die vor den Synagogen saßen, nur dadurch unterschieden, dass sie für die mildtätigen Gaben eine Leistung erbrachten. Mit dem Messias ließen sich ganz gute Geschäfte machen. Die Kleinbauern erwarteten seine Ankunft, damit er sie von der unerträglichen Steuerlast befreite, die Sklaven erhofften sich die Entlassung aus der Leibeigenschaft, Randgruppen, wie die Dirnen, Zöllner und Geldverleiher, wollten, dass ihr sündhaftes Leben sanktioniert würde. Der Verheißung von der Ankunft des Messias fieberten sie alle aus ganz persönlichen und weniger aus religiösen Gründen entgegen. Parolen gegen die Römer wurden zwar mit Beifall aufgenommen, aber lösten keine Bereitschaft aus, die verhassten Besatzer mit Gewalt aus dem Land zu treiben. Duldsam, ihrem Schicksal ergeben, erwarteten die Menschen, dass Gott schon zum rechten Zeitpunkt einschreiten, und dass er seinem geliebten Volk zu Frieden und Wohlstand verhelfen würde. Irgendwann würde der Messias erscheinen und so lange musste man sich eben gedulden.

Ich hatte am ganzen Körper Gänsehaut und zitterte vor Erregung, als ich zum ersten Mal die Stadtmauern von Jerusalem vor mir sah. Es war kurz vor dem Laubhüttenfest. Schon im Kedrontal beim Ölberg, wenige Stadien vor der Stadt lagerten unzählige Pilger in Zelten und Reisighütten. Eine schier endlose Menge schob sich durch das Stadttor. Die Pilger trugen in der rechten Hand ein Bündel Zweige, den Lulab, und in der linken einen Zedernzapfen, den Ethrog.

„Wir werden durch das Osttor in die Stadt ziehen", sagte der Karawanenbesitzer. „Hier kann es Tage dauern, bis wir die Tiere durch die Menschenmenge getrieben haben."

Er hatte recht. Fast unbehindert konnten wir durch das Osttor die Karawane in die Stadt führen.

Jerusalem! Alles, was ich bisher über Rom, Athen oder Damaskus gelesen hatte, schien mir nichts zu sein gegen diesen imponierenden Anblick. Herrliche Paläste, enge Gassen, in denen Haus an Haus stand, als wollten sie sich gegenseitig vor dem Umfallen stützen, prächtige Kolonnaden, die Burg Antonia und dann der Tempel selbst, ein Meisterstück der Baukunst und mehr noch als nur das unvergängliche Wahrzeichen des jüdischen Glaubens. Wie Ameisen drängten sich die Menschen durch die Gassen. Die zahlreichen Pilger hatten die Einwohnerzahl auf das Vielfache hochschnellen lassen. Ganze Straßenzüge bestanden nur aus Geschäften. Es gab die Gasse der Barbiere, die der Färber, der Weber, der Goldschmiede. Es gab Plätze, da wurden nur Nahrungsmittel verkauft, andere wiederum, auf denen nur handwerkliche Arbeiten feilgeboten wurden. Die Tuchhändler breiteten Stoffe in einer Farbenpracht aus, wie ich sie noch nie gesehen hatte. Silber- und Goldarbeiten von faszinierender Schönheit konnte ich bewundern. Kunstvoll geschnitzte Möbelstücke standen zum Verkauf, und mancher Stuhl oder Tisch schien mir so zerbrechlich zu sein, dass er sich für eine Benutzung gar nicht eignete. Auf dem Markt für Gewürze stiegen mir fremde, unbekannte Düfte in die Nase, die mich berauschten. Arabische Teestuben, griechische Tavernen und jüdische Gasthäuser luden den Besucher zum Verweilen ein. Auf den Verkaufstischen der Schlachter lagen ganze Hammelhälften. Die Geflügelhändler boten in Käfigen Hühner und Enten an, deren Gequake und Gegackere nur von ihrem Verkaufsgeschrei übertönt wurde.

Die Stadt übertraf alle meine Erwartungen. Wenn ein junger Mensch in der Lage wäre, Karriere zu machen, dann konnte es nur hier sein. Hier, wo die Intelligenz und das Kapital zu Hause waren, wo sich Altes und Neues mischte, wo die verschiedensten Kulturen nebeneinander existierten. Für mich war Jerusalem die Weltmetropole, der Mittelpunkt der Zivilisation, die Vorstufe zum Paradies.

Ich verabschiedete mich von dem Karawanenbesitzer und bedankte mich für die wunderbare, beeindruckende Reise.

„Nur so kann man Land und Leute kennen lernen“, sagte der Kaufmann. „Sicher hast du Erfahrungen gesammelt, die für dich neu waren.“

Er lachte und klopfte mir freundschaftlich auf die Schulter.

Ich fragte mich nach dem Haus des Schwagers durch. Es lag etwas außerhalb der Innenstadt an der Straße, die nach Bethlehem führte. Johannes und seine Frau Naomi hatten meine Ankunft schon sehnsüchtig erwartet. Ich wurde überaus herzlich begrüßt. Vom ersten Moment an empfand ich Liebe und Vertrauen für diese beiden herzensguten Menschen. Johannes führte mich in die Kammer, die sie liebevoll für mich hergerichtet hatten.

„Ich habe dich bereits beim Unterricht angemeldet", sagte er. „Alle notwendigen Bücher findest du dort auf dem Tisch. Außerdem Schreibzeug und einen Stadtplan, den ich selber angefertigt habe. Er wird dir in den ersten Wochen sicher eine Hilfe sein."

„Ich danke euch", sagte ich gerührt.

„Du kannst Naomi und mich duzen", sagte Johannes. „Wir haben uns schon immer einen Sohn gewünscht, aber der Allmächtige hat es leider nicht zugelassen. Vielleicht ist es ausgleichende Gerechtigkeit, dass mein Schwager dich zu uns geschickt hat."

Johannes arbeitete als Tempeldiener. Ein Beruf, wie ich bald mitbekam, mit dem sich keine Reichtümer anhäufen ließen. Naomi und er verzichteten auf vieles, um mir das Studium zu ermöglichen. Ich nahm mir fest vor, dass ich mich später einmal für all die Güte und Fürsorge revanchieren würde, aber der nicht vorhersehbare Verlauf meines Lebens ließ das leider nicht zu. Aber lasst euch gesagt sein, Naomi und Johannes, dass ich euch bis zu meinem letzten Atemzug dankbar sein werde.

BARTHOLOMÄUS

BEI AELIUS IN ROM

Ich lebe jetzt schon einige Jahre in der Via Sempronia in Rom im Hause des Aelius Nalbus. Die Via Sempronia ist nur einen Steinwurf vom Porta Viminalis, dem Sitz der verhassten kaiserlichen Leibwache, den Prätorianern, entfernt. Aber ich fühle mich bei Aelius und seiner Gattin Sabina sicher und gut aufgehoben. Aelius ist der christlichen Religion gegenüber sehr aufgeschlossen. Zwar hat er sich von mir noch nicht taufen lassen, aber er führt mit mir stundenlange Gespräche über den neuen Glauben und hört interessiert zu, wenn ich ihm von den Ereignissen in Palästina erzähle. Als Mattäus und ich aus Jerusalem flohen, standen wir vor dem Nichts. Wir hatten unser Leben gerettet, aber das war auch alles. Es war schon ein kleines Wunder, das wir den Hafen von Appollonia erreichten, denn ohne Geld kam man in Judäa und Samaria nicht zwei Fuß weiter und ein Quartier für die Nacht bot man höchstens einem durchreisenden Rabbiner kostenlos an.

Wir brauchten Tage, um auf einem Schiff anheuern zu können, das uns endgültig aus der Gefahrenzone bringen konnte. Mattäus gelang es einen Platz auf einem griechischen Handelsschiff zu bekommen. Mich nahm ein gutmütiger Kapitän nach Sizilien mit, und einige Tage später ein römischer Segler nach Ostia an der Küste vor Rom. Auf dieser Fahrt lernte ich Aelius kennen.

„Du siehst gar nicht aus wie ein Jude", sagte er, nachdem ich ihm erzählt hatte aus welchem Land ich kam.

„Ihr Römer glaubt, wir hätten alle Hakennasen und würden ständig Goldmünzen zwischen den Fingern reiben", antwortete ich lachend.

Ich erzählte ihm, warum ich Judäa verlassen musste und er bot mir sofort ein Zimmer in seinem Haus an.

„Ich habe von den Ereignissen gehört, die sich in Judäa abgespielt haben", sagte er. „Als Mietzins musst du mir alles darüber erzählen."

Aelius war ein weltoffener Mann, der sich mit Geschichte und Religionen befasste und Bücher über das Verhältnis zwischen Cäsar, Kleopatra und Antonius geschrieben hatte.

Rom ist mit Jerusalem nicht zu vergleichen. Rom ist die Stadt der Freiheit, der Diskussionen, der Debatten. Der Himmel erstrahlt in tiefstem Blau und läßt die Prachtbauten, die die besten Epochen der römischen Geschichte dokumentieren, glitzern und leuchten, als würden sie angestrahlt. Die Straßen waren breit und verliefen schnurgerade, im Gegensatz zu den winkeligen Gassen in Jerusalem. Jeder Bürger hielt sich für einen Senator und sprach über Politik und Kriege, als wäre er für beides verantwortlich gewesen. Selbst einfache Händler und Handwerker ließen sich in Sänften durch die Stadt tragen. Wer etwas auf sich hielt, leistet sich mindestens einen Sklaven, die auf Märkten angeboten wurden. Ägypter, Gallier oder Schwarze aus Libyen und Marokko. Armut sah man nur in den Vierteln am Rande der Stadt. Dort siedelten viele aus dem Süden des Landes. Arme Bauern, die hofften, in der Großstadt ein besseres Leben führen zu können. Hier hatten auch viele freigelassene oder entlaufende Sklaven Unterschlupf gefunden. Diese Gruppe der Unzufriedenen war willig und aufnahmebereit, sich einer neuen Religion, die Hoffnung auf ein besseres Leben versprach - und sei es auch erst im Paradies -, nicht zu verschließen.

Mattäus und ich waren mit leeren Händen geflohen. Wir besaßen nur das, was wir am Leibe trugen. Aber wir hatten das Wissen um die Ereignisse im Kopf, die Jeschuas Aufstieg und Fall betrafen, und das war ein Kapital, mit dem sich wuchern lassen musste. Wer geglaubt hatte, dass nach Jeschuas Tod das Interesse an seiner Person verloren gehen würde, der hatte sich getäuscht. Egal, wo man hinkam, die Menschen waren ganz begierig danach, von ihm zu hören. Und wer konnte sich besser dafür eignen, diese Neugierde zu befriedigen, als die, die dabei gewesen waren. Bei Besuchen in den Armenvierteln hatte ich einige Geschichten, die ich mit Jeschua erlebt hatte, erzählt und meine Zuhörer verlangten nach immer neuen. Die Erinnerungen an diese Zeit waren noch frisch und als Orientale fiel es mir nicht schwer, meine Erzählungen phantasievoll auszuschmücken. Die besitzlosen, außerhalb der Gesellschaft stehenden Menschen, waren bald so beeindruckt, dass die ersten mich baten, sie zu taufen. Ich wehrte mich anfangs dagegen, aber sie brachten mir fast die gleiche, ergebene Verehrung entgegen, die Jeschua von seinen Zuhörern erhalten hatte, und obwohl sie kaum das Nötigste besaßen, überhäuften sie mich mit Geschenken und Geldbeträgen. Ich konnte auf Dauer nicht vom Wohlwollen des Aelius leben und sah die Chance, meinen Unterhalt als Führer dieser Menschen zu verdienen. Ich taufte sie also und gründete die christliche Gemeinde Rom. Der Zulauf war enorm. Bald gesellten sich zu den Sklaven und der eingewanderten Landbevölkerung auch wohlhabendere Kaufleute und Handwerker. Sie alle verband der Hass auf das Feudalleben des Kaisers und seiner Paladine. Ihre Spenden nahmen so zu, dass ich Aelius bitten musste, mein Geld zu verwalten. Er kaufte auf dem Monte Vaticano ein Grundstück und ließ einen kleinen Palast für mich errichten. Offiziell war ich sein Vetter Petronius, der durch Landverkäufe auf Sizilien zu Vermögen gekommen war.

Anfangs ließen die römischen Behörden die Christen gewähren, aber als die Gemeinde immer größer wurde und ihre Andachten in aller Öffentlichkeit abhielten, verbot der Kaiser die neue Religion. Die Prätorianer bekamen den Auftrag, jeden zu verhaften, der sich nicht an dieses Verbot hielt. Eine gnadenlose Jagd auf die Christen begann. Sie wurden erschlagen, erdolcht, ans Kreuz geschlagen und die kräftigen unter ihnen in die Arena getrieben, wo sie sich von den

Löwen zerfleischen lassen mussten. Aber sowohl Kaiser Tiberius, als auch sein Nachfolger Caligula, erreichten das Gegenteil von dem, was sie gewollt hatten. Die Angst vor Verfolgung schreckte die Menschen nicht. Immer zahlreicher wurde der Zulauf zur Gemeinde. Ermordeten die Prätorianer zwanzig Christen, meldeten sich am nächsten Tag fünfzig neue zur Taufe an. Die römische Oberschicht empfand dieses Abschlachten, anders konnte man es nicht nennen, der Christen als barbarisch, und es gab nicht wenige unter den Senatoren, die dieses Gemetzel beendet sehen wollten. Sie wussten, dass der Andrang, den die Gemeinde zu verzeichnen hatte, weniger religiöse Motive, als soziale Unzufriedenheit zur Ursache hatte.

Ich zeigte mich nur bei der Gemeinde, wenn Aelius, der gute Kontakte zum kaiserlichen Hof hatte, mir signalisierte, dass keine Razzien der Prätorianer geplant waren. Ich hatte eine Reihe von Priestern ernannt, die ich mit den nötigen Texten für ihre Ansprachen versah, so, wie Jakobus es früher für Jeschua getan hatte.

Ich muss zugeben, dass ich Jeschua heute besser verstehen kann, als damals. Es ist schwer, sich gegen die Verehrung und Begeisterung der Massen zu wehren. Es dauert nicht lange und man nimmt es als etwas Selbstverständliches hin. Ich muss zugeben, dass es immer häufiger Augenblicke gibt, in denen ich tatsächlich glaube, dass ich der wäre, den die Menschen in mir sehen wollen.

SAULUS

BEGINN DER FREUNDSCHAFT MIT ARCHELAOS

Natürlich wusste ich in Tarsos nicht, was mich in Jerusalem erwartete, aber ich wusste, dass Jerusalem die Stadt war, in der ich Erfolg haben würde. Ob als Schriftgelehrter, Kaufmann oder als Mitarbeiter in der Verwaltung, ich wollte Karriere machen und war fest entschlossen, jede sich bietende Chance zu nutzen. Aber wie mir ging es vielen jungen Leuten, die dem Ruf der großen Stadt gefolgt waren, und die erhofften höheren Positionen lagen nicht auf der Straße.

Ich lernte sehr schnell, dass nicht nur das Können eine wichtige Rolle spielte, Beziehungen waren genau so entscheidend. Wer sich nicht durch eine Geldsumme Zutritt zu den richtigen Stellen verschaffen konnte, der musste jemanden kennen, der jemand kennt, der was zu sagen hatte. Der heimliche Gott dieser frommen Stadt war das Geld. Johannes bezahlte zwar mein Studium und es wundert mich noch heute wie er es außerdem schaffte, mir ein kleines Taschengeld auszuzahlen. Aber ein junger Mann, besonders wenn er aus einer verträumten Kleinstadt kommt, hat Wünsche. Jerusalem hatte viel zu bieten und ich war neugierig auf alles Neue, Unbekannte. Das Studium füllte nicht den ganzen Tag aus, und es wäre leicht gewesen, nebenbei noch einer Arbeit nachzugehen. Aber das Angebot war gering. Eine Anstellung bei der Schutztruppe, die die Priesterschaft aufgestellt hatte, um dem Heer der Glücksspieler und Taschendiebe beizukommen, war einfach. Aber diese Schutztruppe hatte einen so schlechten Ruf, dass jeder einen Bogen um ihre Mitglieder machte. Und ich wollte nicht zu diesen Außenseitern gehören. Ich wollte Anerkennung in meinem Freundes- und Bekanntenkreis. Als Blutsauger, wie die Schutztruppenmänner genannt wurden, weil sie ihre Opfer nicht nur verprügelten bevor sie sie den Behörden auslieferten, sondern auch noch bestahlen, hätten mich meine Freunde nicht mehr in ihrer Mitte geduldet.

Ich musste einflussreiche Leute kennen lernen. Menschen, die mir bei der Suche nach einer geeigneten Arbeit helfen konnten. Es gab in Jerusalem nur zwei Klassen, die Ausbeuter und die, die ausgebeutet wurden. Ich war ausgesprochen ehrgeizig und fand es auch moralisch nicht verwerflich, dass ich mich auf die Seite der Ausbeuter schlagen wollte. Und ich bekam eine Arbeit durch Beziehungen. Aber darüber später mehr. Als ich sie angeboten bekam, konnte ich nicht ahnen, dass dieser Posten mein späteres Leben völlig anders gestaltete, als ich es geplant hatte. Heute frage ich mich, ob es ein vorbestimmtes Schicksal war, oder eine Verkettung lauter Zufälle.

Wie du das Brot gebacken hast, so wirst du es essen müssen, sagt ein arabisches Sprichwort. Aber wenn ich recht überlege, dann hatte ich nie die Möglichkeit, mein Brot selber zu backen.

Wir waren nur eine kleine Gruppe von fünf Studenten, die am Unterricht teilnahmen. Alles junge Männer in meinem Alter. Himmelsstürmer, die die Welt erobern wollten. Wissbegierig nicht nur auf den Lehrstoff, sondern auf alles, was das Leben zu bieten hatte. Einer der Studierenden war Archelaos. Er stammte aus einer der reichsten Familien Jerusalems. Seine Mutter war eine Schwester von Herodes Antipas. Sein Vater ein Kaufmann, dessen Palast neben dem des Hohepriesters lag und der noch prächtiger war, als der des Kaiphas.

Archelaos nahm das Studium nicht besonders ernst. Sein größter Wunsch war es, nach Rom auszuwandern. Er las alles, was er über die Stadt in die Finger bekam und ließ sich von Reisenden, die Rom schon mal besucht hatten, jedes Gebäude bis ins kleinste Detail beschreiben. Archelaos hatte immer eine Menge Geld in der Tasche, und das süße Leben interessierte ihn weit mehr, als Thora-Auslegungen, Mathematik und griechische Philosophen. Nur im Lateinunterricht war er einer der Fleißigsten. Archelaos lud mich häufig zum Essen ein. Oft zogen wir auch abends durch die Gasthäuser, tranken manchmal mehr Wein, als wir vertragen konnten und trieben unsere Scherze mit den Zugereisten.

Johannes war mein Umgang mit Archelaos nicht so recht.

„Man sollte in der Gesellschaft bleiben, in die man hineingeboren wurde“, sagte er. „Die Mächtigen und die Reichen nutzen andere nur aus, und wenn sie ihrer überdrüssig sind, lassen sie sie fallen.“

Archelaos gehörte zu den wenigen Juden in Jerusalem, denen sogar die römischen Soldaten mit Respekt gegenübertraten, und in seiner Begleitung profitierte ich ebenfalls davon. Die Legionäre wussten, aus welcher Familie Archelaos stammte, und sie kannten die Verbindungen seines Vaters zu Herodes, Kaiphas und vor allem zum Prokurator Pontius Pilatus. Außerdem mochten sie ihn, denn Archelaos war sehr großzügig und gab ihnen in den Gasthäusern oft einige Becher Wein aus und scherzte in ihrer Muttersprache mit ihnen. Archelaos war in ganz Jerusalem bekannt, egal, ob wir in griechischen Tavernen, arabischen Kaffeehäusern oder jüdischen Wirtsstuben aufkreuzten, er wurde überall mit großem Hallo begrüßt. Selbst in den Häusern, um die die frommen Juden einen großen Bogen machten und die nach dem Gesetz eigentlich gar nicht bestehen durften, empfingen ihn die Schönen, die dort ihrer Arbeit nachgingen mit überaus großer Freundlichkeit.

Wir kannten uns gut ein halbes Jahr, da lud Archelaos mich zu sich nach Hause ein,. Das Passahfest, das an die Befreiung der Israeliten aus ägyptischer Fron erinnerte, stand vor der Tür. Ich denke, seine Eltern wollten mich kennen lernen, um zu sehen, ob der Freund ihres Sohnes zu den geladenen Gästen passte.

Mit Pracht konnte man die Einrichtung dieses Hauses nur unzureichend beschreiben. Dicke, persische Teppich bedeckten den Boden, und man ging lautlos durch die Räume, weil sie das Geräusch der Schritte schluckten. Nur an den Rändern sah man Bodenplatten aus feinstem italienischen Marmor. Die Zimmer waren mit edel geschnitzten Möbelstücken ausgestattet. Selbst die Lehnen der Stühle waren mit Einlegearbeiten verziert. Die Griffe der Ebenholztüren waren vergoldet und auf den Tischen und Anrichten standen silberne Leuchter und Vasen in einer Vielzahl, dass man annehmen konnte, der Hausherr würde sie sammeln. Schwere Damastvorhänge vor den Fenstern sorgten für eine angenehme Kühle in den Räumen, die fast alle die Größe von Sälen hatten.

Archelaos' Vater war der einzige Kaufmann, der eigene Handelsschiffe besaß, ein Privileg, das eigentlich den Römern vorbehalten war. Seine Karawanen zogen bis in die Türkei, nach Persien und Bagdad, und er belieferte mit orientalischen Gewürzen sogar die Senatorenfamilien und den kaiserlichen Hof in Rom. Als Schwager des Herodes Antipas hatte er für alle seine Geschäfte Sondergenehmigungen bekommen und man erzählte in Jerusalem, dass der Landesfürst und der römische Prokurator stille Teilhaber seines Unternehmens wären.

Ich musste bei meinem ersten Besuch einen guten Eindruck hinterlassen haben. Ich wurde tatsächlich zum Passahfest eingeladen. Alles, was in Jerusalem Rang und Namen hatte, war Gast des Kaufmanns. Der Hohepriester Kaiphas mit seinen wichtigsten Mitarbeitern, die Oberrabbiner, die ranghöchsten Offiziere der römischen Legion und der Prokurator. Ich konnte die Herren nur aus der Ferne beobachten. Es gab einen Tisch für uns junge Leute an einem Ende des Saals, einen für die Frauen am anderen Ende. Die Ehrengäste saßen an der Tafel, die zentral in der Mitte stand. Nach dem Essen wurden die Frauen und die jungen Männer aufgefordert, den Raum zu verlassen. Die Honoratioren wollten sich ungestört unterhalten.

Von diesem Tag an war ich regelmäßig Gast in diesem Haus. Die Mahlzeiten liefen immer nach einem ganz bestimmten Ritual ab.

Erst sprach der Hausherr ein Tischgebet, dann schnitt er den Braten an, den ein Diener auf einem silbernen Tablett vor ihm abstellte. Ein zweiter Diener hielt ihm die Teller hin und Archelaos' Vater legte ein Stück Fleisch auf jeden Teller. In der Reihenfolge ihres Ansehens und ihrer Bedeutung bekamen die Gäste von dem Diener das Essen serviert. Ich bekam mein Bratenstück natürlich immer als letzter, aber noch vor den Frauen, die bei alltäglichen Essen mit am Tisch sitzen durften. Dann reichten die Diener die Beilagen, die streng nach den koscheren Vorschriften zusammengestellt waren. Ein Rabbiner, es war bei jedem Essen, bei dem ich auch Gast war, ein Rabbiner am Tisch, schenkte den Wein ein. Er begann jedes Mal bei Archelaos' Mutter, dann folgten die anderen Damen und dann die männlichen Gäste in der Reihenfolge, in der sie das Fleisch serviert bekommen hatten.

Nach dem Essen zogen sich die Männer auf die Dachterrasse zurück. Große Schirme sorgten dort oben für Schatten und an besonders heißen Tagen mussten die Diener mit Fächern aus Palmwedeln für Abkühlung sorgen. Die Herren zündeten sich ihre Pfeifen an und begannen, über Politik und Geschäfte zu reden. Jeder wusste, dass der Hausherr der Schwager des Landesfürsten war und es war schon erstaunlich, mit welcher Offenheit auch Kritik an dessen Regierung, an den Machenschaften des Pontius Pilatus und dem religiösen Führungsstil des Hohepriesters geübt wurde. Man war sich darüber einig, dass die brutale Steuerpolitik für die immer wieder aufkeimenden Unruhen im Land verantwortlich wären. Archelaos' Vater befürchtete sogar, dass sich die unterschiedlichen Widerstandsgruppen verbinden und als Befreiungsheer einen Krieg gegen die Römer anzetteln könnten. Dieser Krieg würde auch Galiläa mit einbeziehen und dann wären die Tage seines Schwagers gezählt. Die anderen Herren sparten nicht mit Zustimmung. Sie waren keine Patrioten, die eine solche Armee unterstützen würden. Im Gegenteil, ihnen war an der Aufrechterhaltung des Status quo gelegen. Wer wusste denn schon, ob in einem befreiten Palästina die Geschäfte so einträglich sein würden wie im Augenblick.

Wir jüngeren Männer saßen auch hier wieder an einem Nebentisch und hatten den Gesprächen aufmerksam zu folgen. Keiner von uns, auch Archelaos nicht, hätte es je gewagt, sich unaufgefordert an dem Gespräch zu beteiligen. Eines Tages aber wandte sich Archelaos' Vater direkt an mich. Man hatte vorher über die unterschiedlichsten Regierungsformen debattiert und dabei auch über die Bemühungen der Griechen, eine Volksregierung, eine Demokratie zu schaffen gesprochen.

„Glaubst du, Saulus“, fragte mich der Hausherr unvermittelt, „dass ein Volk nach den Gesetzen leben kann, die es sich selber gibt?“

Ich war völlig überrascht.

„Nein“, sagte ich dann nach einer längeren Überlegungspause, „denn dann wäre das Volk sein eigener Herrscher.“

„Was würde dich daran stören“, fragte der Hausherr.

„Ich glaube“, antwortete ich, „dass es von Gott gewollt ist, dass es Herrschende und Beherrschte gibt.“

„Aber davon steht nichts in den Fünf Büchern Moses“, sagte Archelaos' Vater.

„Indirekt schon“, sagte ich. „Sind nicht im Namen Gottes blutige Schlachten geschlagen worden, damit ein ihm gefälliges Herrschergeschlecht über das Schicksal der Kinder Israels entscheidet? Hat Gott nicht Moses, Josua, Gideon und viele andere zum Führer der Israeliten bestimmt, weil er wusste, dass das Volk ohne eine starke Führung hilflos ist?“

Die Antwort schien zu gefallen. Die ehrwürdigen Herren nickten zustimmend. Von diesem Tag an fragte man mich häufiger nach meiner Meinung, und bald forderte mich Archelaos' Vater auf, am Tisch der älteren Generation Platz zu nehmen. Ich hatte befürchtet, dass meinem Freund Archelaos diese Bevorzugung missfallen könnte, ja, vielleicht sogar Neidgefühle bei ihm weckte. Aber im Gegenteil, er war stolz auf mich und zufrieden darüber, dass er es war, der mich in seinem Elternhaus eingeführt hatte.

Nur Johannes, mein liebenswerter Pflegevater, sah meine Verbindung zu der Kaufmannsfamilie mit immer kritischeren Augen.

JOHANNES

MEIN PFLEGESOHN

Ich wusste, dass das nicht gut gehen konnte. Saulus war in eine Gesellschaft geraten, die ihm nur schaden konnte. Sein Freund Archelaos war ein netter Bursche, aber seine Familie hatte keinen besonders guten Ruf. Sie war reich, aber es gab erschreckende Geschichten darüber, wie sie zu ihrem Reichtum gekommen war und wie sie ihn jetzt noch ständig mehrte. Saulus hätte sich lieber auf sein Studium konzentrieren sollen, als ständiger Gast in ihrem Haus zu sein. Und er hätte auf mich hören sollen.

Ich erinnere mich genau an unser letztes Gespräch.

„Ich habe einen Termin beim Hohepriester", sagte Saulus. „Wenn ich Glück habe, dann bietet er mir eine Arbeit an, und ich kann dich und Naomi etwas unterstützen."

„Wir kommen auch so zurecht", sagte ich. „Mir gefällt die Geschichte nicht. Warum sollte Kaiphas daran interessiert sein, gerade dir zu helfen? Jedes Mitglied der Priesterschaft bittet ihn um Unterstützung für einen Sohn, einen Neffen oder das Kind eines Freundes. Dazu kommen noch die hohen Verwaltungsbeamten, die ebenfalls ihre Beziehungen zu ihm für ihre Verwandtschaft ausnutzen."

„Archelaos' Vater hat sich für mich eingesetzt", sagte Saulus.

„Er hat selber drei Söhne", sagte ich, „glaubst du, er würde sich nicht in erster Linie um die kümmern? Er ist mit der Schwester des Herodes Antipas verheiratet. Warum hat er sich nicht an ihn gewandt, wenn er dir wirklich helfen will?"

„Der Landesfürst hat nur Einfluss in Tiberias", antwortete Saulus. „Ich will aber unbedingt in Jerusalem bleiben."

„Dann geh mit Gott", sagte ich. „Und lass dich nicht auf Dinge ein, die du vor Deinem Gewissen nicht verantworten kannst."

Meine Befürchtung war, dass Kaiphas Saulus in sein riesiges Agentennetz aufnehmen und ihn mit der Bespitzelung seiner Mitschüler beauftragen könnte. In der Schüler- und Studentenschaft von Jerusalem wurden lockere Reden geführt und oft scharfe Proteste gegen die Machenschaften der Besatzungsmacht und der Hohen Priesterschaft artikuliert. Sicher war Kaiphas daran interessiert, die Namen der Rädelsführer zu erfahren. Von seinem Charakter her würde Saulus einen solchen Auftrag sicher ablehnen, aber ich wusste, dass er unbedingt Geld verdienen wollte, um uns finanziell zu entlasten.

Naomi und ich warteten bis spät in die Nacht auf die Rückkehr von Saulus. Als er am nächsten Morgen immer noch nicht nach Hause gekommen war, wusste ich, dass Kaiphas den Jungen mit keiner legalen Aufgabe betraut hatte.

Wir erfuhren in Jerusalem sehr schnell von den Ereignissen, die sich in Galiläa und später auch in Judäa abspielten, und als Tempeldiener hörte ich zwangsläufige die bösartigen Kommentare der Rabbiner, die sie über Jeschua und den Paulus, den angeblichen Drahtzieher dieser Geschehnisse, von sich gaben. Ich musste nicht warten, bis Jeschua mit seinen Begleitern in Jerusalem einzog, um zu wissen, dass es sich bei Paulus um meinen Schützling Saulus handeln musste. Die Beschreibungen dieser Person ließen da keine Zweifel aufkommen, und die perfekte Durchführung der Kampagne war seiner Intelligenz durchaus zuzutrauen.

Ich war einer unter Tausenden, die den Einzug des Jeschua und seiner Begleiter in Jerusalem am Straßenrand mitverfolgte. Und ich sah meinen Saulus, meinen lieben Jungen, der in diesem einen Jahr seiner Abwesenheit zu einem reifen Mann geworden war. Am liebsten wäre ich auf ihn zugelaufen und hätte ihn in die Arme geschlossen. Aber eine innere Stimme sagte mir, dass ich es besser bleiben lassen sollte.

Ich habe mich später oft gefragt, warum er Naomi und mich nie aufsuchte, als er wieder in Jerusalem war, aber mir dann selber die Antwort gegeben. Ich denke, dass er, wie sein Schutzbefohlener, verhaftet wurde, und dass man ihm auch den Prozess machen wollte. Durch eine glückliche Fügung muss ihm die Flucht gelungen sein. Es entspricht ganz typisch dem Charakter des Jungen, dass er nicht bei uns Unterschlupf suchte. Er hätte alles vermieden, was uns in Gefahr bringen könnte.

Ein paar Mal überlegte ich, ob ich um einen Besuchstermin bei dem Vater des Archelaos nachsuchen sollte, um von ihm zu erfahren, ob er oder sein Sohn von Saulus gehört hätten, aber auch den Gedanken verwarf ich wieder. Naomi meinte, dass er, Kaiphas und alle anderen, die noch in diese Sache verwickelt waren, nie zugeben würden, dass sie es waren, die Saulus mit dieser Aufgabe betraut hätten.

„Er wird leugnen, Saulus je gekannt zu haben“, sagte sie. „Glaubst du, er vertraut einem Tempeldiener die Wahrheit an?“

Dieses Argument schien mir vernünftig zu sein.

Naomi und ich versuchten brieflichen Kontakt mit seinen Eltern aufzunehmen. Wir hofften, dass es ihm gelungen war, sich nach Kilikien durchzuschlagen. Aber wir bekamen nie eine Antwort. Das konnte allerdings auch daran liegen, dass nur Briefe, die Kurierreiter beförderten ihr Ziel erreichten. Die, die man durch Karawanen oder Schiffe verschickte, landeten oft in Lagerfeuern oder im Meer.

Ich muss sehr häufig an Saulus denken. Was hätte, bei seiner schnellen Auffassungsgabe, bei seiner Intelligenz, alles aus ihm werden können. Ein Verwaltungsbeamter in höchster Stellung, ein Schriftgelehrter oder ein Rabbiner. Ja, er hatte sogar das Zeug dazu ein Dichter, ein Philosoph zu werden. Aber eine einzige Unterredung im Palast des Kaiphas hat sein Leben in andere Bahnen gelenkt. Ein einziges Gespräch hat seine Zukunftsaussichten zerstört und ihn zum Werkzeug der Mächtigen gemacht, die, wie man weiß, ihre Helfershelfer stützen oder fallen lassen wie es ihnen gerade beliebt.

Jeschua war mit Sicherheit nicht Gottes Sohn, dass steht für mich fest. Wäre er es gewesen, dann hätte dieser Gott auch Saulus in die Pflicht genommen und ihn mit seiner Aufgabe betraut. Ich aber weiß, dass es ein Mensch war. Der hinterlistige, durchtriebene Kaiphas, der sich als Diener Gottes verehren ließ und doch in seinem Denken und Handeln dem Teufel näher stand als dem Allmächtigen.

SAULUS

GESPRÄCH MIT ARCHELAOS' VATER

Ein halbes Jahr war inzwischen wieder vergangen, als Archelaos' Vater mich eines Tages nach dem Mittagessen in sein Arbeitszimmer bat. Ich hatte schon mitbekommen, dass das eine hohe Auszeichnung war, denn diesem Raum durften nur seine engsten Freunde betreten. Er begann damit, mich nach meiner Familie zu befragen, dem Studium und den beruflichen Zielen, die ich mir gesetzt hatte. Er hörte sich meine Ausführungen geduldig an.

„Ich will nicht neugierig erscheinen", sagte er dann, „aber wie ist es um deine finanzielle Situation bestellt?"

Ich zögerte mit der Antwort.

„Du kannst ganz offen mit mir reden", ermunterte mich der Kaufmann.

„Mein freundlicher Gastgeber arbeitet als Tempeldiener" sagte ich. „Er muss jede Münze dreimal umdrehen, bevor er sie ausgibt. Es ist mir ein Rätsel wie er die Studiengebühren und Bücher bezahlen kann und es auch noch schafft, mir ein Taschengeld zu geben. Ich fürchte, er hat bei einem Geldverleiher Kredit aufgenommen."

„Hoffentlich nicht", sagte Archelaos' Vater. „Wenn man einmal damit beginnt, kommt man aus den Klauen dieser Leute nicht mehr heraus."

Ich überlegte, dass dies die Gelegenheit wäre, um meinen Wunsch vorzutragen.

„Ich suche dringend eine Arbeit, die ich neben dem Studium ausüben kann", sagte ich.

„Archelaos hat mir davon erzählt", sagte der Kaufmann. „Mir gefallen zielstrebige, arbeitsfreudige, junge Menschen. Ich wollte, Archelaos hätte auch deine Einstellung."

Er sah mich sehr freundlich an. Was würde jetzt kommen? Hätte er vielleicht einen Posten in seinem Geschäft für mich? Könnte er mich an einen Kollegen weiterempfehlen?

„Ich hatte vor kurzem ein Gespräch mit dem Hohepriester", sagte er nach einer kurzen Pause. „Kaiphas braucht immer wieder junge Leute, die Lesen und Schreiben können, fleißig sind und denen er vertrauen kann. Er hatte schon von dir gehört. Der Rabbiner Nikodemus, der dich in meinem Haus kennen lernte, hat ihm von dir erzählt. Er hat dein logisches Denken sehr gelobt. Der Hohepriester hat mich daraufhin angesprochen und ich konnte Nikodemus' Lob nur untermauern."

„Ihr seid sehr gütig, hoher Herr", sagte ich.

„Jedenfalls will dich Kaiphas persönlich kennen lernen“, sagte der Kaufmann. „Er wird dir eine Audienz gewähren.“

„Ihr glaubt, er könnte mich als Hilfskraft im Sekretariat oder in der Tempelverwaltung beschäftigen“, fragte ich freudig.

„Irgend etwas wird sich schon finden lassen“, sagte der Kaufmann. „Das Wichtigste ist doch, dass du nebenbei ein wenig Geld verdienst.“

Ich bedankte mich höflich und Archelaos' Vater entließ mich mit einem gnädigen Kopfnicken.

Ich war ihm dankbar, dass er sich für mich eingesetzt hatte. Ich konnte zu diesem Zeitpunkt nicht ahnen, dass sich nach dem Gespräch mit dem Hohepriester mein ganzes Leben von einem Augenblick auf den anderen verändern sollte. Jetzt dachte ich nur daran, welche Erleichterung es für Johannes und Naomi sein würde, wenn ich einen Anteil der monatlichen Kosten übernehmen könnte. Ich wartete sehnsüchtig auf eine Nachricht des Hohepriesters.

Vorerst aber führten Archelaos und ich unser munteres Studentenleben weiter. Wir waren bei Pferde- und Kamelrennen, sahen uns Hahnenkämpfe an, beglückten die rassigen Schönen in den verbotenen Häusern und tranken mit Schafhirten und Kameltreibern um die Wette.

„Heute erlebst du mal etwas ganz Besonderes“, sagte Archelaos eines Tages zu mir.

Wir zogen mit einer großen Menschenmenge vor die Stadtmauern zum Berg Golgatha. Ich vermutete, dass dort ein Faustkampf stattfinden würde, weil viele römischen Soldaten unter den Schaulustigen waren. Faustkämpfe waren zur Zeit der große Renner. Aus dem ganzen Land kamen Männer nach Jerusalem, um gegen den gerade zum Stärksten gekürten Faustkämpfer anzutreten. Das Publikum schloss Wetten auf den vermeintlichen Sieger ab. Fliegende Händler versorgten die Menge mit Brot, Feigen und Wein. Jede dieser Veranstaltungen war ein richtiges Volksfest.

Ich sollte allerdings bald merken, dass es sich an diesem Tag nicht um ein sportliches Ereignis handelte, welches die Menge so in Erregung versetzte.

Eine römische Kohorte führte einen Mann, der an den Armen gefesselt war und Fußketten trug, unter ständigen Stockhieben zu einem Hügel. Dort nahm eine zweite Kohorte den Geschundenen in Empfang. Die Legionäre legten den Gefangenen auf ein zwanzig Fuß hohes Holzkreuz und begannen damit, seine Hände und Füße an das Kreuz zu nageln. Bei jedem Hammerschlag heulte das Opfer laut auf, und die Menge brüllte ein tausendfaches Echo, ob vor Abscheu oder aus Begeisterung, war nicht festzustellen. Dann richteten ein paar Soldaten das Kreuz auf und versenkten den unteren Balken in ein Loch, das sie vorher ausgehoben hatten. Senkrecht stand das Kreuz in der brennend heißen Mittagssonne. Es war ein makaberes Schauspiel. Das Blut des Gekreuzigten tropfte aus Händen und

Füßen in den Sand, und der Gepeinigte stieß verzweifelte Hilferufe aus und sein Körper zuckte in ohnmächtigem Schmerz.

„Wie lange wird man ihn da hängen lassen“, fragte ich Archelaos voller Abscheu.

„Bis er seinen letzten Atemzug ausgehaucht hat“, antwortete der Freund.

„Wenn er ein so schweres Verbrechen begangen hat, das mit dem Tod gesühnt werden muss, warum enthauptet man ihn nicht“, fragte ich.

„Er ist Jude“, antwortete Archelaos.

„Das ist doch kein Argument“, sagte ich.

„Oh, doch“, sagte Archelaos zynisch. „Das ist eine der neuen Bösartigkeiten der Römer. Sie wissen, dass uns unsere Religion vorschreibt, unsere Toten am Tag ihres Ablebens zu bestatten. Der Gekreuzigte bleibt aber drei oder vier Tage dort hängen, auch wenn er schon nach einigen Stunden gestorben ist. Erst dann darf er abgenommen werden. Die Römer wollen uns damit zeigen, was sie von unserem Glauben halten.“

„Warum läßt Kaiphas so etwas zu“, fragte ich angeekelt. „Ich denke, er hat mit Pontius Pilatus vereinbart, dass wir unsere jüdische Religion unbehindert ausüben dürfen, und dass die Römer unsere religiösen Vorschriften achten würden.“

„Kaiphas ist völlig egal, was die Römer treiben“, sagte Archelaos und zuckte mit den Schultern.

„Und warum empören sich die Zuschauer nicht“, fragte ich. „Diese Art der Verurteilung ist Gotteslästerung.“

Archelaos lachte höhnisch: „So sind die Menschen, mein Freund. Wenn es sie nicht selber betrifft, ist ihnen das grausame Schauspiel als Erlebnis wichtiger als ihre religiöse Überzeugung. Schau dir die Menge an. Einige haben sich Dekken mitgebracht. Sie werden drei Tage und drei Nächte hier lagern, um ja keinen Augenblick zu verpassen.“

„Lass uns gehen“, sagte ich.

Ich spürte, dass mir übel wurde. Wir drängten uns durch die Gaffenden und ich stellte mit Entsetzen fest, dass sogar Kinder unter den Zuschauern waren.

Ich konnte das jüdische Volk nicht verstehen. Der Hass auf die Römer war überall zu spüren, und trotzdem nahm man jede Provokation der Besatzer unwidersprochen hin. Nur einmal, als Pontius Pilatus aus dem Tempelschatz Geld genommen hatte für den Bau eines Schwimmbads und einer Wasserleitung für seinen Palast in Cäsarea, kam es zu wütenden Demonstrationen. Der Tempelschatz war unantastbar. Die aufgebrachte Menge stürmte zum Prätorium, dem Sitz des Prokurators in Jerusalem. Aber dort wurde sie bereits von mehreren Kohorten erwartete. Mit Knüppeln und Speeren trieben die Legionäre die Menge bis zum Tempelvorplatz zurück. Den hatten bereits andere Kohorten abgeriegelt, und die Demonstranten saßen in der Falle. Die Menschenmenge hätte die Soldaten überrennen können, aber sie tat es nicht. Erst als die Soldaten ihre Schwerter zogen und auf die Verängstigten einschlug, versuchten die meisten zu fliehen. Einigen gelang es, anderen nicht.

Hundert Tote wurden am nächsten Tag gezählt. Nur ein einziger Legionär war unter ihnen, und man erzählte sich, dass er unglücklicherweise hinter einem Kollegen gestanden wäre, als der mit dem Schwert ausholte. Dabei habe er ihm den Schädel gespalten.

Es scheint die Bestimmung meines Volkes zu sein, sich lieber in sein Schicksal zu ergeben, als Widerstand zu leisten.

Knapp zwei Wochen nach diesem furchtbaren Erlebnis auf dem Berg Golgatha überreichte mir Johannes, als ich vom Unterricht nach Hause kam, einen Brief. Der Absender war Arras, der erste Sekretär des Hohepriesters Kaiphas. Er teilte mir mit, dass mich Kaiphas am nächsten Tag eine Stunde nach dem Morgengebet in seinem Palast erwarten würde.

ARCHELAOS

MEIN FREUND SAULUS

Ich mochte Saulus vom ersten Augenblick an. Er war in unserer Gruppe mit Abstand der Intelligenteste, aber er spielte das nicht aus. Er gab uns nicht das Gefühl, dass wir begriffsstutziger waren, sondern half uns, nach den Unterrichtsstunden, die richtigen Gedankenverbindungen, die zum Beispiel die Auslegungen von Thora-Abschnitten verlangten, herzustellen. Saulus war kein Streber, der um Anerkennung bei unseren Lehrern heischte. Ihm fiel alles leicht, und er war schneller im Denken, als wir anderen. Wir freundeten uns an. Man merkte, dass er in einer Kleinstadt aufgewachsen war, denn er sog das umtriebige Leben in Jerusalem förmlich in sich auf. Es gab kein Saufgelage, an dem er nicht teilnahm, keinen Streich, den er nicht mitspielte. Saulus konnte mit verbundenen Augen, nur durch das Abtasten mit den Fingern jede Ledersorte bestimmen. Daraus machten wir ein Spiel, das uns manchen Becher Wein einbrachte.

Saßen wir in einem Gasthof und es setzten sich Fremde an unseren Tisch, kam ich auf diese Begabung zu sprechen. Keiner der Händler oder Kaufleute wollte glauben, dass Saulus diese Fähigkeit hatte. Wir wetteten mit ihnen um eine Runde Wein und fast alle legten unter dem Tisch ihre Schuhe oder Stiefel auf Saulus' Schoß. Ein kurzer Griff und Saulus sagte: „Ziegenleder." Die Wettpartner waren begeistert und bestellten sofort den Wein. Nur einmal behauptete ein Karawanenführer, Saulus würde sich irren.

„Meine Stiefel sind nicht aus Rindsleder", sagte der Mann. „Eine afrikanische Antilope musste ihretwegen ihr Leben lassen."

Saulus ließ sich nicht beirren.

„Wisst ihr nicht, dass afrikanische Antilopen nichts anderes sind, als eine ganz spezielle Ziegenart? Lope oder Lopadia nennen die Afrikaner das Rind und Anti ein Gegenstück. In der Mythologie der Afrikaner ist das Rind das Gegenstück der Ziege. Daraus entstand der Name Antilope. Also, das Gegenstück eines Rindes", sagte Saulus mit dem Brustton der Überzeugung.

Daran war natürlich kein Wort wahr, aber Saulus fiel es leicht, solche erfundenen, wissenschaftlich klingenden Behauptungen aus dem Stegreif zu erfinden, auch wenn sie ohne jede Logik waren.

Auch dieser Mann fiel darauf herein und bestellte ohne Murren den Wetteinsatz.

Ein weiteres beliebtes Spiel war das Stäbchenspiel.

Jeder bekam drei kurze Stäbchen in die geschlossene Faust gedrückt. Unter dem Tisch durfte man so viele Stäbchen herausnehmen wie man wollte. Dann legten alle die Faust wieder auf die Tischplatte. In vorgeschriebener Reihenfolge musste dann jeder sagen, wie viel Stäbchen sich insgesamt in den Fäusten befanden. Saulus achtete immer darauf, dass er der letzte Rater war, der seinen Tipp abgeben musste. Seine Trefferquote lag bei neunundneunzig Prozent, weil wir stets vorher abgesprochen hatten, dass ich beim ersten Mal immer alle drei Stäbchen, in der zweiten Runde zwei und in der letzten eins in der Faust haben würde. Nannte unser Opfer eine Zahl, konnte sich Saulus schnell ausrechnen wie viel Stäbchen sich in den Fäusten verbargen.

Zwar waren wir Juden in Jerusalem die Mehrheit, aber es gab kaum eine andere Nationalität, die nicht in der Stadt vertreten war. Das sorgte dafür, dass das süße Leben sich in all seiner Vielfalt ausbreiten konnte. Was den einen aus religiösen Gründen verboten war, war den anderen erlaubt. Was die einen nicht essen und trinken durften, gehörte bei anderen zu den bevorzugten Nahrungsmitteln. Saulus und ich suchten uns je nach Lust und Laune die Gesetze und Vorschriften heraus, die uns im Augenblick gerade passten.

Bald lud ich Saulus in mein Elternhaus ein. Mein Vater war von dem jungen Mann begeistert. Sicher hätte er sich gewünscht, dass sein Sohn die Kunst der Formulierung und das logische Denken ebenso beherrschen würde, wie dieser junge Mann aus Tarsos. Aber ich hatte andere Dinge im Kopf. Mein Lebenstraum war es, nach Rom auszuwandern. Alles, was ich über diese Stadt hörte, begeisterte mich. Und wenn zu Hause Besucher über ihren Romaufenthalt sprachen, lauschte ich mit offenen Ohren.

„Weißt du“, erzählte ich Saulus dann, „dass in Rom jeder Ehemann eine Geliebte, eine Kurtisane, hat?“

„Auch bei uns halten sich nur die Wenigsten an das sechste Gebot“, antwortete er lachend.

„Das schon“, sagte ich, „aber in Rom gehört das ganz offiziell zum Leben dazu. Man muss es nicht verheimlichen. Stell dir vor, du kommst in Begleitung von zwei Damen zu einem Empfang und sagst: „Darf ich Ihnen meine Gemahlin und meine Kurtisane vorstellen?“

Saulus schüttelte sich vor Lachen.

„Wenn das der Grund für deine Romleidenschaft ist“, sagte er dann, „wäre es besser, du würdest dich den Beduinen anschließen. Die haben mehrere Ehefrauen und schaffen sich nach Bedarf und Vermögen immer wieder neue an.“

Natürlich wollte ich nicht nach Rom, weil mir der Gedanke gefiel, dass ich mir ganz offiziell eine Geliebte halten konnte. Rom war für mich der Mittelpunkt der Welt. Das Kolosseum, die Kaiserpaläste auf dem Palatin, die Thermen des Diokletian, das Pantheon - das Theater des Marcellus -, das Grabmal Hadrians. Ich kannte alles nur aus Erzählungen, aber ich sah diese Wunder der Baukunst förmlich vor meinen Augen. Elegant gekleidete Männer und Frauen, die den Gladiatoren bei ihren Kämpfen zusahen, die Militärparaden der römischen Kohorten an den Geburtstagen des Kaisers, das bunte Treiben auf den Sklavenmärkten, die Empfänge und Bälle in den Häusern der Senatoren, all das wollte ich miterleben. Aber es gab strenge Vorschriften für die Einwanderung in die Hauptstadt des römischen Reiches, denen insbesondere die Juden unterlagen. Für Kaiser Caligula waren wir ein Volk, das ihm Angst einflößte. Menschen, die nur einen einzigen Gott anerkannten erschienen ihm äußerst fragwürdig. Dazu kam, dass es in keiner anderen römischen Provinz so viele Unruhen und Widerstände gab wie in Judäa. Um als Jude die Erlaubnis zu bekommen nach Rom zu reisen, musste man der Oberschicht Judäas angehören, die loyal zum Kaiser stand, und man musste für ein paar Jahre seinen Dienst bei den Legionären leisten. Beim Eintritt in eine der Kohorten war der Eid auf den römischen Imperator abzulegen. Das war für Juden natürlich sehr problematisch, denn die römischen Kaiser hatten gottähnliche Positionen, und wenn man es genau nahm, schwor man einem Gott Gehorsam und Treue. Mich plagten solche Skrupel nicht, denn ich muss zu geben, dass ich kein besonders gläubiger Jude bin.

Es war gut eineinhalb Jahre nach unserem Kennenlernen, als Saulus eine Einladung zu einem Gespräch mit dem Hohepriester Kaiphas bekam. Wir waren anschließend verabredet. Er wollte mir von dieser Unterredung berichten. Saulus hoffte sehr, dass Kaiphas ihm eine Arbeit anbieten würde, die ihm erlaubte, sein Studium selbst zu finanzieren und ihm die Möglichkeit gab, seinen Gastgebern, Johannes und Naomi, einen Teil der Kosten für das tägliche Leben zu erstatten. Saulus hielt unsere Verabredung nicht ein.

Ich wusste an diesem Tage nicht, dass ich ihn sehr lange nicht mehr sehen würde.

SAULUS

DER AUFTRAG DES KAIPHAS

Ich nannte dem Wächter, der vor dem Eingang des Palastes stand, meinen Namen.

„Siehst du den kleinen Mann dort hinten im Hof", sagte der Posten, „der erwartet dich."

Er trat einen Schritt zur Seite und ließ mich vorbei. Der kleine Mann hatte mich auch gesehen und kam mir entgegen.

„Mein Name ist Arras. Ich bin der Sekretär des Hohepriesters. Du bist Saulus von Tarsos?", fragte er und als ich bejahend mit dem Kopf nickte, schüttelte er mir die Hand.

„Folge mir", sagte er und ging die Stufen zur Eingangstür hinauf.

Arras führte mich durch mehrere Räume in sein Arbeitszimmer. Gegen die Einrichtung des kaufmännischen Hauses erschien mir Kaiphas' Palast sparsam, ja, fast spartanisch eingerichtete zu sein.

„Nimm Platz", sagte Arras und zeigte mit der Hand auf eine Holzbank, die vor seinem Schreibtisch stand.

„Dein Name ist Saulus von Tarsos. Dein Vater ist Zeltmacher. Du hast drei Geschwister, einen Bruder und zwei Schwestern. In drei Monaten wirst du zweiundzwanzig Jahre alt. Du wohnst in Jerusalem im Hause des Tempeldieners Johannes und seiner Frau Naomi."

Ohne auch nur einmal Luft zu holen, las Arras diese Informationen von einem Blatt ab. Ich überlegte, ob er dieses Wissen Archelaos' Vater verdankt, oder ob ihm die Agenten des Kaiphas, über dessen Spitzelnetz man ständig sprach, mit Material über mich versorgt hatten.

„Die Angaben sind korrekt", sagte ich.

„Du suchst Arbeit", fragte Arras.

„Ja", sagte ich, „am besten eine, die ich in den Abendstunden erledigen kann. Ich möchte mein Studium nicht vernachlässigen."

„Du wirst nur reden, wenn an dich eine Frage gestellt wird", sagte Arras. „Hast du verstanden?"

„Aber ihr habt mir doch eine Frage gestellt", sagte ich.

„Ich rede nicht von mir", sagte der Sekretär. „Es geht um dein Gespräch mit dem Hohepriester und dem Landesfürsten."

„Mit dem Tetrarchen", frage ich überrascht. „Wieso will Herodes Antipas mit mir sprechen?"

„Erstens“, sagte Arras, „sprichst du nicht von Herodes Antipas, sondern vom ehrwürdigen Landesfürsten. Wenn er dir Fragen stellt, dann antwortest du mit hoher Herr! Und zweitens wird deine Neugierde früh genug befriedigt werden.“

Arras gab mit noch ein paar Anweisungen, wie ich mich zu verhalten hätte. Aber ich hörte ihm nicht mehr richtig zu. Ich war verwirrt. Es hatte mich schon überrascht, dass mich Kaiphas persönlich empfangen wollte. Einen kleinen Studenten, der eine Aushilfstätigkeit suchte, hätte auch ein Sekretär einstellen können. Und jetzt war sogar der mächtige Herodes Antipas bei diesem Gespräch anwesend. Was hatte das zu bedeuten? Am liebsten wäre ich auf der Stelle umgekehrt und hätte den Palast verlassen, aber Arras war aufgestanden und forderte mich mit einer Handbewegung auf, seinem Beispiel zu folgen.

Er begleitete mich zu einer Tür, die mindestens zehn Fuß hoch war. Vor der Tür standen zwei, mit Speeren bewaffnete Posten. Auf ein kurzes Kopfnicken von Arras traten sie zur Seite. Einer von ihnen öffnete die Tür. Der Sekretär gab mir einen kleinen Stoß und ich stolperte in den Raum. Mit einem dumpfen Schlag fiel die Tür hinter mir zu. Ich befand mich in einem Saal, an dessen Wänden die Porträts zahlreicher Männer hingen. Es mussten die Vorgänger von Kaiphas gewesen sein. Sie trugen alles das Kleid des Hohepriesters. Der Saal war fast unmöbliert. Nur am entferntesten Ende stand ein großer Arbeitstisch und davor eine Sitzgruppe. Die Lehnen der Sessel waren so hoch, dass ich nicht sehen konnte, ob jemand dort saß. Ich blieb abwartend an der Tür stehen. Dann tauchte ein Kopf über der Sessellehne auf.

„Komm näher“, befahl eine helle, fast kindliche Stimme.

Ich ging zu der Sitzgruppe und nun sah ich auch den Landesfürsten, der es sich in einem der Sessel bequem gemacht hatte. Kaiphas hatte ich im Tempel und auf dem Tempelvorplatz schon häufiger gesehen, aber Herodes Antipas noch nie von Angesicht zu Angesicht. Er war klein, rundlich und trug um den Hals und an den Handgelenken zahlreiche Goldketten. Seine Finger, bis auf die Daumen, schmückten Ringe, die mit Edelsteinen besetzt waren. Ich blieb mit gesenktem Kopf vor den beiden Herren stehen. Kaiphas hatte sich wieder in seinen Sessel zurückfallen lassen.

„Du bist Saulus“, sagte der Fürst.

Ich nickte mit dem Kopf.

„Du bist Jude“, fragte Kaiphas. Seine Stimme war drei Oktaven höher, als die des Herodes.

„Ja, hoher Herr“, sagte ich.

„Du bist noch sehr jung“, sagte der Landesfürst.

Da ich nicht wusste, ob das eine Frage oder eine Feststellung war, schwieg ich.

„Setz dich“, sagte Kaiphas.

Ich wollte mich in einen der beiden freien Sessel setzen.

„Nicht da", sagte der Hohepriester unwirsch. Er zeigte auf einen Fußschemel, der etwas abseits stand. „Da!"

Ich setzte mich auf den Schemel. Jetzt kam ich mir noch kleiner und unwürdiger vor, weil ich zu den hohen Herren fast vom Fußboden aus hochblicken musste.

„Was wir mit dir zu besprechen haben", begann Herodes Antipas, „unterliegt der absoluten Schweigepflicht. Es ist mehr als streng vertraulich. Solltest du je ein Wort über unser Gespräch einem Dritten gegenüber verlieren, würdest du dich des Staatsverrats schuldig machen. Ein Vergehen, das mit dem Tod bestraft wird."

„Gesteinigt zu werden ist nicht die schönste Art, um aus dem Leben zu scheiden", sagte Kaiphas.

Ich fühlte mich, als würde mir jemand den Hals zudrücken. Der Schweiß lief mir unter dem Gewand in kleinen Bächen herunter. Was passierte hier? Ich wollte einen Aushilfsposten als Schreiber, Steuereinnahmen nachrechnen, Mahnbriefe schreiben oder Akten aus dem Archiv heraussuchen. War jeder, der für die Verwaltung arbeitete, ein Geheimnisträger? Was konnte eine Hilfskraft an Staatsgeheimnissen verraten? Gehörte es zum üblichen Ritual, dass man bei Neueinstellungen mit der Todesstrafe droht, um sich der absoluten Loyalität des Mitarbeiters sicher zu sein?

Herodes Antipas schien zu ahnen, was in meinem Kopf vorging.

„Wenn du erfährst, mit welcher Aufgabe wir dich betrauen wollen, wirst du verstehen, warum ich diese Warnung ausgesprochen habe", sagte er. Er nickte Kaiphas aufmunternd zu.

Der Hohepriester räusperte sich und begann: „Die allgemeine politische Lage in unseren Regionen ist sehr angespannt. Eine spürbare Unruhe macht sich im Volk breit und der Tetrarch und ich machen sich Sorgen, dass es zu Aufständen kommen könnte. Kannst du mir folgen?"

Ich nickte mit dem Kopf, obwohl ich nicht wusste, warum mir der Hohepriester das alles erzählte. Was wollten die Herren von mir? Warum besprechen sie mit einem kleinen Provinzler die politische Lage des Landes?

„Der römische Kaiser ist uns wohlgesonnen", fuhr Kaiphas fort, „weil wir in den letzten Jahren für eine gewisse Stabilität in diesem Lande gesorgt haben. Und sein Wohlwollen ist für ganz Palästina von größter Wichtigkeit."

„Es wäre hilfreich", sagte der Landesfürst, „wenn du nicht nur mit dem Kopf nicken würdest, sondern auch akustisch äußern könntest, dass du den Hohepriester verstehst."

„Ich verstehe jedes Wort, hoher Herr", sagte ich.

„Wie beruhigend", sagte Herodes Antipas.

Kaiphas lachte meckernd.

„Wie beruhigend“, wiederholte er. „Dann kann ich ja fortfahren. Immer mehr politische Agitatoren schüren den Unmut des Volkes. In fast staatszersetzender Art rufen sie zum Widerstand gegen unsere römischen Freunde auf und schrecken auch nicht davor zurück, den edlen Landesfürst und sogar die hohe Priesterschaft mit scharfen Worten anzugreifen. Du hast sicher schon einige von ihnen in Aktion gesehen und gehört.“

„Nein, hoher Herr“, sagte ich schnell. „Ich halte mich von politischen Aktivisten fern.“

Wollte man mir die Zugehörigkeit zu einer Widerstandsbewegung unterstellen? Hatte ich auf der Terrasse des Kaufmanns irgendwann mal eine Bemerkung gemacht, die mir als staatsfeindlich ausgelegt werden konnte?

„Du willst mir doch nicht erzählen“, sagte Kaiphas spöttisch, „dass du noch nie einem Wanderprediger zugehört hast?“

„Das schon, hoher Herr“, sagte ich, „aber keinem Aufrührer, der gegen die Römer, den Landesfürsten oder die hohe Priesterschaft gesprochen hat.“

„Das beweist mir einmal mehr“, sagte Kaiphas zu Herodes Antipas, „wie geschickt diese Bande vorgeht.“

Dann wandte er sich wieder an mich.

„Gerade diese Wanderprediger sind es, die bei ihren angeblichen Heilsverkündungen in Nebensätzen geschickt zum Widerstand aufrufen. Sie predigen von der Ankunft des Messias und meinen die Untergrundkämpfer, die durch verbrecherische Unternehmungen die Grundfesten dieses Landes erschüttern wollen“, sagte der Hohepriester.

Kaiphas sah mich erwartungsvoll an, aber ich wusste nicht, was ich sagen sollte. Die armen Schlucker, die sich durch ihre Predigten ihr täglich Brot verdienten, sollten eine Gefahr für das politische Gefüge dieses Landes sein?

Herodes Antipas wurde ungeduldig.

„Nun“, fragte er, „äußere dich.“

„Verzeihung, hoher Herr“, sagte ich und meine Stimme kam mir dünn und heiser vor, „aber unter diesen Gesichtspunkten habe ich den Predigern nie zugehört.“

„Warum, glaubst du, haben der Prokurator und ich ein Verbot erlassen, außerhalb der Synagogen zu predigen?“, fragte er.

Bevor ich antworten konnte, sagte der Hohepriester: „Dieses Pack muss von der Straße verschwinden. Wir haben Hunderte verhaftet und einsperren lassen, aber wie die Köpfe der Hydra wachsen Tausende nach.“

„Verbote werden erlassen, damit sie eingehalten werden“, sagte ich und war selber überrascht, dass ich den Mut gefunden hatte, eine solche Bemerkung von mir zu geben.

„Bravo", sagte Herodes Antipas. „Das Bürschchen beginnt die Situation zu begreifen."

Ich spürte, dass ich rot wurde.

Kaiphas Stimme wurde noch etwas schriller. Störte ihn das Lob des Landesfürsten?

„Wir haben einige Überlegungen angestellt", sagte er.

„Es ist deine Idee, Kaiphas", unterbrach in Herodes, „und ich finde sie ausgesprochen gut."

Kaiphas lächelte eitel. Er stand auf, stellte sich hinter seinen Sessel und begann zu reden.

„Ich habe einen ganz bestimmten Plan entwickelt", sagte er. „Es ist der Verwaltung unmöglich, mehr als fünftausend Wanderprediger zu überwachen, um die politischen Aufrührer unter ihnen herauszufinden. Mein Plan sieht vor, dass wir dafür sorgen, dass wir diese Prediger zur Bedeutungslosigkeit verurteilen. Wie können wir das erreichen? Ganz einfach. Ist ein Faustkämpfer geschickt und mutig, gehen zu den Kämpfen der anderen kaum noch Zuschauer. Trifft ein Dichter das Interesse der Leser, werden die Werke der anderen kaum noch beachtet. Predigt ein Rabbiner temperamentvoll und phantasiereich, strömen die Gläubigen in seine Synagoge. Daraus folgert, wenn wir einen Wanderprediger besonders herausstellen, ihn in eine Position bringen, die ihm zu Ruhm und Beliebtheit verhilft, wird bei seinen vielen Konkurrenten kaum noch ein Zuhörer stehen bleiben."

Kaiphas setzte sich, erschöpft von seiner Ansprache, wieder in den Sessel. Herodes applaudierte ihm, dann sah er mich an.

„Ein genialer Gedanke, nicht wahr", sagte er.

„Ich kenne mich in der Beurteilung menschlichen Verhaltens nicht so aus", sagte ich, „aber die Schlussfolgerung klingt logisch."

„Die Schlussfolgerung klingt logisch", äffte mich Herodes Antipas nach. "Wir sind erfreut, dass du unsere Überlegungen so überaus positiv beurteilst."

„Ich wollte nicht überheblich erscheinen, hoher Herr", sagte ich. „Ich bin es nicht gewohnt, mich so präzise auszudrücken wie ihr."

„Schon gut", beruhigte mich der Hohepriester. „In Deinem Alter habe ich auch nicht immer die richtigen Worte gefunden."

„Mein Schwager, der Vater deines Studienfreundes Archelaos, hat dich uns empfohlen", sagte Herodes. „Er lobte deine Argumentationskunst. Aus diesem Grunde haben wir dich heute empfangen. Wir wollen dir eine Chance geben."

Sie wollten mir eine Chance geben? Was für eine? Sollte ich dieser eine, herausragende Wanderprediger werden? Warum nahmen sie nicht einen jungen, ehrgeizigen Rabbiner, der sich in den fünf heiligen Büchern und in der Thora sicher besser auskannte als ich? Konnten sie nicht endlich deutlich sagen, was sie von mir wollten? Von mir, dem gelernten Zeltmacher, dem unbedarften Studenten im zweiten Jahr seines Studiums? Vor mir saßen die beiden wichtigsten jüdischen Repräsentanten von Galiläa und Judäa.

„Du wirst von uns den Auftrag bekommen, unter den vielen Wanderpredigern den herauszufinden, der sich für unsere Zwecke am besten eignet. Einen Mann, der ein gewisses Charisma hat, die Kunst der Rede beherrscht und der bereit ist, diese Rolle auszufüllen“, sagte Kaiphas.

„Ich“, fragte ich erstaunt, „wie soll ich das anstellen?“

Herodes wandte sich an Kaiphas: „Vielleicht hat mein Schwager übertrieben. So intelligent scheint mir der jung Mann nicht zu sein.“

„Du wirst durch die Provinz reisen“, sagte Kaiphas, ohne auf die Zwischenbemerkung von Herodes einzugehen, „und dir die Wanderprediger ansehen und anhören, bis du den richtigen gefunden hast. Ist das so schwer zu begreifen? Die Jerusalemer Prediger kannst du gleich von der Liste streichen. Die haben meine Agenten schon ausreichend überprüft. Die sind durch die Bank weg ungeeignet.“

Ich wusste, dass ich jetzt etwas sagen musste.

„Eine vertrauensvolle Aufgabe, die mich außerordentlich ehrt“, sagte ich höflich. „Und wenn mir die hohen Herren zutrauen, dass ich diesen Auftrag durchführen kann, werde ich ihn mit Freuden annehmen.“

„Na, endlich“, sagte der Landesfürst. „Den Satz wollten wir von dir hören.“

„Du darfst dich zurückziehen“, sagte Kaiphas. „Mein Sekretär, Arras, wird mit dir alle Einzelheiten besprechen.“

Ich erhob mich und machte eine Verbeugung.

„Du heißt Saulus“, fragte Herodes Antipas.

„Ja, hoher Herr“, antwortete ich.

„Wir werden dir einen Tarnnamen geben müssen“, sagte er. „Zu einem neuen Leben gehört ein neuer Name.“

„Wie wäre es mit Paulus“, sagte Kaiphas und sah Herodes fragend an.

„Paulus ist gut“, sagte der Landesfürst. „Aus Saulus wird Paulus. Den Namen kann man sich gut merken.“

Kaiphas machte eine entsprechende Handbewegung und ich entfernte mich. Ich verließ wie betäubt den Raum. War das alles nur ein Traum? Hatte ich wirklich gerade eine Unterredung mit dem Landesfürsten von Galiläa und dem Hohepriester? Hatten sie mir eine Aufgabe anvertraut, die eigentlich ein erfahrener, mit allen Wassern gewaschener Agent ausführen musste? War ich wirklich von einem unbekannten, einem unter vielen Studenten zum Mitarbeiter des Staatsapparats geworden?

Arras hatte vor der Tür auf mich gewartet. Er führte mich wieder in sein Arbeitszimmer.

„Das ist die Chance deines Lebens“, sagte er. „In Deinem Alter hätte ich von so einer Möglichkeit nicht einmal zu träumen gewagt. Für mich bist du viel zu jung für diese Aufgabe, aber die hohen Herren müssen wissen, was sie tun.“

Er breitete ein paar Dokumente auf dem Schreibtisch aus.

„Dies ist eine Bescheinigung in lateinischer Sprache. Sie hilft dir, wenn du Rat und Unterstützung von römischen Institutionen benötigst. Dieses zweite Dokument verpflichte alle Agenten der Priesterschaft, dir behilflich zu sein. Dann habe ich hier noch eine Bestätigung, die dich durch alle Provinzen reisen läßt, ohne dass du Zölle entrichten musst. Auf dieser Liste hier findest du Namen und Adressen von Kontaktpersonen, denen du Nachrichten für den Hohepriester anvertrauen kannst. Du solltest sie alle dreißig Tage aufsuchen, weil sie dir neue Geldbeträge aushändigen werden. Und in diesem Beutel sind hundert Denare. Die dürften fürs Erste reichen.“

Er warf mir einen Geldbeutel zu.

„Wann beginnt mein Dienst“, fragte ich Arras.

„Er hat schon begonnen“, sagte der Sekretär. „Im Nebenraum liegen neue Kleider für dich. Im Gepäck fehlt nicht einmal die Haarbürste. Im Hof steht ein Pferd, das bereits gesattelt ist.“

„Ich muss sofort aufbrechen“, fragte ich überrascht.

„Sofort“, sagte Arras bestimmt.

„Aber ich würde mich gerne noch von den Freunden verabschieden“, sagte ich. „Außerdem kann ich Johannes und Naomi, meine Pflegeeltern, nicht ohne ein Wort verlassen.“

„Du wirst es können müssen“, sagte Arras. „Kaiphas wünscht nicht, dass du noch mit irgend jemandem in Jerusalem sprichst. Du hast einen geheimen Auftrag, Paulus, vergiss das nicht.“

Es war das erste Mal, dass mich jemand mit meinem neuen Namen ansprach.

„Ach ja“, sagte Arras. „Hier ist noch dein neuer Lebenslauf. Du bist ein Kaufmann aus Beth Shean. Lerne auswendig, was auf diesem Zettel steht und vernichte ihn dann.“

Er begleitete mich in den Nebenraum und ich zog mich um.

„Dein Gepäck haben die Wachen schon auf die Packesel gebunden“, sagte Arras. „Die Dokumente und das Geld trägst du am besten am Körper. Gegen Wegelagerer können wir dich leider nicht schützen.“

Wir gingen in den Hof hinaus. Einer von drei Reitern, die dort warteten, hielt ein weiteres Pferd am Zügel. Einen Rappen mir einer weißen Blesse über den Nüstern.

„Die Herren werden dich auf den ersten zehn Stadien begleiten“, sagte Arras. „Ich wünsche dir viel Glück.“

Er schüttelte mir die Hand und ich stieg auf mein Pferd.

Mit meinen drei Begleitern, oder besser gesagt, Aufpassern, ritt ich aus Jerusalem hinaus. Ich wusste nicht einmal in welche Richtung, aber die anderen Reiter schienen genaue Anweisungen zu haben. Kurz vor Bethlehem wendeten sie ihre Pferde, grüßten und ritten zurück. Ich ritt allein weiter nach Süden. Heraus aus meinem vertrauten Leben in eine Zukunft, von der ich nicht wusste, was sie mir bringen würde.

HERODES ANTIPAS

IST PAULUS DER RICHTIGE MANN

Die Idee von Kaiphas gefiel mir schon deshalb, weil sie von ihm kam und mich dadurch von jeder Verantwortung freistellte. Lief alles nach Plan, konnte ich behaupten, dass es eine, von uns gemeinsam beschlossene Aktion war. Gab es Komplikationen, hatte Kaiphas den Misserfolg zu verantworten. Ob dieser, noch nicht einmal dreißig Jahre alte Paulus der richtige Mann für diese Aufgabe war, lag auch im Ermessen des Hohepriesters.

Ich saß in diesem Land ständig zwischen den verschiedensten Stühlen. In Galiläa brachte mir das Volk keine große Hochachtung entgegen, weil es mich nicht für einen Juden hielt. Nach den überlieferten Vorschriften, wonach nur der ein Jude sein konnte, der von einer jüdischen Mutter geboren wurde, war ich auch keiner. Aber ich hatte mich vor meiner Inthronisierung beschneiden lassen und war zum jüdischen Glauben übergetreten, weil ich hoffte, damit dem Pöbel den Mund zu stopfen. Der allerdings riss nach wie vor Witze über mich und übte sich in Spottliedern, die meine Gemahlin und ihr Verhalten zum Inhalt hatten. Zugegeben, Herodias Äußerungen und ihr Auftreten in der Öffentlichkeit waren oft ungeschickt. Für sie war das Volk eine Ansammlung von faulen, hinterlistigen Bürgern, die nichts anderes im Kopf hatten, als ihre persönlichen Bedürfnisse zu befriedigen. Ich aber hatte diese Menschen zu regieren und zwar nach den Vorschriften und Gesetzen, die mir der römische Kaiser und seine Hofschranzen diktiert hatten. Der römische Prokurator, Pontius Pilatus, der die Provinz Judäa verwaltete, achtete mit Argusaugen darauf, dass ich mich an diese Anweisungen hielt. Er hatte seinen Posten nicht mit Freuden angetreten. Er hoffte, eine politisch und wirtschaftlich bedeutendere Provinz zu erhalten und nicht dieses abgelegene Judäa. Würde es etwas geben, was er nach Rom melden konnte, der Kaiser würde es mit der nächsten Post erfahren. Eine eventuelle Abberufung von mir, so spekulierte er, würde sicher bedeuten, dass Galiläa seiner Provinz eingegliedert würde, was deren Bedeutung nicht erhöhen würde, aber sein Territorium hätte wenigstens an Größe gewonnen. Ich musste also ständig bemüht sein, keine Fehler zu machen, und da mir außerdem bekannt war, in welch engem Kontakt der Hohepriester und Pontius Pilatus standen, war auch Kaiphas gegenüber äußerste Vorsicht geboten.

Kaiphas versuchte ständig, mich zu betrügen. Da nach dem jüdischen Glauben jeder fromme Jude einmal jährlich einen Betrag an den Tempel in Jerusalem zu entrichten hatte, verfügte die hohe Priesterschaft über ein enormes Vermögen. Natürlich zahlten auch die Juden aus Galiläa ihren jährlichen Beitrag. Dieser Anteil an den Einnahmen stand mir zu. Ich hätte mit diesen Geldern Synagogen und Gebetsschulen einrichten müssen. Kaiphas aber weigerte sich sehr lange, mir meinen Anteil auszuzahlen. Erst als ich Pontius Pilatus einen Teil dieser Zahlungen versprach, übte dieser Druck auf Kaiphas aus, und ich bekam, was mir zustand.

Dass ich von dem verbliebenen Geld dann doch keine Synagogen und Gebetsschulen bauen ließ, lag nur an dem Umstand, dass die Anzahl der vorhandenen Gebäude mir mehr als ausreichend erschien. Außerdem war Herodia ausgesprochen anspruchsvoll. Goldene Becher, Bestecke und Teller akzeptierte sie nur, wenn es persische Handarbeit war. Ihrer Meinung nach hatten diese Arbeiten eine Eleganz, die die der römischen Goldschmiede noch weit übertraf. Gewebte Stoffe durften nur aus Indien kommen, Seide aus China und Damast aus Ägypten. Herodia ließ sich nicht nur in einer Sänfte durch Tiberias tragen. In einer zweiten saßen ihre Hofdamen, in einer dritten wurden Proviant und Getränke mitgeführt und in der letzten Sänfte saßen ihre Lieblingshunde. Da ich sie auch, aus Sicherheitsgründen, immer von einer größeren Eskorte begleiten lassen musste, glich jeder Ausflug von ihr einer der Prozessionen, die man bei religiösen Festen in Jerusalem bewundern konnte. Dieser zur Schau gestellte Pomp brachte uns beim Volk nicht gerade neue Sympathien ein.

Es waren die unzähligen Wanderprediger, die an jeder Straßenecke gegen falschen Ruhm und Machtsucht der Menschen wetterten. Sie sprachen zwar von Gott und den Sündern, die sich nicht in Bescheidenheit übten, aber jeder ihrer Zuhörer wusste, dass sie Herodia und mich meinten. Pilatus und ich hatten vor längerer Zeit ein Gesetz erlassen, das Predigten außerhalb der Synagogen verbot, aber niemand hielt sich daran. Eine Zeitlang ließen wir die Gesetzesübertreter verhaften und warfen sie in den Kerker, aber hatten wir einen aus dem Verkehr gezogen, erschienen zwei neue auf der Bildfläche. Pilatus amüsierte sich darüber, wenn diese Prediger Herodia und mich angriffen. Das hätte er lieber gefördert und nicht verboten. Aber da diese Prediger auch immer häufiger die römischen Besatzer und ihre habgierige Steuerpolitik angriffen, stimmt er dem Verbot zu.

Pilatus fürchtete Briefe von mir an den Kaiser genau so, wie ich die seinigen. Und da auch Kaiphas in engem, brieflichem Kontakt mit Rom stand, belauerten wir uns gegenseitig wie die Gladiatoren in der Arena die Löwen.

Jetzt aber bestand die Hoffnung, dass der listige Kaiphas eine Sache lösen würde, die uns Probleme bereitete. Gelingt es ihm, werden Pontius Pilatus und ich nicht mit Lob sparen. Versagt er, schwächt er seine Position in unserem Dreierbund. Für mich steht heute schon fest, dass ich bei dieser Sache nur gewinnen kann.

SAULUS

BEGINN DER SUCHE

Ich begann meine Suche ganz im Süden von Idumäa. In Beerseba, Karioth, Engedi und Beth-Zur. Wie ich schon auf meiner Reise von Tarsos nach Jerusalem feststellen musste, gab es wirklich keinen Ort, in dem nicht gleich mehrere Wanderprediger ihre obskuren Thesen verkündeten. Ärmliche Gestalten, die sich ihren Lebensunterhalt durch predigen verdienten. Den meisten brauchte ich nur wenige Minuten zuzuhören, um zu wissen, dass sie nicht dafür geeignet waren, die Aufgabe, die Kaiphas und Herodes ihnen zugedacht hatte, zu bewältigen. In der Regel zitierten sie eine Stelle aus den heiligen Schriften, oder eines der zehn Gebote und gaben dazu ihre eigenen, nicht gerade originellen, Kommentare ab. Die Mehrzahl ihrer Zuhörer blieb nur wenige Augenblicke stehen und ging dann weiter. Nur einige ältere Leute, die anscheinend keiner Arbeit mehr nachgingen, blieben länger. Diese Prediger waren keine Agitatoren, die zum Sturm auf Cäserea, Jerusalem oder Tiberias aufriefen. Kaum einer ließ mal eine Bemerkung über politische Verhältnisse fallen. Sprachen sie von der Befreiung der Kinder Israels, dann blieb es den Zuhörern überlassen, ob damit die Befreiung von der Knechtschaft der Römer, oder die, von den Sünden der Menschheit gemeint war.

Wir Juden verehren unsere Propheten, egal, ob ihre Verheißungen in Erfüllung gehen oder nicht. War nicht schon Moses das Land, in dem Milch und Honig fließen, verkündet worden? Und was hatte man bekommen? Eine Wüstenregion mit wenigen fruchtbaren Oasen. Ständige kriegerische Auseinandersetzungen, und eine Religion, in der mehr von Strafe als von Gnade die Rede war. Wenn alles Leiden der Kinder Israels wirklich auf Gottes Strafe zurückzuführen war, dann müssten wir die größten Sünder sein, die je diese Welt bevölkert haben.

In Engedi lief mir der erste, einigermaßen interessante Redner über den Weg. Ein ungefähr vierzig Jahre alter Mann, der durch seinen Sprachwitz und seine Originalität aus der Masse der anderen herausragte. Er hatte Ausstrahlung, wirkte äußerlich gepflegt und das, was er sagte, unterschied sich wohltuend von den leeren Phrasen der anderen. Ich wartete, bis die anderen Zuhörer ihren Obolus entrichtet hatten und ging dann zu ihm, um ihm einen Denar in die Hand zu drücken. Ich glaube, dass er ein solch großes Geldstück vorher noch nie besessen hatte. Er schaute mich völlig entgeistert an.

„Seid ihr der Kaiser von Rom", fragte er, „oder habt ihr den Tempelschatz geraubt?"

„Keines von beiden", versicherte ich lachend. „Ich bin ein ganz gewöhnlicher Kaufmann, der ein paar gute Geschäfte gemacht hat. Dein Vortrag hat mir gefallen."

„Für einen halben Denar könnt ihr ihn noch dreimal hintereinander hören“, sagte der Mann.

„Seit wann ziehst du durchs Land“, fragte ich.

„Seit mehr als zehn Jahren. Früher habe ich als Schneider in Arimathia gearbeitet, aber die Menschen sind arm und haben für neue Kleider kein Geld“, sagte er.

„Mir ist aufgefallen, dass du kein Wort über die Ankunft des Messias verloren hast“, sagte ich.

„Warum sollte ich“, sagte der Prediger. „Wenn wirklich einer kommen sollte, dann hätte der allwissende Moses uns auch Ort und Zeitpunkt seiner Ankunft hinterlassen. Keiner hatte einen so guten, persönlichen Kontakt zu Gott wie Moses.“

„Bist du sehr religiös“, fragte ich.

„Ich bin Jude“, antwortete er. „Ich glaube an Gott. Ich hoffe, dass er es gut mit mir meint und mir häufiger einen so großzügigen Spender vorbeischickt. Was bleibt uns denn in diesem Land anderes übrig, als Gerechtigkeit und Hilfe von einer höheren Instanz zu erwarten.“

„Wenn es deine Zeit erlaubt, würde ich dich gerne zum Essen einladen“, sagte ich.

Der Mann sah mich misstrauisch an. Großzügigkeit ist keine Charaktereigenschaft jüdischer Kaufleute.

„Ich danke euch“, sagte er, aber ich muss nach Hebron, weil ich mich dort mit einem Freund verabredet habe.“

„Welch glücklicher Zufall“, sagte ich. „Ich muss auch nach Hebron. Du kannst dich auf einen meiner Packesel setzen. Dann wird die Reise für dich angenehmer. Für mich auch. Wir können uns unterhalten.“

Der Mann zögerte. Was dachte er von mir? Hielt er mich für einen Agenten, der ihn in eine Falle locken wollte?

„Du traust mir nicht“, sagte ich.

„Oh, doch“, beteuerte der Mann. „Ich habe mein Bündel in einem Gasthaus abgelegt. Treffen wir uns an der Straße, die nach Hebron führt. Ich brauche nur ein paar Minuten.“

Er lief davon und winkte mir an der nächsten Straßenecke noch einmal zu. Ich nahm mein Pferd und ritt langsam zum verabredeten Treffpunkt. Ich wartete eine gute Stunde, aber der Prediger tauchte nicht auf.

Wer weiß, wie die Geschichte der nächsten Jahre verlaufen wäre, wenn ich diesen Mann, von dem ich nicht einmal den Namen wusste, mit der Aufgabe betraut hätte, die der Grund meiner Reise war.

Ich zog weiter ins nördliche Judäa. Nach Antipatris, Appolonia und Sebaste. In Sebaste traf ich mich mit dem ersten Kontaktmann von Kaiphas. Ich übergab ihm einen Bericht für den Hohepriester, in dem ich den Stand der Dinge schilderte. Von ihm bekam ich einen Beutel Geld.

„Du brauchst nicht nachzuzählen“, sagte er, „es sind hundert Denare.“

Ich steckte den Beutel ein. Später, in der Herberge, zählte ich die Münzen. Drei fehlten. Der Agent hatte sich ein paar Prozente abgezogen.

Als ich an die Grenze nach Galiläa kam, hielt mich ein Zöllner auf. Bevor ich mein Papier zücken konnte, das mir unentgeltliches Durchreisen bescheinigte, sagte der Mann: „Hast du was zu verzollen?“

„Nein“, sagte ich.

„Dann bekomme ich drei Schekel von dir“, sagte der Zöllner.

„Wieso bekommst du drei Schekel von mir, wenn ich nichts zu verzollen habe“, fragte ich.

„Weil ich heute noch keine Einnahmen hatte“, sagte er.

„Das ist dein Problem“, sagte ich. „Was machst du, wenn ich mich weigere, zu bezahlen?“

Der Mann zeigte auf die Bergkette, die einige Stadien entfernt war.

„Dann wirst du durchs Gebirge reiten müssen. Das kostet dich mindestens zwei Tage. Wenn du die Zeit hast, bitte schön“, sagte er.

Der unverschämte Typ gefiel mir. Er argumentierte mit einer Frechheit und Offenheit, die entwaffnend war. Ich beschloss, meine Zollbescheinigung in der Tasche zu lassen und gab dem Zöllner die geforderten Münzen.

„Das wäre aber nicht nötig gewesen“, sagte der Mann spöttisch. „Wohin willst du, mein Freund?“

„Nach Kapernaum“, antwortete ich.

„Ich wohne in Kapernaum. Eine schöne Stadt“, sagte der Zöllner. „Hast du Freunde oder Bekannte dort, bei denen du unterkommen kannst?“

„Nein“, sagte ich. „Ich werde mir eine Herberge suchen müssen.“

„Direkt am Seeufer liegt der Goldene Hahn. Da bist du am besten aufgehoben. Ich wohne übrigens nur ein paar Häuser weiter. In zwei Tagen werde ich abgelöst, dann bin ich auch wieder in Kapernaum. Wenn du willst, könnten wir uns treffen“, sagte er.

„Gut“, sagte ich. „Dann kannst du mich zu einem Becher Wein einladen und mit dem Geld bezahlen, das du mir gerade abgenommen hast.“

Er lachte. Der Bursche gefiel mir wirklich gut.

„Mein Name ist Mattäus“, sagte er. „Ich werde mich bei dir melden.“

Er klopfte meinem Pferd aufs Hinterteil, und ich ritt weiter.

In der Herberge in Megiddo sprach mich ein Mann an, als ich gerade dem Reitknecht vor dem Stall die Zügel in die Hand drückte.

„Du bist Paulus“, fragte er.

Ich hatte mich noch nicht an den neuen Namen gewöhnt und sah ihn deshalb nur überrascht an.

„Du musst es sein“, sagte der Mann. „Jerusalem hat nicht nur dich, sondern auch dein Pferd genau beschrieben.“

„Was willst du von mir“, fragte ich.

„Erst einmal die Antwort auf meine erste Frage“, sagte der Mann.

„Also, gut“, sagte ich, „ich bin Paulus.“

„Ich soll dir diesen Brief übergeben“, sagte der Mann und drückte mir das Schreiben in die Hand.“

Am Siegel erkannte ich, dass es vom Hohepriester war. Als ich aufblickte, war der Überbringer bereits spurlos verschwunden. In meiner Kammer öffnete ich den Brief. Es gab keine Anrede und keine Unterschrift.

Kaiphas schrieb: Ich habe den ersten Bericht erhalten. Stelle nicht zu hohe Anforderungen an die Person, die wir suchen. Je schlichter und einfältiger dieser Mann ist, um so einfacher können wir seine Aktionen bestimmen und lenken. Intelligente Menschen sind oft mit einem gesunden Misstrauen ausgestattet, was unseren Interessen nur im Wege stehen könnte. Vergiss nicht, dass du dich nicht auf einer Urlaubsreise befindest.

Kaiphas wurde also schon ungeduldig. Irgendwie konnte ich ihn verstehen. Ich reiste feudal durchs Land, übernachtete in den besten Herbergen, trank und speiste nur vom Feinsten und konnte es mir leisten, fürstliche Trinkgelder zu geben. Aber Kaiphas vergaß, dass ich die gesuchte Person zu der herausragenden Persönlichkeit machen sollte, die er erwartete, und mir war klar, dass dieser Mann einige Voraussetzungen mitbringen musste. Ich hatte einen Auftrag bekommen und wollte diesen, mit dem ganzen Ehrgeiz meiner Jugend, perfekt ausführen. Ich würde aus einem Nichts eine landesweit bekannte Person machen, und mich dadurch, nach dem Ende dieser Aktion, für höhere Aufgaben empfehlen. Kaiphas musste sich gedulden.

Die Prediger, die ich in Nain, Tabor und Magdala antraf, entsprachen den Durchschittserscheinungen der früheren und ich beschloss, in Kapernaum am See Genezareth eine Art Basislager einzurichten, um von dort aus Gaulantis, Syro-Phönizien und Dekapolis zu bereisen. Das hätte ich auch von Tiberias aus tun können, aber ich wollte mich nicht in der unmittelbaren Nähe des Herodes Antipas aufhalten. Außerdem hatte ich ja jetzt in Kapernaum schon einen Bekannten. Den unverschämten Zöllner Mattäus, der mich um drei Schekel geprellt hatte.

Wenn ich heute so zurückblicke, erstaunt es mich immer wieder durch welche Zufälligkeiten eine Bewegung entstanden ist, die nicht nur in Palästina, sondern auch auf Zypern, in Griechenland und Kleinasien und sogar im fernen Rom, hohe Wellen schlug, politische Komplikationen heraufbeschwor und auch die jüdische Religion in zwei Lager spaltete. Ich konnte damals nicht ahnen, dass dadurch leider auch sehr viel Blut vergossen wurde, aber alle großen Veränderungen in der Geschichte der Menschheit sind mit Blut und Tränen bezahlt worden.

MATTÄUS

NEUE AUFGABEN IN GRIECHENLAND

Als ich vor zwei Jahren in Korinth ankam, sprach ich nur ein paar Brocken Griechisch und hatte nicht einen lumpigen Schekel in der Tasche. Bartholomäus hatte sich im Hafen von Appollonia nicht korrekt verhalten. Er war in das Seefahrerbüro gegangen, in dem die Kapitäne Aushilfsmatrosen anheuerten. Angeblich wurde nur auf einem griechischen Handelsschiff ein Mann gebraucht, und großzügig überließ mir Bartholomäus diesen Platz. Wir hatten noch nicht abgelegt, da sah ich, dass er ein römisches Schiff betrat. Er trug sein Bündel unter dem Arm und wurde an Deck von einem Bootsmann mit Handschlag begrüßt. Latein war die zweite Amtssprache in Judäa und Galiläa und wir beherrschten es alle so, dass wir uns gut verständigen konnten. Wenn Bartholomäus im Römischen Reich Asyl suchen würde, hätte er es auf jeden Fall leichter als ich.

Ich fand in einem Dorf vor den Toren von Korinth eine Arbeit bei einem Schafhirten. Es war ein ärmliches Leben, wobei natürlich besonders ins Gewicht fiel, dass ich das letzte Jahr in Luxus und Überfluss gelebt hatte. Aber ich lernte sehr schnell Griechisch, weil hier keiner eine andere Sprache beherrschte, und deshalb blieb mir auch keine andere Wahl, wenn ich mich mit den Menschen verständigen wollte. Ich bin sehr sprachbegabt und parlierte schon nach einem halben Jahr mit den Männern in der Dorftaverne, als wäre ich hier geboren. Dort erfuhr ich auch, dass in Epidauros ein ganzes Viertel von Juden, die ihre Heimat verlassen hatten, bewohnt wird. Ich beschloss, nach Epidauros zu reisen. Ein Mann mit meinem Wissen und meinen Talenten konnte schließlich sein Leben nicht mit dem Hüten und Scheren von Schafen verbringen. Aber es kam alles ganz anders.

Es war einer dieser herrlichen Abende, an denen ich mit den anderen Männern auf der Terrasse der Taverne saß. Wir betrachteten den Sonnenuntergang und hatten schon einige Becher des schweren, süßlichen Weins getrunken, als ich plötzlich anfing von Jeschua und den Ereignissen, die sich in meiner Heimat zugetragen hatten, erzählte. Die griechischen Freunde hörten aufmerksam zu. Ich muss stundenlang geredet haben. Die Sonne ließ sich im Osten schon wieder blikken, als der Wirt sich weigerte, die Becher noch einmal zu füllen. Ich ging von der Taverne direkt zu der Wiese, auf der die Schafe weideten, um den Kollegen abzulösen, der die Herde während der Nacht bewacht hatte. Gegen Mittag kamen zwei der Männer, die mit mir gezecht hatten zu mir. Costa, ein Tuchweber und Alexos der Bäcker.

„Wie kann es nur einen Gott geben", fragte Costa. „Aphrodite, Demeter, Nike, Aeskulap und all die anderen haben ihre Aufgaben. Es ist doch undenkbar, dass Zeus sich um alles kümmern kann. Wie kann dein Gott das schaffen?"

„Und wieso hat er keinen Namen? Ein Gott kann doch nicht einfach Gott heißen", sagte Alexos.

„Er heißt Gott der Allmächtige", sagte ich. „Und daraus könnt ihr schon erkennen, dass er die Kraft und die Macht hat, das Schicksal der Welt und jedes einzelnen Menschen zu bestimmen."

„Aber er ist noch nicht einmal selbst auf die Erde gekommen", sagte Costa. „Nike, Eirene, ja selbst der Göttervater Zeus sind vom Olymp herunter gekommen und haben uns besucht."

„Mein Gott hat seine Propheten geschickt, wenn er den Menschen etwas mitzuteilen hatte", sagte ich. „Und vor ein paar Jahren Jeschua, seinen Sohn, den Messias."

„Zeus hat seine Kinder mit Hera gezeugt", sagte Costa.

„Nun ja, nicht alle", warf Alexos ein.

„Wenn dein Gott einen Sohn hat, dann muss er doch auch eine Göttin haben, die die Mutter des Kindes ist," sagte Costa.

Ich zeigte auf eines der Schafe..

„Wenn Gott es will, macht er aus einem Schaf einen Propheten", sagte ich. „Er hat das Meer geteilt, damit die Kinder Israels aus Ägypten fliehen konnten. Er hat Jeschua Wunder vollbringen lassen, die sich mit logischem Denken oder den Kenntnissen der Heilkunst nicht erklären lassen. Der Allmächtige kann jedem von uns, dir Costa, dir Alexos oder mir, Befehle geben, die wir ausführen müssen, ob wir es wollen oder nicht."

„War es ein göttlicher Befehl, dass du dich diesem Jeschua angeschlossen hast", fragte Alexos.

„Wenn es euch interessiert, erzähle ich euch wie es dazu kam", sagte ich.

„Ich trinke nie wieder einen Schluck Wein mit dir, wenn du nicht sofort damit anfängst", sagte Costa.

Die Männer setzten sich ins Gras und ich begann zu erzählen:

„Ich war Zöllner, ein Beruf, der keinen besonders guten Ruf hat. Es war um die Mittagszeit. Die Sonne brannte unerbittlich vom Himmel, und ich hatte mir ein schattiges Plätzchen hinter meinem Zollhaus gesucht, als ich eine tiefe, angenehme Stimme hörte. „Wach auf, Zöllner." Ich schlug die Augen auf und sah vor mir einen stattlichen Mann mit schulterlangem, dunklem Haar. Er trug einen Mantel, der ihm bis zu den Füßen reichte, und trotz der enormen Hitze hatte er nicht eine Schweißperle auf der Stirn. „Was kann ich für euch tun, mein Herr", sagte ich und stand auf. Im Allgemeinen waren wir Zöllner nicht gerade für unsere Höflichkeit berühmt, aber dieser Fremde flößte mir vom ersten Augenblick

Respekt ein. „Du wirst mich begleiten“, sagte der Mann. „Von heute an wirst du keinem irdischen Herrn mehr dienen.“ Er drehte sich um und ging davon. Erst jetzt sah ich, dass noch zwei Männer zu ihm gehörten. Es mag unwahrscheinlich klingen, aber ich ließ alles stehen und liegen und schloss mich den Männern an, ohne auch nur einen Augenblick darüber nachzudenken. „Ich bin Paulus“, stellte sich einer der Männer vor. „Dir ist soeben eine große Ehre zuteil geworden. Der Messias hat dich in die Schar seiner Jünger aufgenommen.“ „Mein Name ist Jakobus“, sagte der andere Mann. „Du müsstest Mattäus heißen.“ Ich schaute ihn verwundert an. „So heiße ich“, sagte ich. „Woher wisst ihr meinen Namen?“ „Heute morgen sagte der Messias, wir werden den Zöllner Mattäus treffen, und er wird uns folgen“, sagte Jakobus. „Jakobus und mir ging es nicht anders“, sagte Paulus, „Wen der Herr ruft, der muss ihm folgen.“

Costa und Alexos hatten mir gebannt zugehört, ohne mich auch nur einmal zu unterbrechen. Sie starrten mich ehrfürchtig an. Dann standen sie wortlos auf und liefen ins Dorf zurück.

Von diesem Tag an veränderte sich mein Leben völlig. Der Schafhirt verbot mir, die Schafe weiterhin zu hüten.

„Du bekommst dein Essen und deinen Lohn“, sagte er, „aber du wirst nicht mehr arbeiten. „Die Götter, oder wenn du willst auch dein Einzelgott, haben dich für andere Aufgaben bestimmt.“

Ich ging jeden Abend zur Taverne und wurde mit Applaus von den Wartenden empfangen. Ich merkte schnell, dass die Griechen noch begeisterungsfähiger waren, als die Orientalen. Man verlangte immer neue Geschichten von mir. Die Taverne wurde von Abend zu Abend voller. Aus allen Nachbardörfern kamen die Menschen, und bald erlaubte der Dorfälteste auch den Frauen, sich meine Erzählungen anzuhören. Sie durften zwar nicht in den Gastraum, aber sie konnten sich im Gras vor der Terrasse niederlassen. Meine Zuhörer brachten mir kleine Geschenke mit, und mancher von ihnen steckte mir verlegen ein Geldstück zu. Ich muss gestehen, dass diese Aufmerksamkeit, die mir die Leute entgegenbrachten, meine Eitelkeit wachsen ließ. Jetzt konnte ich Jeschua besser verstehen. Man kann sich überraschend schnell an die Gunstbeweise anderer gewöhnen.

Es war Costa, der eines Tages in einer der Versammlungen aufstand und mich fragte: „Was muss ich tun, wenn ich an deinen Gott und den Messias glauben will?“

„Wenn du mich das fragst, dann glaubst du schon“, sagte ich. „Wenn ich dich taufe, dann wirst du in die christliche Gemeinschaft aufgenommen.“

„Bekomme ich einen neuen Namen“, fragte Costa.

„Nein“, sagte ich. „Jeschua hat mich einmal zur Seite genommen und mir gesagt: „Wann immer mein Vater mich zu sich ruft, du Mattäus, sollst in die Welt hinausziehen und mein Wort verkünden. Taufe die Gläubigen wie ich es am Ufer des Jordans getan habe." Wer getauft ist, der ist kein Heide mehr, und wer kein Heide ist, wird einen Platz im Paradies finden."

„Dann taufe mich", sagte Costa.

Vier oder fünf Männer schlossen sich ihm sofort an und die Hälfte der Frauen, die das Gespräch draußen verfolgt hatten.

Am nächsten Tag taufte ich am Strand vierunddreißig Menschen. Ich hatte die erste christliche Gemeinde in Griechenland gegründet.

Im letzten Jahr ist dann viel geschehen. Ich war in Delphi, Theben, Athen und Sparta. Ja, selbst in Kydonia auf der Insel Kreta habe ich eine Gemeinde gegründet. Von meinem Hauptsitz in Epidauros schicke ich regelmäßig Briefe an die Gemeindevorsteher, die ich jeweils vor meiner Abreise ernannt hatte. Von ihnen erhalte ich die Steuern, die jeder Getaufte an mich entrichten muss. Genau so, wie wir Juden unseren Obolus an den Jerusalemer Tempel bezahlt haben. In Rom, so hörte ich in Korinth von Seefahrern, soll ein gewisser Petronus oder Petrus genau so verfahren wie ich. Ich bin davon überzeugt, dass es sich dabei nur um Bartholomäus handeln kann. Er hatte mir auf unserer Flucht mehr als einmal gesagt, dass wir aus unserem Wissen Kapital schlagen müssten. Die griechischen Behörden verhalten sich der neuen Religion gegenüber sehr tolerant. In Rom dagegen sollen die Christen verfolgt und ermordet werden. Im Nachhinein bin ich Bartholomäus nicht mehr böse, dass er das Schiff nach Rom genommen hatte.

SAULUS

MATTÄUS UND JAKOBUS

Ich war zwei Tage in Kapernaum, als sich auch schon Mattäus bei mir meldete. Er lud mich zum Essen ein und zeigte sich äußerst spendabel.

„Bezahlst du das alles von dem Geld, das du armen Reisenden abnimmst“, fragte ich ihn spöttisch.

„Den größten Teil kassiert davon der Landesfürst“, antwortete er lachend. „Der bescheidene Rest, der für mich bleibt, stockt meinen Hungerlohn ein wenig auf.“

„Was passiert, wenn dir mal ein Vorgesetzter auf die Schliche kommt“, fragte ich.

Mattäus winkte verächtlich ab.

„Was ich mir im Kleinen hole, holen die sich im Großen“, sagte er.

„Und die Reisenden wehren sich auch nicht“, fragte ich.

„Hast du dich gewehrt? Ich will dir erzählen, wie das bei den Händlern abläuft“, sagte Mattäus. „Wenn sie zum Zoll kommen, haben sie immer schon drei Pakete bei sich. Eines, das sie offiziell verzollen lassen, eines mit der Ware, die sie schmuggeln wollen und ein drittes, das sie dem Zöllner als Bestechungsgeld in die Hand drücken. Neulich hat mir ein Fischer zwölf Barsche geschenkt, die ich in zwei kleinen Holzbottichen unter meinen Schreibtisch stellte. Dann kam mein Vorgesetzter ins Zollhäuschen und beschwerte sich, dass es nach Fisch stinken würde. Ich gab ihm einen Bottich ab und er fand, dass es merkwürdigerweise wieder völlig normal im Zimmer riechen würde. Weißt du, was die Moral von der Geschichte ist?“

„Du wirst sie mir bestimmt verraten“, sagte ich.

„Nur Fische, die einem nicht gehören, stinken“, sagte Mattäus lachend.

„Ihr Zöllner dürft euch nicht wundern, dass ihr einen so schlechten Ruf in der Bevölkerung habt“, sagte ich. „Ihr seid bestechlich, willkürlich und gnadenlos, wenn es um euren Vorteil geht.“

„Siehst du“, sagte Mattäus, „wenn der Berufsstand schon so einen miserablen Ruf hat, dann würde ein einzelner, ehrlicher Zöllner nur unangenehm auffallen.“

Als wir uns am nächsten Abend trafen, brachte er einen Freund mit. Jakobus arbeitete in der Verwaltung von Kapernaum. Er war mit vom ersten Augenblick an sympathisch. Er war redegewandt und hochbegabt in der Kunst, aussagestarke Formulierungen zu finden. Er war ein wahrer Meister der Worte.

„Kapernaum ist eine blühende Gemeinde“, sagte ich. „Ein gutes Pflaster für begabte Leute.“

„In Kapernaum kann man nicht reich werden", sagte Jakobus. „Ich arbeite hier auch als örtlicher Rechtsbeistand. Aber die Leute sind so geizig. Bevor sie zu mir kommen, gehen sie lieber freiwillig drei Tage in den Kerker."

„Und warum gehst du nicht nach Jerusalem", fragte ich. „Du könntest dich zum Schriftgelehrten ausbilden lassen."

„Ich habe in Jerusalem studiert", sagte Jakobus. „Die Stadt ist mir zu laut und zu hektisch. Ich liebe die Beschaulichkeit. Ich möchte gut essen, gut trinken, aber möglichst wenig dafür arbeiten. Große Fische machen das Maul auf, wenn sie Hunger haben, und die kleinen schwimmen hinein. Maul zu und satt, dass ist das Ideale."

Ich sollte in der nächsten Zeit noch häufig mitbekommen, mit welch bildhaften Vergleichen Jakobus seine Erzählungen auszuschmücken verstand. Jetzt war ich erst einmal froh, dass ich die beiden Männer kennen gelernt hatte. Außer mit den Wirten und dem Personal in den Herbergen und Gasthäusern hatte ich im letzten Vierteljahr mit niemandem mehr gesprochen. Es tat mir gut, endlich mal wieder in Gesellschaft zu sein. Die beiden Männer waren intelligent, witzig, und gefielen mir außerordentlich, weil sie beide eine so fröhliche Einstellung dem Leben gegenüber hatten. Wir trafen uns regelmäßig, und es entwickelte sich schnell eine Freundschaft. Ich hatte mich ihnen als Kaufmann vorgestellt, der mit Schafwolle handelte. Damit wurden meine häufigen Ausflüge in die Nachbarländer verständlich und meine Erklärung, dass meine Mitarbeiter die aufgekaufte Ware direkt nach der Schur nach Jerusalem transportieren würden, weil sie dort gesponnen und gefärbt werden müsste, klang ebenfalls glaubhaft. Wir hatten vereinbart, ich glaube, es war ein Vorschlag von Mattäus, dass jeder von uns abwechselnd die Zeche übernehmen sollte. An diesem Abend war derjenige auch zuständig für die Weinsorte, die getrunken wurde und für die Speisenfolge. Schon nach einer Woche merkte ich, dass diese Abmachung die finanziellen Möglichkeiten meiner neuen Freunde überstieg. Jakobus war an der Reihe, und klagte an diesem Abend über Bauchgrimmen und Sodbrennen.

„Mitgefangen, mitgehangen", sagte er. „Es tut mir leid, Freunde, aber heute gibt es nur Brot und Wasser."

Am nächsten Tag ging es Mattäus auch nicht besonders gut. Erst als ich wieder an der Reihe war, waren beide gesund und munter und konnten nach Herzenslust essen und trinken. Von diesem Tag an übernahm ich stillschweigend die Zeche, und Mattäus und Jakobus verloren kein Wort darüber. Ich konnte es mir leisten. Die Zahlungen aus Jerusalem kamen regelmäßig und ich hatte sogar noch immer einen größeren Restbetrag, wenn neues Geld eintraf. Und wir brauchten Geld. Besonders deshalb, weil wir oft nach dem Genuss einiger Krüge Wein noch in das Haus der Delila, die mit ihren beiden Schwestern am Ortsrand von Kapernaum wohnte, zogen. Wir waren drei junge Männer, die in der Blüte ihres Lebens standen und Delila und ihre Schwestern beherrschten alle Kniffe und Taktiken der Liebeskunst. Sie waren willige, süße Verführerinnen. Bei Likör, Wein und kandierten Feigen tobten wir uns aus, bis die Sonne am Himmel stand. Meine Favoritin war Magdalena, die jüngste Schwester. Sie hatte die schönste Figur und war die temperamentvollste von den Frauen. Sie nannte mich Paolino. So hieß ein römischer Legionär, der ihr durch ein Heiratsversprechen drei kostenlose Nächte abgeluchst hatte.

„Ich bin noch nie so glücklich betrogen worden“, sagte sie. „Wenn ich dich Paolino nenne, dann ist es das größte Kompliment, das ich dir machen kann.“

Die Freunde machten ab und zu einmal Bemerkungen über meine, nie zu versiegen scheinende Geldquelle, aber ich erzählte von unglaublich guten Geschäften und von der immensen Gewinnspanne, die der Wollhandel mit sich brächte. Damit war das Thema vom Tisch und ich glaube, sie wollten auch eigentlich gar nicht wissen, woher das Geld kam. Hauptsache es war da und ermöglichte uns dieses angenehme Leben.

Meine Reisen nach Syro-Phönizien, Gaulantis und Dekapolis brachten keine neuen Erkenntnisse. Die Wanderprediger waren langweilig und ohne jede persönliche Ausstrahlung. Ich muss allerdings auch zugeben, dass ich reichlich lustlos meiner Arbeit nachging und immer bestrebt war, schnell wieder nach Kapernaum zurückzukommen, um die geselligen Abende mit Jakobus und Mattäus zu genießen. Ich fand immer mehr Gefallen am süßen Leben und wartete eigentlich täglich auf den Brief des Hohepriesters, in dem er mir meine Entlassung ankündigte. Dass Kaiphas' Agenten jeden meiner Schritte überwachten, und über alles, was ich unternahm, nach Jerusalem berichteten, war mir klar. Doch bei den Zusammenkünften mit den Freunden vergaß ich Kaiphas und Jerusalem und lachte lieber über Jakobus, wenn er uns seine erfundenen Gerichtsverhandlungen vorspielte. Er schlüpfte mit jeweils verstellter Stimme in die Rolle des Täters, des Richters und des Verteidigers. Er verteidigte Weinpanscher, Taschendiebe oder Ehebrecher und seine Plädoyers waren so witzig und satirisch, dass nicht nur wir, sondern alle Besucher des Gasthauses mit lautem Applaus seine Vorstellung belohnten. Dann verbeugte sich Jakobus wie ein Komödiant einer Wanderbühne und ließ sich feiern. Ehrfurchtsvoll, durchleuchteter Herr, nannte er zum Beispiel den Richter, und vom schmalen Steg des Gesetzes Gestrauchelter den Angeklagten. Ehebrecher waren für ihn des häuslichen Fegefeuers entflohene Zärtlichkeit suchende Notfälle und Taschendiebe, die, deren gestörtes Gleichgewicht den Bewegungsablauf ihrer Arme beeinflusste, wodurch ihre Hände unkontrolliert in anderen Taschen landen würden. Die Lacher waren stets auf seiner Seite.

Jakobus wäre der ideale Mann für meinen Auftrag gewesen. Er brachte alle Voraussetzungen mit, um diese Rolle spielen zu können. Er hatte keine Hemmungen vor einem größeren Publikum zu reden, er war intelligent und hatte Ausstrahlung. Aber erstens hätte ich ihm dann die Wahrheit über mich erzählen müssen und dadurch vielleicht unsere Freundschaft aufs Spiel gesetzt, und zweitens war ich sicher, dass Jakobus sich für solch eine Aufgabe nicht zur Verfügung stellen würde. Er war eine ehrliche Haut und das Vorgaukeln falscher Tatsachen lag ihm nicht.

Kaiphas ließ nichts von sich hören. Vielleicht gab es in Jerusalem andere, wichtigere Probleme, und er hatte mich und meinen Auftrag vergessen. Für die Auszahlung der Geldbeträge an mich war sicher Arras zuständig, n dem würde es ziemlich egal sein, was ich treibe. Ich war ihm nicht unsympathisch, das hatte ich bei unserem Treffen in Kaiphas' Palast festgestellt, und es war ja nicht sein Geld, das da zum Fenster hinausgeworfen wurde.

JAKOBUS

WER IST GOTT

Paulus, ich bleibe bei diesem Namen, obwohl er mir später gestand, dass er Saulus heißen würde, und ich hatten etwas gemeinsam. Wir hatten beide eine griechische Mutter. Meine heiratete den jüdischen Goldschmied David und trat aus Liebe zu ihm zum jüdischen Glauben über. Mein Vater neckte sie später oft, wenn ihr zwischendurch mal ein „Beim Göttervater Zeus" herausrutschte oder nannte sie Ate, die Göttin der Verblendung, wenn sie mit funkelnden Augen seine Arbeiten betrachtete. Aber meine Mutter machte alles hundertprozentig und war schon nach den ersten Stunden, die ihr ein Rabbiner vor der Konvertierung geben musste, eine gläubigere Jüdin, als viele gebürtige. Meine Eltern bestanden darauf, dass wir Kinder sie regelmäßig bei ihren Synagogenbesuchen begleiteten. Zuhause lasen erst Mutter und Vater, später auch ich, oft aus den Büchern Moses vor.

In meiner Jugend war Moses der Mann für mich, der für die Menschheit auf der Erde genau so wichtig war wie Gott im Himmel. Für mich stand fest, dass nur durch die Zehn Gebote ein Zusammenleben zwischen Menschen erst ermöglicht wurde. Und gerade weil diese Verordnungen von so hohem moralischen Wert waren, konnte nur ein Gott sie an Moses weitergegeben haben. Und da uns die Eltern und die Rabbiner ständig erklärten, dass es nur einen einzigen wahren Gott gäbe, konnten nie die geringsten Zweifel an der Einmaligkeit Jahves aufkommen.

Als ich zum Studium nach Jerusalem ging, begann ich allerdings, die Dinge differenzierter zu betrachten. Im Vorderen Orient und besonders in Jerusalem lebten die verschiedensten Volksgruppen auf engstem Raum zusammen, und dadurch bedingt trafen auch viele Religionen aufeinander. Mir fehlte und fehlt noch heute die Arroganz zu behaupten, dass diejenigen, die an andere Götter glauben, einen falschen Glauben haben müssten. Sie beten mit derselben Inbrunst und Überzeugung zu diesen Göttern, wie die Juden zu Jahve. Auch die Wertvorstellungen anderer Religionen unterschieden sich kaum von den unseren. Die unterschiedlichen Heiligen Schriften hatten alle ihre Gesetze, ihre ethischen und hygienischen Vorschriften und ihre Propheten, die das Geschriebene vielfältig interpretierten.

Irgendwann kam ich zu der Erkenntnis, dass das höhere Wesen, welchem die Menschen den Namen Gott, Jahve, Allah, Jupiter oder Zeus gaben, eigentlich nur die unbekannte Kraft ist, die versuchte, dass das Gute im Menschen die Oberhand über das Böse behält.

Von Natur aus ist der Mensch mit beidem ausgestattet worden, und es liegt an ihm selbst zu entscheiden, nach welcher Seite sich die Waage neigen soll. Wobei natürlich der Einfluss der Eltern oder der des Freundeskreises eine nicht unerhebliche Rolle spielt.

Die weisen Männer, die jede Epoche der Menschheit hervorbrachte, waren sich dessen bewusst und ergänzten und vervollständigten auf griechisch, lateinisch, arabisch oder hebräisch die alten Überlieferungen und passten sie den veränderten Lebensbedingungen an. Da die Menschen aber neben dem inneren, moralischen Kampf auch stets den um das tägliche Brot durchzustehen hatten, der oft ihren ganzen Einsatz erforderte, wurden ihnen bestimmte Zeiten und bestimmte Orte angewiesen, die ihnen die Suche nach dem Guten in ihrer Seele erleichtern sollten. So entstanden die Tempel, die Moscheen und die Synagogen, die zwar zu Ehren der Götter erbaut wurden, aber als Ort der Besinnung auf das eigene Ich verstanden werden sollten. Die Weisen wussten, dass ein neutrales, überirdisches Wesen, dessen Moralvorstellungen man zitieren konnte, den Menschen bei ihrer Suche nach sich selbst eine große Hilfe sein konnte.

Seit dem Bestehen der Welt aber beschäftigt die Menschen der Tod und die Frage, was nach dem Ableben mit ihnen geschieht. Hier setzten die Agitatoren den Hebel an, der die Drohungen und Strafen in die Religionen brachte. Nur die Seele der Menschen sei unsterblich, die sich streng an die religiösen Vorschriften halten würden. Den anderen drohe die Hölle, der Hades oder der Orkus. Von diesem Moment an, als die Religionen mit Vergeltungen bei Fehlverhalten drohten, wurden sie als Druckmittel eingesetzt. Anfangs nur, um den Religionsführern materielle Vorteile zu verschaffen, später wurden in ihrem Namen Kriege geführt, Andersgläubige ermordet oder zu Freiwild erklärt. Viele Despoten haben die religiösen Vorschriften nach ihrem eigenen Gutdünken ausgelegt, um ihre Untertanen zur Anbetung ihrer Person zu zwingen.

Für mich heißt Glaube, sich Schritt für Schritt zu vervollständigen. Ein Haus kann man nur auf ein Fundament bauen, das die Mauern trägt, dann kann man das Dach zimmern und Fenster und Türen einsetzen. Nur wer andere Menschen achtet, kann sich selber achten. Und wenn er das tut, dann kann er sich selbst so beeinflussen, dass er sein Denken und Handeln in Einklang bringen kann.

Ich habe oft versucht, mit Jeschua über dieses Thema zu reden, aber für ihn gab es nicht den geringsten Zweifel, dass es nur die Allmacht Jahves geben würde. Die Einmaligkeit dieses einen Gottes, der die Kinder Israels zum auserkorenen Volk bestimmt und die Propheten als seine persönlichen Botschafter auf die Erde geschickt hatte.

Jeschua war das genaue Produkt seiner Zeit. Diese unumstößliche Gläubigkeit war es, auf die die Priesterschaft baute. Sie garantierte ihren Führungsanspruch. Erdulden, erleiden, demütig sein, das waren die Worte, die die Menschen gehorchen ließen. Wer die heiligen Vorschriften missachtete, war ein Sünder, oder im schlimmsten Fall sogar ein Heide, ein Ungläubiger. Das Schicksal der

Menschen lag in den Händen Gottes, es selber bestimmen zu wollen, war bereits Frevel. In diesem Sinn wurde Jeschua erzogen. Und diese Erziehung konnte er sich bis zu seinem Tod nicht ablegen. Mag sein, dass nur sie es ihm ermöglichte, in den letzten Tagen seines Lebens alle Demütigungen und Folterungen, denen er ausgesetzt war, zu ertragen.

Der erste Rabbiner, dem ich in meinem Leben, ich glaube, ich war fünf Jahre alt, begegnete, sprach von der Kraft, die die Menschen aus dem Glauben schöpfen könnten. Ich bin der Meinung, dass wir Menschen alle unsere Kräfte darauf konzentrieren sollten, uns zu vervollständigen, auch wenn wir fast alle auf dem Weg dahin scheitern. Aber der Punkt, bis zu dem wir kommen, scheint mir ungemein wichtig zu sein.

SAULUS

DAS ERSTE ZUSAMMENTREFFEN MIT JESCHUA

Ich sah Jeschua zum ersten Mal, als ich schon fast ein Vierteljahr in Kapernaum war. Und beinahe hätte ich ihn sogar achtlos übersehen. Ich war auf dem Weg zu einem Gasthof, wo ich mit Jakobus und Mattäus verabredet war. An einer Straßenecke musste ich einer kleinen Gruppe, vielleicht fünf oder sechs Leuten, ausweichen, die einem Prediger zuhörte. Ich war schon einige Schritte weitergegangen, als ich mich noch einmal umdrehte. Ich wollte mich nur vergewissern, ob der Mann auf einer Kiste stand oder tatsächlich so groß gewachsen war. Der Prediger sah zu mir herüber, und unsere Blicke trafen sich. Ich ging zurück und stellte mich zu den anderen Zuhörern.

Die äußere Erscheinung des Mannes war ungewöhnlich. Er war fast sechs Fuß groß, trug sein dunkelblondes, leicht gewelltes Haar schulterlang, war bartlos und höchstens ein paar Jahre älter als ich. Er hatte eine dunkle, wohlklingende Stimme. Bekleidet war er mit einem bodenlangen, fest gewebten, dunkelbraunen Aba, einem arabischen Mantelumhang. Was er sagte, unterschied sich inhaltlich nicht von dem der anderen Wanderprediger. Er verkündete die Ankunft des Messias, erklärte, dass die Juden das auserwählte Volk Gottes wären, und dass Gott alle Feinde Israels strafen würde und diejenigen verdammt, die gegen die Gebote Moses verstoßen. Die Zuhörer schien das nicht besonders zu interessieren. Am Schluss seines Vortrags stand ich nur noch alleine vor ihm. Ich warf eine Münze auf das Tuch, das er vor sich ausgebreitet hatte.

„Gott segne dich", sagte der Mann, nickte mir zu und wollte gehen.

„Halt, warte", hielt ich ihn zurück.

Er blieb stehen und sah mich erwartungsvoll an. Er hatte dunkelbraune Augen und sehr ebenmäßige Gesichtszüge.

„Wenn du von den Feinden Israels sprichst", sagte ich, „warum nennst du dann keine Namen?"

„Weil ich die Namen nicht weiß", antwortete er.

„Dann bist du der Einzige hier im Land, der sie nicht kennt", sagte ich.

„Die, die du meinst, sind nicht die wahren Feinde Israels", sagte der Mann. „Die wahren Feinde der Menschen sind Hass, Neid und Gottlosigkeit."

„Du machst es dir einfach", sagte ich. „In allen Überlieferungen der Alten haben die Juden gegen Feinde aus Fleisch und Blut gekämpft, und Gott hat es ihnen sogar befohlen."

„Man hat den Namen des Herrn oft missbraucht, um seine eigenen Ziele zu erreichen, oder um eine Entschuldigung für seine Taten zu haben", sagte er. „Jetzt aber musst du mich entschuldigen. Ich muss gehen."

Ich war nicht bereit, das Gespräch so schnell zu beenden.

„Hast du Hunger“, fragte ich.

„Wie ein Bär“, sagte er lachend und zeigte seine prächtigen, weißen Zähne.

„Ich lade dich zum Essen ein“, sagte ich.

„Das wird teuer“, sagte der Prediger. „Das wird dich ein Vermögen kosten. Ich habe seit zwei Tagen nicht mehr richtig gegessen. Ich habe mein Bündel bei einer Marktfrau hinterlegt. Ich werde es holen. In welchem Gasthaus wollen wir uns treffen?“

„Ich werde dich begleiten“, sagte ich.

Das Erlebnis in Engedi hatte mich misstrauisch werden lassen. Ich wollte, nicht, dass auch dieser Mann heimlich verschwand, bevor ich ihn näher kennen gelernt hatte. Jeschua schien meine Gedanken zu erraten.

„Glaubst du, dass ich unsere Verabredung nicht einhalte“, fragte er.

„Ich weiß es nicht“, antwortete ich. „Vielleicht hältst du mich für einen Agenten, der dich in eine Falle locken will. Du weißt, dass das öffentliche Predigen verboten ist.“

„Selbst wenn du ein Agent bist, hätte ich keine Angst mit dir zu gehen“, sagte der Mann. „In den Büchern steht: An jedem Ort und zu jeder Zeit sollt ihr meine Worte verkünden. Gegen die heiligen Schriften kann man keine Verbote erlassen.“

Wir holten sein Bündel ab und ich führte ihn zu einem Gasthaus. Nicht zu dem, in dem die Freunde warteten. Ich wollte mich ungestört mit dem Mann unterhalten. Jeschua schien seit einer Woche nichts mehr gegessen zu haben. Er aß fast jedes Gericht, das der Wirt in seinem Angebot hatte.

„Ich habe dir gesagt, dass es teuer wird“, sagte er zwischendurch und bestellte zum zweiten Mal Hühnerkeulen.

Zum Abschluss tranken wir türkischen Kaffee.

„Erzähle mir von dir“, bat ich ihn.

„Da gibt es nicht viel zu erzählen“, sagte er. „Mein Name ist Jeschua. Ich wurde in Bethlehem geboren, wuchs in Nazareth auf, bin gelernter Zimmermann und dreißig Jahre alt.“

„Findest du als Zimmermann keine Arbeit“, fragte ich.

„Arbeit schon“, lachte er, „aber die wird so schlecht bezahlt, dass es nicht zum Leben reicht. Dagegen sind meine jetzigen Einkünfte fürstlich zu nennen.“

„Ich war der Einzige, der dir etwas gegeben hat“, sagte ich.

„Es gibt solche Tage“, sagte Jeschua. „Kann sein, dass ich heute nicht gut in Form war. Die Menschen spüren, wenn ich unkonzentriert bin.“

„Und was hat dich nervös gemacht“, fragte ich.

„Du“, sagte Jeschua. „Ich habe mich zu sehr auf dich konzentriert.“

„Auf mich“, fragte ich überrascht.

„Ja“, sagte er. „Du bist vorbeigegangen, stehen geblieben und zurückgekommen. Ich habe mich gefragt, warum?“

„Ich weiß es selber nicht“, log ich.

„Siehst du“, sagte er, „das war es, was mich beschäftigte. War es ein Wort, das dich zum Stehenbleiben veranlasste, war es eine innere Eingebung oder war es Gottes Wille?“

Ich wechselte das Thema.

„Hast du noch Eltern“, fragte ich.

„Ja. Mein Vater und meine Mutter wohnen in Nazareth. Vater ist auch Zimmermann. Er hat lange in Ägypten gearbeitet, weil dort jüdische Handwerker sehr gefragt waren. Aber die Zeiten sind vorbei. Die ägyptischen Lehrlinge, die mein Vater ausgebildet hat, haben heute ihre eigenen Werkstätten und die Leute lassen jetzt lieber bei Einheimischen arbeiten, weil die angeblich ihre Waren billiger anbieten. Du siehst, es ist manchmal nicht angebracht, sein Wissen weiterzugeben. Man läuft Gefahr, sich selber den Boden unter den Füßen wegzuziehen.“

„Wie lange wirst du in Kapernaum bleiben“, fragte ich.

Jeschua lachte und strich sich eine Haarsträhne aus dem Gesicht.

„Ich pendele immer nur zwischen Bethsaida in Gaulantis und Kapernaum hin und her. Jetzt bleibe ich bis zum Rosh Hasanah“, sagte er.

Bis zum Rosh Hasanah, dem jüdischen Neujahrsfest, waren es noch gut drei Wochen.

„Hast du ein Quartier“, fragte ich.

„Die Wirtsleute lassen mich meistens auf einem Bündel Stroh in den Pferdeställen übernachten“, sagte er. „Tun sie es nicht, schlafe ich unter freiem Himmel.“

„Ich werde dir im Goldenen Hahn eine Kammer bestellen“, sagte ich. „Auf meine Rechnung natürlich.“

Jeschua sah mich misstrauisch an.

„Was willst du von mir? Warum diese Hilfe? Liebst du das männliche Geschlecht mehr als das weibliche“, fragte er.

Ich musste lachen.

„Keine Sorge“, sagte ich. „Ich bin völlig normal. Du gefällst mir, das ist der einzige Grund. Kapernaum bietet nicht besonders viel Abwechslung, und mit dir kann man sich angenehm unterhalten.“

Er schien noch nicht ganz überzeugt zu sein.

„Das ist der einzige Grund“, fragte er. „Woher nimmst du das Geld, um dir einen Gesprächspartner leisten zu können?“

Ich erzählte ihm von meinen Geschäften. Genau die Fassung, die ich auch Jakobus und Mattäus erzählt hatte.

„Ich bin der Meinung, dass man an seinem Verdienst auch andere teilhaben lassen muss", sagte ich.

„Ein gottesfürchtiger Gedanke", sagte Jeschua.

Er erzählte von seiner Jugendzeit in Ägypten, von der Zimmermannslehre und von den Erlebnissen, die ihm während seiner Wanderschaft passiert waren.

„Bist du ein gläubiger Jude", fragte ich.

„Ja", sagte Jeschua. „Sonst könnte ich nicht predigen. Wenn ich etwas mache, dann muss es auch meiner Überzeugung entsprechen."

„Warum bist du nicht Rabbiner geworden", fragte ich.

„Ich war schon dreiundzwanzig Jahre alt, als ich mir das Lesen und Schreiben selbst beigebracht habe. Ich bin der Einzige in unserer Familie, der diese Kunst beherrscht. Es war allerdings ein mühsames Unterfangen. Die Thora kann ich erst seit zwei Jahren fließend lesen. Jetzt bin ich zu alt, um noch mit einem Studium zu beginnen", sagte er.

„Glaubst du an die Ankunft des Messias", fragte ich.

„Aber ja", sagte er bestimmt. „Er wird kommen, und das Volk Israels aus der Knechtschaft befreien, so wie Moses es aus Ägypten geführt hat."

„Aha", sagte ich schnell, „jetzt sprichst du von der Knechtschaft. Geknechtet wird man von seinen Feinden. Damit gibst du zu, dass nicht nur Neid und Hass, sondern auch Menschen für die Lage des Volkes verantwortlich sind. Warum erwähnst du das nicht in deinen Ansprachen?"

„Weil ich mich aus der Politik heraus halte", sagte Jeschua. „Ich bin der festen Überzeugung, dass man jeden Konflikt durch die Kraft des Wort Gottes lösen kann. Soll ich zum Widerstand gegen die Römer aufrufen?"

„Dann hättest du mehr Zuhörer und nicht nur drei oder vier Leute, die auch schon nach ein paar Minuten weitergehen", sagte ich.

„Gott hat Moses die Zehn Gebote gegeben", sagte er. „Eines davon lautet: Du sollst nicht töten. Wer zu kriegerischen Auseinandersetzungen aufruft, verstößt gegen dieses Gebot."

„Kain hat Abel erschlagen", sagte ich, „und David Goliath. Beides hat Gott geduldet, ja sogar mehr oder weniger gefordert."

„Gott setzt die Menschen Versuchungen aus, damit sie lernen, Anfechtungen zu widerstehen", sagte Jeschua.

„Will er auch dich in Versuchung führen", fragte ich, „oder gehörst du zu denen, denen er wohlwollend gegenübersteht?"

„Gottes Liebe verteilt sich gleichmäßig auf alle Menschen. Er bevorzugt niemanden", sagte Jeschua.

„Hast du noch nie an ihm gezweifelt", fragte ich.

„Noch nie", sagte Jeschua mit Bestimmtheit. „Ich zweifele nur am Unverständnis der Menschen. Gott ist die einzige unbestechliche Kraft, die es gibt."

„Und er hat dich noch nie enttäuscht“, bohrte ich nach.

„Das Wahre kann nicht enttäuschen“, sagte Jeschua. „Wer vom Allmächtigen enttäuscht ist, der ist nicht in sich selbst gefestigt.“

Die Nacht war fast vorüber, als wir uns trennten. Wir hatten uns für den nächsten Tag verabredet, und ich hatte das Gefühl, dass Jeschua Gefallen an dem Gespräch gefunden hatte. Mir gefiel dieser große, freundliche Mann außerordentlich. Es war angenehm, ihm zuzuhören. Er hatte nichts Rechthaberisches, nichts Besserwissendes an sich, aber unverrückbare Standpunkte. Er war davon überzeugt, dass es seine Mission sei, die Menschen wachzurütteln und sie in ihrem Glauben zu stärken. Jeschua konnte der Mann sein, den zu finden Kaiphas und Herodes Antipas mir aufgetragen hatten. Mir war klar, dass ich Jeschua behutsam und vorsichtig an diese Aufgabe heranführen musste. Er würde sich nicht für eine Rolle hergeben, von der er nicht überzeugt wäre, dass sie mit der Botschaft Gottes übereinstimmen würde.

Aber ich hatte etwas wirklich gelernt in meiner Jerusalemer Zeit. Alle Menschen streben nach Erfolg. Es gibt niemanden, der in seinem Beruf nicht den Wunsch hat, mehr Anerkennung zu erreichen, als die anderen in seiner Gilde. Auch Wanderprediger würden da keine Ausnahme bilden. Jeschua musste ein Erfolgserlebnis haben, das würde ihn beflügeln. Uneitel, das hatte ich festgestellt, war er nicht.

Ich wusste, dass ich möglicherweise den richtigen Fisch an der Angel hatte. Die nächsten Tage würden zeigen, ob es mir auch gelingen würde, ihn aus dem Wasser zu ziehen.

JUDAS ISCHARIOT

MEINE JUGEND IN KARIOTH

Ich kam in Karioth zur Welt. In eine Welt, die alles andere als rosig war. Ich wuchs bei meiner Mutter auf. Einen Vater hatte ich nicht. Natürlich hatte ich einen, aber ich habe ihn nie kennen gelernt. Kennen gelernt habe ich unzählige Männer, die manchmal zwei Monate, manchmal aber auch nur zwei Tage mit meiner Mutter das Lager teilten. Diejenigen, die mehr als eine Woche in unserer Kammer wohnten, nannte ich Onkel. Die anderen waren so schnell wieder verschwunden, dass ich nicht einmal ihre Namen erfuhr. Die meisten Eltern verboten ihren Kindern mit mir zu spielen. Meine Mutter führte ein unmoralisches Leben, und ihr Sohn war kein Umgang für anständige Kinder.

Es gab sogar einmal eine Protestversammlung der Mitbürger, die forderten, dass meine Mutter und ich die Stadt zu verlassen hatten. Sie beauftragten einen Schriftgelehrten, uns ihren Beschluss mitzuteilen. Als er in unser Haus kam schickte mich meine Mutter, wie immer wenn es Männerbesuch gab, zum Spielen hinaus. Aber ich versteckte mich hinter dem Vorhang, der unsere Waschecke verdeckte, wild entschlossen, dem Schriftgelehrten an den Hals zu springen, wenn er meine Mutter beleidigen würde.

„Die Gemeinde hat mich beauftragt", sagte der Mann, „dir mitzuteilen, dass du mit Deinem Balg die Stadt zu verlassen hast."

„Ich bin eine arme, alleinstehende Frau", sagte meine Mutter mit tieftrauriger Stimme. „Wenn ich Karioth verlassen muss, werde ich mir das Leben nehmen."

Sie war eine perfekte Schauspielerin und konnte ohne Probleme in jedem Augenblick Tränen weinen.

„Du bist eine Hure", sagte der Schriftgelehrte. „Du bist ein schlechtes Beispiel für die Jugend der Stadt."

Meine Mutter kniete sich vor den Stuhl, auf dem der Mann saß, und faltete ihre Hände.

„Hat Gott nicht die Liebe zu einem Bestandteil unseres Lebens gemacht", fragte sie mit tränenerstickter Stimme.

Ich sah, dass der Schriftgelehrte in den tiefen Ausschnitt ihres Kleides schielte.

„Du bist jung und hübsch", sagte er und seine Stimme klang schon versöhnlicher. „Du könntest auch einer anständigen Arbeit nachgehen."

„Ich würde gerne arbeiten, und ich würde hart arbeiten", sagte meine Mutter, „wenn es mein Herz zulassen würde."

„Was ist mit Deinem Herzen", fragte der Mann.

„Es schlägt ganz unregelmäßig“, sagte meine Mutter. „Der Arzt meinte, bei anstrengender Arbeit würde es sofort stehen bleiben.“

„Es schlägt unregelmäßig“, fragte der Schriftgelehrte.

„Ja“, sagte meine Mutter. „Ihr könnt es selber fühlen.“

Sie nahm die Hand des Mannes und führte sie in ihren Ausschnitt.

„Ich fühle nichts“, sagte der Schriftgelehrte.

„Bewegt eure Hand hin und her“, sagte meine Mutter. „Ihr habt die richtige Stelle noch nicht gefunden.“

Mit leicht gerötetem Gesicht bewegte der Mann seine Hand auf der Brust meiner Mutter. Die hatte ein paar Knöpfe mehr geöffnet und ihre Brust lag nun nackt auf den Knien des Schriftgelehrten.

„Lege dich aufs Lager“, forderte er sie auf. „Durch Abhören kann ich es vielleicht besser feststellen, als durch das Abtasten.“

Meine Mutter erhob sich und ging zum Lager. Ihr Kleid rutschte ihr von den Schultern und sie legte sich nackt auf das Bett. Ich wusste, was nun folgte und ging hinaus ins Freie. Nach einer halben Stunde kam der Schriftgelehrte kurzatmig und verschwitzt aus dem Haus. Er blieb bei mir stehen.

„Du bist ihr Sohn“, fragte er und zeigte mit der Hand zum Haus.

„Ja, hoher Herr“, sagte ich.

Er warf mir einen Schekel zu und verschwand, ohne sich noch einmal umzudrehen. Von diesem Tag an gab es keine weiteren Proteste der Mitbewohner, aber ihre Missachtung ließen sie uns nach wie vor spüren.

Meine Freunde, Kinder von Zöllnern oder Inhaftierten, die ebenfalls von den ehrbaren Bürgern geächtet wurden, und ich bildeten eine kleine Bande. An Markttagen trieben wir uns bei den Buden und Ständen der Händler herum. Einer von uns hatte die Aufgabe, den Mann abzulenken. „Meine Mutter läßt euch ausrichten, dass die Zitronen, die sie letzte Woche hier gekauft hat, alle angefault waren“, sagte ein Freund, und zwar so laut, dass die Umstehenden es hören konnten.

Natürlich gab es wütende Antworten der Händler, und durch immer neue lautstark vorgetragene Verleumdungen wurde ihre Wut noch geschürt. Diese Situation nutzten wir anderen aus, um die Beutel, die wir unter unseren Kleidern versteckt hatten, mit Waren zu füllen. In dem Viertel, in dem wir wohnten, gab es genug Leute, die uns unsere Beute abkauften ohne zu fragen, woher wir sie hatten. Ich war ein Naturtalent im Rechnen, und es war meine Aufgabe, unseren Gewinn hinterher gerecht zu verteilen. Geld übte auf mich einen magischen Zwang aus. Geld war für mich der wahre Gott. Geld regierte die Welt. Geld war die Eintrittskarte in ein Leben, in dem man wie ein Mensch behandelt wurde. Kaufte ich mir Zuckerstangen und legte zum Bezahlen die Münzen auf den Tisch, war ich für den Kaufmann der „Junge Herr“. Und er bat mich, ihn bald wieder zu beehren. Hatte ich keinen Schekel in der Tasche und lungerte, den Blick sehnsüchtig auf das begehrte Naschwerk gerichtet, vor seinem Laden herum, dann hieß es: „Verschwinde, du nichtsnutziger Tagedieb."

Ein Geldwechsler, der immer auf seiner Durchreise in Karioth auch Station bei meiner Mutter machte, nahm mich, ich war gerade sechzehn geworden, nach Kapernaum mit. Er brauchte eine billige Hilfskraft, weil er sich aus Geiz keinen Sklaven leisten wollte. Ich musste Botengänge erledigen, die Tageseinnahmen zählen und die verschiedenen Währungen in bestimmte Kassen sortieren. Die Arbeit machte mir Spaß. Ich genoss es, das viele Geld in den Händen zu halten, auch wenn es nicht mein eigenes war. Wer einmal eine Hand voll Silberlinge geschüttelt und diese herrliche, metallene Geräusch vernahm, der wird mich verstehen können.

Geldwechsler war kein angesehener Beruf. Die Leute zeigten mit Fingern auf Shalum, so hieß mein Arbeitgeber, aber dieselben Leute kamen heimlich in seinen Laden, um sich Geld zu leihen oder griechische und persische Münzen in Schekel zu wechseln. Ich war seit meiner Kindheit in der Rolle des Außenseiters, und es machte mir deshalb nichts aus, dass die Menschen auch mich, den Gehilfen, mit unflätigen Ausdrücken bedachten. Shalum übertrug mir immer mehr Arbeit und bald wickelte ich sämtliche Geschäfte selbständig ab. Da er nie an eine Gehaltsaufbesserung dachte, fing ich eines Tages an, mir selber etwas mehr Lohn auszuzahlen. Shalum wusste, wie viel Geld in jeder einzelnen Schachtel lag, und obwohl er nie einen Blick in die Bücher warf, kannte er den genauen Stand unseres Barvermögens bis zur kleinsten Münze. Ich weiß nicht, wie lange er schon wusste, dass ich mich selbst bediente. Leider ist das Teuflische am Besitz, dass man ihn ständig vermehren will, und meine Eigeneinnahme stiegen deshalb ständig an.

„Ich habe keine Kinder", sagte Shalum eines Morgens zu mir, „und ich habe mit dem Gedanken gespielt, dir eines Tages das Geschäft zu übergeben."

„Ich wäre euch ewig dankbar", sagte ich höflich.

„Ich habe mit dem Gedanken gespielt", sagte Shalum, „jetzt spiele ich nicht mehr mit ihm."

„Darf ich fragen, warum", fragte ich kleinlaut. Ich wusste genau, was kam.

„Weil ich ein ehrliches Geschäft nie in die Hände eines Betrügers übergeben würde", sagte der Geldwechsler.

„Ich verstehe euch nicht", sagte ich.

„Es fehlen acht Denare und vierzig Schekel in der Abrechnung", sagte Shalum drohend.

Er musste in der vergangenen Nacht die verschiedenen Kassen überprüft haben.

„Wenn ihr recht habt“, sagte ich, „dann will ich die Bücher noch einmal genau durchsehen.“

„Sieh lieber in dem Beutel nach, den du unter Deinem Hemd trägst“, sagte Shalum.

Er packte mich, riss mein Hemd auf und dann mit einem kurzen Ruck die Kette mit dem Beutel von meinem Hals, in dem ich mein Vermögen aufbewahrte. Mit Schlägen und Fußtritten jagte er mich aus der Tür.

Ich war völlig mittellos in einer fremden Stadt und es schien aussichtslos, dass einem gefeuerten Geldwechslergehilfen irgend jemand eine Arbeit anbieten würde.

Eine Lehre habe ich aus diesem Erlebnis allerdings gezogen. Betrug macht sich nur bezahlt, wenn er so geschickt eingefädelt und durchgeführt wird, dass man ihn nicht bemerkt.

In den nächsten Wochen trieb ich mich ziellos in der Stadt herum. Immer hoffend, dass ich irgendwo jemanden finden würde, der meine Talente benötigen könnte. Der Tag, der mein Leben veränderte, war ein Markttag. Ich gesellte mich zu einer größeren Menschenmenge, die einem Wanderprediger zuhörte. Am Schluss seiner Ansprache spendeten die Leute reichlich. Überall auf dem Pflaster lagen Münzen herum, und ich half dem Mann, der sie einsammelte. Das war der Tag, an dem ich Paulus, Mattäus, Jakobus und Jeschua kennen lernte. An diesem Tag bot mir das Leben eine zweite Chance.

SAULUS

JESCHUA PREDIGT

Mein Gespräch mit Jeschua am nächsten Tag habe ich noch gut in Erinnerung. Es war entscheidend für den weiteren Verlauf unserer Zusammenarbeit.

„Ist es nicht deprimierend, vor so wenigen Zuhörern zu predigen", fragte ich ihn.

„Wenn ich mit meiner Botschaft einen Menschen wirklich erreiche und ihn zum Nachdenken anrege, dann ist das mehr wert, als wenn mir hundert zujubeln und nach meiner Ansprache wieder in den Alltagstrott zurückfallen", sagte Jeschua.

„Aber wenn dir hundert zuhören, ist die Chance größer, dass du wirklich einen zum Nachdenken anregen konntest. Die Leute gestern haben nicht einmal das Ende deines Vortrags abgewartet", sagte ich.

„Die Menschen warten schon so lange vergeblich auf die Ankunft des Messias. Sie haben die Hoffnung fast aufgegeben", sagte Jeschua.

„Warum gibt Gott kein Zeichen, dass die Ankunft unmittelbar bevorstehen würde", fragte ich.

„Gott gibt ständig Zeichen. Aber wir Menschen sind nicht intelligent genug, um sie zu begreifen", sagte er.

„Wie muss man sich das, deiner Meinung nach vorstellen", fragte ich. „Kommt der Messias auf einem goldenen Wagen, der von einer Heerschar Engel gezogen wird auf die Erde", fragte ich. „Mit Posaunenklängen und in einem Lichtermeer?"

„Du, ich, der Mann dort hinten am Tisch, jeder kann der Messias sein", sagte Jeschua. „Wen der Allmächtige dazu bestimmt hat, den wird er im richtigen Augenblick erleuchten."

„Jesaja sprach von einem Boten, den der Herr auf die Erde schicken würde. Vielleicht bist du dieser Bote", sagte ich.

„Ich bin ein Zimmermann aus Nazareth", sagte Jeschua. „Nicht mehr und nicht weniger."

„Die Wege des Herrn sind unergründlich", sagte ich. „Wenn es ihm gefällt, dann ist der Messias eben ein Zimmermann aus Nazareth."

„Du willst dich über mich lustig machen", sagte Jeschua.

„Aber nein", sagte ich. „Du fühlst dich dazu berufen, Gottes Wort zu verkünden. War das nicht schon ein Zeichen des Himmels? Du hast deinen Beruf aufgegeben, deinen Heimatort verlassen, das kann doch schon eine höhere Bestimmung sein."

„Der Allmächtige wird ein unübersehbares Zeichen setzen, wenn der Messias erscheinen wird“, sagte Jeschua. „Gott sprach mit Moses. Er wird auch mit dem Messias sprechen.“

„Wie lange werden wir noch warten müssen“, fragte ich.

„Was ist Zeit“, fragte Jeschua zurück. „Der Herr schuf die Welt in so unglaublich kurzer Zeit, dass bis heute nur zwei Wimpernschläge vergangen sind seit Adam und Eva das Paradies verlassen mussten. Gott ist Ewigkeit, ist unendlich wie der Weg zum Mond und den anderen Gestirnen.“.

Ich kam noch einmal auf den Anfang unserer Unterhaltung zurück.

„Ich finde es trotzdem schade, dass ein so begabter Mann wie du es bist keine größere Resonanz bei seinen Predigten findet“, sagte ich.

„Ich kann die Menschen nicht zwingen, mir zuzuhören“, sagte Jeschua und zuckte mit den Schultern.

„Wo wirst du morgen predigen“, fragte ich.

„Morgen ist Markttag“, sagte Jeschua. „Da ist es immer ganz günstig, sich in die nähe der Händlerbuden zu stellen. Die Leute feilschen um die Preise, gehen dann weiter, um nach einiger Zeit zu dem Händler zurückzukehren und sich sein neues Preisangebot anzuhören. In der Zwischenzeit stellen sie sich gerne zu mir.“

„Du verkürzt ihnen also nur die Wartezeit“, sagte ich ironisch.

„Mich interessiert nicht, warum sie bei mir stehen bleiben. Wichtig ist, dass sie es tun“, sagte Jeschua.

„Ich werde morgen auch zum Markt kommen. Ich will mir deine Predigt einmal von Anfang an anhören“, sagte ich.

„Jede arme Seele ist mir willkommen“, sagte Jeschua. „Bei dir werde ich mir besonders viel Mühe geben.“

Die Ironie in seiner Stimme war nicht zu überhören.

Ich traf mich mit Jakobus und Mattäus. Die Freunde empfingen mich mit vorwurfsvollen Blicken.

„Du hast gestern unentschuldigt gefehlt“, sagte Jakobus.

„Und das bedeutet“, fügte Mattäus hinzu, „dass du heute nicht nur schon wieder, sondern erst recht die Zeche bezahlen musst.“

„Ich zahle ohne Widerworte“, sagte ich lachend. „Aber ihr müsst mir morgen einen Gefallen tun. Am Marktplatz wird ein Wanderprediger sprechen. Ich möchte, dass wir uns seinen Vortrag gemeinsam anhören.“

„Ich bin seit zehn Jahren nicht mehr in einer Synagoge gewesen“, sagte Jakobus. „Warum soll ich mir einen Prediger anhören?“

„Ich habe mit diesem Mann etwas vor“, sagte ich. „Euer Urteil über ihn würde mich interessieren.“

„Soll er die Wolle segnen, bevor du sie nach Jerusalem schickst“, fragte Mattäus spöttisch.

„Oder willst du dir wie die römischen Kaiser einen Lustknaben zulegen“, fragte Jakobus lachend.

„Ich werde euch sagen, was ich will“, erwiderte ich. „Ich habe die Nase voll von Schafen und Wolle. Ich habe so viel Geld verdient, dass ich mich eigentlich schon zur Ruhe setzen könnte. Aber dafür bin ich noch ein bisschen zu jung.“

„Ich verstehe“, sagte Jakobus. „Du willst ab morgen als Wanderprediger durch die Lande ziehen.“

„Hört zu“, sagte ich, „und unterbrecht mich nicht dauernd. Die Wanderprediger sind im Durchschnitt langweilige Leute, die kaum eine größere Anzahl von Zuhörern fesseln können. Ein begabter Prediger könnte ein Vermögen verdienen. Die Menschen sind, trotz der Armut im Lande, spendenfreudig. Man müsste es nur schaffen, sie zum Zuhören zu veranlassen und ihnen Botschaften übermitteln, die sie persönlich betreffen.“

„Und wie kann man das erreichen“, fragte Jakobus neugierig.

„Ein Könner muss ihre Predigten schreiben. Gespickt mit Gleichnissen und Bildern, die die Menschen verstehen“, sagte ich. „Man muss den Namen eines Predigers so bekannt machen, dass die Leute schon auf ihn warten, wenn sein Erscheinen in ihrem Ort angekündigt wird. Er muss einen Ruf haben wie der beste orientalische Märchenerzähler. Was glaubt ihr, was allein bei hundert Zuhörern an Spenden zusammenkommt?“

„Den Prediger, bei dem hundert Leute stehen bleiben, gibt es im ganzen Vorderen Orient nicht“, sagte Jakobus.

„Noch nicht“, sagte ich. „Aber es wird ihn bald geben. Ich werde dafür sorgen.“

„Du bist verrückt, sagte Mattäus. „Du hast einen Beruf, bei dem dir das Geld nur so in den Schoß fällt. Du führst ein Leben wie die Made im Speck. Wie kannst du nur auf die Idee kommen, dich als Förderer eines Predigers zu versuchen?“

„Das Experiment reizt mich“, sagte ich.

„Und warum erzählst du uns diesen Unsinn“, fragte Jakobus.

„Weil ich euch gerne als Mitarbeiter verpflichten würde“, sagte ich.

„Ich muss Mattäus beipflichten“, sagte Jakobus, „Du bist wirklich verrückt.“

„Jakobus, du bist ein begnadeter Schreiber. Wenn ein Prediger nur halb so viel Applaus und Zustimmung bekommt, wie du bei deinen Auftritten in den Gasthäusern, dann geht keiner seiner Zuhörer vorzeitig“, sagte ich.

„Verstehe ich dich richtig“, fragte Jakobus, „spielst du mit dem Gedanken, dass ich für einen Fremden Reden schreibe? Ich kann aus den Heiligen Schriften nicht einen Satz zitieren. In der Religion kenne ich mich aus wie ein Stadtbewohner in der Wüste.“

„Es ist nicht wichtig, dass du die Bücher Moses als Quelle nimmst“, sagte ich. „Du musst Alltagsgeschichten mit Phantasie und philosophischen Gedanken anreichern. Die Menschen müssen zumindest glauben, dass sie verstehen, was der Redner vorträgt.“

Jakobus dachte nach. Ich spürte, dass er sich langsam mit dem Gehörten anfreundete.

„Ich würde mir schon zutrauen, eine gute Rede zu schreiben, die die Zuhörer interessiert“, sagte er dann. „Aber der Mann, dem ich sie anvertraue, müsste auch in der Lage sein, sie zu halten.“

„Diesen Mann habe ich gefunden“, sagte ich. „Ich werde ihn euch morgen vorstellen.“

„Wenn Jakobus seine Reden schreiben soll, was mache dann ich“, fragte Mattäus. „Soll ich seine Sandalen putzen, oder seinen Rock waschen?“

„Wenn die Geschichte klappt“, sagte ich, „dann würdest du die Organisation des Unternehmens übernehmen. Quartiere besorgen, Reiserouten ausarbeiten und die örtlichen Stellen über unsere Ankunft informieren.“

„Eine Aufgabe, die ich mir durchaus zutraue“, sagte Mattäus. „Aber ich müsste meine Anstellung als Zöllner aufgeben. Wovon soll ich leben?“

„Ich zahle euch hundert Denare“, sagte ich. „Jedem von euch, wenn ihr nach einem Jahr nicht das Doppelte verdient habt.“

„Wir könnten das Salz des Toten Meeres in Beutel abpacken und den Arabern als erotisierendes Mittel verkaufen“, sagte Jakobus. „Das wäre ein kleineres Risiko.“

Ich griff in meinen Geldbeutel und zählte Jakobus zwanzig Münzen auf den Tisch.

„Das ist eine Anzahlung“, sagte ich. „Damit könnt ihr eure offenen Rechnungen begleichen. Betrachtet den Rest als Vorschuss.“

Ich streckte Jakobus die Hand hin und während er einschlug, steckte er mit der anderen Hand das Geld ein.

„Wo bleibt mein Geld“, fragte Mattäus. „Glaubst du, ich würde dich bei so einem schwierigen Unternehmen allein lassen?“

Ich gab Mattäus ebenfalls zwanzig Denare.

„Werden die von den hundert Denaren abgezogen“, fragte er. „oder ist das schon eine Treueprämie?“

„Das ist Bestechungsgeld, um euch zu überreden“, sagte ich lachend. „Du kennst dich auf diesem Gebiet ja aus.“

„Das heißt also, dass wir unsere bisherige Tätigkeit aufgeben müssen“, sagte Jakobus.

„Erst dann, wenn wir sicher sind, dass mein Prediger der richtige Mann für uns ist“, sagte ich.

„Und wenn er nicht mitspielt“, sagte Mattäus, „gehören uns die zwanzig Denare trotzdem.“

„Das wiederum ist mein Risiko“, sagte ich. „Das Geld gehört euch. Wir treffen uns morgen um die Mittagszeit am Nordeingang des Marktes.“

„Habe ich das richtig verstanden“, fragte Mattäus, „wir werden durch ganz Galiläa ziehen?“

„Durch Galiläa und Judäa“, sagte ich.

„Für hundert Denare reise ich mit dir um die Welt“, sagte Mattäus.

„Um die Welt kannst du nicht reisen“, verbesserte ihn Jakobus. „Die Erde ist eine Scheibe und wenn du an den Rand kommst, fällst du direkt in die Hölle.“

„Dort sind für die Zöllner sowieso schon Plätze reserviert“, sagte Mattäus lachend.

Er stand auf und gab Jakobus ein Zeichen.

„Wir werden gehen“, sagte er. „Es müssen noch einige wichtige Dinge erledigt werden.“

Ich war mir sicher, dass sie mit dem unverhofften Vermögen Delila und ihre Schwestern aufsuchen würden.

„Seid pünktlich“, rief ich ihnen beim Hinausgehen hinterher.

Und sie waren überpünktlich. Sie warteten bereits auf mich, als ich auf dem Marktplatz ankam. Mit seiner imponierenden Gestalt war Jeschua nicht zu übersehen. Ein paar Zuhörer standen um ihn herum und wir gesellten uns zu ihnen. Jeschua sprach über die Nächstenliebe. Er forderte seine Zuhörer auf, sich mehr um ihre Nachbarn, die Kranken und Ausgestoßenen zu kümmern. Das Interesse der Zuhörer hielt sich in Grenzen. Ein paar Leute gingen, ein paar kamen neu hinzu, aber mehr als fünf oder sechs Menschen standen nie bei ihm. Ich beobachtete aus den Augenwinkeln Mattäus und Jakobus. Mattäus gähnte ununterbrochen. Die Nacht im Haus von Delila musste ziemlich lang gewesen sein. Auch Jakobus wirkte äußerst gelangweilt. Als wir nur noch alleine vor Jeschua standen, brach er seinen Vortrag ab.

„Mit Deinem Gähnen hast du auch den letzten Zuhörer vertrieben“, sagte er vorwurfsvoll zu Mattäus.

„Waren außer uns denn welche hier“, fragte Mattäus spöttisch.

Ich mischte mich ein.

„Lasst uns gemeinsam zum Essen gehen“, sagte ich, nachdem ich Jeschua die Freunde vorgestellt hatte.

„Ich habe schon eine Verabredung“, sagte Jeschua. „Wir könnten uns heute Abend treffen.“

„Gut“, sagte ich. „Wir kommen zu dir in den Goldenen Hahn.“

Jeschua ging und ich setzte mich mit den Freunden in den schattigen Graten eines Gasthauses und bestellte einen Krug Wein.

„Nun“, fragte ich, „was haltet ihr von dem Mann?“

„Er hat eine gewisse Ausstrahlung“, sagte Jakobus zögernd. „Aber begeistert in ich nicht von ihm.“

„Er könnte als Gladiator gegen Löwen kämpfen. Dafür hätte er jedenfalls die richtige Figur“, fügte Mattäus hinzu.

„Also steigt ihr aus“, fragte ich.

„Aber nein“, sagte Mattäus schnell. „Wenn wir keinen guten Prediger aus ihm machen können, lassen wir ihn als Herkules auftreten.“

„Reden kann er ja“, sagte Jakobus. „Mit meinen Texten hat er vielleicht mehr Erfolg.“

„Gut“, sagte ich, „dann sehen wir uns heute Abend im Goldenen Hahn.“

Ich wusste nicht warum, aber ich war mir sicher, dass Jeschua der Mann war, den ich suchte. Und ich war mir genau so sicher, dass ich mit Jakobus und Mattäus die richtigen Mitarbeiter verpflichtet hatte.

Als ich in den Goldenen Hahn kam, saßen die Freunde mit Jeschua bereits an einem Tisch.

„Deine Ansprache war nicht ganz so langweilig, wie die der anderen Prediger, die ich bisher gehört habe“, hörte ich Mattäus gerade sagen.

„Ein bescheidenes Kompliment“, sagte Jeschua etwas beleidigt.

Ich setzte mich zu ihnen und wir bestellten beim Wirt unser Essen.

„Deinem Vortrag fehlen die zündenden Ideen“, sagte Jakobus dann. „Du solltest von den orientalischen Märchenerzählern lernen. Die schmücken ihre Geschichten mit Gleichnissen und Bildern aus. Das mögen die Zuhörer.“

„Ich bin kein Märchenerzähler“, empörte sich Jeschua. „Ich verkünde das Wort Gottes.“

„Sei nicht gleich beleidigt“, sagte Jakobus. „Es muss doch in deinem Interesse liegen, dass dir möglichst viele zuhören.“

„Und deshalb musst du auch lauter sprechen“, sagte Mattäus.

„Soll ich brüllen“, fragte Jeschua ironisch.

„Nein“, sagte Mattäus, „nur lauter sprechen. Eine kräftige Stimme klingt überzeugender.“

„Ich kann nur so reden, wie ich reden kann“, sagte Jeschua. „ich bin kein ausgebildeter Rabbi. Die werden in der Vortragskunst geschult.“

„Du bist ein guter Redner“, mischte ich mich ein. „Es gibt nur ein paar kleine Verbesserungsvorschläge, die du beachten solltest.“

„Ich könnte dir zum Beispiel eine Rede schreiben“, sagte Jakobus. „Und ich garantiere dir, wenn du die hältst, geht keiner deiner Zuhörer vor dem letzten Satz.“

„Ich halte keine Reden“, sagte Jeschua missmutig. „Ich predige.“

„Dann schreibe ich dir eben eine Predigt", sagte Jakobus geduldig. „Wo liegt da der Unterschied?"

„Und was machst du", fragte Jeschua an Mattäus gewandt, „formst du deine Hände zu einem Trichter, durch den ich spreche, damit man mich besser verstehen kann?"

„Du nimmst immer alles gleich so persönlich", sagte Mattäus verärgert.

„Warum nimmst du unsere Hilfe nicht einfach an", fragte ich Jeschua.

„Weil ich nicht weiß, warum ihr mir helfen wollt", antwortete er. „Dich kenne ich seit gestern und deine Freunde knapp eine Stunde. Warum kümmert ihr euch um mich?"

„Wir glauben, dass du das Zeug dazu hast, ein bedeutender Mann zu werden", sagte ich.

„Ich will aber keiner werden", sagte Jeschua. „Ich will so bleiben wie ich bin."

„Aber du glaubst doch, dass es deine Bestimmung ist, das Wort Gottes zu verkünden", sagte ich.

„Davon bin ich überzeugt", sagte Jeschua.

„Dann muss es auch deine Bestimmung sein, einen möglichst großen Kreis von Menschen zu erreichen", sagte Jakobus.

„Jeder, der eine Botschaft zu verkünden hat, wünscht sich eine große Zuhörerschar", sagte Jeschua.

„Siehst du", sagte ich. „Und dazu wollen wir dir verhelfen. Nicht mehr und nicht weniger."

Es entstand eine längere Pause. Jeschua dachte nach. Er schien sich langsam mit unseren Anregungen anzufreunden.

„Du würdest mir also eine Predigt schreiben", wandte er sich dann an Jakobus.

„Ja", sagte Jakobus.

„Und was kostet mich das", fragte Jeschua.

„Nichts", sagte Jakobus. „Du musst nicht einmal danke sagen."

„Nichts", wiederholte Jeschua und sein Blick wurde wieder misstrauischer.

„Wenn es deine Bestimmung ist, das Wort Gottes zu verkünden", sagte ich schnell, „dann ist es vielleicht unsere, dich dabei zu unterstützen."

„Also gut", sagte Jeschua, „wann kann ich die Predigt bekommen? Ich will morgen auf dem Platz vor dem Gemeindehaus sprechen."

„Ich bringe dir das Werk vor dem Frühstück vorbei", sagte Jakobus.

„Schön", sagte Jeschua und stand auf. „Ich werde mich einmal auf ein solches Experiment einlassen."

Er nickte uns zu und ging hinaus.

„Jetzt packt er seine Sachen und verschwindet", sagte Mattäus. „Wir sind ihm unheimlich."

„Er bleibt", sagte Jakobus. „Ich habe ein kleines Leuchten in seinen Augen gesehen. Er wäre auch der erste Mensch, der sich dem Erfolg verweigern würde."

„Ich gebe Jakobus recht", sagte ich. „Jeschua ist mit seiner Situation unzufrieden. Er würde nichts lieber tun, als vor einer großen Menschenmenge zu predigen."

Jakobus stand auf.

„Ich muss gehen", sagte er. „Ich muss meine ganze Phantasie zusammenkratzen, damit ich diesem Burschen eine Rede schreiben kann, die religiös und gleichzeitig unterhaltsam ist."

Er klopfte Mattäus auf die Schulter, nickte mir zu und ging.

„Und was machen wir bis morgen", fragte Mattäus.

„Wenn dich die letzte Nacht nicht zu viel Kraft gekostet hat, könnten wir uns bei Delila und ihren Schwestern ein wenig entspannen", sagte ich.

„Worauf warten wir", sagte Mattäus lachend. „In meinem Alter kann man die Liebe Nacht für Nacht verkraften."

Auf dem Weg zum Haus der Schwestern blieb er plötzlich stehen.

„Ich habe eine Idee", sagte er. „Ich könnte es organisieren, dass wir die Garantie haben, dass morgen wirklich eine größere Zuschauermenge unserem Jeschua lauscht."

„Wie willst du das erreichen", fragte ich.

„Ich kaufe ein paar Leute. Du gibst mir ein bisschen Kleingeld und ich bezahle die Leute dafür, dass sie sich die Predigt anhören."

„Du hast deine Aufgabe schnell begriffen", sagte ich.

„Für hundert Denare wachsen auch meiner Phantasie Flügel", lachte Mattäus.

Ich gab ihm eine Hand voll Münzen.

Als ich mich in den Armen von Magdalena entspannte, dachte ich über die vergangenen vierundzwanzig Stunden nach. Jeschua war mein Mann. Das stand für mich fest. Ich spürte, dass diese Aufgabe, mit der ich betraut wurde, mich immer mehr fesselte. Ich wollte nicht nur Herodes und Kaiphas beweisen, dass sie auf den richtigen Mann gesetzt hatten, ich wollte den Erfolg für mich ganz persönlich.

JAKOBUS

DIE FREUNDE

Paulus hatte die Aufgaben klar verteilt. Jeschua war das Produkt, so formulierte es Paulus, um das sich alles drehte. Jeschua spielte seine Rolle vom ersten Tage an perfekt. Das heißt, er spielte sie nicht einmal, er war fest davon überzeugt, dass er derjenige wahrhaftig wäre, den wir aus ihm in kürzester Zeit gemacht hatten.

Mattäus war ein phantastischer Organisator. Er kannte sich, besonders in Galiläa, gut aus und konnte auf die Stunde genau unsere Ankünfte planen. Das beste Quartier war in jedem Ort für uns reserviert. Oft warfen die Wirte andere Gäste hinaus, damit wir ein Nachtlager hatten. Selbstverständlich waren Verpflegung und Unterkunft frei. Es war unseren Gastgebern eine Ehre, den Propheten und seine Begleitung zu verköstigen. Um Mattäus buhlten die Gemeindevorsteher und auch so mancher örtliche Rabbiner, weil sie erhofften, persönlichen Kontakt mit Jeschua bekommen zu können.

Bartholomäus sorgte für die Öffentlichkeitsarbeit. Ich kann mich über Mangel an Phantasie wirklich nicht beklagen, aber Bartholomäus übertraf mich um Längen. Wenn ein Esel tot umfiel, weil er an Altersschwäche das Zeitliche segnete, konnte Bartholomäus daraus eine hochdramatische Geschichte machen. Erdbeben rissen ganze Häuser in den Abgrund, dreißig Fuß hohe Wellen schwappten zwei Stadien über das Ufer, ein Orkan, wie ihn die Menschheit noch nie erlebt hatte, entwurzelte Bäume und wirbelte sie durch die Luft und eine riesige Akazie traf den armen Esel am Kopf und beendete so tragisch sein irdisches Dasein. Wenn Bartholomäus, der uns meistens voraus ritt, in eine neue Stadt kam, suchte er zuerst die Gastwirte und Barbiere auf. Denen erzählte er die neusten Taten des Propheten und bat sie um Vertraulichkeit. Diese schwatzhaften Berufsstände hatten nichts eiligeres zu tun, als das Gehörte sofort weiterzuerzählen. Es war verrückt, aber alles was mit Jeschua in Verbindung gebracht wurde, glaubten die Menschen. Bartholomäus scheute sich nicht, über Jeschua zu erzählen, dass er über das Wasser eines Sees laufen konnte. Hätte er es von dem berühmtesten, ägyptischen Magier behauptet, die Zuhörer hätten ihn als Lügner bezeichnet. Aber im Zusammenhang mit Jeschua wurde jede noch so kühne Behauptung für wahr gehalten. Bartholomäus schüttelte ein Wunder nach dem anderen aus dem Ärmel und es war wirklich kein Wunder, dass uns bei unseren Ankünften jedesmal eine große Menge Neugieriger empfing, die einen Blick auf den Messias, den Propheten, den Wunderheiler werfen wollten.

Judas Ischariot kümmerte sich um die Finanzen. Ich habe selten einen Menschen erlebt, der mit so großer Freude Geld zählte wie er. Jeden Morgen informierte er uns über den genauen Stand unseres Vermögens. Obwohl ihm Paulus aufgetragen hatte, Lebensmittelspenden und andere Sachwerte an die Armen der Gemeinden zu verschenken, sah ich mehr als einmal, dass er auch diese Dinge verkaufte. Er baute sich richtig kleine Basare auf und verschleuderte, wie ein Fischversteigerer in Jaffa, selbst die billigsten Haarspangen, Nägel oder eine Hand voll Datteln. Die kleinste Münze, die er dabei einnahm, schien ihm tiefe innere Befriedigung zu verschaffen. Bat ihn jemand darum, Jeschua berühren zu dürfen, verlangte er einen Geldbetrag, dessen Höhe er nach seiner Einschätzung des Vermögens des Bittenden bestimmte. Ich habe mir oft gedacht, dass er sich ständig ausrechnete, wie hoch später einmal sein Anteil sein würde. Er sah uns alle schon in prächtigen Palästen in Jerusalem sitzen, wo wir nichts anderes zu tun hätten, als unser Geld zu zählen.

Ich war ausreichend damit beschäftigt, Jeschuas Reden zu schreiben oder besser gesagt, seine Predigten. Das Wort Reden hörte er nicht so gerne. Nach den ersten zwei, drei Veranstaltungen wusste ich genau, was die Menschen hören wollten. Sagt man ihnen, dass sie ihre Ehemänner oder im anderen Fall ihre Ehefrauen nicht betrügen dürfen, reagieren sie kaum. Droht man ihnen aber mit dem ewigen Fegefeuer, wenn sie eine fremde Frau oder einen fremden Mann nur begehrlich anschauen, dann zeigen diese Worte Wirkung. Drohungen und Glücksverheißungen mussten sich die Waage halten. Nahm Jeschua das Wort Paradies nur in den Mund, brach die Menge schon in Hosiannarufe aus. Manchmal reichten für einen Vortrag drei oder vier schöne Bilder, um den Erfolg der Ansprache zu garantieren. Besonders Gleichnisse, die sich mit der Natur beschäftigten, kamen bei den Leuten gut an.

Paulus war der Kopf unserer Mannschaft. Wenn ich heute so zurückdenke, dann waren seine Überlegungen so schlüssig, dass ich mich wundere, dass nicht auch andere kluge Köpfe diese Ideen entwickelten. Für ihn war die Vermarktung, auch eine Wortschöpfung von ihm, eine Frage von Angebot und Nachfrage. Das Interesse an einem bekannten Wanderprediger war im Land vorhanden, also musste dieses Interesse befriedigt werden. Dieses einfache Prinzip erklärte er mir einmal so: Wenn ein Weinbauer, der eine süße Rebe anbaut, den Geschmack der Kunden trifft, dann werden die, die herben Traubensaft anbieten, Probleme bekommen. Ist junges Hammelfleisch gefragt, kann der Besitzer älterer Tiere nur noch für den eigenen Hausgebrauch schlachten. Sind persische Webstoffe der letzte Schrei, machen die Tuchhändler mit landeseigenen Produkten kein Geschäft. Nicht anders verhält es sich mit Jeschua. Hätten die Menschen Interesse an einem Herkules, der zehn Säcke Korn zur gleichen Zeit hochheben kann, oder an einem Sänger, der einen ganz besonderen Schmelz in der Stimme hat, lockst du mit einem Wanderprediger keinen Menschen aus seinem Haus. Man muss wissen, wonach die Leute verlangen. Wenn man es ihnen dann anbietet, hat man Erfolg.

In einer Herde von weißen Schafen sieht jeder zu dem einzigen schwarzen Schaf, das sich in ihr befindet und nimmt die weißen kaum wahr. Seit es Jeschua gibt, haben die anderen Wanderprediger keinen einzigen Zuhörer mehr. Wir befriedigen das Interesse der Menschen an Wanderpredigern landesweit.

Mit seinem logischen Denken und seinem Mut zu neuen Wegen hätte Paulus in jedem Beruf Karriere gemacht. Es ist seine Tragik, dass sein erfolgreiches Schaffen nur ein Jahr lang gefragt war. Er hat mir später erzählt, dass Herodes und seine Gemahlin Herodia versucht hatten, ihn für ihre Zwecke einzuspannen, aber da hatte sich Paulus bereits geschworen, dass er sich nie wieder vor den Karren anderer spannen lassen würde.

Wenn ich bedenke wie jung Paulus auch heute noch ist, dann empfinde ich es als besonders traurig, dass dieser Mann seine Talente nicht mehr einsetzen kann. Nicht nur seine eigenen Fähigkeiten waren herausragend, auch seine Gabe, die richtigen Leute mit den richtigen Aufgaben zu betrauen, war außergewöhnlich. Wenn es auch nur eine kurze Zeit war, bin ich dem Schicksal doch dankbar, dass ich mit dieser hervorragenden Persönlichkeit zusammenarbeiten durfte.

SAULUS

JAKOBUS SCHREIBT DIE ERSTE PREDIGT

Jakobus hatte eine wunderbare Rede geschrieben. Wir waren alle in der Wirtsstube des Goldenen Hahn versammelt, als Jakobus sie vorlas. Einige Kernsätze sind mir noch in guter Erinnerung geblieben: Selig sind die Armen im Geiste; denn ihrer ist das Himmelreich. Selig sind die Sanftmütigen; denn sie werden das Land besitzen. Selig sind die, die hungern und dürsten nach der Gerechtigkeit; denn sie werden gesättigt werden.

Jeschua war von dem Text begeistert, wollte aber auch unbedingt auf eines der Zehn Gebote eingehen.

„Gut“, sagte Jakobus, „nehmen wir 'du sollst nicht ehebrechen'. Das ist ein sehr aktuelles Thema in Kapernaum.“

Er zog sich an einen Nebentisch zurück, um die Rede zu vervollständigen. Mattäus bat mich, ihn vor die Tür zu begleiten.

„Ich habe dreißig Leute engagiert“, sagte er. „Sie werden sich nach und nach unter die Zuhörer mischen.“

„Das hast du gut gemacht“, lobte ich ihn.

„Aber der erste Auftritt unseres Predigers wird ein Zusatzgeschäft“, sagte Mattäus. „Sie werden das Geld, das sie von mir bekommen haben, nicht spenden.“

„Man muss in gute Geschäfte erst etwas hineinstecken, bevor sie Gewinn abwerfen“, tröstete ich ihn. „Du wirst erleben, dass es sich später lohnen wird.“

„Dein Wort in Gottes Ohr“, sagte Mattäus zweifelnd.

Gemeinsam gingen wir alle zum Platz vor dem Gemeindehaus. Kaum hatte Jeschua mit seiner Predigt begonnen, kamen die bezahlten Zuhörer und bildeten einen Halbkreis vor ihm. Und dann geschah, womit ich gerechnet hatte. Eine größere Ansammlung von Menschen macht andere neugierig. Bei zwei Zuhörern bleibt kaum ein dritter stehen, aber hören viele zu, scheinen die anderen das Gefühl zu haben, sie würden etwas verpassen. Es verging nur wenig Zeit und es waren gut hundert Menschen, die den kleinen Platz füllten. Jakobus hatte genau die richtigen Worte gefunden, und Jeschua war gezwungen, mit lauter Stimme zu reden, damit ihn auch die hintanstehenen hören konnten.

„Wahrlich ich sage euch“, rief er der Menge zu, „jeder, der eine Frau begehrlich anblickt, hat in seinem Herzen schon die Ehe mit ihr gebrochen. Wenn dich dein rechtes Auge zur Sünde reizt, reiß es raus und wirf es von dir. Es ist besser für dich, dass eines deiner Glieder verloren geht, als dass dein ganzer Leib in die Hölle geworfen wird.

Wenn dich deine Hand zur Sünde reizt, hau sie ab und wirf sie von dir. Denn es ist besser für dich, dass eines deiner Glieder verloren geht, als dass dein ganzer Leib in die Hölle fährt."

Diese Worte waren genau die Mischung aus Empfehlungen und Drohungen, die bei den Leuten ankam. Besonders die Frauen signalisierten mit Zwischenrufen ihre Zustimmung.

„Und was ist", empörte sich ein Mann, „wenn eine Frau einen Mann begehrlich ansieht?"

„Wer sündigt, wird bestraft werden, ganz gleich, wessen Geschlecht er ist", antwortete Jeschua.

Jakobus applaudierte. Sicher nur, weil Jeschua so gut reagiert hatte, aber die anderen Zuschauer klatschten ebenfalls Beifall.

„Werden unsere Feinde, die Römer, alle einmal in die Hölle kommen", rief ein anderer.

„Jeder, der sündigt, wird in die Hölle fahren", sagte Jeschua.

„Helfen wir den verdammten Römern dabei", rief ein Rothaariger. „Damit sie schneller dahin kommen, wo sie hingehören."

„Liebt eure Feinde und betet für die, die euch verfolgen", sagte Jeschua.

„Das ist nicht von mir", flüsterte mir Jakobus zu, „das muss er aus den Heiligen Schriften zitiert haben."

„Ihr ergänzt euch eben großartig", sagte ich lachend.

Der rothaarige, junge Mann meldete sich wieder zu Wort.

„Es steht geschrieben", rief er, „Auge um Auge, Zahn um Zahn. Also macht auch selig, wenn wir den Besatzern heimzahlen, was sie uns angetan haben."

Die Zuschauer bekundeten lautstark ihre Zustimmung. Jeschua aber ließ sich nicht aus der Ruhe bringen. Ich war überrascht, wie souverän er auf die Zwischenrufe reagierte.

„Wer dich auf die rechte Wange schlägt, dem halte auch die linke hin", sagte Jeschua. „Dem, der dir deinen Rock nehmen will, überlasse auch deinen Mantel und wer bei dir borgen will, von dem wende dich nicht ab."

„Wir haben alle selber nichts", rief eine Frau, „wie sollen wir da noch etwas borgen können?"

Jeschua zögerte und sah zu Jakobus hinüber. Der gab ihm mit Zeichen zu verstehen, dass er auf sein Blatt schauen soll. Jeschua hatte die Stelle schnell gefunden.

„Wer wenig hat, der soll auch das Wenige teilen", sagte er. „Selig sind die, die geben, und nicht die, die nehmen."

Dieser Satz schien für die Menge das Stichwort zu sein. Alle drängten sich vor und warfen Münzen auf das Pflaster vor Jeschuas Füßen. Später erfuhr ich, dass Mattäus der erste war, der eine Münze geworfen hatte. Er war auch der erste, der damit anfing das Geld einzusammeln, als die Menschen auseinander gingen. Der rothaarige, junge Mann bot sich an, ihm zu helfen.

„Finger weg“, sagte Mattäus, „sonst wird mir hinterher die Hälfte fehlen.“

„Lass dir helfen“, sagte ich. „Wir sind hungrig und wollen zum Essen gehen.“

Der Rothaarige sammelte mit Mattäus die Münzen ein, wobei Mattäus mehr darauf achtete ob er sich eine in die eigene Tasche stecken würde, als auf irgend etwas anderes. Als sie das Geld beisammen hatten, forderte ich den jungen Mann auf, uns zum Gasthaus zu begleiten. Sein Name war Judas Ischariot.

„Es ist kaum vorstellbar“, sagte Mattäus zu mir, „aber sogar die Leute, die ich bezahlt habe, haben ihr Geld gespendet.“

Auch Jeschua war außerordentlich zufrieden.

„Du hattest recht, Paulus“, sagte er. „Es ist ein wesentlich schöneres Gefühl, wenn man vor vielen Zuhörern predigen kann.“

„Du hast sehr gut auf die Zwischenrufer reagiert“, lobte Jakobus Jeschua. „Waren das Zitate aus den Heiligen Schriften?“

„Nein“, sagte Jeschua, „ich bin nicht ganz so einfältig wie du glaubst. Ein paar gute Gedanken hatte ich auch schon, bevor ich dich kennen lernte.“

„Du bist eigentlich ganz in Ordnung“, mischte sich Mattäus ein, „aber diesen beleidigten Tonfall solltest du dir abgewöhnen.“

Gott sei Dank, waren wir bei einem Gasthaus angekommen, bevor das Gespräch in einen Streit ausufern konnte. Jeschua ging nicht mit hinein. Ich glaube, er wollte allein sein, um das Erlebte zu verarbeiten. Wir verabredeten uns für den Abend.

Der junge Rothaarige machte einen aufgeweckten Eindruck. Er erzählte, dass er bis vor kurzem bei einem Geldwechsler gearbeitet hätte.

„Warum hat er dich rausgeworfen“, fragte Mattäus.

„Er hat mich nicht rausgeworfen“, sagte Judas Ischariot. „Herodes Söldner haben ihn verhaftet und in den Kerker geworfen. Er hat viel Geld an Söldnerhauptleute verliehen, und ich denke, das war ihre Art, Schulden zurückzuzahlen.“

„Und was willst du jetzt tun“, fragte ich ihn.

„Ich nehme jede Arbeit an, die sich mir bietet“, sagte Judas.

„Können wir ihn gebrauchen“, fragte ich Mattäus.

„Bei uns sind alle Posten besetzt“, antwortete er. „Womit sollten wir ihn beschäftigen?“

„Er könnte sich um die Einnahmen kümmern“, sagte ich.

„Fällt das nicht in meinen Aufgabenbereich“, fragte Mattäus misstrauisch.

„Du wirst dich wundern, wie viel Zeit du für die organisatorischen Dinge brauchen wirst“, sagte ich. „Bei den Finanzen könnte er dir ja erst mal nur helfen.“

„Wenn du meinst", sagte Mattäus und sah Judas an. „Er hat nicht eine Münze in seine eigene Tasche gesteckt. Das ist ja immerhin schon etwas."

Glücklich war er über den neuen Mitarbeiter nicht, das sah ich ihm an.

„Plant ihr weitere Auftritte mit dem Prediger", fragte Judas.

„Wir werden mit ihm das ganze Land bereisen", sagte Jakobus. „In einem Jahr kennt ihn jedes Kind in Galiläa und Judäa."

„Also", sagte ich zu Judas, „wenn du dich uns anschließen willst, kannst du Mattäus bei seiner Arbeit unterstützen."

„Paulus würde dir dafür fünfzig Denare im Jahr bezahlen", sagte Mattäus und zwinkerte mir zu.

„Ich bin schon unterwegs und hole meine Sachen", sagte Judas Ischariot. „Hat irgend jemand in seiner Kammer Platz? Ich habe im Moment gerade kein Nachtlager."

„Du kannst bei mir schlafen", sagte Jakobus. „Ich habe noch einen freien Strohsack."

Judas bedankte sich und eilte hinaus.

„Er muss ja nicht gleich in unserer Preisklasse anfangen", sagte Mattäus lachend zu mir. „Warten wir erst einmal ab, wie er sich bewährt."

„Mit uns müsstest du eigentlich zufrieden sein", sagte Jakobus.

„Dein Text war ausgezeichnet. Ich kann es dir gar nicht oft genug sagen, und deine Idee, Mattäus, hat erst den richtigen Erfolg gebracht", sagte ich.

„Was hatte Mattäus für eine Idee", fragte Jakobus.

Ich erzählte ihm von den gekauften Zuhörern.

„Ich hatte wirklich meine Zweifel", sagte Mattäus, „aber jetzt bin ich davon überzeugt, dass es ein großes Geschäft werden kann."

„Die Menschen haben ein inneres Verlangen nach Worten, die sie trösten. Trost ist für Unterdrückte oft wichtiger als Wasser und Brot", sagte Jakobus.

„Wir werden noch einige Veranstaltungen abwarten müssen", sagte ich. „Erst wenn sich der Erfolg wiederholt, können wir größere Planungen anstellen."

„Ich bin sicher, dass du auch die nächsten Schritte schon im Kopf hast", sagte Jakobus.

„Hättest du die Freundlichkeit, deine engsten Mitarbeiter in diese Pläne einzuweihen", fügte Mattäus hinzu.

„Wir werden Jeschua noch drei oder vier Mal in Kapernaum auftreten lassen", sagte ich. „Die ersten Reisenden müssen Zeit haben, um in den umliegenden Städten von ihm zu erzählen. Halten wir die Zuhörerzahl, ohne gekaufte, von uns bezahlte Zuschauer, oder steigern sie sogar, werden wir in die nächste Stadt ziehen. Wir wollen nichts überstürzen."

„Hoffentlich steigt Jeschua der Erfolg nicht zu Kopf, und er wird übermütig und sagt sich, dass er unsere Hilfe nicht mehr braucht", sagte Mattäus nachdenklich.

„Allein hat er keine Chance", sagte ich. „Er ist klug genug, um das zu erkennen."

„Man hat richtig mitbekommen, wie er den Erfolg genossen hat", sagte Mattäus. „Er hat jeden einzelnen Satz von Jakobus zelebriert."

„Worte sind oft mächtiger als Schwerter oder Lanzen", sagte Jakobus. „Sie können manchmal sogar eine tödliche Wirkung haben. Die meisten Völker sind nicht durch verlorene Schlachten zu Sklaven geworden, sondern durch die Macht der Worte, mit denen sie geschickte Despoten um ihre Freiheit brachten."

„Nach dieser tiefschürfenden Erkenntnis brauche ich einen Krug Wein für mich ganz alleine", sagte Mattäus lachend.

Ich bestellte eine Runde und wir zechten bis tief in die Nacht. Auch Judas Ischariot hatte sich wieder eingefunden. Er stand uns in seiner Trinkfestigkeit in nichts nach.

Trotz des reichhaltigen Alkoholgenusses fertigte ich noch später in meiner Kammer einen ausführlichen Bericht für Kaiphas an. Ich beschrieb Jeschuas Äußeres, seine Talente und seine Redegewandtheit, und den genauen Ablauf der ersten gemeinsamen Veranstaltung. Von den gekauften Zuhörern schrieb ich nichts. Warum sollte der Hohepriester mein taktisches Vorgehen erfahren? Auch die Einnahmen, die uns diese Predigt bescherte erwähnte ich nicht. Kaiphas hatte mir einen Auftrag gegeben, und ich hatte den ersten Schritt getan, um ihn zu seiner Zufriedenheit auszuführen. Ihn würde interessieren, wie ich vorankam, warum sollte ich ihn mit Nebensächlichkeiten belästigen.

JUDAS ISCHARIOT

DIE MITARBEITER

Jeschua war mir vom ersten Augenblick an unsympathisch. Er war eingebildet und hochnäsig. Er hatte diese typische Überheblichkeit groß gewachsener Menschen, die arrogant auf die kleineren herabblicken. Mich beachtete er kaum. Sicher auch aus dem Grund, weil er spürte, dass ich sein Spiel durchschaute. Noch in Kapernaum war er ein ganz gewöhnlich Sterblicher. Er trank Wein, lachte über Scherze und hielt mit der schönen Rachel sicher nicht nur Händchen, wenn sie in seiner Kammer verschwanden. Von einem Tag auf den anderen änderte er sein Verhalten. Er aß kein Fleisch mehr, verschmähte jede Art von Alkohol und behandelte Rachel, als ob sie die Pocken hätte. Er spielte den asketischen, von irdischen Dingen nicht berührten Prediger, und genoss die Verehrung der Massen wie der Komödiant einer Wanderbühne den Applaus. Die Konsequenz, mit der er seinen Weg bis zum bitteren Ende ging, entsprang, meiner Einschätzung nach, nicht einer wahren Überzeugung von seinem angeblichen Auftrag. Es war Wut und Trotz darüber, dass sein Ruhm und sein Erfolg mit einem Schlag verloren waren. Wenn er vor seinen Predigten mit ausgestreckten Armen und geschlossenen Augen vor den Zuhörern stand, oder wenn er sich abseits von uns niederließ und traumverloren in die Weite blickte, hatte ich immer das Gefühl, dass er genau darauf achtete, wie sein Verhalten aufgenommen wurde. Fühlte er sich unbeobachtet, gab er sich völlig natürlich. Seinem Egoismus ist es zu verdanken, dass wir anderen nur mit Mühe und Not einer Verurteilung entkamen. Er hätte es sicher gerne gesehen, wenn wir alle als Märtyrer den Tod gefunden hätten.

Mattäus behandelte mich ebenfalls herablassend. Er war von Anfang an äußerst misstrauisch. Sicher hätte er gerne die Verwaltung der Finanzen in seinen Händen behalten. Ich möchte nicht wissen, wie viel Bestechungsgeld er heimlich von den Wirten kassiert hat, damit wir in ihren Herbergen übernachteten. Einmal Zöllner, immer Zöllner.

Jakobus war umgänglicher. Er war ein kleiner Philosoph, der in der Welt seiner Phantasie lebte. Immer freundlich und besonders gut gelaunt, wenn man einen seiner Vorträge lobte, oder eine Formulierung zitierte, die man behalten hatte. Jeschuas Verhalten war ihm egal. Jeschua war für ihn das Sprachrohr, das seine Texte der Öffentlichkeit mitteilte. Sicher hätte es ihn noch mehr gefreut, wenn irgend jemand ein Buch seiner gesammelten Reden herausgegeben hätte, damit auch die Nachwelt seine Einfälle bestaunen können würde.

Bartholomäus stieß als Letzter zu uns. Er war schamlos in allem, was er tat. Er aß und trank unmäßig, kleidete sich eleganter als wir und erzählte Geschichten über Jeschua, die einem die Haare zu Berge stehen ließen. Er machte nie ein Hehl daraus, dass Jeschuas schneller Aufstieg sein persönlicher Verdienst sei. „Ich mache aus einer Mücke einen Elefanten", sagte er oft. „Ihr müsst mir nur zwei Tage Zeit lassen." Er war es auch, der am häufigsten zu mir kam, um sich über den neusten Stand unserer Einnahmen zu erkundigen.

Aber so sehr die anderen Mitarbeiter auch bemüht waren, ihren Anteil am Erfolg unseres Unternehmens herauszustellen, Paulus war der Mann, der alle Fäden in der Hand hielt. Er war eine Autorität. Er genoss es anfangs, dass seine Idee sich durchsetzte, war aber auch derjenige, der rechtzeitig erkannte, welche Gefahren auf uns zukommen könnten. Viele hätten sich von den Anfangserfolgen mitreißen lassen, aber Paulus bremste immer dann, wenn er spürte, dass etwas außer Kontrolle geraten könnte. Er wäre am Hof von Herodes Antipas oder in der Jerusalemer Verwaltung sicher ein großer Mann geworden, wenn das Schicksal seinem Leben einen anderen Verlauf gegeben hätte. Für seine Korrektheit, mit der er uns alle gleich behandelte, spricht auch, dass er mir schon nach wenigen Wochen gestand, dass die anderen eine höhere Garantiezahlung bekämen als ich, und er meine dann auch auf hundert Denare anhob. Er vertraute mir bedingungslos die Verwaltung der Einnahmen an. Ich hätte keine Probleme gehabt, einen Teil davon in die eigene Tasche zu stecken. Aber die Erfahrungen mit Shalum hatten mich vorsichtiger werden lassen. So ganz sicher war ich mir nicht, ob Paulus nicht doch über alles besser informiert war, als es den Anschein hatte.

Für mich war das Aufeinandertreffen mit diesen Leuten natürlich der größte Glücksmoment, der mir in meinem Leben passierte. Ich hatte schon überlegt, ob ich Kapernaum verlassen sollte, um mich irgendwo als Tagelöhner bei einem Bauern zu verdingen. Gott sei Dank, hatte ich diesen Entschluss immer wieder hinausgeschoben. Es sind die Zufälle, die mein Leben von dem Tag an, an dem mein Erinnerungsvermögen einsetzt, bestimmt haben. Mir ging es wie einem Träumer, der auszog, um einen Schatz zu finden, ohne zu ahnen, wo einer liegen könnte. Aber dann, eines Tages, stolpert er zufällig über eine Schatztruhe und braucht sie nur noch zu öffnen.

SAULUS

JESCHUAS FREUNDIN

Unsere Überraschung war groß, als Jeschua am Abend in weiblicher Begleitung erschien.

„Das ist Rachel“, sagte er und amüsierte sich sichtlich über unsere erstaunten Gesichter.

Rachel war ein bildhübsches, junges Mädchen. Ich schätzte, dass sie höchstens sechzehn oder siebzehn Jahre alt sein konnte. Sie hatte weizenblondes Haar und dunkle Augen. Ihr eng anliegendes Kleid betonte ihre gute Figur.

„Rachel ist die große Liebe meines Lebens“, sagte Jeschua, während wir dem Mädchen die Hand schüttelten und uns vorstellten. „Was immer ich tue“, fuhr Jeschua fort, „und wo immer ich hingehe, Rachel wird an meiner Seite sein.“

Das Mädchen schmiegte sich in seinen Arm und sah ihn zärtlich an. Ich musste zugeben, dass ich von dieser neuen Situation nicht gerade begeistert war. In mein Konzept passte kein verliebter Wanderprediger, der mit seiner Liebsten eventuell auch noch Zärtlichkeiten in der Öffentlichkeit austauschte. Mir war klar, dass die Mehrzahl von Jeschuas Anhängern Frauen sein würden, die Gefallen an diesem gut aussehenden Mann finden würden. Sie würden Gefühle für einen einsamen, den irdischen Dingen des Lebens entsagenden Predigers entwickeln, aber nicht für einen Frischverliebten. Rachel wäre für sie eine Konkurrentin. Vielleicht könnte ich Jeschua dazu überreden, sie in Kapernaum zurückzulassen, wenn ich ihm versprechen würde, dass wir in regelmäßigen Abständen wieder in die Stadt kämen.

Rachel war ein zauberhaftes Mädchen. Sie plauderte munter drauf los und in kürzester Zeit erfuhren wir ihr ganzes Leben. Sie war die Tochter einer Jüdin und eines römischen Vaters. Der Legionär war kurz vor ihrer Geburt mit seiner Kohorte nach Ägypten versetzt worden. Sie hatten nie wieder etwas von ihm gehört. Rachel wusste nicht, ob er im Kampf gefallen war, oder sich längst in Rom aufhielt.

„Das nennt man Scheidung auf römisch“, sagte sie lächelnd.

Jeschua kannte sie seit zwei Monaten. Sie hatte mit ihm das Lager in einem Pferdestall geteilt, bis er sie vor einigen Tagen in seine Kammer in den Goldenen Hahn mitnahm. Jeschua und sie hatten es so geschickt angestellt, dass ich, der ich mit ihnen unter einem Dach wohnte, davon nichts mitbekommen hatte.

„Wollt ihr heiraten“, fragte ich Jeschua.

„So schnell es geht“, antwortete er strahlend.

„Einen Rabbiner gibt es in jeder Stadt“, sagte ich. „Wir werden schon einen passenden Ort finden.“

„Meine Mutter würde es gerne sehen, wenn wir vor unserer Abreise heiraten“, sagte Rachel.

Jeschua musste sie also schon über unsere Pläne informiert haben. Ich hatte ihm bereits angedeutet, dass wir, wenn der Start erfolgreich verlaufen würde, auch andere Städte aufsuchen wollten.

„Der Rabbiner von Kapernaum ist in Jerusalem“, sagte ich. „Er wird vor einem Monat nicht zurückkommen. So lange können wir aber nicht warten.“

Das war nicht einmal gelogen. Jakobus hatte beim Synagogendiener nach ihm gefragt, weil er einen Blick in die Thora werfen wollte.

„Jetzt haben wir schon einige Zeit in Sünde gelebt“, sagte Jeschua zu Rachel, „da kommt es doch auf ein paar Tage mehr oder weniger nicht an.“

„Ich fühle mich schon jetzt so, als wäre ich deine Frau“, sagte Rachel und küsste ihn auf die Wange.

„Es gibt ein kleines Problem“, sagte ich. „Rachel sollte sich auf unseren Veranstaltungen nicht in deiner Nähe aufhalten.“

„Warum nicht“, fragte Jeschua irritiert.

„Eine Frau an deiner Seite passt nicht zu der Rolle, die du zu spielen hast“, sagte ich.

„Wird Jeschua Schauspieler“, fragte Rachel lachend.

„Nein“, sagte ich schnell, denn ich sah, dass Jeschuas sein Gesicht verzog. „Er bleibt Prediger. Wir wollen ihn zum bekanntesten Wanderprediger von ganz Galiäa und Judäa machen. Bei einem Mann, der ein wunderschönes Mädchen an seiner Seite hat, könnte, besonders bei den weiblichen Zuhörern, Eifersucht aufkommen.“

Rachel errötete leicht bei meinem Kompliment.

„Für Jeschuas Erfolg tue ich alles“, sagte sie. „Nur die Nächte an seiner Seite, dürft ihr mir nicht nehmen.“

„Ohne dich kann ich gar nicht mehr einschlafen“, sagte Jeschua und küsste sie ungeniert auf den Mund.

Während wir aßen, Wein und Orangensaft tranken, erzählte Rachel wie sie Jeschua kennen gelernt hatte. Jeschua sah sie unverwandt an und unterbrach sie nicht ein einziges Mal. Er war stolz auf seine junge Braut, dass war ihm anzusehen. Die beiden Verliebten zogen sich nach dem Essen schnell zurück.

Jakobus hatte dieselben Bedenken wie ich.

„Ein verliebter Prediger entspricht nicht ganz meinen Idealvorstellungen“, sagte er.

„Aber ein verliebter Mann ist leichter zu lenken“, sagte Mattäus. „Wenn wir einen guten Kontakt zu Rachel herstellen, dann könnte sie in unserem Sinn auf ihn einwirken, wenn er einmal Probleme machen sollte.“

„Sprichst du aus eigener Erfahrung“, fragte Judas Mattäus.

„Bei mir mischt sich Erfahrung mit Menschenkenntnis", sagte Mattäus. „Beim Stichwort Liebe fällt mir übrigens ein, dass Delila und ihre Schwestern ganz begierig auf drei temperamentvolle Männer warten."

„Wir sind vier", sagte Judas Ischariot.

„Du wirst dich gedulden müssen", sagte Mattäus. „Wir haben ältere Rechte. Leider hat Delila nur zwei Schwestern."

„Drei Frauen mit entsprechender Berufserfahrung können auch vier Männer zur gleichen Zeit glücklich machen", sagte Judas. „Bei mir mischt sich Erfahrung mit Sachverstand."

Mattäus warf ihm einen bösen Blick zu. Ich kaufte noch ein paar Krüge Wein und wir machten uns auf den Weg. Es sollte für lange Zeit der letzte Abend im Haus der Schwestern werden. Judas Ischariot hatte recht; keiner von uns kam in dieser Nacht zu kurz.

Unsere Tage in Kapernaum waren gezählt. Mattäus arbeitete eine genaue Reiseroute aus. Er kannte sich in Galiäa gut aus und legte dementsprechend Herbergen fest, die wir mit einem Tagesritt erreichen konnten. Ich kaufte ein paar Packesel und zwei Planwagen. Jeschua konnte nicht reiten, deshalb würden Rachel und er in einem der Wagen sitzen müssen. Mattäus und ich hatten ein Pferd. Für Judas und Jakobus musste ich zwei weitere kaufen. Judas besorgte eine große Truhe, in der er unsere Einnahmen aufbewahren wollte, was Jakobus zu der Bemerkung veranlasste, dass von ihr in einem halben Jahr höchstens der Boden bedeckt sein würde. Jakobus arbeitete intensiv an der Predigt, die Jeschua zum Abschluss in Kapernaum halten sollte. Von Jeschua und Rachel war kaum etwas zu sehen. Sie schienen ihre Kammer nie zu verlassen. Die meisten Leute wussten, dass wir zum Kreis Jeschuas gehörten, und wir wurden immer wieder gefragt, wann denn dieser Prediger wieder reden würde.

Es war ein Spätnachmittag an einem Freitag. Wir hatten unsere Abreise für den kommenden Sonntag geplant, da hielt Jeschua seine Predigt. Wir hatten einen Platz am Stadtrand ausgesucht. Jeschua stand auf einer kleinen Anhöhe. Es waren gut dreihundert Zuhörer, die sich eingefunden hatten.

„Alle freiwillig", sagte Mattäus lachend und zeigte auf die Menge. „Ich habe nicht einen einzigen bezahlt."

Rachel stand neben mir in der letzten Reihe.

„So viele Menschen habe ich noch nie auf einen Haufen gesehen", sagte sie. „Sind die wirklich alle gekommen, um Jeschua zu hören?"

„Es werden noch mehr werden", sagte ich. „Warte nur ab, bis sein Name bekannter wird."

Jeschua begann zu predigen:

„Sorgt euch nicht um den morgigen Tag; denn der morgige Tag wird für sich selber sorgen. Das Leben ist mehr als Nahrung und Kleidung. Seht euch die Vögel an: Sie säen nicht, sie ernten nicht, und der himmlische Vater ernährt sie doch. Seht euch die Lilien auf dem Felde an: Sie arbeiten nicht, und doch kleidet sie Gott in das schönste Gewand. Sammelt nicht Schätze auf Erden, die doch nur von den Motten und Würmern zerstört werden, oder die euch Diebe stehlen. Euer Reichtum sei euer Glaube. Und euer Glaube führt euch zu Gott. Ihr könnt nur einem Herren dienen, entweder dem Mammon oder eurem himmlischen Vater. Lernt zu geben. Wer von euch wird, wenn sein Sohn um Brot bittet, ihm einen Stein geben? Oder wenn er um Fisch bittet, eine Schlange? Wenn also ihr euren Kindern nur Gutes gebt, wie viel mehr wird euer Vater im Himmel denen Gutes geben, die ihn darum bitten. Glaubt mir, leichter kommt ein Kamel durch ein Nadelöhr als ein Reicher in den Himmel."

Ich war von Jakobus begeistert. Er hatte sich wieder selbst übertroffen. Die Menschen hörten aus Jeschuas Worten heraus, was sie heraushören wollten. Mit den Dieben, die die Schätze stahlen, waren natürlich die Steuereintreiber gemeint. Und die Aufforderung, dass sie nur einem Herren dienen könnten, bedeutete, dass sie Herodes Antipas, dem Günstling der Römer, den Gehorsam verweigern sollten. Ihre langanhaltender Beifall am Ende der Ansprache bewies, dass Jeschua ihnen aus dem Herzen gesprochen hatte. Die Mehrzahl der Zuhörer waren Kleinbauern, Sklaven, Schafhirten, Bettler und ältere Frauen, die alle zu den Ärmsten der Armen gehörten. Als Jeschua davon sprach, dass die Reichen nicht in den Himmel kämen, brach die Menge in Jubel aus.

Am Abend des Sabbat klopfte es an meine Kammertür. Ein Agent des Kaiphas überreichte mir einen Brief. Der Hohepriester wünschte mich in Jerusalem zu sprechen. Das passte mir überhaupt nicht. Es war alles für die Abreise am nächsten Tag vorbereitet und eine Reise nach Jerusalem würde mindestens acht Tage Verzögerung bedeuten. Aber es war nicht ratsam, dem Hohepriester einen Wunsch abzuschlagen. Ich ging zu Jakobus und sagte ihm, dass ich noch einmal nach Jerusalem müsste, um die Einnahmen aus meiner letzten Warenlieferung zu kassieren.

„Die Spenden flossen gestern reichlich", sagte ich. „Aber wir können uns nicht darauf verlassen, dass das jeden Tag der Fall sein wird. Es ist besser, wenn wir ein kleines Kapital als Sicherheit in der Tasche haben."

„Soll ich dich begleiten", fragte Jakobus.

„Nichts gegen deine Reitkünste", sagte ich, „aber ich glaube, dass ich schneller bin, wenn ich alleine reite."

„Aber es ist sicherer", beharrte Jakobus.

„Ich werde mich einer Gruppe anschließen", sagte ich. „Es finden sich jeden Morgen Leute ein, die ein gemeinsames Reiseziel haben."

Ich bat ihn, die anderen von meiner plötzlichen Abreise zu unterrichten. Ich wollte möglichst früh am Sonntagmorgen aufbrechen.

KAIPHAS

EIN GLÜCKSGRIFF

Ich hatte Saulus, oder besser gesagt, Paulus vom ersten Moment an richtig eingeschätzt. Der junge Mann war ehrgeizig und zielstrebig. Und er war nicht so voreingenommen und bestechlich, wie meine vielen Agenten und Zuträger, die sich zwar von mir bezahlen ließen, aber sich vor jeder Arbeit drückten. Die ersten Berichte, die ich über den Paulus und seine Aktivitäten bekam, waren noch nicht so vielversprechend. Er legte sehr viele Stadien zurück, hatte fast schon den ganzen Süden besucht, aber noch keine Erfolgsmeldung nach Jerusalem geschickt. Aber er war fleißig und das sprach für ihn. Als er sich in Kapernaum niederließ, wurde meine Geduld allerdings auf eine harte Probe gestellt. Paulus schien sich nur noch den schönen Seiten des Lebens verpflichtet zu fühlen. Mein örtlicher Agent berichtete von Orgien, die im Hause einer stadtbekannten Hure veranstaltet würden. Zu diesem Zeitpunkt kamen mir zum ersten Mal Zweifel, ob ich den jungen Mann seines Postens entheben sollte. Herodes hatte sich schon einige Mal erkundigt, wie weit die Angelegenheit vorankäme, aber ich sah keine Veranlassung, ihn über den genauen Stand der Dinge zu informieren. Ich erzählte ihm nur, dass Paulus sehr sorgfältig vorgehen würde und keine übereilten Schritte plane, bevor er den richtigen Mann gefunden habe. Ich wollte Herodes gegenüber nicht zugeben, dass ich mich vielleicht doch in dem jungen Mann getäuscht haben könnte. Seine Schadenfreude hätte mich mehr geschmerzt, als das Geld, das mich Paulus kostete.

Mit Freude las ich dann den Bericht meines Agenten aus Kapernaum, der mir mitteilte, dass ein Wanderprediger großen Erfolg bei seinen Auftritten haben würde und dass der Paulus, den er in meinem Auftrag beobachten sollte, mit diesem Prediger zusammenarbeiten würde. Paulus war also fündig geworden. Mein Festhalten an Paulus hatte sich gelohnt. Aber ich bin ein ungeduldiger Mensch, war es immer schon, und jetzt lag mir daran, die Angelegenheit zu beschleunigen. Mein Ziel war es, diesen Prediger in kürzester Zeit in Galiläa und Judäa so bekannt zu machen, dass den vielen anderen das Wasser abgegraben wurde. Ich hatte auch schon einige Ideen, wie das zu erreichen war. Deshalb beorderte ich Paulus nach Jerusalem, um ihm meine Vorschläge mitzuteilen. Es schien mir zu riskant zu sein, ihm diese Anordnungen schriftlich zu übermitteln. Ich musste, und es stellte sich später heraus wie recht ich damit hatte, vorsichtig zu Werke gehen. Es durfte kein Papier geben, das beweisen konnte, dass ich mit dieser Angelegenheit irgend etwas zu tun hatte. Natürlich ahnte ich zu diesem Zeitpunkt noch nicht, welche ungeheuren Ausmaße diese Ereignisse annehmen würden. Paulus und seine Mitarbeiter bauten meine Anregungen so aus, dass sie die Kontrolle über die Abläufe verloren. Das Volk begann, in diesem Wanderprediger mehr zu sehen, als nur einen Verkünder der Worte Gottes. Es bedachte ihn mit Titeln und Namen, die nicht nur mich hellhörig werden ließen. Als dieser Prediger fast schon zu einer Kultfigur geworden war, wurde es höchste Zeit, ihn aus dem Verkehr zu ziehen. Ich hatte mit dem geldgierigen Pontius Pilatus und dem eitlen, selbstgefälligen Herodes schon zwei Leute, die ich mit Geschicklichkeit und List in ihre Schranken verweisen musste. Eine dritte Person, in Gestalt dieses Wanderpredigers, brauchte ich wirklich nicht. Außerdem häuften sich die Beschwerden der Rabbiner und der Mitglieder des Tempelrats, und auf beide Gruppen war ich angewiesen, wenn ich das Amt des Hohepriesters in meiner Familie behalten wollte. Die ganze Erziehung meines ältesten Sohnes, den ich mir als Nachfolger wünschte, wäre umsonst gewesen, wenn der Tempelrat seiner Wahl die Zustimmung verweigern würde.

Ich hätte es allerdings lieber gesehen, wenn es nicht zu diesen Prozessen gegen den Prediger in Jerusalem gekommen wäre. Man hätte die Angelegenheit auch auf unspektakuläre Weise lösen können. Das Attentat eines überzeugten Juden, der diesen Prediger für einen Gotteslästerer hielt, oder ein kleiner Überfall auf die Reisegruppe des Paulus, bei dem die Räuber zufällig den Prediger erschlugen, und schon hätte man die Sache aus der Welt geschafft. Ich weiß heute gar nicht mehr, wer auf die unselige Idee kam, diesen Prediger nach Jerusalem zu holen. Wenn ich länger darüber nachdenke, kann es nur ein Einfall von Herodes gewesen sein. Es entspräche der Einfalt seines gesamten politischen Handelns. Es ist mir bis heute ein Rätsel, warum der römische Hof ihn so lange auf seinem Posten duldete.

SAULUS

KAIPHAS WILL EIN WUNDER

Kaiphas empfing mich überaus freundlich.

„Wir sind mehr als zufrieden mit dir, Paulus", sagte er.

Ich bedankte mich höflich.

„Unsere Agenten haben den ersten Auftritt dieses Jesse beobachtet und meinen übereinstimmend, dass dieser Mann ganz besondere Fähigkeiten hätte."

„Er heißt Jeschua", verbesserte ich ihn.

„Meinetwegen auch Jeschua", sagte Kaiphas ärgerlich. „Wichtig ist, dass es ihn gibt und nicht, wie er heißt."

Auf dem Tisch stand Obst und ein Krug mit Wein. Kaiphas gab dem Diener ein Zeichen, dass er uns einschenken sollte. Es war ein Beweis seiner Zufriedenheit, dass er mit mir Wein trank. Dann schickte er den Diener hinaus.

„Wie gesagt, wir sind mit deiner Arbeitsweise außerordentlich zufrieden", fuhr er dann fort. „Du hast sorgfältig und nicht überstürzt gehandelt und das Vertrauen, das ich vom ersten Augenblick in dich gesetzt habe, voll gerechtfertigt. Trotz allem ist dir ja auch noch genügend Zeit geblieben, um gleichzeitig die schönen Seiten des Lebens zu genießen."

Er grinste mich wissend an. Mir war bewusst, dass er über jeden meiner Schritte informiert war. Er wusste von den Trinkgelagen, von den Besuchen im Haus der Liebesdienerinnen und sicher auch schon mehr über Mattäus, Jakobus und Judas, als ich.

„Unser Problem ist folgendes", sagte Kaiphas. „Im Gegensatz zu mir ist Herodes Antipas ein ungeduldiger Mensch. Er will einen Berg an einem Tag besteigen. Langfristige Planungen sind ihm ein Greuel. Das sollte mich nicht besonders interessieren, aber es gibt Gerüchte, dass Kaiser Tiberius erwägt, Herodes zum König von ganz Palästina auszurufen. Das würde bedeuten, dass auch Jerusalem zu seinem Machtbereich gehört. Kannst du mir folgen?"

Natürlich konnte ich. Würde Herodes mit einer solchen Machtfülle ausgestattet, müsste Kaiphas um seinen Einfluss fürchten. Und seine sicheren Einnahmequellen wären in Gefahr. Jeder fromme Jude schickte jährlich sein Scherflein an den Tempel in Jerusalem, und es war ein offenes Geheimnis, dass Kaiphas einen großen Teil dieser Spenden für sich behielt. Man schätzte sein Vermögen wesentlich höher ein, als das des Landesfürsten. Und da auch die Geldgier des Herodes Antipas bekannt war, war es nur logisch, dass der an diesen Einnahmen partizipieren wollte.

„Um es ganz deutlich auszudrücken", sagte der Hohepriester, „die Angelegenheit muss beschleunigt werden."

„Wir hatten geplant, Kapernaum in den nächsten Tagen zu verlassen“, sagte ich, „um Jeschua auch in anderen Städten bekannt zu machen.“

„Das ist gut“, sagte Kaiphas. „Das ist sehr gut.“

„Ich habe ein paar Mitarbeiter verpflichtet“, sagte ich.

Kaiphas nahm einen Zettel vom Tisch und warf einen kurzen Blick auf ihn.

„Mattäus, Jakobus und Judas Ischariot“, sagte er dann. „Fähige Leute wie man mir bestätigt hat.“

Wie naiv von mir, dachte ich, überhaupt von meinen Mitarbeitern zu sprechen. Seine Agenten werden Kaiphas sogar deren Augenfarbe mitgeteilt haben.

„Lass uns gemeinsam überlegen, wie wir den Bekanntheitsgrad dieses Jesse steigern können“, sagte Kaiphas.

„Wir haben in kurzer Zeit viel erreicht“, sagte ich. „Überstürztes Handeln könnte die Anfangserfolge gefährden.“

„Der Meinung bist du, und der Meinung bin ich“, sagte Kaiphas, „aber was ist unsere Meinung gegen die des Landesfürsten?“

Er benutzte zum ersten Mal die Ichform, was eigentlich unüblich war. Der Hohepriester und die Mitglieder des Tempelrats sagten wir, wenn sie von sich sprachen.

„Ich bin sicher, hoher Herr“, sagte ich, „dass ihr schon einige Ideen entwikkelt habt.“

Das Kompliment tat ihm sichtlich gut.

„Nicht einige, aber eine“, sagte Kaiphas, „und die ist ausgesprochen gut. Du weißt wie ich, dass das Volk sehr empfänglich für Wunder ist. Dein Prophet, wenn ich ihn einmal so nennen darf, muss einige außergewöhnliche Dinge vollbringen. So etwas verbreitet sich immer wie ein Lauffeuer im ganzen Land. Wenn einer einen Löwen mit der bloßen Faust erlegt, sind es in der nächsten Stadt schon zwei gewesen, und wenn die Nachricht bis nach Jerusalem durchgedrungen ist, waren es sechs Löwen.“

„Jeschua würde nie einen Löwen töten“, sagte ich und war mir sofort bewusst, wie dumm mein Einwand klingen musste.

Kaiphas sah mich auch prompt verärgert an.

„Willst du dich über mich lustig machen“, fragte er und seine schrille Stimme klang messerscharf.

„Aber nein“, sagte ich schnell. „Verzeiht mir meine unüberlegte Bemerkung, hoher Herr.“

Die Entschuldigung schien ihm zu genügen. Wir schwiegen eine Weile. Ich wusste nicht, was ich sagen sollte, und er wartete sicher auf eine Frage von mir.

„Wo wollt ihr als erstes Station machen“, fragte er und unterbrach das Schweigen.

„In Sepphoris“, sagte ich.

„Sepphoris ist gut", sagte Kaiphas. „Da kommt ihr durch Kana. In Kana ist eine Söldnertruppe des Herodes stationiert."

„Sollen wir einen Umweg machen", fragte ich. Ich wusste nicht, worauf der Hohepriester hinauswollte.

„Aber nein", sagte Kaiphas. „Du wirst deinen Jesse in Kana predigen lassen. Deine Leute und meine Agenten werden dafür sorgen, dass sich eine große Menge Zuhörer einfinden werden."

Da immer noch keine Reaktion von mir kam, sah er mich mitleidig an, als hätte er einen Begriffsstutzigen vor sich.

„Kannst du mir folgen", fragte er ungeduldig.

Ich nickte eifrig mit dem Kopf. Wusste aber immer noch nicht, was er plante.

„Es besteht absolutes Versammlungsverbot im Lande", sagte Kaiphas. „Während dein Jesse predigt, werden euch Söldner aufspüren und mit strengster Bestrafung drohen."

Sein Blick wurde triumphierend. Jetzt musste dieser Einfaltspinsel, für den er mich im Augenblick hielt, doch endlich verstanden haben. Aber ich hatte noch nichts begriffen und schwieg.

„Dein Prediger wird die Söldner in die Flucht schlagen", sagte Kaiphas mit einer Bedeutung, als hätte er den gordischen Knoten durchgeschlagen.

„Jeschua lehnt jede Form der Gewalt ab", sagte ich. „Wie soll er eine Horde Söldner in die Flucht schlagen?"

„Ich habe nicht gesagt, dass er sie verprügeln soll", sagte Kaiphas ärgerlich. „Er soll sie durch die Kraft seiner Worte vertreiben."

Er lehnte sich in seinem Sessel zurück, trank einen Schluck Wein aus dem silbernen Becher und schien mit sich und der Welt zufrieden zu sein.

„Wie wird er vorgehen", fragte ich kleinlaut.

„Der Hauptmann der Söldner wird natürlich eingeweiht", sagte der Hohepriester in mitleidigem Ton, als würde er einem Kind etwas erklären. „Nichts kommt beim Volk besser an, als Niederlagen der Söldner. Glaubst du, ich wüsste nicht, wie verhasst die Männer des Herodes Antipas sind?"

„Eine gute Idee", sagte ich, weil mir nicht mehr dazu einfiel. Einwände hätte Kaiphas sowieso nicht akzeptiert.

„Eine herausragende Idee", lobte sich der Hohepriester selbst. „Das wird nicht nur in Kana Tagesgespräch werden."

„Soll ich Jeschua in die Geschichte einweihen", fragte ich.

„Das musst du selber entscheiden", sagte Kaiphas. „Du kennst diesen Menschen besser als ich. Vielleicht agiert er überzeugender, wenn er nichts weiß. Aber diese Entscheidung überlasse ich dir."

Eigentlich gefiel mir die Idee. Hatten nicht alle Propheten immer wieder Wunder vollbracht? Hatte Moses nicht das Meer geteilt, damit die Kinder Israels fliehen konnten? Hatte nicht der kleine David den großen Goliath mit einer einfachen Steinschleuder besiegt? Warum sollte Jeschua nicht durch die Kraft seiner Worte einen Haufen Söldner in die Flucht schlagen?

„Soll ich den Söldnerhauptmann informieren", fragte ich Kaiphas.

„Das erledige ich schon selbst", sagte der Hohepriester. „Sorge du nur dafür, dass ihr pünktlich in Kana seid."

„Kana ist eine kleine Stadt", sagte ich. „Soweit ich mich erinnere, gibt es dort keinen größeren Platz. Wäre es nicht besser, wenn wir die Versammlung vor den Toren von Kana stattfinden lassen würden?"

„Einverstanden", sagte Kaiphas. „Es wurde allerdings auch höchste Zeit, dass ein vernünftiger Vorschlag von dir kam. Dabei fällt mir noch etwas ein. Ich werde die Zahlungen an dich nicht erhöhen, egal wie viel Mitarbeiter du einstellst."

„Das ist auch nicht nötig", sagte ich.

Kaiphas war mit Sicherheit darüber unterrichtet, dass wir von den Zuhörern Spenden bekamen. Wenn er auch nicht ahnen konnte, welche Ausmaße diese milden Gaben einmal annehmen würden.

„Du darfst dich jetzt zurückziehen", sagte er gnädig. „Arras wird dir die weiteren Informationen geben."

Ich stand auf, verbeugte mich und ging hinaus. Arras wartete bereits vor der Tür.

„Du hast deine Chance genutzt", sagte er. „Es verging in den letzten Wochen kaum ein Tag, an dem nicht über dich gesprochen wurde."

„Dann wisst ihr auch, was der Hohepriester für eine Idee hat", fragte ich ihn.

„Also erstens darfst du mich duzen", sagte Arras, „wir sind ja jetzt Kollegen, und zweitens weiß ich alles, was in diesem Hause besprochen und sogar gedacht wird."

„Und was haltet ihr von der Sache", fragte ich und verbesserte mich sofort, „was hältst du von der Idee?"

„Wenn man einen Sack Korn kauft, um Brot zu backen, ist es gut", sagte Arras. „Kauft man viele Säcke, wird das Korn schlecht, wenn es nicht verarbeitet wird. Wird es verarbeitet, wird das Brot schlecht, weil man zu viel davon im Vorratsraum lagert."

„Verstehe ich das Gleichnis richtig", fragte ich ihn. „Jeschua darf bekannt werden, aber nicht zu bekannt."

Arras sah sich vorsichtig um. Als er merkte, dass niemand in der Nähe war, sagte er: „Der Hohepriester und der Landesfürst glauben, dass das Volk sie verehrt, und auch Pontius Pilatus hält den Beifall und die Jubelrufe der Menschen an den Straßenrändern für einen Ausdruck seiner Beliebtheit. Wenn das Volk einem anderen Menschen ehrliche Verehrung entgegenbringt, werden sie den Unterschied schnell spüren. Ich kann mir nicht vorstellen, dass ihnen das gefallen wird."

„Das ist ihr Problem," sagte ich. „Ich führe nur ihre Befehle aus."

„Ich fürchte", sagte Arras, „dass es eines Tages auch dein Problem werden könnte. Glaubst du, du könntest je beweisen, dass du nur im Auftrag anderer gehandelt hast?"

In seinem Arbeitszimmer übergab mir Arras einen größeren Geldbetrag.

„Ein Teil ist fürs Geschäft, der andere für die schönen Künste", sagte er ironisch.

„Welche schönen Künste", fragte ich.

„Nun", sagte der Sekretär, „die Dienste der Delila werden dir sicher nicht umsonst angeboten."

Er wusste wirklich über alles Bescheid. Ich verabschiedete mich und dankte ihm für seine Ratschläge.

Ich habe später noch oft an seine Warnung denken müssen. Aber im Augenblick war mir wichtiger, den Wünschen des Kaiphas zu entsprechen. Ich war davon überzeugt, dass ein Erfolg des Unternehmens Jeschua meiner eigenen Karriere dienen würde. Ich sah mich schon als Berater des Herodes Antipas in einflussreicher Position am Hof in Tiberias oder als Nachfolger des Arras in der unmittelbaren Nähe des Hohepriesters.

Ich hätte gerne Johannes und Naomi besucht, aber eine innere Stimme sagte mir, dass es besser wäre, es nicht zu tun.

ARRAS

EIN KLUGER, JUNGER MANN

Paulus gefiel mir. Er gehörte zu den Menschen, die sich ihrer Fähigkeiten bewusst waren, aber ihre Intelligenz nicht wie eine Fahne vor sich her trugen. Aber ich kannte Kaiphas in- und auswendig. Er war ein gewiefter Taktiker und verfolgte nur eine eigenen Interessen. Wenn es die Situation erforderte, würde er Paulus fallen lassen und jede Beteiligung an dem Unternehmen Jeschua strikt ableugnen. Er stand in ständigem Kontakt mit dem Kaiser in Rom, und da er seinen Botschaften stets eine größere Menge Goldstücke hinzufügte, machte sich Tiberius sogar die Mühe, sie zu lesen. Nicht Tiberius spielte mit der Überlegung, Herodes zum König von ganz Palästina zu machen. Kaiphas war es, der Herodes Antipas immer wieder den Ratschlag gab, den römischen Kaiser um diese Gunst zu bitten. Er wusste, dass ein solcher Wunsch eine ganz andere Reaktion des Kaisers auslösen würde, als die, die sich der Landesfürst erhoffte. Aber eine Schlange ist gegen das Gift ihrer Artgenossen immun, und Herodes war zu recht misstrauisch gegen Vorschläge, die von Kaiphas kamen. Ich könnte kein verlogeneres Bild beschreiben, als die Begrüßungen der beiden Männer, wenn sie sich in Jerusalem trafen. Sie nahmen sich in den Arm, küssten sich rechts und links auf die Wange und hörten gar nicht mehr damit auf, sich Komplimente über ihr gutes Aussehen zu machen. Dabei beobachteten beide jeden Schritt des anderen, und warteten darauf, dass sich einer eine Blöße gab, die man dem Prokurator erzählen, oder die man direkt nach Rom weitergeben konnte. Ich hatte durch einen Studienkollegen einen guten Draht zum Beraterstab des Herodes Antipas. Dieser ehemalige Kommilitone begleitete Herodes regelmäßig bei seinen Jerusalembesuchen, und ich erfuhr von ihm, welche strategischen Überlegungen am Hof von Tiberias zur Debatte standen. Herodes liebäugelte damit, neben dem Posten des Landesfürsten auch den des Hohepriesters zu übernehmen. Er hatte den gesamten Tempelrat nach Tiberias eingeladen, fürstlich bewirtet und nicht mit Geschenken gespart, um bei den Mitgliedern des Rats auszuloten, was sie davon halten würden. Die ließen sich nach Strich und Faden verwöhnen, hatten aber nach ihrer Rückkehr nichts schnelleres zu tun, als Kaiphas über die Gedankenspiele des Herodes aufzuklären. Ihnen war der intrigante Hohepriester lieber, als der raffgierige Landesfürst.

Es kam für mich überraschend, dass Kaiphas und Herodes sich darüber einig waren, ein Experiment, wie es das Unternehmen Jeschua nun einmal war, gemeinsam zu planen. Ihr Ziel war klar. Im Erfolgsfall würde jeder von ihnen vor Pontius Pilatus als Ideengeber auftreten. Sie wussten beide, dass dem Prokurator die zahlreichen Wanderprediger, die immer häufiger zum Widerstand gegen die Besatzer aufriefen, ein Dorn im Auge waren. Sollte das Unternehmen nicht den gewünschten Erfolg bringen, könnten sie sich gegenseitig die Schuld an seinem Scheitern in die Schuhe schieben. Paulus war für sie nur Mittel zum Zweck. Sein Schicksal interessierte sie so, wie ein faustgroßer Stein, der sich aus einer ägyptischen Pyramide lösen würde, nämlich überhaupt nicht.

Ich aber hatte Sympathien für diesen Jungen und leitete manchen Bericht, der von Kaiphas' Agenten auf meinem Schreibtisch landete, gar nicht erst an den Hohepriester weiter. Ich schrieb sogar eigene Berichte, in denen ich von Predigern erzählte, die Paulus bereits getestet, aber nach dem ersten Versuch gleich als untauglich abgetan hatte. Kaiphas begann nämlich schon nach einem Monat ungeduldig auf Erfolgsmeldungen zu warten. Die Agentenberichte über die Besuche bei Delila und ihren Schwestern legte ich ihm vor. Kaiphas hatte neben seiner Ehefrau noch zwei Geliebte in Jerusalem und ein Verhältnis mit einer Sklavin, mit der er sich heimlich in meinen Privatgemächern traf. Ich wusste, dass er für die Abenteuer des Paulus Verständnis haben würde. Als der Hohepriester den ersten Bericht aus Kapernaum las, jubelte er laut auf. Es befriedigte seine Eitelkeit zutiefst, dass seine Idee offensichtlich Erfolg haben würde. Jetzt wollte er Nägel mit Köpfen machen.

„Die Saat ist aufgegangen", sagte er triumphierend zu mir. „Jetzt müssen wir Öl ins Feuer gießen, damit die Flamme zu lodern beginnt."

Ein paar Tage später vertraute er mir die Idee mit der Söldnervertreibung an und fragte mich, was ich davon halten würde. Ich hatte längst gelernt, dass man ihm zustimmen musste, egal, was er ausbrütete, wenn man in Ruhe mit ihm arbeiten wollte. Also lobte ich seinen Einfall und setzte den Brief auf, den er an Herodes diktierte, um ihn zu bitten, ihn bei dem Plan zu unterstützen.

Mir stand es nicht zu, diesen Plan zu kommentieren, und mir war er auch ziemlich egal. Ich wusste, dass ich auch bei einem Nachfolger des Hohepriesters als Sekretär weiterarbeiten würde. Ich hatte ausreichend Material über jedes Mitglied des Tempelrats gesammelt und was das Wichtigste war, es war den hochverehrten Priestern bekannt. Sollten die hohen Herren sich ruhig gegenseitig in Schwierigkeiten bringen. Ich hatte meine Schäfchen im Trockenen. Ich hoffte nur, dass Paulus unbeschadet aus der Sache herauskommen würde.

SAULUS

BARTHOLOMÄUS

Ich hatte mir schon auf dem Hinritt nach Jerusalem Begleitung gesucht. Es war nicht ratsam, allein durchs Land zu reisen. Überall lauerten Räuberbanden auf schutzlose Reisende und entkam man denen, versuchten römische Legionäre ihren Sold dadurch aufzubessern, indem sie sich bei Reisenden bedienten. Die Begleitdokumente, die mir Arras bei unserem ersten Treffen übergeben hatte, würden keinen Legionär abschrecken, und die Räuber höchstens in höhnisches Gelächter ausbrechen lassen. Verständlicherweise war es üblich geworden, dass sich vor den Stadttoren Reisende trafen, die das gleiche Ziel hatten. Man schloss sich zusammen und ritt gemeinsam. Das war keine Garantie dafür, dass man unbehelligt blieb, erhöhte aber doch die Sicherheit. Als ich am nächsten Morgen vor das Nordtor kam, machte sich eine Gruppe von elf Reitern gerade auf den Weg nach Tiberias, der ich mich anschloss. Ein junger Mann mit einer Haarpracht, deren Locken sich wie ein Kranz um seinen Kopf legten, ritt neben mir, und wir kamen ins Gespräch.

„Wie weit ist es von Tiberias nach Kapernaum“, fragte er mich.

„Gut fünfzig Stadien“, antwortete ich. „Ich reite auch nach Kapernaum weiter.“

„Dann würde ich mich dir anschließen“, sagte der Lockenkopf. „Vorausgesetzt, du hast nichts dagegen.“

„Im Gegenteil“, sagte ich. „Ich bin froh, wenn ich nicht fünfzig Fuß alleine reiten muss. Mein Name ist Paulus.“

„Ich heiße Bartholomäus“, sagte der junge Mann.

„Was treibt dich nach Kapernaum“, fragte ich neugierig.

„Ich trete dort die Stelle als Stadtschreiber an“, sagte Bartholomäus.

„Was bitte macht ein Stadtschreiber“, fragte ich.

„Genau weiß ich das auch nicht“, sagte mein neuer Bekannter. „Vielleicht muss ich die Verordnungen der Verwaltung aufschreiben und sie dann auf allen öffentlichen Plätzen an die Bäume nageln.“

„Was hast du denn bis jetzt gemacht“, fragte ich.

„Ich war in Jerusalem bei einem Rabbiner beschäftigt“, sagte Bartholomäus. „Der hielt sich für einen Philosophen. Ich musste seine Geistesblitze aufschreiben, und wenn er das Geschriebene am nächsten Tag las, zerriss er die Seiten und diktierte mir neue.“

„Und warum hat er dich entlassen“, fragte ich.

„Er hat mich nicht entlassen“, sagte Bartholomäus lachend. „Er konnte mich nur nicht mehr bezahlen.“

„Ist ihm das Geld ausgegangen“, fragte ich.

„Nein“, sagte er, „nicht das Geld, sondern der Atem. Er ist völlig überraschend gestorben.“

Ich musste so lachen, dass ich fast vom Pferd gefallen wäre.

„Ich will ja nicht behaupten, dass du neugierig bist“, sagte Bartholomäus, als ich mich beruhigt hatte, „aber ich habe dir jetzt schon mein halbes Leben erzählt und weiß nichts von dir.“

Ich erzählte ihm von Jeschua und den Plänen, die ich mit ihm hatte.

„Eine phantastische Geschichte“, sagte Bartholomäus. „Du bist wirklich überzeugt, dass so etwas funktionieren kann?“

„Es läuft vielversprechend an“, sagte ich.

„Du wirst also jetzt mit einem Wanderprediger unter dem Arm durch die Lande ziehen“, sagte Bartholomäus lachend.

„Nicht alleine“, sagte ich. „Ich habe drei gute Mitarbeiter, die jeweils ihr eigenes Aufgabengebiet haben.“

„Drei Mitarbeiter“, fragte er überrascht, „wie willst du die bezahlen. Das Ganze ist doch nur ein Steckenpferd, das nichts einbringt.“

„Du würdest dich wundern, wenn ich dir die Zahlen nennen würde, die schon auf der Habenseite verbucht werden konnten“, sagte ich.

„Nehmt ihr Eintrittsgeld“, fragte Bartholomäus.

„Um Gottes Willen“, sagte ich. „Da hätten wir sofort die Rabbiner und Pharisäer auf dem Hals. Du weißt doch, dass es eine große Sünde ist, die Worte des Herrn gegen Bezahlung zu verkünden.“

„Darum haben die schlauen Priester die Opferstöcke erfunden“, sagte Bartholomäus lachend. „Über freiwillige Spenden steht nichts in den alten Überlieferungen.“

„Wir nehmen auch nur Spenden entgegen“, sagte ich. „Wir fordern die Menschen nicht einmal dazu auf. Es ist ihnen ein inneres Bedürfnis, meinen Prediger zu unterstützen.“

„Ich werde in Kapernaum die Gelegenheit wahrnehmen und mir deinen Prediger anhören“, sagte er. „Vielleicht werfe ich ihm auch den einen oder anderen Schekel zu.“

„Wir werden nicht mehr lange in Kapernaum sein“, sagte ich. „In den nächsten Tagen reiten wir nach Sepphoris.“

„Schade“, sagte Bartholomäus. „Ich hatte mich schon gefreut. Ich dachte, ich hätte mit dir schon einen Bekannten in Kapernaum.“

Wir ritten eine Zeitlang schweigend nebeneinander her. Bei einem Melonenverkäufer machte unsere Reisegruppe eine kurze Rast.

„Welche Aufgaben haben deine Mitarbeiter“, fragte Bartholomäus mich.

„Jakobus verfasst die Predigten“, sagte ich. „Mattäus ist für die Organisation verantwortlich und Judas Ischariot verwaltet unsere Finanzen.“

„Ich glaube, dass der Erfolg eures Unternehmens im wesentlichen davon abhängt, wie bekannt dieser Prediger wird“, sagte Bartholomäus.

„Das stimmt“, antwortet ich. „Jeschua, so heißt der Mann, muss ein Begriff für die Menschen werden. Wir müssen die Öffentlichkeit über jeden Schritt von ihm unterrichten. Die steigende Zahl seiner Zuhörer, die Kernsätze seiner Predigten und seine äußere Erscheinung, die wirklich sehr imposant ist, müssen unter die Leute gebracht werden. Ich spiele mit dem Gedanken, dafür eine besondere Mannschaft zusammenzustellen.“

„Dafür brauchst du keine Mannschaft“, sagte Bartholomäus. „Ein fähiger Mann würde genügen.“

„Wüsstest du jemanden“, fragte ich ihn.

„Ja, mich“, sagte Bartholomäus und strahlte mich an.

„Du wirst erwartet“, sagte ich. „Du musst deine Stelle als Stadtschreiber antreten.“

„Wenn ich nicht erscheine, dann wird man glauben, dass mich ein Räuber erschlagen oder ein Legionär aufgespießt hat“, sagte Bartholomäus. „Das passiert mit der selben Regelmäßigkeit, mit der die Sonne morgens am Himmel erscheint.“

Bartholomäus gefiel mir. Er war schlagfertig, hatte Humor und konnte sich gut ausdrücken. Er würde auch menschlich in unsere Truppe passen.

„Ich könnte dir hundert Denare im Jahr garantieren“, sagte ich.

Er sah mich an, als ob ich einen Scherz gemacht hätte.

„Hundert Denare“, wiederholte er ungläubig.

„Hundert Denare“, bekräftigte ich.

Er streckte mir seine Hand hin und ich schlug ein.

„Ich möchte dir gratulieren“, sagte Bartholomäus.

„Du mir“, fragte ich. „Wozu?“

„Zu einem neuen Mitarbeiter, der sich so in die Sache hineinknien wird, dass dir nicht ein einziger Denar leid tun wird“, sagte Bartholomäus und grinste über das ganze Gesicht.

Wir schüttelten uns lachend die Hände. Es sollte sich sehr schnell herausstellen, dass ich eine gute Wahl getroffen hatte. Bartholomäus erwies sich als große Begabung, was die Verbreitung von allem, was Jeschua betraf, ausmachte.

BARTHOLOMÄUS

NEUE FREUNDE

Was für ein Glücksfall! Ich war darauf eingestellt, in einer kleinen Provinzstadt einer mehr oder weniger langweiligen Arbeit nachzugehen, und hatte mir Kapernaum schon in den düstersten Farben ausgemalt, als ich Paulus traf. Vom ersten Tag an fühlte ich mich im Kreis von ihm, Mattäus, Jakobus und Judas Ischariot wohl. Das war das Leben, von dem ich immer geträumt hatte. Wir tranken und aßen vom Feinsten, übernachteten in den besten Herbergen und wussten in jeder neuen Stadt sofort, wo die liebeshungrigen Damen auf uns warteten. Geld spielte keine Rolle. Fast überall wurden wir umsonst bewirtet. Selbst in den Freudenhäusern mussten wir meistens nichts bezahlen, weil die Huren gehört hatten, dass Jeschua predigte, dass auch ihnen die Tür zum Paradies offen stehen würde. Mein Aufgabengebiet bereitete mir keine Arbeit, sondern war das reinste Vergnügen. Ich konnte den Leuten erzählen, was ich wollte. Sie glaubten mir alles. Das reizte mich natürlich zu immer größeren Übertreibungen, aber auch die wurden anstandslos akzeptiert. Jeschua wurde in kürzester Zeit zu einem Phänomen. Ich habe nie begriffen, ob die Menschen wirklich glaubten, dass er der angekündigte Messias wäre, oder ob sie es einfach nur glauben wollten, weil es gerade zum guten Ton gehörte. Rabbiner und Gemeindevorsteher standen wie kleine Jungen vor mir und baten darum, Jeschua persönlich kennen zu lernen. Mattäus war nur eine Minute in einer Stadt, da fanden sich bereits die Wirte ein und wetteiferten darin, ihm ihre Herberge als Unterkunft anzubieten. Wenn wir weiterzogen, bekamen wir so viel Proviant mit auf den Weg, dass Judas Ischariot den größten Teil im nächsten Ort weiterverkaufte. Paulus ließ uns freie Hand. Wer seine Aufgaben zu seiner Zufriedenheit löste, konnte in der restlichen Zeit unternehmen, was er wollte. Und wir hatten viel freie Zeit. Mattäus und ich probierten oft aus, wer von uns mehr Wein vertragen konnte, und mussten bei mancher Weiterfahrt unsere Pferde an einem der Planwagen festbinden, weil wir unseren Rausch ausschlafen mussten. Oft ritten wir gemeinsam voraus, weil Mattäus sich um die Quartiere, ich mich um die Ankündigung der Ankunft kümmern musste und darum, dass jeder in der Stadt erfuhr, welche neuen Wundertaten der Messias wieder vollbracht hatte. Wenn der Tross mit Paulus, Judas und Jeschua ankam, hatten wir unsere Arbeit längst erledigt und kannten jede Adresse in der Stadt, die Vergnügen garantierte. Paulus und Judas Ischariot schlossen sich uns oft an. Jakobus zog es meistens vor, in unserer Herberge an neuen Texten zu arbeiten. Nachdem Paulus in Nazareth Ruth kennen gelernt hatte, hielt er sich bei den Besuchen der sündigsten der sündigen Häuser merklich zurück. Aber beim Weintrinken schlug er uns nach wie vor um Längen. Mit Judas Ischariot wurde ich nie richtig vertraut.

Eigentlich keiner von uns. Judas machte gerne seine Witze über Behinderte und lachte am lautesten, wenn er von Dingen hörte, die einen unglücklichen Ausgang nahmen.

Paulus muss ich leider den Vorwurf machen, dass er nicht rechtzeitig erkannt hat, wann wir das Unternehmen abbrechen mussten. Spätestens in Joppe hätten wir das beträchtliche Vermögen, das sich inzwischen angesammelt hatte, untereinander aufteilen sollen. Jeder von uns wäre als wohlhabender Mann aus der Sache herausgekommen. Zwar waren wir in Galiäa und Judäa inzwischen alle ziemlich bekannt, aber in Syro-Phönizien oder auch in Kilikien gab es wunderbare Orte, in denen man sich niederlassen konnte. Statt dessen mussten wir uns die erniedrigende Behandlung in Jerusalem gefallen lassen und konnten froh sein, dass wir wenigstens unser Leben retten konnten. Dass Mattäus und ich doch noch zu einigem Wohlstand kamen, verdanken wir dem Umstand, dass im römischen Reich und in Griechenland genügend Leichtgläubige lebten, die uns unser Wissen um die Ereignisse bezahlten. Aber unser Leben war und ist der ständigen Gefahr ausgesetzt, irgendwelchen Häschern der Obrigkeit in die Hände zu fallen. Ich gehe oft an dem Haus vorbei, dass Aelius für mich auf dem Monte Vaticano bauen ließ. Und obwohl mich alle nur als Petronius kennen, finde ich nicht den Mut, dort einzuziehen. In den Briefen, die ich an die Priester meiner römischen Gemeinde schicke, schreibe ich von Petrus, dem Fischer, den Jeschua zu seinem Jünger gemacht hatte. Petrus ist die hebräische Version von Petronius. Leider gibt es überall Verräter, die die Prätorianer darauf aufmerksam machen könnten, dass Petrus und Petronius dieselbe Person sind.

Alle diese widrigen Umstände wären mir erspart geblieben, wenn wir uns damals rechtzeitig abgesetzt hätten. Mattäus und ich müssen noch dankbar sein, dass wir wenigstens unser Leben retten konnten. Es ist zu befürchten, dass Paulus, Jakobus und Judas das gleiche Schicksal wie Jeschua erleiden mussten, oder ihre Tage in einem Kerker in Jerusalem, Cäsarea oder Tiberias verbringen.

Die Zeiten verändern sich so rasant. Die Schiffe, die gebaut werden, werden immer größer, die Paläste immer imposanter, die Kriegswaffen immer ausgefeilter. Meine größte Hoffnung ist, dass ich eines Tages, ohne um Leib und Leben fürchten zu müssen, in meine Heimat zurückkehren kann. Ein Jude ohne Heimat ist wie ein entwurzelter Baum.

SAULUS

DIE VERTREIBUNG DER SÖLDNER

Die Freunde in Kapernaum hatten schon sehnsüchtig auf mich gewartet. Ich stellte ihnen Bartholomäus als neuen Mitarbeiter vor. Mattäus und Judas, aus welchen Gründen auch immer, schienen von einem weiteren Mitglied unserer Mannschaft nicht begeistert zu sein.

„Bartholomäus wird sich um die Öffentlichkeitsarbeit kümmern", sagte ich deshalb sofort. „Ein Aufgabenbereich, den keiner von uns so nebenbei mit übernehmen könnte. Es besteht also kein Grund zur Eifersucht."

„Wer ist hier eifersüchtig", fragte Mattäus. „Du hast das Kommando und bestimmst, was passiert."

„Wer bezahlt, hat immer das letzte Wort", sagte ich mit Bestimmtheit. „Ihr habt den Vorteil, dass jeder von euch aussteigen kann, wenn ihm irgend etwas nicht gefällt."

„Das war kein Vorwurf, sondern nur eine Feststellung", sagte Mattäus schnell.

Es war eine gewisse Nervosität zu spüren. Wir alle fieberten den kommenden Ereignissen entgegen und waren voller Spannung und Neugierde.

„Ich bin hundemüde", sagte Bartholomäus. „Gibt es hier in der Stadt irgendeine Ecke, in der ich mich mal für ein paar Stunden hinlegen kann?"

„Ich teile schon mit Judas meine Kammer", sagte Jakobus. „Auf einen mehr oder weniger kommt es auch nicht an. Judas wird dir den Weg zeigen. Ich hoffe nur, dass du nicht schnarchst."

Judas und Bartholomäus brachen auf.

„Es gibt Probleme", sagte Jakobus, als sie den Raum verlassen hatten. „Jeschua hat mir gestern Abend mitgeteilt, dass er Kapernaum vorerst nicht verlassen möchte."

„Hat er das begründet", fragte ich.

„Nein", sagte Jakobus.

„Vielleicht reicht ihm der Erfolg seiner beiden Predigten", sagte Mattäus. „Mir ist schon aufgefallen, dass er zur Bequemlichkeit neigt."

„Ich werde später mit ihm reden", sagte ich. „Es ist mir sehr recht, dass ich mit euch alleine reden kann. Ich will euch in einen Plan einweihen. Wir kennen Judas Ischariot und Bartholomäus noch nicht gut genug, deshalb ist es besser, dass sie noch nicht alles erfahren."

Ich erzählte ihnen von der Veranstaltung, die vor den Toren von Kana stattfinden sollte. Natürlich tat ich so, als wäre mir die Idee auf der Reise nach Jerusalem gekommen.

„Das ist ein hervorragender Einfall“, sagte Jakobus spontan.

„Wir werden in zwei Tagen aufbrechen“, sagte ich. „Mattäus, du reitest bereits morgen nach Kana und versuchst, möglichst viele Menschen auf die Beine zubringen.“

„Ist das nicht die Aufgabe des Neuen“, fragte Mattäus anzüglich.

„Wir müssen Bartholomäus Zeit geben, damit er sich an uns gewöhnen kann. Er kennt ja noch nicht einmal Jeschua“, sagte ich.

„Und wo bekommen wir den Hauptmann und seine Söldner her“, fragte Jakobus.

„Ich habe in Tiberias bereits einen verpflichtet“, log ich. „Der Mann weiß genau, was er zu tun hat. Wenn er nicht erscheint, bekommt er die zweite Hälfte seines Lohnes nicht.“

„Du bist mir manchmal unheimlich“, sagte Jakobus.

„Jetzt kann uns nur noch unser Heiliger einen Strich durch die Rechnung machen“, sagte Mattäus.

„Um den kümmere ich mich sofort“, sagte ich und gab Mattäus die Hand.

„Wir sehen uns übermorgen vor Kana. Erzähle den Leuten, dass sie ein Jahrhundertereignis verpassen, wenn sie Jeschua nicht reden hören.“

Ich verabschiedete mich von ihnen und ging zum Goldenen Hahn. Ich klopfte an Jeschuas Kammertür.

„Wer ist da“, hörte ich seine Stimme.

„Paulus“, sagte ich. „Kann ich dich einen Augenblick sprechen?“

„Warte in der Wirtsstube auf mich“, sagte Jeschua. „Ich bin in ein paar Minuten da.“

Jeschua kam und setzte sich zu mir.

„Jakobus hat mir gesagt, dass du in Kapernaum bleiben willst“, begann ich die Unterhaltung.

„Es tut mir leid, Paulus“, sagte Jeschua, „aber ich sehe wirklich keinen Grund, warum ich in eine andere Stadt ziehen soll. Das Zuschauerinteresse ist sehr hoch, und hier kennt man mich inzwischen.“

„Hier kennt man dich, weil ich dafür gesorgt habe“, sagte ich. „Aber du weißt, dass ich ganz andere Pläne mit dir habe.“

„Du willst Geld verdienen“, sagte Jeschua. „Ich bin aber an materiellen Dingen nicht interessiert.“

„Es geht nicht ums Geld“, sagte ich schnell. „Ich bin davon überzeugt, dass es deine Bestimmung ist, den Menschen das Wort Gottes zu verkünden.“

„Dieser Bestimmung kann ich auch in Kapernaum nachgehen“, sagte Jeschua trotzig.

„Jeschua“, sagte ich eindringlich, „es ist kein Zufall gewesen, dass wir uns getroffen haben. Es war mehr, als eine innere Eingebung, dass ich bei dir stehen geblieben bin, als ich dich zum ersten Mal sah. Es war wie ein Zwang. Ich konnte gar nichts anderes tun. Halte mich nicht für überheblich, aber ich glaube, dass es Gottes Wille war."

„Und der Wille meiner Mutter ist es, dass wir Kapernaum nur als verheiratetes Paar verlassen", sagte Rachel, die unbemerkt hinter meinen Stuhl getreten war.

Da also lag das Problem. Der Wunsch von Rachels Mutter war der Grund, warum Jeschua nicht abreisen wollte.

„Wir haben doch schon beschlossen", sagte ich, „dass ihr im nächsten Ort, in dem wir einen Rabbiner antreffen, heiraten könnt."

Rachel setzte sich zu uns.

„Jeschua hat meiner Mutter ein Versprechen gegeben", sagte Rachel, „und Jeschua pflegt seine Versprechen zu halten."

„Eines wird er brechen müssen", sagte ich. „Er hat mir auch versprochen, dass wir abreisen."

„Wenn es Gottes Wille war, dass wir uns kennen gelernt haben", sagte Jeschua, „dann könnte es auch sein Wille sein, dass ich im ganzen Land predige."

„Ich will euch einen Traum erzählen, den ich in der Nacht, bevor wir uns trafen, hatte", hakte ich sofort ein. „Ich träumte, dass ich wie Moses auf einem Berg stand. Plötzlich sagte eine Stimme zu mir: „Du wirst einen Mann treffen, der dein weiteres Schicksal bestimmen wird." Am nächsten Tag traf ich dich. Glaubst du, dass das nur ein Zufall war?"

Ich hatte die richtige Karte ausgespielt. Jeschua wurde nachdenklich. Ein paar Minuten herrschte Schweigen am Tisch.

„Stelle dir nur vor, was wir alles von diesem Land zu sehen bekommen", wandte sich Jeschua dann an Rachel. „Du warst noch nie am Meer und noch nie in Jerusalem."

„Kapernaum ist groß genug", sagte Rachel trotzig. „Und ein größeres Meer als den See Genezareth brauche ich nicht."

„Aber du willst doch sicher dem Erfolg, den Jeschua ohne Zweifel haben wird, nicht im Weg stehen", sagte ich.

„Menschen, die berühmt werden, vergessen oft ihre Wurzeln", sagte Rachel. „Ruhm kann süchtig machen."

Das Mädchen ist klüger, als es den Anschein hat, dachte ich.

„Wenn du nur als verheiratete Frau mit mir kommen willst", sagte Jeschua entschieden, „dann musst du in Kapernaum warten, bis wir wieder zurück sind."

Ich hatte ihn richtig eingeschätzt. Er hatte erkannt, welche große Chance sich ihm bot, und er wollte sie nutzen.

„Wer weiß, wie viel vornehme Damen dir dann schöne Augen machen werden", sagte Rachel. „Du wirst ein einfaches Mädchen aus Kapernaum schnell vergessen."

„Also wirst du mitkommen“, fragte ich.

Mir wäre es lieber gewesen, wenn wir ohne Rachel abgereist wären.

„Natürlich“, sagte Rachel. „Ich lasse meinen Liebsten doch nicht aus den Augen.“

„Bist du eifersüchtig“, fragte Jeschua lächelnd.

„Vorsichtig“, sagte Rachel. „Du kennst doch das Sprichwort: Aus den Augen, aus dem Sinn.“

„Wann reisen wir“, fragte Jeschua mich.

„Übermorgen“, sagte ich.

„Dann wirst du uns jetzt entschuldigen“, sagte er. „Wir hatten etwas Bestimmtes vor, als du an die Türe geklopft hast.“

Rachel errötete. Sie standen auf und verließen Hand in Hand die Wirtsstube.

Am nächsten Tag informierte ich Mattäus und Jakobus über das Gespräch. Mattäus machte sich sofort auf den Weg nach Kana.

Jakobus und ich kauften zwei Sklaven. Wir brauchten Leute, die die Planwagen lenkten und sich um die einfachen Arbeiten kümmerten. Jeschua war über den Kauf der Sklaven entsetzt.

„Damit stellst du uns auf eine Stufe mit den Römern und den Hofschranzen des Herodes“, sagte er.

„Nein“, sagte ich. „Ich habe diese Männer freigekauft. Sie werden uns als Diener begleiten. Sie bekommen Lohn und können uns verlassen, wann immer sie wollen.“

Mit dieser Antwort gab er sich zufrieden.

Am nächsten Morgen brachen wir auf. Da Jeschua nicht reiten konnte, saß er in einem der Planwagen. Rachel hatte ihn, so gut es ging, gemütlich eingerichtet. Es gab einen kleinen Tisch, Hocker und mehrere Strohsäcke und Decken, die als Nachtlager dienen sollten. Ich bat Rachel, dass sie sich während der Predigten im Planwagen aufhalten sollte, und sie akzeptierte meine Begründung.

„Wenn du davon überzeugt bist, dass es für Jeschuas Erfolg wichtig ist,“ sagte sie, „dann werde ich mich nicht blicken lassen.“

Kurz vor Kana kam Mattäus angeritten.

„Es ist wie verrückt“, sagte er leise zu mir. „Ich habe kaum etwas tun müssen. Jeder, dem ich von der Ankunft des Predigers erzählte, wusste schon Bescheid. Dir werden die Augen übergehen, wenn du die Menschenmenge siehst. Es stehen mindestens tausend Leute auf einem Platz vor dem Stadttor. “

Kaiphas Agenten hatten also schon gute Arbeit geleistet. Und tatsächlich, Frauen, Kinder und Männer, es müssen sogar mehr als tausend gewesen sein, erwarteten uns, und brachen in Beifall aus, als sich unsere Reisegruppe näherte. Man konnte Jeschua ansehen, dass er überwältigt war.

„Wie wichtig wäre jetzt eine neue Predigt“, sagte er aufgeregt zu Jakobus.

„Nimm die besten Sätze aus den bisherigen“, antwortete der. „Für die Leute hier sind sie neu.“

Auf einer kleinen Anhöhe stand eine Art Altar und Mattäus führte Jeschua dort hin. Ein alter Mann mit weißem Vollbart begrüßte ihn und forderte die Menge auf, zu schweigen. Dann stellte er Jeschua vor, und die Menschen jubelten ihm zu wie einem Feldherrn, der nach gewonnener Schlacht in die Heimat zurückkam. Jeschua begann zu predigen. Die Menschenmenge lauschte ehrfurchtsvoll. Selbst die Kinder verhielten sich ruhig. Jakobus stand zwei Schritte hinter Jeschua. Ich sah, dass Rachel durch einen Spalt in der Plane, die Ansprache verfolgte. Bartholomäus saß regungslos auf seinem Pferd. Man merkte ihm an, dass er von der Anzahl der Zuhörer völlig überrascht war. Judas hatte sich, mit zwei leeren Säkken in der Hand, in die erste Reihe gestellt. Er schien zu ahnen, dass die Spenden reichlich fließen würden. Mattäus hatte sich auf einen umgestürzten Baumstamm gestellt und starrte angestrengt über die Köpfe der Menschen hinweg. Er wartete darauf, dass die Söldner auftauchten. Nach etwa einer Viertelstunde wurde es am Rand der Versammlung unruhig. Erst waren die Rufe noch unverständlich, aber bald hatte sich die Erregung bis zu den vorderen Reihen fortgesetzt.

„Die Söldner kommen! Herodes hetzt seine Mörderbande auf uns“, riefen vereinzelte Stimmen ängstlich.

Jetzt sah auch ich die Staubwolke am Horizont, die die Hundertschaft berittener Söldner aufwirbelte, als sie in schnellem Tempo auf uns zugeritten kam. Die Söldner hielten ihre Pferde an, als sie den äußeren Kreis der Zuhörer erreicht hatten. Nur ein Hauptmann mit ungefähr zehn Reitern galoppierte, ohne Rücksicht auf die Menschen zu nehmen, mitten durch die Menge bis vor den Altar.

„Du da oben“, schrie er Jeschua an. „Du hast dich eines Verbrechens schuldig gemacht. Versammlungen unter freiem Himmel sind verboten.“

Auf dem großen Platz war es totenstill geworden. Nur einige Kinder weinten, die die Söldner umgeritten hatten. Der Hauptmann wandte sich an die Zuhörer.

„Nicht nur der, der die Versammlung leitet, wird bestraft. Auch ihr, die ihr daran teilnehmt, werdet eure Strafe bekommen“, brüllte er die Menge an. „Ihr versteht nur die Sprache der Gewalt, also sollt ihr sie auch zu spüren bekommen.“

„Verschont die Kinder“, rief eine Frau in seiner unmittelbaren Nähe und fiel auf die Knie.

„An eure Kinder hättet ihr denken sollen, bevor ihr sie hierher geschleppt habt“, schrie der Hauptmann und trat mit dem Fuß nach der Frau.

Ich sah, dass Jakobus Jeschua etwas ins Ohr flüsterte. Jeschua sah ihn ungläubig an und schüttelte dann den Kopf. Aber Jakobus redete weiter leise auf ihn ein. Jeschua schaute zu mir herüber, und ich nickte bejahend mit dem Kopf, weil ich mir vorstellen konnte, was Jakobus ihm gesagt hatte. Jeschua zögerte noch einen kurzen Augenblick, aber dann schien ihn ihm die verängstigte, weinende Menge leid zu tun. Er hob die Arme, sah dem Hauptmann direkt ins Gesicht und rief, mit sich überschlagender Stimme: „Auch wenn der Satan in hundertfacher Form erscheint, gegen die Kraft unseres Glaubens wird er nichts ausrichten können.“

Der Hauptmann spielte seine Rolle gut.

„Schweig“, schrie er Jeschua an.

Aber Jeschua war nicht mehr aufzuhalten.

„Weich von mir, Satan“, rief er und wies dem Hauptmann mit ausgestrecktem Arm den Weg zurück.

Jetzt weinten nicht einmal mehr die Kinder. Man hätte einen Grashalm zu Boden fallen hören können. Der Hauptmann starrte Jeschua schweigend an. Eine endlose Zeit schien zu vergehen. Dann wendete er überraschend sein Pferd und ritt mit seinen Männern zurück. Als sie bei dem Rest ihrer Truppe ankamen, gaben sie ihren Pferden die Sporen und verschwanden in einer neuerlichen Staubwolke. Der Spuk war so schnell vorbei, wie er gekommen war. Ein unglaublicher Jubel brach los. Der Weißbärtige, der Jeschua vorgestellt hatte, fiel auf die Knie.

„Dieser Mann hat ein Wunder vollbracht“, rief er. „Dieser Mann ist der Befreier der Kinder Israels.“

„Hosianna“, riefen einige und dann stimmten die anderen Zuhörer ein.

Die Rufe nahmen Orkanstärke an. Der weißbärtige, alte Mann heizte die Stimmung weiter an.

„Er ist der Gottgesandte“, rief er. „Er ist der Messias.“

Ich war mir sicher, dass Mattäus sich mit ihm abgesprochen hatte. Ein oder zwei Schekel musste er ihm schon gegeben haben. Die Menschenmenge wurde immer hemmungsloser. Frauen drängten sich vor dem Altar und küssten den Saum von Jeschuas Rock. Männer zerrissen ihre Kleider, um ihren Willen zur Buße zu bekräftigen. Eine Unmenge von Münzen und Geschenken wurde Jeschua vor die Füße geworfen. Jeschua stand regungslos da. Er hatte den Arm immer noch ausgestreckt und den Blick zum Himmel gerichtet. Ein kleines Lächeln umspielte seinen Mund.

Rachel hatte den Planwagen verlassen und war zu mir getreten.

„Was ist das für eine Inszenierung“, fragte sie mich aufgebracht.

„Wie meinst du das“, fragte ich unschuldig.

„Mir kann kein Mensch erzählen, dass der Hauptmann einer Söldnertruppe sich davon beeinflussen läßt, wenn ihn jemand als Satan bezeichnet“, sagte Rachel. „Was wird hier gespielt, Paulus?“

„Hier wird nichts gespielt“, sagte ich. „Ich habe keine Ahnung davon gehabt, was uns hier vor Kana erwartet. Ich bin genau so überrascht wie du.“

Sie sah mich misstrauisch an. Dieses Mädchen war nicht so leicht hinters Licht zu führen.

„Jeschua hat Fähigkeiten, die uns noch alle in Erstaunen versetzen werden", sagte ich.

„Jeschua ist ein ganz gewöhnlicher Mensch", sagte Rachel. „Er ist nicht anders, als du, Mattäus oder Jakobus. Er ist ein Mann mit allen Stärken und Schwächen, die Männer haben."

„Die Menschen scheinen anderer Meinung zu sein", sagte ich und zeigte auf die begeisterten Zuhörer.

„Je größer die Menge, um so leichter ist sie zu manipulieren", sagte Rachel.

„Hüte dich davor, in Jeschuas Gegenwart solche Worte zu gebrauchen", warnte ich sie.

„Ich werde meine Meinung nicht zurückhalten", sagte Rachel. „Jeschua ist ein gutgläubiger Mensch. Er wird Mühe haben, diese Situation zu verarbeiten."

Ich sah zu Jeschua hinüber. Rachels Meinung konnte ich mich nicht anschließen. Jeschua genoss sichtlich jeden Augenblick. Er legte den Kindern, die ihm die Frauen entgegenhielten, die Hand auf das Haar und es sah aus, als würde er sie segnen. Noch immer umspielte dieses eigentümliche Lächeln seinen Mund.

„Du trägst die Verantwortung, Paulus", sagte Rachel. „Vergiss das nie!"

„Mache dir keine Sorgen", sagte ich. „Ich habe alles unter Kontrolle."

Rachel ging zum Planwagen zurück. Ich winkte Mattäus zu mir.

„Wir sollten die Veranstaltung beenden", sagte ich.

Mattäus nickte zustimmend und ging zu dem Weißbärtigen. Er sprach kurz mit ihm. Der Alte stellte sich neben Jeschua und deutete den Menschen an, dass er etwas sagen wollte. Für einen Augenblick kehrte Ruhe ein.

„Geht in eure Häuser zurück", rief der alte Mann. „Der Gottgesandte wird euch nach Kana folgen."

Nicht das Verschwinden der Söldner war für mich das wahre Wunder, sondern die Folgsamkeit dieser tausendköpfigen Menge, die gehorsam der Aufforderung des Alten folgte.

JUDAS ISCHARIOT

MERKWÜRDIGE WUNDER

Was sich vor den Toren Kanas abspielte, war ein billiges, ja, fast schon lächerliche inszeniertes Schauspiel. Jeder hergelaufene Magier würde von seinem Publikum mit faulem Obst beworfen werden, wenn er es wagen würde, solche durchschaubaren Tricks vorzuführen.

Rätselhaft war mir nur, wie es Paulus geschafft hatte, eine so große Menschenmenge zu dieser Veranstaltung zu locken. Es muss Mattäus gewesen sein, der dafür gesorgt hatte, dass auf einer kleinen Anhöhe ein Altar aufgebaut worden war. Er war bereits einen Tag vorher nach Kana geritten.

Jeschua begann zu predigen. Er zitierte aus den Reden, die ihm Jakobus bisher geschrieben hatte, ein paar Sätze. Ich fand das Ganze ziemlich zusammenhangslos und Jeschuas Stimme, die, besonders wenn er lauter sprach, etwas Schrilles bekam, empfand ich als ausgesprochen unangenehm. Aber ich schien der Einzige in der Runde zu sein, den das störte. Die Menschenmenge lauschte ergriffen, und ich wurde das Gefühl nicht los, dass man sich ihre Aufmerksamkeit durch irgend etwas erkauft hatte.

Als die Söldner des Herodes herangeritten kamen, sah ich, dass Mattäus derjenige war, der die Menge laut brüllend auf die Reiter aufmerksam machte. Der Hauptmann, der mit einigen Begleitern erst vor dem Altar sein Pferd zum Stehen brachte, sprach, als würde er einen auswendig gelernten Text von sich geben. Jakobus flüsterte Jeschua etwas ins Ohr und der schrie, nach einigem Zögern mit zittriger Stimme: „Weiche von mir, Satan." Dabei streckte er seinen Arm aus, als wollte er dem Hauptmann die Hand schütteln. Der aber schien froh zu sein, dass sein Auftritt beendet war, gab seinem Pferd die Sporen und verschwand mit seinen Männern genau so schnell wie sie aufgetaucht waren. Jedem , der die blutrünstigen, gewalttätigen Söldnertruppen, die vor keiner Greueltat zurückschreckten, kannte, musste in diesem Augenblick klar sein, dass hier nicht alles mit rechten Dingen zuging.

Aber diese törichte Menschenmenge schien nichts bemerkt zu haben. Ein weißbärtiger Mann, der Jeschua vor seiner Ansprache den Leuten vorgestellt hatte, fiel auf die Knie und rief: „Dieser Mann hat ein Wunder vollbracht. Dieser Mann ist der Befreier der Kinder Israels." Ein Orkan von Hosiannarufen folgte diesen Worten. Der Alte, ich nehme an, dass er vorher von Mattäus ein paar Schekel in die Hand gedrückt bekommen hatte, legte mit übertriebener Inbrunst nach: „Er ist der Gottgesandte. Er ist der Messias!"

Es war, das muss ich zugeben, schon beeindruckend, wie sich eine so große Menschenmenge beeinflussen ließ. Frauen und Männer drängten sich vor den

Altar. Sie hielten Jeschua ihre Kinder hin und baten ihn, sie zu segnen. Wäre nur ein Rabbiner unter den Zuhörern gewesen und hätte dieses Verhalten nach Jerusalem gemeldet, der ganze Spuk um Jeschuas Person wäre bereits jetzt beendet gewesen. Aber es war anscheinend keiner anwesend. Merkwürdigerweise war auch kein Agent der Hohen Priesterschaft bei dieser Veranstaltung, obwohl jeder in Judäa, Samaria und Idumäa wusste, dass bei einer Versammlung von drei Personen mit Sicherheit einer ein Spion des Kaiphas war.

Damals machte ich mir noch nicht so viele Gedanken. Mattäus und ich hatten genug damit zu tun, die Spenden einzusammeln, die die Gläubigen als Dankesbeweis vor dem Altar geworfen hatten. Die Diener verstauten die Sachwerte auf den Planwagen, während Mattäus und ich die Geldmünzen in Beutel stopften. Es war ein kleines Vermögen, was sich da angesammelt hatte.

„Wenn wir uns das Geld teilen", sagte ich zu Mattäus, „dann hätten wir beide für die nächsten Jahre ausgesorgt."

„Und uns selbst um die beste Einnahmequelle gebracht, die man sich vorstellen kann" antwortete Mattäus. „Wunder lassen sich steigern, und mit jeder Steigerung wird mehr Geld in unsere Taschen fließen."

„Wir bekommen einen festen Lohn von Paulus", sagte ich. „Glaubst du, er wird alles mit uns teilen?"

„Ich weiß es nicht", sagte Mattäus. „Aber du wirst ihn auf keinen Fall bestehlen."

„Ich hatte nie die Absicht", sagte ich.

„Dann unterlasse in Zukunft solche Äußerungen", sagte Mattäus in herablassendem Ton.

Ich mochte diesen arroganten Zöllner nicht.

In Kana war der Teufel los! Die ganze Stadt schien auf den Beinen zu sein und Mattäus und ich hatten große Mühe, uns zu dem Gasthof durchzuschlagen, den er am Vortag als Quartier ausgesucht hatte. Die gutgläubigen Dummköpfe standen in Scharen vor der Schenke und riefen immer wieder Jeschuas Namen. Ich hoffte insgeheim, dass sie wieder eine größere Menge Münzen vor die Türe werfen würden, bevor sie auseinander gingen. Bartholomäus trat auf die Straße und sprach zu den Menschen. Das war der Tag, an dem er zum ersten Mal von dem Propheten Jeschua sprach. Eine unglaubliche Gotteslästerung, die aber ebenso wenig Folgen hatte, wie alles, was sich in den nächsten Monaten abspielen sollte.

Ein Bubenstück ganz besonderer Art erlaubten sich Mattäus und Bartholomäus vor unserer übereilten Abreise nach Sepphoris. Er überredet den Wirt, der befürchtete, dass die Menschen seinen Gasthof stürmen würden, wenn Jeschua verschwunden wäre, in die steinernen Wasserkrüge, die zum Reinigungsritual gehörten, Wein zu füllen und diesen kostenlos an die Menge zu verteilen. Mir gab er den Auftrag, dem Wirt den Wein zu bezahlen. Während ich dem Wirt die Münzen auf den Schanktisch zählte, trat Bartholomäus zu uns.

„Du musst den Leuten nicht erzählen, dass du Wein in die Krüge gefüllt hast“, sagte er zu dem Wirt.

„Wie soll der Wein sonst in die Krüge gekommen sein“, fragte der Wirt misstrauisch zurück.

„Hast du nicht gehört, dass Jeschua ein ganzes Söldnerheer vertrieben hat“, sagte Bartholomäus. „Es ist ein Leichtes für ihn, Wasser in Wein zu verwandeln. Hätten wir mehr Zeit, könnte er es dir beweisen.“

Der Wirt hatte schnell begriffen.

„Ein Wunder in meinem Haus“, sagte er erfreut, „das wird meinen Gasthof im ganzen Land bekannt machen.“

„Genau so ist es“, sagte Bartholomäus.

„Aber wird man mir glauben“, fragte der Wirt zweifelnd.

„Mach dir keine Gedanken. Sie werden dir glauben“, sagte Bartholomäus und ging.

Ich nahm einige Münzen vom Tisch zurück.

„Was machst du“, fragte der Wirt.

„Glaubst du, du würdest eine so gute Werbung umsonst bekommen“, fragte ich zurück, steckte die Münzen ein und verschwand.

Schon in Sepphoris war das angebliche Wunder der Wandlung des Wassers in Wein Stadtgespräch. Das berichtete uns der Diener, den Paulus am Vortag vorausgeschickt hatte. Bartholomäus musste also sofort einen Reiter nach Sepphoris gesandt haben, der dieses Ereignis weitererzählt hatte. Die Neugierde auf alles, was sich um die Person Jeschuas drehte, nutzte Bartholomäus für seine Zwecke aus. Er war es, der dafür sorgte, dass Jeschua in kürzester Zeit das Gesprächsthema Nummer eins wurde. Aber nach wie vor kam keine Reaktion aus Jerusalem. Es schien, als sei die Hohe Priesterschaft an Jeschua nicht interessiert und die immer größer werdende Verehrung der Massen kein Grund, um gegen diesen Wanderzirkus einzuschreiten. Schon in dieser Zeit kam mir der Verdacht, dass Paulus ein Geheimabkommen mit Kaiphas hatte oder eine politische Macht, Herodes Antipas oder Pontius Pilatus, mit im Spiel sein müsste. Aber ich wollte die wirklichen Zusammenhänge gar nicht erfahren. Mich interessierte das Geld, das uns dieses Unternehmen einbrachte und ganz besonders der Anteil, der auf mich fallen würde.

Ich hatte auch kein Mitleid mit den Menschen, die wie verblendet alles glaubten, was man ihnen auftischte. Gute Feldherrn wissen ihre Soldaten so zu begeistern, dass sie mit Hurragebrüll in die Schlacht gehen, ohne daran zu denken, dass ihnen dieses Abenteuer das Leben kosten kann. Das Volk wird von den Herrschenden geknechtet und ausgebeutet und erstarrt trotzdem in unterwürfiger

Hochachtung, wenn es Herodes Antipas oder Pontius Pilatus auch nur aus weiter Ferne sieht. Der Glaube ist das Brot der Armen, hatte Jakobus einmal gesagt. Und wenn ich auch nicht alles unterschreibe, was er von sich gab, mit diesem Satz scheint er mir recht zu haben.

SAULUS

DIE ZUHÖRERZAHL NIMMT ZU

Unser Einzug in Kana war ein Triumph. Die ganze Stadt schien auf den Beinen zu sein.

„Mattäus hat mir gesagt, wir hätten Zimmer im besten Gasthof der Stadt," sagte Bartholomäus.

Judas und Mattäus waren am Versammlungsort zurückgeblieben. Wie sie mir später berichteten, hatten sie eine Stunde gebraucht, um alle Münzen und Geschenke einzusammeln, die die Menschen vor den Altar geworfen hatten.

Wir mussten niemanden nach dem Weg zur Herberge fragen. Die Menschen bildeten Gassen und ließen uns gar keine andere Wahl, als sie zum Durchfahren zu benutzen. Vor der Herberge standen Ordnungshüter der Stadtverwaltung, die den Eingang des Hauses weiträumig abgesperrt hatten. Hilfreiche Hände nahmen uns die Pferde ab und der Wirt brachte uns ins Innere des Hauses. Ich hörte, wie einer aus der Schutztruppe Bartholomäus fragte, ob Jeschua tatsächlich die Söldner in die Flucht geschlagen habe.

„So wahr ich hier stehe", antwortete Bartholomäus. „Es waren mindestens eintausend."

„Es waren knapp einhundert", sagte ich zu ihm, als wir die Wirtsstube betraten.

„Ich weiß", sagte Bartholomäus lachend, „aber wofür bezahlst du mir hundert Denare im Jahr?"

An Ausruhen war im Gasthaus nicht zu denken. Auf der Straße forderte eine vielköpfige Menge immer wieder lautstark, dass Jeschua sich am Fenster zeigen sollte. Familien schleppten ihre Kranken vor die Tür in der Hoffnung, dass Jeschua sie heilen könnte. Sklaven bettelten um ihre Freiheit. Männer und Frauen gestanden in aller Öffentlichkeit ihre Sünden und baten um Vergebung. Es war eine Mischung aus Pilgerzug und Volksfest, was sich dort auf der Straße abspielte.

Ich gebe zu, dass mir die Menge Angst machte. Wie würden die Menschen reagieren, wenn ihre Wünsche und Hoffnungen nicht erfüllt würden?

Jeschua schien sich solche Gedanken nicht zu machen. Er zeigte sich seinen neuen Anhängern immer wieder am Fenster und winkte ihnen lächelnd zu. Nach einiger Zeit ging Bartholomäus vor die Tür.

„Geht nach Hause", rief er den Wartenden zu. „Der Prophet muss sich von den Anstrengungen des Tages erholen. Morgen wird er sich wieder Zeit für euch nehmen."

Murrend aber gehorsam gingen die Menschen, bis auf eine kleine Gruppe Unbelehrbarer, davon.

„Das könnte man dir als Gotteslästerung auslegen", sagte ich zu Bartholomäus.

„Was", fragte er.

„Du hast Jeschua einen Propheten genannt", sagte ich.

„Die Menschen haben ihn so genannt", sagte Bartholomäus. „Ich habe nur wiederholt, was sie gerufen haben."

Jeschua hatte sich an einen Tisch in der Ecke gesetzt und winkte mich zu sich.

„Ich glaube, du hast recht, Paulus", sagte er. „Es scheint wirklich meine Bestimmung zu sein, das Wort Gottes im ganzen Land zu verbreiten. Und deine ist es, mich auf diesem Weg zu begleiten."

„Du siehst", sagte ich, „dass du Vertrauen zu mir haben kannst. Du wirst sehr bald der berühmteste Prediger in Galiläa und Judäa sein."

„Vielleicht hat der Herr noch Größeres mit mir vor", sagte Jeschua nachdenklich.

„Was meinst du damit", fragte ich.

„Es muss Gottes Wille gewesen sein, dass ich die Kraft hatte, die Söldner zu vertreiben", sagte Jeschua.

Ich war drauf und dran, ihm die wahren Zusammenhänge zu erklären. Unterließ es dann aber doch, weil ich befürchtete, er würde so ärgerlich werden, dass er erbost nach Kapernaum zurückreisen könnte.

„Es kann ein Zufall gewesen sein", sagte ich vorsichtig.

„Es gibt keine Zufälle", sagte Jeschua mit Bestimmtheit. „Glaube mir, es werden noch größere Aufgaben auf mich zukommen."

Dieser Satz ängstigte mich. Ich musste auf jeden Fall verhindern, dass Jeschua sich zu sehr in seine Rolle hineinsteigerte. Es war schwer für diesen schlichten Prediger, die Begeisterungswelle, die ihm entgegenströmte, unbeeindruckt zu verarbeiten.

„Höre nicht darauf, was die Menschen rufen", sagte ich. „Höre nur darauf, was dir deine innere Eingebung rät."

„Genau das werde ich tun", sagte Jeschua und ging in seine Kammer.

Jakobus und Bartholomäus setzten sich zu mir.

„Deine Idee mit der Söldnertruppe war ein voller Erfolg", lobte mich Jakobus.

„Kaufleute und Reisende werden diese Geschichte in Windeseile im ganzen Land verbreiten", fügte Bartholomäus hinzu. „Auf meine Mitarbeit wirst du bald verzichten können."

„Ich werde auf niemanden von euch verzichten“, sagte ich. „Wir haben gemeinsam angefangen, und wir werden diese Sache gemeinsam beenden.“

„Du sprichst von einem Ende, obwohl wir gerade erst begonnen haben“, sagte Jakobus. „Also hast du dir eine bestimmte Zeitspanne vorgenommen.“

„Nein“, sagte ich, „aber es gibt tausend Unwägbarkeiten, die das Unternehmen beeinflussen können. Diese Möglichkeit dürfen wir nicht aus den Augen lassen.“

„Hoffentlich treten diese Unwägbarkeiten erst ein, wenn wir alle reich geworden sind“, sagte Bartholomäus lachend.

„Viele Unternehmungen sind an zu schnellen Anfangserfolgen gescheitert“; sagte ich. „Wir müssen langfristiger denken. Das Volk wird Steigerungen verlangen, immer größere Wunder. Wir müssen das Tempo drosseln, damit wir wirklich eine längere Strecke zurücklegen können.“

„Das Denken überlassen wir dir“, sagte Jakobus.

„Jedenfalls hat Jeschua der Auftritt ungemein befriedigt“, sagte Bartholomäus. „Er hat jede Minute genossen.“

„Da sehe ich auch eine Gefahr“, sagte ich. „Jeschua muss Realist bleiben. Er darf sich von der Verehrung der Menschen nicht auf ein Podest heben lassen, auf das er nicht gehört.“

„Befürchtest du Eingriffe der Jerusalemer Priesterschaft“, fragte Bartholomäus.

„Jerusalem wird nichts gegen einen bekannten Wanderprediger haben“, sagte ich. „Aber einen Gottgesandten, einen Messias werden Kaiphas und der Tempelrat bestimmt nicht dulden.“

Judas und Mattäus kamen herein.

„Ich habe gedacht, ich würde die Bücher führen und unser Geld verwalten“, sagte Judas. „Aber das ist schwerste körperliche Arbeit, die du mir da aufgebürdete hast.“

„Es steht jedem frei, jederzeit zu kündigen“, sagte Mattäus spitz. „Ist es nicht so, Paulus?“

Bevor ich antworten konnte, sagte Judas: „Mattäus hat überhaupt keinen Humor. Das war keine Beschwerde, sondern nur der Hinweis auf die Zahl der Spenden, die wir erhalten haben.“

Ich war müde und verabschiedete mich von den Freunden. Ich wollte die Ereignisse des Tages in Ruhe verarbeiten und Überlegungen über unser weiteres Vorgehen anstellen.

Ich kam aber nicht zum Nachdenken, denn kaum lag ich auf meinem Bett, schlief ich auch schon ein. Irgendwann in dieser Nacht klopfte es an meine Kammertür. Schlaftrunken stand ich auf und öffnete. Vor mir stand Rachel. Sie trug ein knielanges Nachtgewand, und ich sah Tränen in ihren Augen.

„Was ist passiert“, fragte ich.

„Ich weiß nicht, wo ich schlafen soll“, sagte Rachel weinerlich.

„Warum schläfst du nicht in Jeschuas Kammer“, fragte ich.

„Er hat mich rausgeworfen“, sagte Rachel und schluchzte.

„Er hat dich rausgeworfen“, fragte ich. „Warum?“

„Weil ich ihm gesagt habe, was ich von dem Auftritt der Söldner hielt“, sagte Rachel. „Er hat mich in einem Ton beschimpft, den ich bisher an ihm nicht kannte.“

„Ich habe dir den Rat gegeben, dich aus diesen Sachen herauszuhalten“, sagte ich. „Warum hörst du nicht auf mich?“

„Ich konnte doch nicht ahnen, dass Jeschua so reagiert“, sagte Rachel. „Ich habe versucht, ihn durch kleine Zärtlichkeiten umzustimmen, aber er verbat sich jede Berührung.“

Es war eine dumme Situation. Das halbnackte, weinende Mädchen auf dem Flur rührte mich. Wäre sie doch bloß in Kapernaum geblieben.

„Du kannst bei mir schlafen“, sagte ich. „Mein Lager ist breit genug.“

Rachel schlüpfte an mir vorbei ins Zimmer und legte sich sofort in mein Bett. Nach ein paar Minuten war sie eingeschlafen. Ich muss zugeben, dass es mir nicht leicht fiel, neben diesem hübschen, jungen Mädchen wieder einzuschlafen. Ihr Nachtgewand war etwas verrutscht, und ich konnte im Mondlicht, das durch das Kammerfenster fiel, ihre festen, runden Brüste sehen. Rachel roch aufreizend gut. Aber wie würde sie auf Annäherungsversuche reagieren, überlegte ich. Außerdem konnte sich mit Jeschua am nächsten Tag alles wieder einrenken. Nach einigen Stunden Schlaf würde er die Ereignisse sicher nüchterner betrachten. Irgendwann muss ich dann doch eingeschlafen sein. Als ich aufwachte, war Rachel bereits verschwunden.

JAKOBUS

WIE VERWANDELT MAN WASSER IN WEIN

Keiner von uns, auch Paulus nicht, hatte damit gerechnet, dass die Vertreibung der Söldner ein solches Echo finden würde. Als wir uns am nächsten Tag beim Frühstück in der Wirtsstube trafen, herrschte eine merkwürdige Stimmung. Rachel hatte sich alleine an einen Tisch gesetzt. Jeschua saß bei Paulus und mir. Bartholomäus stand am Schanktisch und redete auf den Wirt ein. Mattäus, Judas und die Diener aßen ihr Brot schweigend an einem anderen Tisch.

„Wir werden Kana nach dem Frühstück verlassen“, sagte Paulus zu Jeschua.

„Kana verlassen“, fragte Jeschua. „Warum?“

„Weil ich es für besser halte“, sagte Paulus kurzangebunden.

„Bartholomäus hat den Menschen versprochen, dass sie heute wieder zu mir kommen dürfen“, sagte Jeschua wütend. „Ich bin es gewohnt, Versprechen zu halten.“

„Und ich bin es gewohnt, dass meinen Anordnungen Folge geleistet wird“, sagte Paulus in einem so scharfen Ton, den ich bisher bei ihm noch nicht gehört hatte.

„Ich bin nicht dein Befehlsempfänger“, sagte Jeschua böse.

Es schien sich ein handfester Streit anzubahnen, aber Paulus fand wieder die richtigen Worte.

„Was wirst du tun“, fragte er Jeschua, „wenn sie dir in zwei Stunden wieder die Kranken vor die Tür schleppen? Wirst du sie heilen? Werden die Gelähmten wieder gehen, die Blinden wieder sehen können?“

„Die Worte des Herrn werden ihre Leiden lindern“, sagte Jeschua.

„Die Worte des Herrn werden den Tagedieben, den Zöllnern, Bettlern und Huren Trost spenden, aber keinen Toten zum Leben erwecken“, sagte Paulus. „Sage einem Blinden, dass er wieder sehen kann. Wenn er dann anschließend aus der Thora vorliest, werden die Menschen dir zujubeln. Rennt er aber nach ein paar Schritten gegen einen Baum, wird dich keiner mehr für einen außergewöhnlichen Prediger halten.“

„Wer sagte dir, dass Gott mir nicht die Kraft geben kann, einen Blinden sehend zu machen“, sagte Jeschua trotzig.

„Du solltest Gott nicht überfordern“, mischte ich mich ein. „Er kann sich nicht jeden Tag auf dich konzentrieren.“

Jeschua schwieg nachdenklich. Paulus warf mir einen dankbaren Blick zu.

„Ich packe meine Sachen“, sagte Jeschua dann und stand auf.

„Du gehst doch nicht nach Kapernaum zurück“, fragte ich ihn.

„Ich gehe den Weg, den ich gehen muss“, sagte Jeschua zweideutig.

Judas und Mattäus hatten unser Gespräch mitgehört.

„Ich hatte schon befürchtet, dass meine Träume vom Reichtum platzen würden“, sagte Judas.

„Er ist klug genug, um zu wissen, dass er in Kapernaum bald wieder vor drei Leuten predigen wird“, sagte Mattäus.

Jeschua kam mit seinem Bündel in die Wirtsstube zurück.

„Ich akzeptiere deinen Führungsanspruch, Paulus“, sagte er in völlig anderer Stimmung. „Aber ich möchte, dass auch meine Wünsche und Argumente berücksichtigt werden. Ich will nicht nur die Schachfigur sein, die jeder Spieler nach seinem Gutdünken auf ein neues Feld schieben kann.“

„Jeder von uns kann seine Meinung äußern“, sagte Paulus versöhnlich. „Aber bei strittigen Fragen muss einer die Entscheidung treffen.“

„Paulus muss das letzte Wort haben“, sagte ich. „Du hast ihm schon nach so kurzer Zeit einiges zu verdanken, Jeschua.“

„Ich weiß, wem ich Dank schulde“, sagte Jeschua und ging hinaus.

Der Wirt kam an unseren Tisch.

„Das könnt ihr mir nicht antun“, sagte er aufgeregt zu Paulus. „Die Menge wird mir den Laden zertrümmern, wenn sie mitbekommt, dass ihr verschwunden seid.“

„Du musst nur tun, was ich dir gesagt habe“, rief Bartholomäus ihm zu.

„Was hast du ihm gesagt“, fragte Mattäus.

Bartholomäus zeigte auf die sechs steinernen Wasserkrüge, die, wie es die Reinigungsvorschriften der Juden vorschrieb, am Eingang des Gastraums standen. Jeder Krug fasste ungefähr hundert Liter.

„Er soll die Krüge mit Wein füllen“, sagte Bartholomäus, „ und den kostenlos an die Menschen ausschenken. Der Alkohol wird die Gemüter schnell beruhigen.“

„Sechshundert Liter Wein“, jammerte der Wirt. „Das wird mich ruinieren.“

„Wir werden dir den Wein bezahlen“, sagte Paulus.

Der Wirt beruhigte sich und wir brachen auf. Von Judas, der in Kana noch die Geschenke an die Leute verkaufte, die diese selber gespendet hatten, erfuhr ich später, was nach unserer Abreise passierte. Als sich die Menschen wieder eingefunden hatten und laut nach Jeschua riefen, war der Wirt vor die Tür getreten und hatte ihnen gesagt, dass der Prophet von Gott den Auftrag bekommen hätte, eine andere Stadt aufzusuchen. Vorher hätte er aber noch das Wasser in den Krügen gesegnet, und ihm gesagt, dass jeder, der davon trinken würde, ein Zeichen des Himmels erblicken könnte. Dann hatte er Becher an die Menschen verteilt. Der erste, der seinen Becher füllte und trank, hatte natürlich sofort gemerkt, dass es sich um Wein handelte. „Das ist Wein“, hatte er den anderen zugerufen. „Unmöglich“, hatte der Wirt geantwortet. „Ich habe die Krüge selber mit Wasser gefüllt." Er nahm selbst einen Becher und probierte. „Tatsächlich", rief er dann. „Es ist Wein! Der Prophet hat ein weiteres Wunder vollbracht!" Die Menschen waren in Jubel ausgebrochen. Jeder wollte einen Schluck trinken. Es war, als würden sie eine Medizin bekommen, die seelische und körperliche Krankheiten heilen könnte. Der Wirt hatte die Stimmung immer mehr angeheizt. „Der Messias hat in meinem Haus ein Wunder vollbracht", rief er immer wieder. Und jedes Mal, wenn er vom Messias sprach, antwortete die Menge mit dem Ruf: „Gelobt sei der Allmächtige im Himmel!"

Mir war nach der Erzählung von Judas Ischariot klar, dass Bartholomäus mit dem Wirt jede Einzelheit durchgesprochen hatte. Es sollte nicht der einzige Einfall von Bartholomäus sein, der dazu führte, dass Jeschuas Ruf als Vollbringer von Wundern immer größer wurde.

SAULUS

EIN HERBER RÜCKSCHLAG

Es war ein trauriges Bild. Rachel saß auf einem der Packesel, der am Planwagen angebunden war. Sie wirkte verloren und hilflos. Ich stieg zu Jeschua in den anderen Wagen.

„Was ist mit Rachel“, fragte ich ihn.

„Was soll mit ihr sein“, fragte Jeschua zurück.

„Du hast sie aus deiner Kammer geworfen“, sagte ich.

„Hat sie sich bei dir ausgeweint“, sagte er.

„Sie hat heute Nacht bei mir geschlafen“, sagte ich.

„Dann wirst du eine schöne Nacht gehabt haben“, sagte Jeschua. „Sie ist ein sehr temperamentvolles Mädchen.“

„Ich habe nicht mit ihr geschlafen“, sagte ich ärgerlich. „Ich habe ihr nur einen Platz auf meinem Lager angeboten.“

„Schicke sie nach Kapernaum zurück“, sagte Jeschua.

„Warum“, fragte ich. „Ist die große Liebe schon vorbei? Hat sie einen Fehler gemacht?“

„Ich habe einen Fehler gemacht“, sagte Jeschua. „Wir hätten sie nicht mitnehmen sollen. Du hast selbst gesagt, dass es nicht gut ist, wenn man eine Frau an meiner Seite sieht. Jetzt bin ich auch deiner Meinung. Die Aufgaben, die vor mir liegen, verlangen meine ganze Konzentration.“

„Du kannst Rachel nicht einfach wegschicken“, sagte ich. „In zwei Tagen kann doch deine große Liebe zu ihr nicht erloschen sein.“

„Gestern ist mir klargeworden, dass meine Liebe allen Menschen gehören muss“, sagte Jeschua nachdenklich. „Hast du die Augen der Männer und Frauen gesehen? Die vertrauensvollen Blicke der Kinder? Darf ich da wie ein gewöhnlich Sterblicher meine Liebe nur einer Person schenken?“

„Du bist ein gewöhnlich Sterblicher“, sagte ich eindringlich. „Jeder andere Gedanke kann dich auf Irrwege führen, von denen du nicht mehr zurückfinden könntest.“

„Ich frage mich manchmal“, sagte Jeschua, „wie Moses war, bevor Gott ihn auserwählte. Hat er eine Vorahnung von dem gehabt, was auf ihn zukommen würde? Wusste er von der Aufgabe, die der Allmächtige für ihn bereit hielt?“

„Es ist ein ewiger Wunschtraum der Menschen, dass Gott zu ihnen spricht“, sagte ich. „Aber noch nie gab es einen Zeugen, der dabei war, als Gottes Stimme zu hören war.“

„Bezichtigst du Moses, dass er die Unwahrheit gesagt hat“, fragte Jeschua erzürnt.

„Wahrheit kann auch nur die Erkenntnis sein, das Richtige im richtigen Augenblick zu tun“, sagte ich. „Kluge Menschen entwickeln philosophische Gedanken, die anscheinend eine unverrückbare Logik beinhalten. Davon kann man aber nicht ableiten, dass diese Gedanken zu allgemein gültigen Gesetzen werden müssen.“

„Du bist ein Zweifler“, sagte Jeschua. „Du zweifelst an den heiligen Überlieferungen und an dir selbst. Versuche dich und den Sinn deines Lebens zu erkennen. Gott hat unzählige Tierarten geschaffen, unzählige Pflanzen, und er hat jedem einzelnen Menschen seine Ziele gesteckt. Es ist uns von Geburt an bestimmt, ob wir Bettler oder König werden.“

Ich bat den Diener, den Wagen anzuhalten und stieg wieder auf mein Pferd. Noch vor ein paar Tagen hätte ich Jeschuas Argumente für interessante Gedanken eines Predigers gehalten, der seine Aufgabe, Gottes Wort zu verkünden, mit Leidenschaft vertritt. Jetzt aber überfiel mich ein ungutes Gefühl. Verfolgte Jeschua eine bestimmte Taktik, oder war er im Begriff, sich in etwas hineinzusteigern? Jeschua war nicht mehr der unbekümmerte, junge Mann, den ich in Kapernaum kennen gelernt hatte.

In Sepphoris war der Teufel los. Die Einwohner hatten die Straßen und Häuser geschmückt, als stände das Laubhüttenfest vor der Tür. Eine Musikkapelle erwartete uns vor dem Stadttor, wo uns der Ältestenrat begrüßte. Zum ersten Mal hatten sich auch der Oberrabbiner und seine Kollegen eingefunden. Bartholomäus, der vorausgeritten war, kam zu mir.

„Die ganze Stadt ist auf den Beinen“, sagte er. „Überall hört man die Leute sagen, wenn der Messias in einer kleinen Stadt wie Kana allein zwei Wunder vollbracht hat, dann werden es in Sepphoris mindestens vier sein.“

Jeschua hatte mitbekommen, was Bartholomäus mir erzählte.

„Das Wort Gottes ist Wunder genug“, sagte er. „Ich werde in der Synagoge predigen.“

„Das werden die Rabbiner nicht zulassen“, mischte sich Jakobus ein. „Ich glaube nicht, dass sie dir freiwillig das Feld überlassen werden.“

Jeschua ging zu der Gruppe der Rabbiner und sprach mit dem Oberrabbiner. Nach einigen Minuten kam er zurück.

„Nun“, fragte ich.

„Es sind unwürdige Pedanten“, sagte Jeschua ärgerlich. „Angeblich gibt es eine Vorschrift des Ältestenrats, die nur hier gemeldeten Bürgern erlaubt, in der Synagoge zu sprechen.“

Mir war klar, dass sich die Rabbiner nicht zu unserem Empfang gekommen waren, um Jeschua ihre Ehre zu erweisen. Sie hatten sich aus Misstrauen und Neugierde auf den Weg gemacht. Sie würden jedes Wort von Jeschua registrieren und alles nach Jerusalem melden, was auch nur den kleinsten Anschein erwecken könnte, dass es von den religiösen Vorschriften abweicht.

Wir suchten unsere Herberge auf. Jeschua war verärgert, das war ihm deutlich anzusehen.

„Wenn sie mich nicht in der Synagoge predigen lassen", sagte er, „dann werde ich auf dem Marktplatz zu den Menschen sprechen."

Jakobus und er zogen sich in eine Ecke zurück und gingen die neue Predigt, die Jakobus verfasst hatte, durch. Die fordernden Rufe der Menge, die vor dem Haus wartete, wurden immer lauter.

„Jeschua muss sich zeigen", sagte Mattäus, „sonst stürmen sie das Haus."

Der Vorsitzende des Ältestenrats bat mich um ein kurzes Gespräch.

„Sepphoris ist eine aufstrebende Gemeinde", sagte er. „Es wäre für unseren Ruf nicht schlecht, wenn wir ein Wunder bekämen, das die bisherigen übertreffen würde. In der Gemeindekasse fehlt uns das Geld für einen neuen Anstrich des Rathauses. Vielleicht könnte der Prophet uns da weiterhelfen."

„Jeschua ist kein Zauberkünstler", sagte ich. „Salomon hat den Tempel in Jerusalem erbauen lassen. Hast du je ein Wort darüber gelesen, dass er die Steine geschleppt oder den Mörtel angerührt hat?"

„Schon gut, schon gut", sagte er Mann. „Wir sind auch mit jedem anderen Wunder zufrieden."

Auf dem Marktplatz drängten sich die Menschen und auch in den angrenzenden Straßen und Gassen standen die Zuhörer. Man hatte für Jeschua ein Podest aufgebaut, auf das er durch ein Fenster der Herberge steigen konnte. Von seiner Predigt habe ich nicht viel mitbekommen. Er sprach, glaube ich, über ein kleines Senfkorn, das größer und größer wird, wenn es gesät und aufgegangen ist, und dann unter seinen Blättern den Vögeln des Himmels Schatten spendet. Aber nicht nur ich wurde von seiner Predigt ständig abgelenkt. Die Unruhe in der Menge war nicht zu übersehen. Die Menschen wollten nicht irgendwelche Gleichnisse hören, sie wollten ein Wunder und es dauerte auch nicht lange, bis der erste Zuhörer diesen Wunsch lautstark äußerte. Sofort fielen andere mit ein. Und bald brüllte die aufgeregte Menge: „Wir wollen ein Wunder!"

Jeschua war irritiert. Er sah zu mir herüber, aber ich konnte nur mit den Schultern zucken. Vielleicht, dachte ich, ist dieser Auftritt ganz lehrreich für ihn. Er könnte begreifen, dass es keine höhere Instanz gibt, die ihm übermenschliche Kräfte verleiht.

Jeschua deutete der Menge an, dass sie schweigen sollte, und die Menschen gehorchten. Von einem Augenblick auf den anderen war es plötzlich totenstill auf dem Platz geworden. Jeder der Zuhörer erwartete, dass jetzt etwas Unglaubliches geschehen würde, und in den Gesichtern der Menschen war die Vorfreude darauf zu sehen, dass sie Zeuge dieses großen Moments sein würden.

„Der Allmächtige hat mich nicht zu euch geschickt", sagte Jeschua mit lauter Stimme in die Stille hinein, „damit ich euren Glauben an ihn durch Wunder neu erwecke. Jeder von euch ist ein Wunder, weil Gott ihn mit all seinen Stärken und Schwächen geschaffen hat."

Einen Moment herrschte noch Schweigen, dann brach ein Sturm der Entrüstung los.

„Sind wir weniger wert, als die Kanaer", brüllte ein Mann.

„Haben wir die Stadt geschmückt, um uns über das Wachstum eines Senfkorns aufklären zu lassen", schrie ein zweiter.

Die erregten Rufe in der Menge steigerten sich. Es war absehbar, dass die Wut und Enttäuschung der Aufgebrachten Aggressionen auslösen würden. Die Zuhörer in der ersten Reihe schlugen bereits wütend mit ihren Fäusten gegen das Podest. Jakobus zog Jeschua in die Gaststube zurück und schloss das Fenster. Jetzt kamen auch schon die ersten Steine geflogen.

„Es gibt einen Hinterausgang", sagte der Wirt. „Ich würde euch raten, schnellstens durch den zu verschwinden, bevor mein Haus in Schutt und Asche gelegt wird."

Judas schien schon geahnt zu haben, was auf uns zukam.

„Die Planwagen stehen bereit und die Pferde sind gesattelt", sagte er. „Die Straße zum Stadttor, durch das wir hereingekommen sind, ist menschenleer. Worauf warten wir also noch?"

Gott sei Dank hatten wir das Gepäck noch gar nicht abgeladen. Wir schlichen durch den Hinterausgang hinaus.

„Lasst euch nie wieder bei mir sehen", schrie der Wirt uns hinterher, als wir im Galopp die Stadt verließen.

Zehn Stadien außerhalb von Sepphoris mussten wir anhalten, um den schweißgebadeten Pferden eine Ruhepause zu gönnen. Mattäus überzeugte sich davon, dass uns niemand gefolgt war. Entweder wartete die entfesselte Menge immer noch darauf, dass sich Jeschua wieder zeigen würde, oder es war dem Ältestenrat oder den Rabbinern gelungen, sie zu beruhigen.

„Und was machen wir jetzt", fragte Judas Ischariot. „Ist das das Ende unserer Erfolgsgeschichte?"

„Es ist auf jeden Fall ein einschneidendes Erlebnis, das uns zwingt, unsere Strategie zu überdenken", sagte ich.

„Wollen wir nach Kapernaum zurückkehren", fragte Mattäus.

„Ich glaube, das wäre nicht richtig", sagte ich. „Dort sind wir zu bekannt. Wir müssen einen Ort finden, in dem wir nicht so in der Öffentlichkeit stehen."

„Ich habe in Tabhgah einen Vetter", sagte Jakobus. „Das ist ein winziger Ort am See Genezareth auf halber Strecke zwischen Kapernaum und Tiberias."

„Glaubst du, er würde uns aufnehmen", fragte ich.

„Ganz sicher", antwortete Jakobus.

„Gut", sagte ich, „nach der Erholungspause reisen wir nach Tabhgah."

Jeschua saß abseits auf einem Stein. Rachel stand hinter ihm und streichelte über sein Haar. Ich hätte zu gern gewusst, was im Moment in ihm vorging, aber ich hütete mich davor, ihn anzusprechen. Vielleicht war dieser Schock ganz heilsam für ihn, aber es bestand natürlich auch die Gefahr, dass er das Unternehmen abbrechen könnte.

Tabhgah war wirklich ein gottverlassener Ort. Zehn kleine Fischerhütten standen in unmittelbarer Nähe des Seeufers. Simon, Jakobus' Vetter, nahm uns freundlich auf. Aber selbst in diesem winzigen Nest hatten die Menschen schon von Jeschua gehört und starrten ihn neugierig an, als er vom Wagen stieg. Vom missglückten Auftritt in Sepphoris wussten sie allerdings noch nichts. Jakobus und ich bekamen ein Lager im Haus des Simon. Mattäus und Bartholomäus waren beim rechten, Judas beim linken Nachbarn einquartiert. Eine Witwe, die im letzten Haus des Ortes wohnte, nahm Rachel auf. Jeschua zog es vor, auf seinem Strohlager im Planwagen zu übernachten.

„Weißt du, Paulus", sagte Jakobus am Abend zu mir, „wenn dich diese Geschichte zu sehr belastet, gib das Unternehmen auf. Ein Mann wie du findet immer wieder neue Aufgaben."

„Und was wird mit dir", fragte ich. „Mit Judas, Bartholomäus und Mattäus?"

„Wir könnten alle fünf gemeinsam etwas Neues anfangen", sagte Jakobus.

„Und was wird aus Jeschua", fragte ich weiter.

„Jeschua wird schnell in Vergessenheit geraten", sagte Jakobus. „Die Menschen werden sich anderen Dingen zuwenden."

„Ich kann ihn nicht einfach so fallen lassen", sagte ich. „Ich habe ihn aus seinem bisherigen Leben herausgerissen. Es wäre charakterlos von mir, wenn ich ihm jetzt meine Hilfe versagen würde."

„Gib ihm ein Startkapital", sagte Jakobus. „Er soll nach Kapernaum zurückkehren und eine Familie gründen. So ein zauberhaftes Mädchen wie Rachel findet er so schnell nicht wieder."

Der liebe, ahnungslose Freund. Er konnte ja nicht wissen, in welcher Situation ich mich befand. Es würde nicht lange dauern, bis Kaiphas von den Ereignissen in Sepphoris erfahren würde. Und dieser Bericht würde ihn nicht besonders erfreuen. Außerdem musste ich mir eingestehen, dass es mein Ehrgeiz nicht zuließ, nach dem ersten Rückschlag aufzugeben.

„Lass uns eine Nacht darüber schlafen", sagte ich. „Vielleicht träume ich davon, wie alles weitergehen muss."

„Ein Realist wie du", sagte Jakobus lachend. „Du überlässt doch nichts dem Zufall. Ich bin mir sicher, dass du traumlos schläfst, weil dein Kopf während des Schlafens die Gedanken sortiert, die dich im Augenblick beschäftigen."

Ich spielte mit dem Gedanken, dem Freund die wahren Zusammenhänge zu erklären. Aber damit hätte ich ihn zu sehr in die Rolle des Mitwissers versetzt und ihm mehr Verantwortung aufgebürdet, als er zu übernehmen hatte. Das Unternehmen Jeschua war meine Angelegenheit. Ich hatte es zum Erfolg zu führen, oder ich allein würde als Versager bezeichnet werden können.

Wenn Jeschuas Erfolg von den Wundern, die er vollbringt, abhängen sollte, dann mussten die Menschen eben ihre Wunder bekommen.

RACHEL

EINE GROSSE LIEBE

Ich habe Jeschua geliebt. Nein, ich liebe ihn immer noch! Jeschua war genau der Mann, von dem ich schon als kleines Mädchen geträumt hatte. Ich wollte nie einen reichen Kaufmann oder einen Königssohn zum Mann. Ich sehnte mich, wenn ich im Schatten unserer kleinen Hütte lag, meine tigergestreifte Katze, die auf meinem Bauch lag streichelte, nach einem Mann mit kräftigen Armen, einem gütigen Lächeln und mit der gleichen Sehnsucht nach körperlicher Nähe und Zärtlichkeiten wie ich sie empfand.

Ich habe fast mein ganzes bisheriges Leben in Kapernaum verbracht. Ich hatte eine wunderbare Jugend. Meine Mutter sammelte Heilkräuter und verkaufte sie einmal in der Woche auf dem Markt, aber jede freie Minute verbrachte sie mit mir. Sie war stets voller Liebe und Verständnis für die Wünsche und Träume eines kleinen Mädchens und ist mir auch heute noch die beste Freundin. Ich bin ohne Vater aufgewachsen. Er war römischer Legionär und kurz nach meiner Geburt versetzt worden. Er hatte geschworen, dass er am Ende seiner Dienstzeit nach Galiläa zurückkommen würde, aber bis zum heutigen Tag hat er dieses Versprechen nicht eingelöst. Ich weiß nicht, ob meine Mutter wirklich darauf hoffte, dass er noch einmal zu ihr zurückkehren würde, jedenfalls gab es nach ihm keinen anderen Mann mehr in ihrem Leben. Sie hatte mich, und das reichte ihr. Sie verwöhnte mich nach Strich und Faden. Nähte mir hübsche Kleider, bürstete oft stundenlang mein Haar, damit es einen seidigen Glanz bekam und rieb meine Haut mit Rosenöl ein, damit sie sanft und geschmeidig wurde.

Wünschte ich mir eine Katze, bekam ich eine. Wünschte ich mir eine Singdrossel, stand Tage später ein Käfig in meiner Kammer. Wenn sie abends von der Arbeit nach Hause kam, kochte sie für uns. Im regelmäßigen Wechsel gab es stets meine Lieblingsgerichte. Als ich vierzehn Jahre alt war, alt genug, um die Tanzveranstaltungen in Kapernaum besuchen zu können, begleitete sie mich und strahlte vor Freude, wenn ich mich wild und temperamentvoll auf der Tanzfläche drehte. Sie sah zu der Zeit noch so jung aus, das man uns oft für Schwestern hielt und es gab nicht wenig Burschen, die auch sie zum Tanz aufforderten. Aber meine Mutter lehnte alle Angebote dankend ab.

Irgendwann, ich war inzwischen sechzehn Jahre alt, bat ich sie, mich nicht mehr zu den Festen zu begleiten. So sehr ich meine Mutter auch liebte, hatte ich doch immer das Gefühl, beobachtet zu werden, und drückte mich einer der jungen Männer einmal etwas heftiger an seine Brust, sah ich sofort zu ihr und wurde rot, wenn ich merkte, dass sie es gesehen hatte. Meine Angst, Mutter könnte beleidigt sein als ich diese Bitte vortrug, war völlig unbegründet.

„Aber natürlich, mein Engel“, sagte sie ohne jeden Vorwurf in der Stimme. „Du bist alt genug. Du brauchst keine Aufpasserin an deiner Seite.“

Es war Yom Kippur, der Tag der Versöhnung, als ich zum ersten Mal alleine zu einem Tanzvergnügen ging. Kaum war ich auf dem Festplatz angekommen, forderte mich schon der erste Bursche zum Tanz auf. Wir tanzten so heftig, dass ich bei einer schnellen Drehung ausrutschte und vor die Füße derjenigen fiel, die um die Tanzfläche herum standen. Ein paar kräftige Arme halfen mir wieder auf die Beine.

„Hast du dich verletzt“, fragte eine wohlklingende, männliche Stimme.

Vor mir stand ein Riese! Ein Mann, der gut drei oder vier Köpfe größer war als ich.

Er hatte dunkelblondes, leicht gewelltes Haar, das ihm bis auf die Schultern fiel und trug einen bodenlangen, dunkelbraunen Mantelumhang. Er beugte sich zu mir herunter und lächelte mich an. Er hatte blaugrüne Augen.

„Nein, alles ist in Ordnung“, sagte ich noch atemlos vom Tanzen.

Ich drehte mich um, aber mein Tanzpartner war verschwunden.

„Du wirst dir einen neuen Tänzer suchen müssen“, sagte der Riese.

„Wie wäre es mit dir“, fragte ich keck.

„Ich tanze nie“, sagte der Mann. „Aber wenn du eine Erfrischung möchtest, würde ich einen Becher Orangensaft mit dir trinken.“

„Einverstanden“, sagte ich.

Wir drängten uns durch die Umstehenden und gingen zum Stand an dem ein Händler die Säfte anbot.

„Mein Name ist Jeschua“, sagte mein Begleiter, bevor er den Orangensaft bestellte.

„Ich bin Rachel“, sagte ich. „Ich habe mich noch nicht einmal dafür bedankt, dass du mir wieder auf die Beine geholfen hast.“

„Es war keine besonders schwierige Aufgabe“, sagte Jeschua. „Du bist leicht wie eine Feder.“

Wir setzten uns unter eine Dattelpalme und tranken unseren Orangensaft.

„Ich habe dich noch nie in Kapernaum gesehen“, sagte ich.

„Ich bin erst vor ein paar Tagen in Kapernaum angekommen“, sagte Jeschua. „Ich stamme aus Nazareth.“

„Und was machst du hier in Kapernaum“, fragte ich.

„Du bist überhaupt nicht neugierig“, sagte Jeschua lachend.

„Verzeih mir“, sagte ich und spürte, dass ich rot wurde. „Meine Mutter beklagt sich auch ständig über meine Neugierde.“

„Ich bin Wanderprediger“, sagte Jeschua. „Eigentlich bin ich gelernter Zimmermann, aber das ist ein Beruf, der mich nicht befriedigt.“

„Wanderprediger“, sagte ich, „dann wirst du also nicht lange in Kapernaum bleiben. Ihr zieht doch ständig von Ort zu Ort.“

„Im Gegensatz zu dir bin ich nicht neugierig“, sagte Jeschua. „Die große, weite Welt interessiert mich nicht. Ich habe mir vorgenommen, abwechselnd in Bethsaida und Kapernaum zu predigen.“

„Ich habe noch nie einen Wanderprediger persönlich kennen gelernt“, sagte ich.

„Und“, fragte Jeschua, „bist du nun enttäuscht?“

Er sah mich herausfordernd an.

„Du bist jünger als die Prediger, die ich bisher in den Straßen von Kapernaum gesehen habe“, sagte ich.

„Man kann nicht jung genug sein, um das Wort Gottes zu verkünden“, sagte er. „Glaubst du an Gott?“

„Was für eine Frage“, sagte ich empört. „Natürlich glaube ich an Gott. Jeder Mensch glaubt an ihn. Man wäre ja völlig verloren, wenn man es nicht täte.“

Wir redeten und redeten. Ich bemerkte überhaupt nicht wie die Zeit verging. Erst als die Musikanten zu spielen aufhörten wurde mir bewusst, dass es schon sehr spät sein müsste.

„Ich muss schnell nach Hause“, sagte ich. „Meine Mutter wird sich sonst Sorgen machen. Jeschua stand auf und reichte mir seine Hand. Ich konnte bequem meine beiden Hände in seine eine legen. Er zog mich so sanft hoch, als wäre ich zerbrechlich.

„Werden wir uns wiedersehen“, fragte er.

„Morgen“, sagte ich und bereute sofort meine vorschnelle Antwort. „Oder übermorgen! Wo kann ich dich finden?“

„Ich werde jeden Abend an dieser Stelle auf dich warten“, sagte Jeschua. „Morgen, übermorgen und überübermorgen.“

Ich lief nach Hause. Meine Mutter saß vor der Türe und wartete auf mich. Als sie mich sah, wollte sie ins Haus gehen.

„Warte, Mutter“, sagte ich. „Es ist noch so wunderbar warm. Lass uns noch ein wenig draußen sitzen bleiben.“

Meine Mutter setzte sich wieder und ich hockte mich zu ihren Füßen ins Gras und legte meinen Kopf in ihren Schoß.

„Willst du über irgend etwas mit mir reden“, fragte sie.

„Nein“, sagte ich, „ich will nur träumen.“

Ich nahm mir fest vor, erst in zwei Tagen am verabredeten Treffpunkt zu erscheinen, aber ich war schon am nächsten Abend dort. Jeschua saß bereits unter unserer Palme. Er hielt eine Tüte getrockneter Feigen in der Hand.

„Dir scheint es nicht schlecht zu gehen“, sagte ich und nahm eine Frucht aus der Tüte, die er mir entgegenstreckte.

„Das ist die Spende eines aufmerksamen Zuhörers“, sagte er. „Ihm scheint meine heutige Predigt gefallen zu haben.“

„Worüber hast du gesprochen“, fragte ich und setzte mich zu ihm.

„Über die Liebe“, sagte Jeschua und sah mir tief in die Augen.

Ich wich seinem Blick aus.

„Über die Liebe zu Gott“, fragte ich, „oder über die Liebe, die die Menschen füreinander empfinden?“

„Es gibt nur eine Liebe“, sagte Jeschua. „Die Liebe zu Gott ist der Beweis dafür, dass man Achtung vor ihm hat. Die Liebe, die ein Mann für eine Frau empfindet ist nichts anderes. Liebe umfasst Respekt und Achtung vor dem anderen Menschen.“

„Aber Liebe ist auch....“, ich hielt inne, denn das, was ich sagen wollte schien mir zu gewagt.

„ Ich weiß, was du sagen wolltest“, sagte er.

„Du kannst es nicht wissen, weil du keine Gedanken lesen kannst“, sagte ich. „Nur Gott weiß, was wir Menschen denken.“

Jeschua legte seinen Arm um meine Schulter, beugte sich zu mir herunter und küsste mich. Es war der erste Kuss, den ich von einem Mann bekam.

„Liebe ist auch Zärtlichkeit und körperliche Berührung, wolltest du sagen“, sagte Jeschua.

Ich konnte ihm nicht antworten. Meine Lippen brannten und ich hatte das Gefühl, dass mein Herzklopfen wie Donnerschläge zu hören wäre. Eigentlich wollte ich aufspringen und weglaufen, aber ich blieb wie gelähmt sitzen.

Jeschua zog mich an sich und ich lehnte meinen Kopf an seine Brust. Wir saßen schweigend da. Nach einer Ewigkeit - oder waren es nur wenige Augenblicke? - sagte er: „Verzeih mir. Ich hätte dich vorher fragen sollen.“

Ich schaute ihn an, griff mit beiden Händen in sein Haar und zog seinen Kopf zu mir herunter und presste meine Lippen auf seine bis er sie öffnete. Ich küsste ihn mit der ganzen aufflammenden Leidenschaft meiner sechzehn Jahre. Dann sprang ich auf und lief nach Hause.

Meine Mutter hatte mit dem Essen auf mich gewartet.

„War er da“, fragte sie mich, als ich gerade am Tisch Platz genommen hatte.

Ich bekam einen hochroten Kopf und sah sie entgeistert an.

„Du musst mir nichts erzählen, wen du es nicht willst“, sagte diese liebe, kluge Frau.

„Woher weißt du es“, fragte ich.

„Ich habe es schon gestern gewusst“, sagte meine Mutter. „Mütter spüren es, wenn ihre Töchter sich verlieben.“

Ich redete wie ein Wasserfall. Ich schilderte ihr nicht nur Jeschuas Aussehen, sondern auch seinen Charakter, seine Talente und seine gute Erziehung, so, als würde ich ihn schon jahrelang kennen. Meine Mutter hörte mir freundlich lächelnd zu.

„Und wann werde ich dieses Prachtexemplar kennen lernen“, fragte sie mich als ich eine Atempause einlegen musste.

„Wenn es dir recht ist, dann werde ich ihn morgen zu Essen bitten“, sagte ich.

„Und ob es mir recht ist“, sagte meine Mutter.

Jeschua und ich trafen uns wieder bei 'unserer' Dattelpalme. Er willigte sofort ein, als ich ihn bat, das Nachtmahl mit mir und meiner Mutter einzunehmen.

Meine Mutter war vom ersten Augenblick an von Jeschua begeistert. Ich kannte sie sehr genau und wusste, ob sie jemanden mochte oder nicht. Und auch Jeschua verstand sich vom ersten Moment an gut mit ihr. Ich bin meiner Mutter noch heute dankbar, dass sie nicht nach seiner Herkunft, seinem Beruf, seinen Einkünften und seinen Absichten, die er mir gegenüber hätte, fragte. Wir sprachen über Kapernaum, das Wetter, die Zubereitung von gefülltem Fisch und sonst noch alles mögliche. Wir lachten viel und sangen gemeinsam alte, jüdische Volkslieder. Es war schon nach Mitternacht, als Jeschua sich verabschiedete.

„Ich gratuliere dir, Rachel“, sagte meine Mutter als Jeschua gegangen war. „Dein Jeschua ist ein Glücksgriff. Ein Juwel. Ich hätte mir keinen besseren Mann für dich wünschen können.“

Ich legte mich, wie ich es als kleines Kind oft getan hatte, in dieser Nacht wieder einmal zu ihr ins Bett und während sie mir über das Haar streichelte, muss ich eingeschlafen sein.

In den nächsten Wochen war Jeschua oft Gast in unserem Haus. Nach dem Essen machten wir lange Spaziergänge, und obwohl wir meine Mutter oft aufforderten, uns zu begleiten, hatte sie jedes Mal eine dringende Arbeit zu erledigen, die es ihr leider nicht erlaubte mit uns zu gehen. Ich hatte mir in der Zwischenzeit häufiger Predigten von Jeschua angehört und fand sein Auftreten und seine Stimme ausgezeichnet. Es machte mich wütend, dass sich immer nur wenige Zuhörer einfanden um sich seine Predigten anzuhören.

„Ich werde morgen nach Bethsaida gehen“, sagte Jeschua eines Tages. „Wenn ich zu lange in Kapernaum bleibe, werde ich bald nur noch dich als Zuhörerin haben.“

„Nicht schon morgen“, bettelte ich. „Das kommt zu überraschend. Warte noch eine Woche.“

„Ich habe morgen gesagt“, sagte Jeschua, „und wenn ich morgen sage, dann bleibt es bei morgen. Du kannst mich in meinen Palast begleiten und mir helfen mein Bündel zu packen.“

Wir gingen in den Stall, den ein gutmütiger Gastwirt Jeschua als Nachtlager angeboten hatte. In dieser Nacht schliefen wir zum ersten Mal miteinander. Jeschua war ein zärtlicher, ein rücksichtsvoller Liebhaber, und er machte mich behutsam und mit viel Geduld zur Frau.

Jeder Tag schien die Dauer eines Jahres zu haben während der Zeit, die Jeschua in Bethsaida verbrachte. Nach zwei Wochen ging ich jeden Abend an den Ortsrand, von wo aus die Straße nach Bethsaida führte. Von dort nach Kapernaum waren es gut drei Tagesmärsche, und da niemand in diesen unruhigen Zeiten nachts wanderte, konnte Jeschua nur am späten Abend in Kapernaum ankommen. Und er kam. Ich wartete den achten Tag, als ich ihn in einer Gruppe anderer Wanderer erkannte. Ich winkte ihm zu und er kam mit Riesenschritten angelaufen, hob mich hoch und drehte sich mit mir im Kreis, bis wir beide schwindelig zu Boden sanken.

Nach unzähligen Küssen und Umarmungen gingen wir zu dem Pferdestall, in dem Jeschua wieder Quartier beziehen wollte. Ich versuchte ihn zu überreden bei uns zu schlafen, aber er lehnte ab.

„Dann werde ich uns wenigstens das Essen holen, das meine Mutter vorbereitet hat", sagte ich.

Ich eilte nach Hause.

„Er will nicht zu uns ziehen", sagte ich zu meiner Mutter. „Würde es dich stören, wenn ich nach dieser langen Trennung ein paar Tage bei ihm bleiben würde?"

„Nein. Ich habe Vertrauen zu dir", sagte meine Mutter.

Sie packte mir das Essen ein und ich lief zu Jeschua zurück.

Drei Tage und drei Nächte verließen wir den Pferdestall nicht. Wir liebten uns am Morgen, am Mittag und in der Nacht. Und hätte uns nicht der Hunger übermannt, wir wären auch am dritten Tag noch nicht aus unserer Liebeshöhle herausgekommen.

Zwei Tage später, Jeschua kam von einer Predigt zurück, nahm er sein Bündel und meine Hand und zog mich auf die Straße.

„Wohin gehen wir", fragte ich.

„Ich kann mit meiner zukünftigen Frau nicht ewig in einem Pferdestall übernachten", sagte Jeschua.

Er führte mich zum Goldenen Hahn, dem besten Gasthof in der Stadt.

„Hier werden wir wohnen", sagte er.

Und tatsächlich war eine Kammer für uns reserviert, die wir sofort bezogen. Später erfuhr ich, dass Paulus Jeschua eingeladen hatte hier zu übernachten.

Paulus, Mattäus, Bartholomäus, Jakobus und Judas lernte ich ein paar Tage später kennen. Jeschua hatte mir vorher erzählt, welche Pläne Paulus mit ihm hatte. Ich war von der Idee begeistert. Jeschua war für mich der beste Wanderprediger im ganzen Land und der Gedanke, dass ihm größere Menschenmengen zuhören würden gefiel mir.

„Wir sollten heiraten“, sagte Jeschua ein paar Tage vor der geplanten Abreise nach Sepphoris.

„Wir müssen heiraten“, sagte ich.

Jeschua sah mich verdutzt an.

„Bist du schwanger“, fragte er.

„Nein“, sagte ich, „aber ich kann dich nicht als unverheiratete Frau begleiten. Was würden die Leute sagen.“

„Ich werde gleich morgen den Rabbiner aufsuchen“, sagte Jeschua.

Es war ein Unglück, dass der einzige Rabbiner, der sich in Kapernaum aufhielt, erkrankt war und einige Tage das Bett hüten musste, oder hatte er nach Jerusalem gemusst? Ich weiß es nicht mehr genau.

„Dann werden wir mit der Abreise noch ein paar Tage warten müssen“, sagte ich, als Jeschua mir die Nachricht überbrachte.

„Wir verlassen Kapernaum nur als Mann und Frau“, sagte Jeschua und küsste mich.

Es war Paulus, der ihn und mich dann überredete, doch unverheiratet abzureisen, weil sich angeblich Termine nicht verschieben ließen.

Wir verbrachten einen letzten gemeinsamen Abend mit meiner Mutter. Sie hätte es lieber gesehen, wenn wir vor Antritt unserer Rundreise geheiratet hätten, aber sie akzeptierte meine Entscheidung auch unverheiratet Jeschua zu begleiten.

Sie und ich konnten nicht ahnen, was in den nächsten Tagen alles geschehen sollte.

Die Abreise verschob sich dann doch noch. Paulus musste überraschend nach Jerusalem.

„Wenn Paulus die Abreise verschieben kann“, sagte meine Mutter, „dann kann sie auch verschoben werden, bis ihr verheiratet seid.“

„Ich werde darauf bestehen“, versprach Jeschua.

Aber als Paulus zurückkam, ging alles Hals über Kopf und aus der Hochzeit wurde nichts.

Meine Mutter winkte uns lange nach, als wir Kapernaum verließen. Kurz vor Kana erwartete unsere Karawane, sie bestand aus zwei Planwagen, einigen Eseln und fünf Pferden, eine große Menschenmenge, die, was ich erst gar nicht glauben wollte, auf Jeschua warteten. Jeschua begann zu predigen, als plötzlich eine Söldnertruppe auf der Bildfläche erschien. Was jetzt folgte würde ich für ein erfundenes Märchen halten, wenn ich es nicht selbst miterlebt hätte. Ein Hauptmann ritt durch die verängstigte Menschenmenge vor die Anhöhe auf der Jeschua stand und forderte ihn auf, die Versammlung abzubrechen. Ich sah, dass Jakobus Jeschua etwas zuflüsterte. Daraufhin rief mein Geliebter mit lauter Stimme: „Weich von mir, Satan!“

Und tatsächlich, der Hauptmann wendete sein Pferd und ritt mit seinen Leuten davon.

Die Menschen brachen in Jubel aus und feierten Jeschua wie einen siegreichen Feldherrn. In ihrem Freudentaumel steigerte sich die entfesselte Menge in immer größere Lobeshymnen. „Er ist ein Gottgesandter. Er ist der Messias. Er ist der Befreier der Kinder Israels", schrie die Menschenmenge.

Ich beobachtete das seltsame Geschehen von dem Planwagen aus, mit dem ich reiste, und ich wartete darauf, das Jeschua dem Ganzen Einhalt gebieten würde.

Aber er tat nichts. Er stand hinter dem Altar, der auf der Anhöhe aufgebaut war, schwieg und lächelte.

In dem Gasthof, den Bartholomäus in Kana als Quartier ausgesucht hatte, ging ich sofort in die Kammer, die für Jeschua und mich bestimmt war. Nach einer Weile kam Jeschua in den Raum. Er hatte immer noch dieses Lächeln auf den Lippen.

„Geht es dir gut", fragte ich ihn besorgt.

„Es könnte mir gar nicht besser gehen", antwortete er.

„Das war ein merkwürdiger Tag heute", sagte ich.

„Was war an diesem Tag merkwürdig", fragte er und sah mich erstaunt an.

„Nun ja", sagte ich zögernd, „dieser Hauptmann mit seinen Söldnern, die nach einem einzigen Satz von dir verschwunden sind. Kommt dir das nicht auch etwas seltsam vor?"

„Daran ist überhaupt nichts Seltsames", sagte Jeschua. „Der Allmächtige hat mir die Kraft gegeben, diese Horde in ihre Schranken zu weisen."

Ich war von seiner Antwort so überrascht, dass ich es vorzog zu schweigen. Jeschua setzte sich ans Fenster und starrte, ebenfalls schweigend, hinaus bis es draußen dunkel wurde. Dann zog er sich aus und legte sich ins Bett. Ich wusch mir die Hände und das Gesicht, zog mein Nachtgewand an und legte mich zu ihm. Ich begann ihn zärtlich zu streicheln, aber er reagierte nicht. Er lag mit dem Rükken zu mir und schwieg. Ich streichelte ihn intensiver. Plötzlich drehte er sich abrupt zu mir um.

„Verlasse die Kammer", sagte er.

„Was soll ich", fragte ich überrascht.

„Du sollst auf der Stelle die Kammer verlassen", wiederholte Jeschua.

„Aber warum", fragte ich.

„Weil ich es wünsche", sagte er.

„Wenn dich mein Streicheln stört, kann ich ja aufhören", sagte ich.

„Mich stört deine Gegenwart", sagte Jeschua.

Ich fing an zu weinen.

„Was habe ich dir getan", fragte ich unter Tränen.

„Ich muss mich auf andere Dinge konzentrieren", sagte Jeschua. „ich muss herausfinden, wozu ich berufen worden bin. Ich kann mich nicht fleischlichen Gelüsten hingeben, wenn andere große Aufgaben auf mich warten. Ich werde dich rufen, wenn ich Gewissheit habe."

„Worüber willst du Gewissheit haben", fragte ich.

„Geh", antwortete er nur und wies mit dem ausgestreckten Arm zur Tür.

Völlig benommen stand ich auf und ging hinaus. Was war mit Jeschua passiert? Noch vor vierundzwanzig Stunden hatte er mich im Arm gehalten, mir gesagt, dass wir in Sepphoris heiraten könnten oder in einer der nächsten Städte, und jetzt dieses kühle, unnahbare Verhalten. War er krank? War es die Angst vor den Menschen, die auch jetzt, zur späten Stunde immer noch vor dem Gasthaus standen und seinen Namen riefen? Ich saß stundenlang auf einem Schemel im Flur. Grübelte, weinte und zermarterte mir den Kopf über das Verhalten meines Geliebten. Mir wurde kalt, aber ich wagte es nicht, in unser Zimmer zurückzugehen. Ich klopfte an die Kammertür von Paulus. Er ließ mich herein und ich durfte in seinem Bett schlafen.

Ich erzählte Paulus ausführlich von dem Gespräch mit Jeschua und bat ihn, am nächsten Tag mit ihm zu reden. Paulus versprach es.

Ich setzte mich auf einen der Maulesel, als wir nach Sepphoris weiterreisten. Jeschuas Predigt in Sepphoris war ein Reinfall. Die Menschen wollten nicht hören, was er ihnen zu sagen hatte, sie wollten Wunder sehen. Da aber kein Wunder geschah, wie sollte es auch, mussten wir fluchtartig die Stadt verlassen. Paulus änderte die Reiseroute und wir landeten am Abend in einem winzigen Fischerdorf am See Genezareth. Ich fühlte mich unglücklich und allein gelassen. Es schien sich auch niemand für mich zu interessieren. Eine liebenswürdige, alte Frau nahm mich in ihrem Haus auf und bewirtete mich reizend. Am Abend kam Paulus zu mir.

„Jeschua will, dass du nach Kapernaum zurückfährst", sagte er.

„Warum", fragte ich, „was habe ich ihm getan?"

Paulus nahm mich in den Arm.

„Dich trifft keine Schuld", sagte er. „Aber glaube mir, es wird das Beste sein. Wenn Jeschua seine Meinung ändert, lasse ich dich sofort holen."

Am nächsten Morgen fuhr mich einer der Diener nach Kapernaum zurück. Ich hatte Jeschua in den letzten Stunden nicht mehr zu Gesicht bekommen.

Ein Jahr später habe ich einen lieben, gutmütigen Bauern geheiratet. Es war der Mann, aus dessen Arm ich damals auf der Tanzfläche stürzte als ich Jeschua vor die Füße fiel. Natürlich haben wir hier in Kapernaum auch mitbekommen, was mit Jeschua geschehen ist. Ursprünglich hatten mein Mann und ich sogar geplant, zum Laubhüttenfest nach Jerusalem zu fahren. Aber dann stellte sich heraus, dass ich schwanger war und wir sahen von der Reise ab.

Was wäre geworden, wenn Jeschua Paulus nicht begegnet wäre? Wenn er als Wanderprediger mal in Kapernaum und mal in Bethsaida gepredigt hätte? Wenn wir geheiratet hätten und das Kind, das ich unter dem Herzen trage von ihm wäre?

Alles Fragen, auf die es keine Antwort gibt. In einem hatte Jeschua sicher recht: Unser aller Schicksal liegt in Gottes Hand.

Ich komme oft an der Dattelpalme vorbei, die 'unsere' Palme war. Und mir kommen jedes Mal die Tränen, wenn ich diesen prachtvollen Baum sehe.

SAULUS

RUHEPAUSE IN TABHGAH

Ich konnte nicht einschlafen, obwohl das Bett in Simons Haus sehr bequem und ich müde und erschöpft war. Ich stand leise auf, um Jakobus nicht zu wecken, zog mich an und ging zu dem Haus, in dem Rachel untergebracht war. Es schimmerte noch Licht durch die Fensterläden, und ich klopfte an die Tür. Die Witwe öffnete.

„Ich möchte gerne Rachel sprechen", sagte ich.

„Moment", sagte die Alte. „Das Mädchen ist halbnackt. Es muss sich erst etwas anziehen.

„Lass ihn herein", rief Rachel von innen. „Paulus kennt mich auch schon im Nachtgewand."

Die Frau ließ mich herein. Rachel saß am Tisch im Wohnzimmer. Zwei Becher und ein Krug mit Orangensaft standen auf dem Tisch. Die Frauen hatten sich also noch unterhalten. Rachel sah wunderschön aus. Sie trug nur ein kurzes Hemd, das mehr preisgab, als es verdeckte. Das blonde Haar fiel ihr offen über die Schultern.

„Jeschua will, dass du nach Kapernaum zurückfährst", sagte ich ohne Umschweife.

„Warum", fragte Rachel. „Was habe ich ihm getan?"

„Er fürchtet, dass du ihn zu sehr ablenkst", sagte ich. „Er will sich nur auf seine Arbeit konzentrieren."

„Das sind doch Ausflüchte", sagte Rachel. „Wer will ihn denn nach den Ereignissen von Sepphoris noch predigen hören?"

„Sepphoris war nicht das Ende", sagte ich. „Es wird noch viele Auftritte geben."

Das kann auch Wunschdenken sein, dachte ich. Vielleicht hatte das Mädchen ja recht, und wir waren wirklich bereits am Ende.

„Glaubst du, ich sollte noch einmal mit ihm reden", fragte Rachel.

„Hat er mit dir gesprochen, als wir die Rast gemacht haben? Ich sah, dass Du ihn über den Kopf gestreichelt hast", sagte ich.

„Nicht ein Wort", antwortete Rachel. „Aber er hat es sich auf nicht verbeten."

„Ich glaube, es ist besser, wenn du nicht mehr mit ihm sprichst", sagte ich. „Ich bin davon überzeugt, dass er dich vermissen wird, wenn du nicht mehr da bist."

„Und wenn nicht", fragte Rachel und ich sah, dass sie bereits wieder kurz vor dem Weinen stand.

„Er ist ein junger Mann“, sagte ich tröstend. „In seinem Alter hält man es nicht lange ohne ein Mädchen aus.“

Rachels Augen füllten sich mit Tränen. In ihrer rührenden Hilflosigkeit sah sie besonders begehrenswert aus. Hätte ich nicht Komplikationen befürchtet, ich hätte mich um Rachel bemüht. Jeder von uns hatte sie in der kurzen Zeit liebgewonnen. Besonders Judas machte ihr ständig unverhohlene Komplimente. Aber ich spürte, dass Rachel nach wie vor bis über beide Ohren in Jeschua verliebt war. Wenn sie sich mit mir einlassen würde, dann nur, um in Jeschuas Nähe bleiben zu können.

„Ich kann nicht begreifen“, sagte Rachel, „wie sich ein Mensch so schnell verändern kann. Es kann doch nicht sein, dass er sich wirklich für etwas Außergewöhnliches hält. Die Hosiannarufe einer hysterischen Menschenmenge machen doch niemanden zu einem Messias, einem Gottgesandten.“

„Es wird sich alles wieder normalisieren“, beruhigte ich sie. „Ich werde dich persönlich aus Kapernaum wieder abholen, und das wird früher sein, als du denkst.“

Rachel stand auf und küsste mich auf den Mund.

„Ich werde dich sehr vermissen, Paulus“, sagte sie. „Ich mag dich sehr gern.“

Am nächsten Morgen brachte einer der Diener Rachel mit dem Planwagen nach Kapernaum zurück. Ich habe nie erfahren, was aus ihr geworden ist.

Ich hatte mit Jakobus besprochen, dass wir mindestens vierzehn Tage in Tabhgah bleiben wollten, damit über das Geschehen in Sepphoris Gras wachsen konnte.

Ein Fischer, dessen kranke Frau in Tiberias weilte, damit sie in der Nähe der Ärzte war, die sie behandelten, kam von einem Besuch bei ihr zurück.

„In Tiberias herrscht der Ausnahmezustand“, erzählte er. „Eine wütende Menge hat die Sänfte der Herodia mit Steinen beworfen. Ein Stein traf eine ihrer Hofdamen so unglücklich am Kopf, dass sie noch auf der Straße verblutete. Herodes' Söldner ziehen betrunken durch die Stadt und prügeln auf alles ein, was sich auf den Straßen blicken läßt. Den mutmaßlichen Täter hat Herodes auf dem Platz vor seinem Palast nach römischem Vorbild kreuzigen lassen. Das hat den Zorn des Volkes noch mehr entfacht. Kleine, bewaffnete Gruppen lauern den Söldnern auf und schlagen mit Hämmern, Beilen und Knüppeln auf sie ein. Es hat auf beiden Seiten schon viele Tote gegeben.“

So sehr ich Blutvergießen verabscheue, aber diese Unruhen kamen mir nicht ungelegen. Sie würden von den Ereignissen in Sepphoris ablenken, dachte ich. Aber das war ein Irrtum.

„Die Menschen rufen nach Jeschua, dem Prediger“, fuhr der Fischer fort. „Sie wollen, dass er sich an ihre Spitze stellt und das Land, gemeinsam mit ihnen, von den Unterdrückern befreit.“

„Erzählt man sich nichts von Jeschuas Auftritt in Sepphoris“, fragte ich ihn.

„Doch“, sagte der Fischer. „Aber von der Mischpoke in Sepphoris hat man auch nichts anderes erwartet. Lauter eingewanderte Nusairier, Syrer und Fellachen. Die Juden kann man in Sepphoris doch an einer Hand abzählen.“

„Wunderbar“, sagte Mattäus. „Man macht Jeschua keine Vorwürfe, dass er versagt hat, sondern beschimpft die, die ihn herausgefordert haben.“

Jeschua verließ fast nie seinen Planwagen und hatte auch jetzt die Erzählungen des Fischers nicht mitbekommen. Ich hatte seit unserer Ankunft in Tabhgah nicht ein Wort mit ihm gewechselt. Jetzt ging ich zu ihm.

„Wie fühlst du dich“, fragte ich ihn.

„Wie soll ich mich fühlen“, fragte er zurück. „Diese Untätigkeit langweilt mich.“

„Rachel ist abgereist“, sagte ich.

Er reagierte überhaupt nicht auf diese Nachricht, sondern beklagte sich weiter: „Jakobus könnte mir drei neue Predigten schreiben, aber ich sehe ihn immer nur faulenzend am Seeufer sitzen.“

„Ist dir nach den Ereignissen in Sepphoris nicht die Lust vergangen“, fragte ich.

„Wäre es Gottes Wille gewesen, dann hätte sich der Himmel verfinstert und Blitze wären in die Menge eingeschlagen“, sagte er. „Dann wären einige von ihnen getötet worden, aber der Rest hätte sein Wunder gehabt. Aber es war nicht Gottes Wille.“

„Wir müssen damit rechnen, dass die Menschen jedes Mal auf ein Wunder hoffen, wenn du predigst“, sagte ich.

„Wenn es Gott gefällt, dann werden sie auch eines bekommen“, sagte Jeschua trotzig.

„Hast du von dem Wasser gehört, das sich angeblich in Wein verwandelt hatte“, fragte ich ihn.

„Die Sklaven haben es mir erzählt“, sagte er.

„Die Diener“, verbesserte ich ihn.

„Wer einem anderen gehorchen muss, ist ein Sklave“, sagte Jeschua mit Bestimmtheit.

„Wir müssen alle jemandem gehorchen“, sagte ich. „Die einzige Ausnahme, die ich kenne, ist der römische Kaiser.“

„Die Menschen müssen nur Gott gehorchen“, sagte Jeschua. „Es wird der Tag kommen, an dem du das auch begreifen wirst. Und jetzt wäre ich dir dankbar, wenn du mich wieder allein lassen könntest.“

„Ich werde dir aufs Wort gehorchen", sagte ich spöttisch. „Ich bin und bleibe dein ergebener Sklave."

Jeschuas Gesicht verzog sich nicht einmal zu einem Lächeln, als ich ging.

Judas Ischariot lief mir über den Weg.

„Hast du einen Augenblick Zeit, Paulus", fragte er.

„So viel du willst", sagte ich. „Was hast du auf dem Herzen?"

„Ich habe in Sepphoris die ganzen Schekel, die wir in Kana bekommen haben, in Silberlinge umgetauscht. Eine unserer Geldkisten ist randvoll", sagte er. „Ich denke mir, dass es nicht gut ist, wenn wir das Geld ständig mit uns herumschleppen. Sepphoris hat gezeigt, dass wir nicht nur Freunde im Land haben. Es wäre doch schade, wenn unser neues Vermögen Räubern oder Söldnern in die Hand fallen würde."

„Was schlägst du vor", fragte ich ihn.

„Wir könnten die Kiste in Simons Garten vergraben", sagte Judas Ischariot. „An den See Genezareth werden wir immer wieder zurückkommen."

„Einverstanden", sagte ich. „Klopfe an mein Kammerfenster, wenn es dunkel geworden ist. Wir werden schon eine passende Stelle finden."

„Soll ich die anderen einweihen", fragte Judas.

„Ach nein, es reicht, wenn wir beide wissen, wo unsere Schätze lagern", sagte ich.

Dieser Vertrauensbeweis schien ihm zu gefallen. Er warf mir einen dankbaren Blick zu, bevor er weiterging.

Ich machte mich auf den Weg zu Jakobus, um ihm Jeschuas Beschwerde mitzuteilen.

JUDAS ISCHARIOT

OHNE WUNDER GIBT ES KEINEN ERFOLG

Der Auftritt in Sepphoris war ein einziger Reinfall. Abgesehen davon, dass wir überhaupt keine Einnahmen hatten, bewies er auch, dass kein Mensch den Prediger Jeschua hören wollte, wenn nicht gleichzeitig etwas Ungewöhnliches passierte. Die Zuhörer gaben sich nicht mit wohlklingenden Worten und bildhaften Gleichnissen zufrieden. Sie wollten ihre Wunder. Nach den Ereignissen von Kana war mir klar, dass unser Erfolg davon abhängig war. Aber Paulus war eben doch nicht das Genie, für das er sich hielt. Er war offensichtlich davon überzeugt, dass die Vertreibung der Söldner und die Umwandlung des Wassers in Wein für die nächsten Predigten ausreichen würden. Aber wenn man den Menschen den kleinen Finger reicht, dann nehmen sie nicht nur die ganze Hand, sondern reißen dir gleich die Arme aus. Das Volk ist unersättlich in seinem Verlangen, seiner Gier und seinen Ansprüchen, und Massen kann man nur beeinflussen, wenn man eines dieser Bedürfnisse befriedigt. Erlässt man den Kleinbauern ein Viertel der Steuern, fordern sie den Erlass der Hälfte. Schenkt man den Sklaven die Freiheit, verlangen sie Ackerland, um sich selbständig machen zu können. Gibt man einem Bettler einen Schekel, sagt er: „Danke“, gibt man ihm einen Denar: „Gott segne dich.“

Wie ich es nicht anders erwartet hatte, reagierte Jeschua auf das Geschehen in Sepphoris nur beleidigt. Er hat in der ganzen Zeit, in der ich mit ihm gearbeitet habe, die wahren Zusammenhänge nie begriffen. Er war so engstirnig und egoistisch, dass er gar nicht aufnehmen wollte, was wirklich geschah. Es war streckenweise beängstigend, mit welcher Überheblichkeit er seine Aufgaben wahrnahm. Uns alle, Paulus eingeschlossen, hielt er schon bald für Untergebene, die sich für seine Interessen einzusetzen hatten. Ich wurde mir immer sicherer, dass er sich nicht wirklich für den Messias hielt, sondern nur seine plötzliche Bekanntheit in vollen Zügen genoss. Wenn er etwas richtig erkannt hatte, dann war es die Tatsache, dass das Volk nach Vorbildern lechzte. Die römischen Kaiser hatten schon gewusst, dass man eine rebellische Masse ruhig stellen kann, wenn man sie durch Spiele ablenkt. Die geknechteten, rechtlosen Juden brauchten die messianische Verkündigung, um ihre Alltagsprobleme ertragen zu können. Ein Jeschua war nur zu diesem Zeitpunkt denkbar. Zu einem anderen hätte ihn die Öffentlichkeit gar nicht akzeptiert. Jahre vorher hätte das Volk einem kriegerischen Anführer zugejubelt oder einem, von Rom unabhängigen König, der Galiläa, Samaria, Idumäa und Judäa wieder zu einem einzigen Palästina vereint hätte.

Die Ruhepause in Tabhgah war besonders für Paulus außerordentlich wichtig. Er war klug genug, um zu erkennen, dass er seine Strategie ändern musste, wenn die Anfangserfolge nicht umsonst gewesen sein sollten. Ich spürte später oft, dass es ihm zuwider war, wenn wir die gutgläubigen Zuhörer hinters Licht führten, aber er hatte auch erkannt, dass wir auf spektakuläre Ereignisse nicht verzichten konnten. Dabei war in erster Linie Bartholomäus gefragt. Er war skrupellos genug, vor keiner Geschmacklosigkeit zurückzuschrecken. Während wir anderen amüsiert seine Wunderinszenierungen beobachteten, nahm Jeschua sie wie selbstverständlich hin. Auch in diesen Fällen war ich davon überzeugt, dass er nicht glaubte, dass er wirklich auf wundersame Weise Kranke heilen konnte. Der Zweck heiligte bei ihm die Mittel. Die Zuhörerzahlen wuchsen ständig, und das festigte seinen Ruf.

Mit großem Bedauern nahm ich die Abreise von Rachel aus Tabhgah auf. Sie gefiel mir ausgesprochen gut, und ich war nicht unglücklich, als ich merkte, dass ihr Verhältnis zu Jeschua sich trübte. Aber Paulus schien mein Interesse zu ahnen, denn er war es, der dafür sorgte, dass Rachel, unbemerkt von uns anderen, am frühen Morgen abreiste. Auch er hatte mehr als ein Auge auf das schöne Kind geworfen. Ich hätte manchen Schekel in den Freudenhäusern sparen können, wenn Rachel uns, als meine Geliebte, weiterhin begleitet hätte. Eine gewisse Rivalität zwischen Paulus und mir entstand noch einmal, als wir Ruth, Jeschuas Schwester, in Nazareth trafen. Ich zog mich allerdings rechtzeitig zurück, weil ich keinen Konflikt mit ihm heraufbeschwören wollte. Zu dem Zeitpunkt war unser Vermögen bereits kräftig angewachsen, und da Paulus die Macht hatte, mich, wann immer er es wollte, zu entlassen, war mir die Gefahr zu groß, dass mein Anteil später einmal unter den anderen aufgeteilt werden könnte.

Ich hatte meine eigenen Ziele, und darum war ich stets bestrebt, nicht unangenehm aufzufallen. Ich erledigte meine Aufgaben gewissenhaft und scheute mich auch nicht davor, mitunter einen der Planwagen zu lenken, für neue Wasservorräte zu sorgen oder das Gepäck von uns allen in die Herbergen zu tragen. Dass das Unternehmen Jeschua keine Lebensaufgabe sein würde, wusste ich. Wichtig war, dass an seinem Ende eine gesicherte Existenz für mich dabei herausspringen würde. Ich verließ mich bei vielen Dingen auf meine Instinkte, und das sollte sich später als Vorteil erweisen.

SAULUS

DER FISCHFANG

Ein reisender Händler, der die kleine Ortschaft mit Mehl, getrockneten Feigen, Gewürzen und Wein versorgte, war in Tabhgah angekommen. Er hatte Jeschua sofort erkannt und bat ihn, seinen Wagen und seine Waren zu segnen, damit Diebe und Wegelagerer sich nicht an ihnen vergreifen.

„Rechtmäßiges Gut hat den Segen des himmlischen Vaters", sagte Jeschua.

Der Händler schien mit dieser Formel zufrieden zu sein, und nachdem er seine Geschäfte abgewickelt hatte, zog er weiter. Er muss schon in der nächsten Ortschaft von seiner Begegnung mit Jeschua erzählt haben. Es war noch nicht Abend geworden, als die ersten Neugierigen sich bereits in dem Fischerdorf eingefunden hatten. Sie brachten Zelte, Decken und Verpflegung mit. Am nächsten Morgen glich Tabhgah einem Heerlager. Ich schätzte die Anzahl der Versammelten auf gut fünftausend.

„Jeschua muss predigen", sagte Jakobus beim Frühstück. „Sonst werden wir die Leute nie mehr los."

Sein Vetter Simon war nicht erfreut über diese Menschenmenge, die seinen Heimatort förmlich belagerte. Er schlug vor, dass man abseits vom Ufer zwei Boote ankern sollte. Auf einem könnte Jeschua bei seiner Predigt stehen.

„Sonst trampeln sie uns unsere kleinen Gemüsegärten kaputt", sagte er ärgerlich.

„Hoffentlich werfen die Zuhörer hinterher keine Münzen ins Wasser", sagte Judas. „Ich kann nämlich nicht schwimmen."

Wir gingen auf Simons Vorschlag ein. Jeschua stieg mit Bartholomäus in eines der Boote, Jakobus, Simon und ich in das andere. Mattäus und Judas blieben am Ufer.

Aufrecht in seinem Boot stehend, brachte Jeschua mit einer einzigen Handbewegung die Wartenden zum Schweigen. Dann begann er mit seiner Predigt: „Hütet euch vor den falschen Propheten, die in Schafskleidern zu euch kommen, inwendig aber reißende Wölfe sind.

An ihren Früchten werdet ihr sie erkennen. Sammelt man etwa Trauben von Dornen, oder Feigen von Disteln? Ein guter Baum kann keine schlechten Früchte bringen und ein schlechter Baum keine guten. Und Bäume, die keine Früchte bringen, werden umgehauen und ins Feuer geworfen. Jeder, der meine Worte hört und sie befolgt, gleicht einem klugen Mann, der sein Haus auf Fels gebaut hat. Da stürzt der Platzregen herab, die Wasserfluten kommen, die Winde blasen und fallen über dieses Haus her. Aber es stürzt nicht ein. Es ist auf Felsen gegründet. Doch wer meine Worte nicht befolgt, gleicht einem törichten Mann, der sein Haus auf Sand gebaut hat. Denn der Platzregen wird herabstürzen, die Wasserfluten werden kommen, und der Wind wird sein Haus wegblasen."

Meine Bewunderung für Jakobus stieg von Tag zu Tag. Ich fand seine bildhafte Sprache hervorragend. Auch den Zuhörern schien die Predigt zu gefallen. Sie hörten aufmerksam zu. Aber dann kam, was zu erwarten war. Plötzlich schrie einer: „Wir wollen ein Wunder!" In Windeseile schlossen sich andere dem Ruf an und es dauerte nicht lange, da schrieen Fünftausend im rhythmischen Stakkato: „Wir wollen ein Wunder!" Jeschua stand diesen Rufen genau so hilflos gegenüber wie in Sepphoris. Die Verärgerung war ihm deutlich anzusehen. In diesem Augenblick kamen zwei Fischer mit ihren Booten vom Fang zurück. Simon reagierte von uns allen am schnellsten.

„Wie war der Fang", rief er seinen Kollegen zu.

„Schlecht", antwortete einer. „Uns ist nicht ein Fisch ins Netz gegangen."

Simon wandte sich an Jakobus und mich.

„Die Leute sollen ihr Wunder bekommen", sagte er leise. „Ich habe gestern Abend nicht unweit von hier in einer kleinen Bucht meine Netze ausgelegt. Erfahrungsgemäß ist dort der Fang immer ausgezeichnet."

„Und was bringt uns das", fragte Jakobus.

„Die Fischer sind ohne Fang zurückgekommen", sagte Simon listig. „Wir rudern mit Jeschua in die kleine Bucht und kommen vollbeladen zurück. Ist das kein Wunder?"

„Du bist großartige, Simon", sagte Jakobus lachend.

„Werden die Leute das als Wunder akzeptieren", fragte ich zweifelnd.

„Ob als Wunder oder als glückliche Fügung", sagte Simon, „das soll uns doch gleichgültig sein. Auf jeden Fall gewinnen wir Zeit."

„Also gut, einverstanden", sagte ich.

Simon erhob sich und winkte den Menschen am Ufer zu. Die Menge beruhigte sich und die Rufe verstummten.

„Die Fischer sind ohne Fang zurückgekommen", rief er den Leuten zu. „Jetzt wird der Prophet auf den See hinausfahren und um Gottes Hilfe bitten. Wartet seine Rückkehr ab und betet."

Er gab dem anderen Boot ein Zeichen und wir ruderten hinaus. Nach zehn Minuten waren wir aus dem Blickfeld der Zuhörer am Ufer verschwunden. In der kleinen Bucht zogen wir gemeinsam mit Simon die ausgelegten Netze aus dem Wasser. Hunderte von Fischen zappelten in den Netzen. Ihre silbrigen Schuppen glänzten in der Sonne. Beide Boote waren randvoll beladen, als wir zum Ufer zurückruderten.

Als die Menschen uns kommen sahen und die ersten Reihen bemerkten, dass wir mit einem großen Fang zurückkamen, begannen sie, wie vor Kana, Jeschua mit Hosiannarufen zu feiern.

„Was habe ich gesagt", meinte Jakobus und grinste mich schelmisch an.

Wir ruderten ganz nah ans Ufer und Bartholomäus in dem einen und Jakobus in unserem Boot begannen, die Fische an die Menschen zu verteilen. Diszipliniert machten die, die einen Fisch erhalten hatten, Platz, damit die anderen nachrücken konnten. Die Menschen nahmen die Fische wie eine Reliquie in Empfang. Jeschua stand mit ausgebreiteten Armen regungslos in seinem Boot. Es sah aus, als wolle er jeden Zuhörer an seine Brust drücken. Als die Fische verteilt waren, hatten gerade ein Viertel der Menschen einen Fisch bekommen.

„Teilt die Fische mit den anderen", rief Bartholomäus der Menge zu. „Jeder soll eine Erinnerung an dieses neuerliche Wunder mit nach Hause nehmen."

Die Menschen taten, was er von ihnen verlangte.

„Und nun brecht eure Zelte ab und berichtet aller Welt von dem wundersamen Fischfang des Propheten", rief Bartholomäus.

Und wieder gehorchte ihm die Menge. Nach knapp einer Stunde hatten die letzten Zuhörer den Platz geräumt.

Das ganze Dorf beteiligte sich am Einsammeln der Spenden, die die Menschen am Ufer abgelegt hatten.

„Die Sachspenden gehören den Fischerfamilien", sagte ich zu Simon. „Ein Dankeschön für deine tatkräftige und erfolgreiche Hilfe."

Es war einer dieser Abende, an dem die Sonne nie unterzugehen schien. Glutrot stand sie am Himmel. Ich sah, dass Jeschua sich auf einen Stein am Ufer des Sees gesetzt hatte und ging zu ihm.

„Woran denkst du", fragte ich ihn, als er aufblickte.

„Ich überlege, warum der Herr mir die Kraft gibt, solche Dinge zu vollbringen", sagte Jeschua.

Mir schien der Zeitpunkt gekommen, deutlicher mit ihm zu sprechen.

„Jeschua", sagte ich. „Niemand hat dir eine besondere Kraft gegeben. Simon hatte die Netze gestern Abend ausgelegt. Er kennt die Stelle genau und wusste, dass sie einen guten Fang verspricht."

„Hat Simon dir das erzählt", fragte Jeschua.

„Ja", antwortete ich. „Du siehst, es war kein Wunder, sondern das fachliche Wissen eines Fischers."

„Fängt er dort regelmäßig Fische", fragte Jeschua.

„Regelmäßig nicht", sagte ich, „aber sehr häufig."

„Siehst du", sagte Jeschua. „Es hätte also auch sein können, dass nicht ein einziger Fisch im Netz gezappelt hätte. Was dann?"

„Dann wären die Zuhörer aggressiv geworden und hätten uns vielleicht alle verprügelt", sagte ich.

„Und von meiner Predigt hätten sie nicht ein Wort behalten", sagte Jeschua. „Der Allmächtige aber hat gewollt, dass meine Wort in ihrem Gedächtnis bleiben.

Darum hat er uns den Fang ermöglicht. Ich habe lange genug am See Genezareth gelebt, um zu wissen, dass bei gleißendem Sonnenlicht der Fischfang nie gut ausfällt."

„Simon hatte seine Netze in der letzten Nacht ausgelegt", wiederholte ich.

„Hast du die Fische gefragt, wann sie in das Netz geschwommen sind", fragte Jeschua ironisch.

„Jeschua", sagte ich eindringlich. „Die Söldner sind geflohen, weil sie wahrscheinlich zu faul waren, die Menschen zu züchtigen. Den Wein hat sicher der Wirt in die Reinigungskrüge geschüttet, weil er Werbung für sein Gasthaus machen wollte, und den Fischfang verdanken wir Simons Erfahrung und dem Zufall."

„Und warum kommen so viele, um mir zuzuhören", fragte Jeschua unbeirrt.

„Weil Jakobus dir wunderbare Predigten schreibt", sagte ich. „Es ist die bildhafte Sprache, die den Menschen gefällt. Und die sogenannten Wunder reden sie sich mehr oder weniger selber ein. Durch dein Erscheinen erhoffen sie sich eine glücklichere Zukunft. Sie sehen in dir den Messias, weil sie ihn in dir sehen wollen."

„Was spricht aus dir, Paulus? Ist es Eifersucht auf meinen Erfolg? Ärgert es dich, dass die Menschen meinen Namen rufen und nicht deinen", fragte Jeschua.

„Unsinn", sagte ich. „Ich möchte nur nicht, dass du den Sinn für die Realität verlierst. Man fällt schneller vom Thron, als man auf ihn hinaufkommt."

„Wollen wir nach Kapernaum zurückkehren", fragte Jeschua, aber man hörte an seinem Tonfall, dass er diese Frage nicht ernst meinte.

„Nein", sagte ich. „Aber wir dürfen die Kontrolle über die Abläufe nicht verlieren. Wir müssen bestimmen, was passiert, und dürfen uns das Geschehen nicht von einer Menge Wundergläubiger diktieren lassen."

„Alles was geschieht, geschieht, weil Gott es so will", sagte Jeschua. „Es wird der Tag kommen, da wird er dir auch deine Kleingläubigkeit nehmen."

Es hatte keinen Zweck, das Gespräch weiterzuführen. Ich stand auf und ging zu Jakobus.

„Jeschua hält sich schon für den Messias", sagte ich resigniert.

„Ist es ein Wunder, dass er so reagiert", sagte Jakobus. „Die Menschen verehren ihn wie einen Heiligen. Ein Volk, das so unterdrückt und geknechtet wird wie die Juden, klammert sich an jeden Strohhalm, der auch nur die geringste Verbesserung verspricht. Jeschua ist seine Hoffnung auf eine glücklichere Zukunft."

„Aber das Volk wird schnell merken, dass sich nichts verändert", sagte ich. „Und dann kann seine Zuneigung in Hass umschlagen."

„Kann", sagte Jakobus, „muss aber nicht. Die Menschen leben oft länger von Illusionen als von Wasser und Brot."

„Vielleicht ist Jeschua doch nicht der richtige Mann für meine Pläne“, sagte ich nachdenklich.

„Jeschua oder irgendein anderer, das ist egal“, sagte Jakobus. „An niemandem geht Verehrung und Bewunderung spurlos vorbei. Hättest du mir diese Rolle angeboten, würde ich vielleicht schon mit einem Heiligenschein herumlaufen.“

Der gute Freund konnte nicht ahnen, dass ich sogar einmal kurz mit dem Gedanken gespielt hatte, ihn mit dieser Aufgabe zu betreuen.

„Wo sollen wir jedes Mal ein Wunder herbekommen“, fragte ich Jakobus.

„Jetzt ist unser alles Phantasie gefragt“, sagte er. „Wir werden uns anstrengen müssen.“

„Wird dir nicht Angst bei diesem Gedanken“, fragte ich.

„So lange du an meiner Seite bist, kann ich das Wort Angst gar nicht buchstabieren“, sagte Jakobus lachend.

Ich hätte ihm in diesem Augenblick gerne wieder einmal die wahren Zusammenhänge gebeichtet, aber ich befürchtete, dass er das Vertrauen zu mir verlieren könnte.

BARTOLOMÄUS

Meine römischen Priester, die sich um die Gemeinde kümmerten, kannten mich unter dem Namen Petrus. Ihnen schrieb ich in regelmäßigen Abständen Briefe, die sie als Inhalte ihrer Predigten benutzen sollten.

ERSTER BRIEF DES BARTHOLOMÄUS

Niemand soll annehmen, dass ich überheblich wäre, aber ich darf schon behaupten, dass mich mit Jeschua eine besondere Beziehung verband. Er suchte häufig das Gespräch mit mir und wünschte, dass ich bei seinen Predigten ständig an seiner Seite stand. Durch diesen Umstand war es mir deshalb auch vergönnt, die Wunder, die er während unseres Zusammenseins vollbrachte, aus nächster Nähe mitzuerleben.

Wir hatten fünf Brote und zwei Fische, als Jesus am See Genezareth predigte. Die Zuhörer, es mögen etwa fünftausend gewesen sein, bekamen Hunger und riefen nach Händlern bei denen sie Brot und getrockneten Fisch kaufen konnten. Es waren aber keine Händler in der Nähe.

„Was sollen wir tun", fragte ich Jeschua.

„Nimm das Brot, brich es und verteile es unter den Menschen", sagte er.

„Fünf Brote unter fünftausend Menschen", fragte ich verwirrt, „wie soll das gehen?"

„Tu, was ich dir aufgetragen habe", sagte er. „Und wenn du die Brote und die Fische verteilt hast, dann lasse die anderen Jünger die Reste einsammeln."

Ich tat, was er mir befohlen hatte. Und ich schwöre bei meinem Augenlicht, dass jeder der fünftausend gesättigt wurde und die Jünger noch etliche Körbe mit den Resten füllten.

In Kana sprach mich eine Frau an.

„Bist du der Messias, der Wunder vollbringen kann", fragte sie mich.

„Nein", sagte ich und zeigte auf Jeschua, „da steht der Sohn unseres Herrn."

Die Frau ging zu Jeschua, traute sich aber nicht, ihn während seiner Predigt anzusprechen. Sie wandte sich wieder an mich.

„Wir sind arm und unsere Tochter heiratet", sagte sie. „Man sagt, dass eine Ehe so glücklich wird wie das Fest fröhlich, wenn man sie eingeht. Wie aber soll das Fest fröhlich werden, wenn wir auf der Hochzeitsfeier nicht einen Krug Wein haben?"

„Ich werde den Propheten bitten, auf eurer Feier zu erscheinen", sagte ich.

Ich fragte sie nach ihrer Adresse und schickte sie fort.

Als Jeschua seine Predigt beendet hatte, ging ich zu ihm und schilderte ihm das Anliegen der Brautmutter.

„Gehe zu ihr", sagte Jeschua. „Segne die Wasserkrüge und ich werde den Allmächtigen bitten, dass er meine Kraft auf dich überträgt. Wenn du das getan hast, trinke den ersten Becher aus einem der Krüge."

Etwas ratlos ging ich zu der Adresse, die mir die Frau angegeben hatte. Ihre Enttäuschung war ihr anzusehen, als sie bemerkte, dass ich ohne Jeschua gekommen war. Ich bat die Musiker ihr Spiel zu unterbrechen. Dann trat ich zu den Wasserkrügen.

„Im Namen des Messias segne ich diese Krüge", sagte ich. „Denn nur ihm ist die Kraft gegeben, aus Wasser Wein zu machen."

Dann ließ ich mir aus einem der Wasserkrüge einen Becher einschenken. Ich trank und man kann sich meine Verwunderung vorstellen, als ich feststellte, dass tatsächlich Wein in den Krügen war. Ich reichte den Becher an den Bräutigam weiter. Der trank ebenfalls einen Schluck.

„Es ist Wein", rief er aufgeregt. „Der Prophet hat durch seinen Jünger das Wasser in Wein verwandelt."

Jetzt stürzte sich die ganze Hochzeitsgesellschaft auf die Krüge und nachdem alle probiert hatten, fielen sie auf die Knie und dankten Gott dafür, dass er seinen Sohn zu ihnen gesandt hatte.

Ich berichtete Jeschua am Abend von den Ereignissen.

„Siehst du, Petrus", sagte er, „Gott ist allmächtig und wenn wir an ihn glauben, dann glaubt er auch an uns."

In Joppe brachte eine Mutter ihr leprakrankes Kind zu mir.

„Mein Sohn würde sich die Predigt des Propheten gerne anhören", sagte sie, „aber sein furchtbares Aussehen erweckt bei den Menschen Abscheu und Ekel. Sie dulden uns nicht in ihrer Mitte."

Ich nahm das Kind, dem die Mutter ein Tuch über den Kopf geworfen hatte, damit man die hässlichen Knoten, die diese Krankheit verursacht, nicht sehen konnte, bei der Hand und führte es zu Jeschua.

„Dieser Knabe ist an Lepra erkrankt", sagte ich zu ihm. „Seine Mutter bittet dich, ihm zu helfen."

„Ihm ist schon geholfen worden, weil du ihn zu mir geführt hast", sagte Jeschua. „Nimm ihm das Tuch vom Kopf."

Ich zog dem Knaben das Tuch herunter und vor mir stand ein hübsches Kind mit gleichmäßigen Gesichtszügen. Seine Mutter, die uns gefolgt war, küsste den Saum von Jeschuas Rock und war außer sich vor Freude und Dankbarkeit.

Es gab eine Unzahl von Wunderheilungen in der Zeit, in der ich mit Jeschua zusammen war. Er nahm sie vor, oder er beauftragte mich damit.

Noch heute erfüllt mich große Dankbarkeit, dass Jeschua gerade mir so viel Vertrauen schenkte, welches mir ermöglichte, in seinem Sinne zu wirken.

„Selig sind die, die an mich glauben", sagte Jeschua oft.

Und darum bitte ich euch, liebe Mitglieder der christlichen Gemeinde, glaubt an den allmächtigen Gott und an seinen Sohn, der auf die Erde gekommen ist, um uns alle von unseren Sünden zu befreien.

Jeschua ist die Wahrheit und wer an ihn glaubt, wird ein Leben lang der Wahrheit verpflicht sein.

MATTÄUS

Hatte sich in einem Ort Griechenlands eine Gemeinde gegründet, zog ich weiter. Ich ernannte Gemeindevorsteher, denen ich versprach, in unregelmäßigen Abständen Briefe zu schicken, die sie den Gläubigen vorlesen sollten.

ERSTER BRIEF DES MATTÄUS

Es gibt, und wir immer wieder Zweifler geben, die an die Wundertaten des Jeschua nicht glauben wollen, weil sie ihre menschliche Vorstellungskraft übersteigen.

Aber ich war jedes Mal dabei und kann nur wahrheitsgemäß berichten, was ich gesehen und erlebt habe.

Wir waren in den Bergen am Galiläischen Meer. Jeschua predigte drei Tage lang vor fünftausend Gläubigen. Am dritten Tag entstand Unruhe unter der Menschenmenge.

„Was ist mit ihnen", fragte mich Jeschua.

„Sie haben Hunger, Herr", sagte ich.

„Dann gebt ihnen zu essen", sagte Jeschua.

„Wir haben nur fünf Brote und einen kleinen Sack getrockneter Datteln", sagte ich. „Wie sollen wir fünftausend Menschen damit satt bekommen?"

„Mein lieber Mattäus", antwortete Jeschua, „der Glaube an Gott sättigt mehr, als eine reichhaltig gedeckte Tafel. Gib mir die Brote und die Datteln."

Ich tat, was er mir aufgetragen hatte.

Jeschua nahm eines der Brote und ließ jeden der Gläubigen einmal abbeißen und reichte jedem eine Dattel. Mit den nächsten Broten verfuhr er genau so. Und tatsächlich: das Wunder geschah! Jeder der Fünftausend wurde gesättigt und nicht nur das, es blieb noch ein Brot übrig und für jeden der Jünger eine Hand voll Datteln.

Einige Tage später waren wir in Kana. Eine Frau drängte sich durch die Menschenmenge.

Als sie vor Jeschua stand, sagte sie: „Sohn Davids, meine Tochter will heute heiraten, aber wir sind arm. Kann ich den Gästen nur Wasser anbieten?"

„Führe mich zu ihrem Haus", sagte Jeschua zu mir.

Wir folgten der Frau zu ihrem Haus, wo bereits die ganze Hochzeitsgesellschaft wartete.

Jeschua segnete die Wasserkrüge und sagte: „Wer an mich glaubt, dem wird dieses Wasser wie der süßeste Wein schmecken."

Der Brautvater füllte sich einen Becher aus einem der Krüge ab und trank einen kräftigen Schluck.

„Es ist Wein“, rief er begeistert aus.

Jetzt füllten auch die anderen Gäste ihre Becher und jeder von ihnen konnte sich davon überzeugen, dass aus dem Wasser tatsächlich Wein geworden war.

„Wie konnte aus dem Wasser Wein werden“, fragte ich Jeschua, als wir uns auf den Heimweg machten.

„Wenn dein Glaube stark genug ist“, antwortete Jeschua, „dann kannst du ganze Berge versetzen. Und jeder wird sehen, dass sie an einem anderen Platz stehen, obwohl sie sich nicht einen Fuß breit bewegt haben.“

Wieder einige Tage danach, waren wir in Joppe.

Während Jeschua predigte, sah er eine Frau, die etwas abseits stand. Sie hielt ein Mädchen an der Hand, dessen Kopf mit einem großen Tuch bedeckt war.

„Was hat das Mädchen, Mattäus“, fragte mich Jeschua.

„Es hat Lepra, Herr“, sagte ich.

„Hole es zu mir“, befahl Jeschua.

Ich ging zu der Frau und bat sie mir zu folgen. Als wir bei Jeschua angekommen waren, nahm dieser dem Mädchen das Tuch vom Kopf. Die Menschen wichen entsetzt zurück, als sie das entstellte Gesicht des Kindes sahen. Jeschua aber legte der Kleinen die Hand aufs Haar.

„Der Herr nimmt, und der Herr gibt“, sagte er.

In wenigen Augenblicken veränderte sich das Gesicht des Mädchens. Die abstoßenden Geschwüre auf seiner Haut verschwanden. Die Mutter des Kindes fiel auf die Knie und betete und das versammelte Volk brach in Jubel aus.

Ich könnte von den Aussätzigen reden, die Jeschua geheilt hat, von den Lahmen, die wieder laufen konnten, von den Blinden, die wieder sahen. Es verging kaum ein Tag, an dem der Prophet nicht Wunder vollbrachte. Gibt es einen größeren Beweis dafür, dass er der Messias war, der Sohn Gottes?

Auf einer unserer Wanderungen fragte ich ihn: „Herr, wie kann man den Menschen glaubhaft versichern, dass all diese Wunder wirklich geschahen?“

Und Jeschua antwortet: „Wichtig ist nicht, dass die Menschen an die Wunder glauben. Wichtig ist, dass sie an mich glauben.“

SAULUS

DER BLINDE IN HAMATH

Nach einer Woche Aufenthalt in Tabhgah reisten wir nach Hamath. Die Begrüßung durch die Einwohner war wieder unglaublich freundlich. Bartholomäus und Mattäus waren bereits einen Tag vorher angekommen und hatten den Menschen erklärt, dass Jeschua erst am dritten Tag seiner Ankunft predigen und dass er darum bitten würde, sich in Ruhe auf diese Predigt vorbereiten zu können. Die Leute respektierten seinen Wunsch und nur kleine Gruppen von Neugierigen fanden sich vor unserer Herberge ein. Ich wollte nicht mehr zu überstürztem Handeln gezwungen sein. Es schien mir vernünftiger, erst die Stadt und die Verantwortlichen in der Verwaltung kennenzulernen. Außerdem bat auch Jakobus darum, ihm etwas mehr Zeit zu lassen. Er plante, spezifische Probleme der jeweiligen Orte in die Predigten einzubauen. Eine kluge Idee, die ich sofort unterstützte. Ich hatte aber auch noch einen weiteren Hintergedanken. Ein Jeschua, der nur eine Stunde predigte und dann wieder verschwand, musste für die Leute eine fast geisterhafte Erscheinung sein. Würden sie ihn länger sehen können, weil er zum Barbier, zum Schneider oder zum Essen in ein anderes Wirtshaus ging, würde ihm etwas von seinem unnahbaren Nimbus genommen. Leider machte ich meine Rechnung ohne den Wirt. Jeschua zog sich immer mehr zurück. Er bestellte sich sein Essen in seine Kammer und wenn ich ihn überreden wollte, sich ein paar neue Sandalen oder einen zweiten Rock zu kaufen, musste ich den Schuhmacher oder den Schneider mit einer kleinen Auswahl zu ihm schicken. Auch meine Aufforderung sich die Lage und Beschaffenheit des Platzes anzusehen, auf dem er sprechen sollte, wies er zurück.

„Führt mich hin, wenn es soweit ist“, sagte er nur.

Am zweiten Tag in Hamath brachte Bartholomäus einen blinden Bettler mit in die Herberge.

„Das ist Isaak, der Bettler“, stellte er mir den Mann vor. „Isaak ist seit zehn Jahren stadtbekannt. Er sitzt ständig an derselben Stelle auf dem Vorplatz der Synagoge.“

„Was kann ich für Isaak tun“, fragte ich neugierig.

„Du kannst mir zehn Silberlinge geben“, sagte der alte Mann.

„Unbescheiden bist du nicht“, sagte ich. „Warum sollte ich dir zehn Silberlinge geben?“

„Weil dein Freund es mir versprochen hat“, sagte der Blinde.

Ich sah Bartholomäus fragend an. Der vergewisserte sich, ob uns niemand zuhörte.

„Isaak wird Hamath mit uns verlassen und eine andere Stadt zu seinem neuen Standort machen“, sagte Bartholomäus dann halblaut.

„Könntest du aufhören in Rätseln zu sprechen, Bartholomäus“, sagte ich.

„Auf dem Schanktisch steht ein Becher, in dem roter Wein ist“, sagte der Bettler. „An seinem Außenrand ist ein roter Tropfen zu erkennen.“

Der Schanktisch war gut zehn Fuß entfernt.

„Du bist gar nicht blind“, sagte ich zu dem Alten.

„Könntest du es etwas leiser feststellen“, antwortete er. „Wenn die Leute in der Stadt das mitbekommen, werden sie mich steinigen.“

„Nun“, sagte Bartholomäus, „was hältst du von zehn Silberlingen?“

„Ich kann euch immer noch nicht folgen“, sagte ich. „Vielleicht habe ich heute meinen begriffsstutzigen Tag.“

„Jeder in der Stadt ist davon überzeugt, dass Isaak blind ist“, sagte Bartholomäus mitleidig. „Jeschua wird ihm das Augenlicht zurückgeben.“

„Nur, wenn ich die zehn Silberlinge bekomme“, knurrte der Bettler. „Sonst bleibe ich blind.“

Das war also Bartholomäus' Idee. Jeschua heilt einen stadtbekannten Blinden und wir haben ein neues Wunder.

„Ich werde darüber nachdenken“, sagte ich zu dem alten Mann. „Komm morgen wieder vorbei, dann werde ich dir meine Entscheidung mitteilen.“

„Ich habe zehn Jahre den Blinden gespielt“, sagte der Mann, „da kommt es auf einen Tag mehr oder weniger auch nicht an.“

Er machte einen Schritt zur Tür, blieb dann aber abwartend stehen.

„Worauf wartest du noch“, fragte ich.

„Dein Freund hat mich hierher geführt. Ich kann doch nicht ohne Stock durch die Stadt spazieren“, sagte der Mann.

„Ich werde einen Stallburschen rufen, der dich begleiten kann“, sagte Bartholomäus.

Er ging hinaus.

„Ist das nicht ein furchtbares Leben, ständig den Blinden zu spielen“, fragte ich den Bettler neugierig.

„Man gewöhnt sich daran“, sagte der Alte lächelnd. „Blinde regen doppelt zum Spenden an.“

„Erkläre mir das“, sagte ich.

„Einmal ist es die körperliche Behinderung, die die Menschen veranlasst, mir eine Münze in den Hut zu werfen, und zweitens ist es purer Neid“, sagte der Bettler.

„Neid? Worauf“, fragte ich überrascht.

„Blinde sehen das Elend nicht, das auf dieser Welt herrscht“, sagte der Mann.

Bartholomäus kam mit dem Stallburschen zurück. Der Bettler hakte sich bei ihm unter und verließ mit schlurfendem Schritt die Gaststube.

„Wie findest du meinen Plan“, fragte Bartholomäus.

„Gewagt“, sagte ich. „Wir werden erpressbar, weil wir einen außenstehenden Mitwisser haben.“

„Der Alte ist zuverlässig“, sagte Bartholomäus. „Dafür verbürge ich mich.“

„Wie bist du dahinter gekommen, dass er sehen kann“, fragte ich.

„Ein uralter Trick“, sagte Bartholomäus lachend. „Ich habe ihm einen halben Schekel in den Hut geworfen und dann gesagt: Oh Gott, das war ja ein ganzer Schekel, den muss ich zurücknehmen, sonst kann ich meine Miete nicht bezahlen. Isaak reagierte prompt. Das war ein halber Schekel, sagte er. Griff in den Hut und nahm genau meine Münze heraus.“

„Und du hast ihm auf den Kopf zugesagt, dass er sehen könne“, sagte ich.

„Ja“, sagte Bartholomäus. „Erst hat er es noch abgestritten. Angeblich könne er am Geräusch feststellen, was für eine Münze in seinen Hut fällt. Aber als ich ihm sagte, dass ich einer der Begleiter Jeschuas wäre und der Prophet erkennen könnte, ob er blind sei oder nicht, ohne ihn auch nur gesehen zu haben, gab er es zu.“

„Du weißt, dass wir uns des Betrugs schuldig machen, wenn wir falsche Tatsachen vorspiegeln“, sagte ich.

„Wir schädigen doch niemanden“, sagte Bartholomäus. „Im Gegenteil. Wir schenken den Menschen Hoffnung.“

„Wenn der Alte uns verrät, ist Jeschuas Ruf ruiniert“, sagte ich, „und man wird nicht nur ihn, sondern auch uns steinigen.“

„Darum habe ich zur Bedingung gemacht, dass er mit uns die Stadt verlassen muss“, sagte Bartholomäus. „Außerdem kann er sich mit den zehn Silberlingen zur Ruhe setzen. Und er bekommt das Geld erst, wenn wir in Tabor angekommen sind.“

„Ich weiß nicht recht“, sagte ich zögernd.

„Komm, Paulus“, sagte Bartholomäus. „Wir brauchen ein Wunder. Die Leute verlangen es.“

„Also gut“, sagte ich nach einer Weile. „Aber es reicht, wenn du es weißt, und wenn ich es weiß.“

„In Ordnung“, sagte Bartholomäus, „nur seine Frau müssen wir einweihen.“

„Er ist verheiratet“, fragte ich überrascht.

„Mit einer Bettlerin“, sagte Bartholomäus. „Sie geht an Krücken, weil sie wirklich nur ein Bein hat. Aber sie läuft damit wie ein Wiesel. Sie wird ihn zu Jeschua führen.“

Obwohl ich Bartholomäus um Stillschweigen gebeten hatte, erzählte ich meinerseits Jakobus von dem Plan.

„Eine wunderbare Idee“, sagte Jakobus spontan. „Unter den Bettlern werden wir noch manchen finden, den wir für Wunderheilungen einsetzen können.“

„Hast du überhaupt keine Bedenken“, fragte ich.

„Nein“, sagte Jakobus. „Wir haben A gesagt, jetzt müssen wir auch B sagen.“

Am Tag der Predigt lief alles reibungslos ab. Die Frau des Bettlers hatte ihren Mann in die erste Reihe gestellt. Als Jeschua das Podest betrat und der Begrüßungsbeifall verklungen war, schob sie ihren Mann auf die unterste Stufe. Mit seinem Stock tastete sich der Alte nach oben.

„Das ist Isaak, der blinde Bettler“, rief einer aus der Menge.

„Ja“, bestätigte ein zweiter, „das ist Isaak.“

Jeschua sah den Blinden verdutzt an. Er wusste nicht, wie er reagieren sollte. Auf dem Podest angekommen, kniete sich der Bettler nieder. Jeschua sah zu ihm herab. Sicher überlegte er, ob er einfach mit seiner Predigt anfangen sollte. Doch dann griff er nach den Armen des Bettlers und hob ihn hoch. Der Alte umklammerte ihn, als hätte er einen Freund nach langer Zeit wieder getroffen. Es war totenstill auf dem großen Platz.

„Geh' wieder hinunter“, sagte Jeschua. „Ich will mit meiner Predigt beginnen.“

Der Bettler schüttelte den Kopf, rieb sich die Augen und schüttelte erneut den Kopf. Dann beugte er sich vor und starrte angestrengt ins Publikum.

„Was ist mit dir, Isaak“, rief eine Frauenstimme von unten. Es war die seiner Ehefrau.

Der alte Mann rieb sich erneut die Augen, dann, mit einer plötzlichen Bewegung, zerbrach er seinen Stock über seinem Knie und warf die beiden Hälften in die Menge.

„Ich kann wieder sehen“, schrie er mit sich überschlagender Stimme. „Es ist unfassbar, aber ich kann euch alle sehen.“

Ein einziger Aufschrei war auf dem Platz zu hören. Die Menschen waren wie im Fieberwahn. Sie lachten, weinten, fielen sich gegenseitig in die Arme und begannen zu singen. Ein zweitausendköpfiger Chor sang Gottes Lob und feierte auf diese Weise Jeschua. Der kam an diesem Tag nicht dazu, seine Predigt zu halten. Er stand, mittlerweile allein, auf dem Podest und hatte keine Chance, gegen die Hosianna-, die Messias- und die Prophet-Gottes-Rufe anzukommen. Aber selbst wenn sich die Menge beruhigt hätte, glaube ich nicht, dass Jeschua in der Lage gewesen wäre, zu sprechen. Zu sehr hatte ihn das Vorgefallene bewegt. Er hatte einen Blinden wieder sehend werden lassen. In dem Blick, den er mir zuwarf, lag Triumph. Jetzt, so glaubte er, hatte er mich Unwissenden endlich von seinen Fähigkeiten überzeugt. Jetzt hatte er mir endgültig bewiesen, mit welchen Kräften ihn der Herr ausgestattet hatte.

Mir wurde in diesem Augenblick klar, dass wir uns auf einem Weg befanden, von dem es kein Zurück mehr geben würde.

PONTIUS PILATUS

WAS PASSIERT IN JUDÄA

Schon seit einiger Zeit hatten mir meine Kundschafter berichtet, dass es in Galiläa häufiger zu großen Massenaufläufen kam, wenn ein gewisser Jeschua als Prediger angekündigt wurde. Galiläa unterstand Herodes Antipas, aber schon bei meiner Ernennung zum Prokurator von Judäa hatte mir Kaiser Tiberius befohlen, die Entwicklung in Galiläa ständig im Auge zu behalten. „Die Juden sind zwar keine Nation", hatte er gesagt, „aber ihr merkwürdiger Glaube verbindet sie auch über Grenzen hinweg. Wir können auch in Galiläa keine antirömische Stimmung akzeptieren. Dieser ganze Vordere Orient ist ein ständiger Unruheherd. Kommt es in einer Region zu Widerständen, kann die Flamme des Aufruhrs schnell auf unsere Provinzen übergreifen."

Wenn meine Informationen stimmten, handelte es sich bei diesen Versammlungen des Jeschuas um rein religiöse Veranstaltungen, und die fielen grundsätzlich nicht in meinen Zuständigkeitsbereich. Aber ich wunderte mich, dass die hohe Priesterschaft in Jerusalem diesem Treiben anscheinend uninteressiert gegenüberstand. Wenn es sich bei diesem Jeschua wirklich um den Messias, den die Juden seit Generationen erwarteten, handelte, dann konnte sich Kaiphas ausrechnen, dass seine Tage gezählt waren. Nach den alten Überlieferungen, die ich mir ins Lateinische übersetzen lassen hatte, würde der Messias Anspruch auf den Posten des Hohepriesters erheben. Merkwürdig war auch, dass Herodes Antipas, der Landesfürst von Galiläa, nichts unternahm, um diesen angeblichen Messias aus dem Verkehr zu ziehen. In den alten Überlieferungen stand auch, dass der Messias, als Nachfolger des Königs David, die Herrschaft über ganz Palästina übernehmen würde, also das Amt des Hohepriesters und das des Königs in Personalunion auszuüben hatte.

Ich überlegte lange, ob ich Herodes und Kaiphas nach Cäsarea befehlen sollte, um mit ihnen über dieses Thema zu sprechen. Aber auf der anderen Seite gefiel mir auch der Gedanke, dass sie beide Probleme durch diesen Jeschua bekommen könnten. Und jedes Problem, das die Juden untereinander hatten, hinderte sie daran, sich gegen die römische Vorherrschaft aufzulehnen. Ich konnte zu diesem Zeitpunkt nicht ahnen, dass die beiden Einfaltspinsel Kaiphas und Herodes den unglückseligen Einfall hatten, diesen Jeschua zu unterstützen und zu fördern. Wobei es allerdings nur eine Idee des Hohepriesters gewesen sein konnte. Herodes hatte in der ganzen Zeit, in der ich ihn kannte, nicht eine einzige politische Strategie entwickelt, geschweige denn, irgend etwas unternommen, um seine Macht zu festigen und damit dauerhaft zu stabilisieren.

Was mich beunruhigte, war die Tatsache, dass sich der Triumphzug des Jeschuas bereits an der Grenze zu Samaria befand und Samaria gehörte zur römischen Provinz Judäa. Ich konnte mir ausrechnen, dass es nicht mehr lange dauern würde, bis er sich in meinem Herrschaftsbereich befinden würde. Von dem Augenblick an würde dieser Jeschua auch zu meinem Problem werden. Diese starrköpfigen Juden, die, anstatt dankbar zu sein, dass sie unter den Fittichen des Römischen Reiches leben durften, von einem unabhängigen Staat träumten, warteten nur auf den Anführer, der sich an die Spitze des Widerstands stellen würde.

Ich nahm mir vor, die Entwicklung sehr genau zu beobachten. Würden sich aufrührerische Kräfte diesem Jeschua anschließen, mussten Kaiphas in Judäa oder Herodes in Galiläa schnellstens für das Ende dieser Bewegung sorgen. Es waren, ohne jeden Zweifel, religiöse Motive, die die Auftritte des Jeschua bestimmten, und damit eine Angelegenheit, die die Juden unter sich zu bereinigen hatten. Aber würde nur ein einziger römischer Legionär von den fanatischen Anhängern dieses Jeschua getötet, wäre ich zum Handeln gezwungen. Das war nicht gerade eine Situation, die ich mir wünschte. Die Juden verstanden nur die Sprache der Gewalt. Verbote und Gesetze ignorierten sie mit derselben Verbohrtheit, mit der sie sich weigerten, an mehr als einen Gott zu glauben. Ein Eingreifen der römischen Ordnungsmacht konnte nur bedeuten, einen regelrechten Krieg gegen die Jeschua-Anhänger zu führen. Kaiser Tiberius würde nicht in Tränen ausbrechen, wenn er die Nachricht bekäme, dass ich zehntausend oder zwanzigtausend Juden hatte töten lassen, aber er würde mir jeden römischen Legionär, der bei einem solchen Massaker zu Tode kommen würde, persönlich ankreiden. Tiberius wünschte Ruhe in seinen Provinzen und sein Prokuratoren hatten gefälligst dafür zu sorgen.

Wenn sich dieser Jeschua noch im Machtbereich des Herodes aufhalten sollte, musste ich ihm befehlen, einzuschreiten. Er würde es nicht wagen, eine eindringliche Bitte von mir abzuschlagen. Befand sich Jeschua bereits in Judäa, würde Kaiphas die Order bekommen, diesen Spuk zu beenden. Dieses Land brauchte keinen Messias, sondern Zucht und Ordnung und eine strenge Hand, die für beides sorgte. Die Berichte von den Wunderheilungen dieses Jeschuas begannen mich zu beunruhigen. Ich glaubte zwar nicht an den Wahrheitsgehalt dieser Erzählungen, aber ich wusste, dass solche Phantastereien gefährlich waren.

SAULUS

DER RABBINER VON TABOR

Wir hielten uns jetzt häufiger längere Zeit in kleinen Dörfern auf, die abseits der großen Handelsstraßen lagen. Mattäus gelang es oft sehr geschickt, die Neugierigen, die in immer größer werdenden Mengen unsere Gruppe begleiteten, abzuschütteln. Der Kult um Jeschua hatte sich verselbstständigt. Immer mehr Menschen erfanden, um sich interessant zu machen, wundersame Geschichten, die sie angeblich als Zeuge miterlebt hatten. Sie hatten Jeschua über das Wasser laufen gesehen, er hatte angeblich Tote zum Leben erweckt und könnte mit einem Wort oder einer Handbewegung Dämonen vertreiben. Gegen den Willen Jeschuas hatte ich durchgesetzt, dass Bartholomäus vor jeder Predigt ein paar Worte an die Zuhörer richtete. Er warnte die Menge davor, nach Wundern zu verlangen. Wunder müssten sich von allein ergeben, rief er den Leuten zu, man könne sie nicht auf Bestellung abrufen. Ob es diese Ansprache war, die die Wir-wollen-ein-Wunder-Rufe verstummen ließen, oder ob es bereits ausreichend Legenden um den Wunderheiler gab, sei dahingestellt. Jeschua jedenfalls fand die Ansprachen von Bartholomäus unangebracht.

„Die Worte des Herrn sind ein Wunder", sagte er wiederholt. „Die Menschen müssen begreifen, dass ihr Leben schon das größte Wunder ist. Die Tatsache, dass Blumen blühen, dass Korn wächst und dass Trauben reifen, nehmen sie als etwas Selbstverständliches hin. Dafür sollten sie dem Allmächtigen täglich danken, und sich nicht nur an ihn wenden, wenn sie Sorgen oder Probleme haben."

Jeschua hatte in den letzten Wochen sein äußeres Erscheinungsbild stark verändert. Er begann, häufiger Fastentage einzulegen und hatte dadurch sehr an Gewicht verloren. Da er sich außerdem einen Bart hatte wachsen lassen, wirkte sein Gesicht asketischer und strenger. Er trug nur noch bodenlange, weiße Gewänder.

„Weiß ist die Farbe der Unschuld", sagte er, „und ohne Schuld sind die, die ihr Leben dem Herrn weihen."

Er fuhr auch nicht mehr im Planwagen, sondern saß auf einem der Maultiere, das er von einem der Diener am Zügel führen ließ. Mit uns sprach er nur noch über das Notwendigste. Meistens beschwerte er sich über irgend etwas. Judas hätte bei einem Wirt von ihm als kleinem Heiligen gesprochen; Mattäus wäre nachts betrunken in die Herberge zurückgekommen und hätte im Gang ein unanständiges Lied gesungen; Jakobus würde zu wenig die Fünf Bücher Moses zitieren und lieber seine eigenen Gedanken in die Predigten einbauen. Seit Kana habe ich Jeschua nicht ein einziges Mal mehr lachen gesehen. Auf der anderen Seite allerdings bestellte er sich, wenn er nicht gerade fastete, mit Sesam gefüllte Tauben auf seine Kammer, gebratene Auberginen oder honigglasierte Apfelscheiben. Den, in der Regel verschnittenen, einheimischen Wein lehnte er ab und bestand darauf, dass ihm der Wirt zypriotischen servierte. Aber obwohl unter seinen Anhängerinnen zahlreiche bildschöne Frauen waren, die sich mit allen möglichen Argumenten Zutritt zu ihm verschaffen wollten, habe ich nie gesehen, dass er Damenbesuch in seiner Kammer empfing.

Als wir nach Tabor kamen, erwartete uns wieder eine unübersehbare Menschenmenge. Der Stadtvorsteher hatte die Herberge, in der wir wohnen sollten, weiträumig von Posten umstellen lassen. Nur er und der örtliche Oberrabbiner, ein listiger, etwa sechzig Jahre alter Mann mit den Gesichtszügen eines Falken, hatten Zutritt zum Gasthaus.

Der Rabbi suchte sofort das Gespräch mit Jeschua.

„Ist es wahr, dass du gesagt hast, es wäre kein Unrecht, wenn man mit unreinen Händen isst“, fragte er.

„Ja, das habe ich gesagt“, antwortete Jeschua.

„Dann irren also die Alten, die in den Überlieferungen sagen, dass man die Hände waschen muss, bevor man speist“, bohrte der Rabbiner nach.

„Nicht was in die Menschen kommt, ist unrein“, sagte Jeschua, „sondern was aus den Menschen herauskommt. Die Speisen gelangen in den Bauch eines Menschen, werden verdaut und verlassen ihn auf dem natürlichen Weg. Das Böse aber kommt aus den Herzen der Menschen. Neid, Missgunst und Hass machen den Menschen unreiner als gewaschene oder ungewaschene Hände.“

„Interessant“, sagte der Rabbiner. „Dann haben wir bis heute die alten Überlieferungen falsch ausgelegt. Sicher ist es auch nicht verboten, am Paschafest ungesäuertes Brot zu essen.“

„Darf derjenige, der sich kein ungesäuertes Brot leisten kann, das Paschafest nicht feiern“, fragte Jeschua zurück.

„Nicht, wenn er sich an die alten Überlieferungen hält“, sagte der Rabbi.

„Er hält sich daran, dem Allmächtigen für die Befreiung aus ägyptischer Fron zu danken“, sagte Jeschua. „Was wird Gott ihm höher anrechnen, seine Dankbarkeit oder ungesäuertes Brot?“

„Lassen wir das“, sagte der Rabbiner. „Du sollst dich auch gegen das Verbot der Arbeit am Sabbat ausgesprochen haben. Der Sabbat ist das wöchentliche Fest der Schöpfung. Es ist der ausdrückliche Wunsch des Allmächtigen, dass er zur Danksagung genutzt wird.“

„Darf der Arzt am Sabbat die Leiden der Kranken nicht lindern? Darf der Schafhirte ein verirrtes Schaf nicht vor dem Sturz in eine Felsspalte retten? Soll der Bauer das Kalb, das mit den Hinterfüßen zuerst auf die Welt kommen will, sterben lassen und die Kuh ebenfalls? Oder will der Herr, dass jede Art von Leben gerettet wird, weil es von ihm kommt und nur er es wieder nehmen darf", sagte Jeschua.

„Du zitierst nur Beispiele, bei denen Gott sicher eine Ausnahme erlauben wird", sagte der Rabbiner. „Aber was ist mit dem Winzer, der am Sabbat die Trauben pflückt? Mit dem Bauern, der das Korn mäht? Mit dem Händler, der seine Karawane am Sabbat nicht ruhen läßt?"

„Soll die überreife Traube vom Weinstock in den Staub fallen", fragte Jeschua zurück. „Soll das überreife Korn verdorren? Sollen die Waren, die der Händler mit sich führt, verderben, weil sie nicht rechtzeitig ihren Zielort erreichen?"

„Wenn es Gottes Wille ist, ja", sagte der Rabbiner.

„Gott schuf die Trauben, das Korn, die Feigen und die Oliven, damit sich die Menschen sättigen können und sich für seine Gaben im Gebet bedanken", sagte Jeschua.

„Wenn ich dich richtig verstehe", sagte der Rabbiner herausfordernd, „dann irren also die Propheten."

„Jeder Prophet sprach für seine Zeit", sagte Jeschua. „Der Allmächtige schickte sie mit den unterschiedlichsten Botschaften zu uns. Die Ungläubigen wurden von ihnen verwarnt, die, die Gott huldigten, belohnten sie mit froher Kunde."

Der Rabbiner gab auf. Er war der Dialektik Jeschuas nicht gewachsen, aber versuchte dann doch, ein neues Thema anzuschneiden.

„Stimmt es, dass ein Zöllner zu deinem Gefolge gehört", fragte er.

„Warum nicht", sagte Jeschua. „Predigt ihr nicht auch, dass wir alle Gottes Kinder sind? Würdet ihr euren eigenen Sohn verstoßen, nur weil er sich nicht so entwickelt wie seine Brüder, an denen ihr eure Freude habt?"

Ich verfolgte schweigend dieses Gespräch und bewunderte Jeschua, der dem Rabbi keine Antwort schuldig blieb. Es war unmissverständlich klar, dass der Rabbiner nur auf eine falsche Äußerung von Jeschua wartete, die er nach Jerusalem melden konnte. Der Priesterschaft war Jeschua längst ein Dorn im Auge. Seit seinem Erscheinen hatte sich die unantastbare Position der Rabbiner merklich verschlechtert. Die Synagogen füllten sich nicht mehr, und die Menschen wandten sich weniger an die Rabbiner, wenn sie Rat und Hilfe brauchten.

Da der Rabbiner eine längere Zeit nachdenklich schwieg, begann Jeschua seinerseits das Gespräch fortzusetzen.

„Gott hat zu Abraham gesagt: Deinen Nachkommen gebe ich dieses Land", sagte Jeschua. „Ist der Zöllner, der Bettler, die Hure oder der Sklave nicht auch ein Nachfahre Abrahams?"

„Du legst Gottes Wort so aus, dass es in deine Wertvorstellungen passt", sagte der Rabbiner mit drohendem Unterton. „Was ist, wenn du irrst?"

„Auch wenn wir irren, geschieht Gottes Wille“, sagte Jeschua.

„Die Menschen nennen dich den Sohn Gottes“, sagte der Rabbi. „Sie erheben dich zu einem Götzenbild.“

„Ich kann den Menschen nichts befehlen und nichts verbieten“, sagte Jeschua. „Ich nenne mich nur einen Prediger, weil ich weiß, dass der erniedrigt wird, der sich selbst erhöht.“

„Aber es ist deine Pflicht, den Titeln, die dir die Menschen verleihen, entgegenzutreten. Mir ist nicht eine Stelle aus deinen Predigten bekannt, in der du es dir verbeten hast, als Messias, Sohn Davids oder Sohn Gottes bezeichnet zu werden“, sagte der Rabbiner.

„Wenn euch jemand einen klugen Mann nennt“, sagte Jeschua, „ist es dann eure Pflicht, dem zu widersprechen? Wir alle sind das, was wir sind und nicht das, was andere in uns sehen wollen.“

Der Rabbiner sah Jeschua lange nachdenklich an. Dann erhob er sich und verließ ohne Abschiedsgruß die Gaststube.

„Er wird jedes Wort, das du gesagt hast, nach Jerusalem weiterleiten“, sagt ich.

„Ich hoffe, dass er das tut“, sagte Jeschua. „Es wird nicht mehr lange dauern, bis ich diese kleinen Städte verlassen werde. Mein Weg muss mich, früher oder später, nach Jerusalem führen. Salomon baute den Tempel Gottes in dieser Stadt, und es ist meine Bestimmung, in diesem Tempel zu predigen, weil ich dort Gott am nächsten sein werde.“

Er nickte mir zu und ging in seine Kammer.

Mich überraschte keine seiner Äußerungen mehr. Entweder war er der perfekte Schauspieler, der seine Rolle in jeder Situation beherrschte, oder er hatte eine neue Identität angenommen. Das Volk hatte ihn zum Messias gemacht, und er war davon überzeugt, dass er dieser Messias wäre. Sollte ich mir ernsthaft den Kopf darüber zerbrechen, welche Feststellung die richtige ist? Ich hatte einen Auftrag bekommen, den ich, nach meiner persönlichen Auffassung, mehr als zufriedenstellend ausgeführt hatte. Kaiphas und Herodes hatten bekommen, was sie sich wünschten.

ARRAS

WARUM SCHWEIGT PILATUS

Als ich dem Hohepriester den Bericht unseres Agenten aus Sepphoris auf den Schreibtisch legte, war er sichtlich amüsiert.

„Jetzt kann dieser Paulus sehen, dass die Bäume nicht in den Himmel wachsen", sagte Kaiphas. „Nur mit predigen ist es nicht getan. Man muss schon ein paar Ideen haben, wenn man die Volksmassen begeistern will."

Den Bericht aus Tabhgah las er mit Kopfschütteln.

„Wieso haben die Leute gejubelt, weil dieser Jesse ein paar Fische gefangen hat, Arras", fragte er mich.

„Weil die anderen Fischer ohne Fang zurückgekommen waren, hoher Herr", antwortete ich.

„Er soll fünftausend Zuhörer gehabt haben", sagte Kaiphas. „Diese Zahl scheint mir doch etwas übertrieben."

Wenige Wochen später wurde die Zuhörerzahl in Hamath von unserem Agenten mit achttausend angegeben.

„Wir werden dem Paulus schreiben müssen", sagte der Hohepriester. „Er darf nicht übertreiben. Die Rabbiner schicken mir schon Protestbriefe. Und wenn dieser Jesse damit anfängt, Kranke zu heilen, werden die Ärzte sich dem bald anschließen."

Ich spürte, dass der Stolz darüber, dass sein Plan so gut zu gelingen schien und die Furcht, dass dieses Unternehmen ausufern könnte, sich bei ihm die Waage hielt. Herodes hatte Kaiphas ein paar lobende Zeilen geschrieben und das hatte den Hohepriester nur misstrauisch gemacht. Ein Lob des Landesfürsten hatte nie etwas Gutes zu bedeuten. Außerdem verunsicherte es ihn, dass Pontius Pilatus sich noch mit keinem Wort geäußert hatte. Der Prokurator war mit absoluter Sicherheit über die Vorkommnisse informiert. Warum schwieg er? Es gab aus allen Landesteilen eindeutige Beweise dafür, dass die zahlreichen anderen Wanderprediger von den Menschen überhaupt nicht mehr beachtet wurden. In vielen Orten waren sie gänzlich verschwunden. In Gischala hatte die Menge sogar einen Prediger gesteinigt, der sich als Jeschua ausgegeben hatte. Die Leute hatten einen Epileptiker zu ihm geführt und ihn aufgefordert, den Mann zu heilen. Als das Drängen immer heftiger wurde, hatte der Prediger zugegeben, dass er nicht der bekannte Jeschua sei. Warum gab sich also Pontius Pilatus so zurückhaltend? War er beleidigt, weil der Hohepriester ihn nicht vorher in den Plan eingeweiht hatte? Oder glaubte er, das Unternehmen Jeschua sei ohne Wissen und Zustimmung Kaiphas entstanden?

„Wie erklärst du dir das Schweigen des Prokurators", fragte Kaiphas mich.

„Ich denke, er wird die weitere Entwicklung abwarten wollen“, sagte ich vorsichtig.

Mir war klar, dass Pontius Pilatus das Geschehen nicht gerade begeistert verfolgte. Größere Menschenaufläufe machten ihm Angst. Er kam nur widerwillig zu den religiösen Festen nach Jerusalem und ließ sich nie in der, von Pilgern überlaufenen Unterstadt sehen. Für ihn waren die Juden Fanatiker, die für ihren Glauben selbst ihr eigenes Leben opfern würden. Und irgendwann würde der Tag kommen, an dem sie sich wie die Hasmonäer gegen die Seleukiden todesmutig auf eine Schlacht mit den Römern einlassen könnten. Pontius Pilatus war Verwaltungsbeamter und kein Feldherr. Seine soldatischen Fähigkeiten beschränkten sich auf den militärischen Ton, den er sich angewöhnt hatte. Vor öffentlichen Auftritten schluckte er eine Opiumkugel, die ihm half, seine Unsicherheit zu überspielen. Unter seinem Sattel lag ein dickes Hanfkissen, das ihn größer erscheinen ließ. Er vermied es, vor seinen Legionären vom Pferd zu steigen, damit sie seine geringe Körpergröße nicht bemerkten. Die wussten natürlich Bescheid und nannten ihn, wenn sie betrunken in den Gasthäusern ihre Witze über ihn rissen, Zwergzenturio. Kaiphas hatte extra einen Sessel mit höheren Beinen anfertigen lassen, damit der Prokurator sich bei seinen Besuchen im Haus des Hohepriesters wohlfühlte.

Aber Pilatus war ein Fuchs und an Intelligenz Herodes und Kaiphas weit überlegen. Jedenfalls auf dem Gebiet der Politik. Der Prokurator hatte am römischen Hof die Kunst der Intrige gelernt und seinen Finten und Finessen hatten die beiden anderen nichts entgegenzusetzen. Seine Legionäre waren weitaus besser bewaffnet, als die Söldner des Herodes Antipas. Von der Tempelwache, die, bis auf die Offiziere, nur mit Holzknüppeln ausgerüstet war, ganz zu schweigen. Wo sich der Prokurator folglich nicht mit List durchsetzen konnte, ließ er zur Unterstreichung seiner Wünsche und Forderungen seine Kohorten aufmarschieren.

„Wir werden dem Prokurator schreiben“, unterbrach Kaiphas meine Gedanken. „Morgen, oder übermorgen oder in einem Monat. Mache dir eine Notiz, Arras, und erinnere mich daran.“

Dieses zögerliche Verhalten des Hohepriesters sollte sich als großer Fehler herausstellen. Kaiphas hatte, wie so oft, versucht, Probleme auszusitzen, in der Hoffnung, sie würden sich früher oder später von alleine lösen. Entschlossenheit und Tatkraft waren keine Charaktereigenschaften des Hohepriesters.

SAULUS

JESCHUAS FAMILIE IN NAZARETH

Ich saß mit Mattäus in Nazareth in der Gaststube der Herberge, als einer von den Wachposten, die die Verwaltung vor die Eingangstür gestellt hatte, hereinkam.

„Da draußen ist ein alter Mann, der sich nicht abweisen läßt", sagte er. „Er behauptet, er wäre der Vater des Jeschua."

„Lass ihn herein", sagte ich.

Unsicher betrat ein älterer Mann die Gaststube.

„Mein Name ist Joseph", sagte er. „Ich bin der Vater."

Der Alte hatte wenig Ähnlichkeit mit seinem Sohn. Er war klein, von untersetzter Statur und fast kahlköpfig. Nur wenn er sprach, dann glaubte man, Jeschuas Stimme zu hören.

„Verzeiht, wenn ich euch störe", fuhr der Alte fort. „Es geht weniger um mich, aber Maria, meine Frau, hat den Jungen schon seit Jahren nicht mehr gesehen und würde ihn gerne begrüßen. Ihr wisst ja, wie Mütter so sind."

„Wo ist sie", fragte ich ihn.

„Sie wartet mit den Geschwistern von Jeschua vor der Absperrung. Die Wachposten lassen niemanden vorbei. Ich musste lange bitten, bevor einer bereit war, euch wenigstens über meine Anwesenheit zu unterrichten" sagte Jeschuas Vater.

Ich bat Mattäus, die Frau und die Kinder hereinzuholen.

„Da stehen Hunderte von Menschen", sagte Mattäus. „Wie soll ich sie herausfinden?"

Der Alte bat Mattäus, mit ihm ans Fenster zu treten.

„Da steht sie", sagte er und zeigte hinaus. „Die Frau in dem weißen Kleid mit dem roten Schultertuch."

Mattäus ging hinaus und der Mann kam an meinen Tisch zurück. Ich bat ihn, Platz zu nehmen.

„Mein Name ist Paulus", stellte ich mich vor.

„Ich habe mir gedacht, dass ihr der Paulus seid", sagte Jeschuas Vater.

„Woran willst du das erkannt haben", fragte ich lächelnd.

„Ihr seid an der Spitze geritten, als ihr in die Stadt kamt", sagte der Alte. „An der Spitze reiten immer die, die das Sagen haben."

„Du kannst mich duzen", sagte ich. „ich bin keine höher gestellte Persönlichkeit."

„Aber du ist ein bekannter Mann geworden", sagte er. „Deinen Namen nennt man in einem Atemzug mit dem meines Sohnes."

„Wie lange hast du deinen Sohn nicht mehr gesehen“, fragte ich.

„In meinem Alter zählt man die Jahre nicht mehr“, antwortete er. „Es ist eine Ewigkeit her.“

„Aber du hast sicher einiges über ihn gehört“, sagte ich.

„Einiges“, wiederholte der Alte lächelnd. „Die Menschen sprechen von nichts anderem mehr. Es vergeht kein Tag, an dem nicht mindestens einer in meine Werkstatt kommt und von neuen Wundertaten berichtet.“

„Und“, fragte ich, „glaubst du diese Geschichten?“

„Ich weiß nicht“, sagte Jeschuas Vater und zuckte mit den Schultern. „Als er noch ein Kind war, haben wir nie bemerkt, dass er außergewöhnliche Fähigkeiten hatte.“

„Die Menschen glauben, er wäre der von Gott gesandte Messias“, sagte ich.

„Damit sollte man keine Scherze machen“, sagte der Alte. „Das ist Gotteslästerung.“

„Und wenn er es wirklich ist“, fragte ich.

„Warum sollte er es sein“, sagte der Mann. „Warum er und nicht einer seiner Brüder? Kann man irgendwo nachlesen, dass der Sohn eines Zimmermanns aus Nazareth der Messias sein würde?“

„Erzähle mir etwas von ihm“, bat ich. „Wie war er als Kind?“

„Er war wie andere Kinder auch“, sagte Joseph. „Er hat sich Pfeil und Bogen geschnitzt, hat Fallen für Feldmäuse aufgestellt und Vogeleier ausgeblasen. Er hat alles gemacht, was seine Brüder auch taten. Der einzige Unterschied war der, dass er sich gerne in meiner Werkstatt aufhielt. Ich habe ihn ja dann auch in die Lehre genommen. Er war sehr talentiert. Er wäre ein guter Zimmermann geworden.“

„Er hat nie eine Schule besucht“, sagte ich.

„Das ist ein Vorwurf, den ich mir machen muss“, sagte der Alte. „Ich habe einige Jahre in Ägypten verbracht. Wir sind viel herumgezogen, bevor wir uns hier in Nazareth niedergelassen haben. Wann hätte das Kind zur Schule gehen sollen?“

„Stimmt es, dass er sich Lesen und Schreiben selbst beigebracht hat“, fragte ich.

„Ja“, sagte Joseph. „Er war schon immer sehr ehrgeizig. Er wollte selber lesen, was in der Thora stand und es sich nicht nur von den Rabbinern erzählen lassen.“

„War er besonders religiös“, fragte ich weiter.

„Das kann man nicht sagen“, sagte der Alte. „Er sprach bei uns die Tischgebete, aber nur, weil ich mir die Texte nie merken konnte.“

„Hat er erzählt, was er vorhat, als er nach Kapernaum ging“, fragte ich.

„Nein“, sagte Joseph. „Ich nahm an, dass er sich selbständig machen wollte. Er war gerne Zimmermann. Er hatte lauter gute Ideen, die er bei mir nicht durchsetzen konnte, weil ich eher ein konservativer Mensch bin. Mit seinem Können hätte er es auch in Jerusalem zu etwas gebracht."

Mattäus kam mit Josephs Frau und den Geschwistern herein. Joseph stellte sie der Reihe nach vor. Maria sah man an, dass sie früher einmal eine hübsche Frau gewesen sein musste. Jeschua hatte ihre Nase und ihre Augen, und wie ich später feststellte, zog er wie seine Mutter immer nur die rechte Augenbraue in die Höhe, wenn ihm etwas gegen den Strich ging. Die beiden Brüder kamen mehr nach dem Vater. Sie hatten kräftige Figuren und schon jetzt schütteren Haarwuchs. Ruth, die Tochter, war das genaue Ebenbild ihrer Mutter. So musste Maria ausgesehen haben, als sie jung war. Ruth hatte pechschwarze Haare, die sie zu Zöpfen geflochten hatte. In ihrem leicht gebräunten Gesicht leuchteten die blauen Augen wie Kornblumen. Ihr Kleid schmiegte sich eng an ihren Körper und ließ erkennen, dass sie eine wunderbare Figur haben musste. Ihr Lächeln verzauberte mich vom ersten Augenblick an. Sie nahm mir gegenüber Platz und ich hatte Mühe, meinen Blick von ihr abzuwenden.

„Es war sehr liebenswürdig von euch, uns hereinzubitten", sagte Maria. „Es ist nicht schön für eine Mutter, wenn sie ihr Kind lange nicht sieht. Man macht sich Sorgen."

„Das kann ich gut verstehen", sagte ich.

„Seid ihr ein Freund meines Sohnes", fragte sie.

Bevor ich antworten konnte, sagte Joseph: „Das ist Paulus. Du hast doch von ihm gehört, Maria. Paulus hat Jeschua in Kapernaum entdeckt."

„Ich begleite ihn auf seinen Reisen", sagte ich. „Meine Freunde und ich sorgen für einen reibungslosen Ablauf."

„Das ist sehr wichtig", sagte Maria. „Wir hören ja so viele Geschichten über ihn. Ständig ist er unterwegs. Hoffentlich bekommt er genügend Schlaf und isst regelmäßig."

„Ist er inzwischen verheiratet", fragte Ruth, und ich konnte mit Freude feststellen, dass ihre dunkle Stimme einen angenehmen, warmen Tonfall hatte. Ich hasste schrille Frauenstimmen.

„Nein", sagte ich. „Die Richtige ist ihm noch nicht begegnet."

Ich musste einen Augenblick an Rachel denken. Bis auf die Haarfarbe hatte sie große Ähnlichkeit mit Ruth.

„Die Eltern wünschen sich so sehr Enkelkinder", sagte Ruth lächelnd. „Aber meine Brüder und ich sind auch noch ungebunden."

Sie schenkte mir einen langen Blick. Ein Mädchen wie sie, drei oder vier Kinder und eine gesicherte Position, dachte ich, das wäre das absolute glückliche Leben. Judas Ischariot kam zu uns und setzte sich sofort neben Ruth. Er betrachtete sie neugierig und frech, wie ein Ausstellungsstück im Laden eines Händlers. Ich spürte, dass Eifersucht in mir hochkam. Musste dieser Kerl ausgerechnet jetzt hier erscheinen? Etwas beruhigend stellte ich fest, dass Ruth ihn ziemlich abweisend ansah.

„Seid ihr dabei gewesen, als der Junge die Wunder vollbrachte“, unterbrach Maria das Schweigen.

Ich zögerte mit der Antwort. Sollte ich die alte Frau belügen? War jetzt nicht der Zeitpunkt gekommen, die Wahrheit zu sagen?

„Wir waren vom ersten Tag an dabei“, mischte sich Judas ein, obwohl die Frage an mich gerichtet war. „Paulus kann die Wunder allerdings am besten beschreiben, weil er jede Phase ihrer Entstehung genauestens kennt.“

Er warf mir einen triumphierenden Blick zu.

„Ich verstehe nicht, warum ausgerechnet mein Sohn mit einer so schweren Aufgabe betraut wurde“, seufzte Maria. „Warum hat Gott sich ihn ausgesucht?“

„Hat er das“, fragte einer der Brüder ironisch.

„Warum sollte ich daran zweifeln“, sagte seine Mutter. „Alle behaupten, Jeschua wäre der angekündigte Messias.“

Maria wischte sich ein paar Tränen aus den Augen. Ruth legte tröstend ihren Arm um sie.

„Ihr habt die letzten Monate mit ihm verbracht“, wandte sich Maria an mich. „Was glaubt ihr? Ist er der Messias?“

„Er ist ein guter Prediger“, wich ich aus. „Er schenkt den Menschen Hoffnung.“

„Er war immer ein guter Junge“, sagte Jeschuas Mutter.

Judas' ständiges Anstarren von Ruth machte mich wütend.

„Es ist an der Zeit, dass ihr euren Sohn zu sehen bekommt“, sagte ich. „Judas, würdest du Jeschua freundlichst Bescheid sagen, dass seine Familie hier ist.“

Judas stand unwillig auf. Ruth schenkte mir ein strahlendes Lächeln und zeigte dabei ihre perlweißen Zähne. Ihr Blick verriet mir, dass sie wusste, warum ich Judas gebeten hatte, Jeschua zu holen.

„Können wir euch etwas zu trinken anbieten“, fragte Mattäus. „Wir sind schlechte Gastgeber.“

„Danke“, sagte Joseph, „aber wir wollen euch nicht unnötig aufhalten.“

Judas kam zurück. Er blieb an der Tür stehen und winkte mich zu sich.

„Was ist“, fragte ich ihn.

„Er will sie nicht sehen“, sagte Judas Ischariot.

„Was soll das heißen“, fragte ich überrascht.

„Das soll heißen, dass er sie nicht sehen will“, sagte Judas leise. „Ich habe ihm gesagt, dass seine Eltern und Geschwister hier sind und er hat gesagt: „Schick sie weg“. Dann habe ich ihm gesagt, dass du mich gebeten hast, ihn zu holen, und er hat wieder nur gesagt: „Ich will niemanden sehen.“

„Ich werde mit ihm reden“, sagte ich verärgert und ging hinaus. Äußerst widerwillig, wie ich zugeben musste. Es passte mir überhaupt nicht, dass Judas dadurch wieder die Möglichkeit hatte, sich um Ruth zu kümmern.

Jeschua saß im Schneidersitz auf seinem Bett. Er hatte auf mein Klopfen nicht reagiert und ich war einfach in seine Kammer gegangen.

„Warum willst du deine Verwandten nicht begrüßen“, fragte ich ihn.

Er tat so, als hätte er mich nicht gehört. Er hatte die Hände gefaltet, die Augen geschlossen und meditierte. Ich trat wütend gegen das Bettgestell.

Jeschua tat überrascht: „Paulus, was kann ich für dich tun?“

„Warum willst du deine Familie nicht sehen“, fragte ich ungehalten.

„Weil ich nicht will“, sagte er kurzangebunden und sah mich an. „Ist das alles?“

„Kannst du mir einen bestimmten Grund dafür verraten“, fragte ich gereizt. „Deine Mutter hat große Sehnsucht nach dir. Sie würde dich gerne in ihre Arme schließen.“

„Mag sein“, sagte Jeschua. „Aber ich habe kein Bedürfnis danach.“

„Wie kannst du nur so hartherzig sein“, schimpfte ich. „Du bist doch nicht im Zorn aus deinem Elternhaus ausgezogen.“

„Nein, bin ich nicht“, sagte er nur.

„Dann verrate mir den Grund, warum du sie nicht sehen willst“, sagte ich.

„Ich habe keine Brüder, keine Schwester, keinen Vater und keine Mutter“, sagte Jeschua.

„Ach“, sagte ich spöttisch, „und wer sind die Leute, die in der Gaststube auf dich warten?“

„Das sind die Eltern und die Geschwister von Jeschua, dem Zimmermann“, sagte er. „Diesen Jeschua gibt es nicht mehr. Meine Schwestern und Brüder sind die Trostsuchenden, meine Mutter ist der Glaube, und mein Vater ist der himmlische Vater.“

Ich ging hinaus und warf wütend die Tür hinter mir zu. Dieser arrogante Prediger begann damit, mich vorzuführen. Außerdem brachte er mich in eine peinliche Situation. Was sollte ich seiner Familie erzählen? Seine Mutter würde in Tränen ausbrechen, wenn ich ihr die Wahrheit sagen würde. Die Familie würde enttäuscht die Herberge verlassen und mit ihr auch Ruth. Ich ging in die Gaststube zurück. Judas hatte sich natürlich sofort wieder neben Ruth gesetzt. Maria und Joseph sahen mich erwartungsfroh an. Sicher hatten sie geglaubt, dass ihr Sohn jetzt den Raum betreten würde.

„Jeschua fühlt sich nicht wohl“, log ich Maria an.

„Um Gottes Willen“, rief sie. „Was fehlt ihm? Ist er krank?“

Sie sprang von ihrem Stuhl auf und wollte an mir vorbei zur Tür laufen. Ich hielt sie auf und drückte sie sanft auf den Stuhl zurück.

„Es ist nichts Ernsthaftes“, sagte ich beruhigend. „Die letzten Wochen waren sehr anstrengend. Er läßt euch alle ganz herzlichst grüßen und bittet euch, ihn erst nach seiner morgigen Predigt zu treffen.“

„Dann wollen wir nicht länger stören“, sagte Joseph und erhob sich. Er ließ sich nicht anmerken, ob er mir glaubte.

„Wenn du erlaubst“, sagte ich zu ihm, „dann würde ich euch gerne ein Stück begleiten. Ich bin seit Tagen nicht mehr zu Fuß gelaufen.“

„Dagegen ist nichts zu sagen“, meinte Joseph, nahm Marias Arm und ging zur Tür.

„Etwas frische Luft täte mir auch gut“, sagte Judas und wandte sich mit spöttischem Blick an mich. „Dich stört es doch nicht, wenn ich mir auch etwas die Füße vertrete.“

„Aber nein“, sagte ich freundlich. „Am Ende der Straße ist eine Goldschmiede. Frage den Meister, ob er uns die Ringe und Ketten abkauft. Du hast dich doch erst vor ein paar Tagen über die schweren Kisten beklagt, die du, aus Angst vor Dieben, immer in die Herbergen schleppen musst. Das Problem kannst du jetzt lösen.“

„Willst du mich begleiten“, fragte Judas Ruth. „Paulus hat sicher nichts dagegen, wenn du dir einen besonders schönen Ring aussuchst.“

„Das ist sehr liebenswürdig“, sagte Ruth und lächelte ihn freundlich an. „Aber ich mache mir nichts aus Schmuck.“

Mit raschen Schritten eilte sie ihren Eltern hinterher.

„Nimm du dir eine besonders schöne Kette“, sagte ich zu Judas. „Du sollst an einem so schönen Tag nicht mit leeren Händen dastehen.“

Judas Ischariot warf mir einen bitterbösen Blick zu, als ich zur Tür hinausging.

Ich hatte die Familie schnell eingeholt. Ruth hatte sich gerade nach mir umgesehen, als ich aus der Tür kam und errötete, als sie bemerkte, dass ich es gesehen hatte.

„Wann werdet ihr wieder aufbrechen“, fragte sie, als ich bei ihr war.

„Geplant ist es für übermorgen“, sagte ich.

„Schade“, sagte Ruth.

„Warum schade“, fragte ich.

„Die Landschaft um Nazareth herum ist sehr abwechslungsreich und auch die Stadt hat viele Sehenswürdigkeiten“, sagte sie.

„Ich würde aber eine Fremdenführerin brauchen“, sagte ich. „Alleine findet man die schönsten Fleckchen nie.“

„Die Zeit ist zu kurz“, sagte Ruth. „Der Tag heute ist fast vorbei, morgen ist die Predigt und übermorgen wollt ihr abreisen.“

Ich nahm ihre Hand, und sie ließ es sich gefallen.

„Mir fällt gerade ein, dass ich unseren Aufenthalt verlängern sollte“, sagte ich. „Nazareth soll viele Sehenswürdigkeiten haben und die nähere Umgebung der Stadt soll eine wunderbare Landschaft sein.“

„Und ich bin die beste Fremdenführerin, die man sich vorstellen kann“, sagte Ruth lachend.

Wir waren vor ihrem Elternhaus angekommen. Joseph und Maria gaben mir die Hand.

„Ich werde euch neben dem Podest Plätze reservieren“, sagte ich. „Dann könnt ihr eurem Sohn bei seiner Predigt zuhören.“

„Fünf Plätze“, fragte Joseph.

„Drei“, sagten die Brüder wie aus einem Mund. „Wir gehen nicht mit.“

Sie verschwanden im Haus. Joseph und Maria folgten ihnen.

„Es gibt hinter eurer Herberge eine kleine Taverne, in der griechischer Wein ausgeschenkt wird“, sagte Ruth. „Ich könnte mich am Abend noch einmal aus dem Haus stehlen.“

„Ich werde schon jetzt hingehen und auf dich warten“, sagte ich und drückte ihre Hand.

„Aber trinke nicht so viel“, sagte Ruth lachend. „Ich würde mich gerne in nüchternem Zustand mit dir unterhalten.“

Sie erwiderte kurz den Druck meiner Hand und verschwand im Haus. Ich fand die Taverne sofort. Der Wirt hatte einen kleinen Garten angelegt, in dem jeder Tisch von einer Ginsterhecke eingeschlossen war. Ich setzte mich in eine dieser Nischen und bestellte mir einen Salat und eine Portion Schafskäse mit Oliven.

Es verging keine Stunde, bis eine reizende Stimme fragte: „Entschuldigung, der Herr, ist an Ihrem Tisch noch ein Plätzchen frei?“

Es wurde ein wunderschöner, langer Abend.

Ruth plauderte so munter, dass die Zeit wie im Fluge verging. Sie erzählte, dass sie eine besondere Begabung für die Schneiderei hätte und alle ihre Kleider selber nähen würde. Ihr Traum sei es, einen eigenen Laden aufzumachen, den sie in zwei Hälften aufteilen wollte. Auf der einen Seite könnten ärmere Leute praktische Kleidungsstücke kaufen, auf der anderen würde sie Modelle für die Wohlhabenden ausstellen.

„Willst du nicht heiraten“, fragte ich sie.

Sie wurde rot und sagte dann rasch: „Natürlich will ich heiraten. Ich bin immerhin schon neunzehn Jahre alt. Allmählich wird es sogar Zeit.“

„Aber wer wird sich um deine Kinder kümmern, wenn du in deinem Geschäft bist“, fragte ich.

„Meine Kleider werden mir aus der Hand gerissen", sagte Ruth lachend. „Ich werde so viel Geld verdienen, dass ich mir ein Kindermädchen leisten kann. Und ein bisschen Geld wird der Vater der Kinder ja auch in die Haushaltskasse legen."

„Hast du denn schon einen Vater näher ins Auge gefasst", fragte ich neugierig.

Wieder errötete Ruth.

„Soll ich dir noch etwas Wein einschenken", fragte sie ausweichend.

„Keine Antwort ist auch eine Antwort", neckte ich sie.

„Also Wein ja, oder Wein nein", sagte Ruth.

„Noch einen halben Becher", sagte ich. „Ich habe deine Ermahnung nicht vergessen. Du willst dich nüchtern mit mir unterhalten."

Es war fast Mitternacht, als ich sie nach Hause brachte.

„Werden deine Eltern nicht böse, wenn du erst jetzt kommst", fragte ich.

„In unserem Haus haben alle einen so festen Schlaf", sagte Ruth lachend. „Man könnte die Hobelbank meines Vaters aus der Werkstatt schleppen, und niemand würde aufwachen."

Ich überlegte beim Abschied, ob ich ihr einen Kuss geben sollte. Unterließ es dann aber, weil ich nicht so stürmisch vorgehen wollte. Ruth küsste mich rechts und links auf die Wange, bevor sie im Haus verschwand. Ich spürte ihre zarten Lippen noch auf meiner Haut, als ich die Herberge erreichte.

Maria, Joseph und Ruth waren schon eine halbe Stunde vor dem Beginn von Jeschuas Predigt auf dem Platz. Ich hatte für sie drei Hocker seitlich vom Podest hinstellen lassen. Jeschua musste sie sehen, wenn er sprach. Ich hoffte, dass er beim Anblick seiner Mutter seine halsstarrige Haltung aufgeben würde.

Jeschua predigte von einem Samenkorn, das nur Ertrag bringen könnte, wenn es auf fruchtbaren Boden fallen würde. Auf steinigem Grund hätte es keine Chance, sich zu entfalten. Wenn es aber auf fruchtbaren Boden fiele, dann dürfte es sich nicht selbst überlassen bleiben. Man müsste es pflegen und wässern, damit es wachsen könne.

Seine Worte fanden große Zustimmung und er bekam viel Beifall. Jakobus hatte ganz bewusst diesen Text geschrieben. Ein reicher Großgrundbesitzer hatte vor den Toren von Nazareth einen kleinen Fluss, dessen Quelle am Berg Tabor lag, so abgeleitet, dass nur sein Land bewässert wurde. Die Felder der Kleinbauern drohten auszutrocknen und es tobte ein heftiger Rechtsstreit in der Stadt, der sie in zwei Lager spaltete. Auch unter den Pharisäern, den Schriftgelehrten und den Rabbinern bestand keine Einigkeit.

Als Jeschua sagte: „Scheint nicht die Sonne für die Armen und die Reichen? Atmen nicht Diener und Herr die gleiche Luft? Ist nicht auch das Wasser ein Geschenk des Allmächtigen, das allen Menschen gehört?", wollten die Jubelrufe kein Ende nehmen.

Ich hatte Jeschua während seiner Predigt ständig beobachtet. Er musste seine Eltern und Ruth gesehen haben, aber er ließ es sich nicht einen Augenblick anmerken. Als er zum Schluss das Podest verließ, ging er, ohne nach rechts oder links zu schauen, direkt in die Herberge zurück.

Ich ging zu Maria, Joseph und Ruth.

„Wir bleiben länger in der Stadt", sagte ich zu Joseph. „Es wird sich bald eine Gelegenheit finden, Jeschua zu sprechen."

„Nein", antwortet Joseph. „Dieser Mann, den ich dort oben auf dem Podest gesehen habe, ist mir fremd, und wir sind Fremde für ihn. Aber ich danke dir dafür, dass du uns trösten willst."

Er nahm seine weinende Frau an die Hand und verschwand in der Menge.

„Ich möchte dich ungern in eurer Herberge besuchen", sagte Ruth. „Am Osttor gibt es einen kleinen Gasthof, der auch zwei Fremdenzimmer hat. Zufällig ist eines gerade frei."

„Ich werde es sofort reservieren", sagte ich.

„Nicht nötig", antwortete Ruth. „Ich habe es bereits getan."

Ich ging in unsere Herberge, um mein Gepäck zu holen. Vorher suchte ich Jakobus in seiner Kammer auf.

„Ich möchte mich gerne für ein paar Tage zurückziehen", sagte ich. „es ist nicht so, dass mich eure Gesellschaft langweilt, aber ich habe einfach das Verlangen, mal einige Zeit allein zu sein."

Jakobus grinste mich schelmisch an.

„Das Verlangen heißt Ruth", sagte er lachend. „Judas hat sich schon bei mir beschwert. Du hättest ihm keine Chance bei dem schönen Kind gelassen. Packe deine Sachen und verschwinde. Ich werde den anderen erzählen, dass du etwas Zeit zum Nachdenken brauchst."

Ich quartierte mich in dem kleinen Gasthaus ein. Ruth und ich hatten eine herrliche Woche. Wir machten tagsüber Ausflüge in die nähere Umgebung von Nazareth. Der Wirt gab uns einen Korb mit Brot, kaltem Hühnerfleisch, Obst und Wein mit und wir machten immer dort Rast, wo wir sicher sein konnten, dass kein Mensch vorbeikommen würde. Ich war bis über beide Ohren in Ruth verliebt. Zum ersten Mal in meinem Leben überhaupt verliebt. Delila und ihre Schwestern, die Abenteuer mit anderen käuflichen Frauen, das war die Befriedigung der Fleischeslust. Ruth machte mich glücklich, wenn wir Hand in Hand spazieren gingen, uns unterhielten oder auch nur stumm nebeneinander lagen und in die Sonne blinzelten. Ruth war sanft und von einer Zärtlichkeit, die ich nie vorher bei einer Frau gefunden hatte. Jede Nacht besuchte sie mich in meinem Gasthaus. Vor dem Fenster meiner Kammer lag ein altes Weinfass. und wenn ich die Läden auf ihr Klopfen hin öffnete, kletterte sie zu mir herein. Ruth hatte alles, was sich ein Mann von einer Frau erträumte. Sie war geistvoll, hatte Humor, konnte über sich selber lachen, und wenn ich mit ihr schlief, dann wechselten sich Temperament mit hingebungsvoller Sanftheit in einem herrlichen Rhythmus ab. Ich spielte mehr als einmal mit dem Gedanken, den Auftrag des Kaiphas zu vergessen und bei dieser wunderbaren Frau zu bleiben. Aber ich wusste natürlich auch, dass das unmöglich war. Es lag nicht in meiner Macht, das Unternehmen Jeschua abzubrechen. Ich war der Beauftragte des Hohepriesters, und er allein hatte zu entscheiden, wann und wie meine Arbeit beendet würde.

Auch mit Ruth sprach ich über Jeschua. Besser gesagt, sie schnitt das Thema an unserem letzten Abend an.

„Ich mache mir Sorgen um Jeschua", sagte sie. „Ich fürchte, er hat sich auf etwas eingelassen, was ihm über den Kopf zu wachsen droht."

„Du glaubst nicht, dass er ein Auserwählter ist", fragte ich.

„Er ist ein Mensch wie du und ich", sagte Ruth entschieden. „Er wurde als Mensch geboren, und er wird als Mensch sterben."

„Das Volk verehrt ihn als Messias", sagte ich.

„Das Volk ist schnell zu begeistern", sagte Ruth nachdenklich. „Aber es ist auch unberechenbar in seinem Zorn. Wenn Jeschua die Erwartungen nicht erfüllt, die die Menschen in ihn setzen, wird ihre Liebe in Hass umschlagen. Wenn Moses nicht die Flucht aus Ägypten gelungen wäre, würden wir heute nicht eines seiner Gebote für bindend halten."

„Irgendwann wird Jeschuas Mission beendet sein", sagte ich.

Es muss nicht sehr überzeugend geklungen haben. Ruth sah mich nachdenklich an.

„Wie stellst du dir das vor", fragte sie. „Es gibt keinen Ort in ganz Palästina, an den sich Jeschua ungestört zurückziehen könnte. Das kleinste Nest würde ein Wallfahrtsort werden."

„Irgendwann wird das Interesse an seiner Person nachlassen", sagte ich.

„Irgendwann scheint dein Lieblingswort zu sein", sagte Ruth. „Wirst du dich irgendwann aus dem Unternehmen ausklinken?"

„Ich habe Jeschua dazu überredet, diese Predigtreise zu unternehmen", sagte ich. „Es wäre nicht fair, wenn ich ihn im Stich lassen würde."

„Irgendwann", sagte Ruth und betonte das Wort überdeutlich, „werden wir alle von jemandem im Stich gelassen."

„Ich werde wiederkommen, Ruth", sagte ich. „Ich schwöre es dir."

„Ich werde auf dich warten, Paulus", sagte Ruth und ihre Augen füllten sich mit Tränen.

An diesem Abend schworen wir uns hundertfach unsere Liebe. Die Traurigkeit über den bevorstehenden Abschied versuchten wir mit Albernheiten zu überspielen. Wir benahmen uns wie kleine Kinder.

„Ich liebe dich. Kannst du mir das Brot herüberreichen", sagte ich.

„Ich liebe dich auch. Würdest du mir noch etwas Wein einschenken", antwortet Ruth.

„Ich liebe dich, wenn du mir ein paar Trauben auf den Teller legst", sagte ich.

„Ich liebe dich, wenn du mir die Trauben läßt und dafür lieber die Feigen isst", sagte Ruth.

So ging es den ganzen Abend. Wir lachten viel, aber unsere aufgesetzte Fröhlichkeit hatte einen bitteren Beigeschmack.

Ruth hatte sich zu unserem Abschied am nächsten Morgen eingefunden. Ihre Brüder, Maria und Joseph waren nicht erschienen. Ich schickte, als wir aus der Stadt hinausritten, nach langer Zeit wieder einmal ein Gebet zum Himmel. Ich flehte den Allmächtigen an, dafür zu sorgen, dass ich Ruth einmal wiedersehen würde. Leider hat er die Bitte eines armen Sünders nicht erhört.

RUTH

DAS SCHWERE LOS, EINE SCHWESTER ZU SEIN

Ich habe selten so einen Schmerz in meiner Seele gespürt wie an dem Morgen, an dem ich mich von Paulus verabschieden musste. Mich plagten Zweifel, ob ich den Geliebten je wiedersehen würde, und gleichzeitig schalt ich mich eine dumme Gans, weil ich solche Gedanken überhaupt zuließ. Paulus war der erste Mann in meinem Leben. Er war so ganz anders, als die jungen Burschen, die mir vorher in Nazareth den Hof gemacht hatten. Schon sein selbstsicheres Auftreten bewundert ich. Er strahlte Stärke und Gelassenheit aus, und war auf der anderen Seite als Liebhaber sanft, zärtlich und behutsam. Selbst wenn wir schweigend nebeneinander im Gras saßen, unterhielten wir uns mit Blicken, kleinen Gesten und Berührungen. Seine Intelligenz beeindruckte mich, und ich konnte andrerseits nicht begreifen, warum er seine Begabungen in ein solches Unternehmen steckte.

Die ganzen Ereignisse, die sich um meinen Bruder Jeschua abspielten, uferten dermaßen aus, dass absehbar wurde, wann sich Jerusalemer Stellen in die Geschichte einmischen würden. Für mich stand fest, dass Jeschua so wenig der Messias war, wie Herodes Antipas ein Jude.

In Nazareth kamen fast täglich Leute in mein Elternhaus, um uns zu berichten, was Jeschua an neuen Wundertaten vollbracht hatte. Besonders nach seinem Auftritt in der Stadt riss der Besucherstrom nicht mehr ab.

Meine Mutter schien diese abenteuerlichen Berichte alle zu glauben. Sie wurde von Tag zu Tag religiöser, verbrachte Stunden im Gebet und schmückte jede Ecke des Wohnraums mit kleinen Altären aus, auf denen immer etwas stand, was einen Bezug zu Jeschua hatte.

Sein Schnitzmesser, eine alte Hausjacke, seine Beschneidungsurkunde oder das Tuch, in das die Hebamme ihn nach seiner Geburt gewickelt hatte. Sie betete nicht nur zu Gott, nein, sie betete auch ihren Sohn an. Seine Weigerung, sich mit uns zu treffen, war für sie, nachdem der erste Schmerz darüber verflogen war, nur ein Beweis dafür, dass der Allmächtige mit ihrem Sohn andere Pläne haben würde.

Mein Vater hielt von dem Trubel, der um Jeschua gemacht wurde, nichts. Für ihn war das eine Aktion, die von höherer Stelle gesteuert wurde, um das Volk von anderen Problemen abzulenken.

„Wenn ich nur wüsste“, sagte er oft, „wer dahinter steckt. Dieser Unsinn ist sicherlich nicht Jeschuas Idee gewesen.“

Meine beiden Brüder, Markus und Mattes, dagegen sonnten sich im Ruhm ihres Bruders. Sie stolzierten durch die Stadt und ließen jeden wissen, mit wem sie verwandt waren. Das verschaffte ihnen nicht nur erhebliche Vorteile bei den jungen Mädchen. Auch die Wirte der Gasthäuser spendierten ihnen manchen Becher Wein, weil es ihnen eine Ehre war, so berühmte Männer in ihrem Haus begrüßen zu dürfen. Unsere Umwelt machte uns zu bekannten Leuten, ob wir wollten oder nicht. Ein reicher Makler, der ein Vermögen mit dem Handel von Elfenbein gemacht hatte, bemühte sich um mich. Er erschien mehrfach bei meinem Vater und bot ihm eine hohe Mitgift, wenn er ihm die Hand seiner Tochter geben würde. Aber mein Vater wusste, dass er mich nicht zu einer Heirat zwingen konnte und dass mein Herz längst an einen anderen vergeben war. Ich war immer davon ausgegangen, dass meine Treffen mit Paulus geheim geblieben wären, aber mein Vater erkannte vom ersten Tag an, was sich zwischen Paulus und mir abspielte.

Als die Meldungen aus Jerusalem kamen, dass Jeschua der Prozess gemacht würde, und als die Nazarener, die zum Laubhüttenfest nach Jerusalem gereist waren, zurückkamen und von der Kreuzigung meines Bruders erzählten, änderte sich die Stimmung in der Stadt schlagartig.

Jetzt wurde unsere Familie gemieden wie die Pest. Gespräche verstummten, wenn einer von uns in einem Geschäft oder einem Gasthof auftauchte. Mein Vater bekam als Zimmermann kaum noch Aufträge. Wir wurden wie Aussätzige behandelt. Meine Brüder verließen Nazareth und versuchten sich im Judenviertel von Cäsarea eine neue Existenz aufzubauen. Ich hatte das Glück, dass mich eine alte Schneiderin, der die Berichte über Jeschua völlig egal waren, bei sich beschäftigte. Dadurch konnte ich wenigstens dafür sorgen, dass wir das Nötigste, was man zum Leben braucht, im Haus hatten.

Meine Mutter lief nur im Trauergewand durch die Stadt, sprach mit niemandem, sondern betete ununterbrochen, den Blick zum Himmel gewandt, halblaut vor sich hin. Die Leute lachten über sie, und die Kinder riefen ihr Spottverse hinterher, aber sie tat so, als würde sie das nicht bemerken. Seit der Nachricht von Jeschuas Tod habe ich nie wieder ein gesprochenes Wort von ihr gehört, nur diese, fast unverständlich gemurmelten Litaneien. Gott war gnädig und nahm sie einige Monate später zu sich. In ganz Nazareth fand sich kein Rabbiner, der bereit war, an ihrem Grab ein paar Worte zu sprechen.

Mir ist es nicht schwer gefallen, bis zum heutigen Tag auf Paulus zu warten, denn es fand sich in der Stadt nicht ein Verehrer, der sich um die Schwester des Königs der Juden, so sprach man jetzt mit höhnischem Unterton von Jeschua, bewarb. Den Makler traf ich einmal zufällig auf der Straße.

„Nun, Fräulein Unberührbar“, sagte er spöttisch, „nun wird dein Vater nicht einmal einen verfaulten Kürbis für dich bekommen.“

„Das ist gut so“, antwortete ich, „denn dieser verfaulte Kürbis würde mich ständig an euer hässliches Gesicht erinnern.“

Er beschimpfte mich mit den unflätigsten Ausdrücken und spuckte vor mir auf den Boden.

Manchmal wünsche ich mir, dass eine der Liebesnächte mit Paulus Folgen gehabt hätte. Ich könnte einen kleinen Paulus großziehen und hätte wenigstens eine Aufgabe, die mein Leben ausfüllen würde. So aber fühle ich mich, trotz meiner Jugend, wie eine alte Jungfer, die nur noch von ihren Erinnerungen lebt. Von Erinnerungen an zehn wunderschöne Tage.

Natürlich trauere ich um meinen toten Bruder. Ich hätte ihm wahrlich ein anderes Schicksal gewünscht. Er war ein so begabter Zimmermann, ein Künstler, und hätte es sicher auch in diesem Beruf zu Ruhm und Ansehen gebracht. Wenn die Gerüchte stimmen, dann hatte der Hohepriester Paulus den Auftrag erteilt, einen Prediger zu einem bedeutenden Mann zu machen, um die Flut der sich ständig vermehrenden Wanderprediger einzudämmen. Aber ich würde Paulus nie eine Mitschuld am Tod meines Bruders geben. Ich habe Jeschuas Auftritt in Nazareth noch in guter Erinnerung. Das war nicht der Bruder, den ich kannte. Dieser Mann auf dem Podest war noch fanatischer, als die, die ihm zujubelten. Er machte den Eindruck, als wäre er gar nicht mehr von dieser Welt. Jeschua ist nicht geworden, was er in den Augen seiner Anhänger war, man hat ihn dazu gemacht, und irgendwann muss er von seiner Mission so überzeugt gewesen sein, dass er seine frühere Identität verlor. Aber in so überwachten, kontrollierten Ländern wie Galiläa und Judäa, wird niemand etwas ohne die Zustimmung der Machthaber. Der Triumphzug eines Jeschua dauert nicht fast ein ganzes Jahr, wenn der Landesfürst oder der Hohepriester etwas dagegen hätten. Die Schuldigen sitzen in Tiberias und Jerusalem, auch wenn Pontius Pilatus das Todesurteil ausgesprochen hat. Und es gibt einen Gott, den allmächtigen Jahwe, der sie eines Tages dafür zur Rechenschaft ziehen wird.

Mein persönliches Schicksal war es, dass ich zufällig Jeschuas Schwester war. Aber ich bin nicht undankbar. Ich hatte zehn Tage in meinem Leben, die so wunderschön waren, wie sie im Paradies nicht sein könnten. Wer kann das schon von sich behaupten.

Gut zwei Jahre nach Jeschuas Tod zogen mein Vater und ich in ein kleines Dorf bei Bethel, wo Verwandte meiner Mutter lebten.

Ich kümmere mich um meinen kranken Vater und mache mich auf den Äkkern nützlich, so gut ich kann. Manchmal nähe ich für die kleinen Töchter meiner Tante Kleider. Das sind die Momente, in denen ich am häufigsten an Paulus denken muss.

SAULUS

DIE FRAU DES LEVI BEN SINAS

Vor den Toren von Apollonia begrüßte uns ein Kaufmann.

„Ich bin Levi ben Sinas", stellte er sich vor. „In ganz Apollonia gibt es nicht eine vernünftige Herberge. Ich möchte euch das Gästehaus in meinem Garten zur Verfügung stellen. Es wäre mir eine Ehre, wenn ihr mein Angebot annehmen würdet."

Ich beriet mich kurz mit den anderen, und sie waren einverstanden.

Der Kaufmann ritt uns voraus. Wir kamen zu einem herrlichen Palast, der von einem großen Park umgeben war und am Rande von Apollonia lag. Das Gästehaus war ein prächtiges Gebäude, das in Jerusalem jedem Reichen als Stadtvilla genügen würde.

„Ruht euch aus", sagte Levi ben Sinas. „Die Köche werden ein köstliches Abendmahl für euch vorbereiten.

Jeder von uns hatte sein eigenes Zimmer, an das sich ein Baderaum anschloss. Ein Diener hatte sich nur um jeweils einen von uns zu kümmern. Meiner hieß Herles und war griechischer Abstammung.

„Wir haben gelost", sagte er. „Jeder von uns wollte sich natürlich um den Messias kümmern. Aber es konnte ja nur einer gewinnen."

„Es tut mir leid, dass du mich bekommen hast", sagte ich.

„So war es nicht gemeint", sagte Herles entschuldigend. „Aber ihr werdet verstehen, dass man nicht jeden Tag einen Propheten aus nächster Nähe zu sehen bekommt."

„Bist du sicher, dass er ein Prophet ist", fragte ich.

„Ganz sicher", sagte der Diener. „Und er ist außerdem noch ein König."

„Woher weißt du das", fragte ich.

„Die Menschen erzählen es in ganz Apollonia", sagte der Diener. „Jeschua hat eine große Flotte aufgestellt, die jeden Augenblick in den Hafen einlaufen kann. Fischer haben die Boote schon gesehen. Am Bug stehen schwer bewaffnete Soldaten. Sie haben Lanzen, an deren Spitzen das Höllenfeuer glüht. Tausende von Soldaten werden an Land kommen und an ihrer Spitze wird Jeschua Jerusalem erobern."

„Du bist doch kein Jude", sagte ich, halb fragend, halb feststellend.

„Nein", sagte Herles, „aber ich liebe spannende Geschichten, und für die Römer habe ich überhaupt nichts übrig. Die wollen die ganze Welt unterjochen. Dabei sollten sie sich um den Dreck in ihrem eigenen Land kümmern."

Bartholomäus fühlte sich nicht wohl. Er hatte erhöhte Temperatur und bat mich, ihn bei unseren Gastgebern zu entschuldigen. Der Kaufmann hatte von allem nur das Beste auffahren lassen. Es gab zarten Lammbraten, gegrillte Sardinen, gefüllte Goldbrassen und die edelsten griechischen Weine. Wir lernten Berenike, seine Frau kennen.

Eine vollschlanke Dreißigjährige mit einem hübschen Gesicht und einem mächtigen Busen, der sich bei jedem Satz, den sie sprach hob und senkte. Überraschenderweise war auch Jeschua zu der Mahlzeit erschienen. Ich hatte erwartet, dass er auf seinem Zimmer speisen würde. Levi ben Sinas bat ihn, sich auf den Ehrenplatz am Kopf der Tafel zu setzen. Berenike sah Jeschua unverwandt an. Zweifelsohne faszinierte er sie. Wir sprachen wenig während des Essens. Als die Diener das Geschirr abgeräumt hatten, wollte Jeschua sich erheben und auf sein Zimmer gehen.

„Wenn ihr uns jetzt verlasst", sagte Berenike, „dann muss ich annehmen, dass es euch nicht geschmeckt hat. In Apollonia bleibt man am Tisch sitzen, bis die Hausfrau die Tafel aufhebt."

Jeschua setzte sich wieder hin.

„Ich wollte nicht unhöflich sein", sagte er.

Der Kaufmann klatschte in die Hände und eine syrische Tanzgruppe, lauter bildhübsche Mädchen, betrat den Raum. Begleitet von zwei Zitterspielern tanzten sie einen Schleiertanz. Jeschua sah der Darbietung uninteressiert zu. Als die Mädchen das Zimmer verlassen hatten, wandte sich die Gastgeberin an Jeschua.

„Hat Gott Mann und Frau als gleichberechtigte Partner geschaffen", fragte sie ihn, „oder sind den Geschlechtern unterschiedliche Rollen zugedacht?"

„Die Frau ist dazu bestimmt, Kinder zu bekommen", antwortete Jeschua. „Daraus ergibt sich schon, dass sie andere Aufgaben zu erfüllen hat, als der Mann."

„Aber sie kann Kinder bekommen und trotzdem andere Aufgaben in der Gesellschaft wahrnehmen", sagte Berenike. „In keiner der Heiligen Schriften steht, dass sie ihre geistigen Fähigkeiten nicht einsetzen soll."

„Das Weib sei dem Manne untertan", sagte Jeschua. „Habt ihr diese Stelle nicht gelesen?"

Berenike ließ sich nicht beirren.

„Ist dieser Satz nicht in einer Zeit geprägt worden, in der nur der Mann für den Unterhalt einer Familie zuständig war", sagte sie. „Heute gibt es viele Frauen, die einen beträchtlichen Teil zum Unterhalt dazuverdienen. Denkt nur an die Schneiderinnen, die Goldschmiedinnen, die Gastwirtfrauen oder die Hilfen im Haushalt."

„Das wird dem Allmächtigen nicht gefallen", sagte Jeschua. „Warum glaubt ihr, hat er Männer und Frauen nicht nebeneinander in den Synagogen sitzen lassen, wenn er sie nicht als unterschiedliche Wesen betrachten würde."

„Ich glaube nicht“, sagte Berenike unbeirrt, „dass der Allmächtige so eine Anordnung erlassen hat. Es gibt vieles in den Heiligen Schriften, was die Handschrift überheblicher Männer trägt. Das Universum ist unendlich, und Gott muss sich um die Erhaltung des Ganzen kümmern. Seid ihr wirklich der Meinung, dass er die Zeit hätte, sich um das Zusammenleben der Menschen in allen Einzelheiten zu kümmern?“

„Der Mensch ist die Krone der Schöpfung“, sagte Jeschua und seine Stimme klang etwas gereizt. „An erster Stelle kümmert sich jeder König um seine Krone.“

„Der Mensch ist die Krone der Schöpfung, da stimme ich euch zu“, fuhr die Gastgeberin fort. „Aber ihr werdet mir nicht widersprechen, wenn ich behaupte, dass Frauen auch Menschen sind. Wenn also Gott zu den Menschen spricht, dann spricht er zu Frauen und Männern.“

„Natürlich“, sagte Jeschua, „aber er hat trotzdem die Rollen unterschiedlich verteilt.“

„Und gerade das bezweifele ich“, sagte Berenike. „Ich wüsste nicht, was gegen einen weiblichen Rabbiner einzuwenden wäre, oder gegen eine Hohepriesterin. Schließlich gab es auch schon Königinnen, die mit viel Geschick und Können ihre Länder regiert haben. In anderen Nationen spielen die Frauen schon jetzt eine wesentlich bedeutendere Rolle.“

„Ihr solltet nicht nach heidnischen Ländern schielen“, sagte Jeschua bestimmt. „Wir sind das auserwählte Volk Gottes. Zweifelt ihr etwa auch daran?“

„Ehrlich gesagt, ja“, antwortete die Frau des Kaufmanns. „Jeder Mensch auf dieser Erde stammt von Adam und Eva ab. Abraham ist unser aller Stammvater. Jedes Volk müsste deshalb ein auserwähltes Volk sein. Seine Menschen sind alle von Gott geschaffen.“

Wir hörten dem Gespräch der beiden aufmerksam zu. Jeschua sah man an, dass er nichts sehnlichster wünschte, als es zu beenden. Aber Berenike dachte gar nicht daran, aufzuhören.

„Ich warte auf eure Antwort“, sagte sie und sah Jeschua herausfordernd an.

„Gott hat Adam und Eva aus dem Paradies vertrieben, weil sie sich seinen Geboten widersetzt haben“, sagte Jeschua. „Er hat anderen Völkern nicht das gelobte Land gezeigt, weil sie anderen Göttern huldigten. Heiden sind keine Menschen. Mensch wird man durch den Glauben an den Allmächtigen.“

„Ein ungeheuerlicher Satz, den ihr da gerade gesagt habt“, rief Berenike aus. „Seid ihr euch seiner Tragweite bewusst? Ein Heide mag an andere Götter glauben, aber er bleibt ein Mensch aus Fleisch und Blut wie ihr und ich. Weint er nicht auch, wenn er Schmerzen hat? Lacht er nicht, wenn ihn etwas erfreut?“

Jeschuas Miene war wie versteinert. Levi ben Sinas versuchte, die Situation zu retten.

„Ich habe Zigarren aus feinstem, ägyptischen Tabak", sagte er. „Wenn einer der Herren rauchen möchte."

„Ich nehme eine", sagte Berenike.

Ein Diener reichte ihr die Zigarrenkiste, und sie nahm sich eine heraus. Der Diener hielt ihr einen brennenden Holzscheit hin, und Berenike begann zu rauchen und blies genussvoll den Rauch aus. Jeschua erhob sich und verließ ohne Gutenachtgruß den Raum. Auch Judas und Mattäus erhoben sich.

„Ist es jetzt erlaubt, sich zurückzuziehen", fragte Mattäus höflich.

„Natürlich", sagte Berenike. „Es war mir eine Freude mit euch zu speisen."

Judas und Mattäus deuteten eine kleine Verbeugung an und gingen hinaus. Ich war mir sicher, dass sie sich draußen sofort nach den Aufenthaltsräumen der Tänzerinnen erkundigen würden.

„Habe ich euren Messias beleidigt", wandte sich Berenike an mich.

„Ihr habt ihn mit euren Argumenten in die Enge getrieben", antwortete ich. „Ich hätte dem auch wenig entgegenzusetzen gehabt."

„Meine Frau ist ziemlich rigoros", sagte Levi ben Sinas. „Aber ich bewundere ihre überlegten, logischen Gedankengänge."

„Ich kann euch nur zustimmen", sagte Jakobus zu Berenike. „Es sind die Menschen gewesen, und unter ihnen insbesondere die Männer, die Gebote und Verbote erlassen haben. Eine geschickte Bogenschützin erlegt den Bären genau so gut, wie ein Mann. Kleopatra hat sich zwischen den Machtblöcken, die sie um ihr Reich bringen wollten, politisch besser verhalten, als manch römischer Kaiser."

„Aber Männer können keine Kinder bekommen", warf ich ein. „Gewisse Unterschiede zwischen den Geschlechtern darf man wirklich nicht übersehen."

„Das ist doch nur der Schöpfungsakt für neues Leben", sagte Berenike, während sie genüsslich an ihrer Zigarre zog. „Natürlich zieht das Pferd den Wagen und nicht der Wagen das Pferd. Aber was hat ein Pferd für einen Nutzen, das durch die Wildnis rennt, nicht zugeritten wurde, oder gelernt hat, sich im Geschirr zu bewegen? Was nützt euch ein Wagen, wenn ihr niemanden habt, der ihn zieht? Des Mannes Samen befruchtet die Frau. Sie brütet das neue Leben aus. Wollt ihr diesen Unterschied nach irgendwelchen Kriterien bewerten?"

Ich war begeistert, mit welcher Offenheit Berenike über dieses Thema sprach. Auch Jakobus sah ich an, dass ihm die Frau gefiel. Levi ben Sinas warf seiner Gemahlin stolze Blicke zu.

„Bravo", sagte Jakobus. „Ihr trefft den Nagel auf den Kopf. Vor Gott sind alle Menschen gleich, steht geschrieben. Er wird der Letzte sein, der zwischen Frauen und Männern Unterschiede macht."

„Unterschiede gibt es nur in den Köpfen einiger Männer", bestätigte Berenike. „Sie glauben, dass die größere Kraft, die ihnen die Natur mitgegeben hat, ein göttliches Zeichen dafür wäre, dass sie eine dominantere Rolle spielen müssten.

Dabei fordern sie nur mehr vom Leben als Frauen. Sie sind ständig auf der Jagd. Sie jagen Ruhm, Ehre und dem Erfolg hinterher. Sie wollen alles erobern, was in ihr Blickfeld gerät. Und versuchen Niederlagen dadurch auszugleichen, dass sie einen neuen Anlauf nehmen. Frauen setzen sich weniger Ziele, aber die erreichen sie fast alle. Fragt euch selbst, welcher Weg der vernünftigere ist."

Wir diskutierten angeregt bis in die frühen Morgenstunden. Die Sonne war schon aufgegangen, als ich mit Jakobus durch den wunderbaren Park zum Gästehaus schlenderte. Einer der Diener kam uns aufgeregt entgegengelaufen.

„Ali ist mit dem zweiten Planwagen weggefahren", rief er uns entgegen. „Hat er von euch einen besonderen Auftrag bekommen?"

„Nein", sagte ich.

„Er wird sich doch nicht abgesetzt haben", sagte Jakobus. „Er ist immer noch Sklave, oder hast du seine Freistellung schon verbrieft."

„Nein", sagte ich. „Ich hatte es mir vorgenommen, wenn wir nach Jerusalem kommen."

Ein furchtbarer Verdacht stieg in mir hoch.

„Sieh nach, ob Jeschua in seinem Zimmer ist", befahl ich dem Diener.

„Du glaubst doch nicht, dass Jeschua verschwunden ist", fragte Jakobus überrascht.

„Ich weiß es nicht genau", antwortete ich nachdenklich. „Berenike hat ihn mit ihrer Dialektik sehr in die Enge getrieben."

„Und jetzt zweifelt er an seiner Mission", sagte Jakobus.

„Ich glaube nicht, dass er daran zweifelt", sagte ich. „Er schien mir ausgesprochen erbost darüber zu sein, dass wir uns nicht in dieses Gespräch eingemischt haben."

Der Diener kam zurück. Er hielt einen Zettel in der Hand.

„Der Meister ist verschwunden", rief er schon von weitem. „Dieser Brief lag auf dem Tisch in seinem Zimmer."

Ich las die Notiz von Jeschua. Er schrieb, dass er nicht die geringste Lust verspüren würde, in Apollonia zu predigen. Er wäre auf dem Weg nach Joppe. Wenn wir an einer weiteren Zusammenarbeit interessiert wären, sollten wir ihm folgen. Ich beschloss, dass wir sofort hinterherfahren sollten. Mattäus und Judas waren natürlich nicht in ihren Zimmern und es dauerte eine geschlagene Stunde, bis der Diener sie in den Schlafräumen der Tänzerinnen gefunden hatte.

„Ich fände es vernünftiger, wenn wir Jeschua ruhig für ein paar Tage allein lassen würden", sagte Judas. „Er wird schon sehen, dass er ohne uns nicht zurechtkommt."

„Das ist keine schlechte Überlegung", pflichtete ihm Jakobus bei. „Er ist in letzter Zeit so arrogant geworden. Vielleicht ändert er sein Verhalten, wenn er merkt, dass wir ihm nicht überstürzt hinterherreisen."

Ich überlegte einen Augenblick und sagte dann zur Freude von Judas und Mattäus, die ihre neuen Eroberungen ungern wieder verlassen hätten: „Ihr könntet recht haben. Soll er sich ruhig einmal um die alltäglichen Aufgaben kümmern.“

„Sehr weit kommt er sowieso nicht“, sagte Jakobus lachend. „Die Truhe mit dem Geld steht in meinem Zimmer. Er hat nicht einen einzigen Schekel in der Tasche.“

Levi ben Sinas war enttäuscht, als er erfuhr, dass Jeschua in der Nacht abgereist war.

Aber Berenike meinte nur trocken: „Mir reicht es, wenn ihr noch ein paar Tage bleibt. Das Gespräch mit euch war wesentlich aufschlussreicher. Ihr denkt nicht nur in festgefahrenen Bahnen.“

Unser Aufenthalt hatte einen weiteren Vorteil. Bartholomäus hatte Zeit, seine Erkrankung auszukurieren. Wir verbrachten drei herrliche Tage auf diesem schönen Anwesen. Ich glaube, ich hatte fast das doppelte Gewicht, als wir das Kaufmannsehepaar verließen. Die Köche präsentierten ihre Speisen mit der gleichen Qualität, mit der Berenike ihre Argumente vortrug. Es war ein überaus herzlicher Abschied, als wir nach Joppe aufbrachen.

BARTOLOMÄUS

Immer wieder kommen Anfragen von Gemeindemitgliedern hier in Rom, in denen sie darum bitten, dass ich ihnen schildern möge, wie ich Jeschua kennen lernte. Diesem Wunsch will ich heute entsprechen.

ZWEITER BRIEF DES PETRUS

Ich saß in meinem Boot, das ich halb ans Ufer gezogen hatte, und nahm Fische aus. Ein groß gewachsener Mann, der einen Wanderstab in der Hand hielt, blieb bei mir stehen und sah mir eine Weile schweigend bei der Arbeit zu.

„Du solltest Seelen fangen und keine Fische“, sagte er dann.

„Eine Seele wird auch durch die feinsten Maschen meiner Netze flüchten können“, sagte ich.

„Seelen fängt man auch nicht mit Netzen, sondern durch den Glauben an den Allmächtigen“, sagte der Mann.

„Ich bin kein Prediger, kein Rabbiner“, sagte ich. „Wie soll ein einfacher Fischer mit den Worten des Herrn Seelen fangen?“

„Wer die Worte Gottes kennt und sie an andere weitergibt, ist mehr als ein Prediger, ein Rabbiner. Er ist der wahre Verkünder der Gottesbotschaft. Er verkündet sie nicht, weil es seine Pflicht, sondern weil es ihm ein ehrliches Bedürfnis ist“, sagte der Mann.

„Wer bist du“, fragte ich neugierig.

„Ich bin Jeschua, der Nazarener“, antwortete er. „Ich bin gekommen, um dich auf einen anderen Weg zu führen.“

Er zeigte auf einige Männer, die in unmittelbarer Nähe beieinander standen.

„Das sind Paulus, Jakobus, Mattäus und Judas, meine Jünger“, sagte er. „Du wirst dich ihnen anschließen.“

Er ging davon. Ich kann heute nicht mehr sagen, warum ich mich erhob, mein Boot verließ und zu der Gruppe der anderen Jünger ging. Es war, als hätte mir eine höhere Macht befohlen, den Wünschen Jeschuas zu entsprechen.

„Warum hast du ausgerechnet mich ausgesucht, dich zu begleiten“, fragte ich Jeschua am Abend, als wir eine Rast machten. „Es waren mehr als zwanzig Fischer am Strand.“

Jeschua sah mich lange an, dann sagte er: „Es war nicht mein Entschluss. Mein himmlischer Vater hat die auserwählt, die mir folgen sollen.“

„Und woran erkennst du, wen er ausgesucht hat“, fragte ich.

„Nicht ich muss es erkennen“, sagte Jeschua lächelnd. „Gott hat denjenigen die Erkenntnis gegeben, die sich erheben und mir folgen.“

Von diesem Tag an war ich ständig an der Seite des Propheten.

Mehr als einmal sagte Jeschua zu mir: „Wann immer mein himmlischer Vater mich zu sich ruft, du sollst derjenige sein, der meine Worte überall auf der Welt verbreitet. Ich werde vom Himmel aus meine schützende Hand über dich halten. Du wirst verkünden, was du gesehen und erlebt hast."

„Gottes Wunsch wird es sein, dass du sehr lange seine Botschaft verkündest", sagte ich. „Er wird dir das Alter des Methusalem schenken."

„Er wird mich abberufen, wann es ihm gefällt", sagte Jeschua. „Und ich werde gehorchen, denn sein Wille geschehe."

Hatten sich die anderen Jünger auf dem Gras niedergelegt, um zu schlafen, bat Jeschua mich oft, ihn ein paar Schritte zu begleiten. Er suchte einen Hügel oder eine kleine Anhöhe in der Nähe unseres Lagerplatzes und hielt Zwiesprache mit dem Herrn. Lichtzeichen erschienen am dunklen Nachthimmel, die ich nicht zu deuten wusste und ich hörte eine Stimme, deren Worte ich nicht verstand. Einmal wagte ich es, Jeschua, als er zu mir zurückgekommen war, anzusprechen.

„Ich habe die Stimme des Allmächtigen gehört", sagte ich. „Aber er hat mir nicht die Gabe gegeben, seine Worte zu verstehen."

„Wer dir folgt, wird belohnt werden. Wer an dir zweifelt, wird an sich selber zweifeln. Das waren die Worte meines himmlischen Vaters", sagte Jeschua.

Einige Tage später, wir hatten uns wieder vom Rastplatz entfernt, kam Jeschua sehr nachdenklich von seinem Gespräch mit Gott zu mir zurück. Diesmal wagte ich es nicht, ihn anzusprechen. Aber nach einer kurzen Weile begann er, von selbst zu erzählen.

„Der Allmächtige sagte: „Wenn du deine Aufgabe erfüllt hast, wirst du zu meiner Rechten sitzen. dein Leib ist der Leib aller Menschen. Dein Tod wird die Menschheit von ihren Sünden befreien. Was du tust, geschieht in meinem Namen.", sagte Jeschua.

Als wir wieder bei den anderen Jüngern waren, saßen die aufgeregt beieinander.

„Wir dachten, du hättest uns verlassen", sagte Mattäus.

„Fürchtet euch nicht", sagte Jeschua, „denn ich bin ewig bei euch. Selbst wenn ihr meinen Körper nicht sehen könnt, wird mein Geist über euch kommen, und ihr werdet meine Worte verstehen, wie ihr sie gerade verstehen könnt."

Ich war der einzige der Jünger, der Jeschua bis zum letzten Schritt seines schicksalhaften Weges begleitete. Ich nahm es Paulus, Mattäus, Jakobus und Judas Ischariot nicht übel, dass sie aus Furcht vor Verfolgung und Strafe Jerusalem nach dem Schuldspruch des Pontius Pilatus verließen. Ich aber wachte am Fuße des Kreuzes, bis man den geschundenen Leib unseres Herrn abnahm und in das Grab legte. Ich konnte, als ich die Grabwache hielt, nicht ahnen, dass ich dadurch der einzige Zeuge seiner Wiederauferstehung werden würde. Ich war eingeschlafen, als mich in der dritten Nacht eine Stimme weckte. Umgeben von gleißendem Licht stand Jeschua vor mir.

„Fürchte dich nicht“, sagte er zu mir. „Ich bin der, den du erwartet hast. Du wirst mich sehen und hören können, weil ich dir sagen werde, was du zu tun hast.“

Das Licht verwandelte sich in einen Strahl, und wie ein Blitz, der den umgekehrten Weg genommen hatte, verschwand der Strahl am Himmel.

Ich irrte in den nächsten Tagen ziellos umher. Am achten Tag, ich wanderte auf einer staubigen Landstraße, saß ein Mann auf einem Stein am Wegesrand. Als ich näher kam, erkannte ich, dass es Jeschua war.

„Friede sei mit dir“, sagte er.

„Wie konntest du wissen, wo du mich finden würdest“, fragte ich ihn.

„Nur du glaubtest, dass deine Wanderung kein Ziel haben würde“, sagte Jeschua, „Ich aber habe jeden deiner Schritte gelenkt. Du wirst nach Rom reisen und dort all denen ihre Sünden erlassen, die an mich glauben. Die, die nicht an mich glauben, wirst du Heiden nennen, und der Allmächtige wird sie ins Fegefeuer schicken.“

„Warum überträgst du mir diese Aufgabe“, fragte ich. „Du bist zurückgekehrt. Wäre es nicht besser, du würdest selber wieder das Wort an die Menschen richten?“

„Ich bin nicht zurückgekehrt, weil ich nie fort war“, sagte Jeschua. „Aber ich muss mich an den Platz begeben, den Gottes Wille mir bestimmt.“

„Wie soll ich nach Rom kommen“, fragte ich ihn. „Ich habe kein Geld und kenne niemanden, der mich auf seinem Schiff zur Überfahrt einladen könnte.“

„Du Kleingläubiger“, sagte Jeschua lächelnd. „Ich werde dich führen, und du wirst jedes Ziel erreichen, weil der Allmächtige es will.“

„Ich werde tun, was du mir aufgetragen hast“, sagte ich.

„Dann knie nieder und bete, damit Gott Wohlgefallen an dir findet“, sagte Jeschua.

Ich kniete mich in den Staub und dankte Gott für seine Güte und seine Gerechtigkeit. Als ich mich erhob, war Jeschua nicht mehr da. Unsere irdischen Wege trennten sich, aber ich bin bis zum heutigen Tag nicht einen Augenblick ohne ihn. Gottes Sohn ist bei uns allen, in jeder Minute, zu jeder Stunde. Und wer an ihn glaubt, der glaubt an unseren allmächtigen Gott und wird nie wieder in seinem Leben allein sein.

MATTÄUS

Liebe Gemeindemitglieder, ihr werdet euch oft fragen, warum ihr so schnell davon überzeugt gewesen seid, dass euer neuer Glaube der einzig wahre Glaube ist. Es ist die Kraft Gottes und der Wille seines Sohnes Christus, die euch alle Zweifel nehmen. So wie der Weg Jeschuas vorbestimmt war, so ist unser aller Weg vorbestimmt.

ZWEITER BRIEF DES MATTÄUS

Ich will nicht den Richter spielen, und maße mir nicht an, das Verhalten von Paulus, Bartholomäus, Jakobus und Judas zu kritisieren. Als man Jeschua gefangen nahm, verließen sie fluchtartig Jerusalem. Schon einige Tage vor unserer Ankunft hatte Jeschua mich gebeten, ihm zu einer kleinen Baumgruppe zu folgen.

„Die Wipfel der Bäume ragen in den Himmel“, sagte er. „Aber sie erreichen ihn nicht. Es wird nicht mehr lange dauern, bis ich ihn erreicht habe.“

„Wie kannst du so reden“, schalt ich ihn. „Auf dich warten große Aufgaben, und der Herr wird dich erst zu sich rufen, wenn sie erfüllt sind.“

„Mein Auftrag ist nicht von dieser Welt“, sagte Jeschua. „Du wirst meine Arbeit fortsetzen, wenn Gott mich abberuft.“

„Wir alle werden deine Arbeit fortsetzen“, sagte ich.

„Nein“, sagte Jeschua. „Paulus, Jakobus, Bartholomäus und Judas werden leugnen, mich gekannt zu haben. Dich aber werden Drohungen und Gefahren nicht davon abhalten, meine Worte und meine Taten in aller Welt zu verkünden.“

Auf dem Weg nach Golgatha warf die aufgebrachte Menge der Ungläubigen auch mit Steinen nach mir, und ich erhielt manchen Stockhieb, der Jeschua zugedacht war. Aber ich nahm jeden Stein und jeden Schlag klaglos hin. Von jedem Schmerz, den sie mir zufügten, wurde der Messias verschont. Nach der Kreuzigung kehrten die Schaulustigen in die Stadt zurück. Ich blieb mit fünf Legionären allein auf dem Berg.

„Das ist Mattäus, einer der Jünger“, sagte ein Legionär zu einem anderen.

„Wir sollten ein weiteres Kreuz aufstellen, damit er seinem Meister näher ist“, antwortete der.

„Ich habe mir schon immer eine Kreuzigung nur für uns gewünscht“, sagte ein dritter. „Diese brüllenden, aufgeregten Zuschauer machen immer einen solchen Lärm, dass man die letzten Worte der Opfer gar nicht richtig verstehen kann.“

Sie lachten, aber trauten sich nicht zu mir zu kommen, sondern setzten ihr Würfelspiel fort. Ich verspürte keine Angst, als ich ihre Drohungen hörte. Ich konnte mir nicht erklären, warum ich mich nicht fürchtete. Es war, als hätte Gott mir das Gefühl für Furcht, Angst und Zweifel genommen.

Nach einigen Tagen nahmen die Legionäre den Leichnam des Herrn vom Kreuz ab und legten ihn in ein freies Grab. Mir befahlen sie, ihnen zu helfen, einen riesigen Stein vor den Grabeingang zu rollen. Aber wir schafften es auch mit vereinten Kräften nicht. Der Stein war zu schwer. Ein Legionär ritt nach Jerusalem und kam mit einer ganzen Kohorte zurück. Zwanzig Männer waren nötig, um den gewaltigen Stein zu bewegen. Als das Grab verschlossen war, verzogen sich die Legionäre. Ich weiß nicht, wie lange ich vor dem Grab saß. Ich weiß auch nicht, ob ich schlief oder wach war, als plötzlich Jeschua vor mir stand. Ich schaute zum Grab hinüber. Der Felsbrocken vor dem Eingang war verschwunden.

„Du wirst mich sehen, auch wenn ich nicht mehr da bin", sagte Jeschua. „Erinnerst du dich daran, dass ich dir diese Worte einmal sagte?"

„Ich erinnere mich an jedes deiner Worte", antwortete ich.

„Dann merke dir auch, was ich dir jetzt sage", sagte Jeschua. „Ich werde dich verlassen und doch immer bei dir sein. Du wirst mich hören, auch wenn dich große Stille umgibt. Du wirst in das Land der Griechen reisen, ihre Tempel zerstören und ihre Götter vertreiben. Du wirst sie taufen und Christen nennen, weil ich Christus bin, der Sohn Gottes."

„Ich werde alles tun, was du mir aufträgst", sagte ich.

„Höre weiter zu", sagte Jeschua. „Dies wird nur deine erste Station sein. Du wirst Transkaukasien, Belutschistan, Persien, Marokko, das römische Reich und Germanien besuchen und überall die Botschaft verkünden, dass der einzige wahre Gott seinen Sohn auf die Erde geschickt hat, um sie von ihren Sünden zu befreien. Ernenne überall Priester, die deine Arbeit fortsetzen, wenn du weiterziehen musst. Schicke Missionare in die entferntesten Winkel dieser Erde, die deine Worte weitertragen sollen. Die Menschen, die an mich glauben, werden dir geben, was du zum Leben brauchst. Wer dir gibt, dem wird Gott das Tor zum Paradies nicht versperren. Wer dir aber Böses will, den wird der Allmächtige strafen."

„Ich werde versuchen, mich deines Vertrauens würdig zu erweisen", sagte ich.

„Ich weiß, dass ich mich auf dich verlassen kann", sagte Jeschua. „Schon an dem Tag, als ich dich vor dem Zollhaus angesprochen habe, wusste ich, dass ich auf dich bauen kann."

„Wie kann ich mir Rat von dir holen, wenn ich einmal nicht weiß wie es weitergehen soll", fragte ich ihn.

„Ich bin in deinem Herzen und in deinem Geist, Mattäus", sagte Jeschua. „Deine Gedanken sind meine Gedanken, und du wirst handeln, wie ich handeln würde."

Dann forderte mich Jeschua auf, die Augen zu schließen. Ich tat, was er mir befahl.

Nach einigen Minuten hörte ich seine Stimme: „Öffne die Augen, Mattäus."

Ich schlug die Augen auf. Jeschua war verschwunden. An der Stelle, an der er noch vor kurzem stand, brach die Erde auf und eine Pflanze wuchs aus einem kleinen Spalt. In wenigen Sekunden war sie zwei Fuß hoch gewachsen. Ihre Knospe öffnete sich, und ich sah eine wunderschöne Rose mit blutroten Blättern vor mir.

SAULUS

EIN KLÄRENDES GESPRÄCH

Wir trafen Jeschua einige Stadien vor Joppe. Der Diener hatte den Planwagen etwas abseits von der Landstraße abgestellt und mit Jeschua im Inneren auf dem Lager geschlafen, das von Rachel eingerichtet war. Sie hatten sich drei Tage lang nur von Obst ernährt, das unsere Gastgeber uns in Apollonia auf die Zimmer gestellt hatte.

Jeschua kam mir entgegen, als er uns sah.

„Es tut mir leid, Paulus," sagte er. „Ich habe mich benommen wie ein Kindskopf. Diese unmögliche Frau hat mich mit ihren haltlosen Äußerungen verärgert."

„Ich fand ihre Argumente beachtenswert", sagte ich. „Man muss die Rolle der Frau in unserer Gesellschaft wirklich neu überdenken."

„Ich möchte über dieses Thema nicht mehr reden", sagte Jeschua.

„Gut", sagte ich, „lassen wir es. Aber ich möchte mit dir über dich reden."

„Können wir das ein paar Stunden verschieben", sagte Jeschua. „Ich habe Hunger und würde gerne in unsere Herberge nach Joppe fahren."

„Wir reden jetzt", sagte ich mit Bestimmtheit.

Auf seiner Stirn zeigten sich Zornesfalten, aber durch seine Flucht aus Apollonia war er in der schlechteren Position und das wollte ich ausnutzen.

„Du hast dich sehr verändert, Jeschua", begann ich.

„Ich habe mir einen Bart stehen lassen", sagte er missmutig. „Wenn er dich stört, nehme ich ihn wieder ab."

„Es geht nicht um dein Äußeres", sagte ich. „Es geht um deine Einstellung uns gegenüber."

„Hat sich jemand über mich beschwert", fragte er.

„Nicht direkt", sagte ich. „Aber dein Verhalten befremdet auch mich."

„Du bist verärgert, weil ich meine Familie in Nazareth nicht begrüßt habe, nicht wahr", sagte er.

„Jeschua", sagte ich eindringlich, „es geht nicht um einzelne Punkte, sondern um dein allgemeines Verhalten. Du läßt dich von der Verehrung der Menschen auf ein Podest heben, auf das du nicht gehörst. Erinnere dich bitte an Kapernaum. Du warst ein verliebter, junger Mann, der im Begriff war, zu heiraten. Du hast gepredigt wie viele andere auch, und dir damit deinen Lebensunterhalt verdient."

„Moses war ein gewöhnlicher Hirte", unterbrach mich Jeschua. „Erst als die anderen Menschen erkannten, dass Gott ihn auserwählt hatte, haben sie ihn zu ihrem Führer bestimmt."

„Du bist nicht Moses, Jeschua“, sagte ich. „Du bist ein Wanderprediger, den ich durch einige geschickte Schachzüge zu einem bekannten Mann gemacht habe. Ich fange langsam an, unsere Zusammenarbeit zu bereuen.“

„Dann kündige sie auf“, sagte Jeschua.

Spontan hätte ich es in diesem Augenblick gerne getan. Dieser unbelehrbare Prediger hatte ja keine Ahnung davon, dass ich genau so das Werkzeug des Kaiphas war wie er meines. Zum Teufel mit dem Hohepriester, schoss es mir durch den Kopf. Sollte er doch einen anderen an meine Stelle setzen. Ich würde nach Nazareth zurück reiten und Ruth bitten, meine Frau zu werden. Selbst wenn ich mit Vergeltungsmaßnahmen des Hohepriesters rechnen musste. Ruth würde mich an jeden Ort dieser Welt begleiten. Ich könnte nach Tarsos zurückkehren und die Werkstatt meines Vaters übernehmen. Lieber ein ehrlicher Zeltmacher, der eine wunderbare Frau zu Hause hatte, die auf ihn nach der Arbeit wartete, als der Helfershelfer eines starrköpfigen Wanderpredigers.

„Was würdest du tun, wenn wir dich verlassen würden“, fragte ich, anstatt auf meine innere Eingebung zu hören.

„Der Allmächtige hat dich mir zugeteilt“, sagte Jeschua, „er wird mir neue Mitarbeiter zuteilen, wenn du gehst.“

„Auch wenn es schmerzlich für dich klingen mag, Jeschua“, sagte ich, „aber es war nicht der Allmächtige, der mir diesen Auftrag gegeben hat.“

„Wer sollte es sonst gewesen sein“, fragte Jeschua.

„Es war ein spontaner Einfall von mir“, sagte ich. „Eigentlich wollte ich Mattäus und Jakobus nur beweisen, dass man eine solche Karriere aufbauen kann.“

„Eine hübsche Geschichte“, sagte Jeschua. „Wann ist dir das eingefallen?“

„Es ist die Wahrheit, Jeschua“, sagte ich. „Hast du vergessen wie alles anfing?“

„Hast du die Wunder vergessen“, sagte Jeschua. „Glaubst du, dass jemand einen Blinden heilen kann, wenn ihm Gott nicht außergewöhnliche Kräfte verleiht?“

„Ich habe dir in Tabhgah schon gesagt“, antwortete ich, „dass diese Wunder nur Zufälligkeiten gewesen sein können. Wer will beweisen, ob dieser alte Mann in Hamath wirklich blind war? Bettler versuchen alles Unmögliche, um das Mitleid der Menschen zu erregen.“

„Es wird weitere Wunder geben, Paulus“, sagte Jeschua. „Du wirst nicht bei jedem behaupten können, dass es ein glücklicher Zufall war, oder dass ich auf einen Betrüger hereingefallen bin.“

„Es wird keine Wunder mehr geben“, sagte ich wütend. „Weil ich nicht will, dass es noch welche gibt.“

„Na schön“, sagte Jeschua, „Du hast dein Gespräch gehabt. Können wir jetzt nach Joppe fahren?“

Es hatte keinen Zweck. Man konnte mit Jeschua nicht mehr reden. Ich gab den Befehl zum Aufbruch. Mattäus war schon in Joppe, um Quartier zu machen. Ich bat Bartholomäus und Judas, Jeschua zu begleiten. Ich wollte mich unter vier Augen mit Jakobus unterhalten.

„Dein Gespräch mit Jeschua scheint nicht den erwünschten Verlauf genommen zu haben, das sehe ich an deinem Gesichtsausdruck“, sagte Jakobus.

„Er ist nicht eine Sekunde dazu bereit, sich und seine Person in Frage zu stellen“, sagte ich.

„Wir könnten in die andere Richtung reiten“, sagte Jakobus und zeigte nach Apollonia zurück. „Ich hätte nichts dagegen.“

„Ich muss dir ein Geständnis machen, Jakobus“, sagte ich zu dem Freund.

„Ich habe schon lange darauf gewartet“, antwortete er.

„Du weißt, was ich dir erzählen will“, fragte ich überrascht.

„Nicht in allen Einzelheiten“, sagte er lachend, „aber es handelt sich um deinen Einfall, Jeschua zu einem bekannten Prediger zu machen. Der ist dir nicht spontan in Kapernaum gekommen, wie du es mir weismachen wolltest.“

„Das stimmt“, sagte ich. „Ich habe auch nie mit Schafwolle gehandelt. Der Hohepriester und Herodes Antipas haben mir den Auftrag gegeben, einen Wanderprediger so bekannt zu machen, dass den anderen der Zulauf entzogen wird.“

„Ich habe es geahnt“, sagte Jakobus. „Allerdings muss ich zugeben, dass ich nicht erwartet hatte, dass die beiden Mächtigsten des Landes hinter der Sache stecken. Ist Pontius Pilatus auch eingeweiht?“

„Ich weiß es nicht“, sagte ich. „Er war bei dem Gespräch im Palast des Hohepriesters nicht dabei.“

„Ich denke, er weiß Bescheid“, sagte Jakobus. „Sie werden ein solches Unternehmen nicht gewagt haben, ohne ihn zu informieren.“

Von Jakobus kam nicht ein vorwurfsvolles Wort. Er war nicht beleidigt darüber, dass ich ihn so lange nicht ins Vertrauen gezogen hatte. Er hatte schon seit längerer Zeit Vermutungen angestellt, aber mich nie mit einer Bemerkung spüren lassen, dass er die wahren Zusammenhänge erahnte.

„Warum machst du mir heute dieses Geständnis“, fragte er. „Willst du das Unternehmen beenden?“

„Ich will deinen Rat“, sagte ich. „Die Geschichte fängt an mich zu ängstigen. Ich wollte einen Prediger, der vor ein paar Hundert Zuhörern spricht und nicht einen, den Tausende wie einen Halbgott verehren.“

„Ohne das Einverständnis des Hohepriesters wirst du kaum Entscheidungen fällen können“, sagte Jakobus. „Es sei denn, du verlässt auf schnellstem Wege das Land.“

„Ich hatte so gehofft, dass Kaiphas das Unternehmen abbricht“, sagte ich. „Die Rabbiner wettern von der Kanzel gegen Jeschua. Die Mitglieder des Tempelrats werden über seine Existenz auch nicht begeistert sein. Warum schreitet Pontius Pilatus nicht ein? Die Menschen begrüßen Jeschua als König der Juden. Welchen Thron sollte er besteigen, wenn nicht den von Judäa?“

„Warten wir doch die nächsten Monate ab“, sagte Jakobus. „Von dir können die hohen Herren nichts wollen. Du hast deine Aufgabe mehr als zufrieden stellend gelöst. Sollten sie Jeschua unter der Androhung von Strafe weitere Auftritte verbieten, wird er es sich auch überlegen, ob er irgendwelche Risiken eingehen soll.“

„Also weitermachen, als wäre nichts geschehen“, fragte ich ihn lachend.

„Mit voller Attacke nach vorn“, sagte Jakobus. „Wir haben sowieso keine andere Wahl.“

Wir folgten den anderen nach Joppe.

Die Predigt in Joppe war wieder ein voller Erfolg. Die ganze Stadt schien sich eingefunden zu haben. Jeschua genoss die Hosiannarufe und die grenzenlose Verehrung seiner Anhänger. Ich war mir sicher, dass er unser Gespräch längst als uninteressant abgehakt hatte. So, als hätte es nie stattgefunden. Im Gegenteil, an den triumphierenden Blicken, die er mir zuwarf, erkannte ich, dass ich in seinen Augen immer mehr zum unwissenden, kleingläubigen Paulus wurde.

JAKOBUS

DER PHILOSOPH ATHENIUS

Ich war froh, dass Paulus mich über die wahren Zusammenhänge unseres Unternehmens auf einem Rastplatz vor Joppe aufklärte. Ich hatte schon immer die stille Ahnung, dass es nicht ein plötzlicher Einfall von ihm war, Jeschua bekannt zu machen. Paulus war ein Realist. Phantastereien waren nicht seine Sache. Folglich mussten noch andere Kräfte ihre Hände im Spiel haben. Ich hatte längst freundschaftliche Gefühle für Paulus entwickelte, und ich spürte, dass auch er mich mochte. Der Vertrauensbeweis, den er mir durch das Mitteilen der Wahrheit entgegenbrachte, tat mir gut. Bartholomäus und Judas führten ein anderes Leben als ich. Ihre Interessen beschränkten sich auf weltliche Genüsse. Denen verweigerte ich mich auch nicht, aber sie sollten nicht der einzige Inhalt meines Lebens sein. Auch Mattäus hatte ich in Kapernaum anders kennen gelernt. Es ist schon ein Unterschied, wenn man sich ein- oder zweimal im Monat in geselliger Runde trifft, oder wenn man fast Tag und Nacht über einen längeren Zeitraum hinweg zusammen ist.

In unserer Herberge in Joppe hatte ich eine wunderbare Begegnung. Im Haus war auch Athenius abgestiegen. Athenius galt als der führende Philosoph des Landes. Herodes rief ihn an seinen Hof und lauschte mit ausgewählten Gästen seinen Vorträgen. Kaiphas und der Tempelrat luden ihn zu Diskussionen nach Jerusalem ein. Selbst Abgesandte des römischen Kaisers versäumten bei einem Besuch in Judäa nicht, den weisen Mann in seinem Heimatort Kana in Galiläa aufzusuchen. Der große Geschichtsschreiber Seneca, dessen Sohn einer der bekanntesten römischen Philosophen werden sollte, soll Werke von ihm gelesen haben und seit dieser Zeit mit größter Hochachtung von ihm sprechen. Athenius machte in Joppe Station, weil er auf dem Weg nach Jerusalem war, wo er Ehrengast bei der Ernennung eines Oberrabbiners sein sollte, dessen Familie mit der seinen verwandt war.

Ich erkannte ihn erst gar nicht, als ich den Gastraum betrat. Er saß allein an einem Tisch. Ich wollte mich an einem anderen niederlassen.

„Setzt euch zu mir“, sagte er. „Es ist eine Unsitte, dass zwei Menschen, die allein in einer Gaststube sind, sich an verschiedene Tische setzen.“

Ich ging zu ihm und stellte mich vor.

„Ich weiß, wer ihr seid“, sagte er. „Ich habe mich schon beim Wirt erkundigt. Ihr schreibt die Predigten dieses Jeschua. Man hört überall nur Lob über eure gute Wortwahl und die Bilder, die ihr für die Gleichnisse genau und verständnisvoll erfindest.“

Jetzt erkannte ich ihn. Ich hatte Athenius bei einer Lesung in Kapernaum schon einmal zuhören dürfen.

„Ein solches Kompliment aus eurem Mund macht mich verlegen“, sagte ich.

„Ihr wisst, wer ich bin“, fragte der Philosoph.

Ich erzählte ihm, dass ich in Kapernaum einen Vortrag von ihm gehört hatte, in dem er über den Machtanspruch der Hasmonäer aus religiösen Motiven gesprochen hatte.

„Eine These, die ich inzwischen verworfen habe“, sagte Athenius lächelnd. „Macht braucht kein Motiv. Macht entwickelt sich aus sich selbst heraus. Sie vererbt sich nicht vom Vater auf den Sohn, weil Gott es so will, sondern weil der Vater seinen Sohn so erzieht, dass er es letztlich glaubt.“

„Was haltet ihr von Jeschua“, fragte ich ihn.

„Ich kenne ihn nicht persönlich“, sagte Athenius. „Ich sah ihn flüchtig bei eurer Ankunft. Eine imponierende Persönlichkeit. Jedenfalls von der Statur her.“

„Die Menschen glauben, er wäre der angekündigte Messias“, sagte ich.

„Davon habe ich gehört“, sagte Athenius. „Das ganze Land spricht darüber. Ich habe eine Leidenschaft für Geschichten aller Art und lasse mir beim Barbier und in den Gasthäusern alles genau erzählen. Klatsch und Tratsch sind die schönsten Nebensachen der Welt.“

„Ihr werdet ihn nicht für einen Messias halten“, sagte ich.

„Als Messias müsste er zweifach gesalbt worden sein“, sagte der Philosoph. „Einmal zum König und einmal zum Priester. Nur dann hätte er das weltliche und das geistliche Siegel.“

„So weit mir bekannt ist“, sagte ich, „ist er nicht einmal zum Priester geweiht worden. Er war Wanderprediger in Kapernaum.“

„Ihr dürft euch diese Salbung nicht als ein heiliges Ritual vorstellen“, sagte Athenius. „Ein Abkomme des König Davids erhält die weltliche Weihe durch seine Geburt. Ein Nachfolger Moses die geistliche durch Gott.“

„Wie können diese Salbungen nachgewiesen werden“, fragte ich. „Jeder kann von sich behaupten, er würde von dem oder jenem abstammen. Verlässliche Aufzeichnungen darüber gibt es erst seit knapp hundert Jahren.“

„Das ist richtig“, sagte Athenius. „Darum wartet die Welt auch auf ein göttliches Zeichen, wenn die Ankunft des Messias bevorsteht.“

„Was für ein Zeichen könnte das sein“, fragte ich.

„Kein goldener Wagen, der von Engeln gezogen am Himmel erscheint“, sagte Athenius lachend. „Euer Jeschua soll unglaubliche Wunder vollbringen. Die könnte man auch als göttliche Zeichen auslegen.“

„Bei Wundern muss man vorsichtig sein“, sagte ich. „Es liegt in der Natur der Menschen, dass sie Dinge, die sie nicht gleich verstehen, als Wunder betrachten.“

„Eine treffende Anmerkung“, sagte der weise Mann. „Schon ein Magier zaubert uns Dinge vor, und obwohl wir wissen, dass er irgendeinen Trick anwendet, erscheinen sie uns wundersam. Ihr seid doch dabei gewesen, als Jeschua diese Wunder vollbrachte. Was war er für euch in diesen Momenten? Ein Gottgesandter oder ein Magier?“

Athenius sah mich lächelnd an. Er hatte sich bestimmt schon seine eigenen Gedanken über Jeschua und die Ereignisse, die durch ihn ausgelöst wurden, gemacht.

„Beantwortet meine Frage nicht“, sagte er, als er merkte, dass ich zögerte. „Man sollte nie das eigene Nest beschmutzen. Wenn andere Menschen meine früheren Schriften loben, widerspreche ich ihnen nie, obwohl ich mit den Jahren bei vielen Gedanken zu ganz anderen Aussagen gekommen bin.“

Ich war ihm dankbar, dass er es mir ersparte, ihn anlügen zu müssen.

„Wenn der Messias gleichzeitig Hohepriester und König ist“, kam ich auf den Beginn der Unterhaltung zurück, „auf welchen Thron könnte er dann Anspruch erheben?“

„Auf den von ganz Palästina“, sagte Athenius. „Es würde kein Galiläa, kein Samaria, kein Idumäa und kein Judäa mehr geben. Aber das erscheint mir völlig ausgeschlossen. Die Karten sind gemischt und ausgegeben worden. Eine Wiedervereinigung dieses Landes ist völlig unmöglich. Die Römer geben Judäa nie preis, und Herodes' Nachfolger kann nur ein Idumäer sein, seit Pompejus den Antipater eingesetzt hat.“

„Antipater war römischer Prokurator“, sagte ich. „Dann muss er doch auch Römer gewesen sein. Da er der Großvater von Herodes Antipas war, ist folglich auch der ein Römer. Wie kann das jüdische Volk, oder jedenfalls ein Teil des jüdischen Volkes, ihn auf dem Thron dulden?“

„Das jüdische Volk duldet und erduldet alles“, sagte Athenius. „Das liegt in unserer Mentalität. Gott hat uns zum Leiden erzogen.“

„Warum gerade uns“, fragte ich.

„Diese Frage kann ich euch nicht beantworten“, sagte Athenius. „Ich bin in meiner Jugend viel herumgekommen. Es gibt Länder, die von blühender Schönheit sind. Mit fruchtbaren Böden und einem Klima, in dem es sich angenehm leben läßt. Wir haben das gelobte Land bekommen. Eine Wüste aus Stein und Sand, eine brennende Sonne, die alles verdorren läßt, salziges Meerwasser und nur ganz wenige Süßwasserflüße. Selbst in den afrikanischen Ländern gibt es mehr grüne Oasen, als bei uns. Und doch danken wir Gott ständig für dieses Fleckchen Erde. Ich überlasse es euch, den Grund dafür herauszufinden.“

Athenius nippte an seinem Weinbecher.

„Sucht mich auf, wenn ihr wieder einmal in Kana seid“, sagte er freundlich. „Wer weiß, wie die Wege des Jeschua weiter verlaufen werden. Vielleicht kann ich mit eurer Hilfe einmal ein Buch über ihn schreiben. Ein Phänomen ist er auf jeden Fall."

Ein römischer Hauptmann betrat den Raum und meldete dem Philosophen, dass alles für die Weiterfahrt vorbereitet sei.

„Ich hätte mich gerne noch länger mit euch unterhalten", sagte Athenius, als er sich erhob. „Ihr seid ein interessanter Mann."

Ich glaube, dass ich in diesem Moment zum ersten Mal seit meiner Kinderzeit wieder rot wurde. Ich begleitete Athenius zur Tür und wir verabschiedeten uns herzlichst.

Es war mir leider nicht vergönnt, ihn je wiederzusehen.

PONTIUS PILATUS

HERODES MUSS HANDELN

Ich wollte keine Juden in Cäsarea dulden, aber die römischen Familien, die sich hier niederließen, die griechischen Kaufleute, die Offiziere meine Kohorten mit ihren Frauen und Kindern, brauchten Bäcker, Schlachter, Barbiere und Dienstboten. Mir blieb deshalb gar nichts anderes übrig, als ein Judenviertel zuzulassen. Unter strengsten Auflagen durften sie sich an der Nordseite des Hafens ansiedeln. Es war ihnen verboten, den übrigen Teil der Stadt zu besuchen. Sie durften sich nicht an den Anlegestellen der Schiffe aufhalten, und ich verbot ihnen den Bau einer Synagoge. Diese Anordnungen garantierten ein friedliches Miteinander. Erst durch die Geschichten, die über diesen Jeschua verbreitet wurden, geriet das Gleichgewicht ins Schwanken. Die Juden begannen in ihrem Viertel Versammlungen abzuhalten, schickten mir einen Abgesandten, der den Besuch des Jeschua in Cäsarea forderte, und sie nahmen illegal Zuwanderer auf, obwohl ich eine strikte Meldepflicht für jeden jüdischen Einwohner befohlen hatte.

Die Nachrichten, die aus Galiläa kamen, waren auch alles andere als erfreulich. Die Anhängerschaft dieses Jeschua stieg täglich an. Man erzählte von einer Flotte, die er angeblich aufgestellt hatte und sprach offen über einen Feldzug gegen die Römer. Immer mehr sahen in Jeschua den König der Juden und träumten von einem vereinigten Palästina unter seiner Herrschaft. Diese Äußerungen hätten mir schon das Recht gegeben, mit kriegerischen Mitteln gegen diese Aufrührer vorzugehen. Aber warum sollte ich auch nur einen Tropfen römisches Blut vergießen, für eine Sache, die ohne jeden Zweifel, eine Angelegenheit des Herodes war. Sollten sich doch die Messiasgläubigen und die Gottgläubigen gegenseitig untereinander die Köpfe einschlagen. Das passive Verhalten des Herodes Antipas machte mich von Tag zu Tag misstrauischer. Auch das Desinteresse des Hohepriesters konnte ich mir nicht erklären. Merkte er nicht, welche Stimmung dieser Jeschuakult im Lande verursachte? Die Jerusalemer Priesterschaft war so stolz darauf, dass sie im Gegensatz zu uns Römern nur an einen einzigen Gott glaubte. Jetzt zog jemand durchs Land, den die Menschen als Gottes Sohn bezeichneten, und der dem nicht widersprach. Jupiter duldete Juno und Minerva an seiner Seite. Die Juden würden sich damit abfinden müssen, dass ihr Gott seine Einmaligkeit durch das Erscheinen seines Sohnes verlieren würde. Wollte sich Kaiphas dem nicht widersetzen?

Ich beschloss, Herodes einen Brief zu schreiben, in dem ich ihn auffordern würde, dieser Bewegung ein Ende zu machen. Kaiphas würde eine Abschrift dieses Briefes erhalten.

Ich nannte Herodes in der Anrede „teurer Amtsbruder“, weil ich wusste, dass ihn diese Formulierung daran erinnern würde, dass wir beide von römischen Kaisern eingesetzt worden sind. Dann forderte ich ihn ultimativ auf, dafür zu sorgen, dass dieser Jeschua aus dem Verkehr gezogen wird. „Du weißt, Herodes“, schrieb ich weiter, „dass Kaiser Tiberius mich ausdrücklich beauftragt hat, dafür zu sorgen, dass auch in Galiläa keine Unruhen entstehen. Er hat dir diesen Erlass in einem Schreiben aus dem Jahr 3802 persönlich mitgeteilt. Dieser Brief enthielt auch den Befehl, dass du dich an mich wenden und mich um Hilfe ersuchen sollst, wenn in deinem Bereich Situationen entstehen, die du nicht alleine bewältigen kannst.“

Ich fand meine Formulierung äußerst geschickt. Herodes würde einen Teufel tun und eingestehen, dass er diese Situation nicht alleine unter Kontrolle bringen könnte.

Ich setzte mein Schreiben fort: „Die Bewegung, die das Erscheinen dieses Jeschua ausgelöst hat, ist sicher keine Gefahr für die Sicherheit und Ordnung in Galiläa, könnte aber die Keimzelle für Unruhen sein, die nicht nur Galiäa, sondern auch Judäa heimsuchen könnten. Ich halte es deshalb für politisch weitsichtig, wenn man diesem Unternehmen rechtzeitig Einhalt gebietet, bevor aus einem kleinen Feuer ein Flächenbrand entstehen kann.“

Mir ein paar Floskeln beendet ich den Brief, richtete Grüße an Herodia, seine Gemahlin und teilte ihm mit, dass ich planen würde, zum Laubhüttenfest nach Jerusalem zu reisen.

Ich hatte die Anordnungen, die der römische Hof mir erteilt hatte, erfüllt und meine Pflicht getan. Jetzt war Herodes am Zug.

Er würde sich natürlich sofort bei Kaiphas Rat einholen. Die beiden konnten sich nicht ausstehen, aber wenn es gegen mich ging, dann waren sie sofort die besten Verbündeten. Es ging allen, ich schließe mich da nicht aus, nur darum, an den bestehenden Machtverhältnissen nichts zu ändern. Wir hatten unsere Pfründe, und die wollten wir möglichst ungestört ausschöpfen können. Macht ist eine Hure, die nur die verurteilen, die sie nicht besitzen.

HERODES ANTIPAS

ICH BIN NICHT ZUSTÄNDIG

Der Brief des Pontius Pilatus war eine einzige Frechheit. Dieser lächerliche Prokurator wagte es, sich mit mir, dem Sohn Herodes des Großen, auf eine Stufe zu stellen. Er vergaß, dass er ein kleiner, römischer Beamter war, den Kaiser Tiberius abberufen konnte, wann immer er Lust und Laune hatte. Der Erlass, den Pilatus erwähnte, bezog sich nicht auf innere Angelegenheiten Galiläas, für die einzig und allein ich zuständig war, sondern auf eventuelle Bedrohungen von außen. Es war römische Politik, vor den Grenzen des Reiches und der Provinzen sogenannte Pufferzonen einzurichten, um so rechtzeitig feindliche Heeresbewegungen feststellen zu können. Hellinistische oder syrische Eroberungsgelüste konnten schon an den Grenzen Galiläas beantwortet werden. Im Süden lag das Gazagebiet zwischen Judäa und Ägypten. Die Wüste war abschreckend genug, um ägyptische Expansionen im wahrsten Sinne des Wortes das Wasser abzugraben. Pilatus hatte mir weder Anweisungen zu erteilen, noch Befehle zu geben. Außerdem war er es, der sich ständig über das Anwachsen der Wanderprediger beklagt hatte, weil er befürchtete, dass sie aufrührerische Parolen verbreiten würden. Kaiphas hatte schließlich das Unternehmen Jeschua entwickelt, um dem ängstlichen Prokurator einen Gefallen zu tun. Meine Gemahlin, Herodia, war es, die mir riet, diese Idee zu unterstützen, weil ihr die Lästerungen der galiläischen Prediger, die sich immer häufiger auf ihre Person bezogen, zu viel wurden. Es war wieder einer dieser durchtriebenen Schachzüge des Pilatus, seinen Unmut über den Prediger Jeschua in einem Schreiben an mich Ausdruck zu verleihen und gleichzeitig Kaiphas über den Inhalt dieses Briefes in Kenntnis zu setzen. Außerdem kam hinzu, dass sich dieser Jeschua längst, und meine Informationen waren zuverlässig, in Apollonia oder Joppe aufhielt, also in der Provinz Judäa. Wenn er es also nicht für nötig hielt, Schritte gegen diese Bewegung einzuleiten, dann hatte er sich gefälligst nur an Kaiphas zu wenden. Hatte er vergessen, dass er heftige Protestbriefe nach Rom geschrieben hatte, als meine Söldner bei Megiddo einmal die Grenze nach Samaria überschritten hatten, weil sie einen flüchtigen Verbrecher verfolgten? Er sprach von unrechtmäßigem Eindringen in sein Hoheitsgebiet und forderte Kaiser Tiberius auf, mit aller Schärfe diese Anmaßung zu verurteilen. Tiberius hatte ihm nicht einmal geantwortet. Den römischen Kaiser interessierte Palästina nur, weil seine Flotte in Cäsarea aus strategischen Gründen zur Beherrschung des Mittelmeerraums wichtig war. Was sich im Landesinneren abspielte, war ihm mehr als egal.

Unmittelbar nachdem ich den Brief des Pontius Pilatus erhalten hatte, schrieb ich an Kaiphas. Ich versicherte dem Hohepriester noch einmal, dass ich seine Idee hervorragend gefunden hätte und die erreichten Erfolge für sich sprächen, aber um Differenzen mit dem Prokurator zu vermeiden, sollte man dieses Unternehmen beenden. Dann regte ich an, dass er es sich durch den Kopf gehen lassen sollte, zu überlegen, ob Jeschuas Auftreten noch mit religiösen Motiven in Einklang zu bringen wäre. Sollte sich das Unternehmen zu einer politischen Bewegung entwickelt haben, wüsste er sicher selbst, wer für eine Beendigung zuständig wäre.

Ich gebe zu, dass meine Sympathien in diesem speziellen Fall auf Seiten des Hohepriesters lagen. Ich hatte und habe nie den Wunsch aufgegeben, einmal für ganz Palästina die Königskrone zu tragen. Das war natürlich von der Zustimmung des römischen Kaisers abhängig. Aber auch gegen den Willen des Kaiphas wäre es kaum durchzusetzen. Die Priesterschaft und er würden nichts unversucht lassen, mir zu beweisen, dass ich kein Jude in der überlieferten, religiösen Vorstellung wäre, und einen Nichtjuden als König von Palästina würde in der heutigen Zeit niemand mehr dulden. Eine Tatsache, die meinen Vater und meinen Großvater letztendlich auch die Macht gekostet hatte. Nur die Dynastie der Hasmonäer war befugt, die Herrschaft in Palästina auszuüben. Wir aber waren Idumäer. Aber ich war mir sicher, dass ich, wenn ich dem Hohepriester eine unantastbare Machtposition verbriefen würde, seine Zustimmung erhalten könnte.

Aber das war Zukunftsmusik. Jetzt musste erst einmal das Problem Jeschua aus der Welt geschafft werden. Wobei mir Problem ein übertriebener Begriff zu sein scheint. Dieser Wanderprediger würde es nicht wagen, Schwierigkeiten zu machen, und seine Anhänger hätten nicht die Mittel, um sich gegen höhere Anordnungen zu wehren. Es wäre sowieso ein Leichtes, sechs unbewaffnete Leute verschwinden zu lassen, aber wenn die Informationen stimmen, begleiten Anhänger die Gruppe bis fast zu ihrer nächsten Station und dort würden bereits wieder Hunderte sie in Empfang nehmen.

Ich wollte Kaiphas keinen Rat erteilen, aber am besten wäre die Sache in Jerusalem zu bereinigen. Dort hörte alles und jeder auf das Kommando des Hohepriesters.

KAIPHAS

PONTIUS PILATUS WIRD NERVÖS

Ich konnte die Bedenken des Prokurators verstehen. Auch mir wurde das Theater, das die Bevölkerung um diesen Jeschua machte langsam zu viel. Paulus hatte den Bogen überspannt. Ich wollte keinen neuen Helden des Volkes. Keinen König von Juda, der wie Hiskias das assyrische nun das römische Joch abschütteln wollte. Und schon gar nicht wollte ich einen Messias, der als erstes Anspruch auf den Posten des Hohepriesters erheben würde. Paulus hätte mich außerdem darüber informieren müssen, dass er Galiäa verlassen und nach Judäa weiterziehen wollte. In Galiläa waren die Rabbiner geduldiger und wandten sich nicht mit jeder kleinen Beschwerde sofort an Jerusalem. Aber die judäischen Rabbiner waren alle bestrebt, irgendwann nach Jerusalem berufen zu werden und wandten sich schon mit den unwichtigsten Glaubensfragen an mich, nur um auf sich aufmerksam zu machen. Jeschuas Auftreten löste natürlich einen Sturm der Proteste aus. Die Massen strömten zu seinen Veranstaltungen und die Gottesdienste in den Synagogen wurden immer spärlicher besucht. Dazu kam, dass die Rabbiner immer mehr dem Spott der Einwohner ausgesetzt waren, weil sie als Verkünder der Botschaft Gottes nicht in der Lage waren, Wunder zu vollbringen. Dieser Wanderprediger aber zauberte, mit der Hilfe von Paulus und seinen Mitarbeitern, ein Wunder nach dem anderen aus dem Hut.

Mir war klar, warum Pontius Pilatus sich an Herodes wandte, obwohl sich dieser Jeschua schon auf judäischem Boden befand. Der Prediger war Nazarener und unterlag damit der galiläischen Gesetzgebung. Es gab aus Rom strenge Richtlinien, welche die Zuständigkeiten für Judäa und Galiläa festlegten. Aber der Prokurator hielt sich nur dann an diese Richtlinien, wenn es für ihn bequemer war. Er regierte ansonsten Judäa mit einer Selbstherrlichkeit, die schon am römischen Hof für Intrigen gegen ihn sorgte. Gott sei Dank, zeigte er sich kaum in Jerusalem und mischte sich in meine Befugnisse nicht ein. Es kostete mich jährlich eine schöne Stange Geld, damit er seine Einstellung in diesem Punkt nicht änderte.

Ich hatte die Anregung des Landesfürsten gut verstanden. Herodes wollte mich darauf aufmerksam machen, dass Pontius Pilatus für politische Geschehnisse zuständig wäre. Mit anderen Worten, könnte man nachweisen, dass sich dieser Wanderprediger als König der Juden feiern ließ, wäre das eine Bloßstellung des römischen Kaisers und müsste als politisches Vergehen eingestuft werden. Dann hätte Pontius Pilatus für eine entsprechende Lösung zu sorgen. Nur wenn man Jeschua eindeutig religiöse Motive unterstellen könnte, hatte ich mich um die Angelegenheit zu kümmern.

Um diese Frage zu klären, musste Paulus mit seinen Leuten und diesem Prediger in Jerusalem erscheinen. Ich beauftragte meinen Sekretär, Arras, den römischen Stadtkommandanten zu bitten, dass er eine Eskorte zusammenstellen möge, die die Gruppe Paulus in Joppe oder auf dem Weg nach Lydda abfangen und nach Jerusalem schaffen sollte.

Herodes Antipas und Pontius Pilatus würde ich in einem persönlichen Schreiben bitten, sich ebenfalls in Jerusalem einzufinden. Dieser Jeschua hatte schon mehr als zehntausend Anhänger und ich wollte nicht derjenige sein, der dem Volk seinen augenblicklichen Liebling entzieht. Es bestand immerhin die Gefahr, dass die Anhänger des Jeschua aus Wut und Enttäuschung darüber sich weigern würden, den jährlichen Beitrag an den Tempel in Jerusalem zu bezahlen, und das wäre ein finanzieller Verlust, den ich nur schmerzlichst verkraftet hätte.

Den Egoismus, den Pontius Pilatus und Herodes an den Tag legten, den würde ich auch für mich in Anspruch nehmen.

SAULUS

DER LEPRAKRANKE IN LYDDA

Lydda ist, neben Jerusalem, eine der ältesten Städte Judäas. Hier befindet sich die Synagoge, in der ein berühmter Rabbiner, Ari Schakena, der Sage nach die sieben Hirten der Kinder Israels Abraham, Isaak, Jakob, Moses, Aaron, Josef und David zu einer Thoralesung zusammengerufen haben soll. Jeder von ihnen sei auch erschienen und habe ein Kapitel aus der Thora vorgelesen. Außerdem gibt es in Lydda eine Gelehrtenschule, die im ganzen Vorderen Orient einen guten Ruf genießt. Hier unterrichtete Philon von Alexandria, ein junger Religionsphilosoph, der zwar hellinistischer Herkunft war, aber schon im zarten Alter von zwanzig Jahren die heiligen Schriften der Juden um interessante Gedanken anreicherte. Nach seiner Auffassung gab Gott nicht vor, was Gutes und was Böses ist, sondern das menschliche Gewissen konnte gut von böse unterscheiden und dadurch sündhaftes Verhalten vermeiden. Das stand im Widerspruch zu der Meinung vieler Rabbiner, die nur Gott die Autorität der Entscheidung zugestehen wollten, und führte zu heftigen Diskussionen im ganzen Land. Auch auf der Terrasse des Hauses von Archelaos' Vater wurde einmal über die Thesen des Philon ein heftiges Streitgespräch geführt. Jakobus, der mir von seinem interessanten Gespräch mit Athenius in Joppe erzählte, hoffte sehr, dass es in Lydda zu einer Begegnung mit dem Philon kommen würde. Leider war der Philosoph nicht in der Stadt.

Seit einigen Wochen hatten wir einen dritten Wagen, den ein alter Ägypter lenkte. Mattäus hatte in Tabor ein Podest nach seinen Vorstellungen bauen lassen, das sich in Einzelteile zerlegen ließ und dadurch transportabel war. Zu diesem Podest gehörte ein Zelt, in dem sich Jeschua vor Beginn der Predigt aufhielt. Er war den Blicken der Zuhörer entzogen und sein plötzliches Erscheinen löste noch größere Begeisterung aus. Jeschua hielt auch keine Predigten mehr, er zelebrierte sie. Er hatte bestimmte Gesten einstudiert, die er regelmäßig einsetzte. Sprach er von Gott, dann hob er beide Arme in die Höhe und führte sie dann langsam nach unten, als wolle er den Geist Gottes auf die Menschen herabbeschwören. Entstand ihm zu viel Unruhe in der Menge, legte er die Hände flach aneinander vor seine Brust und wartete schweigend, bis auch der letzte Rufer verstummt war. Schien ihm eine Aussage besonders wichtig zu sein, dann streckte er einen Arm in die Richtung der Menschenmenge, genau so, wie die römischen Legionäre bei ihrem Ave Cäsar.

Ich kann es nicht mehr an einer Hand abzählen, wie oft ich schon bereute, in Kapernaum vom Willen Gottes gesprochen zu haben, als ich Jeschua für meinen Plan gewinnen wollte.

In Lydda sprach er vom Sabbat, der für die Menschen da sei und nicht der Mensch für den Sabbat. Jakobus hatte die heiligen Überlieferungen zitiert, wonach David, zur Zeit des Hohepriesters Abjatar, die Schaubrote in der Synagoge, die nur die Priester essen dürfen, zum Stillen seines Hungers und dem seiner Gefährten gegessen hatte. In Lydda hatte man vor einiger Zeit einen Mann verurteilt, der am Sabbat einen Baum in seinem Garten gefällt hatte. Er hatte vor Gericht beteuert, dass der Baum oberhalb der Wurzel morsch gewesen wäre, und die Gefahr bestanden hätte, dass er umstürzen und auf sein Haus fallen könnte. Viele sahen das nicht als Verletzung der Sabbatruhe an, sondern fanden, dass es sich in diesem Fall um einen Notfall handeln würde. Das Gericht aber verurteilte den Mann mit der Begründung, er hätte mit seiner Frau und seinen Kindern das Haus verlassen und den Baum am nächsten Tag fällen können.

„Der Allmächtige hat David für seinen Frevel nicht bestraft", sagte Jeschua, „weil er Mitleid mit dem Hungernden hatte. Würde Gott einen Mann bestrafen, der aus Sorge um seine Frau und seine Kinder eines seiner Gebote übertritt?"

Die Gegner des Gerichtsurteils jubelten ihm zu. Die anderen schwiegen beschämt.

Dann ereignete sich etwas, über das mich Bartholomäus nicht vorher informiert hatte. Er hatte zwei Vettern, ein Zwillingspärchen, in einem Dorf in der Nähe von Lydda. Einer dieser Jungen war an Lepra erkrankt. Kurz vor dem Ende von Jeschuas Predigt führte Bartholomäus den kranken Jungen aus unserem Zelt auf das Podest und bat Jeschua, ihn zu heilen. Jeschua wollte ihn umarmen, wie er den angeblich Blinden in Hamath umarmt hatte, schreckte aber vor dem Aussehen des Kindes zurück. Er legte ihm nur die Hand auf das Haar. Bevor er etwas sagen konnte, hatte Bartholomäus das Kind wieder in das Zelt zurückgeführt. Nach wenigen Sekunden kam Bartholomäus mit dem gesunden Zwilling aus dem Zelt heraus.

„Er hat mich geheilt", schrie der Knabe. „Der Messias hat mich geheilt!"

Alles was wir bisher an Begeisterungstaumel der Menschen erlebt hatten, konnte man vergessen. Diese aufgeregte, entfesselte Menge hätte sich auf ein einziges Wort von Jeschua hin ins Meer gestürzt oder wäre in eine Schlucht gesprungen. Eine kleine Gruppe, mit Sicherheit Sadduzäer, begann Flüche auf den römischen Kaiser zu brüllen und die Menge stimmte begeistert ein.

„Sohn Davids, König der Kinder Israels", riefen sie. „Führe uns in die Freiheit. Erlöse uns von den Römern. Besteige den Thron, der schon so lange auf dich wartet."

Mattäus hatte Jeschua längst vom Podest ins Zelt gezogen und war mit ihm durch den zweiten Ausgang zur Herberge verschwunden. Aber das schien die Menge nicht zu interessieren. Die Menschen stürmten auf eine römische Kohorte zu, die sich die Predigt am Rande der Versammlung angehört hatte.

„Ein toter Heide ist ein guter Heide“, brüllte die Menge. „Wir wollen dem Messias keine Lämmer opfern, sondern Römer!“ Die Legionäre ergriffen die Flucht und die aufgebrachte Menge stürzte ihnen hinterher. In dieser Nacht wurden in Lydda zwei Wachtürme und ein römischer Festungsbau angezündet. Wie ich später erfuhr, sammelte sich die in Lydda stationierte Kohorte und schlug mit aller Brutalität auf die Menschen ein. Es soll eine große Anzahl Toter gegeben haben. Die judäische Legion des Pontius Pilatus bestand nur aus eintausend Soldaten, und war in kleinere Kohorten, als es sonst üblich war unterteilt. Gut sechzig Legionäre bildeten eine Kohorte. Auf dem Platz, auf dem Jeschua predigte, befanden sich gut achttausend Menschen. Es scheint unvorstellbar, dass sechzig Legionäre diese Menschenmenge auseinander schlagen konnte. Aber es war typisch für das Verhalten des jüdischen Volkes in dieser Zeit. Gewalt wurde nicht mit Gegengewalt beantwortet.

Ich hatte gleich, als die ersten Unruhen entstanden, den Befehl zum Aufbruch gegeben. In aller Eile verließen wir Lydda. Nach drei Stadien fanden wir ein kleines Waldstück, in dem wir unser Lager aufschlugen. Durch unsere überstürzte Abreise, hatte keiner von uns an den neuen Wagen, den der Ägypter lenkte, gedacht. Auch das Podest und das Zelt hatten wir nicht mehr verladen können. Uns allen war klar, dass die eben erlebten Ereignisse ein Nachspiel haben würden, das uns in größere Schwierigkeiten bringen könnte. Judas Ischariot war der Einzige, der andere Probleme hatte.

„Dieser Taschenspielertrick von Bartholomäus hat uns viel Geld gekostet“, sagte er. „Die Menge war in einer solchen aufgehetzten Stimmung, dass sie ihre Spenden vergaß. Wir sind in den letzten Wochen ohne Wunder ausgekommen. Warum musste dieser Unsinn ausgerechnet heute stattfinden.“

„Dir bin ich keine Rechenschaft schuldig, Judas“, sagte Bartholomäus.

„Aber du hättest mich informieren müssen“, wandte ich mich an

Bartholomäus. „Man wird uns vorwerfen, dass wir einen Aufstand ausgelöst haben.“

„Ich konnte diese Reaktion der Menge doch nicht voraussehen“, sagte Bartholomäus kleinlaut. „Es war ein Wunder wie die anderen auch.“

Jakobus nahm meinen Arm und wir gingen zum Rande des Wäldchens.

„Ich denke“, sagte er, „er wird das Beste sein, wenn wir beide nach Jerusalem reiten würden. Jeschua hat nicht ein Wort gegen die Römer gesagt. Man kann ihm nicht vorwerfen, diese Unruhen ausgelöst zu haben. Wir sollten mit Kaiphas reden.“

„Ich werde nach Jerusalem reiten“, sagte ich. „Der Hohepriester muss nicht wissen, dass ich einen von euch in seine Pläne eingeweiht habe. Du wirst dafür sorgen, dass sich Jeschua, Mattäus, Bartholomäus und Judas nicht aus diesem

Waldstück wegbewegen. Die Diener können sich um frisches Trinkwasser kümmern. Verpflegung für einige Tage gibt es genug auf den Wagen."

„Ich lasse dich ungern allein reiten", sagte Jakobus. „Du bist in der Lage und übernimmst die alleinige Verantwortung für die Vorfälle. Was in Lydda geschah, kann übermorgen in einer anderen Stadt geschehen. Es bedarf keiner Predigt von Jeschua oder eines Wunders, um den Zorn des Volkes in diese Bahnen zu lenken. Die wahren Schuldigen sind die Unterdrücker der Geknechteten."

„Kaiphas weiß das auch", sagte ich, „aber die Menschen fühlen sich nur in der Masse stark, und wir haben dafür gesorgt, dass sich Tausende versammelt haben. Das wird man uns zum Vorwurf machen."

„Man kann uns nicht zum Vorwurf machen, was eine Idee des Hohepriesters, die auch noch von Herodes Antipas abgesegnet wurde, ausgelöst hat", sagte Jakobus.

„Ich hoffe nur, dass sich Kaiphas noch daran erinnern kann, dass es seine Idee war", sagte ich. „Je höher das Amt, um so größer die Vergesslichkeit."

„Du wirst ihn daran erinnern müssen", sagte Jakobus. „Wann willst du reiten?"

„Sofort", sagte ich. „Ich übernachte in Emmaus und kann morgen Abend in Jerusalem sein."

Auf dem Ritt nach Emmaus hatte ich genügend Zeit, über die letzten Monate nachzudenken. Im Grunde war es beängstigend, wie schnell sich Menschen manipulieren lassen. Ihre ureigenste Sehnsucht nach einem Helden musste befriedigt werden und wenn sie ihn hatten, dann ließen sie sich ihn nicht mehr nehmen. Dabei war egal, ob die Religion oder die Politik das Handeln dieses Helden bestimmte.

Die römischen Kaiser, die sich durch ihre absolute, brutale Herrschaft immer wieder den Zorn ihres Volkes zuzogen, wurden gefeiert und umjubelt, wenn sie nach siegreichen Feldzügen nach Rom zurückkamen. Es änderte sich nichts am erbärmlichen Leben der Jubler an den Straßenrändern, egal, welche neue Provinz die Römer erobert hatten, aber jeden einzelnen Bürger erfüllte es mit Stolz, dass das römische Reich noch mächtiger und bedeutender wurde. Die jüdische Bevölkerung von Palästina wartete seit Generationen auf die Ankunft des Messias ohne jede konkrete Vorstellung, was sich bei seinem Erscheinen für sie ändern könnte. Zum ersten Mal hatten die Menschen in Lydda direkte Forderungen gestellt. Aber ob sie am nächsten Tag Jeschua auf einem Marsch nach Jerusalem gefolgt wären, war zu bezweifeln. Sie wussten, dass sie sich in einer ohnmächtigen Position befanden, und sie waren außerdem untereinander viel zu zerstritten, um gemeinsame Interessen zu verfolgen. Jeschua sprach ihre Sprache und der Ruf, der ihm vorauseilte, ließ sie seine Predigten besuchen und ihn als Messias oder als Sohn Davids feiern. Aber wenn Jeschua eine Stadt verlassen hatte, gingen sie wieder ihrer Alltagsarbeit nach. Es entstand keine Bewegung, keine politische oder religiöse Macht, die sich organisierte. Sicher gab es bei vielen Menschen die Hoffnung, dass Jeschua einiges verändern könnte. Aber um diese Veränderungen sollte er sich, bitte schön, alleine kümmern. Sie könnten ihm dabei nicht helfen.

Jeschua aber war kein Kämpfer, kein Anführer, der sich an die Spitze einer Bewegung stellen wollte. Er war ein Träumer, ein Phantast. Er hatte seine Vergangenheit abgelegt, wie die Schlange ihre alte Haut. Er genoss die Verehrung und Bewunderung der Menschen wie ein Künstler den Applaus. Jeder seiner Zuhörer war für ihn der Beweis dafür, dass ihm Gott persönlich den Auftrag gegeben hätte, zu den Menschen zu sprechen. Er, von dem die Menschen behaupteten, er könne Besessene heilen, war selbst ein Besessener geworden. Besessen von dem Glauben, dass er mit übermenschlichen Kräften ausgestattet worden sei, um Übermenschliches zu leisten. Judas Ischariot hatte mir von einem Gespräch erzählt, das er mit Jeschua hatte.

„Ich bin der Sohn Gottes", hatte Jeschua gesagt. „Du bist der Erste, der es erfahren soll."

„Warum gerade ich", hatte Judas gefragt.

„Weil es die Sünder sind, die der Allmächtige zurückholen will", hatte Jeschua gesagt.

„Wenn es eine Sünde ist, dich nicht ernst zu nehmen, dann bin ich wirklich ein Sünder", hatte Judas gesagt. „Aber ich bin dein Bruder. Wir sind alle Kinder Gottes und alle Sünder. Also sage mir, was dich von mir unterscheidet."

„Viele sind berufen, aber nur einer ist auserwählt", hatte Jeschua geantwortet.

Judas Ischariot hatte gelacht.

„Spiele deine Rolle, wenn du draußen vor den Menschen stehst", hatte er gesagt. „Aber verschone bitte mich mit deiner Botschaft."

Jeschua hatte sich wütend abgewandt und seit diesem Tag nicht ein einziges Wort mehr mit Judas gesprochen.

Auf der Fahrt nach Apollonia hatte ich versucht, mit Jeschua über Ruth zu sprechen.

„Ich kenne keine Ruth."

„Ich rede von deiner Schwester Ruth."

„Ich habe keine Schwester."

„Du verleugnest sie, weil es dir peinlich ist, dass du aus einer rechtschaffenen Zimmermannsfamilie aus Nazareth stammst."

Sein Blick war eine Mischung aus Mitleid und Verachtung.

„Du weißt nichts, Paulus", hatte er gesagt. „Es wird der Tag kommen, an dem Gott dir die Augen öffnen wird."

Ich konnte nur im Schritt reiten. Es war stockdunkle Nacht und man konnte den Weg kaum erkennen. Erst weit nach Mitternacht hatte ich Emmaus erreicht. Die erste Herberge, zu der ich kam, war schon geschlossen und es brauchte lange, bis der verschlafene Wirt auf mein Klopfen reagierte. Ich nahm mir noch etwas Käse und einen Krug Wein mit auf meine Kammer.

Ich versuchte ständig, mein schlechtes Gewissen zu beruhigen. Ich hatte Jeschua versprochen, einen bekannten Prediger aus ihm zu machen. Diese Versprechen hatte ich eingehalten. Natürlich hatte Kaiphas' Idee der Söldnervertreibung den Vorgang beschleunigt. Aber wäre es nötig gewesen, diesem einen angeblichen Wunder weitere folgen zu lassen? Keiner von uns hatte Jeschua je einen Titel gegeben. Wäre es unsere Pflicht gewesen, den Leuten zu erklären, dass sie nicht den Messias, einen Propheten oder den König der Juden vor sich hatten? Keiner hätte auf uns gehört, keiner hätte uns geglaubt. Im Gegenteil, hätten wir es abgeleugnet, die Menschen wären nur noch überzeugter von der Mission des Jeschua geworden. Die reine Wahrheit wird von der erhofften aufgesogen.

Wie konnte Kaiphas reagieren? Im Grunde konnte er nur den sofortigen Abbruch des Unternehmens verlangen. Ich würde dafür sorgen, dass Jeschua nach Kapernaum zurückgebracht würde, und wenn ich ihn an Händen und Füßen gefesselt dort hinschaffen müsste. Die Einnahmen würden unter den Mitarbeitern aufgeteilt, was jedem einen wesentlich höheren Betrag als die garantierten hundert Denare bescheren würde. Ich würde mich auf den Weg nach Nazareth machen, um Ruth schnellstens in die Arme schließen zu können. Ich schwor mir, dass ich nie wieder einen Gedanken an eine Karriere, auf welchem Gebiet auch immer, verschwenden würde.

Für alles schien eine Lösung zu finden zu sein, aber eine innere Stimme sagte mir, dass Kaiphas und Herodes auch andere Pläne haben könnten.

Es klopfte an meine Kammertür. Unaufgefordert kam der Wirt herein.

„Ich sah noch Kerzenlicht bei euch“, sagte er entschuldigend. „Ich konnte nicht wieder einschlafen. Ich habe die ganze Zeit überlegt, wer ihr sein könntet. Jetzt weiß ich es. Ihr seid Paulus, einer der Begleiter des Jeschua.“

Es gab also auch schon von mir so genaue Beschreibungen, dass mich wildfremde Menschen erkannten.

„Was kann ich für dich tun“, fragte ich.

„In den frühen Abendstunden kamen Legionäre aus Lydda hier an“, sagte der Wirt. „Die Juden haben die halbe Stadt angezündet, berichteten sie und römische Soldaten erschlagen. Die Menge sei schon auf dem Marsch nach Jerusalem.“

„Ich kann dir diese Angaben nicht bestätigen“, sagte ich. „Wir haben gleich nach der Predigt die Stadt verlassen. Sind die Legionäre noch in der Herberge?“

„Nein“, sagte der Wirt. „Sie haben nur eine kurze Rast gemacht und sind dann weiter geritten. In Cäsarea soll Pontius Pilatus die Mobilmachung befohlen haben und zwanzig Kohorten sind schon auf dem Weg nach Lydda.“

Kaiphas würde also schon Bescheid wissen, wenn ich mich morgen bei ihm melden würde. Das passte mir überhaupt nicht. Ich konnte mir vorstellen, wie die Legionäre die Ereignisse ausschmücken würden.

„Mache mir einen starken, türkischen Kaffee“, sagte ich zu dem Wirt. „Ich muss ebenfalls dringend nach Jerusalem.“

KAIPHAS

DIE GESCHICHTE UFERT AUS

Noch am Abend erfuhr ich von den Ereignissen, die sich in Lydda zugetragen hatten. Sie wären zu verhindern gewesen, wenn der Jerusalemer Stadtkommandant, ein alter, verknöcherter Zenturio, meiner Bitte, eine Eskorte loszuschikken, schneller nachgekommen wäre. Aber dieser eingebildete Römer musste mir in jeder Situation beweisen, dass er das Sagen in der Stadt hatte. Aber es war nun einmal zu den Unruhen in Lydda gekommen, und mir war klar, dass dieses der entscheidende Moment war, das Unternehmen Jeschua zu beenden. Jetzt würde Pontius Pilatus nicht mehr darum bitten, er würde es befehlen.

Ich fand meine ursprüngliche Idee immer noch hervorragend. Ja, ich spielte sogar manchmal mit dem Gedanken, dass es auch möglich gewesen sein würde, mich selbst durch eine gezielte Aktion in so eine Position zu bringen, in die Paulus diesen Wanderprediger gebracht hatte. Meine Vorgänger, ich denke nur an Hyrkanus, waren mit absoluten Machtbefugnissen versehen. Hyrkanus war Herr über Leben und Tod, legte die Gesetze nach seinen eigenen Vorstellungen aus, ernannte und entließ Oberrabbiner wie es ihm gefiel und wurde trotzdem vom Volk bewundert und verehrt. Er hätte sich von keiner Besatzungsmacht auf der Nase herumtanzen oder sich zum Befehlsempfänger ausländischer Kräfte degradieren lassen. Die Masse des Volkes stand hinter ihm und verlieh ihm dadurch eine gewisse Macht. Mich respektierte das jüdische Volk, aber es bewunderte mich nicht. Man kannte meinen Namen, aber ich könnte durch Bethlehem, Hebron oder Herodium spazieren und niemand würde mich erkennen. Aber ich war auch nicht der Typ für die großen Massenveranstaltungen. Mir war das Volk sympathischer, wenn ich es aus einiger Entfernung betrachten konnte. An Festtagen war mir Jerusalem verhasst. Ich konnte diese lärmende, unruhige Menge, die jede Straße verstopfte und respektlos genug war, sich auch in der Oberstadt breit zu machen, nicht ausstehen. Das bevorstehende Laubhüttenfest würde die Stadt wieder mit Pilgern aus allen Landesteilen überschwemmen. Wie gerne wäre ich nach Engedi am Toten Meer gefahren, wo ich ein kleines Haus besaß, in dem ich mich ab und zu erholte. Aber abgesehen davon, dass ich die Hauptpredigt im Tempel zu halten hatte, würden Herodes Antipas und Pilatus in der Stadt erscheinen, und gerade in der augenblicklichen Situation meine Abwesenheit als persönliche Beleidigung betrachten.

Arras, mein Sekretär, meldet Hannas an, einen jungen, ehrgeizigen Rabbiner, von dem ich wusste, dass er sich große Ziele gesteckt hatte.

„Ich möchte euch daran erinnern, verehrter Kaiphas", sagte Hannas, „dass ihr den Prokurator nicht in seinem Palast aufsucht, wenn er zum Laubhüttenfest in der Stadt erscheint. Im letzten Jahr haben mich viele Gläubige angesprochen, die nicht verstanden, dass ihr euren Fuß über die Schwelle eines heidnischen Hauses gesetzt habt."

Ich werde mich daran erinnern, dass du hier aufkreuzt, dachte ich, und mir Belehrungen erteilst.

Laut sagte ich: „Mein lieber Hannas, ich bewundere eure Genauigkeit, mit der ihr die religiösen Vorschriften beachtet. Wenn ich allerdings den Prokurator aufsuche, dann nicht als Jude und Hoherpriester, sondern als politischer Gegenspieler, der für das besetzte Judäa spricht. Ich bin die einzige Autorität, die Pontius Pilatus anerkennt, und wenn ich Verbesserungen für die Lebensbedingungen des jüdischen Volkes bei ihm erreiche, dann wird es auch Gottes Wohlgefallen finden."

Hannas steckte diese Zurechtweisung lächelnd weg.

„Wenn ihr mir schon die Gunst erweist, mich zu empfangen, würde ich gerne die Gelegenheit nutzen, noch über ein anderes Thema mit euch, verehrter Kaiphas, zu sprechen", sagte er.

„Ich habe stets für euch ein offenes Ohr", antwortete ich.

„Es handelt sich um diesen Wanderprediger", sagte Hannas.

Das war also der wirkliche Grund seines Besuches.

„Wir Rabbiner beobachten diese Entwicklung mit Sorge", fuhr Hannas fort. „Dieser Mann macht sich ununterbrochen der Gotteslästerung schuldig."

„Ich teile eure Besorgnis", sagte ich. „Und ich habe bereits gehandelt. Zur Stunde ist eine Eskorte unterwegs, um diesen Jeschua nach Jerusalem zu bringen. Ich rechne mit der Unterstützung des Tempelrats, der Rabbiner und ganz speziell mit eurer, lieber Hannas, wenn ich diesen Spuk beende."

„Ihr könnt unser aller Unterstützung sicher sein", sagte der junge Rabbiner. „Wenn es um die Verteidigung der heiligen Überlieferungen geht, wird jeder Gläubige auf eurer Seite sein."

Ich wusste, dass Hannas mit seiner Berufung in den Tempelrat rechnete. In mir würde er einen Befürworter seiner Pläne finden. Hannas hatte ein Kind mit einer Kaufmannstochter, es aber dann vorgezogen, ein Mädchen aus einer alten, ehrwürdigen Rabbinerfamilie zu heiraten. Diese Information, die ich mit anderen in einem Safe verwahrte, machte ihn zu einem Tempelratsmitglied, das mir seine Zustimmung nicht versagen würde.

Hannas verabschiedete sich mit Komplimenten. Er lobte meine Weitsichtigkeit und meinte, dass es ein Glücksfall wäre, dass meine Familie schon so lange den Hohepriesterposten bekleiden würde.

„Zu lange wollte er eigentlich sagen", sagte ich zu Arras, der gerade den Raum betreten hatte. „Der junge Mann muss aufpassen, dass er nicht über seinen eigenen Ehrgeiz stolpert."

„Es ist gerade die Nachricht gekommen“, sagte Arras, „dass Paulus allein auf dem Weg nach Jerusalem ist.“

Ich dachte einen Augenblick nach.

„Vielleicht ist das kein schlechter Umstand“, sagte ich dann. „Wir könnten mit Paulus eine gemeinsame Lösung finden. Er ist intelligent und verlässlich und kennt von uns allen diesen Prediger am besten. Er soll uns vorschlagen, wie wir diese Angelegenheit aus der Welt schaffen können.“

Ich hielt nach wie vor große Stücke auf Paulus. Er hatte hervorragende Arbeit geleistet. Vielleicht hatte er in seinem jugendlichen Übermut zum Schluss etwas übertrieben, aber es konnte auch sein, dass sich die Entwicklung des Unternehmens Jeschua verselbstständigt hatte.

Jedenfalls wäre es vorteilhaft, sich in Ruhe mit ihm austauschen zu können.

SAULUS

WIEDERSEHEN MIT ARCHELAOS

Einige Stadien vor Jerusalem kam mir im scharfen Galopp eine Gruppe Legionäre entgegen geritten. Kurz vor mir brachten sie ihre Pferde zum Stehen. Ein Offizier, ich erkannte ihn an seinem roten Helmbusch, gab mir ein Zeichen, dass ich mein Pferd ebenfalls anzuhalten hatte.

„Hallo, Saulus", rief er mir zu.

Es war lange her, dass mich jemand mit meinem richtigen Namen angesprochen hatte. Und jetzt erkannte ich den Mann, obwohl er einen üppigen Vollbart trug: Es war mein alter Freund Archelaos. Wir stiegen beide von unseren Pferden ab und fielen uns in die Arme.

„Was machst du in einer römischen Uniform", fragte ich ihn.

„Du weißt von meinem Wunsch, nach Rom auszuwandern", antwortete er. „Wenn ich ein Jahr als Legionär gedient habe, bekomme ich eine Aufenthaltsgenehmigung. Meine Mutter ist römische Staatsangehörige, auch wenn ihr Bruder, Herodes Antipas, das nicht gerne hört."

„Du willst also wirklich deine Heimat verlassen", fragte ich.

„Was ist Heimat, mein Freund? Wir sind doch alle dort zu Hause, wo wir glücklich sind, und wenn nur die Hälftc von dem stimmt, was ich über Rom erfahren habe, dann werde ich dort sehr glücklich sein", sagte Archelaos.

„Du wirst dir deinen Bart abnehmen müssen", sagte ich lachend. „Ich habe gehört, dass die Römerinnen keine bärtigen Männer mögen."

„Den Bart trage ich nur, damit man mich in Jerusalem nicht erkennt", sagte Archelaos. „Ein bisschen peinlich wäre es mir schon, wenn alte Freunde mich in dieser Aufmachung sehen würden."

„Und welchem Befehl der Römer kommst du im Moment gerade nach? Sollst du mit deinen Männern Ägypten erobern", fragte ich spöttisch.

„Nein", sagte Archelaos lachend, „ich soll Jeschua, deine Mitarbeiter und dich nach Jerusalem begleiten. Dich habe ich schon, aber wo stecken die anderen?"

„Von wem hast du den Auftrag", fragte ich.

„Von Vittalus, dem Stadtkommandanten, aber es handelt sich ursprünglich um eine Bitte des Hohepriesters", antwortete Archelaos.

„Weißt du, was man von uns will", fragte ich, obwohl ich mir genau denken konnte, warum der Hohepriester uns sehen wollte.

„Genaues weiß ich nicht", sagte Archelaos. „Aber ich kann es mir natürlich denken. Es gibt in ganz Jerusalem nur ein Gesprächsthema, und das ist dieser seltsame Heilige, mit dem du durchs Land ziehst. Du sollst der führende Kopf dieses Unternehmens sein. Mein Vater erzählt überall ganz stolz herum, dass er dir diese Arbeit besorgt habe."

„Er ist nicht ganz unschuldig daran", sagte ich.

„Wo sind deine Leute", fragte Archelaos.

„In der Nähe von Lydda", sagte ich. „Ich wollte erst einmal allein mit Kaiphas reden."

Archelaos dachte einen Augenblick nach.

„Nach Lydda sind es zwei Tagesritte, zum Palast des Kaiphas zwei Stunden", sagte Archelaos. „Wir werden dich zum Hohepriester begleiten. Er kann dann immer noch entscheiden, ob es für ihn wichtig ist, deinen Prediger in Jerusalem zu sehen."

„Aber du hast einen Befehl von deinem Vorgesetzten", warf ich ein.

„Vittalus ist es völlig egal, ob dieser Jeschua hier erscheint oder nicht", sagte Archelaos. „Er begrüßt gerade den Prokurator in der Stadt, der mit großem Gefolge vor einer Stunde hier ankam."

„Pontius Pilatus ist hier", fragte ich überrascht.

„Ja", sagte Archelaos. „Er muss sich beim Laubhüttenfest blicken lassen, schon um der Tradition genüge zu tun, dem Volk einen Gefangenen freizugeben. Auch mein Onkel, Herodes Antipas ist schon in der Stadt."

Wir bestiegen unsere Pferde, und Archelaos gab seinen Männern den Befehl, uns zu folgen.

„Es wird kein leichtes Gespräch, dass ich mit dem Hohepriester zu führen habe", sagte ich, als wir die Stadtmauern von Jerusalem vor uns sahen.

„Wenn ich die Gespräche auf Vaters Terrasse richtig verfolgt habe", sagte Archelaos, „dann hast du nur eine Auftragsarbeit ausgeführt. Auf dich kann man die Verantwortung nicht abwälzen."

„Es fragt sich nur, ob sich einer der hohen Herren noch daran erinnert", sagte ich.

„Du sprichst in der Mehrzahl", sagte Archelaos. „Hat dich nicht nur der Hohepriester beauftragt?"

„Dein Onkel war bei dem entscheidenden Gespräch auch dabei", sagte ich.

„Wenn du Hilfe brauchst", sagte Archelaos, „vergiss nicht, dass ich immer noch dein Freund bin."

Ich warf ihm einen dankbaren Blick zu. Vor dem Palast des Kaiphas nahm mir einer der Legionäre mein Pferd ab. Arras wartete bereits beim ersten Wachposten auf mich.

„Ich werde hier warten", sagte Archelaos, „bis ich weitere Befehle bekomme."

Arras umarmte mich bei der Begrüßung.

„Die Herren sind noch beim Essen", sagte er. „Wir warten in meinem Arbeitszimmer, bis sie geneigt sind, dich rufen zu lassen."

„Herodes ist also auch im Palast", sagte ich.

„Nicht nur der Landesfürst", sagte Arras, „der Prokurator beehrt uns ebenfalls mit seiner Anwesenheit."

Es war knapp ein Jahr her, seit ich zum letzten Mal im Palast war. War es wirklich nur ein Jahr? Ich war ein junger Mann, als Kaiphas und Herodes mich mit dieser Aufgabe betrauten. Heute fühlte ich mich wie ein lebenserfahrener Greis.

„Wo sind deine Wegbegleiter", fragte Arras. „Wenn ich richtig informiert bin, erwarten die Herren in erster Linie Jeschua."

Ich erklärte ihm, warum ich alleine gekommen war.

„Das könnte sogar der bessere Weg sein", sagte Arras. „Dir gegenüber müssen sie sich vorsichtiger verhalten."

„Weißt du denn, was sie wollen", fragte ich.

„Was werden sie wollen", sagte Arras. „Diese Geschichte mit dem Wanderprediger ist ihnen zu groß geworden. Kaiphas wird sich kaum daran erinnern, was er dir für einen Auftrag gegeben hat, und Herodes Antipas weiß sowieso, wie immer, von allem nichts."

„Aber das entspricht nicht der Wahrheit", sagte ich.

„Die Wahrheit, mein lieber, junger Freund", sagte Archelaos, „die Wahrheit ist das, was die Mächtigen als Wahrheit sehen wollen."

„Sie können mich nicht alleine dafür verantwortlich machen", sagte ich trotzig.

„Sie werden es aber tun", sagte Arras. „Schau nicht so bedrückt. Sie werden dich nicht kreuzigen oder in den Kerker werfen lassen. Sie werden von dir verlangen, dass du die Geschichte zu einem Ende bringen wirst."

Er legte die Finger auf seine Lippen und bedeutete mir so, dass ich schweigen sollte. Wir hörten Schritte auf dem Gang. Ein Diener klopfte an die Tür und meldete, dass die hohen Herren mich erwarten würden. Arras begleitete mich, wie bei meinem ersten Besuch in diesem Haus, bis zur Saaltüre.

„Du hast auch in mir einen Freund", flüsterte er mir noch zu, bevor ich hineinging.

Kaiphas kam mir ein paar Schritte entgegen.

„Rede so wenig wie möglich", sagte er leise und dann laut: „Da ist ja unser Volksaufhetzer."

Herodes und Pontius Pilatus drehten sich nach uns um. Ich sah den Prokurator zum ersten Mal aus der Nähe. Er war klein und dicklich, trug seine Haare kurz geschnitten und eine übertrieben bunte Uniform. Seine Mundwinkel waren nach unten gezogen und Falten durchfurchten sein Gesicht. Er sprach hebräisch mit einem Akzent, den man als lustig bezeichnen könnte, wenn seine Stimme nicht ständig einen bösen Unterton gehabt hätte. Herodes Antipas sah mich an, als hätte er mich noch nie in seinem Leben vorher gesehen.

Kaiphas setzte sich, und da er mich nicht aufforderte Platz zu nehmen, blieb ich stehen. Allein dadurch fühlte ich mich vom ersten Augenblick an unsicher.

„Wir hatten euch alle hier erwartet“, eröffnete Kaiphas das Gespräch, und bevor ich antworten konnte, fuhr er fort: „Wir sind bereits darüber informiert, wo sich dein Jesse aufhält. Der verehrte Prokurator begnügt sich vorerst mit deiner Anwesenheit.“

Er sah Pontius Pilatus auffordernd an. Der kniff die Augen zusammen und betrachtete mich, als würde er einen Sklaven auf dem Markt kaufen wollen.

„Du bist also der Urheber dieser unerfreulichen Geschichte“, sagte er dann böse. „Ich sollte kurzen Prozess mit dir machen.“

Kaiphas zeigte doch mehr Charakter, als ich ihm zugetraut hatte.

„Er bekam von mir den Auftrag, Pontius“, sagte er. „Leider hat er ihn nicht richtig verstanden.“

„Wenn ich meinen Legionären einen Auftrag gebe, den sie nicht richtig ausführen, lasse ich sie enthaupten“, sagte der Prokurator und grinste mich höhnisch an.

„Was war das für ein Auftrag“, mischte sich der scheinheilige Herodes in das Gespräch ein.

Kaiphas spielte das Spiel mit. Der alte Intrigant wollte es sich nicht mit dem Landesfürsten verderben.

„Ich hatte mir überlegt, dass es möglicherweise sinnvoll wäre, wenn man die Masse der Wanderprediger eindämmen würde“, sagte Kaiphas. „Mein Agentennetz war nicht mehr in der Lage, die ständig anwachsende Szene zu überwachen. Außerdem begannen immer mehr politische Wirrköpfe damit als Wanderprediger getarnt, aufrührerische Parolen zu verbreiten. Meine Idee war es also, dass man einen Prediger in eine dominante Position bringen sollte, damit den anderen der Zulauf entzogen würde.“

„Ein durchaus nachvollziehbarer Gedanke“, lobte ihn Herodes Antipas.

Ich überlegte, ob es ihm nicht peinlich war, in meiner Gegenwart diesen Unwissenden zu spielen, kam aber zu dem Schluss, dass es nichts geben würde, was Herodes peinlich sein könnte.

„Grundsätzlich ist gegen diese Überlegungen nichts zu sagen“, wandte sich Pilatus an Kaiphas. „Aber man hätte die Stimmung im Volk berücksichtigen müssen. Die Juden warten nur darauf, dass sich ein Mann findet, der sich an ihre Spitze stellt. Von ihrem Charakter her sind sie ein kriegerisches Volk. Sie würden sogar einen aussichtslosen Kampf gegen Rom riskieren.“

„Ein merkwürdiges Volk“, pflichtete ihm Herodes bei, und vergaß einen Augenblick, dass er ständig großen Wert darauf legte, selber für einen Juden gehalten zu werden.

„Ich denke“, sagte Kaiphas, „dass wir uns schnellstens eine Lösung einfallen lassen sollten, wie wir diese Situation beruhigen können.“

„Meine Legionäre haben dem Volk in Lydda schon eine passende Antwort gegeben“, knurrte der Prokurator. „Es gibt jetzt ein paar Aufrührer weniger. Jupiter sei Dank, dass es keine Opfer unter meinen Leuten gab. Tiberius hätte mir den Kopf abgerissen.“

Pontius Pilatus sah mich herausfordernd an, als würde er von mir eine Lösung erwarten. Kaiphas gab mir ein Zeichen mit den Augen. Ich sollte also etwas sagen. Aber was?

Dem Prokurator schien die Pause zu groß zu sein.

„Nun“, sagte er ungeduldig, „fällt dir ein, wie man die Angelegenheit aus der Welt schaffen kann? Letztendlich ist dieser Prediger dein Produkt.“

„Meine Mitarbeiter und ich hatten wenig Einfluss auf die Entwicklung“, sagte ich. „Die Menschen wollten einen Helden, und sie haben ihn sich, mehr oder weniger, selbst geschaffen.“

Dieser Satz schien keinem von den hohen Herren zu gefallen.

„Wer hat denn seine Auftritte organisiert“, fragte Herodes Antipas ärgerlich.

„Und wer hat ihn ein Wunder nach dem anderen vollbringen lassen“, fügte der Prokurator wütend hinzu. „Du willst mir doch nicht erzählen, dass sich dieser Jeschua alles selbst ausgedacht hat.“

„Diese Wundergläubigkeit ist im jüdischen Volk tief verwurzelt“, sagte Herodes. „Dagegen erscheinen die Taten des Zeus oder des Jupiters wie kleine, menschliche Geschichten.“

„Die Gerüchte, die sich um Jeschua ranken, entspringen in erster Linie den Köpfen irgendwelcher Phantasten“, sagte ich. „Einer erzählt eine Geschichte und schon der nächste schmückt sie nach eigenem Gutdünken aus.“

„Dein Jesse hat also keine Söldner in die Flucht geschlagen, keinen Wasser in Wein verwandelte und Blinde wieder sehend gemacht“, fragte Kaiphas verlogen.

Ich zögerte einen Augenblick. Sollte ich der Runde die wahren Zusammenhänge erklären? Das könnte bedeuten, dass man uns den Vorwurf machen könnte, gezielt am Bekanntheitsgrad des Jeschua interessiert gewesen zu sein, ohne Rücksicht auf die Auswirkungen.

„Nein“, sagte ich deshalb. „Es hat nicht ein einziges Wunder gegeben. Es gab nur Menschen, die sich durch ihre Erzählungen interessant machen wollten. Der ehrwürdige Landesfürst hat es gerade bereits angedeutet, dass die Wundergläubigkeit sehr verbreitet ist. Die Menschen haben diese Geschichten geglaubt, weil sie sie glauben wollten."

„Den Menschen kann man wirklich alles erzählen", sagte Pontius Pilatus zynisch. „Der Heilige soll fünftausend Leute mit ein paar Fischen gesättigt haben. Ich sollte ihn als Koch für meine Legionäre einstellen. Dann könnte ich Unmengen an Verpflegungskosten sparen."

Der Hohepriester und Herodes Antipas lachten zustimmend und Pontius Pilatus genoss es sichtlich, dass sein Scherz so gut ankam.

„Vielleicht sollte Paulus eine kurze Zusammenfassung von der Entwicklung dieses Unternehmens vortragen", sagte Kaiphas und sah Pilatus fragend an.

„Einverstanden", sagte der Prokurator, „aber es muss eine kurze sein."

Ich berichtete von meiner Suche nach dem richtigen Prediger. Erwähnte aber mit keinem Wort das Gespräch mit Kaiphas und Herodes. Ich erzählte vom Kennenlernen Jeschuas, von der Verpflichtung meiner Mitarbeiter und ihren Arbeitsgebieten. Ich sprach über die ständig anwachsenden Zuhörerzahl und der grenzenlosen Verehrung, die Jeschua im Volk entgegengebracht wurde.

„Eigentlich eine Bilderbuchkarriere", sagte Kaiphas, als ich zum Schluss gekommen war.

„Nur zum falschen Zeitpunkt und mit der falschen Person", fügte Pilatus hinzu.

„Wir haben es aber eindeutig mit einem politischen Fall zu tun", sagte Kaiphas. „Religiöse Verfehlungen haben mir die Rabbiner nicht nach Jerusalem gemeldet."

„Moment mal", hakte der Römer sofort ein, „der Mann zieht als Messias durchs Land. Eine religiösere Position kann man doch gar nicht einnehmen."

„Er läßt sich als König der Juden feiern", sagte Herodes Antipas. „Ich glaube nicht, dass Tiberius das gerne hören wird."

„Was halten wir uns mit diesem Prediger auf? Ziehen wir ihn aus dem Verkehr, dann ist das Problem gelöst", sagte Pilatus.

Er machte eine eindeutige Handbewegung. Das Gespräch nahm einen Verlauf, der ihm offensichtlich nicht gefiel.

„Ich gebe zu bedenken", sagte Kaiphas schnell, „das wir dem Volk dann einen Märtyrer bescheren. Ein Toter kann manchmal mehr bei der Masse auslösen, als ein Lebender."

Ein Toter? Erst jetzt wurde mir bewusst, wie ernst die Situation war. Die drei sprachen über ein Menschenleben mit derselben Beiläufigkeit, mit der sie an ihren Gläsern nippten. Wenn sie Jeschua opfern würden, was sollte sie davon abhalten, Mattäus, Bartholomäus, Jakobus, Judas und mich ebenfalls zu beseitigen. Mitwisser würden die hohen Herren mit Sicherheit nicht dulden. Sie mussten davon ausgehen, dass ich die anderen über die wahren Zusammenhänge aufgeklärt hatte.

„Jeschua hat nie von sich behauptet, dass er der angekündigte Messias wäre, und er hat sich auch nie als König der Juden bezeichnet“, sagte ich. „Die Menschen haben ihm alle möglichen Beinamen gegeben. Er selbst hält sich nur für einen schlichten Wanderprediger.“

Ich log bewusst. Würde ich den Herren erzählen, welche Rolle Jeschua auszufüllen glaubt, man würde wenig Umstände mit ihm machen. Und wenn mit ihm, dann auch mit uns.

„Wenn das so ist“, sagte Kaiphas erleichtert, „dann wird es dir nicht schwer fallen, diesen Jesse dazu zu bewegen, sich aus der Öffentlichkeit zurückzuziehen.“

„Wir könnten ihn per Schiff nach Zypern schicken“, sagte Herodes Antipas. „Nach einem Jahr wird keiner mehr von diesem Menschen sprechen. Helden, die nicht präsent sind, vergisst das Volk schnell.“

„Warum solche Umstände“, fragte Pontius Pilatus. „Wenn Paulus und seine Mitarbeiter ihre Arbeit beenden, hat dieser Prediger allein keine Chance mehr.“

„Dann besteht aber die Gefahr, dass andere Leute in das Geschäft einsteigen“, sagte ich.

„Geschäft“, fragte Kaiphas. „Ihr habt damit Geld verdient?“

„Die Menschen haben freiwillig gespendet“, sagte ich schnell. „Wir haben nie etwas von ihnen verlangt.“

„Darüber solltest du später mit Arras reden“, sagte Kaiphas. „Das Geld gehört wie alle Kollekten dem Tempel.“

Er tat, als hätte er nicht gewusst, dass wir größere Summen eingenommen hatten. Aber ich war mir sicher, dass seine Agenten ihm diese Tatsache bestimmt nicht verschwiegen hatten.

„Reden wir nicht über Geld“, sagte Pontius Pilatus ungeduldig. „Reden wir darüber, wie wir diesen merkwürdigen Heiligen loswerden.“

„Ich würde es für angebracht halten“, sagte ich, „wenn ich Jeschua nach Jerusalem bringen würde. Die hohen Herren könnten sich dann selbst ein Bild von ihm machen.“

„Dann bringe ihn her“, sagte der Prokurator. „Er wäre der erste Jude, der sich meinen Anordnungen widersetzt.“

„Auf jeden Fall der erste lebende“, sagte Herodes Antipas und lachte mekkernd.

„Also gut“, sagte Kaiphas, „dann soll er hier erscheinen.“

„Er ist Jude und ihr seid Juden“, sagte der Prokurator. „Regelt die Angelegenheit unter euch. Das Wichtigste ist, dass sich solche Vorfälle wie in Lydda nicht wiederholen.“

„Eine Eskorte wird dich begleiten, Paulus“, sagte Kaiphas. „Dein Jesse braucht sicheres Geleit. Und jetzt darfst du dich entfernen.“

Arras erwartete mich vor der Tür.

„Nun“, fragte er neugierig.

„Es wäre ihnen am liebsten, wenn ich Jeschua ein Messer ins Herz stoßen würde“, sagte ich. „Anschließend würden sie mich und meine Mitarbeiter wegen dieser Tat steinigen lassen und damit wären ihre Probleme gelöst.“

„Im Namen des himmlischen Vaters sind schon viele geopfert worden“, sagte Arras. „Da kommt es auf einen mehr oder weniger nicht an.“

„Ich soll Jeschua nach Jerusalem bringen“, sagte ich.

„Dann wird er die Stadt nicht wieder lebend verlassen“, sagte Arras.

„Was rätst du mir“, fragte ich.

„Du hast gar keine andere Wahl“, sagte Arras, „als ihrem Befehl zu gehorchen. Die Eskorte wartet immer noch vor dem Tor. Sollte sich dein Jeschua weigern, die Legionäre zu begleiten, würden sie das Problem an Ort und Stelle lösen. Auf der Flucht erschlagen oder beim Widerstand gegen die Staatsgewalt getötet worden, nennt man das in der Amtssprache.“

Arras brachte mich zu Archelaos und seinen Männern zurück.

„Ich freue mich auf deine Begleitung“, sagte ich zu Archelaos. „Du kannst mit unterwegs erzählen, was aus den anderen Studenten unserer Gruppe geworden ist.“

„Bevor wir aufbrechen, musst du dich stärken“, sagte Archelaos. „Ich habe bei Dimitros, deiner griechischen Lieblingstaverne, einen Tisch bestellt.“

Der alte Grieche freute sich, dass er mich wiedersah.

„Du bist ein berühmter Mann geworden“, sagte er und lachte über das ganze Gesicht. „Nur dein Schützling ist noch bekannter. Ich würde ihn gerne einmal persönlich kennen lernen.“

„Dazu hast du bald Gelegenheit, Dimitros“, sagte Archelaos. „Wir holen ihn ab und sind in ein paar Tagen in Jerusalem.“

„Wunderbar“, sagte Dimitros. „Aber jetzt werde ich das Essen aus der Küche holen. Ich bin wirklich der schlechteste Wirt unter den Bergen der Götter.“

Er schlurfte davon.

„Aber er ist auch der schwatzhafteste Wirt“, sagte Archelaos. „In wenigen Stunden wird die ganze Stadt wissen, dass Jeschua hier erscheinen wird. Ich glaube, es kann deinem Schützling nur nützlich sein, wenn die hohen Herren spüren, dass das Volk hinter ihm steht.“

„Du arbeitest schon mit römischen Finessen“, sagte ich zu dem Freund. „Um deine Zukunft in Rom muss man sich wirklich keine Sorgen machen.“

„Wenn ich etwas tue, dann tue ich es für dich“, sagte Archelaos. „Ich habe mich freiwillig gemeldet, als der Zenturio die Gruppe der Legionäre zusammenstellte, die euch suchen sollte. Hier haben die Wände Ohren, aber wir werden unterwegs genug Zeit haben, um über die verschiedensten Möglichkeiten zu reden, die sich aus dieser Situation ergeben."

Ich beugte mich vor und küsste ihn rechts und links auf die Wange.

„Ich bin wirklich froh darüber, dich wiederzusehen, Archelaos", sagte ich.

Wir würden über vieles reden können, aber ich hatte mich der Meinung von Arras längst angeschlossen, dass ich keine andere Wahl hatte, als mit Jeschua in Jerusalem zu erscheinen. Aber ich war optimistischer als Arras. Wenn Jeschua sich bescheiden und zurückhaltend benehmen würde, dann gäbe es keinen Grund, ihn zu bestrafen. Und Jeschua würde sich seine Einstellung gründlich überlegen, wenn er spüren würde, welche Folgen es haben würde, wenn er sich uneinsichtig zeigen sollte.

JAKOBUS

DIE MÄCHTIGEN

Das politische Geschehen in Palästina wurde von drei Machtfaktoren bestimmt. Da war einmal der Landesfürst von Galiläa, Herodes Antipas. Er war der Enkel des Antipater, den der römische Feldherr Pompejus als römischen Prokurator für ganz Judäa eingesetzt hatte. Damit wurde die Dynastie der Hasmonäer, auch Makkabäer genannt, beendet. Antipater war Idumäer. Der Sohn Antipaters, Herodes der Große, regierte als König über ganz Palästina. Allerdings war er der römischen Oberherrschaft unterworfen. Er ließ den Tempel in Jerusalem wieder aufbauen, den Epiphanes, der letzte bedeutende seleukidische Herrscher hatte schleifen lassen. Nach dem Tode des Herodes wurde das Reich unter seine Söhne Archelaos und Herodes Antipas aufgeteilt. Herodes Antipas wurde Landesfürst von Galiläa. Er war, wie seine Vorfahren, von der Gnade des römischen Kaisers abhängig. Kaiser Augustus hatte ihn eingesetzt. Das Wohlwollen dessen Nachfolgers, Kaiser Tiberius, erkaufte sich der Tetrarch, so seine offizielle Bezeichnung, dadurch, dass er sich am See Genezareth eine neue Residenzstadt errichten ließ, die er nach Tiberius Tiberias benannte. Herodes konnte in Jerusalem, das außerhalb seiner Regierungsbereichs lag, kein Urteil über Jeschua fällen. Er war froh, diesen Unruhestifter aus Galiläa losgeworden zu sein. Er hatte erkannt, dass es nicht Jeschuas Worte und angebliche Taten waren, die gefährlich wurden, sondern die Erwartungen, die er im Volk weckte, konnten zur Gefahr werden.

Pontius Pilatus hatte die typische Karriere eines römischen Verwaltungsbeamten gemacht. Nach erfolgreicher Teilnahme an zahlreichen Schlachten, bei denen er es durch Mut und Entschlossenheit bis zum Offizier in der Legion brachte, bekam er einen Posten in der Verwaltung. Das deutete bei ehemaligen Offizieren schon darauf hin, dass sie für eine Aufgabe in den Provinzen vorbestimmt waren. Die römischen Prokuratoren waren nicht nur die Befehlshaber der Kohorten, sondern hatten einen Verwaltungsapparat aufzubauen, der dafür sorgen musste, dass der kaiserliche Hof ausreichend Steuereinnahmen, Waren und Bodenschätze aus diesen Provinzen beziehen konnte. Tiberius jedenfalls fand, dass Pilatus der richtige Mann war, um als Nachfolger des verstorbenen Bruder des Herodes Judäa zu verwalten. Pontius Pilatus war brutal und äußerst autoritär. Selbst bei seinen Legionären stand er nicht in hohem Ansehen. Man erzählte sich von Orgien, die in seinem Palast in Cäsarea stattfanden, bei denen junge Sklavinnen ausgepeitscht wurden, wenn sie sich weigerten mit einem Legionär vor den Augen des Prokurators zu schlafen. Die Aufregungen, die Jeschuas Erscheinen auslöste, interessierten ihn überhaupt nicht. In Lydda hatten seine Legionäre erst wieder den Beweis erbracht, dass selbst eine kleine Gruppe von ihnen eine größere Menschenmenge in Schach halten konnte. Das führte er auf die Überlegenheit der römischen Rasse zurück. Für ihn waren die Römer die Herrenmenschen, deren natürliche Bestimmung es war, die Welt zu beherrschen. Er hätte diesen Herrschaftsanspruch gerne in einer wichtigeren Provinz unterstützt, und ließ es jeden wissen, dass er in Judäa sein Können und seine Fähigkeiten nicht voll einsetzen konnte. Ein Volk, das nur einen einzigen Gott hatte, von dem es nicht einmal ein Bild oder eine Statue gab, das sich auch noch außerdem für ein auserwähltes Volk hielt, war für ihn völlig indiskutabel.

Seit der Regierungszeit von Herodes dem Großen war es üblich, dass die Hohepriesterwürde im Kreis von wenigen einflussreichen Familien in Jerusalem verblieb. Zwar gab es eine Bestimmung, nach der die amtierenden Hohepriester nur jeweils ein Jahr lang dieses Amt ausüben sollten, aber daran hielt sich niemand. Anfangs wurde noch der Sohn Nachfolger des Vaters und der löste ihn dann wieder auf seinem Posten ab, aber schon Kaiphas Vorgänger, ein Onkel von ihm, blieb bis zu seinem Tode in Amt und Würden. Es gab Gerüchte, dass er nicht ganz freiwillig diese Welt verlassen haben soll. Der Ehrgeiz des jungen Kaiphas war sprichwörtlich. Aber es gab niemanden, der diese Gerüchte hätte aufklären können. Zu eng war das Netz aus Abhängigkeiten und Postenvergabe gewebt, als dass es Opposition in der Priesterschaft zugelassen hätte. Wer auch nur den geringsten Versuch machte, sich eine eigene Hausmacht innerhalb der Priesterschaft aufzubauen, konnte sofort mit seiner Versetzung in einen entlegenen Ort rechnen. Kaiphas wusste geschickt die Lücken, die Pontius Pilatus und Herodes Antipas im Machtanspruch ließen, auszunutzen, und vor allen anderen erkannte er diese Freiräume mit untrüglichem Instinkt schneller. Er wollte auf der einen Seite Jeschuas Tod, auf der anderen aber keine Schuld auf sich laden, um im Volk keine Stimmung gegen die Priesterschaft und seine Person aufkommen zu lassen.

Herodes, Pilatus und Kaiphas arbeiteten immer dann zusammen, wenn es gemeinsame Interessen zu vertreten galt. Aber jeder von ihnen war ständig bemüht, sich persönliche Vorteile zu verschaffen und sich gleichzeitig das Wohlwollen des römischen Kaisers zu erhalten. Eine Giftschlange, eine Tarantel und ein Skorpion saßen in einer gemeinsamen Höhle und jeder wusste von der eigenen Stärke und von der Gefährlichkeit der anderen.

SAULUS

ARCHELAOS WILL NACH ROM

Wir übernachteten in Emmaus in der Herberge, in der ich auch auf dem Hinritt abgestiegen war. Archelaos und ich setzten uns in den Wirtsgarten und bestellten uns einen Krug Wein.

„Warum haben wir Juden so einen unstillbaren Drang, in die Welt hinauszuziehen", fragte ich ihn.

„Haben wir den", fragte Archelaos zurück.

„Nimm dich", sagte ich. „Du willst doch auch unbedingt nach Rom."

Archelaos dachte lange nach.

„Vielleicht hängt das mit der Geschichte unseres Landes zusammen", sagte er dann. „Wir waren ägyptische Provinz. Die Assyrer haben uns unterjocht. Die Perser haben sich das Land angeeignet. Die Griechen haben Palästina besetzt. Die kurzen Epochen der Freiheit unter den Königen Salomon, Omri und Hiskias zählen da nicht. Jetzt sind die Römer die Herren im Lande, und wer weiß, wer nach ihnen kommt. Ein freies, unabhängiges Palästina wird es nie geben."

„Alle Völker haben es geschafft, wenn auch oft erst nach vielen Generationen, ihre Unabhängigkeit zu erreichen", sagte ich. „Warum sollten wir das nicht auch schaffen?"

„Kann sein, dass es mit unserer geographischen Lage zusammenhängt", meinte Archelaos schulterzuckend. „Wir sind die Pufferzone zwischen Afrika und Asien und strategisch für die Mächte wichtig, die das Mittelmeer beherrschen wollen. Ein kleines Land wie das unsere wird immer Spielball im Machtinteresse der großen Länder sein."

„Du wirst es als Jude in Rom nicht leicht haben", sagte ich. „Die Vorurteile gegen uns sind groß. Auch wenn die Römer ihre Witze darüber reißen, dass wir mit einem einzigen Gott auskommen, scheint sie unsere Religion doch irgendwie zu beunruhigen."

„Ich werde mir kein Schild um den Hals hängen, auf dem steht: „Ich bin Jude". Man muss sich als Fremder überall anpassen", sagte Archelaos.

„Aber man muss auch aufpassen, dass man die eigene Identität nicht verliert", sagte ich.

Wir schwiegen eine Weile, tranken unseren Wein und schauten in den prachtvollen Sternenhimmel.

„Ich werde dir schreiben, ob der Nachthimmel in Rom genau so aussieht wie der unsrige", sagte Archelaos.

„Was wirst du in Rom arbeiten", fragte ich.

„Ich werde mich um die Geschäfte meines Vaters kümmern", antwortete Archelaos. „Die Nachfrage nach Luxusgütern aus dem Orient ist sehr groß und die wollen wir befriedigen."

„Wenn ich diese Geschichte hinter mir habe", sagte ich, „dann kannst du mich in Rom als Buchhalter einstellen."

„Also willst du das Land auch verlassen", sagte Archelaos spöttisch.

„Bei mir wird es wahrscheinlich nicht freiwillig sein", sagte ich nachdenklich. „Ich kann mir vorstellen, dass man es mir nahe legen wird."

„Wann immer du nach Rom kommst", sagte der Freund, „bei mir wirst du ein Zuhause finden."

„Sage mir ganz ehrlich deine Meinung, Archelaos", sagte ich. „Was denkst du, wird mit Jeschua geschehen?"

„Man wird ihn in die Verbannung schicken", sagte Archelaos. „Voraussetzung ist natürlich, dass er der Öffentlichkeit deutlich zu verstehen gibt, dass er weder der Messias, noch der König der Juden ist."

„Und wenn er es behauptet", fragte ich.

„Er wird es nicht tun", sagte Archelaos. „Oder glaubt er etwa wirklich an seine Berufung?"

„Mir gegenüber schon", sagte ich. „ Er hat sich immer mehr in diese Wahnvorstellung hineingesteigert."

„Dann ist die Situation schlimmer, als ich es erwartet hatte", sagte Archelaos. „Wenn er vor Kaiphas behauptet, dass er der Messias sei, oder vor Pontius Pilatus, er wäre der Sohn Davids, dann wird man ihm den Prozess machen. Was das bedeutet, kannst du dir denken."

„Man wird ihn steinigen", sagte ich.

„Steinigen oder kreuzigen", sagte Archelaos, „es kommt ganz darauf an, wer das Urteil fällen wird."

„Wenn man Jeschua verurteilt", sagte ich, „dann wird man Bartholomäus, Jakobus, Mattäus, Judas und mich nicht mit einem freundlichen Kopfnicken in die Freiheit entlassen."

„Das ist zu erwarten", sagte Archelaos. „Aber ihr müsst nicht mit dem Schlimmsten rechnen."

„Eine beruhigende Vorstellung", sagte ich ironisch.

„Man wird mir nicht den Kopf abreißen, wenn ich nicht mit euch allen in Jerusalem erscheine", sagte der Freund nach einer kurzen Weile. „Du könntest in zwei Tagen im Hafen von Joppe sein und dich auf ein Schiff begeben, das dich aus der Gefahrenzone bringt."

„Du bist ein wahrer Freund, Archelaos", sagte ich dankbar. „Aber ich kann meine Mitarbeiter nicht im Stich lassen. Außerdem gebe ich die Hoffnung nicht auf, dass ich Jeschua noch zur Einsicht bringen kann. Wenn ich es nicht schaffe, schafft es niemand."

„Wenn ich euch alle entkommen lasse, wird mir auch nicht nützen, dass ich der Neffe des Herodes Antipas bin", sagte Archelaos. „Und meine römischen Pläne kann ich begraben."

„Das wir niemand von dir verlangen", sagte ich. „Aber du musst auch mich verstehen. Jeschua ist mein Produkt. Ich habe ihn zu dem gemacht, was er ist. Er war ein einfacher, glücklicher Wanderprediger in Kapernaum. Ich habe ihn aus seinem alten Leben herausgerissen und deshalb eine gewisse Verantwortung für ihn."

„Seid ihr befreundet", fragte Archelaos.

„Jeschua ist nicht mehr in der Lage, Beziehungen zu anderen Menschen aufzubauen", sagte ich.

Dann erzählte ich ihm von Rachel, von Jeschuas Verhalten seinen Eltern gegenüber. Ich gestand ihm, dass ich mich unsterblich in Jeschuas Schwester Ruth verliebt habe. Archelaos hörte mir aufmerksam zu. Ich erzählte ihm von der Verwandlung, die ich im Charakter und im Auftreten von Jeschua beobachtet hatte, und ich erklärte ihm sogar, wie die angeblichen Wunder entstanden waren. Kaiphas und Herodes Mitwirkung an der Vertreibung der Söldner verschwieg ich allerdings.

„Du liebst diese Ruth immer noch", fragte Archelaos.

„Ja", antwortete ich. „Und ich könnte ihr nicht mehr in die Auge sehen, wenn ich mir vorwerfen müsste, dass ich ihren Bruder im Stich gelassen hätte."

„Du musst diesen Jeschua zum Widerruf bewegen, Saulus", sagte Archelaos. „Das ist seine und eure einzige Chance."

„Ich werde mein Bestes versuchen", sagte ich. „An dich habe ich noch eine Bitte. Nenne mich Paulus. Meine Mitarbeiter kennen mich nur unter diesem Namen. Ich habe sie nie über meine wahre Identität aufgeklärt."

„Das ist das geringste Problem, Paulus", sagte Archelaos lachend, dann fügte er ernster hinzu: „Meine Familie wird dafür sorgen, dass dir nichts geschieht. Darauf gebe ich dir mein Wort. Der Einfluss meines Vaters darf nicht unterschätzt werden. Allerdings sage ich dir genau so deutlich, dass ich für deinen Jeschua und für deine Mitarbeiter keine Unterstützung von väterlicher Seite aus erwarten kann."

Archelaos begleitete mich zu meiner Kammer, vor deren Tür ein Legionär stand.

„Es ist ein Befehl", sagte er und zeigte auf den Mann. „Wir dürfen dich nicht aus den Augen lassen. Erst wollte ich mit dir in einer Kammer übernachten, aber du weißt ja, wie schnell Gerüchte entstehen."

Als wir uns am nächsten Tag dem kleinen Wald näherten, in dem ich die Freunde zurückgelassen hatte, sahen wir schon von weitem, dass sie nicht mehr allein waren. Überall standen Pferdegespanne, an den Bäumen und Sträuchern waren Esel und Maultiere angebunden und mit einem Strick hatte man die Reitpferde so aneinander gebunden, dass sie nicht weglaufen konnten. Archelaos befahl einigen seiner Männer, das Wäldchen von allen Seiten zu bewachen. Mit mir und dem Rest ritt er auf die kleine Lichtung, auf der sich die Menschen um einen unserer Planwagen drängten. Jeschua stand auf dem Wagen und predigte. Die Menge hörte so aufmerksam zu, dass niemand unsere Ankunft bemerkte. Nur Jakobus hatte uns gesehen und kam zu mir. Ich machte ihn mit Archelaos bekannt.

„Es gibt in diesem Land keinen Ort mehr, an dem wir uns ungestört aufhalten können", sagte er halb entschuldigend. „Du warst kaum fort, da fanden sich hier schon die ersten Neugierigen ein."

„Wir müssen auf dem schnellsten Wege nach Jerusalem", sagte ich. „Archelaos hat den Auftrag, uns zu begleiten."

„Soll ich die Versammlung abbrechen", fragte Jakobus Archelaos.

„Nein", sagte Archelaos. „Ich will mir die Chance nicht entgehen lassen, dem Mann einmal zuzuhören, der in Jerusalem für solche Aufregung sorgt."

Jakobus hatte Jeschua eine neue Predigt geschrieben. Es wird mit Sicherheit die letzte gewesen sein, dachte ich.

„Dankt Gott nicht dafür, dass ihr keine Räuber, keine Betrüger und keine Ehebrecher seid", sagte Jeschua. „Und lobt euch nicht selbst, weil ihr zweimal in der Woche fastet. Kommt euch nicht erhaben vor, wenn ihr großzügig in die Opferstöcke eure Münzen werft. Denn wenn ihr es bewusst macht, um dem himmlischen Vater zu gefallen, dann wird er nicht euch, sondern den, der ihn um die Vergebung seiner Sünden anfleht, zu sich ins Paradies holen. Wer sich selbst erhöht, wird erniedrigt werden. Wer sich aber selbst erniedrigt, wird erhöht werden."

Die Menschen applaudierten und Jeschua verschwand im Inneren des Wagens.

Judas sprang auf den Kutschbock.

„Kommt euch nicht erhaben vor, wenn ihr eure Münzen dem Propheten spendet", rief er den Versammelten zu. „Aber spendet, damit er erkennt, dass ihr seine Worte verstanden habt."

„Dieser Judas wird immer dreister", sagte Jakobus böse.

„Euer Jeschua ist eine imponierende Erscheinung", sagte Archelaos. „Und ich fand das, was er gesagt hat, ausgesprochen intelligent."

„Die Predigten schreibt Jakobus ihm", sagte ich.

„Dann muss ich dir ein großes Kompliment machen", sagte Archelaos zu Jakobus.

Dem war das, wie immer, peinlich und darum sagte er schnell: „Jeschua ist wie ein Magnet. Wo man sich auch mit ihm aufhält, die Leute finden ihn blind."

Jetzt hatten die Menschen die Legionäre entdeckt.

„Römer", rief ein Mann. „Messias, du von Gott Gesandter, vertreibe sie wie du die Söldner vertrieben hast."

„Vertreiben! Vertreiben!", riefen weitere Stimmen.

Jeschua kam aus dem Wagen heraus und sah sich um. Er blickte zu mir herüber. Ich gab ihm ein Zeichen, dass er nichts unternehmen solle. Inzwischen war Jakobus auf den Kutschbock geklettert.

„Diese Legionäre sind eine Ehrengarde, die den Propheten nach Jerusalem begleiten soll", rief er den Menschen zu. „Geht nach Hause und schmückt eure Häuser, damit der Prophet Freude an ihnen hat, wenn er durch eure Dörfer kommt."

Gehorsam räumten die Menschen die Lichtung. Ich machte Jeschua und die anderen mit Archelaos bekannt.

„Ich habe im Zelt eine kleine Mahlzeit vorbereitet", sagte einer der Diener.

„Ihr könnt euch ungestört unterhalten", sagte Archelaos. „Paulus und ich sind alte Freunde. Ich werde kein Wort von euch weitertragen."

„Wenn Paulus mit uns über ernste Dinge zu reden hat", sagte Mattäus, „dann wäre es aber doch besser, wenn wir unter uns blieben."

Ich befürchtete, dass Archelaos beleidigt sein könnte, aber das war nicht der Fall.

„Ich verstehe das", sagte er freundlich. „Ich werde mit meinen Männern essen. Die freuen sich, wenn sie mit mir teilen dürfen."

Er ging zu den Legionären und wir betraten das Zelt.

„Du hast römische Freunde", fragte Bartholomäus verwundert.

„Ja", sagte ich. „Ich suche mir meine Freunde nicht nach ihrer Nationalität, sondern nach ihrem Charakter aus."

„Was gibt es für Neuigkeiten aus Jerusalem", fragte Judas Ischariot.

„Ich hatte ein Gespräch mit dem Hohepriester, dem Landesfürsten und dem Prokurator", berichtete ich. „Alle drei fordern mit Bestimmtheit, dass wir alle Aktivitäten einstellen sollen."

Jeschua sah mich an, als wenn ich ein Aussätziger wäre.

„Was meinst du mit Aktivitäten", fragte er.

„Ganz einfach", sagte ich. „Keine Versammlungen mehr, keine Rundreise, keine Predigten."

„Du willst mir verbieten, das Wort Gottes zu verkünden", fragte er und in seiner Stimme lag etwas Drohendes.

„Nicht ich will es dir verbieten“, sagte ich betont ruhig, „der Hohepriester befiehlt es. Und Herodes Antipas und Pontius Pilatus unterstützen diesen Befehl.“

„Ich lasse mir von niemandem den Mund verbieten, egal, welchen Titel er hat“, sagte Jeschua. „Mich bringt nur Gott zum Schweigen.“

Er stand auf und verließ zornig das Zelt.

„Vermute ich richtig, wenn ich behaupte, dass man dir mir Konsequenzen gedroht hat, wenn dieser Befehl nicht eingehalten wird“, sagte Jakobus.

„Du vermutest richtig“, sagte ich.

„Was sind das für Konsequenzen“, fragte Judas.

„Für Jeschua die schlimmsten, die man sich ausmalen kann“, sagte ich.

„Und für uns“, fragte Judas ängstlich. „Was haben wir zu erwarten?“

„Man wird uns nicht zu Helden des Volkes ernennen“, sagte Mattäus spöttisch. „Wenn wir Glück haben, hängt man uns alle an einem Ast auf, der das Gewicht nicht aushält, abbricht, und wir sind noch einmal mit dem Schrecken davongekommen.“

„Ich finde, dass dies nicht die Stunde für Scherze ist“, sagte Judas böse. „Wir müssen Jeschua klarmachen, dass es nicht nur um sein Leben geht.“

„Mitgefangen, mitgehangen“, sagte Mattäus lachend.

Judas Ischariot schoss die Zornesröte ins Gesicht.

„Ich bin auch nicht davon begeistert, mein Leben für diesen Prediger zu opfern“, sagte Bartholomäus. „Aber womit man ihm auch drohen wird, er wird von seiner Überzeugung nicht einen Fuß breit abweichen.“

„Was wirft man uns vor“, fragte Jakobus.

„Man wirft uns vor, dass wir Jeschua erst aufgebaut hätten“, sagte ich. „Und dass wir nichts unternommen hätten, als die Menschen ihn einen Messias und den König der Juden genannt haben.“

„Man kann uns doch nicht für die maßlose Phantasie der Menschen verantwortlich machen“, sagte Judas Ischariot.

„Man tut es aber“, sagte ich.

„Ich gebe zu, dass ich diese Phantastereien häufig genug angeregt habe“, sagte Bartholomäus. „Aber mein schlechtes Gewissen hält sich in Grenzen.“

„Verschwinden wir doch einfach“, sagte Judas. „Dein römischer Freund wird uns doch nicht aufhalten, oder? Soll er Jeschua nach Jerusalem bringen. Davon hat unser Prediger doch immer schon geträumt.“

„Archelaos hat den Auftrag, uns alle nach Jerusalem zu bringen“, sagte ich.

„Auftrag hin oder her“, sagte Judas eifrig. „Und ob Jude oder Römer, er wäre der erste Legionär, der nicht bestechlich wäre. Und Geld haben wir wahrlich genug.“

„Wenn er uns nicht nach Jerusalem bringt, kostet ihn das vielleicht seinen Kopf", sagte Mattäus zu Judas. „Wie viel Geld, meinst du, wird ihm sein Kopf wert sein?"

„Wir sollten noch einmal mit Jeschua reden", sagte Jakobus. „Mancher braucht länger, um zur Einsicht zu kommen."

„Ich werde ihn holen", sagte Judas und verließ eilig das Zelt.

„Judas sieht schon seinen Kopf in den Sand rollen", sagte Mattäus.

„Ich muss zugeben, dass mir auch nicht danach ist, Freudentänze aufzuführen", sagte Bartholomäus.

Judas kam mit dem mürrisch dreinblickendem Jeschua zurück.

„Was gibt es noch zu besprechen", fragte er ungehalten.

Bevor ich ein Wort sagen konnte, redete Judas wie ein Wasserfall auf Jeschua ein: „Hör mal gut zu, Jeschua, hier geht es nicht nur um dich, sondern um uns alle. Unser aller Leben ist in Gefahr, und du wirst ja wohl nicht so undankbar sein, nach allem, was wir für dich getan haben, das zu ignorieren. Das Spiel ist aus, Jeschua. Wir haben keine Lust, Deinetwegen in den Kerker zu wandern oder enthauptet zu werden. Wenn dir das gefällt, weil du dann schneller bei deinem himmlischen Vater bist, dann ist das dein Problem."

„Unser aller Schicksal liegt in Gottes Hand", sagte Jeschua.

„Jetzt reicht es mir", schrie Judas Ischariot und seine Stimme überschlug sich. „Unterlasse bitte deine altklugen Sprüche. Du scheinst den Ernst der Lage nicht zu begreifen, obwohl du doch angeblich prophetische Fähigkeiten besitzt."

„Beruhige dich, Judas", sagte ich und wandte mich dann an Jeschua: „Jeschua, ich habe vor den drei mächtigsten Männern dieses Landes Rede und Antwort stehen müssen. Hier geht es um eine politische Entscheidung. Du bist ein Risiko für alle drei geworden und nicht mehr der harmlose Wanderprediger aus Kapernaum."

„Was bin ich", fragte Jeschua zornig, „ein harmloser Wanderprediger aus Kapernaum? Strömen Tausende von Menschen zu einem harmlosen Wanderprediger?"

„Es ist nicht dein Verdienst, dass so viele Menschen zu deinen Predigten kommen", mischte sich Jakobus ein. „Wenn es Paulus nicht gegeben hätte, dann würdest du noch heute vor drei Leuten in Kapernaum die Heiligen Bücher zitieren."

„Jakobus hat deine Predigten geschrieben, Bartholomäus hat deinen Namen erst bekannt gemacht, und wenn ich nicht alles organisiert hätte, hättest du nicht einmal den Weg nach Kana gefunden", sagte Mattäus.

„Und ohne mich gäbe es nicht drei gefüllte Geldtruhen auf den Wagen", sagte Judas Ischariot.

Sie sahen Jeschua erwartungsvoll an und warteten auf seine Reaktion.

„Seid ihr so verbohrt“, sagte Jeschua nach einer kurzen Pause, „seid ihr wirklich so verbohrt, dass ihr nicht spürt, dass es eure Bestimmung war, mich zu begleiten. Habt ihr Kleingläubigen bis heute nicht mitbekommen, in wessen Auftrag ihr unterwegs seid?“

„Er ist verrückt“, schrie Judas, „er ist völlig verrückt.“

Jeschua schnappte nach Luft. Er wollte etwas sagen, aber diese Ungeheuerlichkeit machte ihn sprachlos.

„Ich will es noch einmal deutlich aussprechen“, sagte ich. „Die Forderungen aus Jerusalem sind unumstößlich. Entweder stellen wir sofort unsere Aktivitäten ein, oder es erwartet uns ein Prozess wegen Volksaufhetzung.“

„Und darauf steht der Tod“, sagte Jakobus.

„Darauf steht der Tod“, bestätigte ich.

„Und nicht nur dein Kopf wird rollen, du Sohn Gottes“, sagte Judas Ischariot zynisch, „wir alle werden ins Gras beißen.“

Es herrschte Schweigen im Zelt. Alle starrten Jeschua an, aber der ließ sich Zeit. Eine Ewigkeit schien zu vergehen, bis er endlich den Mund aufmachte.

„Ich werde nach Jerusalem gehen“, sagte er, „und selber mit diesen Ungläubigen reden. Gott schützt die, die an ihn glauben, und er wird auch die schützen, die an mich glauben. Niemand wird es wagen, Hand an euch zu legen. Und um mich werden die Kinder Israels eine schützende Mauer bilden, und es wird eine undurchdringliche Mauer sein.“

„Und wenn die Kinder Israels es nicht tun“, fragte Judas spöttisch.

„Dann ist es Gottes Wille, und ich werde den Krug bis zur Neige leeren müssen, weil der Herr es so will“, sagte Jeschua.

Er stand auf und ging mit hocherhobenem Kopf hinaus.

„Wir werden mit Jeschua nach Jerusalem reiten müssen“, sagte ich. „Wir haben keine Alternative. Wenn wir fliehen, wird man uns mit vereinten Kräften suchen. Man wird ein Kopfgeld auf uns aussetzen, und die Legionäre oder die Söldner des Herodes werden nicht ruhen, bis sie sich diese Prämie verdient haben.“

„Lieber auf der Flucht sterben, als freiwillig in den Tod reiten“, sagte Judas Ischariot.

„Ich werde die ganze Verantwortung auf mich nehmen, Judas“, versuchte ich ihn zu beruhigen. „Ich bin sicher, dass euch nichts geschieht. Ihr habt nur in meinem Auftrag gehandelt. Trotzdem stelle ich es jedem von euch frei, sein Heil in der Flucht zu suchen. Archelaos wird ein Auge zudrücken. Kaiphas und Pontius Pilatus wird es reichen, wenn er mit Jeschua und mir nach Jerusalem kommt.“

„Ich werde dich auf keinen Fall verlassen“, sagte Jakobus.

„Wenn du nach Jerusalem gehst, gehe selbstverständlich mit“, fügte Bartholomäus hinzu.

„Ich bin keine Ratte, die das sinkende Schiff verlässt“, sagte Mattäus.

„Und ich bin kein Verräter“, sagte Judas. „Ich würde euch nie im Stich lassen.“

Als wir am nächsten Morgen aufbrachen, war Judas Ischariot verschwunden. Er muss sich unbemerkt aus dem Lager geschlichen haben. Zu meiner Überraschung hatte er sich nicht einmal seinen Anteil aus den Geldtruhen genommen.

JUDAS ISCHARIOT

DIE FLUCHT NACH ZYPERN

Ich sitze auf der Terrasse meines Hauses, das in einer der schönsten Ecken der Insel Zypern liegt. Die Diener haben mir gekühlten Orangensaft auf den Tisch gestellt und den Sonnenschirm so aufgestellt, dass er mich vor der Sonne schützt, mir aber nicht den Blick auf die herrlichen Weinberge versperrt, die auf eine Länge von drei Stadien mir gehören. Sana, meine Frau, spielt mit meinen beiden Söhnen im Schatten der Olivenbäume. Ich höre das Lachen meiner schönen Frau und das fröhliche Jauchzen meiner Kinder. Ich habe zweimal in meinem Leben wirklich Glück gehabt. Das erste Mal, als ich Paulus in Kapernaum begegnete, und das zweite Mal, als ich mich entschlossen hatte, nicht mit nach Jerusalem zu gehen. Mir war klar, dass ich Jerusalem nicht wieder lebend verlassen würde, wenn wir mit Jeschua dort aufkreuzen würden. Der Prediger litt unter der Wahnvorstellung, dass er wirklich der angekündigte Messias wäre und glaubte, er habe die angeblichen Wunder , die von Paulus, Jakobus, Bartholomäus und Mattäus inszeniert worden waren, tatsächlich vollbracht. Dieser Mensch würde uns alle ins Unglück reißen, denn es war abzusehen, dass er auch vor der Hohen Priesterschaft oder vor Pontius Pilatus bei seinen Behauptungen bleiben würde. Jeschua war auf einem Weg, auf dem es keine Umkehr mehr gab. Ich jedenfalls würde ihn auf dieser letzten Teilstrecke nicht mehr begleiten.

Tief in der Nacht packte ich meine Sachen, schlich mich zu den Pferden. Ich umwickelte die Hufe meiner Stute mit Tüchern und verließ vorsichtig, ohne auch nur das geringste Geräusch zu verursachen, an den Wachen der Legionäre vorbei, das Lager.

Nach drei Tagen kam ich in dem kleinen Fischerdorf an, in dem wir bei Simon, dem Vetter von Jakobus, nach den Ereignissen in Kana Zuflucht gefunden hatten.

„Ich habe den Auftrag von Paulus, in den galiläischen Bergen Verstecke ausfindig zu machen“, sagte ich zu Simon. „Paulus fürchtet, dass wir vor den Häschern des Kaiphas oder den Legionären des Pontius Pilatus fliehen müssen, wenn sich die Situation verschlechtert.“

Hier, in dem entlegenen Fischerdorf, hatte man von den Ereignissen der letzten Monate gehört, aber niemand wusste, dass wir nach Jerusalem beordert worden waren.

„Was ist passiert“, fragte Simon überrascht.

„Jeschua ist den hohen Herren zu mächtig geworden“, sagte ich. „Du kannst dir nicht vorstellen, wie groß der Zulauf bei seinen Predigten geworden ist.“

„Mir reicht die Erinnerung an die Tausende, die hier alles kurz und klein getreten haben“, sagte Simon.

„Ich bin drei Tage geritten“, sagte ich. „Kann ich eine Nacht bei euch schlafen?“

„Jakobus' Freunde sind meine Freunde“, sagte Simon. „Du kannst in meinem Bett schlafen, denn ich werde noch in der Nacht zum Fischen hinausfahren.“

Die Boote der Fischer hatten in der Nacht gerade abgelegt, da ging ich auch schon in den Garten und grub die Kiste mit den Silberlingen aus, die Paulus und ich dort versteckt hatten. Ich verstaute das Geld in den Satteltaschen und ritt weiter nach Tyrus, einer Hafenstadt in Syro-Phönizien. Von dort aus fuhren regelmäßig Handelsschiffe nach Zypern. Und Zypern, die fruchtbare Insel im Mittelmeer, war das Ziel meiner Wünsche.

In der ersten Herberge, in der ich Station machte, nähte ich die Silbermünzen in schmale Stoffriemen, die ich mir anschließend wie Verbände um die Beine wickelte. Eine Vorsichtsmaßnahme, die sich schon einige Tage später als sehr vernünftig erwies.

Ich hatte mein Tagesziel, Gischala, vor Anbruch der Dunkelheit nicht erreicht und musste mir wohl oder übel ein Lager im Freien suchen. Ich fand eine kleine Baumgruppe, die den Sand, den der Nachtwind immer wieder aufwirbelte, etwas abhielt. Ich band mein Pferd an einen der Bäume und breitet gerade meine Decken aus, als ich das Geräusch herangaloppierender Pferde hörte. Ich hatte keine Zeit zu reagieren. Sechs oder acht mit Speeren bewaffnete Männer sprangen von ihren Gäulen. Zwei von ihnen warfen mich auf den Rücken und knieten sich mit ihrem ganzen Gewicht auf mich. Ein dritter durchwühlte meine Taschen.

„Er hat nicht einen Denar bei sich“, rief er dem Anführer zu, der auf seinem Pferd sitzen geblieben war.

„Soll ihn der Satan holen“, brüllte der zurück. „Tausche deine alte Mähre mit seinem Pferd, Yassir, damit du endlich auch mal einen anständigen Gaul unter dem Hintern hast.“

„Danke“, erwiderte der Angesprochene. „Sollen wir ihn....“

Er machte eine eindeutige Bewegung mit der Hand.

Um Gottes Willen, schoss es mir durch den Kopf, wenn sie mich umbringen, werden die Geier nur noch die Silberlinge von mir übrig lassen. Ich werde im Tod reicher sein, als ich es je im Leben war.

„Lasst ihn liegen“, sagte der Anführer gleichgültig. „Die wilden Hunde mögen lebende Beute lieber, als Aas.“

Der Mann, den er Yassir genannt hatte schwang, sich auf mein Pferd, gab seinem Gaul einen Schlag mit dem Speer, worauf der im Galopp davonrannte, und die unheimlichen Besucher verließen mich so schnell, wie sie gekommen waren.

Ich rieb mir den schmerzenden Rücken.

Was tun, fragte ich mich. Was macht ein reicher Mann in einer wüstenähnlichen Gegend, der kein Pferd hatte und wusste, dass er zu Fuß die nächste Stadt sicher nicht erreichen würde, denn in den Satteltaschen meines Pferdes befanden sich nicht nur mein Proviant, sondern auch die Wasserflaschen. Ich zündete ein kleines Feuer mit den Feuersteinen an, die ich in der Rocktasche aufbewahrte und legte mich schlafen. Mit einem weiteren Besuch musste ich in dieser Nacht nicht rechnen. Die Räuberbanden hatten ihre absteckten Reviere und keine würde es wagen, in den Jagdgebieten der anderen zu wildern. Das Feuer war Schutz gegen die Rudel wilder Hunde, wie die Hyänen von den Einheimischen genannt wurden. Sie fanden in dieser Gegend so wenig Beute vor, dass sie sich, im Gegensatz zu ihren afrikanischen Artgenossen, auf alles stürzten, was ihnen fressbar erschien.

Mit einem lauten Aufschrei fuhr ich aus dem Schlaf. Etwas Feuchtes hatte mich im Gesicht berührt. Vor mir stand der alte, klapprige Gaul, den einer der Räuber gegen meinen eingetauscht hatte. Er wusste mit seiner Freiheit nichts anzufangen und war zu der Stelle zurückgekehrt, wo er noch Menschen vermutete. Er hatte mich mit seinen feuchten Nüstern angestoßen und mich geweckt. Eine glücklichere Fügung des Schicksals konnte es nicht geben.

Ich wartete, bis es hell geworden war und ritt dann weiter nach Gischala. Obwohl der Pferdehändler mir dort für meinen Lebensretter nicht eine einzige Münze bezahlen wollte, kaufte ich mir ein neues Pferd. Es waren noch gut drei Tagesritte bis Tyrus und ich musste befürchten, dass der alte Gaul diesen Strapazen nicht mehr gewachsen war.

In Tyrus verkaufte ich das Pferd, das ich mir in Grischala angeschafft hatte sogar noch mit Gewinn. Schon der erste Kapitän, den ich ansprach, nahm mich für zehn Denare auf seinem Schiff nach Zypern mit. Er war Araber und stammte aus Syro- Phönizien, aber er war schon vor einigen Jahren mit Frau und Kindern nach Zypern ausgewandert. Jetzt hatte er nicht nur mich als Passagier, sondern auch seine Frau und seine älteste Tochter, Sana, die er von der Hochzeit eines Verwandten in Sarepta wieder mit in die neue Heimat zurücknahm. Sana und ich verstanden uns vom ersten Augenblick an. Der Kapitän sah das nicht gerne. Er hatte eine Abneigung gegen alles jüdische. Aber seine Frau fand Gefallen an mir und sorgte dafür, dass Sana und ich uns während der Überfahrt häufiger sehen konnten.

Die Abneigung des Vaters gegen den Juden Judas legte sich, als ich ihm, in Zypern angekommen, sagte, mit welchem Vermögen ich in das Land eingereist war.

Sana und ich heirateten schon nach zwei Monaten und ihr Vater half mir, die Weinberge zu erwerben und steuerte auch seinen Anteil zum Bau unseres Hauses bei, das eines der prächtigsten in der ganzen Gegend werden sollte.

Hier auf Zypern leben Türken und Griechen in freundschaftlichem Einvernehmen. Zu diesen beiden großen Bevölkerungsgruppen gesellen sich Araber und Juden, die hier auf der Insel Ruhe und Frieden gesucht haben.

Unter den Griechen hat sich vor kurzer Zeit eine kleine Gemeinde gegründet. Ihre Mitglieder nennen sich Christen. Die Christen sind Anhänger einer Lehre, die sich darauf beruft, dass der gekreuzigte Jeschua der Sohn Gottes gewesen wäre, der lang erwartete Messias, der durch seinen Tod die Sünden aller Menschen auf sich genommen habe. Die jüdischen Barbaren hätten ihn umgebracht, weil sie blind und ungläubig wären. Die zypriotische Obrigkeit läßt diese kleine Splittergruppe gewähren. Hier auf der Insel ist man allen Religionen gegenüber aufgeschlossener als in anderen Ländern.

Während der Weinlese hörte ich zufällig in einer Arbeitspause einer Gruppe dieser Christen zu, die über ihren Glauben redeten. Die abenteuerlichen Geschichten waren ungeheuerlich und ich hatte nicht üble Lust, den Leuten das zu erzählen, was ich von Jeschua, seinem Werdegang und seinen letzten Lebensmonaten wusste, aber dann unterließ ich es. Die Arbeiter mussten nicht unbedingt erfahren, dass ich Jude war.

Selbst auf dieser toleranten Insel wurden die Juden misstrauisch beobachtet. Mir ist bis heute nie klargeworden, worauf sich dieses Misstrauen gründet.

Jedenfalls lauschte ich meinen Arbeitern aufmerksam. Nach den Erzählungen dieser Christen wäre Jeschua zum Himmel gefahren und säße dort zur Rechten Gottes. Fünfzig Tage nach seiner Wiederauferstehung von den Toten hätte er den Heiligen Geist über seine Jünger kommen lassen und ihnen den Auftrag gegeben, das Wort Gottes in aller Welt zu verbreiten. Einer dieser Jünger, Mattäus, würde in Griechenland diese missionarische Arbeit leisten.

Ausgerechnet Mattäus, dachte ich, der, genau so wie ich, immer nur den möglichen Verdienst im Auge hatte, den wir am Ende dieses Unternehmens zu erwarten hatten.

Wenn Mattäus es geschafft hatte, Jerusalem zu verlassen, dann war das sicher auch Bartholomäus, Jakobus und Paulus gelungen. In dem Zwischenboden, den wir in einen der Planwagen eingebaut hatten, lag ein Vermögen. Wenn sie das unter sich aufgeteilt haben, dann war es nur allzu gerecht, dass ich mir die Kiste Silberlinge aus Simons Garten geholt habe.

Aber warum zieht Mattäus durch Griechenland und verkündet dort angeblich die neue Lehre? Hat er sich damit eine weitere Einnahmequelle erschlossen?

Mir sollte es egal sein. Ein schöneres Leben, als das, das ich hier auf Zypern führe, kann man auf dieser Welt gar nicht haben. Aber gegen die Erinnerungen, die immer wieder hochkommen, kann ich mich auch nicht wehren. Zu entscheidend prägte dieses eine Jahr mein Leben.

Wenn ich an alles zu jener Zeit gedacht hätte, dann bestimmt nicht daran, dass nach Jeschuas Tod auch nur zwei Monate später noch irgendjemand von ihm sprechen würde, und schon gar nicht daran, dass seine Lehre gläubige Nachahmer finden würde. Je mehr ich darüber nachdenke, um so logischer scheint mir der Gedanke, dass alle Religionen so oder ähnlichen Ursprungs sein mussten. Vielleicht sind wir Juden das auserwählte Volk, weil wir den einzigen wahren Gott haben. Vielleicht aber war Moses zu seiner Zeit auch nur ein Jeschua. Wer aber ist Gott?

KAIPHAS

HANNAS KANN SICH VERDIENT MACHEN

Es würde nicht mehr lange dauern, bis dieser Jeschua in Jerusalem auftauchen würde. Ich musste mich auf diese Situation vorbereiten. Dabei gab es zwei Dinge zu beachten. Erstens durfte ich nicht als der in der Öffentlichkeit erscheinen, der Hand an ihren neuen Helden legte, und zweitens musste ich Herodes und Pontius Pilatus in alles mit einbeziehen, was diesen Jeschua betraf. Sie teilten mit mir die Macht, sollten sie also auch die Verantwortung mit mir teilen. Pontius Pilatus hatte sich im Gespräch mit Paulus schon eindeutig geäußert. Lächerlich, wie er wieder in seinem hochnäsigen Tonfall behauptete, dass er diese Entwicklung vorausgesehen hätte. Was hatte er erwartet? Lobgesänge von Herodes und mir über seinen politischen Instinkt und sein Gespür für bestimmte Entwicklungen? Ja, es war unbedingt erforderlich, ihn mit in die Verantwortung zu nehmen. Im anderen Fall konnte ich mir vorstellen, wie seine Berichte aussehen würden, die er nach Rom weitergeben würde. Ich bestellte die Mitglieder des Tempelrats, auf die ich mich hundertprozentig verlassen konnte, zu mir. Das Unternehmen Jeschua musste so beendet werden, dass weder Rom, noch das jüdische Volk etwas gegen die Priesterschaft vorbringen konnten. Den jungen Rabbiner Hannas, der noch nicht dem Tempelrat angehörte, lud ich auch ein. Sein Ehrgeiz würde ihn veranlassen, Aufgaben zu übernehmen, die er in meinem Sinne ausführen würde.

Er war auch der Erste, der sich zu Wort meldete.

„Ich habe euch bereits in unserem letzten Gespräch gebeten, gegen dieses Unternehmen vorzugehen, verehrter Kaiphas“, sagte er. „Wie können gottesfürchtige Männer wie wir es dulden, dass ein unstudierter Wanderprediger Massenveranstaltungen abhalten kann? Ich mache seinen Anhängern keinen Vorwurf. Sie sind auf das Geschwätz und die Tricks dieses Mannes hereingefallen. Aber es wird höchste Zeit, dass wir diese verirrten Schäfchen wieder in die Herde der wahrhaft Gläubigen zurückholen.“

Dieses schlaue Kerlchen wusste genau wie es vorgehen musste. Er hatte den anderen Anwesenden klargemacht, dass er mit mir bereits Gespräche über das Thema geführt hatte, und er hatte kurz und präzise die Sorgen aller in zwei Sätzen zusammengefasst.

„Was schlagt ihr vor“, fragte ich ihn.

„Weiß man, wo dieser Jeschua sich aufhält“, fragte Hannas zurück.

„Er befindet sich in Lydda oder der näheren Umgebung“, sagte ich.

„Mein Onkel ist der Vorsitzende des Ältestenrats von Emmaus“, sagte Hannas. „Die Stadt hat erst im letzten Jahr ein neues Gefängnis gebaut, mit unterirdischen, ausbruchssicheren Zellen. Wen man dort vergisst, den vergessen alle, die ihn gekannt haben."

„Es sind noch fünf Mitstreiter in seiner Begleitung", sagte ich.

„Dann sind sie mit dem Wächter vor der Tür gerade genug Leute, um Bibelstunden abhalten zu können", sagte Hannas spöttisch.

Die Mitglieder des Tempelrats nickten zustimmend.

„Die Verhaftung dieses Jeschua wird nicht im Geheimen stattfinden können", sagte ich. „Und wenn das Volk es mitbekommt, laufen wir Gefahr, dass wir ihm einen Märtyrer bescheren."

„Das Volk empört sich, vergisst, empört sich wieder und vergisst wieder", sagte Hannas. „Entscheidungen kann man nur gegen das Volk treffen. Geht man auf seine Wünsche und Forderungen ein, zeigt man Schwäche, die nur weitere Wünsche und Forderungen nach sich ziehen."

„Auch ich bin für eine radikale Lösung", sagte ein älterer Kollege, der Rabbiner Achtus. „Wie haben viel Autorität verloren. Es wird Zeit, dass die Menschen wieder begreifen, wer ihre wahren Führer sind."

„In diesem Punkt sind wir alle einer Meinung", sagte ich. „Ich danke euch, dass ich auf eure Unterstützung zählen kann. Aber ich denke, dass wir das Problem hier in Jerusalem lösen sollten. Vitallus, der Stadtkommandant, hat eine Eskorte losgeschickt, die die Gruppe Jeschua nach Jerusalem bringen soll. Das Laubhüttenfest steht vor der Tür, und wir wissen, dass in diesen Tagen die Stadt voller fremder Menschen ist. Unbemerkt kann man am besten im größten Trubel Dinge aus der Welt schaffen."

Die Versammlung signalisierte Zustimmung, nur Hannas sah ich an, dass er etwas verärgert war, weil sein Vorschlag nicht angenommen wurde. Aber der kleine Ehrgeizling hatte sein Pulver noch nicht verschossen. Er bat noch einmal ums Wort.

„Haltet mich nicht für eingebildet oder vorlaut", sagte er. „Und es ist schon überhaupt nicht meine Absicht euch, verehrter Kaiphas zu widersprechen, aber ich hätte noch einen anderen Vorschlag, den ich gerne zur Diskussion stellen möchte. Wir haben oft, wenn es um grundsätzliche Glaubensfragen ging, stets einen Ausschuss gebildete, der sich mit diesen Problemen beschäftigte. Warum zitieren wir diesen Jeschua nicht vor einen solchen Ausschuss? Ich glaube nicht, dass er den Argumenten der besten Köpfe der Priesterschaft etwas entgegenzusetzen hat. Außerdem tagen diese Ausschüsse öffentlich. Das hätte den Vorteil,

dass das Volk sich selbst davon überzeugen kann, dass es sich bei diesem Jeschua um einen einfachen Wanderprediger handelt und nicht um irgendeine historisch bedeutsame Erscheinung."

Donnerwetter, dachte ich, auf diese Idee hätte ich auch kommen können. Diesen Jeschua in der Öffentlichkeit bloßzustellen, könnte das Problem mit einem

Schlag lösen. Auch wenn dieser kleine Streber, Hannas, nur vor den anderen Rabbinern Punkte sammeln wollte, sein Vorschlag war gut. Hannas war ein Typ, den ich wirklich im Auge behalten musste. Er machte kein Hehl daraus, dass er große, persönliche Ziele hatte. Dagegen war auch nichts einzuwenden, solange sie nicht mich und meine Position betrafen.

„Ihr werdet euren Weg machen, lieber Hannas", sagte ich. „Dieser Vorschlag ist gut durchdacht und findet meine Zustimmung."

„Eine hervorragende Idee", lobte auch Achtus den jungen Mann.

Hannas strahlte über das ganze Gesicht.

„Ihr werdet eine wichtige Position in diesem Ausschuss besetzen, lieber Hannas", sagte ich. „Damit wollen wir euch unsere Hochachtung beweisen und euren guten Einfall belohnen."

Die Mitglieder des Tempelrats applaudierten, und man konnte Hannas den Stolz und die Genugtuung im Gesicht ablesen. Ich verabschiedete die Runde und klopfte Hannas an der Tür noch einmal anerkennend auf die Schulter.

Du wirst dich noch wundern, dachte ich, ob dir deine neue Rolle wirklich gefallen wird, mein lieber Hannas. Löst sich der Fall Jeschua problemlos, kannst du einen Karrieresprung nach vorne machen. Gibt es Schwierigkeiten, wird dein Name im Zusammenhang mit diesen Schwierigkeiten genannt werden. In diesem Fall wirst du noch sehr lange auf deine Berufung in den Tempelrat warten müssen.

SAULUS

UND WIEDER EINMAL NACH JERUSALEM

Wir kamen nur sehr langsam vorwärts. Jeschua hatte darauf bestanden, auf einem der Maulesel zu reiten. Er saß wie eine Statue auf dem Tier, mit steinernem Gesicht. Nur seine langen Haare bewegten sich ab und zu im Wind. Ali, einer der Diener zog den Esel, und ich sah, dass er einige Male mit Jeschua sprechen wollte, aber der reagierte nicht. Was mochte jetzt in seinem Kopf vorgehen? Würde er Zwiesprache mit dem Allmächtigen halten? Oder würde er darüber nachdenken, ob er seine Einstellung ändern sollte? Er war vor wenigen Tagen dreiunddreißig Jahre alt geworden, und hatte sich jede Festlichkeit an seinem Ehrentag verbeten. Mattäus hatte vorgeschlagen, eine dieser modernen Kutschen zu kaufen, damit Jeschua bequemer reisen konnte, aber dieser hatte den Vorschlag streng zurückgewiesen.

„Ich bin kein reicher Kaufmann“, hatte er empört gesagt. „Und von dem Geld, das uns die Gläubigen spenden, werden wir Hospitäler und Häuser für elternlose Kinder bauen. Wir werden uns an den Gaben, die Gott geweiht sind, nicht bereichern.“

„Und ich wollte uns gerade elegante Kleider bestellen“, hatte Judas Ischariot spöttisch gesagt. „Als Begleiter des Königs der Juden müssen wir mindestens so elegant auftreten, wie die Hofgesellschaft in Tiberias.“

Jeschua hatte, wie immer, auf diese Bemerkung nicht geantwortet. Wenn er uns seine Abneigung zeigen wollte, stand er auf und ging davon.

Archelaos hatte den Legionären befohlen, hinter unserer Gruppe zu reiten. Es sollte nicht so aussehen, als würden sie uns bewachen. Ich weiß nicht, ob ihm überhaupt aufgefallen war, dass Judas Ischariot verschwunden war. Jedenfalls verlor er nicht ein Wort darüber. Mattäus und Bartholomäus ritten nebeneinander und unterhielten sich angeregt.

„Planen sie auch ihre Flucht“, sagte Jakobus zu mir. „Was meinst du, Paulus?“

„Ich könnte es ihnen nicht verübeln“, sagte ich. „Dich würde ich am liebsten dazu zwingen, dich abzusetzen.“

„Unternimm keine Versuche“, sagte der Freund. „Es würde dir doch nicht gelingen. Ich bleibe an deiner Seite, selbst wenn du mich mit den gemeinsten Schimpfwörtern belegen würdest.“

„Und wenn ich es dir befehle“, fragte ich.

Jakobus lachte.

„Es ist nicht zu übersehen, dass wir uns in der Verwahrung der römischen Behörde befinden“, sagte er und zeigte auf die Söldner. „Die Rangordnung zwischen uns ist aufgehoben. Wir sind alle Gefangene. Oder hast du schon einmal etwas von einem Obergefangenen gehört, der anderen Befehle erteilen konnte?“

Archelaos lenkte sein Pferd an meine Seite.

„Ich lasse einen meiner Männer vorausreiten“, sagte er. „Ich habe keine genauen Anweisungen bekommen, wohin ich euch in Jerusalem bringen soll. Die Stadt ist voller Pilger und Dimitros wird dafür gesorgt haben, dass alle über die Ankunft des Jeschua Bescheid wissen. Es wäre deshalb besser, wenn wir uns zielstrebig eurer Unterkunft nähern könnten.“

„So weit ich weiß“, sagte Jakobus, „gibt es in Jerusalem nur einen Kerker. Kaiphas wird uns sicher nicht in den prächtigen Gästezimmern seines Palastes beherbergen wollen.“

„Er wird es auch nicht wagen, euch in den Kerker werfen zu lassen“, sagte Archelaos. „Schon aus dem Grunde, um die Anhänger eures Predigers nicht sofort zu verärgern. Ich bin mir sicher, dass der Hohepriester gemeinsam mit Pontius Pilatus nach einer eleganteren Lösung suchen wird.“

„Ich denke auch“, pflichtete ich ihm bei, „dass sie zuerst den Versuch machen werden, die Angelegenheit ohne viel Aufsehen aus der Welt zu schaffen. Es wird alles von Jeschuas Verhalten abhängen.“

„Glaubst du, du solltest noch einmal mit ihm reden“, fragte Archelaos.

„Ich könnte genau so gut mit einem Stein sprechen“, sagte ich. „Das Beste wird sein, wenn wir ihn völlig in Ruhe lassen. Zur Einsicht kann ihn nur einer bringen, nämlich er sich selbst.“

„Gebt mir Bescheid, wenn ihr eine Rast einlegen wollt“, sagte Archelaos und ritt zu seinen Männern zurück.

„Er ist Jude, nicht wahr“, sagte Jakobus, als Archelaos verschwunden war.

„Woran hast du das erkannt“, fragte ich zurück.

„Er ist es nicht gewohnt, Befehle zu erteilen“, sagte Jakobus. „Die Römer werden mit dieser Gabe geboren, wir mit der, zu gehorchen.“

Wir übernachteten noch zweimal außerhalb der Städte und Dörfer durch die wir kamen. Die Legionäre hatten Zelte im Gepäck und bauten unser Lager auf. Die Zelte für uns in einem inneren Kreis, der von den ihren eingeschlossen wurde. Am Mittag des dritten Tages sahen wir Jerusalem vor uns liegen.

ARTICUS

JUDÄA

Als feststand, dass ich den edlen Pontius Pilatus, der gerade zum Prokurator von Judäa ernannte worden war, als Sekretär begleiten musste, ahnte ich nicht, dass der Vordere Orient so lange mein Zuhause werden würde.

Die Überfahrt war eine Tragödie für sich. Wir hatten den Hafen von Ostia noch nicht richtig verlassen, als den Prokurator schon die Seekrankheit überfiel. Wenn er nicht an der Reling stand und das gerade Gegessene wieder ausspie, lag er in seiner Kajüte, jammerte und klagte über sein Leid, ausgerechnet nach Judäa geschickt zu werden. Außer der Mannschaft befanden sich nur zwei Leibwächter, der Prokurator und ich an Bord. Claudius, ein Hauptmann der Prätorianer, wollte zur Verstärkung der judäischen Legion noch einige Soldaten auf dem Schiff einquartieren, aber Pontius Pilatus lehnte das ab. Erstens brauchte er Platz für seine Lieblingspferde, und zweitens war es ihm wohl unangenehm, wenn ihn seine Untergebenen in diesem erbarmungswürdigen Zustand gesehen hätten. Er wusste von früheren Schiffsreisen wie er auf das ewige Auf und Ab der Wellen reagierte. Selbst seine Gemahlin, Claudia, musste mit einem späteren Schiff nachkommen. Am Hafen in Cäsarea wartete eine Sänfte, in die wir den seekranken Pilatus verfrachteten, damit er unerkannt zum Palast gebracht werden konnte. Er brauchte gut vierzehn Tage, bis er seinen Pflichten nachkommen konnte.

Ich hatte kaum Arbeit in Cäsarea. Pontius Pilatus diktierte einmal im Monat einen Bericht, der mit dem nächsten Schiff nach Rom geschickt wurde. Das war schon alles. Der Kaiser in Rom wurde über Schiffsladungen informiert, die in nächster Zukunft eintreffen würde und um Nachricht gebeten, welche speziellen Wünsche ihm der Prokurator erfüllen könnte.

Ich hatte also genügend Zeit und Muße, mich mit diesem unwirklichen Land, in das man uns befohlen hatte, zu beschäftigen. Wenn ich vorhin von einer judäischen Legion gesprochen habe, so war das stark übertrieben. Wir hatten vielleicht sechs oder sieben Kohorten, die aber ausreichten, um für Ruhe und Ordnung zu sorgen. Nicht deshalb, weil die einheimische Bevölkerung sich besonders friedlich verhielt, aber die Juden waren untereinander so zersplittert, dass jede einzelne Gruppe keine Gefahr für unsere Soldaten war. Offen gingen auch nur die Zeloten gegen die Römer vor. Sie nannten sich die Eiferer, waren äußerst radikal und wollten die Ankunft eines Messias erkämpfen, der Palästina wiedervereinigen sollte. Sie griffen sogar unsere Soldaten an, und wir hatten mitunter Todesopfer zu beklagen. Deshalb setzte Pilatus in erster Linie syrische Legionäre für ihre Verfolgung ein, damit kein Tropfen römischen Blutes vergossen wurde.

Die Idumäer, zu denen auch der Landesfürst von Galiläa, Herodes Antipas, gehörte, stammten ursprünglich aus dem östlichen Landesteil, einem Gebiet zwischen der Araba-Senke und dem Südende des Toten Meeres. Sie waren vor längerer Zeit gewaltsam judaisiert worden. Man hatte sie unter Zwang beschnitten und gezwungen, sich den Gesetzen der Thora anzupassen. Aber sie fühlten sich noch heute den Römern mehr verbunden, als ihren eigenen Glaubensgenossen. Der Großvater des Herodes Antipas war Idumäer, und es gab viele Juden, die ihm, seiner Herkunft wegen, seine Position nicht zugestanden.

Unsere besten Verbündeten aber waren die Sadduzäer. Bei ihnen fand man viele Aristokraten, reiche Kaufleute und Priester. Sie arbeiteten gut mit der Besatzungsmacht zusammen. Ihnen ging es weniger um religiöse Grundsätze. Sie hatten ihre Pfründe und waren bemüht, diese nicht zu verlieren. Sie waren beim Volk nicht sonderlich beliebt, aber nur, weil man ihnen ihren wohlhabenden Status nicht gönnte.

Die merkwürdigste Gruppe war die der Pharisäer. Sie bildeten sich ein, dass sie die einzig wahren Frommen im Lande wären. Und sie vertraten irrwitzige Thesen. So glaubten sie, dass die Toten wieder auferstehen würden. Sie waren davon überzeugt, dass es geflügelte Geisterwesen gab, die sie Engel nannten, die im Auftrag ihres Gottes die Menschen aufsuchen würden. Ja, die auferstandenen Toten würden, wenn sie ein gottesfürchtiges Leben geführt hätten, ebenfalls zu solchen Engeln werden. Für die Sadduzäer gab es weder Engel, noch auferstandene Tote. Die Pharisäer gaben sich sehr volkstümlich und hatten bei der Mehrzahl der Juden die größte Anhängerschar.

Dann gab es noch die Samariter. Die von sich behaupteten, dass sie aus den Zehn Stämmen, den religiös historischen Vorfahren aller Juden, hervorgegangen wären. Sie waren vor langer Zeit nach Assyrien verschleppt worden und hatten sich dort mit den heidnischen Ureinwohnern vermischt. Dadurch hatte ihr jüdischer Glaube eine Form angenommen, die im Widerspruch zu allen anderen Gruppen stand. Für sie war der heilige Berg nicht Zion, sondern der Berg Garizim, auf dem auch der Altar Gottes stand. Sie hatten sich nach ihrer Wiedereinwanderung in der Region Samaria, die zur römischen Provinz Judäa gehörte, niedergelassen und waren mit allen anderen Juden verfeindet. Das ging soweit, dass sich Sadduzäer und Pharisäer nur ungern auf samaritische Gebiet begaben.

Die älteste jüdische Sekte war, ohne jede Zweifel, die der Essener. Sie waren von der Schlechtigkeit der Welt überzeugt und warteten auf die große Katastrophe, die die Erde endgültig zerstören würde. Sie sprachen ständig von einem abtrünnigen Gott ihres Jahwe, der sich gegen ihn aufgelehnt hatte und dadurch in Ungnade fiel. Dieser Satan, wie sie ihn nannten, war der Verursacher alles Bösen, was auf der Welt geschah, und erst wenn Jahwe die Welt zerstört hätte, wäre dieser Satan für immer verschwunden. Ihr Gott aber würde auf einem anderen Planeten eine neue Schöpfungsgeschichte vollbringen. Die Essener lebten sehr zurückgezogen in den Bergen oder am Rande der Wüsten. Sie waren oft Eremiten, die sich nur mit einigen Schülern umgaben, auf die sie den Hass auf die Priesterschaft übertrugen. Für die anderen Juden waren die Essener heidnischen Ursprungs, weil sie es wagten, die Einmaligkeit Jahwes anzuzweifeln.

Diese unterschiedlichen Religionsauffassungen machten es schwer, dieses Volk zu regieren. Aber das war in erster Linie das Problem des Herodes Antipas in Galiläa und des Hohepriesters Kaipahs in Judäa. Nach dem Tod des Landesfürsten Archelaos, des Bruders von Herodes Antipas, der die Provinz Judäa regierte, hatte Kaiser Augustus keinen neuen Landesfürsten für Judäa ernannt. Er übertrug gewissermaßen dem römischen Prokurator die Vollmacht, diese Provinz militärisch und verwaltungsmäßig zu kontrollieren. Pilatus verspürte allerdings nicht die geringste Lust, sich um die Verwaltung seiner Provinz zu kümmern. Er überließ das der Priesterschaft in Jerusalem unter der Leitung des Hohepriesters Kaiphas. Nur wenn Pontius Pilatus glaubte, er müsse bei diesem oder jenem Vorgang eingreifen, schickte er einen entsprechenden Befehl nach Jerusalem. Diese Befehle wurden strikt befolgt, denn die Priesterschaft verfügte, außer über eine kleine Tempelpolizei, über keine anderen militärischen Kräfte. Der Prokurator hatte seine Legionäre in Cäsarea, Jerusalem und Karioth stationiert. Es waren ausschließlich Reitersoldaten, die auf dem schnellsten Weg in jedem Winkel des Landes sein konnten, wenn ihre Anwesenheit erforderlich sein sollte.

Aber es gab verhältnismäßig wenig Unruhen in Palästina. Die Juden hatten genug damit zu tun, sich untereinander zu bekämpfen, um ihre jeweiligen Gegner von der Richtigkeit ihrer Glaubensrichtung zu überzeugen. Als die ersten Meldungen vom Auftreten dieses Jeschua in Cäsarea ankamen, zeigte sich Pontius Pilatus auch nicht sonderlich beunruhigt. Erst als die Zahl seiner Zuhörer ständig anwuchs, befürchtete er, dass dieser Jeschua vielleicht in der Lage sein könnte, die verschiedenen Religionsauffassungen unter einen Hut zu bringen. Und das könnte bedeuten, dass die Juden sich einig würden und mit vereinten Kräften gegen den Feind in ihrem Land vorgehen würden. Der Prokurator glaubte, dass er mit einem Brief, den er mir diktierte, an Herodes Antipas dieses Problem aus der Welt schaffen könnte. Ähnliche Briefe in der Vergangenheit hatten das bewirkt. Auf keinen Fall wollte er gezwungen sein, militärisch eingreifen zu müssen. Kaiser Tiberius hatte Sympathien für die Prokuratoren, in deren Provinzen Ruhe herrschte. Die kostspieligen Legionen in aller Welt mussten bezahlt werden, und Rom war ein Fass ohne Boden, denn dem Volk mussten immer wieder Statuen von Göttern und Tempel errichtet werden, um es bei Laune zu halten.

Pontius Pilatus' wichtigstes Anliegen war es folglich, sich das Wohlwollen des Kaisers zu erhalten.

Rohstoffe mussten auf den Weg nach Rom gebracht werden, und die Steuereinnahmen ständig ansteigen. Von diesen Einnahmen behielt auch der Prokurator sein bescheidenes Scherflein, wie er es nannte, und kam dadurch seinem Ziel, als vermögender Mann nach Rom zurückzukehren, täglich näher.

SAULUS

IM PALAST DES KAIPHAS

Jerusalem! Der Tag, an dem ich die Stadtmauern zum ersten Mal gesehen hatte, schien mir eine Ewigkeit her zu sein, dabei waren es gerade etwas über zwei Jahre. Die Stadtmauer war so breit, dass oben ein Wagen bequem um die Stadt herumfahren konnte. Vier große, prachtvolle Tore führten in die Stadt hinein. Jede Himmelsrichtung hatte ihr eigenes Tor. Die Straßen von Jerusalem waren besser gepflastert und geplanter angelegt, als die in anderen palästinensischen Städten. In der Oberstadt waren die Straßen so breit, dass es sogar überall Gehsteige gab. Bei den schmaleren Gassen in der Unterstadt war das natürlich nicht möglich. Jerusalem besaß eine Reihe herrlicher Brunnen, die in den heißen Sommermonaten Treffpunkt der halben Stadt waren. Hier traf man sich, um über Geschäfte oder die neusten Klatschgeschichten zu reden, erfrischte sich zwischendurch mit dem kühlen Brunnenwasser oder kaufte den fliegenden Händlern, die sich hier einfanden, Getränke ab. An großen, religiösen Festtagen war die Stadt wie ein Ameisennest. Lärmender und temperamentvoller konnte es sonst nirgends auf der Welt zugehen. Die Läden, die sich eng aneinander reihten, hatten Wandmalereien, die den Kunden den Hinweis gaben, was in dem Geschäft angeboten wurde. Eine zusammengerollte Schlange wies auf ein Geschäft für Heilkräuter hin. Ein Ochse zeigte den Metzgerladen an. Eine Ziege schmückte die Fassade eines Milchgeschäfts. Ein Esel, der ein Mühlrad antrieb, beschrieb das Geschäft des Bäckers. Männer, die eine Leiche einsalbten, oder mehrere verzierte Duftschalen zeigten an, dass in diesem Laden aromatische Duftwässer, Weihrauch und Salben verkauft wurden. Die Gasthäuser waren meistens nach ihren Besitzern benannt. Dimitros' Taverne, Levis Wirtshaus oder Hassans Café stand in bunten Buchstaben über den Eingangstüren.

Zentraler Punkt der Unterstadt war die Tempelanlage. Der Tempel überragte sämtliche Häuser der Umgebung. Ein großer, freier Platz war der Treffpunkt aller Pilgergruppen, die den Tempel besuchen wollten. Hier gab es Stände, an denen man Opfertiere und andere Opfergaben kaufen konnte. Rechts wurde der Platz von einem flachen Gebäude begrenzt, in dem die Tempelpolizei untergebracht war. Die Tempelwache hatte zu kontrollieren, dass keine Ungläubigen die heilige Stätte betraten. Erwischte sie einen Nichtjuden, war das für den Gefassten das Todesurteil.

In der Oberstadt lagen die Paläste der Reichen. Hier wohnte der Hohepriester, hier hatte der Prokurator seinen Palast, wenn er sich in Jerusalem aufhielt und auch Herodes Antipas besaß eine Villa, die er bei seinen Besuchen in Jerusalem als Gästehaus benutzte. Die Häuser der reichen Kaufleute waren geschmückt mit wunderschönen Reliefs. Oft waren es seemännische Motive, die die Sehnsucht nach fernen Ländern und Abenteuern dokumentierten. Zur Straßenseite hin wirkten die Fassaden der Häuser oft erstaunlich klein. Im Vordertrakt lagen fast nur die Wohnungen der Bediensteten und an die Haustüren klopften nur die Lieferanten. Aber entweder rechts oder links gab es große Tore, durch die man in den Innenhof gelang, und hier entfaltete sich die wahre Pracht der Häuser. Wunderbare Mosaikarbeiten, Marmorsäulen und kunstvolle Brunnen schmückten dieses Atrium. In ihrem Inneren waren die Häuser mit dem Feinsten ausgestattet, was die Kunstschmiede und Möbeltischler anzubieten hatten. Sah man in den Straßen von Jerusalem nur kleine, mit spärlichem Blattwerk versehene Palmen, standen in den Innenhöfen herrliche Exemplare, die ausreichend Schatten spendeten.

Jerusalem, mein Jerusalem, war unvergleichbar.

Und jetzt näherten wir uns wieder dem Stadttor, durch das ich auch bei meinem ersten Besuch in die Stadt geritten war. Der Legionär, den Archelaos vorausgeschickt hatte kam uns mit einigen Männern der Tempelpolizei entgegen. Er sprach kurz mit Archelaos, der dann zu mir kam.

„Wir werden gemeinsam bis zum Vorplatz des Tempels reiten", sagte Archelaos. „Dann übernimmt die Tempelwache den Prediger. Deine Mitarbeiter werden im Haus der Priesterschaft untergebracht. Dich soll ich zum Palast des Hohepriesters begleiten."

„Warum trennt man uns", fragte ich.

„Ich kann es dir nicht sagen", meinte Archelaos schulterzuckend. „Ich muss mich an diese Anordnung halten."

Unser Einzug in Jerusalem war anders, als die bisherigen in den kleineren Städten. Zwar säumten auch hier unzählige Menschen die Straßen. Sie hatten Palmwedel in der Hand und warfen sie vor dem einreitenden Jeschua auf das Pflaster. Aber weder Applaus noch Jubelschreie waren zu hören. Niemand rief Messias, Sohn Davids oder König der Juden. Es war beängstigend still. Neugierig, aber schweigend beobachteten die Menschen den Einzug Jeschuas. Vielleicht sind sie enttäuscht, dachte ich. Vielleicht hatten sie einen König erwartete, der stolz zu Pferde und in Purpur gekleidet in ihre Stadt kam. Der Mann, der auf einem Maultier saß und ein schlichtes, weißes Gewand trug, entsprach nicht dem, was sie sich vorgestellt hatten.

Legionäre hatten den Tempelvorplatz weiträumig abgesperrt. Nur wir durften diese Absperrung passieren. Männer der Tempelpolizei verschwanden mit Jeschua in ihrem Dienstgebäude. Wir hatten nicht einmal die Zeit, uns von ihm zu verabschieden. Mattäus, Bartholomäus und Jakobus wurden in das Haus der Priesterschaft, das am Rande des Tempelbezirke lag, gebracht.

„Vergiss uns nicht", rief Jakobus mir zu, als sie durch das Tor im Innenhof des Hauses verschwanden.

Archelaos und ich ritten allein weiter zum Palast des Kaiphas. Dort erwartete mich Arras.

„Ich werde über alles unterrichtet, was mit dir geschieht“, sagte Archelaos.

„Von wem“, fragte ich.

„Von mir“, sagte Arras, bevor Archelaos antworten konnte. „Du hast mehr Freunde in der Stadt, als du glaubst.“

Archelaos umarmte mich bei der Verabschiedung, und Arras brachte mich in einem Seitenflügel des Palastes zu einem Zimmer, vor dem zwei Posten standen.

„Die Bewachung ist eine Anordnung des Hohepriesters“, sagte Arras. „Aber ich werde stündlich bei dir auftauchen und mich erkundigen, ob du etwas benötigst.“

Ich betrat einen gemütlich eingerichteten Raum und hörte, dass die Tür hinter mir verriegelt wurde. Schalen mit Obst standen auf dem Tisch. Wein und Dattelbier zur Auswahl auf einem kleinen Hocker, der neben einem gefüllten Badezuber stand. Über einen Stuhl waren neue Kleider ausgebreitet. Alles war so vorbereitet, als würde man einen gern gesehenen Gast begrüßen.

Wie lange würde mein unfreiwilliger Aufenthalt dauern, überlegte ich, und wohin würde mich mein Weg führen, wenn ich dieses Zimmer verlassen musste?

Die letzten Tage waren sehr anstrengend gewesen. Die meiste Zeit hatte ich im Pferdesattel verbracht. Ich legte mich auf das Bett und fiel in einen tiefen, traumlosen Schlaf.

JACOBUS

IM HAUS DER PRIESTERSCHAFT

Wir wurden zu dritt in einem fensterlosen Raum untergebracht. Nur wenn wir, jeder für sich, zum Baderaum geführt wurden, konnten wir erkennen, ob es Tag oder Nacht war. Es gab drei Liegen, drei Stühle und einen Tisch in dem Raum. Unsere Kleider mussten wir an Nägeln aufhängen, die in die Wand geschlagen waren. Die Verpflegung, die uns die Wachposten regelmäßig in den Raum brachte, war ausgezeichnet. Zum Abendessen stellten sie uns sogar zwei Krüge Wein auf den Tisch. Ich hatte erwartet, dass uns einige der Priester besuchen würden, um uns über Jeschua zu befragen, aber niemand ließ sich blicken. Mattäus und Bartholomäus vertrieben sich die Zeit mit Würfelspielen. Man hatte uns unser Gepäck gelassen, und deshalb hatte ich mein Schreibzeug behalten und konnte mich damit beschäftigen, mir Notizen über die letzten Monate zu machen.

„Schreibst du deine Verteidigungsrede“, fragte Mattäus mich.

„Uns wird man nicht anklagen“, beruhigte ich ihn.

„Und warum sperrt man uns hier ein“, fragte Bartholomäus.

„Sicher vermuten die hohen Herren, dass wir mit Jeschua Absprachen treffen könnten. Sie können ja nicht wissen, dass er auf uns nicht hört“, sagte ich.

„Und warum bekommt Paulus eine Extrabehandlung“, fragte Mattäus. „Er ist allein mit seinem römischen Freund weiter geritten. Sicher sitzt er jetzt in irgend einer schattigen Taverne und läßt den lieben Gott einen guten Mann sein.“

Er wischte sich den Schweiß von der Stirn. Die Hitze in diesem kleinen Zimmer war unerträglich. Wir konnten nicht einmal in den Abendstunden die kühle Nachtluft hereinlassen, weil es, wie schon gesagt, kein Fenster gab, das man hätte öffnen können.

„Ich glaube nicht, dass sich Paulus auf freiem Fuß befindet“, sagte ich. „Als Leiter des Unternehmens Jeschua muss er größere Repressalien befürchten, als wir.“

„Hoffentlich erinnert er sich daran“, sagte Mattäus, „dass wir nur seine Anordnungen befolgt haben.“

„Auf jeden Fall sollten wir drei diesen Punkt ständig hervorheben, wenn man uns getrennt zu Verhören führen sollte“, sagte Bartholomäus.

Aber es schien sich niemand für uns zu interessieren. Die Wachposten sprachen kein einziges Wort. Sie räumten das Geschirr weg, servierten neue Speisen oder forderten, durch ein Kopfnicken, einen von uns auf, ihnen zum Baderaum zu folgen. Im Badezimmer sorgten zwei Sklaven dafür, dass ständig angewärmtes Wasser in den Zuber nachgegossen wurde und reichten uns die Handtücher, wenn wir aus dem Zuber stiegen. Ich versuchte, sie auf Hebräisch, Griechisch und in lateinischer Sprache anzusprechen, aber sie zeigten keine Reaktion. Man konnte glauben, dass es sich um Taubstumme handelte.

Es waren gut zehn Tage vergangen, als ein Rabbiner unser Zimmer betrat.

„Es wird eine Anhörung dieses Jeschua vor dem Rat der Rabbiner geben", sagte er und musterte uns hochmütig. „Eure Anwesenheit wird erforderlich sein, aber wir wünschen nicht einen einzigen Kommentar von euch."

„Sitzen wir mit auf der Anklagebank", fragte Mattäus.

„Niemand sitzt auf der Anklagebank", sagte der Rabbiner. „Es geht in dieser Anhörung nur darum, die Position dieses Jeschua genau zu bestimmen. Sie wird entscheidend dafür sein, ob es überhaupt zu einem Prozess kommen wird."

„Und warum sollen wir daran teilnehmen", fragte Bartholomäus. „Wenn wir uns nicht äußern dürfen, können wir doch auch in unserer gastlichen Herberge bleiben."

Der Rabbiner reagierte nicht auf diese spöttische Bemerkung.

„Ihr werdet dabei sein, weil wir es wünschen", sagte er kurzangebunden und verließ den Raum.

„Die Tempelpolizei wird in den letzten Tagen nicht gerade zimperlich mit Jeschua umgesprungen sein", sagte Bartholomäus. „Wenn die Priesterschaft eine Anhörung ansetzt, wird man ihn schon so bearbeitet haben, dass er die Antworten gibt, die die Herren von ihm erwarten."

Ich war mir da nicht so sicher. Jeschua würde sich auch durch Folter und Drohungen nicht von seinem Weg abbringen lassen. Jeden körperlichen Schmerz würde er für eine Prüfung halten, die ihm der Allmächtige auferlegt hatte. So sehr ich auch hoffte, dass er seine Einstellung ändern würde, so sehr war ich auf der anderen Seite davon überzeugt, dass Jeschua seine Rolle bis zum bitteren Ende spielen würde. Nicht aus Sturheit oder Trotz, sondern weil er felsenfest an seine Mission glaubte.

Ich habe mir später oft gewünscht, dass es noch einmal zu einem Gespräch zwischen mir und Jeschua gekommen wäre. Besonders nachdem er selbst gespürt haben musste, dass die Stimmung innerhalb der Bevölkerung umgeschlagen war. Spätestens da musste er doch ahnen, dass etwas an seiner Mission nicht stimmen konnte.

Aber leider sah ich Jeschua nur noch an den beiden Prozesstagen, und da fand sich natürlich keine Möglichkeit, um mit ihm zu reden.

KAIPHAS

NEUGIERDE

Jeschua vor einen Untersuchungausschuss zu stellen war schon eine gute Idee von mir. Sicher, Hannas hatte eine Anhörung angeregt, aber ich hatte die Order ausgegeben, dass nicht nur die Priesterschaft, sondern auch die Schriftgelehrten den Prediger ins Kreuzverhör nehmen sollten. Je mehr Institutionen an der Sache beteiligt waren, um so besser verteilte sich auch die Verantwortung.

Zwei Tage, nachdem sich Jeschua in der Obhut der Tempelpolizei befand, hielt ich es nicht mehr aus. Ich wollte mir diesen merkwürdigen Heiligen einmal aus nächster Nähe betrachten. Ohne große Eskorte, nur in der Begleitung von einem Leibwächter und meinem Sekretär Arras, begab ich mich zum Gebäude der Tempelwache. Durch ein Guckloch in der Tür sah ich mir den Prediger erst einmal an. Er saß auf einem Schemel, aber auch so konnte man erkennen, dass er ein groß gewachsener Mann war. Die Wachen hatten ihm Fußfesseln angelegt und ihm nur ein kurzes Untergewand angelassen. Er saß regungslos da und starrte durch das vergitterte Fenster in die dunkle Nacht. Ich ließ die Tür öffnen und trat ein.

„Weißt du, wer ich bin", fragte ich.

Der Prediger sah mich an und musterte mich von oben bis unten.

„Nur Gott weiß, wer wir wirklich sind", sagte er nach einer längeren Pause. „Wenn ihr einen Titel tragt, dann haben Menschen euch den gegeben. Der Allmächtige hebt niemand aus seiner Herde hervor."

„Dich anscheinend doch", sagte ich. „Du hältst dich für den angekündigten Messias. Kann man auf dieser Welt eine noch größere Position einnehmen?"

„Ich bin der ärmste aller Bettler und der größte aller Sünder", sagte Jeschua. „Nur der Allmächtige weiß, warum er mich auf diese Welt geschickt hat."

„Du bist also von Gott gesandt", sagte ich. „Hat dich keine irdische Mutter geboren? Kein irdischer Vater aufgezogen?"

„Wir alle sind Kinder Gottes", sagte der Prediger. „Und nur er bestimmt, welche Aufgabe jeder von uns zu übernehmen hat."

„Und welche Aufgabe hat er für dich vorgesehen", fragte ich.

„Das kann ich euch erst sagen, wenn ich an meinem Ziel angekommen bin", sagte Jeschua.

„Ich bin Kaiphas, der Hohepriester", sagte ich. „Und nach den Überlieferungen bist du als gläubiger Jude verpflichtet, mir zu gehorchen."

„Ich schulde nur Gott Gehorsam", antwortete der Prediger.

„Du setzt also die heiligen Überlieferungen außer Kraft", fragte ich.

„Gott ist Gegenwart“, antwortete Jeschua. „Sein Wille geschehe in jedem Augenblick.“

Dieser Mann hatte eine Ausstrahlung, der man sich nicht entziehen konnte. Er sprach ruhig, aber mit ungeheuerer Überzeugungskraft. Er schien keinerlei Zweifel an seiner Mission zu haben und ertrug die unwürdige Lage, in der er sich befand, mit stoischer Gelassenheit. Mir war klar, dass er es den Rabbinern und Schriftgelehrten nicht leicht machen würde. Aber gleichzeitig wurde mir bewusst, dass einen große Gefahr von diesem Menschen ausgehen konnte. Er strahlte alles aus, was ihm die Fähigkeiten gab, ein Anführer einer großen Anhängerschaft zu werden. Paulus hatte aus den Tausenden von Wanderpredigern wirklich den herausgegriffen, der sich zu Höherem berufen fühlte. Die Frage war nur, ob die Einstellung dieses Predigers durch den Einfluss des Paulus entstanden ist, oder ob seine eigene Überzeugung sein Verhalten bestimmte.

„Es ist meine und die Aufgabe des Tempelrats, dafür zu sorgen, dass das geschriebene und das gesprochene Gesetz eingehalten wird“, sagte ich. „Maßt du dir Kompetenzen an, die uns unterliegen?“

„Wenn Gott Wohlgefallen daran findet, wie ihr eure Pflichten erfüllt, wird er es euch spüren lassen“, sagte Jeschua.

„Und wenn nicht“, fragte ich. „Hat er dich geschickt, weil er mit unserer Arbeit nicht zufrieden ist?“

„Überprüft euer Verhalten und beantwortet euch dann diese Frage selber“, sagte der Prediger.

Ich klopfte an die Tür, um den Wachen ein Zeichen zu geben, dass ich den Raum verlassen wollte. Jeschua hatte sich abgewandt und starrte wieder aus dem Fenster.

Eines steht fest, dachte ich, als ich mich auf den Rückweg machte, dieser Jeschua wird uns noch Probleme machen. So leicht bekommen wir diese Angelegenheit nicht vom Tisch.

Wie war so etwas möglich? Diesen Mann hatte Paulus auf der Straße angesprochen. Ich persönlich hatte dafür gesorgt, dass er sein erstes sogenanntes Wunder vollbringen konnte. Nie hatte einer der Propheten verlauten lassen, dass ein mittelloser Student aus Jerusalem den Messias entdecken würde, und dass es der Hohepriester wäre, der ihm den Start zu seinem Triumphzug durch das Land erst ermöglichen würde. Noch während ich diese Gedanken hatte, schalt ich mich selbst als einfältig. Ich war schon so weit, dass ich selber zweifelte, ob dieser Jeschua nicht doch mehr wäre, als wir alle annahmen. Die direkte Konfrontation mit ihm hatte auch mich nicht unbeeindruckt gelassen.

Es war wie mit der bitteren Tasse Tee: Wenn alle am Tisch behaupteten, der Tee wäre ausreichend gesüßt, schmeckt einem selber der zweite Schluck auch nicht mehr so bitter wie der erste.

Hatte ich bisher noch verschiedene Überlegungen angestellt, war mir nach dem Besuch in Jeschuas Zelle klar, dass dieser Mann eine ernsthafte Gefahr würde, wenn man ihn nicht endgültig verschwinden lassen würde.

Und endgültig ist nur der Tod.

SAULUS

DIE ANHÖRUNG

Arras kümmerte sich aufmerksam um mich. Er brachte mir Lektüre, Briefe von Archelaos, und er verbrachte jede freie Minute in meiner Zelle, oder sollte ich besser von meinem Gästezimmer sprechen?

„Dein Essen kommt aus der Palastküche", sagte Arras. „Der Hohepriester speist dieselbe Menüfolge, die dir serviert wird."

Kaiphas schien ein Feinschmecker zu sein. Die Gerichte waren wirklich schmackhaft und der Wein von auserlesener Qualität. Nach einigen Tagen kam Arras mit einem Schreiben in mein Zimmer.

„Du musst das unterschreiben", sagte er und legte mir den Zettel auf den Tisch.

„Was ist das", fragte ich. „Mein Urteil?"

„Nein", lachte Arras. „Das ist die eidesstattliche Versicherung, dass du dich bei der Anhörung nicht aus dem Staub machst. Kaiphas will dich nicht mit Wächtern dort hinschicken. Nur ich soll dich begleiten."

„Wann findet diese Anhörung statt", fragte ich, während ich die Erklärung unterschrieb.

„Morgen", sagte Arras. „Ich werde dich rechtzeitig abholen."

Am nächsten Morgen gingen wir gemeinsam zum Haus der Priesterschaft. Es war nur zehn Gehminuten von dem Palast des Kaiphas entfernt. Man hätte uns für zwei Spaziergänger halten können, die sich ein wenig die Beine vertreten wollten. Vor dem Haus der Priesterschaft wartete Archelaos auf uns.

„Folgt mir unauffällig", sagte er lachend. „Ich weiß, wo eure Plätze sind."

Er führte uns in das Gebäude. Die Wachposten grüßten ihn militärisch. In einem Saal, der mindestens hundert Leute fasste, hatte man ein Podium aufgebaut, auf dem bereits sechs Rabbiner und sechs Schriftgelehrte saßen.

„Der ganz links sitzende Rabbiner ist Hannas", sagte Arras leise. „Ein ganz scharfer Hund, der jedem in die Waden beißt."

Direkt vor dem Podium stand ein Tisch mit einem Stuhl. Etwas seitlich davon eine Bank. Jeschua saß auf dem Stuhl am Tisch, Mattäus, Bartholomäus und Jakobus auf der Bank. Arras, Archelaos und ich nahmen in der ersten Zuhörerreihe Platz. Ich lächelte Mattäus, Bartholomäus und Jakobus zu. Jeschuas Gesicht konnte ich nicht sehen. Er saß mit dem Rücken zu mir. Ich sah mich im Zuschauerraum um. Einige Gesichter kamen mir bekannt vor. Ich musste diese Männer im Haus von Archelaos' Vater kennen gelernt. haben. Es war ein ausgesuchtes Publikum, das sich im Saal befand, und, wie in dieser Zeit üblich, waren nur Männer anwesend. Die Türen des Saales wurden geschlossen, und einige Legionäre stellten sich als Wachposten davor. Der Oberrabbiner, ein Mann namens Achtus, eröffnete die Sitzung.

„Uns ist zu Ohren gekommen“, sagte er, „dass es jemanden in diesem Land gibt, der sich in freizügigster Art über die Religion auslässt und sich dabei mehrfach der Gotteslästerung schuldig gemacht hat. Die Hohe Priesterschaft ist beauftragt worden, diese Vorfälle zu klären.“

Einer der Schriftgelehrten erhob sich und sagte: „Aber auch weltliche Gesetze sollen missachtet worden sein. Das unberechtigte führen von Titeln, Verstöße gegen das Versammlungsverbot und Aufrufe zum Widerstand gegen die politische Führung, um nur einige der schwerwiegendsten zu nennen.“

„Wir wollen uns bei dieser Anhörung davon überzeugen, ob ausreichende Beweise vorhanden sind, um Anklage gegen den Beschuldigten zu erheben“, sagte der Oberrabbiner.

Dann stellte er in geschäftsmäßigem Ton die anderen Mitglieder des Ausschusses vor, bat Gott, er möge ihnen die Gnade erweisen gerecht und unabhängig ihre Arbeit zu erledigen und wandte sich dann direkt an Jeschua.

„Dein Name ist Jeschua von Bethlehem“, fragte er.

„Mein Name ist Jeschua“, antwortete der. „Aber nicht von irgendeinem Ort.“

„Bist du nicht in Bethlehem geboren“, fragte Achtus, der Rabbiner.

„Ich bin in Bethlehem geboren“, bestätigte Jeschua.

„Nun“, sagte Achtus, „dann bist du Jeschua von Bethlehem. Wir fügen seit vielen Generationen den Namen des Geburtsortes an den Vornamen an, weil es im einfachen Volk kaum Nachnamen gibt, die man aber zur Registrierung der Menschen braucht. Du wirst es uns hoffentlich nicht persönlich verübeln, wenn wir bei dieser traditionellen Namengebung bleiben.“

„Nennt mich wie ihr wollt“, sagte Jeschua.

„Dein Vater ist der Zimmermann Joseph“, fragte Achtus weiter.

„Ihr kennt mich nicht“, sagte Jeschua, „sonst würdet ihr auch meinen Vater kennen.“

„Wir wären dir dankbar, wenn du nicht in Rätseln sprechen würdest“, sagte der Rabbi.

Man sah ihm an, dass er sichtlich überfordert war. Er musste weit über siebzig Jahre alt sein. Er gab dem Rabbiner, der ganz am Ende des Podiumtisches saß, ein Zeichen. Es war ein junger Mann mit harten, kantigen Gesichtszügen.

„Mein Name ist Hannas“, stellte er sich vor. Dann wandte er sich an Achtus: „Wir kennen seine Identität. Wichtiger scheint mir zu sein, die Vorwürfe, die gegen ihn erhoben werden, zu klären.“

„Wenn ihr das bitte übernehmen würdet, Hannas“, sagte der Rabbiner Achtus.

Hannas erhob sich und forderte mit einer Handbewegung Jeschua auf, sich ebenfalls zu erheben.

„Du behauptest, dass du der angekündigte Messias bist", sagte Hannas mit schneidender Stimme. Es war sein erster großer, öffentlicher Auftritt und er genoss die Aufmerksamkeit, die sich jetzt auf ihn konzentrierte.

„Ich behaupte nichts", sagte Jeschua. „Die, die mein himmlischer Vater erleuchtet hat, wissen, wer ich bin."

„Dein himmlischer Vater", die Stimme des Rabbiners war voller Ironie. „Du meinst sicher unser aller himmlischer Vater. Oder Hast du eine besondere Beziehung zu ihm? Wenn ja, in welchem Verhältnis stehst du zu ihm? Bist du sein Sohn?"

„Ich bin der, der einen Auftrag bekommen hat", sagte Jeschua ruhig.

Ich wechselte einen Blick mit Jakobus. Es schien ihm gut zu gehen. Auch seine Haftbedingungen mussten akzeptabel sein.

„Auf deine Aufträge komme ich später zu sprechen", sagte der junge Rabbi. „Jetzt würde ich dich nur höflichst ersuchen, meine Fragen zu beantworten. Also noch einmal: Bist du der Sohn Gottes?"

„Im Buche Daniels steht die Antwort", sagte Jeschua.

„Wir sind hier nicht in der Sonntagsschule", schnauzte ihn der Rabbiner an. „Du sollst nicht prüfen, ob wir die Heiligen Schriften kennen, sondern uns dein Verhalten und deine Aktivitäten erklären."

Jeschua setzte sich wieder auf seinen Stuhl. Der scharfe Ton in der Stimme des Rabbiners schien ihn nicht zu beeindrucken.

„Du setzt dich, wenn ich es dir erlaube", sagte Hannas leicht irritiert.

Jeschua dachte gar nicht daran wieder aufzustehen.

„Gott sprach zu Abraham, Moses, David und Josua", sagte er. „Gott spricht zu denen, die sein Werk verwirklichen sollen. Ist es nicht mehr als verständlich, wenn er seinen eigenen Sohn mit Aufgaben betraut?"

Der Rabbiner wandte sich an die anderen Mitglieder des Ausschusses.

„Ohne Zweifel hält dieser Mensch sich für Gottes Sohn", sagte er. „Nicht für ein Kind Gottes, wie es ein jeder von uns ist, sondern für seinen leibhaftigen Sohn."

„Empörend", sagte ein weißhaariger Rabbi mit einer Fistelstimme.

Hannas wandte sich wieder an Jeschua.

„Wenn ich dich richtig verstanden habe, dann hat also der Allmächtige auch mit dir gesprochen", sagte er.

„Ja", antwortete Jeschua, „er sprach zu mir."

Mir wurde angst und bange. Mit dieser Behauptung stellte sich Jeschua auf eine Stufe mit Moses und den Propheten. Das würde man ihm mit Sicherheit als Gotteslästerung auslegen.

„Dann erzähle uns doch einmal, was Gott dir gesagt hat", sagte Hannas.

Er schien mit dem Verlauf des Verhörs sehr zufrieden zu sein. Auch er setzte sich jetzt wieder und stützte seinen Kopf in seine Hände.

„Du bist mein Fleisch und Blut und wer dich erkennt, wird mich erkennen", sagte Jeschua.

Hannas sprang wieder auf.

„Du willst uns erzählen, dass Gott eine irdische Gestalt ist? Ein menschenähnliches Wesen aus Fleisch und Blut? Womöglich hast du ihn sogar persönlich getroffen? Trägt er einen langen, weißen Bart? Kleidet er sich nach der neusten Mode", sagte Hannas und seine Stimme troff vor Ironie.

Die Zuhörer im Saal lachten. Für sie war diese Anhörung eine gelungene Abwechslung.

„Weißt du, dass du Gott lästerst, wenn du solche Dinge sagst", fragte Hannas.

„Meine Worte sind nicht von mir", antwortete Jeschua, „sondern von dem, der mich gesandt hat. Wer aus sich selbst redet, sucht seine eigene Ehre. Wer aber die Ehre dessen sucht, der ihn gesandt hat, der ist wahrhaftig."

„Wahrhaftig, wahrhaftig", höhnte Hannas. „Hier sitzen sechs ehrwürdige Rabbiner und sechs ebenso ehrwürdige Schriftgelehrte. Wahrhaftiger als diese Herren kann man nicht sein. Sie sind es gewohnt, die religiösen und die weltlichen Gesetze wahrhaft anzuwenden. Und da kommst du, ein Prediger aus der Provinz, und willst uns darüber belehren, was wahrhaftig ist."

Einer der Schriftgelehrten, ein kahlköpfiger Mann mit einer Adlernase, erhob sich.

„Wenn du der von Gott gesandte Messias bist", sagte er, „dann müsstest du auch der Sohn König Davids sein. Denn die alten Überlieferungen sagen eindeutig aus, dass der Messias aus dem Hause Davids stammen würde. Wer bist du also? Gottes Sohn oder der Sohn Davids?"

Hannas war etwas überrascht, dass ein anderes Mitglied des Ausschusses sich ungefragt in das Verhör einmischte, aber er versuchte, seinen Unmut nicht zu zeigen.

„Stellt mir nicht solche Fragen", sagte Jeschua. „Glaubt an mich."

„Wir sollen an dich glauben", rief der Schriftgelehrte empört. „Das würde bedeuten, dass du ein Gott wärst. Wir glauben nur an einen einzigen Gott. Hat der Herr nicht zu Moses gesprochen: Du sollst keine anderen Götter neben mir haben?"

Hannas befürchtete, dass der Schriftgelehrte ihm die Verhandlungsführung aus der Hand nehmen könnte.

„Danke, ehrwürdiger Levisohn", sagte er zu dem Kahlköpfigen. „Jetzt haben wir eine klare Aussage, die protokolliert werden muss. Der Beschuldigte behauptet öffentlich, dass er ein Gott sei. Damit ist der Tatbestand der Gotteslästerung eindeutig gegeben."

Die Leute im Saal bekundeten lautstark ihre Zustimmung.

„Sie lassen deinem Prediger keine Chance", flüsterte mir Arras zu.

Der Schriftgelehrtc mit der Adlernase hatte Gefallen daran gefunden, Fragen an Jeschua zu stellen. Offensichtlich wollte er die Gunst der Stunde nutzen, um einmal vor einem größeren Publikum aufzutreten.

„Du hast in einer deiner Reden versprochen, dass du das Volk Israels in die Freiheit führen willst", sagte Levisohn. „Wolltest du damit ausdrücken, dass du die Massen zu einem Krieg gegen die Schutztruppe der Römer aufrufst?"

Beim Wort Schutztruppe hörte man leises, unwilliges Murmeln im Saal. Mir war die Taktik des Ausschusses klar. Man wollte Jeschua nicht nur religiöses, sondern auch politisches Fehlverhalten nachweisen.

„Wer die Wahrheit nicht kennt, ist ein Sklave", sagte Jeschua. Er wirkte nach wie vor ruhig und gelassen. „Nur wer die Wahrheit erkennt, ist wirklich frei."

„Phrasen, nichts als Phrasen", sagte Levisohn. „Beantworte mir meine Fragen mit einem klaren Ja oder Nein."

„Ich will kein Reich auf dieser Welt. Mein Reich liegt in einer anderen", sagte Jeschua nachdenklich.

„Ein Reich wird von einem König regiert", sagte der Schriftgelehrte. „Bist du also ein König?"

„Wenn ihr wissen wollt, ob ich der König der Juden bin", sagte Jeschua, „dann antworte ich, ich bin der König der Kinder Abrahams. Gott hat mich über sie gestellt, weil es seine Wille ist."

„Wir alle sind die Kinder Abrahams", sagte Levisohn. „Also bist Du unser König!" Dann wandte er sich an die Zuhörer im Saal: „Dieser Mann stammt aus Nazareth, ist in Bethlehem geboren worden, als Sohn eines Zimmermanns und hat die Frechheit zu behaupten, er wäre aus dem Geschlecht der Hasmonäer. Nur ein Hasmonäer kann der König der Juden sein. Gibt es irgend jemanden hier im Saal, der daran auch nur den geringsten Zweifel hat?"

Er sah sich triumphierend um. Die Zuhörer applaudierten und die Ausschussmitglieder nickten Zustimmung. Selbst Hannas schien die Taktik des Redners zu gefallen.

„Wir ziehen uns zur Beratung zurück", sagte der alte Rabbiner, der als erster gesprochen hatte.

Die Schriftgelehrten und Rabbiner verließen den Raum. Ich wollte zu Jakobus gehen, aber Arras hielt mich zurück.

„Bleibe sitzen“, sagte er. „Kaiphas hat mich beauftragt, dafür zu sorgen, dass du keinerlei Kontakt zu deinen Mitstreitern aufnimmst. Er hat mindestens fünf Agenten im Saal, die jedes Wort notiert haben und jeden Blick registrieren.“

„Ich betrachte es als gutes Zeichen, dass man dich und deine Mitarbeiter überhaupt nicht angesprochen hat“, sagte Archelaos. „Das Interesse gilt eindeutig diesem Jeschua.“

Jeschua saß regungslos auf seinem Stuhl. Durch seine vielen Meditationen hatte er es geschafft, in gerader Haltung unbeweglich zu verharren. Man hätte annehmen können, dass er sich in eine Art Trancezustand versetzt hätte, wenn nicht dieses kleine, nachsichtige Lächeln seinen Mund umspielt hätte. Es war das gleiche Lächeln, mit dem er, nach Gesprächen mit mir, sein Mitleid und sein Bedauern über mein Unvermögen auszudrücken pflegte.

Der Ausschuss kam in den Saal zurück.

„Wir haben noch eine Frage, Jeschua“, sagte Hannas. „Ist es wahr, dass du die Menschen aufgerufen hast, keine Steuern mehr an den Kaiser zu bezahlen?“

Ich erinnerte mich, ich glaube es war in Tabor, dass Jeschua auf die Klagen eines Mannes über das Steuerjoch gesagt hatte: „Was man nicht hat, kann man nicht weitergeben.“ Hoffentlich erinnerte er sich auch an diese harmlose Formulierung.

„Habt ihr einen Denar in der Tasche“, fragte Jeschua. Er stand auf und ging zum Tisch auf dem Podium. Zwei Legionäre stellten sich sofort an seine Seite.

„Ja“, sagte Hannas und holte eine Münze aus seiner Tasche. „Soll ich auf dieser Münze die Antwort lesen?“

„Wessen Bild seht ihr auf der Münze“, fragte Jeschua.

„Ich sehe den Kopf des Kaisers“, sagte der Rabbiner.

„Also gebt dem Kaiser, was des Kaisers ist, und Gott, was Gott zu geben ist“, sagte Jeschua.

Dieser Satz sollte sich als sehr verhängnisvoll herausstellen. Kaiphas Agenten hatten nichts schnelleres zu tun, als in ganz Jerusalem zu verbreiten, dass Jeschua die Steuereintreibungen der Römer als legitim empfand. Diese Feststellung sollte ihn viele Sympathien im Volk kosten. Es war nicht die Sehnsucht nach einem König, die seine Anhängerschaft beflügelte. Es war die Hoffnung, dass man dieser unbarmherzigen Steuerschraube, die jährlich angezogen wurde, entkam. Die materiellen Interessen des Volkes lagen eindeutig vor seinen ideellen.

„Wir verfügen“, sagte Hannas, „dass der Prediger Jeschua vorerst im Gewahrsam der Tempelpolizei bleibt. Wir werden gewissenhaft seine Aussagen bewerten und dann entscheiden, ob es zu einem Prozess gegen den Beschuldigten kommen muss. Möge der Allmächtige dafür sorgen, dass wir nach unserem besten Wissen und Gewissen ein Ergebnis finden werden.“

Die Legionäre führten Jeschua aus dem Saal. Auch Mattäus, Bartholomäus und Jakobus wurden von einigen Posten aufgefordert, ihnen zu folgen.

„Dein Prediger ist verrückt geworden“, sagte Arras. „Er hat sich um Kopf und Kragen geredet.“

„Er ist nicht verrückt“, sagte ich. „Er ist wirklich davon überzeugt, dass er ein Gottgesandter ist. Seine Persönlichkeit hat sich so verändert, dass er, selbst wenn er es wollen würde, gar nicht mehr die Möglichkeit hätte, einen anderen Weg einzuschlagen.“

„Wenn es zu einem Prozess kommt“, sagte Archelaos, „dann könnte man doch auf Unzurechnungsfähigkeit plädieren.“

„Dagegen würde sich Jeschua mit Händen und Füßen wehren“, sagte ich. „Wir können nur hoffen, dass es nicht zu einem Prozess kommt.“

„Die Hoffnung kannst du begraben“, sagte Arras. „Die heutige Anhörung war der erste Schritt. Bisher mussten sich die Rabbiner und Schriftgelehrten auf Gerüchte und Erzählungen verlassen. Jetzt waren sie Augen- und Ohrenzeugen. Sie haben ihm genau die Fragen gestellt, die Jeschua zu den Antworten verleitet haben, die sie zur Prozesseröffnung brauchen.“

„Kann ich irgend etwas für dich tun“, fragte Archelaos.

„Arras sorgt wie eine Mutter für mich“, sagte ich. „Nur einen Punkt vernachlässigt er sträflich.“

„Und der wäre“, fragte Arras.

„Der wäre blond oder schwarzhaarig, hätte eine wunderbare Figur und sollte nicht älter als achtzehn Jahre sein“, sagte ich lachend.

„Hört euch diesen undankbaren Patron an“, sagte Arras gespielt empört. „Da liest man diesem Menschen jeden Wunsch von den Augen ab und der denkt nur an seine fleischlichen Gelüste.“

Archelaos begleitete uns zum Palast des Kaiphas zurück.

„Ich bin sicher, dass du dieses gastliche Haus bald verlassen wirst“, sagte er zum Abschied.

Am Abend kam Arras mit einem großen Krug Wein in mein Zimmer, und wir sprachen stundenlang alle Möglichkeiten durch, die ein Gericht ausschöpfen konnte, um Jeschua zu verurteilen. In einem Punkt waren wir uns einig. Jeschua würde nicht als freier Mann den Gerichtssaal verlassen können.

BARTHOLOMÄUS

AELIUS' REDE VOR DEM SENAT

Mein römischer Freund, Aelius, wurde überraschend zum Senator gewählt. Er bestand darauf, dass ich ihn in den Senat begleitete, als er seine Antrittsrede hielt.

„Senatoren, Römer", begann Aelius. „Ist nicht die Toleranz ein Kind römischen Geistes? Sind es nicht unsere Dichter und Philosophen, die die Moral und die Ethik unserer Epoche in allen Teilen des römischen Reichs beeinflussen? Sind es nicht unsere Bauherren und Bildhauer, die ihre griechischen Vorbilder längst überflügelt haben? Leben wir nicht in einer Zeit, die man das Erwachen, das Streben nach neuen Horizonten nennen kann?

Meine verehrten Mitsenatoren, ich bin mir sicher, dass jeder von euch diese Fragen mit einem deutlichen Ja beantworten würde. Und darum frage ich euch, passt es in diese Zeit, dass wir Menschen verfolgen, deren einziges Vergehen es ist, nicht an Jupiter, Diana, Luna oder Vesta zu glauben? Justitia wird sich von uns abwenden, Venus wird uns ihre Liebe entziehen und Minerva mit Dummheit strafen, wenn wir unser Vorgehen nicht ändern. Ist es entscheidend, an welchen Gott die Menschen glauben, oder ist es wichtiger, dass sie an einen glauben, der ihnen Halt gibt und die Kraft, dieses Leben zu ertragen? In welcher Stadt der Welt, frage ich euch, könnte sich eine neue Religion wie die der Christen entfalten, wenn nicht in unserem Rom, der Stadt, in der Toleranz und Menschlichkeit ihre Heimat haben.

Es ist ein Irrtum, zu glauben, dass diese neue Religion die traditionellen Werte unseres Volkes gefährden könnten. Wenn sich Unruhen, und wer von uns würde leugnen, dass es welche gibt, in der Bevölkerung breit machen, dann liegen ihre Auslöser nicht bei den Anhängern der Christen. Es sind die sozialen Verhältnisse der breiten Masse, die für Empörungen sorgen. Das Volk und seine Arbeitskraft ist der Antrieb unserer Wirtschaft, ist der Garant für die erfolgreichen Feldzüge, die unsere siegreichen Legionen unternehmen. Hat dann nicht das Volk auch einen Anspruch auf seinen Anteil an den Gewinnen, die wir durch Handel, Produktion und Eroberungen erzielen? Man kann sich nicht länger dem Irrglauben hingeben, dass wir die Bevölkerung durch Spiele ihre, zum Teil unwürdigen Lebensbedingungen vergessen lassen können. Auch die Hetzjagden und Tötungen der Christen sind kein geeignetes Mittel, um das Volk von seinen Nöten und Ängsten abzulenken. Die Römerinnen und Römer wissen längst, dass die Christen keine Umsturzpläne oder revolutionäre Veränderungen fordern und dass sie auch deshalb schon keine Gefahr für das große, römische Reich darstellen. Ich habe mich mit den Grundzügen ihres Glaubens vertraut gemacht. Sie haben die Begriffe Hoffnung, Vertrauen und Erdulden auf ihre Fahne geschrieben. Sie glauben an einen einzigen Gott, ihren Jahwe. Allein das zeugt von größter Bescheidenheit. Sie verehren den Sohn dieses Gottes, den sie Jeschua nennen, weil er sie mit seinem Tod von ihren Sünden befreite. Verehrte Mitsenatoren, wäre der Kaiser nicht besser beraten, wenn er seine Prätorianergarde gegen Diebe, Mörder oder Betrüger einsetzen würde, anstatt sie zu Mördern an unschuldigen Gläubigen zu machen? Die Griechen haben nicht nur ihr Land, sondern auch ihren Zeus gegen fremde Eroberer verteidigt. Wir kämpfen auf den Schlachtfeldern dieser Welt nicht nur für unser geliebtes Vaterland, sondern auch im Namen des großen Jupiters, der uns die Kraft gibt, oft Übermenschliches zu vollbringen. Wenn wir die großen Schlachten in Ägypten verloren, und die Feinde unser Land besetzt hätten, welche Römerin und welcher Römer hätte unsere heiligen Götter gegen Amun, Isis, Jusas oder Osiris eingetauscht? Nicht einer hätte Jupiter verraten, selbst wenn ihn unsere Feinde mit dem Tod gedroht hätten. Fordern wir also in einer gemeinsamen Resolution unseren verehrten Kaiser Tiberius auf, dieses unwürdige Treiben zu beenden. Die Lebenskraft Roms, seine kulturelle Bedeutung, seine Macht und seine Größe beruht seit ewigen Zeiten darauf, dass wir die unterschiedlichsten, freiheitsliebenden Geister in dieser Stadt beherbergt haben. Erinnern wir uns an unsere Vergangenheit, damit uns eine blühende Zukunft bevorsteht."

Keine Hand rührte sich zum Applaus, als Aelius seine Rede beendet hatte. Die Senatoren gingen schweigend auseinander und es gab nicht einen einzigen, der ein anerkennendes Wort für meinen Freund fand. Noch am Nachmittag des selben Tages trafen sich die einflussreichsten Senatoren mit Tiberius und bestanden darauf, dass Aelius aus dem Senat ausgeschlossen wurde. Allein dem Umstand, dass Tiberius offensichtlich an diesem Tag guter Laune war, ist es zu verdanken, dass Aelius nicht mit dem Verlust seiner Besitztümer oder sogar mit Verbannung bestraft wurde. Die römischen Senatoren wussten, dass die Christen Not und Armut erduldeten, weil ihre Religion sie dazu verpflichtete. Sie wussten, dass die Christen die bestehende Gesellschaft nicht verändern wollten, sondern nur einen kleinen Platz innerhalb dieses Systems forderten. Aber der römischen Oberschicht war daran gelegen, an den bestehenden Verhältnissen nicht das Geringste zu verändern, um ungehindert ihr Leben in Saus und Braus weiterführen zu können.

SAULUS

KAIPHAS MACHT VORSCHLÄGE

„Kämme dir die Haare, und wasche dir die Hände", sagte Arras, als er in Begleitung eines Dieners mein Frühstück brachte. „Du bekommst hohen Besuch."

Eine halbe Stunde später betrat der Hohepriester mein Zimmer.

„Ich wollte dir noch einmal sagen, Paulus", begann Kaiphas die Unterhaltung, „dass dein Verhalten im Gespräch mit Pontius Pilatus höchst ehrenwert war. Auch Herodes Antipas hat sich hinterher sehr lobend darüber geäußert, dass du dich nicht einfach auf unsere Befehle berufen hast."

„Ihr könnt euch immer auf meine Solidarität verlassen, hoher Herr", sagte ich.

„Du bist ein kluger Kopf, Paulus, und wirst es noch weit bringen", sagte Kaiphas lächelnd.

„Im Moment sind meine Aussichten nicht besonders gut", sagte ich bescheiden.

„Leider", sagte der Hohepriester, „aber das liegt weniger an dir, als an deinem Schützling. Was mir von der gestrigen Anhörung berichtet wurde, war niederschmetternd. Dein Heiliger scheint nicht zu begreifen, in welche Lage er euch alle bringt. Die Kommission der Rabbiner und Schriftgelehrten hat mich einstimmig aufgefordert, Anklage gegen diesen Jesse zu erheben, und nach seinen Aussagen bleibt mir gar nichts anderes übrig."

Ich überlegte fieberhaft, worauf Kaiphas hinauswollte. Er hatte mich sicher nicht besucht, um mir diese Umstände mitzuteilen.

„Meinst du, es würde etwas bringen, wenn du noch einmal mit ihm reden würdest", fragte der Hohepriester.

„Ich habe keinen Einfluss mehr auf ihn", sagte ich. „Schon in den Tagen vor unserem Einzug in Jerusalem habe ich mehrfach versucht, Jeschua von seiner Einstellung abzubringen, aber er hat sich dermaßen in seine Rolle hineingesteigert, dass ihn nichts und niemand mehr wirklich beeinflussen kann."

„Das wird furchtbare Konsequenzen für ihn haben", sagte Kaiphas.

„Die Stimmung unter seinen Anhängern ist nach seinen gestrigen Aussagen umgeschlagen. Die Leute verübeln ihm, dass er sich so eindeutig für die Bezahlung der Steuern ausgesprochen hat. Das Bild des römischen Kaisers, der sich ja fälschlicherweise auch für einen Gott hält, auf den Münzen, ist frommen Juden sowieso schon ein Dorn im Auge."

„Jeschua ist missverstanden worden", warf ich ein. „Er wollte nur ausdrükken, dass man auch die weltlichen Gesetze zu befolgen habe. Die Formulierung war vielleicht etwas unglücklich."

„Sehr unglücklich", bestätigte Kaiphas. „Aber nun will ich dir den wahren Grund meines Besuchs verraten. Du wirst diesen Raum als freier Mann verlassen, allerdings unter der Auflage, dass du Jerusalem auf dem schnellsten Wege verlässt."

„Und was geschieht mit meinen Mitarbeitern", fragte ich.

„Wir werden im Prozess auf Zeugen nicht verzichten können", sagte der Hohepriester und schüttelte bedauernd den Kopf.

„Ohne meine Freunde kann ich Jerusalem nicht verlassen", sagte ich mit Bestimmtheit. „Ich käme mir wie ein Verräter vor."

Kaiphas nahm sich ein paar Weintrauben vom Teller und dachte, während er die Kerne auf den Boden spuckte, nach.

„Also gut", sagte er nach einer Weile, „ich werde mich persönlich darum kümmern, dass sie nach der Urteilsverkündung freigelassen werden."

Er sah mich abwartend an. Ich schwieg.

„Ich gebe dir mein Wort darauf", sagte er.

Er hatte den Grund meines Schweigens erraten. Auch sein Ehrenwort konnte mein Misstrauen nicht beseitigen. Ich war mir sicher, dass er es schon häufig gebrochen hatte, wenn es zu seinem Vorteil war.

„Hör zu, Paulus", sagte Kaiphas ungeduldig. „Ich gehe davon aus, dass du deine Mitarbeiter eingeweiht hast. Sie wissen also, welche Rolle ich in dieser Angelegenheit gespielt habe und dass der Landesfürst ebenfalls Bescheid wusste. Es wäre Herodes und mir nicht recht, wenn die Öffentlichkeit davon erfahren würde. Verstehst du?"

„Natürlich habe ich meine Freunde eingeweiht", log ich. Außer Jakobus wusste keiner von den wahren Zusammenhängen. „Aber gerade das macht mir Sorgen."

„Du meinst, die besten Zeugen sind tote Zeugen", sagte Kaiphas grinsend. „Aber in diesem Fall stimmt das nicht. Sie könnten vor dem Gericht auspacken, und man kann nicht drei unbescholtene Männer als Lügner hinstellen. Sie sollen den Landesfürsten und mich aus dem Spiel lassen. Das ist ihre beste Lebensversicherung."

„Wann wird es zu dem Prozess kommen", fragte ich.

„Schon in den nächsten Tagen", sagte Kaiphas. „Ich will, dass Pontius Pilatus sich, noch während seines Aufenthalts zum Laubhüttenfest, mit dem Fall beschäftigt."

„Der Prokurator", fragte ich überrascht. „Was haben die Römer mit diesem Fall zu tun?"

„In dem Prozess, den wir gegen diesen Jesse führen, geht es nicht um Schuld oder Unschuld", sagte der Hohepriester listig. „Und liegt daran nachzuweisen, dass es politische Motive waren, die sein Handeln auslösten. Die Priesterschaft legt keinen Wert darauf, dem Volk einen Helden wegzunehmen. Über den angeblichen König der Juden hat Pilatus ein Urteil zu fällen."

Ich war überrascht, wie offen Kaiphas mit mir sprach, und überlegte ständig, was er damit bezweckte. Der durchtriebene Hohepriester tat nichts ohne Berechnung. Aber bevor ich weitere Fragen stellen konnte, klatschte Kaiphas in die Hände, und Archelaos und Arras betraten den Raum.

„Dein Freund wird dich nach Joppe begleiten", sagte er und zeigte auf Archelaos. „Er wird sich außerdem darum kümmern, dass du einen Platz auf einem Schiff bekommst, das dich so weit wie irgend möglich von hier fortbringt. Vielleicht kommt eine Zeit, in der du wieder nach Judäa zurückkehren kannst. Für einen klugen Kopf werde ich immer einen guten Posten haben."

Er nickte mir kurz zu und ging hinaus. Da er die Tür nicht schloss konnte ich sehen, dass sich meine beiden Wächter mit ihm entfernten.

„Willkommen in der Freiheit", sagte Arras und umarmte mich.

„Wir brechen sofort auf", sagte Archelaos. „Ich bin erst wirklich beruhigt, wenn ich dich auf hoher See weiß."

„Ich kann Jerusalem erst verlassen, wenn ich die Gewissheit habe, dass auch Mattäus, Bartholomäus und Jakobus auf freiem Fuß sind", sagte ich. „Wer könnte das besser verstehen, als ihr. Ihr würdet auch keine Freunde im Stich lassen."

„Wie stellst du dir das vor", fragte Arras. „In Jerusalem ist dein Leben keinen Schekel mehr wert. Du bist viel zu bekannt."

„Es muss eine Lösung geben", sagte ich. „Und ihr müsst mir helfen, sie zu finden."

„Hast du Geld", fragte Archelaos. „Der Hohepriester hat mir zehn Denare für dich gegeben. Damit kommst du nicht weit. Du wirst das Zehnfache brauchen, um alle Denunzianten zu bestechen."

Ich erzählte den beiden, dass wir, auf Judas Ischariots Vorschlag hin, einen doppelten Boden in einen der Planwagen eingebaut hatten, in dem wir einen großen Teil unseres Barvermögens versteckt hatten.

„Das Versteck werden die Legionäre längst gefunden haben", sagte Archelaos. „Die riechen förmlich, wo sich Geld befindet."

„Außerdem kannst du nicht in irgend einer Herberge absteigen", sagte Arras. „Und bei aller Liebe, Paulus, aber wenn Archelaos oder ich dich aufnehmen, unterschreiben wir damit unser Todesurteil."

„Moment", sagte Archelaos, „uns gehört ein kleines Haus am Rande der Oberstadt. Dort hat bis vor kurzer Zeit ein Onkel von mir gewohnt. Seit seinem Tod steht es leer. Man kann es durch einen zweiten Eingang, der direkt hinter der Stadtmauer liegt, unbemerkt betreten und verlassen."

„Das wäre doch das ideale Versteck", sagte ich begeistert.

„Willst du dieses Risiko eingehen“, fragte Arras Archelaos. „Du weißt hoffentlich, was für Folgen das für dich haben kann.“

„Das Leben besteht nur aus Risiken“, sagte Archelaos lachend. „Außerdem muss ich zugeben, dass ich die kommenden Ereignisse auch gerne hautnah miterleben würde.“

„Danke“, sagte ich und nahm Archelaos in den Arm. „Du erweist mir einen großen Freundschaftsdienst.“

„Da bin ich mir nicht so sicher“, antwortete er. „Die Sache kann auch ins Auge gehen.“

„Haltet mich nicht für unsolidarisch oder für feige“, sagte Arras, „aber ich weiß von nichts.“

Archelaos hatte einen arabischen Kapuzenmantel mitgebracht, den ich anzog. Ich sah aus wie einer dieser Bettelmönche, die zur Zeit des Laubhüttenfestes zu Hunderten durch Jerusalem zogen. Wir machten uns auf den Weg zu dem Haus seines verstorbenen Onkels. Arras ließ sich von Archelaos noch erklären, wie man den Hintereingang des Gebäudes finden könnte.

„Nicht, dass ich dich besuchen will“, sagte Arras zu mir. „Ich bin einfach nur neugierig.“

Ich war mir sicher, dass er sich sehen lassen würde. Auf Archelaos und ihn konnte ich mich hundertprozentig verlassen.

Das kleine Haus, zu dem Archelaos mich führte, lag ganz in der Nähe des Hauses in dem Johannes und Naomi lebten. Es war spärlich eingerichtet, aber wunderbar als Versteck geeignet. Auf den Grundstücken rechts und links befanden sich keine Gebäude. Die nächstliegenden Häuser waren Lagerhallen und Pferdeställe. Schon nach ein paar Stunden kam Archelaos mit Säcken voller Lebensmittel zu mir, die einer vierköpfigen Familie für Wochen gereicht hätten. Wir hatten sie gerade ausgepackt, als ein alter Mann, der einen Handwagen zog, vor dem Haus anhielt und sich ängstlich umsah. Wir beobachteten ihn vom Fenster aus. Er schien alte Lumpen auf seinem Karren zu haben.

„Ich scheuche ihn weg“, sagte Archelaos. „Vielleicht hat er in einem der Ställe Quartier bezogen.“

Er ging hinaus und sprach mit dem Alten. Ich sah, dass sie sich dem Hintereingang näherten. Augenblicke später schleppte Archelaos mit dem Mann ein Weinfass ins Haus.

„Ein Willkommensgruß von mir“, sagte Arras lachend und nahm das Tuch von Kopf, mit dem er sich verkleidet hatte. „Du hast doch nicht ernsthaft angenommen, dass ich dich einfach aus meinem Leben verschwinden lasse.“

Wir tranken einen Becher auf meine neue Behausung. Es war ein wunderbarer, griechischer Wein, der sicher noch vor einigen Stunden zum Vorrat des Hohepriesters gehörte.

Durch eine Laune der Natur hatte ich einen hellblonden Bartwuchs, obwohl meine Haarfarbe dunkelbraun war. Ich ließ mir deshalb nie einen Bart stehen, weil ich immer das Gefühl hatte, ich würde mit dieser Zweifarbigkeit lächerlich aussehen.

„Ich würde mir gerne die Haare färben lassen“, sagte ich. „Kennt jemand von euch eine dieser Frauen, die auch den Damen der Jerusalemer Gesellschaft zu neuem Kopfschmuck verhelfen?“

„Meine Mutter trägt ihre Haare seit kurzer Zeit hellblond“, sagte Archelaos. „Es kommt immer eine junge Frau ins Haus, die ihr dazu verhilft. Ich könnte sie ansprechen, aber dann hätten wir eine Mitwisserin.“

„Was hast du gesagt, Archelaos, das Leben besteht aus lauter Risiken“, sagte ich lachend.

Schon am nächsten Tag tauchte die Haarfärberin in Archelaos' Begleitung auf. Ich wäre vor Überraschung fast vom Stuhl gefallen, als ich feststellen musste, dass es Magdalena, eine der Schwestern der Delila war.

„Was machst du in Jerusalem“ fragte ich sie, als ich mich von meinem ersten Schreck erholt hatte.

„Die Geschäfte liefen nicht mehr gut, als ihr Kapernaum verlassen hattet“, sagte Magdalena lachend. „Ich musste mich nach einer anderen Tätigkeit umsehen. Mein blondes Haar ist auch nur das Ergebnis einer bestimmten Hennalösung, deren Rezept ich von meiner Mutter bekam. Wichtig ist die richtige Dosierung, sonst bekommt man einen feuerroten Haarschopf. Blond ist in Jerusalem die große Mode. Ich komme mit der Färberei der Damen gar nicht mehr nach, weil die Farbe alle vierzehn Tage erneuert werden muss. Du bist allerdings der erste Mann, bei dem ich meine Künste anwenden soll.“

„Meinst du, du könntest die Farbe meines Bartes treffen“, fragte ich sie. Ich hatte mich seit meinem Aufenthalt in Jerusalem nicht mehr rasiert und hatte deshalb schon einen stattlichen Bartwuchs.

„Ich werde versuchen, dein Haupthaar noch heller zu machen“, sagte Magdalena. „Der Bartwuchs der Männer ist meistens etwas dunkler.“

Ich musste mich auf einen Stuhl setzen und Magdalena begann mit ihrer Arbeit. Es dauerte mindestens zwei Stunden, bis sie mir einen Spiegel vors Gesicht hielt. Ein hellblonder Mann sah mich aus dem Spiegelglas an.

„Ich würde mich selber nicht erkennen, wenn ich nicht wüsste, dass ich das bin“, lobte ich Magdalena. „Du bist eine wahre Meisterin.“

„Ich habe auch von meinem früheren Beruf nichts verlernt“, sagte Magdalena lachend. „Wenn du es möchtest, könnte ich es dir beweisen.“

„Ich bin nicht mehr der wohlhabende Kaufmann“, sagte ich bedauernd.

„Dafür gehen meine Geschäfte um so besser“, lachte Magdalena. „Ich kann mir einen Liebhaber ohne Bezahlung leisten.“

Magdalena kam fast jede Nacht zu mir. Schöner hätte mir niemand die Wartezeit verkürzen können. Sie war so ein fröhliches, unkompliziertes Mädchen, und auch eine Künstlerin in Liebesdingen. Nach langer Zeit fühlte ich mich wieder unbeschwert und glücklich. Als ich mich selbst an mein neues Aussehen gewöhnt hatte, wagte ich es, das Haus zu verlassen und kleine Spaziergänge durch die Stadt zu unternehmen. Jeschua war nach wie vor das Gesprächsthema Nummer eins. Aber die Stimmung in der Bevölkerung war wirklich umgeschlagen. Nichts war mehr von der Verehrung zu spüren, die man ihm entgegengebracht hatte. Ein König der Juden, ein Messias, wird nicht von römischen Besatzern eingesperrt, war die einhellige Meinung. Kein Mensch würde es wagen, Hand an ihn zu legen. Dieser Jeschua begehrte nicht einmal auf. Er hatte vor den Rabbinern und Schriftgelehrten keine flammende Verteidigungsrede gehalten. Er hatte den Ausschuss nicht in seine Schranken verwiesen. Er war reuevoll aufgetreten wie ein Dieb, bei dem man die Beute noch in der Tasche gefunden hatte. Das war nicht der Jeschua, den die Menschen so sehnlichst erwartet hatten. Es waren Schmerz und Enttäuschung und das Gefühl, betrogen worden zu sein, die Gründe, warum das Volk ihm seine Gunst entzog. Je mehr die Menschen von ihm erwartet hatten und je mehr sie erhofft hatten, desto größer war die Wut über ihn. Der Satz, dass man dem Kaiser geben sollte, was ihm zusteht, sanktionierte für das Volk die Steuerpolitik der Römer. Wie konnte ein Jude sich auf die Seite der verhassten Besatzer schlagen?

Je mehr ich den Gesprächen auf den Märkten und an den Brunnen lauschte, desto klarer wurde mir, dass sich Jeschuas Position täglich verschlechterte. Meine Hoffnung war es gewesen, dass die Priesterschaft und die Römer mit einem Mann, der im Volk über einen großen Rückhalt verfügte, pfleglich umgehen würden. Jetzt aber hatte Jeschua den letzten Anker verloren, der seine Rettung hätte sein können.

Ich musste an Ruth denken, die mir schon in Nazareth gesagt hatte, wie schnell Liebe in Hass umschlagen kann.

HANNAS

EINE GROSSE CHANCE

Wenn man in der Jerusalemer Priesterschaft etwas werden will, dann ist es nicht unbedingt ausschlaggebend, wie genau man die Thora studiert hat. Meine Kenntnisse über das Privatleben meiner Kollegen sind wesentlich hilfreicher, um auf der Karriereleiter einige Stufen höher zu klettern. Das ist keine Erkenntnis, auf die ich von alleine gekommen bin. Der Hohepriester brachte oft ein schwarzes Büchlein zu den Sitzungen des Tempelrats mit. Hatte er mit einem der Herren Differenzen, bat er den vor die Tür, mit dem Buch in der Hand, und nach wenigen Augenblicken erschienen sie wieder im Raum. Die Meinungsverschiedenheiten waren ausgeräumt. Der Rabbiner Achtus erzählte mir diese Geschichte, und ich hatte den dringlichen Wunsch, dieses Büchlein einmal in die Hände zubekommen. Die Gelegenheit ergab sich, als Kaiphas vor den jungen Rabbinern einen Vortrag hielt. Mitten in seiner Rede stürzte sein Sekretär, Arras, in den Raum und flüsterte ihm etwas ins Ohr. Der Hohepriester entschuldigte sich bei uns und verließ hastig das Zimmer. Ich hatte schon die ganze Zeit das kleine, schwarze Buch im Auge, das er unter seinen Stuhl gelegt hatte. Es lag immer noch da, als Kaiphas verschwunden war. Pflichtbewusst hob ich es auf. Es würde den Hohepriester freuen, wenn ich ihm das vergessene Objekt zurückbringen würde. In meinem Zimmer schrieb ich in Windeseile die wichtigsten Passagen, die die einflussreichsten Rabbiner betrafen ab. Außereheliche Liebschaften, Besuche in heidnischen Häusern, finanzielles Fehlverhalten und andere religiöse Gesetzesübertretungen waren fein säuberlich, mit dem entsprechenden Datum, von Kaiphas notiert worden. Der Hohepriester fragte mich nicht, ob ich einen Blick in das Buch geworfen hatte, als ich es ihm zurückbrachte, aber von diesem Tag an, behandelte er mich bevorzugter. Das zeigte sich auch in der Sache Jeschua, die er fast ganz in meine Hände legte.

Für mich war die Anhörung und der folgende Prozess die große Chance, den ersehnten Sprung in den Tempelrat zu schaffen. Ich sah schon lange nicht ein, warum nur die alten, oft schon zittrigen Rabbiner diesem Gremium angehörten. Sie waren nichts weiter als Befehlsempfänger, denen der Hohepriester diktierte, was er für richtig hielt. Und Kaiphas hielt nur das für richtig, was seinem eigenen Vorteil diente. Von der ursprünglichen Aufgabe des Rats, die Einhaltung der religiösen Überlieferungen und Vorschriften, oder die unumstößlichen Auslegungen der Thora zu befolgen, stand nie etwas auf der Tagesordnung. Hauptthema war die Verwaltung des Tempelschatzes und die Anschaffungen, die durch ihn getätigt werden sollten. Es ging um Gebäude, Grundstücke oder Beteiligungen an lohnenden Geschäften. Für jeden der hohen Herren fiel bei diesen Aktionen etwas ab, und der Hauptanteil floss selbstverständlich in die Taschen des Hohepriesters. Ich bin kein Moralapostel, der nur nach dem geschriebenen und gesprochenen Gesetzen lebt. Ich bin ein junger Mann, der vom Elternhaus nicht mit einem Vermögen bedacht werden konnte, und deshalb war es mein dringlichster Wunsch, aus dem Füllhorn, das der Tempelrat so reichhaltig ausschüttete, meinen eigenen Anteil zu erhalten.

Kaiphas hatte mir unmissverständlich zu verstehen gegeben, dass er diesen Jeschua als politischen Täter von Pontius Pilatus verurteilt sehen wollte. Mir wäre es lieber gewesen, wenn ich diesen Prediger in einem Aufsehen erregenden Prozess hätte aburteilen können. Fünf Jahre Kerker mit anschließender Verbannung, und niemand hätte je wieder ein Wort über diesen Jeschua verloren. Aber ich war noch nicht so weit, um dem Hohepriester zu widersprechen. Folglich musste ich den Verhandlungsablauf so führen, dass er Kaiphas' Zustimmung fand. Regius, ein junger Schriftgelehrter, der mir in seinem Ehrgeiz in nichts nachstand, übernahm die Verteidigung des Predigers. Von der Anhörung im Haus der Priesterschaft bis zum Beginn des Prozesses hatten wir ausreichend Zeit, unsere Rollen aufeinander abzustimmen. Wie Schauspieler in einem Theaterstück übten wir unsere Argumente und Gegenargumente, und vergaßen auch nicht, einige Stellen einzubauen, in denen wir kontroverse Auffassungen vertreten wollten. Uns war klar, dass jeder, der in Jerusalem Macht und Einfluss ausübte, bei diesem Prozess anwesend sein würde. Ein solches Sprungbrett wird einem im Leben nur einmal geboten, um beruflich schneller vorwärts zu kommen.

Ich war sehr stolz, dass Kaiphas mich einige Tage nach dem Ende des ersten Prozesses zu einer Sitzung des Tempelrats einlud, auf der er den Mitgliedern meine Aufnahme vorschlug. Sein Vorschlag wurde einstimmig angenommen.

Meine Dankbarkeit gegenüber dem Hohepriester hielt sich in Grenzen. Ich sah es vielmehr als meine Pflicht an, dem römischen Hof, der verärgert darüber war, dass der Prokurator das Urteil über Jeschua gesprochen hatte, die Gründe und Zusammenhänge für diesen Ablauf mitzuteilen. Kaiphas gelang es zwar noch, den Posten des Hohepriesters einige Jahre zu bekleiden, aber dann wurde er von Vitellius, dem Legaten von Syrien, der immer mehr zum starken Mann in der Region geworden war, abgesetzt. Ich war leider noch zu jung, um als Nachfolger in Frage zu kommen. Aber Vitellius teilte mir in einem persönlichen Schreiben mit, dass er und der römische Hof meine hilfreichen Informationen sehr wohl zu würdigen wüssten. Per Dekret erhielt ich zwei Häuser aus dem eingezogenen Vermögen des Kaiphas. Eine kleine Stadtvilla in Jerusalem und ein Ferienhaus in Engedi am Toten Meer.

Meine Stellung im Tempelrat würde ich als ausgesprochen gefestigt ansehen. Ich bin das einzige Mitglied, das außerdem Sitz und Stimme im Hohen Rat, der weltlichen Verwaltung Judäas, hat. Ich will nicht unbescheiden sein, aber ohne meine Zustimmung ist im ganzen Land kaum etwas durchzusetzen. Man muss die Chancen nutzen, die einem geboten werden.

Das Schicksal wollte es, dass Achtus, der Nachfolger Kaiphas schon nach drei Monaten an Herzversagen starb. Gottes Wege sind unergründlich. Ich zierte mich nicht lange, als Vitellius mich, auf einstimmigen Vorschlag des Tempelrats, zum Hohepriester ernannte.

JACOBUS

ZEUGENBEEINFLUSSUNG

Nach der Anhörung vor den Rabbinern und Schriftgelehrten führte man uns wieder in unseren Raum im Haus der Priesterschaft zurück.

„Warum läßt man uns nicht laufen", fragte Bartholomäus. „Die haben sich doch sowieso nur mit Jeschua beschäftigt."

„Drei so gut aussehende Männer wie wir es sind verschönern einfach die Kulisse", sagte Mattäus spöttisch. „Ich bin mir sicher, dass man mit uns auch noch Pläne hat, wenn es zum Prozess kommt."

Mattäus sollte recht behalten. In den nächsten Tagen bekamen wir regelmäßig Besuch von Hannas und Regius, die, wie sich schnell herausstellte, Anklage und Verteidigung in dem Prozess gegen Jeschua übernehmen sollten.

„In eurem eigenen Interesse solltet ihr gut mit uns zusammenarbeiten", sagte Hannas bei der ersten Zusammenkunft. „Ihr seid unsere wichtigsten Zeugen."

„Wenn eure Aussagen brauchbar sind", fügte Regius hinzu, „dann könnt ihr mit eurer baldigen Freilassung rechnen."

„Warum wendet ihr euch nicht an Paulus", fragte Mattäus. „Er hat das Unternehmen geleitet. Es war seine Idee. Wir waren nur Befehlsempfänger, die seinen Anwcisungen folgten."

„Wir verfolgen eine andere Strategie", sagte Hannas. „Wir wollen die Eigeninitiative des Jeschua nachweisen. Dafür ist es vernünftiger, wenn wir euch, als seine Mitarbeiter heranziehen, die seinen Anordnungen gehorchten."

„Jeschua soll nicht als Produkt irgend eines anderen erscheinen, sondern ihr sollt diejenigen sein, die ihm immer widerwilliger folgten, weil euch seine Phantastereien zu viel wurden", sagte Regius.

„Sie wurden mir schon lange zu viel", sagte Mattäus schnell. „Ich war zum Schluss so verunsichert, dass ich manchmal selber glaubte, er wäre tatsächlich der Messias."

„Weil er es immer und immer wieder behauptet hat", hakte Hannas nach. „Ihr habt doch sicher versucht, ihn von diesen irrwitzigen Gedanken abzubringen?"

„Mehr als einmal", sagte Bartholomäus. „Ich könnte euch genauestens erklären, wie diese angeblichen Wunder abgelaufen sind."

„Das wollen wir nicht wissen", sagte Regius. „Es könnte sich herausstellen, dass ihr dabei keine unwesentliche Rolle gespielt habt. Für uns aber seid ihr arme Verblendete, die zu spät gemerkt haben, auf was sie sich da eingelassen haben. Das nützt uns, und hilft euch."

„Von mir könnt ihr volle Unterstützung erwarten", sagte Bartholomäus.

„Das gilt auch für mich“, sagte Mattäus.

Hannas wandte sich zum ersten Mal an mich.

„Was ist mit dir, Jakobus“, fragte er.

„Ich denke, dass man Jeschua einen fairen Prozess machen sollte“, antwortete ich. „Ich werde jede Frage wahrheitsgemäß beantworten.“

„Du solltest vorsichtiger sein“, warnte mich Mattäus. „Schließlich hast du ihm alles in den Mund gelegt, was er von sich gegeben hat.“

„Richtig“, sagte ich. „Und ich stehe zu jedem Wort, dass ich geschrieben habe. Jeschua hat in keiner Predigt je behauptet, dass er der Messias wäre oder der König der Juden.“

„Wir wissen, dass du seine Predigten verfasst hast“, sagte Regius. „Und wir kennen die Inhalte. Strafrechtliches Fehlverhalten ist dir nicht nachzuweisen.“

„Aber ihr habt alle nichts unternommen, um den Zuhörern deutlich zu machen, dass es sich bei diesem Jeschua nicht um den Messias oder den König der Juden, sondern um einen schlichten Wanderprediger aus Kapernaum handelt“, sagte Hannas.

„Die Menschen haben ihm diese Namen verpasst“, sagte ich. „Sie hätten sich durch nichts und niemanden davon abbringen lassen. Wenn ihr die Stimmung in der Bevölkerung besser kennen würdet, dann wüsstet ihr, warum das Volk so sehnsüchtig auf einen Erlöser wartet.“

„Ich brauche von dir keine Belehrungen“, sagte Regius scharf. „Die Situation in Palästina ist so, wie sie ist. Wir sind nicht schuld an den politischen Verhältnissen. Als gläubiger Jude hat man sie als gottgegeben hinzunehmen.“

„Es kann nicht Gottes Wille sein, dass ein Volk viele andere Völker unterdrückt“, sagte ich.

„Alles ist Gottes Wille“, mischte sich Hannas ein. „Vielleicht kommt der Tag, an dem es unsere Aufgabe sein wird, als auserwähltes Volk Gottes über andere Völker zu herrschen. Allein schon aus dem Grund, die Heiden zum wahren Glauben zu führen.“

„Wir werden euch morgen wieder aufsuchen“, sagte Regius und stand auf. „Ihr braucht ein paar Stunden, um über unsere Anregungen nachzudenken.“

Der Rabbiner und der Schriftgelehrte verließen den Raum.

„Sie haben das Urteil über Jeschua längst gefällt“, sagte Mattäus. „Wir werden daran nichts ändern können, egal, was wir aussagen.“

„Der Meinung bin ich auch“, sagte Bartholomäus. „Deshalb ist es nur vernünftig, wenn wir das aussagen, was sie hören wollen. In dieser Situation sollte sich wirklich jeder selbst der Nächste sein.“

„Wir tragen eine gewisse Mitschuld“, sagte ich. „Könnt ihr es vor eurem Gewissen verantworten, Jeschua jetzt im Stich zu lassen?“

„Was heißt im Stich lassen“, sagte Mattäus. „Ein Pferd, das sich ein Bein gebrochen hat, muss man töten, auch wenn es das Lieblingspferd war. Damit tut man ihm einen größeren Gefallen, als wenn man es elend zugrunde gehen läßt.“

„Warum läßt man Paulus völlig unbelästigt“, fragte Bartholomäus. „Er saß unter den anderen Zuhörern, als hätte er mit der ganzen Sache nichts zu tun.“

„Er wird seine Absprachen mit der Hohen Priesterschaft längst getroffen haben“, sagte Mattäus. „Sollen wir die Narren sein, die jetzt das Eisen aus dem Feuer holen?“

„Paulus saß zwischen dem Sekretär des Hohepriesters, Arras, und dem Legionärshauptmann Archelaos“, sagte ich. „Das ist ein sicheres Zeichen dafür, dass er nicht ganz freiwillig bei dieser Anhörung erschienen ist.“

„Der römische Hauptmann ist sein Freund“, sagte Mattäus, „und der kleine Sekretär ist wirklich kein geeigneter Bewacher. Ich gehe jede Wette ein, dass sich Paulus längst auf freiem Fuß befindet.“

„Er wird uns ans Messer geliefert haben, um straffrei davonzukommen“, sagte Bartholomäus. „Wer in der Lage ist, ein Unternehmen so aufzubauen wie er, dem fällt es auch nicht schwer, seinen Kopf rechtzeitig aus der Schlinge zu ziehen.“

„Ich werde jedenfalls alles tun, um auch mit heiler Haut davonzukommen“, sagte Mattäus.

„Diese Einstellung würde ich jedem von uns raten“, sagte Bartholomäus.

Hannas und Regius erschienen regelmäßig in den nächsten Tagen bei uns und sprachen Einzelheiten der Aussagen mit Mattäus und Bartholomäus ab. Mich ließen sie fast unbeachtet. Nur bei ihrem letzten Besuch wandte sich Hannas an mich.

„Du hast unsere Gespräche aufmerksam verfolgt“, sagte er. „Wir werden auch dich als Zeugen vorladen. Überlege dir gut, was du auf unsere Fragen antworten wirst.“

„Sollte sich deine Mittäterschaft herausstellen“, fügte Regius hinzu, „wären wir leider gezwungen, ein Verfahren gegen dich zu eröffnen. Du kannst dir selber ausmalen, welche Folgen das für dich haben wird.“

Auch diese offene Drohung konnte mir keine Angst einjagen. Ich war entschlossen, mich bei meiner Aussage an die Wahrheit zu halten. Egal, welche Konsequenzen das für mich haben würde. Die Entwicklung, die Jeschua genommen hatte, hat mit missfallen, aber sie war nicht allein von ihm zu verantworten. Es waren weniger meine Reden, die ich ihm geschrieben hatte, die die Menschen veranlasste, ihm diese große Verehrung und Bewunderung entgegenzubringen. Seine Bekanntheit beruhte auf den Wundern, die er angeblich vollbracht haben sollte, und für diese Wunder waren eindeutig wir verantwortlich. Es waren Märchen und Legenden, die im Orient Tradition hatten. Es gab unzählige Berichte über Wundertätige, und kein Gesetz, das solche Erzählungen ausdrücklich verbot. Ich überlegte mir, dass Jeschua, wenn er endlich begreifen würde, dass er nicht einen einzigen Kranken geheilt, nicht einen Söldner vertrieben und nicht einen einzigen Fisch mit Gottes Hilfe gefangen hätte, aus seinen Träumen erwachen und seine ursprüngliche Persönlichkeit wiederfinden könnte.

Auf jeden Fall war es einen Versuch wert. Ich jedenfalls war zu der Überzeugung gekommen, dass ich ihm diese letzte Hilfestellung schuldig wäre.

BARTHOLOMÄUS

DRITTER BRIEF DES BARTHOLOMÄUS

In einem unserer zahlreichen Gespräch erzählte mir Jeschua, wie ihm der Satan in der Wüste erschienen war. Jeschua hatte sich in die Einsamkeit zurückgezogen, um einige Wochen zu fasten und sich ganz auf seine Zwiesprache mit Gott zu konzentrieren, als der Teufel ihn ansprach.

„Ich verwandle die Steine in Brot und den Sand in Wasser, damit du dich sättigen und deinen Durst stillen kannst“, sagte der Satan. „Als Gegenleistung verlange ich nur, dass du dich vor mir in den Staub wirfst.“

„Wenn ich hungern oder dürsten sollte“, antwortete Jeschua, „dann wird mich das Wort des Allmächtigen sättigen und meinen Durst stillen.“

„Ich werde dir ein Reich schenken, das mächtiger und größer ist als jedes, das bisher auf der Erde bestand“, versuchte ihn der Teufel erneut zu locken. „Erkenne nur an, dass ich mächtiger bin, als dein Gott, der nicht einmal leibhaftig auf dieser Erde erscheinen kann.“

„Gott ist ständig auf der Erde“, antwortete Jeschua. „Er ist in jedem, der an ihn glaubt. Aber in dir, Satan, steckt das Böse. Und es ist meine Aufgabe, die Dämonen aus dir zu vertreiben.“

Der Teufel schrie auf, weil sich die Dämonen in ihm rührten. Bevor Jeschua sie vertreiben konnte, verschwand Satanas unter Heulen und Zähneklappern. Wäre er nur einen Augenblick länger geblieben, die Menschen wären für alle Zeiten von den Dämonen befreit gewesen.

So aber tauchen sie immer wieder auf. Suchen sich ihre Opfer in den Seelen der Schwachen und Hilflosen. Es ist die Aufgabe der Priester, diesen Verlorenen zu helfen. Trefft ihr also auf Menschen, die vom Dämon befallen wurden, dann redete so lange auf sie ein, betet und fleht Gott um Hilfe an, bis dieser Dämon den Körper des Unglücklichen verlässt und er geheilt ist.

Jeschua hat Hunderte von Dämonen vertrieben. Mir war es vergönnt, Zeuge dieser Vertreibungen zu sein.

„Ein Kreuz wird das Symbol ewigen Lebens sein“, sagte Jeschua zu mir. „Vor diesem Kreuz wird jeder Dämon fliehen, weil er nichts mehr fürchtet, als die reine Lehre. Halte dem Menschen, dessen Seele von Dämonen befallen wurde, das Kreuz entgegen, und so sehr sie auch winseln und sich festklammern wollen, sie werden aus dem Körper in die Hölle fahren. Und mit jedem Dämon, der sich beim Teufel einfindet, wird dessen Macht geringer werden.“

Lernt daraus, liebe Priester und Gemeindemitglieder, und erkennt, dass wir den Teufel nicht unterschätzen dürfen. Gegen das Böse kann man sich nur wappnen, wenn man den Worten Gottes und seines Sohnes Jeschua vertraut. Ein starker Glaube ist der beste Schutz gegen Dämonen. Aber verurteilt den nicht, in den sie gefahren sind. Gott hat ihm nur eine Prüfung auferlegt. Es ist eure Aufgabe, ihm beim Bestehen dieser Prüfung behilflich zu sein.

Satan, so erzählte mir Jeschua zu einem späteren Zeitpunkt, habe ihn einmal auf das Dach des Tempels geführt und gesagt: „Stürze dich hinab, die Engel des Herren werden dich auffangen und dich auf Händen tragen.“ Jeschua hatte ihm geantwortet: „Wer Gott in Versuchung führt, der versündigt sich an ihm.“

Was lernen wir daraus, liebe Gemeindemitglieder?

Folgt den Geboten der christlichen Lehre. Nur sie geben euch die Kraft, dem Einfluss des Teufels zu widerstehen. Gehorcht den Worten eurer Priester. Sie sind von Gott gesegnet und der Satan hat keine Macht über sie. Nur ein gehorsamer Christ ist ein guter Christ. Was in Gottes Namen geschieht, geschieht zum Wohle aller Menschen.

„Wer Kriege führt, und meinen Namen auf seine Fahnen schreibt“, sagte Jeschua einmal, „der kämpft für mich und die gerechte Sache. Die Welt wird denen gehören, die an den wahren Gott glauben. Und wer nicht an den wahren Gott glaubt, ist ein Heide und hat sein Leben verwirkt, weil es sinnlos ist.“

Und wieder ein anderes Mal sagte er: „Sorgt dafür, ihr Gläubigen, dass es meinen Priestern an nichts mangelt. Sie sind meine Boten auf der Erde und wer für ihr Wohlergehen sorgt, der leistet einen Dienst, den ich ihm am Tage des Jüngsten Gerichts hoch anrechnen werde.“

Ich, Petrus, bin nur der, dessen Pflicht es ist, euch diese Botschaften Jeschuas weiterzugeben. Die Gnade Gottes hat es gewollt, dass ich den Messias, seinen einzigen Sohn, begleiten und dienen durfte. Mein Sohn und der Sohn seines Sohnes, dessen Nachkommen und die weiteren Nachkommen werden die Worte des Messias weitergeben. Und so sollen es eure Kinder und deren Kinder halten.

Erst wenn wir die letzte Seele auf den Weg des richtigen Glaubens geführt haben, wird der letzte Dämon von dieser Welt vertrieben sein. Es wird den Begriff des Bösen nicht mehr geben, und ein immerwährender Friede wird auf Erden herrschen.

MATTÄUS

DRITTER BRIEF DES MATTÄUS

Als die Häscher Jeschua vor das Gericht in Jerusalem zerrten, und die Rabbiner und Schriftgelehrten die ungeheuerlichen Anschuldigungen gegen ihn vorbrachten, stand ich ungefragt auf und erhob meine Stimme.

„Wer von euch will es wagen", sagte ich, „den Messias anzuklagen? Ist euch nicht klar, dass dieser heilige Mann nur Gottes Urteil unterliegt? Reichen euch nicht die Wunder, die der Allmächtige seinen Sohn bewirken ließ? Könnt ihr an seiner Botschaft zweifeln, wenn ihr seine Worte hört? Blinde sehen, Lahme gehen, Aussätzige werden rein, Taube hören und Tote werden auferweckt. Wer da noch an der Mission des Jeschua zweifelt, den wird Gott mit Blindheit bestrafen, er wird ihm sein Gehör nehmen, seine Glieder erlahmen und ihn ungläubig sterben lassen."

Meine Worte verfehlten ihre Wirkung nicht, aber die Verblendeten wollten von ihrem falschen Weg nicht abweichen.

„Ihr Schlangen! Ihr Natterngezücht! Wie wollt ihr dem Gericht der Hölle entgehen", wurde ich noch deutlicher. „Habt ihr nicht schon Zacharias, den Sohn des Barachias, ermordet? Wollt ihr jeden Propheten, der euch gesandt wird steinigen, töten? Diesen Mann, der dort vor euch steht, könnt ihr nicht töten. Kein Stein wird auf dem anderen bleiben, wenn ihr euch an ihm vergreift. Flieht in die Berge, steigt nicht von euren Dächern, um Sachen aus euren Häusern zu holen, seid ihr vor der Stadt, kehrt nicht zurück, um eure Mäntel zu holen. Es wird ein Beben geben, wie es vom Anfang der Welt bis heute noch keines gegeben hat. Ihr seid die Geier, die sich beim Aas versammeln. Aber es kommt der Tag, an dem der Allmächtige euch eure Mäuler stopfen wird."

Ein lautes Protestgebrüll erhob sich. Die Mitglieder des Gerichts riefen nach den Wachposten und wollten mich gewaltsam aus dem Saal entfernen lassen. Die ungläubigen Zuhörer drohten mir mit Schlägen und bedachten mich mit Flüchen. Aber ich wusste, dass ich unter dem Schutz eines Mächtigeren stand. Diese Kleingläubigen würden mir nichts anhaben können.

„Der Vorhang des Tempels wird zerreißen", fuhr ich fort. „Die Felsen werden sich spalten, die Gräber öffnen, und die Leiber der entschlafenen Heiligen werden auferstehen und zum Himmel fahren."

Jeschua warf mir einen dankbaren Blick zu.

„Dieser da", sagte er zu seinen Anklägern, „wird Gott sehen, weil er seinen Nächsten liebt."

Dann zeigte er auf den Richtertisch: „Ihr aber werdet Rede und Antwort stehen müssen vor eurem wahren Richter."

Kaiphas, dem Hohepriester, und seinen Helfershelfern war die Betroffenheit anzusehen. Aber in ihrer Engstirnigkeit fürchteten sie, dass sie ihr Gesicht verlieren könnten, wenn sie den Prozess abbrechen würden. Ich erkannte ihre Verunsicherung und versuchte noch einmal, sie zur Einsicht zu bringen.

„Schlagt ihr den Hirten, werden sich die Schafe verirren", sagte ich. „Nehmt ihr den Kindern den Vater, werden sie schutzlos sein. Vergießt ihr unschuldiges Blut, wird unschuldiges Blut über euch vergossen werden."

Jetzt reichte es Hannas, einem ehrgeizigen, jungen Rabbiner, der die Anklage gegen Jeschua vorgetragen hatte. Er spürte, dass durch meine Worte die Stimmung im Saal umzuschwenken drohte. Mit hochrotem Kopf und keifender Stimme schrie er die Wachposten an: „Schafft diesen Mann aus dem Saal!"

Obwohl ich mich heftig wehrte, hatte ich gegen die vier kräftigen Legionäre keine Chance, die mich packten und vor die Tür warfen.

Ihr wisst, liebe Gemeindemitglieder, dass ich der einzige seiner Jünger war, denen Jeschua nach seiner Auferstehung wieder erschienen ist.

„Du hast dein Leben riskiert, um das meine zu retten", sagte Jeschua damals zu mir. „Ich werde deine Seele retten, egal, welchen Anfechtungen du je ausgesetzt sein wirst. Fürchte dich nicht, wenn dir in dunkler Nacht wilde Tiere über den Weg laufen, ängstige dich nicht, wenn du von Feinden umgeben bist und verzweifele nicht, wenn mächtige Gebirge dein Weiterkommen verhindern wollen. Ich werde die wilden Tiere verjagen, deine Feinde töten und die Felsen sprengen, die dir den Weg versperren. Und genau so wirst du die beschützen, die meine Worte durch dich erfahren."

Also, liebe Gemeinde, wenn ihr mir vertraut, dann vertraut ihr dem Allmächtigen und seinem einzigen Sohn, der zur Erde gekommen ist, um uns alle von unseren Sünden zu befreien. Fallt ihr in die Hände der Ungläubigen, die euch unter Drohungen und Folter befragen, wo ich mich aufhalte, dann ertragt die Schmerzen, aber gebt ihnen keine Antwort. Wer mich verrät, der verrät den Messias, der für jeden von uns so viel Leid auf sich genommen hat. Vergesst nie, wie klein eure Qualen gegen die sind, die der Herr erdulden musste.

MATTATHIAS VON TIBERIAS

MEIN SOHN MATTÄUS

Ich war ein unglücklicher Mann. Ich hatte ein großes Vermögen mit dem Handel von Duftwassern gemacht. Ein Geschäft, das so viel abwarf, dass ich sogar mit dem Landesfürsten von Galiläa, Herodes Antipas, meine Einnahmen teilen konnte. Er garantierte mir dafür Geleitschutz für meine Karawanen und Zollfreiheit an der galiläischen Landesgrenze. Mein Haus in Tiberias war eines der prächtigsten. Ich verkehrte am Hofe und gehörte zu jenen Auserwählten, die Herodia, die Gemahlin des Herodes, zu ihren zahlreichen Festen in den Palast einlud. Natürlich erwartete die Fürstin von jedem Gast eine kleine Aufmerksamkeit, und ich konnte es mir leisten, bei jedem Besuch dezent ein Beutelchen mit Goldmünzen in ihrer offenen Hand verschwinden zu lassen.

Ich hatte keine Erben. Mein Sohn, Mattäus, war aus dem Elternhaus geflohen, nachdem ich einen heftigen Streit mit ihm hatte. Er war von der Eliteschule des Landes geflogen, und hatte damit alle Pläne durchkreuzt, die ich mit ihm vorhatte. Ein halbes Jahr später starb meine Frau Dana. Ob aus Gram über das Verschwinden unseres einzigen Kindes, oder an einer unbekannten, seelischen Krankheit, wie es mir die Ärzte einreden wollten, weiß ich nicht. Ich hatte erst im hohen Alter geheiratet und war zu alt, um noch einmal eine neue Verbindung einzugehen. Außerdem war meine Furcht zu groß, dass eine junge Person nur deshalb meine Frau werden könnte, weil ihr das riesige Erbe nach meinem Tod in die Hände fallen würde.

Ich war Zeit meines Lebens ein frommer Jude, der die religiösen Vorschriften beachtete und sich streng an die Regeln der Thora hielt. Es war eine Selbstverständlichkeit für mich, dass ich zum Laubhüttenfest in Jerusalem war. Manchmal schloss ich mich der Reisegesellschaft des Landesfürsten an, oft aber reiste ich in kleinerer Gesellschaft schon früher nach Jerusalem, weil ich meinen Aufenthalt in der Stadt auch noch dazu benutzte, mit Geschäftsfreunden über neue Verbindungen zu verhandeln.

Als ich vor zwei Jahren in Jerusalem ankam, sprach die ganze Stadt über die Ankunft des Jeschua, eines Predigers aus Nazareth, von dem die Leute behaupteten, er wäre der Messias. Für mich war das eine eindeutige Gotteslästerung. Ich verstand nicht, warum die Rabbiner und Schriftgelehrten sich die Mühe machten, diesen Prediger anzuhören. Der Prophet hatte klar verkündet, dass der Messias in Bethlehem geboren sein würde und aus dem Hause Davids stamme. Beides traf auf diesen Gotteslästerer nicht zu. Ein befreundeter Kaufmann bot mir an, mich zu der Anhörung mitzunehmen. Aus Neugierde und auch, weil ich dann in Tiberias etwas zu erzählen hätte, nahm ich die Einladung an. Ich hätte es besser nicht getan. Auf der Zeugenbank, die genau in meinem Blickfeld lag, saß mein verschollener Sohn Mattäus.

„Wer sind die drei Männer auf der Zeugenbank", fragte ich den Kaufmann.

„Ihre Namen weiß ich nicht", antwortete er. „Aber sie gehören zum engeren Kreis dieses Jeschua."

Der vor mir sitzende Mann hatte unser Gespräch gehört. Er drehte sich zu uns um.

„Der linke heißt Bartholomäus und der rechte Mattäus, der in der Mitte ist Jacobus", sagte er. „Man erzählt sich, dass sie gemeinsam mit zwei anderen Männern die Geschäfte dieses Predigers abgewickelt haben."

„Und wo sind die anderen beiden", fragte ich.

„Keine Ahnung", sagte der Mann, „vermutlich geflohen."

Mein Sohn, mein einziger Sohn war also in diese unerfreuliche Geschichte verstrickt. Er war und ist ein Taugenichts! Noch in Tiberias hatte ich erfahren, dass er als Zöllner in den Diensten des Landesfürsten stand. Das war bereits eine Demütigung für mich. Zöllner standen für mich auf der gleichen Stufe wie die Lustknaben, die den übersättigten Herren am Hofe des Herodes Antipas zur Verfügung zu stehen hatten. Das war ein Tribut des Landesfürsten an die hellenistische Vergangenheit seiner Familie. Aber einen Zöllner hätte ich wieder in mein Haus aufgenommen, wenn er reumütig um Vergebung gefleht hätte. Wer sich allerdings nicht zu schade dafür war, einem Gotteslästerer zu dienen, der konnte nie und nimmer wieder in Anspruch nehmen, mein Sohn zu sein. Ich dankte Gott, dass er meine geliebte Frau schon zu sich gerufen hatte. Sie wäre vor Scham in den Boden versunken, wenn sie erfahren hätte, was ihr Sohn sich an frevelhaftem Tun leistete.

Auch ich konnte seinen Anblick nicht länger ertragen. Ich stand auf und verließ den Saal. Ich opferte im Tempel ein Lamm und zwei weiße Tauben und betete stundenlang zu Gott. Ich hoffte inbrünstig, dass er mich nicht für das Verhalten meines Sohnes verantwortlich machen würde. Es sollte das unseligste Laubhüttenfest meines Lebens werden. Jeder Vater eines missratenen Sohnes wird dafür Verständnis haben.

Das Furchtbarste an der ganzen Angelegenheit aber war für mich, dass ich mit niemandem darüber sprechen konnte. Nicht vorstellbar, wenn jemand erfahren hätte, dass ich, der angesehene Kaufmann Mattathias von Tiberias, der Vater dieses Mattäus bin.

ARRAS

DIE LAGE SPITZT SICH ZU

Die Tage nach der Anhörung des Jeschua waren aufregende. Im Palast des Kaiphas war ein ständiges Kommen und Gehen. Herodes Antipas und der Hohepriester sprachen oft stundenlang unter vier Augen. Articus, der Sekretär des Prokurators, kam mindestens zweimal am Tag, um Kaiphas zu sprechen. Pontius Pilatus wollte nicht, dass der Hohepriester Schriftliches von ihm in die Hand bekam, deshalb übermittelte Articus seine Wünsche und Vorstellungen. Einen Tag vor Prozessbeginn teilte mir Kaiphas mit, dass es eine Konferenz zwischen Herodes, Pilatus und ihm geben würde, bei der ich das Protokoll zu verfassen hätte.

„Dieses Schriftstück wirst du hinterher mir aushändigen", sagte er. „Und es wird keine Abschrift angefertigt."

Als Pontius Pilatus den Raum betrat und mich sah, forderte er mich auf, das Zimmer zu verlassen, aber der Hohepriester bestand auf meiner Anwesenheit.

„Es ist für uns alle gut, wenn Arras schriftlich festhält, was wir besprechen", sagte Kaiphas. „Es gibt jedem von uns die Sicherheit, dass die Standpunkte nicht im Nachhinein gefälscht wiedergegeben werden können."

„Dann müssen zwei Abschriften angefertigt werden, und wir unterschreiben alle drei Dokumente gemeinsam", sagte Herodes Antipas.

„So wir es geschehen", sagte Kaiphas.

„Warum macht ihr so viel Aufhebens von der Sache", sagte Pontius Pilatus. „Dieser Jeschua ist Jude, und es ist euer Problem, wie ihr ihn aus dem Verkehr zieht. Ich vertrete die Interessen des römischen Reiches und bin nicht zuständig für Streitereien über Auslegungen, die eure merkwürdige Religion betreffen."

„Verzeih mir, Pontius", antwortete Kaiphas. „Aber die religiösen Interpretationen sind nicht strafwürdig. Wenn man vier Rabbiner über einen Absatz der Thora befragt, wird man vier verschiedene Antworten bekommen."

„Wenn nicht sogar acht", sagte Herodes schmunzelnd.

Pontius Pilatus zeigte wenig Sinn für Humor.

„Wenn er sich über euren Gott nicht lästernd geäußert hat, dann lasst ihn laufen", sagte er. „Warum inszeniert ihr ein solches Theater?"

„Dieser Jeschua ruft indirekt zum Aufstand auf", sagte Herodes Antipas. „Er verbreitet revolutionäre Thesen."

„Davon habe ich nicht ein Wort gehört", sagte der Prokurator. „Wir Römer erwarten keinen Messias. Wir haben, bei Jupiter, genug Götter."

„Und ihr habt einen Kaiser, der über Judäa herrscht", sagte Herodes Antipas. „Der Wanderprediger aber will ihm dieses Recht streitig machen."

„Wie aufregend", höhnte Pilatus. „Will er mit seinem Esel und seinem Wanderstab gegen Rom ziehen?"

„Er behauptet, dass er der König der Juden wäre", sagte Kaiphas listig. „Seine Anhänger, und es sind schon mehrere Tausende, halten ihn für den legitimen Nachfolger von König David. Allein wird er nicht sein, wenn er seinen Anspruch auf den Thron anmeldet."

„Ich kann mir nicht vorstellen, dass Tiberius diese Anmaßung gefällt", fügte Herodes Antipas hinzu. „Und da du sein Stellvertreter in dieser Region bist, wird er dich zur Verantwortung ziehen, wenn die Angelegenheit ausufern sollte."

„Ich habe im vergangenen Jahr zwanzig gefangene Zeloten kreuzigen lassen", sagte der Prokurator, „und einen Verrückten, der vor dem Standbild des Kaisers in Cäsarea ausgespuckt hatte. Davon hat Rom nichts erfahren und es hätte auch niemanden am Hofe interessiert."

„Von Jeschua wird Rom erfahren", sagte Herodes Antipas. „Er beleidigt mit seinen Behauptungen den Kaiser. Meine Solidarität zu Tiberius gebietet es mir, ihn über solche Vorfälle zu informieren."

„Höre ich aus diesen Sätzen eine kleine Erpressung heraus", fragte Pilatus lauernd. „Wollt ihr mich in Rom anschwärzen, wenn ich mich nicht um diesen Fall kümmere?"

„Kein Mensch will dich erpressen, Pontius", sagte Kaiphas beschwichtigend. „Wir werden alles daran setzen, diesem Prediger religiöses Fehlverhalten nachzuweisen. Dann werden wir ihn verurteilen, und der Fall ist erledigt."

„Nur wenn wir diesen Nachweis nicht erbringen können, und sich politische Verbrechen abzeichnen, dann wollen wir dich vorsichtig darauf aufmerksam machen, dass dieser Jeschua deiner Kompetenz untersteht", sagte der Landesfürst.

„Ihr Juden seid ein kleines, hinterhältiges Volk", antwortete Pontius Pilatus wütend. „Ihr wollt diesen Prediger loswerden, aber gleichzeitig eure Hände in Unschuld waschen. Das Volk ist nicht gerade römerfreundlich. Wenn ich diesen Jeschua verurteile, wird sich dieser Zustand bestimmt nicht verbessern. Der Mann ist ein Hoffnungsträger für die breite Masse."

„Er war einer", sagte der Hohepriester. „Die Stimmung ist total umgeschlagen. Er hatte die Erwartungshaltung der Menschen nicht erfüllt."

„Gut", sagte der Prokurator grinsend. „Ich werde ihn nach Galiläa in die Verbannung schicken. Schließlich stammt er aus deinem Land, Herodes."

„Dann kannst du mit Sicherheit davon ausgehen, dass dieser Jeschua einen neuen Anlauf nehmen wird", sagte Herodes Antipas. „Vielleicht stellt er es beim nächsten Mal schlauer an und zieht mit bewaffneten Anhängern nach Jerusalem."

„Ich werde mich stets dankbar an die gute Zusammenarbeit mit euch erinnern", sagte Pilatus zynisch. „Sagt den Prozess ab und schickt diesen Prediger zu mir. Oder soll ich euch sein Todesurteil schon hier schriftlich überreichen?"

„Der Prozess muss stattfinden“, sagte Kaiphas. „Ich habe die besten Rabbiner und Schriftgelehrten mit der Durchführung beauftragt, und werde selber den Vorsitz übernehmen. Glaube mir, Pontius, wenn wir ausreichend Gründe finden, um ihn zu verurteilen, bin ich der Erste, der sich darüber freut, dass wir dich nicht belästigen müssen.“

Die Konferenz war beendet und der Prokurator und der Landesfürst verabschiedeten sich. Pontius Pilatus stürmte mit schnellen, kurzen Schritten aus dem Saal. Er wollte Herodes Antipas nicht mehr die Möglichkeit geben, auch nur ein Wort mit ihm zu wechseln.

„Das Protokoll bleibt bei mir“, sagte der Hohepriester zu mir. „Sollten dich der Landesfürst oder der Prokurator auf das Dokument hin ansprechen, hast du es auf meinen Befehl hin vernichtet.“

Ich wusste, dass der Hohepriester dieses Dokument nur für den römischen Kaiser verfahren würde. Wenn Pontius Pilatus seinen Wünschen nicht entspräche, könnte Kaiphas nachweisen, dass er den Prokurator auf seine Verantwortung hingewiesen hat.

Die Krähen hacken einander schon die Augen aus, wenn es um ihr eigenes Überleben geht.

SAULUS

DER ERSTE PROZESS

Große Ereignisse werfen ihre Schatten voraus. Das Haus der Priesterschaft, in dem auch schon die Anhörung stattgefunden hatte, war durch Absperrungen, dicke Seile und Holzbarrieren, gesichert worden. Eine ganze Kohorte von Legionären hatte Stellung bezogen und sperrte die Straße und den Gehweg ab. Die Bevölkerung stand dicht gedrängt auf dem gegenüberliegenden Gehweg. Die prominenten Zuschauer, die eine Einlasskarte ergattert hatten, und die bekanntesten der Rabbiner und Schriftgelehrten wurden von den Menschen mit Applaus begrüßt. Zwei Wachposten an der Eingangstür des Gebäudes kontrollierten die Dokumente, die zum Betreten des Hauses berechtigten. Es waren handgroße Karten, die mit dem Siegel des Hohepriesters versehen waren. Wer im Besitz einer solchen Karte war, wurde in den letzten Tagen vor Prozessbeginn von seinen Freunden und Bekannten behandelt, als hätte er eine Privataudienz bei Kaiser Tiberius. Man erzählte sich sogar, dass horrende Summen geboten worden waren, um doch noch eine der begehrten Scheine zu bekommen. Aber wer von sich glaubte, dass er jemand in Jerusalem wäre, sah es als eine gesellschaftliche Verpflichtung an, diesem Schauspiel beizuwohnen, und hätte sich nicht für ein Vermögen von seiner Einlasskarte getrennt.

Archelaos hatte mir erzählt, dass man den Saal völlig umgebaut hätte. Sogar eine Küche sei eingerichtet worden, um die Prozessbeteiligter und die Zuhörer in den Pausen versorgen zu können.

Ich hatte es natürlich Arras zu verdanken, dass ich eine Eintrittskarte bekam. Arras hatte den Auftrag, den Mitgliedern des Tempelrats die Dokumente zu überbringen. Dem Rabbiner Achtus war die Anhörung aber anscheinend so auf den Magen geschlagen, dass er pflegebedürftig das Bett hüten musste. Den Gepflogenheiten der Zeit entsprechend waren nur männliche Besucher zum Prozess zugelassen. In vielen Ehen soll es deshalb heftige Auseinandersetzungen gegeben haben. Gerade die Frauen der oberen Gesellschaft hätten Jeschua zu gerne einmal aus nächster Nähe gesehen. Archelaos hatte von seinem Vater diesen gefragten Ausweis erhalten. Er wäre bereitgewesen, mir ihn zu überlassen, aber ich wusste, wie sehr ihn dieses Spektakel selbst interessierte und deshalb war es eine glückliche Fügung, dass Arras sofort an mich dachte, als Achtus seine Teilnahme absagen musste.

„Wer wird den Vorsitz bei der Verhandlung führen“, fragte ich Archelaos.

„Genaues weiß man nicht“, antwortete der Freund. Noch nie wurde in Jerusalem etwas so als geheime Kommandosache behandelt wie dieser Prozess. Ich persönlich könnte mir vorstellen, dass der Hohepriester diese Aufgabe selber übernehmen wird."

Am Abend vor dem bedeutungsvollen Tag hatte mir Magdalena noch einmal die Haare frisch gefärbt, und Archelaos hatte mir Kleidungsstücke aus seinem Besitz mitgebracht.

„Du musst mindesten so vornehm gekleidet sein wie die anderen Prozessbesucher, sonst fällst du nur unnötig auf", sagte er.

Arras hatte Angst um mich. Er befürchtete, dass einer meiner Freunde mich trotz meiner neuen Haarfarbe erkennen könnte.

„Wenn Mattäus, Bartholomäus oder Jakobus sehen, dass du dich auf freiem Fuß befindest, könnte einer von ihnen schon aus Wut deine Identität preisgeben", sagte er. „Warum willst du dieses Risiko eingehen? Archelaos und ich könnten dir jede Prozessminute hinterher erzählen."

„Lache mich nicht aus", sagte ich, „aber ich bilde mir ein, dass Jeschua meine Anwesenheit spüren wird. Es ist nachgewiesen, dass man die Gedanken anderer beeinflussen kann. Vielleicht gelingt mir das auch bei Jeschua."

„Das ist doch alles neumodisches Geschwafel", sagte Arras. „Die Zauberkünstler verkaufen sich als Gedankenleser. Aber die haben ihre Kontaktpersonen, mit denen sie vorher alles abgesprochen haben."

Ich ließ mich von meiner Idee nicht abbringen. Ich fühlte mich so sicher, dass ich überzeugt davon war, dass nicht einmal mein eigener Vater mich erkannt hätte. Trotzdem schlug mein Herz kräftiger, als ich dem Wachposten meinen Ausweis zeigte. Der Mann sah mich nur kurz an, und ich durfte passieren. Vor der Türe, die zum Verhandlungsraum führte, stand ein weiterer Posten. Auch er warf nur einen kurzen Blick auf das Dokument, und ich durfte eintreten. Der Saal, den ich schon von der Anhörung her kannte, war tatsächlich völlig umgebaut worden. Dort, wo das Podest stand, war eine richtige Bühne installiert. Auf dieser Bühne stand ein riesiger, dunkler Tisch aus Zedernholz. Rechts und links davon jeweils ein Rednerpult. Vor der Bühne stand ein Holzschemel. An einer Wand eine Bank, die sicher für die Zeugen hingestellt wurde. Die Stühle der Zuschauer waren gepolstert und nummeriert. Sie waren wie in einem Amphitheater in nach hinten ansteigenden Reihen angeordnet. Mein Platz befand sich in der vorletzten Reihe. Archelaos saß neben Arras in einer der vorderen Reihen.

Ein Legionär führte Mattäus, Bartholomäus und Jakobus herein und wies sie an, auf der Zeugenbank Platz zu nehmen. Die drei machten keinen besonders angespannten Eindruck. Ich schloss daraus, dass man sie in den Tagen ihrer Haft gut behandelt hatte. Glücklicherweise waren sie nicht in römischen Gewahrsam. Von den Foltermethoden, mit denen die Besatzer Zeugen zu Aussagen zwangen, hörte man nur Grausamkeiten.

Jakobus ließ seinen Blick über die Zuschauerreihen schweifen, als würde er jemanden suchen. Er erzählte mir später, dass er das untrügliche Gefühl hatte, dass ich mich im Saal befand, und obwohl er mich nicht entdecken konnte, war er sich seiner Sache sicher.

„Ich bitte euch, euch zu erheben", brüllte einer der Wachposten in den Saal. „Das hohe Gericht erscheint."

Kaiphas kam in Begleitung eines Rabbiners und eines Schriftgelehrten herein. Ich hatte schon von Arras erfahren, dass es heftige Auseinandersetzungen um die Zusammensetzung des Gerichts gegeben hatte. Kaiphas hatte den Oberrabbiner, mit dem er persönliche Differenzen hatte, übergangen, und der hatte daraufhin versucht, den Tempelrat gegen den Hohepriester aufzubringen. Aber die Mitglieder des Tempelrats standen in einem solchen Abhängigkeitsverhältnis, dass sie es nicht wagen konnten, gegen den Hohepriester Partei zu ergreifen. Kaiphas genoss seinen Auftritt sichtlich. Er winkte den Zuhörern jovial zu. Als er seinen Platz erreicht hatte, forderte er sie mit großer Geste auf, sich wieder hinzusetzen.

„Ich eröffne den Prozess gegen Jeschua von Nazareth", sagte er dann. „Die Anklage wird der ehrenwerte Rabbiner Hannas vertreten. Die Verteidigung des Angeklagten übernimmt der ehrenwerte Schriftgelehrte Regius."

Die beiden Herren betraten den Saal, verbeugten sich kurz vor dem Hohepriester und stellten sich hinter die Rednerpulte. Hannas war der junge Rabbi, mit dem kantigen Gesicht, der schon bei der Anhörung Jeschua befragt hatte. Regius war ebenfalls bei der Anhörung anwesend, hatte sich dort aber nie geäußert.

„Ich erteile dem ehrenwerten Hannas das Wort", sagte Kaiphas und lehnte sich bequem auf seinem Stuhl zurück.

„Mit eurer Erlaubnis, hohes Gericht", begann Hannas, „möchte ich vorerst eine Erklärung abgeben."

„Ich erteile euch die Erlaubnis", sagte Kaiphas großzügig.

„Ich habe während der Voruntersuchungen immer wieder zu verstehen gegeben", fuhr Hannas fort, dass ich der Meinung bin, dass der Angeklagte vor ein weltliches Gericht gehört. Die ihm zur Last gelegten Vergehen betreffen weltliche Belange mehr, als Verstöße gegen die Religion. Leider gibt es in Jerusalem Kräfte, die sich meiner Meinung nicht anschließen wollten."

Auf dem Gesicht von Articus, der rechten Hand von Pontius Pilatus, den er sicher als Prozessbeobachter in den Saal geschickt hatte, machte sich Ärger breit. Es war offensichtlich, wen Hannas mit diesen Kräften meinte.

Hannas wurde noch deutlicher: „Ich weiß, dass der ehrenwerte Hohepriester und die gesamte Priesterschaft meiner Argumentation folgen. Dieser Prozess findet in diesem Hause auch deshalb statt, weil wir klarmachen wollen, dass wir keinerlei Verantwortung scheuen, wenn sie in unseren Aufgabenbereich fällt.

Allerdings werden wir uns darauf beschränken, festzustellen, ob und in welcher Form der Angeklagte die Vorschriften und Gebote der Religion verletzt hat."

Kaiphas lächelte zufrieden. Diese Erklärung entsprach genau seinen Vorstellungen.

„Wir werden diese Erklärung ins Protokoll aufnehmen", sagte er zu dem Schriftgelehrten, der an seiner linken Seite saß und bereits eifrig mitgeschrieben hatte.

„Dann möge man jetzt den Angeklagten in den Saal führen", sagte Hannas.

Zwei Legionäre brachten Jeschua herein. Seine Hände waren gefesselt, und man hatte ihm Fußketten angelegt, als würde ein gefährlicher Raubmörder vor Gericht stehen. Jeschua trug einen halblangen, weißen Kittel, der ihm nur bis zu den Knien reichte und sehr an ein Nachtgewand für Frauen erinnerte. Sein Haar war ungewaschen und der Bart wild gewachsen. Es war offensichtlich, dass man ihn bewusst der Lächerlichkeit preisgeben wollte. Die Legionäre setzten ihn auf den Holzschemel und bauten sich neben ihm auf. Es war ein erbärmliches Bild, diesen groß gewachsenen Mann mit angezogenen Knien auf dem winzigen Hokker sitzen zu sehen, aber trotz seines ungepflegten Äußeren und dieser demütigenden Position, strahlte Jeschua Würde aus.

„Du bist Jeschua von Bethlehem, der Sohn Josephs von Bethlehem, einem Zimmermann, der jetzt in Nazareth lebt", eröffnete Hannas das Verhör.

„Ihr kennt mich nicht, sonst würdet ihr auch meinen Vater kennen", antwortete Jeschua.

Genau diese Formulierung hatte er schon in der Anhörung gebraucht. Man sah Hannas an, dass er sich ärgerte.

„Beantworte Fragen mit ja oder nein", sagte er mit schneidender Stimme.

Jeschua zuckte etwas zusammen, hob dann aber wieder stolz den Kopf und sah Hannas direkt an.

„Er versteht doch hebräisch", fragte Kaiphas scheinheilig.

Arras hatte mir erzählt, dass der Hohepriester Jeschua in seiner Zelle aufgesucht hatte.

„Er spricht die lateinische Sprache, etwas Griechisch und beherrscht das Hebräische in Wort und Schrift", sagte Hannas. „Ein kleines Wunder, wenn man bedenkt, dass dieser Mann kein Studium absolviert hat."

Jetzt meldete sich zum ersten Mal Regius zu Wort.

„Mit eurer Erlaubnis, verehrter Hannas", sagte er, „verlese ich kurz die Personalien für das Protokoll."

„Es gibt eine bestimmte Verfahrensordnung, verehrter Regius", sagte Hannas übertrieben freundlich, „danach muss der Angeklagte Angaben zur eigenen Person machen. Aber in Anbetracht der Tatsache, dass es sich hier um einen landesweit bekannten Mann handelt, denke ich, dass wir so vorgehen können."

Regius stand auf, nahm ein Blatt Papier in die Hand und begann abzulesen: „Jeschua von Bethlehem, Sohn des Zimmermanns Joseph und seiner Frau Maria. Zuletzt in Nazareth gemeldet, wo er vor dem Ausschuss der Zimmermeister seine Prüfung als Zimmermann ablegte. Vor drei Jahren aus freien Stücken heraus Wanderprediger geworden. Hauptarbeitsgebiet Kapernaum und Umgebung. Ohne festen Wohnsitz. Dreiunddreißig Jahre alt und ledig."

Regius setzte sich wieder. Man musste kein besonders guter Beobachter sein, um schon jetzt feststellen zu können, dass zwischen Hannas, Regius und Kaiphas ein abgekartetes Spiel ablief. Sie hatten ihre Vorgehensweise bis ins Detail abgesprochen.

„Ihr habt wieder das Wort, verehrter Hannas", sagte der Hohepriester.

„Dem Angeklagten, Jeschua von Bethlehem, wird vorgeworfen, sich der Gotteslästerung schuldig gemacht zu haben. Er hat bei einer Anhörung, die vor einigen Tagen in diesem Saal stattgefunden hat, behauptet, dass er der Sohn Gottes wäre."

„Wenn ich kurz einwenden darf, verehrter Vertreter der Anklage", sagte Regius, „dann ist diese Behauptung nicht gefallen. Ihr, verehrter Hannas, und ich waren bei dieser Anhörung anwesend. Auf die Frage, ob er der Sohn Gottes wäre, hat der Beschuldigte lediglich geantwortet, dass er der wäre, der einen Auftrag bekommen hätte."

„Ich erinnere mich sehr gut, verehrter Herr Verteidiger", sagte Hannas lächelnd. „Aber er hat ebenfalls gesagt, dass es doch überaus logisch wäre, wenn der Allmächtige diesen Auftrag seinem Sohn übertragen hätte. Und später hatte er sogar die Frechheit zu behaupten, dass Gott mit ihm gesprochen habe. Du bist mein Fleisch und Blut habe der Allmächtige angeblich zu ihm gesagt."

„Ich bewundere euer Gedächtnis, verehrter Hannas", sagte Regius. „Aber sind wir nicht alle Kinder Gottes?"

„Wie wahr, wie wahr", triumphierte Hannas. „Wir sind alle Kinder Gottes. Aber ist eure Frau Gottes Tochter? Seid ihr Gottes Sohn? Hat der allmächtige Gott nicht Moses das erste Gebot übergeben, in dem es heißt, du sollst keine anderen Götter neben mir haben? Ist nicht ein Prinz der Sohn eines Königs und damit von königlichem Geblüt? Ist dieser Prinz nicht mit aller Hochachtung und allem Respekt zu behandeln, die seinem Vater zustehen? Wollt ihr also, verehrter Regius, diesem Wanderprediger so gegenübertreten, wie ihr dem Allmächtigen gegenübertretet?"

Mit einer ähnlichen Argumentation hatte sich schon der Rabbiner Levisohn bei der Anhörung in das Gespräch eingemischt.

„Ein schlagkräftiges Argument", sagte Regius. „Aber verheißt uns nicht die Heilige Schrift die Ankunft eines Messias? Hat nicht der Allmächtige durch seine Propheten zum Volk gesprochen und dieses verkündet?"

Ich warf einen Blick zu Kaiphas hinüber. Ihn schien der Dialog der beiden zu amüsieren.

„Wir alle glauben an die Ankunft des Messias, verehrter Regius", sagte Hannas. „Aber ihr wisst wie ich, dass sich schon Hunderte von selbst ernannten Propheten als Messias ausgegeben haben. Niemand kann so einfältig sein anzunehmen, dass der Allmächtige mehr oder weniger unbemerkt den angekündigten Messias in Sepphoris, Tiberias, Kana oder Joppe auf die Welt kommen läßt."

„Es steht geschrieben, dass er in Bethlehem geboren wird", sagte Regius. „Und dieser Mann dort ist in Bethlehem zur Welt gekommen."

„Eine Behauptung, für die er keinen Beweis erbringen kann", sagte Hannas spöttisch. „So gut wird er sich auch informiert haben, dass er nicht erzählen wird, dass er in Karioth geboren wurde, wenn die Menschen ihn für den Messias halten sollen."

„Da muss ich euch beipflichten", sagte Regius. „Außerdem kann man wohl zu recht davon ausgehen, dass der Messias als Sohn einen Philosophen oder eines Schriftgelehrten zur Welt kommt, und nicht als der Nachkomme eines einfachen Zimmermanns."

„Naheliegend wäre, dass er der Sohn eines Rabbiners sein wird", sagte Hannas spöttisch. „Gott wird unter den Frommen seine Auswahl treffen."

„Fromm sind auch Schriftgelehrte", erwiderte Regius lächelnd.

Kaiphas schweiften die beiden zu sehr vom Thema ab. Er hatte das Gefühl, dass er die Verhandlung wieder in die richtigen Bahnen lenken musste.

„Vielleicht kann uns der Angeklagte erzählen, was Gott genau zu ihm gesagt hat", meldete er sich zu Wort.

Er sah Jeschua erwartungsvoll an, aber der schwieg.

„Dir fallen wohl nicht die richtigen Sätze ein", sagte Kaiphas spöttisch. „Für deine Situation wäre es besser, wenn du ab und zu einmal den Mund aufmachen würdest."

„Wir brauchen keine Aussagen des Angeklagten", sagte Hannas. „Wir haben Zeugen, die eng mit ihm zusammengearbeitet haben. Bekommen wir kein Geständnis dieses Herrn Jeschua, werden deren Aussagen ausreichen, um zu einem gerechten Urteil zu kommen."

„Dann ruft die Zeugen auf", sagte Kaiphas. „Wir wollen ja nicht die ganze Woche hier sitzen."

„Der Zeuge Mattäus von Tiberias möge sich erheben", sagte Hannas.

Mattäus stand auf und trat einen Schritt vor.

„Dein Name ist Mattäus von Tiberias. Du hast als Zöllner gearbeitet, bevor du zum Berater des Angeklagten wurdest", fragte Hannas liebenswürdig.

„Berater ist vielleicht nicht die richtige Bezeichnung", sagte Mattäus. „Ich würde mich eher als Mitarbeiter bezeichnen."

„In welcher Art und Weise hast du mitgearbeitet“, fragte Hannas.

„Ich habe lediglich die Quartiere für ihn ausgesucht und andere organisatorische Arbeiten übernommen.“

„Welchen Einfluss hattest Du auf die Entwicklung seines Werdegangs“, fragte Hannas.

„Ich hatte keinerlei Einfluss“, sagte Mattäus. „Ich habe nur für einen reibungslosen Ablauf bei seinen Predigten gesorgt.“

„Warum hast du für ihn gearbeitet“, fragte Hannas weiter. „Hast du geglaubt, du würdest dem Messias dienen?“

„Nein“, sagte Mattäus eifrig, „er war für mich ein gewöhnlicher Wanderprediger. Er hatte mir die Arbeit auch nicht angeboten. Paulus von Beth Shean, ein zufälliger Bekannter, hat mich eingestellt.“

„Wo steckt dieser Paulus“, fragte Kaiphas dazwischen.

Der verlogene Hohepriester wollte klarstellen, dass er mit meinem Verschwinden nichts zu tun hatte.

„Ich weiß es nicht“, antwortete Mattäus. „Er wird sich aus dem Staub gemacht haben. Irgendwie muss es ihm gelungen sein zu fliehen.“

Mattäus warf Archelaos einen langen Blick zu.

„Er hat einflussreiche Freunde in der Stadt“, fügte er dann noch hinzu.

„Dein Freund scheint einen feinen Charakter zu haben“, sagte Kaiphas, „wenn er dich in so einer Situation allein läßt.“

„Er war nicht mein Freund“, sagte Mattäus. „Er war mein Arbeitgeber. Mehr nicht.“

„Welches Interesse hatte dieser Paulus an dem Angeklagten“, fragte Hannas.

„Ich würde sagen, dass es rein finanzielle Gründe waren“, sagte Mattäus. „Die Spenden flossen reichlich, und das Unternehmen brachte von Tag zu Tag mehr ein.“

„Nach deinen Erkenntnissen war dieser Paulus also auch nicht davon überzeugt, dass es sich bei dem Angeklagten um den angekündigten Messias handeln würde“, sagte Hannas.

„Ich denke, ein“, sagte Mattäus.

„Du denkst es nur“, hakte Hannas nach. „Du bist dir also nicht sicher?“

„Paulus ist Geschäftsmann“, sagte Mattäus. „Ich habe nie feststellen können, dass er sich für Fragen der Religion interessiert.“

„Kannst du dir erklären, warum der Angeklagte einen so großen Zulauf hatte“, fragte Hannas.

„Die Menschen bekamen das zu hören, was sie hören wollten“, sagte Mattäus.

„Und was bekamen sie zu hören“, fragte Hannas schnell.

„Ich habe fast nie bei den Predigten zugehört", log Mattäus. „Wenn ich einmal etwas mitbekommen habe, dann sprach er vom Paradies, das ihnen offen stehen würde. Sie würden einen Platz an der Seite des himmlischen Vaters bekommen."

„Des himmlischen Vaters oder seines himmlischen Vaters", fragte Hannas. „Erinnere dich bitte an die genaue Formulierung."

Mattäus überlegte einen Augenblick.

„Euer", sagte er dann, „er sprach immer von eurem himmlischen Vater."

„Da haben wir es", rief Regius dazwischen. „Euer himmlischer Vater ist unser aller himmlischer Vater."

„Ich wäre euch dankbar, verehrter Regius", sagte Hannas, „wenn ihr euch gedulden könntet, bis euch der Zeuge zur Verfügung steht."

„Verzeiht mir, verehrter Hannas", sagte Regius betont unterwürfig.

„Hast du je gehört", wandte sich Hannas wieder an Mattäus, „dass sich der Angeklagte einmal als Sohn Gottes ausgegeben hat?"

„Nein, nie", antwortete Mattäus. „Er redete ständig in Gleichnissen. Sprach von Saatkörnern, die Wasser brauchten, von geistig Armen, die in den Himmel kämen und davon, dass man seinen Nächsten lieben sollte. Er war ein guter Erzähler, und die Zuhörer....."

„Du hast also nie mit eigenen Ohren gehört, dass sich der Mann dort als Messias oder als Sohn Gottes ausgegeben hat", unterbrach ihn Hannas.

Mattäus zögerte einen Augenblick.

„Ich war früher Zöllner", sagte er dann. „Wenn mich die Leute nach meinem Beruf gefragt haben, dann habe ich geantwortet, dass ich an den Landesgrenzen für den Herodes Antipas arbeiten würde. Jeder wusste dann, welche Tätigkeit ich ausübte, ohne dass ich es direkt aussprechen musste."

„Gestattet ihr mir eine Zwischenfrage, verehrter Hannas", fragte Regius.

„Aber natürlich", sagte Hannas übertrieben freundlich.

„Wenn ich dich richtig verstanden habe, Mattäus", sagte Regius, „dann willst du damit sagen, dass sich der Beschuldigte nie als Messias oder Sohn Gottes ausgegeben hat, aber sich so verhielt, dass die Menschen annehmen konnten, er wäre es."

„Er hat ihnen jedenfalls nie widersprochen, wenn sie ihn so bezeichnet haben", sagte Mattäus.

„Danke", sagte Regius und zu Hannas gewandt: „Euer Zeuge."

„Er wird euch noch ausgiebig zur Verfügung stehen", sagte Hannas lächelnd.

Es war schon peinlich, mit welcher ausgesuchten Höflichkeit sie sich gegenseitig bedachten.

„Wenn jemand zu dir sagen würde, du wärst der Hohepriester", sagte Hannas zu Mattäus. „Wie würdest du reagieren?"

„Ich würde sagen, dass ich es nicht bin", antwortete Mattäus.

„Das will ich aber auch hoffen", sagte Kaiphas und lachte meckernd.

„Du würdest es also sofort richtig stellen", fuhr Hannas fort, nachdem sich der Hohepriester beruhigt hatte.

„Natürlich", sagte Mattäus.

„Jeder von uns würde einen Titel, der ihm nicht zusteht, zurückweisen", sagte Hannas und blickte in den Zuschauerraum. „Der Angeklagte hat nichts dergleichen getan. Im Gegenteil, er hat die Menschen gewähren lassen. Ich behaupte sogar, dass er es genossen hat, wenn sie ihm diese Ehrenbezeichnungen entgegengebracht haben."

Die Zuhörer reagierten mit empörten Zwischenrufen.

„Euer Zeuge, verehrter Regius", sagte Hannas.

Regius verließ den Platz hinter seinem Rednerpult und ging die Stufen herab. Er stellte sich direkt vor Mattäus. Jeschua bewegte sich zum ersten Mal. Er drehte den Kopf zur Seite und sah Mattäus von oben bis unten an.

„Es wird viel von Wundern geredet, die der Beschuldigte angeblich vollbracht hat", sagte Regius zu Mattäus.

„Davon habe ich auch gehört", antwortete der. „Ich habe aber persönlich nie eines dieser Wunder erlebt."

„Du hast diesen Mann fast ein Jahr begleitet und warst nie dabei, wenn eines dieser angeblichen Wunder geschah", fragte Regius ungläubig.

„Ich bin meistens voraus geritten, um nach geeigneten Herbergen zu sehen", sagte Mattäus. „Und wie gesagt, bei den Predigten war ich selten anwesend."

„Aber du hast von diesen Wundern gehört", fragte Regius weiter.

„Natürlich", sagte Mattäus, „die Menschen haben ja von nichts anderem mehr geredet."

„Aber wenn du, als ein enger Mitarbeiter des Beschuldigten, nicht ein Wunder miterlebt hast, wie können die Menschen auf die Idee kommen, solche Geschichten zu erzählen", fragte Regius.

„Ich weiß es nicht genau", sagte Mattäus, „aber ich könnte mir vorstellen, dass Paulus solche Geschichten in Umlauf gesetzt hat, um noch mehr Zuhörer anzulocken. Je mehr Leute kamen, um so größer waren die Einnahmen."

„Könnte es auch sein, dass dieser Paulus die Menschen dazu animiert hat, den Beschuldigten Messias oder Sohn Gottes zu nennen", fragte Regius.

„Möglich wäre es", sagte Mattäus und zuckte verlegen mit den Schultern.

Ich nahm es ihm nicht übel, dass er alle Verantwortung auf mich abwälzte. Im Grunde hatte er recht. Ich war der Verantwortliche, und wenn sich einer zu den Vorfällen hätte äußern müssen, dann wäre ich es gewesen.

„Entschuldigt, wenn ich mich einmische“, sagte Hannas an Regius gewandt, „aber es geht hier nicht um einen flüchtigen Geschäftemacher, sondern um diesen Prediger, der hier vor uns sitzt.“

„Ich weiß“, sagte Regius. „aber es geht mir darum nachzuweisen, dass sich der beschuldigte nie selbst als Messias oder Sohn Gottes bezeichnet hat. Es ist sehr bedauerlich, dass der Hauptverantwortliche dieses Unternehmens nicht greifbar ist.“

Er warf Kaiphas einen Blick zu. Regius und Hannas würden ahnen, wer dafür gesorgt hatte, dass ich nicht auf der Zeugenbank saß. Und sie würden auch ihre Schlussfolgerungen daraus ziehen.

Kaiphas reagierte auf den Blick: „Der Hauptverantwortliche sitzt vor uns auf der Anklagebank, verehrter Regius. Dieser Paulus war bei der Anhörung anwesend, wie ich im Protokoll nachgelesen habe, aber ich habe nicht eine Stelle gefunden, wo er von euch oder dem verehrten Hannas befragt worden ist.“

Regius schluckte diesen Rüffel und bekam einen roten Kopf. Hannas grinste über das ganze Gesicht.

„Ich möchte deine Aussage noch einmal für das Protokoll zusammenfassen“, sagte Regius und ging wieder zu seinem Rednerpult zurück. „Du hast nie gehört, dass der Beschuldigte von sich als dem Messias oder dem Sohn Gottes gesprochen hat, und du hast nicht gesehen oder sogar erlebt, dass der Beschuldigte gottähnliche Wunder vollbracht hat?“

„Das ist richtig“, sagte Mattäus.

„Ich habe keine weiteren Fragen an den Zeugen“, sagte Regius.

„Ich denke, wir machen eine kurze Pause“, sagte Kaiphas. „Auf den Gängen vor dem Saal gibt es Apfeltee und andere Erfrischungen.“

Er stand auf und ging hinaus. Hannas, Regius und seine beiden Beisitzer folgten ihm.

Die Legionäre führten Jeschua aus dem Saal. Mattäus, Bartholomäus und Jakobus blieben unschlüssig auf der Zeugenbank sitzen. Auf dem Gang vor dem Verhandlungsraum traf ich Arras.

„Archelaos solltest du besser nicht ansprechen“, sagte er. „Wenn man uns zu dritt hier sieht, dann würden wir nur die Neugierde der anderen Zuhörer wecken.“

„Was hälst du von dem Ablauf“, fragte ich.

„Es sieht nicht gut aus für Jeschua“, sagte Arras.

„Der Meinung bin ich nicht“, sagte ich während ich einen Schluck Apfeltee nahm. „Hannas und Regius sind doch mehr als bemüht, um zu beweisen, dass Jeschua kein Gotteslästerer ist.“

„Eben“, sagte Arras. „Ich fürchte, sie werden ihn freisprechen.“

„Das wäre doch herrlich“, sagte ich.

„Bist du so einfältig, oder tust du nur so“, sagte Arras. „Verurteilen sie ihn wegen Gotteslästerung, dann bekommt er dreißig Stockhiebe und wird aus der Stadt gejagt. Sprechen sie ihn frei, dann werden sie ihn anschließend Pontius Pilatus überstellen.“

„Warum dem Prokurator“, fragte ich.

„Weil du erleben wirst, dass sie ihm politische Vergehen nachweisen werden“, sagte Arras. „Kaiphas will diesen Prediger loswerden. Er versteht es immer, die Stimmung im Volk richtig auszuloten. Die Enttäuschung der Massen ist in Hass umgeschlagen. Sie wollen ein Blutopfer. Und du kannst dich darauf verlassen, dass sie es bekommen werden.“

Der Saaldiener rief uns wieder in den Verhandlungsraum zurück. Dieser Prozess, ging es mir durch den Kopf, diente also nur dazu, um zu beweisen, dass die Priesterschaft nicht für einen Urteilsspruch zuständig wäre. Ich hatte beobachtet, dass Articus heftig auf einen Legionär in der Verhandlungspause eingeredet hatte, der daraufhin schnell das Gebäude verließ. Pontius Pilatus würde also bereits einen Zwischenbericht erhalten.

„Ich rufe den Zeugen Bartholomäus auf“, sagte Hannas, als wieder alle Platz genommen hatten.

Bartholomäus erhob sich.

„Mein Name ist Bartholomäus von Jerusalem“, sagte er, bevor ihm Hannas eine Frage stellen konnte. „Ich war zuständig für die Öffentlichkeitsarbeit.“

„Was müssen wir darunter verstehen“, fragte Hannas.

„Es war meine Aufgabe alles, was um die Person Jeschua herum geschah, möglichst vielen Menschen mitzuteilen“, sagte Bartholomäus.

„Und wie sah das in der Praxis aus“, fragte Hannas.

„Ich habe in den Gasthäusern, Tavernen und Barbierläden, eigentlich überall in den Städten, erzählt, was sich getan hatte. Die Mundpropaganda ist die beste Zeitung“, sagte Bartholomäus.

„Was hast du erzählt“, fragte Hannas unwirsch. „Könntest du das etwas näher erläutern?“

„Nun ja“, sagte Bartholomäus zögernd, „ich habe erzählt, wie viel Zuhörer wir in der letzten Stadt hatten, wann die Predigt in dem Ort stattfindet, in dem wir uns gerade befanden, und dass niemand den großen Augenblick verpassen sollte, um den berühmten Prediger einmal persönlich zu erleben.“

„Du hast vom berühmten Prediger gesprochen“, fragte Hannas. „Hast du ihn nie als Messias oder als Sohn Gottes angekündigt?“

„Nie“, sagte Bartholomäus. „Ich bin gläubiger Jude. Solche gotteslästerlichen Worte würden mir nie über die Lippen kommen.“

„Aber von den angeblichen Wundern hast du berichtet“, hakte Hannas nach.

„Ich habe nur weitergegeben, was die Menschen in anderen Städten erzählten“, sagte Bartholomäus. „Ich bin nicht als Augenzeuge aufgetreten, weil ich nie etwas erlebt habe, was einem Wunder geglichen hätte.“

„Du warst aber dabei, als der Jeschua am See Genezareth angeblich fünftausend Menschen mit fünf Fischen gesättigt haben soll“, sagte Hannas, und blättert in Papieren, die auf seinem Pult lagen. „Ich habe hier Berichte, die das eindeutig beweisen.“

„Wenn ihr erlaubt, dann kann ich euch an diesem Beispiel erklären, wie solche Geschichten entstanden sind“, sagte Bartholomäus.

„Wir erlauben“, sagte Hannas großzügig.

„Ein paar Fischer kamen ohne Fang vom See zurück“, begann Bartholomäus. „Am Ufer hatte sich eine große Menschenmenge eingefunden, die auf die Predigt des Jeschua warteten. Wir waren mit einem weiteren Fischer hinausgefahren, der mehr Glück hatte. Ihm ging ein großer Fang ins Netz. Als wir zurückkamen glaubten die Menschen, dass es nur Jeschua zu verdanken wäre, dass dieser Fischer erfolgreich war.

Sie feierten ihn mit Sprechchören und, aus einer Laune heraus, begann Jeschua die Fische an die Menschen zu verteilen. Das war die ganze Geschichte. Leute, die sich interessant machen wollten, haben dieses Erlebnis aufgebauscht und ausgeschmückt.“

„Hat dieser Paulus, über den wir vorhin schon einmal sprachen, sich an dem Ausschmücken solcher Geschichten beteiligt“, fragte Hannas.

„Nie in meiner Gegenwart“, sagte Bartholomäus.

„Aber du schließt es nicht aus“, sagte Hannas.

„Vermutungen gehören nicht zu unserem Thema“, mischte sich Kaiphas ein. „Ich habe auch von diesen Wundern gehört. Heilungen von Kranken, Vertreibung von Söldnern und ähnliches, aber jeder, der mir davon erzählte, hatte seine eigene Fassung. Wir wissen doch wie sich Gerüchte verbreiten. Kommen wir auf die Kernfragen der Anklage zurück.“

„Jede Frage, die ich stelle, dient der Urteilsfindung“, sagte Hannas spitz. „Ich kann das Verhör auch anderen überlassen.“

„Das war kein Vorwurf“, lenkte Kaiphas schnell ein. „Ihr kennt doch meine Ungeduld, verehrter Hannas.“

„Kannte der Angeklagte die Geschichten über die Wunder“, wandte sich Hannas wieder an Bartholomäus.

„Davon gehe ich aus“, antwortete er. „Die Menschen forderten lautstark neue Wunder, wenn wir in eine Stadt kamen.“

„Und wie reagierte der Angeklagte dann“, fragte Hannas.

„Er sagte, dass das Wort Gottes das größte Wunder wäre“, sagte Bartholomäus.

„Dem ist nicht zu widersprechen“, sagte Kaiphas.

Hannas blätterte wieder in seinen Unterlagen.

„Ich habe hier eine Zeugenaussage, nach der du den Prediger in Kana einen Propheten genannt haben sollst“, sagte Hannas und hielt Bartholomäus ein Blatt entgegen. „Entspricht das den Tatsachen?“

„Ich kann mich nicht erinnern, je von Jeschua als einem Propheten gesprochen zu haben“, sagte Bartholomäus.

Hannas beugte sich über das Blatt und las: „Dann trat der Bartholomäus vor die Tür und rief der wartenden Menge zu: „Geht nach Hause. Der Prophet muss sich von den Anstrengungen des Tages erholen. Morgen wird er sich wieder Zeit für euch nehmen“. Waren das deine Worte?“

„Ich bin mir sicher, dass ich vom Prediger gesprochen habe“, sagte Bartholomäus. „Aber eurem Zeugen kann man keinen Vorwurf machen. Die Menschen haben lautstark nach dem Propheten, dem Messias gerufen, da wird er gar nicht richtig verstanden haben können, was ich gesagt habe.“

„Das klingt einleuchtend“, sagte Hannas gnädig. „Kommen wir noch einmal auf die Wunder zurück. Hat sich der Angeklagte je von diesen Erzählungen distanziert?“

„Nein“, sagte Bartholomäus.

„Warum, glaubst du, tat er das nie“, fragte Hannas.

„Manchmal hatte ich das Gefühl, dass er wirklich der Meinung war, er hätte außergewöhnliche Fähigkeiten“, sagte Bartholomäus.

„Ich will es vorsichtig formulieren“, sagte Hannas, „aber kann ich deinen Worten entnehmen, dass der Angeklagte eine etwas wirre Phantasie hat?“

„Er hatte jedenfalls den Bezug zur Realität ziemlich oft verloren“, sagte Bartholomäus. „Ich bin kein Arzt, aber es soll ja auch Krankheitsbilder geben, bei denen diese Fälle eintreten.“

„Du willst doch nicht sagen, dass er verrückt ist“, polterte Kaiphas dazwischen.

„Nein“, sagte Bartholomäus schnell. „Aber er machte oft einen entrückten, weltfremden Eindruck.“

„Ich habe keine weiteren Fragen“, sagte Hannas.

„Ich will mich auch nur auf wenige beschränken“, sagte Regius und nickte Bartholomäus aufmunternd zu. „Von deinem Freund Mattäus haben wir erfahren, dass er sich nicht erinnern kann, dass der Beschuldigte je von sich als Messias oder Sohn Gottes gesprochen hat. Kannst du dich an solche Äußerungen des Beschuldigten erinnern?“

„Nein“, sagte Bartholomäus. „Er gebrauchte manchmal Formulierungen, die ich als gläubiger Jude nicht akzeptieren konnte, aber er bezeichnete sich nie als Messias oder Sohn Gottes.“

„Könnte es sein, dass diese gewisse Weltfremdheit, von der du vorhin gesprochen hast, der Grund dafür war, dass der Beschuldigte sich nicht eindeutig gegen die Ehrentitel, die ihm die Menschen verliehen, gewehrt und von den Wundererzählungen distanziert hat", fragte Regius.

„Das ist sogar meine feste Überzeugung", sagte Bartholomäus.

„Danke", sagte Regius. „Ich habe keine weiteren Fragen."

„Ist es nötig, den dritten Zeugen auch noch zu hören", fragte Kaiphas ungeduldig. „Ich denke, die Männer waren nur Beobachter der Szene. Es ist nicht zu erwarten, dass dieser Zeuge mehr weiß als die anderen."

„Ich kann auf ihn verzichten", sagte Hannas zustimmend.

„Ich brauche ihn auch nicht", bestätigte Regius.

Jakobus stand unvermittelt auf und wandte sich an Kaiphas.

„Mit eurer Erlaubnis, hohes Gericht, würde ich gerne eine Erklärung abgeben", sagte er.

„Du hast doch gehört, dass wir auf deine Aussage verzichten", sagte der Hohepriester ungnädig. „Wenn du dich unbedingt mitteilen willst, dann reiche deine Erklärung schriftlich ein."

„Es steht geschrieben, wer Zeugnis ablegen kann für einen, der beschuldigt wird, der soll gehört werden", sagte Jakobus.

Es herrschte Totenstille im Raum. Wer war dieser Mann, der es wagte, den Hohepriester an die Gesetze zu erinnern. Regius spürte die aufkommende Spannung und sprang Kaiphas bei.

„Ihr seid bekannt dafür, ehrenwerter Kaiphas, dass ihr jedem euer Ohr leiht", sagte er. „Noch hat kein Bittsteller vergebens an eure Türe geklopft."

Im Saal war zustimmendes Gemurmel zu hören. Nicht, weil Regius die Wahrheit sprach - jeder wusste, dass der Hohepriester nur an seiner eigenen Person interessiert war - aber man war neugierig darauf, was dieser dritte Zeuge zu erzählen hatte. Zu einseitig waren die Aussagen der beiden anderen.

„Also schön, aber fasse dich kurz", sagte Kaiphas zu Jakobus.

„Hohes Gericht", begann Jakobus. „Ich bin Jakobus von Kapernaum, derjenige, der Jeschua die Predigten schrieb. Es wird im ganzen Land keinen Zeugen geben, der behaupten kann, dass auch nur ein Wort in diesen Predigten den Tatbestand der Gotteslästerung entsprochen hätte.

Jeschua hat sich der Nöte und Sorgen des Volkes angenommen. Der große Zuspruch, den er in der Bevölkerung erhalten hat, ist nur Ausdruck der Zustände von Armut und Unterdrückung, die die Menschen erleiden müssen. Hier sitzt ein Mensch der Hoffnung verbreitete. Hoffnung auf eine bessere Zukunft. Dieser Mann gehört nicht vor ein Gericht, sondern hätte es verdient, dass die Verantwortlichen in diesem Lande ihn tatkräftig unterstützen."

„Halt“, schrie Kaiphas. „Noch ein Wort und du stehst bald selbst vor einem Gericht. Dies ist nicht der Ort, um politische Reden zu halten. Wir, die Priesterschaft und der Hohe Rat, wissen um die Sorgen des Volkes, und wir sind ständig bemüht, seine Lage zu verbessern. Dafür brauchen wir keine Ratschläge von einem Mitglied einer Zirkustruppe, die nichts als Unruhe ins Land gebracht hat.“

Lauter Beifall aus dem Publikum unterstützte seine Worte. Jakobus musste sich böse Zwischenrufe gefallen lassen. Hannas und Regius waren zu Kaiphas gegangen und flüsterten mit ihm.

„Wir vertagen den Prozess auf morgen“, schrie Hannas in das laute Durcheinander.

Er eilte mit Kaiphas und Regius hinaus. Die Legionäre zogen Jeschua von seinem Schemel hoch und verließen mit ihm ebenfalls den Verhandlungsraum. Articus ließ sich von den anderen Legionären einen Weg durch die aus dem Saal strömenden Menschen bahnen. Um Bartholomäus, Mattäus und Jakobus kümmerte sich niemand. Sie standen vor der Zeugenbank und tuschelten miteinander. Ich sah, dass Archelaos zu ihnen ging. Er sprach kurz mit ihnen, drehte sich dann um und verließ den Saal. Bartholomäus, Mattäus und Jakobus folgten ihm. Mattäus drehte sich immer wieder ungläubig um. Er schien es nicht fassen zu können, dass sich keiner der Wachposten um sie kümmerte.

Arras packte mich am Arm und zog mich aus dem Gebäude.

„Deine Mitarbeiter sind untergetaucht“, sagte er. „Jetzt wird es auch für dich höchste Zeit, zu verschwinden.“

„Ich werde mir die verdutzten Gesichter von Hannas und Regius nicht entgehen lassen, wenn sie morgen feststellen müssen, dass ihre Zeugen spurlos verschwunden sind“, sagte ich.

„Du bist ein unverbesserlicher Narr“, sagte Arras. „Wenn ich dich morgen im Gerichtssaal treffen sollte, werde ich nicht ein Wort mit dir reden.“

Ich kaufte mir noch zwei Melonen und eilte zu meinem Versteck zurück. Magdalena hatte ich versprechen müssen, dass ich ihr alles über den Prozess erzählen würde. Man kann sich meine Freude nicht vorstellen, und ich kann sie auch nicht beschreiben, als ich Archelaos mit Jakobus in dem Haus antraf.

„Bartholomäus und Mattäus haben die Stadt bereits verlassen“, sagte Archelaos. „Nur dieser Dickschädel wollte dich unbedingt sehen.“

Es war ein herrliches Wiedersehen. Magdalena und Arras, was mich bei ihm auch gewundert hätte, kamen noch vorbei.

Jakobus erzählte, dass sie völlig verwirrt waren, als Kaiphas den Prozess so plötzlich vertagte. Archelaos wäre zu ihnen gekommen und hätte sie aufgefordert, den Saal zu verlassen.

„Auf was wartet ihr noch“, hatte er gesagt, „wollt ihr warten, bis sich einer der Legionäre an seine Pflichten erinnert?“

Unbehelligt wären sie aus dem Saal marschiert. Archelaos führte sie zum Pferdestall seines Vaters. Bartholomäus und Mattäus wären sofort losgeritten.

„Ich musste dich sehen", sagte mein Freund Jakobus. „So einen blonden, schönen Jüngling wie dich, sieht man schließlich nicht alle Tage. Du könntest am römischen Hof als Lustknabe Karriere machen."

Wir tranken und lachten viel in dieser Nacht.

ARTICUS

UNEINIGKEITEN

Es war ein Schelmenstreich ganz besonderer Art, den sich Kaiphas und seine Helfershelfer Hannas und Regius leisteten. Sie legten ihren Zeugen die Antworten gewissermaßen in den Mund. Alles zielte darauf ab, den Angeklagten vom Vorwurf der religiösen Verfehlung freizusprechen. Schon nach dem ersten Verhör schickte ich einen Legionär zu Pontius Pilatus, um ihn über den Verlauf der Verhandlung zu informieren. Als ich später zu ihm kam und ihm die Vernehmung des Bartholomäus berichtete, bekam er einen Wutanfall.

„Diese durchtriebene Ratte Kaiphas", brüllte er, „hat nicht eine Sekunde daran gedacht, die Verantwortung für diese Ereignisse zu übernehmen."

„Wir könnten abreisen", sagte ich. „Es gibt keinen kaiserlichen Befehl, der euch zwingt, beim Laubhüttenfest in Jerusalem anwesend zu sein."

„Und wenn sie mir diesen Prediger nach Cäsarea schicken", fragte Pilatus.

„Dann wird ihn ein Legionär auf der Flucht erschlagen haben, bevor sie die Residenzstadt erreichen", sagte ich.

Der Prokurator überlegte eine Weile.

„Die Idee ist nicht übel", sagte er dann. „Auf der anderen Seite will ich vor diesen Juden aber auch nicht den Schwanz einziehen wie ein feiger Straßenköter. Was kann schon passieren, wenn wir diesen Prediger kreuzigen lassen? Wenn ich richtig informiert bin, dann hat er nicht mehr viel Rückhalt im Volk."

„Hier in Jerusalem auf jeden Fall nicht", sagte ich. „Wie es in den anderen Landesteilen aussieht, ist mir nicht bekannt."

„Irgendwie fehlt mir das Geräusch von surrenden Schwertern und krachenden Lanzen schon längere Zeit, Articus", sagte Pontius Pilatus. „Ich bin Soldat und kein Schreibtischarbeiter. Sollen die Juden doch den Aufstand proben. Auch der kleinste Protest wird von meinen Legionären im Keime erstickt. Wenn wir Rom einen Aufstand melden können, den wir erfolgreich niederschlagen konnten, wird Tiberius vielleicht einen anderen Verwendungszweck für mich finden. Ich würde Jupiter ein Jahr lang täglich ein Opfer bringen, wenn ich aus diesem verdammten Land hinaus käme"

In diesem Augenblick meldete ein Diener Herodes Antipas.

„Ich will ihn nicht sehen", brüllte Pilatus erneut. „Der Kerl steckt mit Kaiphas unter einer Decke."

„Ihr solltet ihn empfangen", sagte ich. „Wir dürfen uns keine Blöße geben."

„Er soll hereinkommen", knurrte Pilatus böse.

„Behandelt ihn pfleglich", sagte ich, als der Diener auch schon den Landesfürsten ins Zimmer begleitete.

„Willkommen, Oberjude aller Oberjuden, hast du dich wieder einmal aufraffen können, das Haus eines Heiden zu betreten? Verzeih, wenn ich keinen Bückling vor dir mache, aber ich habe Nackenschmerzen“, begrüßte der Prokurator Herodes mit wütender Stimme.

„Was ist mit dir, Pontius“, tat Herodes überrascht, „was hat dich so wütend gemacht?“

„Erzähle mir nicht, dass du nicht weißt, was sich heute im Gerichtssaal abgespielt hat“, sagte Pontius Pilatus. „Deine Priestersippschaft hat nicht einmal den Versuch unternommen, diesem Prediger religiöse Verfehlungen nachzuweisen. Warum haben Kaiphas und du mir in unserem letzten Gespräch nicht klar gesagt, dass ich das Urteil über diesen Jeschua fällen soll?“

„Ich weiß wirklich nicht, wie die Verhandlung gelaufen ist“, sagte Herodes Antipas. „Seit Herodia ihre Leidenschaft für Schach entdeckt hat, zwingt sie mich jeden Tag, mit ihr zu spielen. Wir saßen den ganzen Tag am Schachbrett. Du kannst sie fragen, wenn du mir nicht glaubst.“

„Ich würde dir nicht einmal glauben, dass du tot bist, wenn du jetzt umfällst und nicht mehr atmest“, sagte Pilatus böse. „Ihr könnt mich für einen Ungläubigen halten, für einen Heiden, für einen degenerierten Römer, aber wenn ihr mich für einen Dummkopf haltet, dann werdet ihr meinen Zorn zu spüren bekommen.“

„Ist der Prozess denn schon beendet“, fragte der Landesfürst mich scheinheilig, ohne auf die wütenden Bemerkungen des Prokurators einzugehen.

„Er ist auf morgen vertagt“, sagte ich. „Aber die wichtigsten Zeugen sind bereits heute vernommen worden. Es gibt keinerlei Beweise für gotteslästerliches Verhalten.“

„Hat man ihm politisches Fehlverhalten nachweisen können“, fragte Herodes Antipas.

„Nicht ein einziges“, antwortete ich.

„Na also“, wandte sich Herodes wieder an Pilatus, „warum regst du dich also auf, Pontius? Der Mann wird freigesprochen und die Sache ist vom Tisch. Vielleicht steinigt ihn die empörte Menschenmenge, die schon seit Tagen seinen Tod fordert. Dann haben weder du noch wir etwas mit seinem Ende zu tun.“

„Und warum gibt es morgen noch einen Verhandlungstag“, fragte Pilatus misstrauisch. „Hätte man ihn nicht schon heute freisprechen können?“

„Ein Gericht muss sich zur Beratung zurückziehen“, sagte Herodes. „In einem so delikaten Fall ist es wichtig, dass alle Vorschriften eingehalten werden.“

Pontius Pilatus ging mit kurzen, energischen Schritten im Zimmer auf und ab. Plötzlich blieb er abrupt vor Herodes stehen.

„Und warum bist du gekommen? Soll ich dir eine Schacheröffnung verraten, mit der du deine Gemahlin endlich einmal schlagen kannst“, fragte er.

„Wir wollten dich zum Nachtmahl einladen, lieber Amtsbruder“, sagte Herodes ironisch. „Ich sah es als eine besondere Form der Höflichkeit an, dich persönlich zu uns zu bitten. Aber ich fürchte, du bist heute nicht in der richtigen Stimmung.“

„Deine Befürchtung täuscht dich nicht“, sagte Pilatus unfreundlich. „Ich werde meinem Koch befehlen, alle unreinen Speisen auf den Tisch zu bringen, die er auftreiben kann. Wenn Herodia und du meine Gäste sein wollen, seid ihr herzlichst eingeladen.“

„Warten wir doch den morgigen Urteilsspruch ab“, sagte der Landesfürst. „Dann werden wir wieder wie normale Menschen miteinander reden können.“

Er ging mit schnellen Schritten hinaus. Ich weiß nicht, ob er den Fluch, den Pontius Pilatus ihm hinterherschickte, noch gehört hatte.

„Wenn er glaubt, dass er einmal König von ganz Palästina wird“, sagte Pontius Pilatus, „dann hat er sich getäuscht. Ich werde alles tun, was in meiner Macht steht, um das zu verhindern.“

„Braucht ihr mich noch“, fragte ich höflich.

„Ich brauche meine Ruhe und sonst nichts“, sagte Pilatus. „Wie wird der Prozess morgen ausgehen?“

„Ihr wisst es, mein Herr, und ich weiß es“, sagte ich. „Man wird diesen Jeschua euch unterstellen. Morgen findet sich mit Sicherheit ein Zeuge, der ihm Volksverhetzung, Aufrufe zum Widerstand oder ähnliches beweisen wird.“

„Genau so wird es sein“, sagte Pilatus. „Aber ich schwöre dir, Articus, dieser Kaiphas und der Herodes, werden ihren verdienten Lohn bekommen, und wenn es das Letzte ist, wofür ich in dieser öden Region sorgen werde.“

Er entließ mich mit einer herrischen Handbewegung. Ich wusste, dass er sich jetzt mit Opium vollpumpen würde, weil er sonst keinen Schlaf finden konnte.

KAIPHAS

EIN GUTER VERLAUF

Die Verhandlung lief genau so, wie es Hannas mir vorausgesagt hatte, bis dieser Zeuge aufstand und den Prediger als Manna für das Volk hinstellte. Nach den Verhören von Mattäus und Bartholomäus lief alles auf einen Freispruch hinaus. Die Reaktion im Zuschauerraum auf die Worte des Jakobus zeigte, dass die Spitzen der Gesellschaft, die sich dort versammelt hatten, ein anderes Urteil von uns erwarteten. Auch die Meinung der gaffenden Menge vor dem Haus der Priesterschaft war nicht zu überhören. „Tod dem Verräter", schrien die Menschen in immer kürzeren Abständen. Wir hatten noch einen Trumpf in der Hinterhand, der den Prozess genau in die Richtung steuern sollte, die wir anstrebten. Aber Hannas und Regius überzeugten mich davon, dass es besser wäre, ihn erst am nächsten Tag auszuspielen. Dadurch blieb Pontius Pilatus, dessen Sekretär sich während des Prozesses laufend Notizen machte, mehr Zeit, um sich auf die neue Situation einzustellen. Er ahnte schon nach unserem ersten Gespräch, das sich um diesen Prediger drehte, dass wir ihm den Fall übergeben würden. Es waren keine moralischen Skrupel, die ihn davon abhielten, diesen Jeschua abzuurteilen. Es waren politische Überlegungen, die ihn bewogen, sich nicht in diese Angelegenheit einzumischen. Der Prokurator ging davon aus, dass sich der Zorn des Volkes auf uns richtet, und unsere Position im Lande geschwächt würde, wenn wir, als Verantwortliche einer Verurteilung Rede und Antwort stehen müssten. Und alles, was uns schaden konnte, befriedigte ihn zutiefst. Wie allen Römern war es ihm unverständlich, dass wir nur einem einzigen Gott dienten, und er hielt die Jerusalemer Priesterschaft, und insbesondere den Tempelrat, für eine Ansammlung von Verschwörern, die keine religiösen, sondern reine Machtinteressen hatten. Mir wiederum war dieser Mann seit seinem Amtsantritt ein Dorn im Auge. Er regierte mit einer Selbstherrlichkeit, die der des Tiberius in nichts nachstand. Er sprach es nie aus, aber er behandelte uns wie Menschen zweiter Klasse. In seinem ersten Regierungsjahr hatte er an den Straßenschildern in Jerusalem Bilder seines Kaisers befestigen lassen, um dessen Allgegenwärtigkeit zu dokumentieren. Dazu erließ er den Befehl, dass alle Nichtrömer vor diesen Portraits die Kopfbedeckung zu lüften hätten. Über Nacht hatte die jüdische Bevölkerung diese Bilder entfernt, und die Bänkelsänger auf den Straßen verspotteten in ihren Liedern den Prokurator. Ein Witz machte in Jerusalem die Runde:

Warum hat Tiberius Pontius Pilatus nach Judäa geschickt? Weil er für die kleinste römische Provinz keinen Liliputaner aus der Reihe seiner Hofnarren abstellen wollte.

Pilatus hatte einen seiner cholerischen Anfälle bekommen, als er von der Zerstörung der Bilder erfuhr. Aber nicht die angebliche Beleidigung des Kaisers saß wie ein Stachel in seinem Fleisch, sondern die Spottverse und Witze, die über ihn verbreitet wurden, kränkten seine Eitelkeit. Ich erinnere mich gut an unser erstes Zusammentreffen. Er ließ mich in der Halle des Prätoriums eine geschlagene Stunde warten. Als er sich schließlich gnädig dazu herabließ, mich zu empfangen, bot er mir während unseres Gesprächs nicht einmal einen Stuhl an. Wie ein Schuljunge musste ich mir vor seinem Schreibtisch stehend seine Anweisungen anhören. In diesem Augenblick schwor ich mir, dass ich ihm diese Behandlung einmal heimzahlen würde. Es ging mittlerweile bei diesem Prozess gegen den Jeschua nicht mehr darum, wer ihn verurteilen sollte. Er hatte seine Anhängerschaft längst verloren, und seine Verurteilung würde im Volk nur begrüßt werden. Aber als man noch erwarten konnte, dass man Widerstand in der Bevölkerung auslösen würde, wenn man etwas gegen diesen Jeschua unternahm, hatte Pilatus schon den Versuch unternommen, sich aus der Verantwortung zu stehlen. Jetzt ging es mir einzig und allein darum, Pilatus eine Niederlage zu verpassen. Ich wusste, dass es ihm ein Greuel war, sich mit jüdischen Angelegenheiten zu beschäftigen, aber jetzt würde ich ihn zwingen, sich einzuschalten. Dieser Prediger war kein Raubmörder, den man verurteilte und nach dessen Tod kein Hahn krähte. Über Jeschua sprach man sogar am römischen Hof. Voller Hohn und Spott, aber man sprach über ihn. Sein Name war in Galiläa und Judäa ein Begriff. Seit den Tagen, als der verheiratete Herodes seinem eigenen Bruder die Frau ausspannte, wurde kein anderes Thema in ganz Palästina so breit getreten, wie die Auftritte und Wunderheilungen dieses Wanderpredigers. Pilatus sollte glücklich sein, dass ich ihm die Ehre zuteil werden ließ, eine Rolle in dieser Geschichte zu spielen. Und er musste endlich lernen, dass man dem Hohepriester von Jerusalem Respekt entgegenzubringen hatte.

Der morgige Tag musste ein kleiner persönlicher Triumph für mich werden. Wichtig war es allerdings auch, dass nicht Hannas und Regius den Erfolg für sich verbuchen konnten. Ich, Kaiphas, der Hohepriester, musste als strahlender Sieger aus dieser Geschichte hervorgehen.

HERODES ANTIPAS

DER ZWERG

Ich hatte lange nicht mehr einen so schönen Tag erlebt, wie den, an dem ich nach dem ersten Prozesstag Pontius Pilatus aufsuchte. Dieser brüllende, kleine Zwerg, der mit aller Gewalt versuchte, mich zu beleidigen, amüsierte mich mehr, als die syrischen Tänzerinnen, die an meinem Hof in Tiberias meine Gäste verwöhnten. Nach langer Zeit empfand ich auch wieder einmal Respekt vor dem Hohepriester, der so geschickt alle Fäden in der Hand hielt, und den Prokurator genau in die Ecke dirigierte, in die er ihn haben wollte.

Ich war so glücklich, dass sich dieser Jeschua bei seiner Festnahme nicht in Galiläa befand, dass ich Herodia eine sündhaft teure Elfenbeinschnitzerei schenkte, die sie sich schon seit langem gewünscht hatte. Die fast drei Fuß hohe Statue zeigte, einen Mann, der einen Fuß auf einen Drachen gestellt hatte, seine Lanze bohrte sich in das Herz des Ungeheuers und aus den sieben Köpfen floss das Blut. Ich stellte mir vor, dass Pontius Pilatus wie dieser Drache am Boden liegen würde, und jeder tote Kopf symbolisierte die Rache für eine Schmach, die er mir zugefügt hatte.

Dieser Pilatus führte sich auf, als würde er mit mir auf einer Stufe stehen. Ich, der direkte Nachkomme des Antipater, hätte einen Anspruch auf den Thron von ganz Palästina, und musste mir die Regierung dieses Gebiets mit einem römischen Verwaltungsangestellten teilen. Seine zynische Art, die ich bei allen klein gewachsenen Männern feststellen konnte, ließ Pilatus ständig Bemerkungen über meine Abstammung machen.

„Du bist so wenig Jude, wie Zeus ein römischer Gott ist“, sagte er. „Glaubst du, dass ein kleiner Schnitt an deinem Geschlechtsteil daran etwas ändern würde?“

Ich gebe zu, dass mir jede Form von Religion nicht sonderlich zusagt. Vielleicht gibt es einen Gott, der unser Schicksal beeinflusst, aber ob er Zeus, Jupiter oder Jahwe heißt, ist mir ziemlich egal. Für mich zählen die Machtansprüche, die man durch Geburt und durch das Geschlecht, dem man entstammt, erlangt. Und diese Ansprüche, die man von seinen Vätern erbt, müssen verteidigt und für die eigenen Nachkommen ausgebaut werden. Die römische Kaiserdynastie beruft sich auf diese Tradition. Deshalb ersuche ich seit längerem um eine Audienz bei Tiberius nach. Von ihm erhoffe ich mir Verständnis für meine Zukunftspläne. Pilatus hält mich für eine Marionette, an deren Fäden er nach Belieben ziehen kann, aber es wird die Stunde der Abrechnung kommen. Gebe Gott, welcher auch immer, dass ich diesen kleinen Intriganten noch im Land antreffe, wenn auch Judäa zu meinem Machtbereich gehört.

Ich werde ihn zwingen, Herodia die Füße zu küssen, weil er sich jetzt weigert, sie mit königliche Hoheit anzusprechen und es ablehnt, sich vor ihr zu verbeugen.

Mir passt es überhaupt nicht, dass die Stimmung im Volk sich gegen diesen Jeschua gewandt hat. Wenn ihn Pilatus, und alles weist darauf hin, verurteilen muss, dann wäre es mir lieber gewesen, wenn Hass, Zorn und Verachtung den Prokurator getroffen hätten. Als Königs- oder Messiasmörder hätte er sich nirgends mehr im Land ohne große Schutztruppe blicken lassen können. Mit Sicherheit hätte auch ein großer Teil der Bevölkerung gegen seine Steuerpolitik protestiert, oder sich sogar geweigert, dem Mörder ihres Propheten überhaupt Zahlungen zu leisten. Dann wären seine Tage gezählt gewesen. Tiberius verstand nur die Sprache des Geldes. Kriege und die Annexionen anderer Länder dienten nur dem einen Zweck, die römischen Kassen zu füllen. Prokuratoren wurden so lange gelitten, wie sie dieser Aufgabe nachkamen.

„Du musst nach Rom", sagte Herodia oft zu mir. „Wenn du dem Kaiser höhere Einnahmen garantieren kannst, als dieser Zwerg in Uniform, dann wird er deine Ernennung zum König von ganz Palästina noch am selben Tag unterschreiben."

Durch den Umschwung der Volksmeinung hatte sich die Situation, was diesen Jeschua betraf, zwar verändert, aber es war eine Frage des Ansehens, wer das Urteil über den Prediger fällen sollte. Kaiphas und ich hatten beschlossen, dass es Pontius Pilatus sein sollte, und schon aus Selbstachtung musste dieser Beschluss Realität werden. Der Hohepriester hatte nie öffentlich an meiner jüdischen Abstammung gezweifelt. Ein Umstand, den ich ihm später einmal anrechnen würde.

Sicher würde ich seine jetzige Machtfülle beschneiden, wenn ich die Gelegenheit dazu bekommen sollte, aber es würde ihm noch genügend übrig bleiben, um eine wichtige Rolle in einem vereinigten Palästina zu spielen.

Ein Herodes vergisst keine unterstützende Hilfe, aber er vergisst auch keine Demütigungen. Du wirst es zu spüren bekommen, Pontius Pilatus.

SAULUS

DER ZWEITE PROZESSTAG

Ich sah nur Gesichter, die ich am ersten Prozesstag schon gesehen hatte, als ich den Saal betrat. Arras nickte mir kurz zu und unterhielt sich dann mit Archelaos. Wieder forderte ein Legionär, der zum Wachpersonal gehörte, die Zuhörer auf, sich zu erheben. Kaiphas kam mit seinen Beisitzern, Hannas und Regius herein und eröffnete den zweiten Verhandlungstag.

„Man führe den Angeklagten herein", sagte er.

Zwei Legionäre brachten Jeschua in den Saal. Er sah genau so aus wie am Vortag, war wieder gefesselt und hatte diesen unsagbar hässlichen Kittel an. Die Zeugenbank blieb leer, aber das schien niemanden zu interessieren. Hannas räusperte sich laut, und als die Zuhörer ihr Tuscheln einstellten, trat er an sein Rednerpult.

„Da der gestrige Tag gezeigt hat, dass der Angeklagte nicht bereit ist, Fragen des Gerichts zu beantworten", begann Hannas, „werden wir uns auch heute darauf beschränken, Zeugen zu befragen."

Ich war überrascht. Mattäus, Bartholomäus und Jakobus waren nicht mehr greifbar. Wen also wollte Hannas als Zeugen präsentieren? Arras hatte gestern Abend gemeint, dass Kaiphas gar kein Interesse daran habe, meiner Freunde wieder habhaft zu werden. Wenn es zu einem zweiten Prozess vor Pontius Pilatus kommen würde, dann könnte der Prokurator sie ebenfalls als Zeugen vernehmen. Und bei den Methoden, die die Römer anwandten, um Zeugen gesprächig zu machen, würden sie die Aussagen von sich geben, die Pilatus hören wollte.

Aber vorerst sollte die Verhandlung noch einen ganz anderen Verlauf nehmen.

„Ich bin bereit alle eure Fragen zu beantworten", sagte Jeschua zur Überraschung aller Anwesenden.

Hannas starrte ihn ungläubig an.

„Du willst reden", fragte er zweifelnd.

„Ich will eure Fragen beantworten", wiederholte Jeschua. „Ihr sollt erfahren, was ihr erfahren wollt."

Regius spürte Hannas' Verunsicherung.

„Wenn ihr erlaubt, verehrter Hannas, würde ich dem Beschuldigten gerne ein paar Fragen stellen", sagte er.

„Bitte", sagte Hannas kurzangebunden.

„Du hast die Aussagen deiner Mitarbeiter gehört", sagte Regius an Jeschua gewandt. „Möchtest du dazu Stellung nehmen?"

„Ich habe und hatte keine Mitarbeiter“, sagte Jeschua. „Ich bin alleine gekommen und muss meinen Weg alleine gehen, weil der Herr es so will.“

„Der Herr“, fragte Regius. „Damit meinst du den Allmächtigen?“

„Gibt es einen anderen Herrn, dem wir dienen“, fragte Jeschua lächelnd zurück.

„Gut“, sagte Regius, „wir sprechen von Gott dem Herrn, der mit dir persönlich gesprochen hat, wie du es dem Ausschuss in der Anhörung versichert hast. Kannst du uns sagen, wo er zu dir sprach und was er dir gesagt hat?“

„Soll ich die Worte des Allmächtigen den Gaffern zum Fraß vorwerfen, so wie man Geiern das Aas hinwirft“, sagte Jeschua. „Der Saal ist voller Menschen, die Gott aus seiner heiligsten Stadt hinausprügeln würde, weil sie ihm opfern, aber den Mammon anbeten, weil sie seinen Namen missbrauchen, wenn sie Eide schwören, die nichts mit der Wahrheit zu tun haben.“

Ein Aufschrei der Empörung ging durch den Saal. Hannas hatte sich inzwischen gefangen. Er war nicht bereit, Regius das Feld zu überlassen. Nachdem sich die erregten Zuhörer beruhigt hatten, ergriff er das Wort.

„Du hast soeben jeden ehrenwerten Mann in diesem Hause beleidigt“, sagte Hannas. „Abgesehen von unserem Urteilsspruch werden wir dich dafür mit zehn Stockhieben bestrafen.“

„Beleidigt kann nur sein, wer sich betroffen fühlt“, sagte Jeschua.

„Zwanzig Stockhiebe“, schrie Kaiphas wütend.

„Wer bist du, dass du es wagen kannst, sogar den ehrenwerten Hohepriester zu beschuldigen“, sagte Hannas böse. „Jeder fromme Jude bringt ihm Respekt entgegen. Die Anwesenden hier im Saal gehören zu den vornehmsten und gebildetsten Einwohnern dieser Stadt. Wie kannst du es wagen, an der Aufrichtigkeit ihres Glaubens zu zweifeln?“

„Gott zweifelt an denen, die den heiligen Tempel zum Basar gemacht haben, an denen, die Häuser einrichten und mit käuflicher Liebe ihr Geld verdienen. Er zweifelt an denen, die Wucherzinsen verlangen und an denen, die ihre Mägde und Knechte prügeln“, sagte Jeschua betont ruhig. „Jeden aber, der sich in diesem Saal befindet, der sich nicht schuldig gemacht hat, den wird er zu sich in den Himmel holen.“

Diese Antwort beruhigte die Gemüter, obwohl seine Anschuldigungen auf fast jeden Zuhörer zutrafen.

„Du hast in der Anhörung häufig von deinem himmlischen Vater gesprochen“, setzte Hannas dann das Verhör fort. „Würdest du mir zustimmen, wenn ich behaupten würde, dass dein himmlischer Vater auch mein himmlischer Vater ist?“

„Er ist auch der himmlische Vater des Hohepriesters“, sagte Jeschua und lächelte Kaiphas an.

„Gut, gut“, sagte Hannas. „Er ist also unser aller himmlischer Vater. Es ist mir wichtig festzustellen, dass du diese Ehre nicht allein für dich in Anspruch nimmst.“

„Wenn dieser Punkt geklärt ist“, mischte sich Regius ein, „dann erscheint es mir noch bedeutender zu sein, dass wir erfahren, was der himmlische Vater dem Beschuldigten gesagt hat. Mit mir hat Gott noch nicht ein Wort gewechselt.“

„Gott spricht mit jedem“, sagte Jeschua. „Nur kann ihn nicht jeder verstehen, weil er seine Seele verschließt wie einen finsteren Kerker.“

„Wer Gott im Gebet um Rat fragt“, sagte Kaiphas zu Regius, „und dann die richtigen Entscheidungen trifft, zu dem hat er gesprochen. Hat nicht jeder von uns diese Erfahrung schon gemacht?“

Hannas nahm das Heft wieder in die Hand.

„Gibt es weitere Erklärungen, die du abgeben möchtest“, fragte er Jeschua.

„Wenn ihr keine Fragen habt, habe ich keine Antworten“, sagte Jeschua. „Die Wahrheit ist das Wort Gottes. Nur der Mensch kann irren, Gott nie.“

„Dann bitte ich darum, dass man den nächsten Zeugen hereinbringt“, sagte Hannas und gab einem Legionär ein Handzeichen.

Ich wusste im ersten Augenblick nicht, wo ich diesen Mann schon einmal gesehen hatte, der dann den Saal betrat. Aber als er sich vorstellte, kam meine Erinnerung zurück. Es war der Rabbiner, mit dem sich Jeschua in Tabor unterhalten hatte.

„Ich bin der Rabbiner Benjamin Sel aus Tabor“, sagte der Mann und blieb vor dem Richtertisch stehen.

„Ihr habt ein längeres Gespräch mit dem Angeklagten geführt“, sagte Hannas. „Ist das richtig?“

„Das ist richtig“, bestätigte der Rabbi.

„Wollt ihr einen Stuhl haben, damit ihr es ein wenig bequemer habt“, fragte Hannas.

„Ich wäre euch dankbar“, sagte der Rabbiner.

Einer der Wächter brachte einen Stuhl herein und der Rabbiner setzte sich.

„Worum ging es in diesem Gespräch, Rabbi Benjamin Sel“, fragte Hannas.

„Am Anfang haben wir über die religiösen Vorschriften gesprochen“, antwortete der Rabbi. „Der Prediger war der Meinung, dass man mit unreinen Händen essen dürfe, dass man am Passahfest auch ungesäuertes Brot zu sich nehmen dürfe, und dass es nicht verboten sei, am Sabbat zu arbeiten.“

„Hat er diese Ansichten begründet“, fragte Hannas, der gesehen hatte, dass sich das Gesicht von Kaiphas verfinsterte.

„Ja“, sagte Benjamin Sel. „Er sagte, dass nicht unrein wäre, was in die Menschen hinein käme, sondern unrein wäre, was aus ihnen heraus käme.“

„Eine nachdenkenswerte Theorie“, warf Kaiphas ein, dessen Miene sich wieder etwas erhellte. „Wie begründete er die Sabbatarbeit?“

„Er fragte mich, ob ein Arzt die Leiden der Kranken am Sabbat nicht heilen dürfe“, sagte der Rabbiner. „Er vertrat die Ansicht, dass ein Schafhirte ein verirrtes Schaf einfangen dürfe, um es vor dem Sturz in eine Schlucht zu retten.“

„Auch über diese Frage haben wir schon heftige Diskussionen geführt“, sagte Kaiphas. „Die Auslegung der alten Überlieferungen muss immer häufiger den neuen Zeiten angepasst werden.“

„War damit das Gespräch beendet“, übernahm Hannas wieder die Initiative.

„Nein“, sagte der Rabbi. „Ich fragte ihn, woher er stamme.“

„Und was antwortete der Angeklagte“, fragte Hannas überaus geduldig.

„Er sagte, dass er aus dem Hause Davids stamme“, antwortete der Rabbiner. „Dann bist du also ein Königssohn, sagte ich, und der Prediger antwortete: Ich bin der Sohn des größten Königs, der der mächtigste aller Könige ist.“

„Hat er euch auch gesagt, auf welchen Thron er Anspruch erheben würde“, fragte Hannas.

„Nicht direkt“, sagte der Rabbiner. „Er erzählte mir nur, dass er nach Jerusalem ziehen müsse, um die Kinder Israels zu befreien.“

Für mich war es ein makaberes Schauspiel. Ich war bei dem Gespräch in Tabor dabei und es stimmte nicht ein Wort von dem, was der Rabbiner erzählte.

„Von wem wollte er die Kinder Israels befreien“, fragte Hannas weiter.

„Von all denen, die sie unterdrücken“, sagte der Rabbi.

Ich sah, dass Articus aufstand und wütend den Saal verließ. Kaiphas warf ihm einen triumphierenden Blick hinterher.

„Ich habe keine weiteren Fragen“, sagte Hannas.

„Hat sich der Beschuldigte als König der Juden bezeichnet“, fragte Regius.

„Die Menschen auf der Straße nannten ihn so“, sagte der Rabbiner. „Zeige dich uns, König der Juden, riefen sie. Und der Prediger trat ans Fenster und winkte ihnen zu.“

„Hat er ihnen etwas zugerufen“, fragte Hannas.

Regius warf ihm einen vorwurfsvollen Blick zu. Sicher war abgesprochen, dass er diese Frage stellen sollte.

„Freut euch ihr Kinder Israels, rief der Prediger den Menschen zu“, sagte der Rabbi und es klang, als hätte er den Satz auswendig gelernt. „Ich bin euer König, der euch in eine glückliche Zukunft führt.“

„Freut euch ihr Kinder Israels. Ich bin euer König, der euch in eine glückliche Zukunft führt“, wiederholte Hannas und genoss jedes einzelne Wort.

Die Zuhörer brachen in Gelächter aus.

„Beantworte uns klipp und klar eine Frage“, nutzte Regius diese kurze Unterbrechung und wandte sich direkt an Jeschua. „Bist du der König der Juden?“

Es war still geworden im Zuschauerraum. Man hätte eine Feder zu Boden fallen hören können.

„Mein Reich ist nicht von dieser Welt", antwortete Jeschua nach einer kurzen Pause.

„Antworte mit ja oder nein", sagte Regius fordernd.

„Ich bin der, der ich bin", sagte Jeschua.

„Entsprechen die Aussagen dieses Zeugen der Wahrheit", wandte sich Regius jetzt an Jeschua.

„Darf ein Rabbiner die Unwahrheit sagen", fragte Jeschua zurück. „Gott gibt dem ein Amt, den er für würdig hält, dieses Amt zu bekleiden."

Der Rabbiner blickte zu Boden. Man spürte, dass es ihm lieber gewesen wäre, wenn Jeschua ihm widersprochen hätte.

„Habt ihr noch weitere Fragen", sagte Kaiphas zu Regius.

„Nein, ehrenwerter Kaiphas", sagte Regius. „Ich glaube, dass ich meinen Pflichten als Verteidiger des Beschuldigten nach bestem Wissen und Gewissen nachgekommen bin."

„Ich kann euch nur ein großes Kompliment machen, verehrter Regius", sagte Kaiphas. „Und auch euch, verehrter Hannas, danke ich für die gerechte Verhandlungsführung. Nach den Vorschriften steht dem Angeklagten das letzte Wort zu. Jeschua von Bethlehem, willst du von diesem Recht Gebrauch machen?"

„Auch das letzte Wort wird der Allmächtige sprechen", sagte Jeschua. „Sein Wille geschehe im Himmel und auf Erden."

„Dann zieht sich das Gericht jetzt zur Beratung zurück", sagte Kaiphas.

In dieser Pause fanden auf den Gängen vor dem Verhandlungsraum erregte Diskussionen statt. Ich konnte nicht mitbekommen, ob die Zuhörer noch über Jeschuas Anschuldigungen sprachen, die sie betrafen, oder über die überraschende Wende, die der Prozessverlauf genommen hatte. Arras nahm mich am Arm und führte mich vor die Tür.

„Was habe ich dir gesagt", meinte er lakonisch. „Mattäus und Bartholomäus haben sie nur befragt, um ihr Gesicht zu wahren. Diesen Rabbiner hielten sie schon als Trumpfkarte in der Hand."

„Jeschua hat nicht ein einziges mal behauptet, dass er der König der Juden wäre", sagte ich.

„Willst du dich demaskieren und diese Aussage im Zeugenstand machen", fragte Arras.

„Ich hätte nicht üble Lust, es zu tun", sagte ich zornig.

„Was glaubst du, wem du damit einen Dienst erweist", fragte Arras. „Kaiphas kann hundert Zeugen auftreiben, die die Aussagen des Rabbiners bestätigen. Man würde dir wegen falscher Aussage zwanzig Stockhiebe verpassen. Wenn du diese Erfahrung machen möchtest, dann melde dich."

Ein Legionär rief uns zur Urteilsverkündung in den Saal zurück.

Jeschua hatte man gar nicht wieder in den Raum zurückgebracht. Jetzt hatte Kaiphas seinen großen Auftritt.

„Das hohe Gericht ist zu einem einstimmigen Urteil gekommen“, begann er. „Jeder, der diesen Prozess verfolgen konnte, kann bestätigen, dass wir nichts unversucht gelassen haben, dem Angeklagten, dessen persönliche Anwesenheit nicht mehr nötig ist, alle Verfehlungen nachzuweisen, die gegen ihn vorgebracht wurden. Die Zeugenaussagen haben eindeutig ergeben, dass sich der Angeklagte zu keinen gotteslästerlichen Äußerungen hat hinreißen lassen. Was die Auslegungen zur Sabbatarbeit oder dem Reinheitsgebot betreffen, ist das hohe Gericht zu der Meinung gekommen, dass es sich um Interpretationsversuche handelte, die in dieser Form auch schon manche unserer bedeutendsten Rabbiner angestellt haben. Wir sprechen also den Prediger vom Vorwurf der Gotteslästerung frei. Anders verhält es sich mit seiner Behauptung, dass er aus dem Hause Davids stamme und somit einen Anspruch auf den Thron Israels stellen dürfe. Dieses ist eine Anmaßung, die wir schon im Interesse unserer guten Beziehungen zum römischen Hof und unseres Schutzpatrons, Kaiser Tiberius, nicht hinnehmen können. Der verehrte Rabbiner Hannas hat uns bei unserer Urteilsfindung darauf hingewiesen, dass wir leider nicht befugt sind, über dieses Vergehen zu befinden, da es sich um eine weltliche Verfehlung handele, die nur der oberste politische Richter des Landes ahnden könne. Wir sehen uns deshalb zu unserem Bedauern gezwungen, dem verehrten Prokurator, Pontius Pilatus, den Angeklagten zu überstellen. Möge er ein gerechtes, allen Vorschriften und Gesetzen entsprechendes Urteil finden, das unseren Glauben an die Gerechtigkeit stärkt und uns das Wohlwollen des Kaisers erhält. Die Sitzung ist geschlossen.“

Die Zuhörer spendeten reichlich Applaus. Mit zufriedenen Gesichtern verließen Kaiphas, Hannas und Regius den Saal.

Als ich nach draußen kam, sah ich, dass sechs Legionäre den gefesselten Jeschua an den wartenden Menschen vorbeischleppten. Die Menge warf mit faulem Obst nach ihm und verhöhnte ihn mit Schmährufen. Die Leute wussten nicht, welches Urteil gefällt worden war, aber die Tatsache, dass Jeschua gefesselt und unter Bewachung abgeführt wurde, bewies, dass man ihn nicht freigesprochen hatte.

Ich musste ganz nahe an Jeschua vorbeigehen, und als ich auf seiner Höhe war, drehte er den Kopf zur Seite und sah mir direkt in die Augen. Sein Blick verriet nicht, ob er mich erkannt hatte.

Ich fühlte mich elend und schlecht, als ich weiterging. Was würde dieser arme Mensch noch alles durchmachen müssen? Ich, der Hauptverantwortliche des ganzen Unternehmens, befand mich auf freiem Fuß, hatte Freunde, die mich unterstützten und war auf dem Weg zu einem Versteck, in dem ein schönes Mädchen, köstliche Speisen und ein neues Fass Wein, das Archelaos gestern Abend mitgebracht hatte, auf mich warteten.

KAIPHAS

JESCHUA MUSSTE SCHEITERN

Wir Juden sind schon ein merkwürdiges Volk! Da warten wir Hunderte von Jahren auf die Ankunft des Messias und wenn dann einer erscheint, zweifeln wir an seiner Identität. Noch nie hat es einen so großen Riss gegeben, der das jüdische Volk in zwei Hälften spaltet. Die Menschen in der Provinz glaubten, dass dieser Jeschua der angekündigte Messias wäre, die Jerusalemer Bevölkerung hielt ihn für einen Scharlatan. Wir haben es in unserer Geschichte jedem Propheten schwer gemacht. Keinen haben wir mit offenen Armen empfangen. Wir forderten Taten, Beweise von ihnen mit denen sie uns überzeugen mussten. Hätte Jeschua hier in Jerusalem etwas Besonderes vollbracht, einen Blitz in den Palast des Pontius Pilatus einschlagen, Goldstücke auf die Menschenmenge herabregnen oder die Mauern des Tempels einstürzen lassen, er hätte die Menschen eindrucksvoll von seiner Mission überzeugen können. Aber dieser hochmütige wirkende, still duldende Mann hatte mit stoischer Ruhe alles über sich ergehen lassen. Er hatte keine flammenden Reden gehalten, keine Anklagen gegen die Priesterschaft, den Prokurator oder den Herodes Antipas vorgebracht. Er hat nicht auf die Folgen hingewiesen, die seine Verurteilung haben könnte. Hatte nicht damit gedroht, dass Gottes Rache furchtbar werden könnte. Wir hätten ihn als Gotteslästerer verurteilen können, und er hätte nicht dagegen protestiert. Dieses törichte Volk, dessen Stimmung im Rhythmus von Tag und Nacht wechselt, hat sich nicht einmal die Zeit genommen den Prediger anzuhören. Die Menschen sahen ihre Erwartungen nicht bestätigt, und das reichte ihnen, um schon vor jeder offiziellen Verhandlung Jeschua zu verurteilen. Ich hatte meine Agenten nicht beauftragt, die Stimmung des Volkes zu beeinflussen, wie ich es bei anderen Gelegenheiten tun musste. Im Falle Jeschua war das gar nicht nötig. Die Enttäuschung der Massen war so groß, als ihr sehnsüchtig erwarteter König auf einem Esel in Jerusalem einritt, dass es keinerlei Agitation brauchte, um diese feindliche Einstellung Jeschua gegenüber zu erzeugen.

Die Menschen hatten einen triumphalen Einzug erwartet. Ein Spektakel, eine pompöse Festlichkeit. Wären Paulus, oder ein anderer seiner Mitarbeiter von diesem Jeschua wirklich überzeugt gewesen, hätten sie sein Erscheinen in Jerusalem besser vorbereitet. Aber Paulus kam nicht mit dem König der Juden in die Stadt, sondern mit einem hilflosen Wanderprediger, der seiner Rolle in keiner Situation gewachsen war. Natürlich hätte es der Prokurator gerne gesehen, wenn wir uns die Hände schmutzig gemacht hätten. Nicht Herodes Antipas, diese willenlose Marionette des Kaisers, sondern die Hohe Priesterschaft sollte sich mit dem Fall befassen. Pontius Pilatus fehlte die Weitsicht, um feststellen zu können, welche Folgen eine Verurteilung durch die Priesterschaft haben konnte.

Das Volk ist eine unberechenbare Masse. Was es heute verteufelt, das versieht es morgen mit höheren Weihen. Hätten wir Jeschua verurteilt, wären sofort Stimmen laut geworden, die behauptet hätten, die eigene Priesterschaft hätte den Messias gekreuzigt. Dem lebenden Jeschua sprachen die Menschen diese Rolle ab, ein toter Jeschua aber wäre schnell in eine Märtyrerposition gedrängt worden. Nicht auszudenken, was das in dieser unruhigen Zeit für Folgen haben konnte. Wir waren gezwungen dem Volk ein Steuerjoch aufzubürden, das viele Menschen zu offenen Hasstiraden gegen uns veranlasste. Dabei hatten wir gar keine andere Wahl. Pontius Pilatus forderte immer höhere Abgaben von uns. Herodes beanspruchte einen Teil der Tempelgelder, weil seine Galiläer an uns bezahlten, aber in seinem Zuständigkeitsbereich lebten. Woher sollten wir die Gelder nehmen, wenn nicht vom Volk? Die reichen Kaufleute bezahlten kaum Steuern. Sie ließen Claudia, der Gemahlin des Pontius Pilatus, oder Herodia, der Gattin des Herodes, goldene Gefäße oder Edelsteine zukommen, füllten die Weinkeller des Königs und des Prokurators und hatten damit ihren Verpflichtung genüge getan. Das Verhältnis der reichen Oberschicht zur Priesterschaft war gespannt. Die religiösen Gesetze verhinderten manches gute Geschäft, und da wir gezwungen waren, auf ihre Einhaltung zu achten, machte man uns für die entgangenen Verluste verantwortlich. Besonders die strikte Ablehnung der Arbeit am Sabbat war den Kaufleuten ein Dorn im Auge. Je schneller ihre Karawanen ein Ziel erreichten, um so höher waren die Gewinne und um so geringer die Abschreibungen bei verderblichen Waren. Ein erzwungener Ruhetag war da mehr als hinderlich. Mit der Unterstützung der Reichen hätte Jeschua rechnen können, wenn er sich vor Gericht wenigstens für Erneuerungen bei diesen Religionsvorschriften eingesetzt hätte. Aber er schwieg auch, als der Rabbiner aus Tabor seine Auslegungen über die Sabbatarbeit zitierte. Spätestens in dem Augenblick hätte er seine Stimme erheben müssen.

Ich kann in diesem Zusammenhang auch dem Paulus nicht den Vorwurf ersparen, dass er rechtzeitig hätte erkennen müssen, mit welchen Themen der Prediger bestimmte Bevölkerungsgruppen auf seine Seite hätte bringen können. Seit ich denken kann, hat in ganz Palästina kein anderer so viele Menschen auf die Beine bringen können wie dieser Jeschua.

Jeder kluge Beobachter konnte sich ausrechnen, was aus dieser Bewegung hätte entstehen können.

Wir wussten schon lange, dass es Gruppen gab, die Befreiungspläne für Palästina ausgearbeitet hatten. Die Zeloten griffen immer häufiger römische Kohorten an. Eine Schar Aufständischer, die sich um Zadok bar Tubal versammelt hatte, und die Mitglieder mit extrem unterschiedlichen Religionsauffassungen in ihren

Reihen hatte, griff römische Festungen und Verwaltungseinrichtungen an. Was diesen Revolutionären fehlte war eine Integrationsfigur, die den Widerstand gegen die Römer zusammenfassen konnte. Das Beispiel des Judas Makkabäus, der vor gut zweihundert Jahren die Seleukiden erfolgreich bekämpfte und Palästina befreite, bewies, dass eine Vereinigung der Kräfte der Aufständischen zum Sieg führen konnte. Auch diese historische Chance hat Jeschua sich entgehen lassen, oder besser gesagt diejenigen, die ihn vom einfachen Wanderprediger zum Volkshelden werden ließen. Paulus war obrigkeitshörig wie alle Juden, dass hatte ich schon bei unserem ersten Zusammentreffen erkannt. Er tat, was man ihm auftrug. Seine Fähigkeit Zusammenhänge zu erkennen und für seinen eigenen Vorteil auszunutzen unterdrückte er. Seine bedingungslose Loyalität ließ ein anderes Verhalten nicht zu.

Ich habe mich in dieser ganzen Angelegenheit korrekt verhalten. Ich habe meine Pflicht erfüllt, selbst wenn ich gezwungen war, aus taktischen Gründen die eine oder andere Drohung auszusprechen. Alles geschah letztendlich nur, um dem bestehenden Recht zum Durchbruch zu verhelfen.

Dieser Jeschua hätte vielleicht zu einer Person der Geschichte werden können, wenn er es geschafft hätte, die Jerusalemer Bevölkerung auf seine Seite zu bringen, und wenn die Machtverhältnisse andere gewesen wären. Mir hätte das gefallen, wäre man doch in diesem Falle gezwungen gewesen, meinen Namen im gleichen Atemzug zu nennen. Ich war es schließlich, der die Idee entwickelte, einen namenlosen Wanderprediger zu einer landesweit bekannten Größe aufzubauen.

ARCHELAOS

EIN TREFFEN IM HAUS MEINES VATERS

Nur wenige Stunden nach dem Ende des ersten Prozesses hatte Pontius Pilatus meinen Vater gebeten, eine Zusammenkunft mit Herodes Antipas in unserem Haus zu arrangieren. Mein Vater informierte seinen Schwager, und Herodes kam auch widerwillig vorbei. Ihm wäre es lieber gewesen, wenn er mit der Sache Jeschua nichts mehr zu tun haben würde, aber er wusste auch, dass es Folgen haben könnte, wenn man dem Prokurator einen Wunsch abschlägt. Mein Vater bat mich, bei der Unterredung anwesend zu sein.

„Sie werden wie die Kampfhähne aufeinander losgehen", sagte er.

Herodes kam vor Pilatus an.

„Hat er dir gesagt, was er schon wieder will", fragte er meinen Vater.

„Nicht direkt", antwortete der. „Aber man muss ja kein Hellseher sein, um zu wissen, dass es zur Zeit nur ein einziges Thema in der Stadt zu geben scheint, und er darüber mit dir reden will."

Pontius Pilatus betrat unser Haus schon mit hochrotem Gesicht. Er war so erregt, dass seine Hände zitterten. Er hielt sie wie zum Gebet gefaltet, damit es nicht zu sehr auffiel.

„Ich will nicht wieder mit den alten Geschichten anfangen", sagte er ohne Umschweife, „aber dieser Prediger ist in Nazareth gemeldet, und ich werden ihn dorthin zurückschicken."

„In dem Dekret, das mir Augustus bei meiner Berufung zum Tetrarchen diktierte, ist eindeutig festgelegt, dass der römische Prokurator von Judäa auch in Galiläa für politische Vergehen Vergeltung üben soll", sagte mein Onkel. „Bei seinem Amtsantritt hat mir Kaiser Tiberius bestätigt, dass dieses Dekret in allen Punkten seine Gültigkeit behält. Schickst du ihn nach Nazareth, schicke ich ihn nach Jerusalem zurück."

„Blicke doch einmal über den Tellerrand hinaus", sagte Pilatus. „Wir sind beide Politiker und wollen unsere Zeit doch nicht mit Haarspaltereien vertun. Dieser Fall Jeschua sollte unsere gute Zusammenarbeit der letzten Jahre nicht trüben. Im Grunde ist es doch völlig egal, ob dieser Mann religiöse oder weltliche Gesetze verletzt hat."

„Wenn es egal ist, dann verstehe ich nicht, warum du dich so heftig wehrst, diesen Menschen zu verurteilen", sagte Herodes spöttisch.

„Weil ich kein vernünftiges Motiv finde", sagte Pontius Pilatus. „Mein Sekretär, Articus, meinte, dass dieser Mann Geld- und Sachspenden angenommen hätte. Es wäre doch ein Leichtes, zu überprüfen, ob der diese Spenden ordentlich versteuert hat."

„Was bringt uns das“, fragte Herodes Antipas. „Für Steuervergehen kann man nicht mit dem Tod bestraft werden.“

„Muss er denn unbedingt sterben“, fragte Pilatus. „Der Kerker in Tiberias ist voller Gefangener, die nur eingesperrt wurden, weil sie unflätige Bemerkungen über deine Gemahlin gemacht haben. Da wird doch noch ein Platz für diesen Jeschua zu finden sein.“

Jetzt mischte sich zum ersten Mal mein Vater ein.

„Das Problem, Prokurator, liegt tiefer“, sagte er. „Noch vor einer Woche hätte man diesen Jeschua sicher zu einer Kerkerstrafe verurteilen können. Aber jetzt schreit das Volk nach härterer Bestrafung.“

„Reicht es nicht, wenn wir den Göttern Blutopfer darbringen“, fragte Pilatus. „Müssen wir jetzt auch noch den Blutrausch des Volkes befriedigen.“

„Kaiphas meint....“, begann Herodes, aber Pilatus unterbrach ihn sofort.

„Erwähne nicht diesen Namen“, sagte er drohend. „So wie er hat mich in den letzten Jahren niemand über den Tisch gezogen.“

„Er ist ein genauer Kenner der Volksmeinung“, sagte Herodes unbeirrt. „Und er ist der Meinung, dass die Stimmung schnell wieder in eine Pro-Jeschua-Haltung umschlagen kann. Jeder Kerker würde zum Wallfahrtsort werden, in den er eingesperrt würde.“

„Kein Mensch wird in zwei Wochen noch nach diesem Jeschua fragen“, sagte der Prokurator. „Dabei fällt mir ein, dass es am römischen Hof heftige Diskussionen über eine Neuordnung der Provinzen gibt. Es gibt Stimmen, die sich für ein Tetrarchat aussprechen, das Galiläa und Judäa umfassen soll.“

Ein plumper, ungeschickter Versuch des Prokurators. Pilatus wusste, dass Herodes es sich zur Lebensaufgabe gemacht hatte, die Länder Palästinas wieder zu vereinigen. Selbstverständlich mit ihm als König von ganz Palästina. Aber Herodes war zu schlau, um nicht zu wissen, dass Pilatus im Falle einer Wiedervereinigung selbst bestrebt war, Prokurator dieser größeren Provinz zu werden. Es war eine merkwürdige Situation. Keiner von den drei mächtigsten Männern, Kaiphas, Herodes oder Pilatus, glaubte, dass es sich bei Jeschua eventuell doch um eine außergewöhnliche Persönlichkeit handeln könnte, aber alle drei schreckten davor zurück, der Verantwortliche für seine Verurteilung zu werden.

Das Gespräch war bis zu diesem Zeitpunkt in vernünftigem Ton geführt worden.

„Ich stelle jetzt einmal unwiderruflich klar“, sagte dann Herodes Antipas, „dass ich mit dem Fall Jeschua jetzt und in der Zukunft nichts zu tun haben werde.“

Pontius Pilatus' Gesicht lief zornrot an.

„Diese Entscheidung wirst du noch bereuen“, zischte er böse. „Ich werde diesen Prediger verurteilen, aber ich befehle dir, dass du bei der Verhandlung anwesend sein musst. Ich will, dass protokollarisch festgehalten wird, wie und ob du Einfluss auf meine Entscheidung genommen hast.“

Er stand auf und verließ zornig den Raum.

„Dieser römische Bastard hat mir überhaupt nichts zu befehlen“, sagte Herodes, als Pilatus das Zimmer verlassen hatte. „Ich reise sofort nach Tiberias zurück.“

Ich habe mich später oft gefragt, warum ausgerechnet der Fall Jeschua für so unerbittliche Auseinandersetzungen zwischen Herodes, Pilatus und Kaiphas geführt hatte. Vielleicht ahnten alle drei, dass mit dem Tod des Predigers diese Angelegenheit noch lange nicht beendet sein würde.

Ich habe vieles gehört und vieles gelesen, was über dieses Treffen zwischen Herodes und Pontius Pilatus berichtet wurde. Es fand nach diesen Aussagen an den unterschiedlichsten Plätzen satt und Verlief inhaltlich in jeder Version anders. Ich glaube, dass ich der Einzige bin, der es sich erlauben kann, die Wahrheit zu sagen, denn ich hatte mit der Sache Jeschua nur insofern zu tun, als dass ich mit Paulus befreundet war.

ARRAS

DER ZWEITE PROZESS

Der Prozess vor dem Prokurator begann mit einem Tobsuchtsanfall des Pontius Pilatus, als er erfuhr, dass Herodes Antipas Jerusalem verlassen hatte und nach Tiberias zurückgereist war.

„Was bildet sich dieser König von Kaisers Gnaden ein", schrie er unbeherrscht. „Wenn er meine Befehle missachtet, dann beleidigt er den römischen Herrscher."

Diese gereizte Stimmung sollte die ganze nächste Stunde, länger dauerte der Prozess nicht, bestimmen.

Articus und ich waren bereits anwesend, als Kaiphas, Hannas und Regius in der Begleitung einiger anderer Rabbiner erschienen. Jeschua hatte man die Fußfesseln abgenommen. Zwei Tempelpolizisten hielten ihn an den Armen fest. Pilatus bestand darauf, dass die Verhandlung vor dem Prätorium stattfinden sollte.

„Eure Landsleute sollen doch auch etwas von dieser Vorstellung haben", sagte er zynisch und zeigte auf die Menschenmenge, die sich vor dem Palast versammelt hatte. Kaiphas schwieg, aber ich sah seinem Gesicht an, dass er es genoss, sich durchgesetzt zu haben.

„Du bist Jeschua, ein Zimmermann aus Nazareth", begann Pilatus. Er sprach in kurzem, abgehackten, militärischem Ton.

Jeschua schwieg, aber er blickte dem Prokurator direkt in die Augen.

„Ich könnte dich ein wenig geißeln lassen, wenn du das Maul nicht aufmachst", bellte ihn Pilatus an. „Aber ich habe Kopfschmerzen und dein Geschrei würden diese noch verstärken. Halten wir uns also nicht mit Nebensächlichkeiten auf."

Er wandte sich an seinen Sekretär.

„Was wirft man diesem Menschen vor", fragte er Articus.

„Volksverhetzung", sagte der.

„In welcher Form", fragte Pilatus.

„Er bezeichnet sich als König der Juden", sagte Articus. „Daraus muss man folgern, dass er Anspruch auf den Thron Palästinas erhebt."

„Stimmen die Anschuldigungen", wandte sich Pilatus an Jeschua.

Jeschua sah ihn nur unverwandt an. Pontius Pilatus schlug mit der Reitpeitsche, die er in der Hand hielt, zu. Ein breiter, roter Strich zog sich durch das Gesicht des Predigers.

„Ich bin der, dem der himmlische Vater den Weg vorbestimmt hat", sagte Jeschua.

Er hatte bei dem Schlag nicht einen Schmerzenslaut von sich gegeben.

„Und dieser himmlische Vater hat dir gesagt, dass du den Thron dieses Landes besteigen sollst", fragte Pontius Pilatus.

„Er hat mir gesagt, dass ich den Kelch bis zur Neige austrinken muss", antwortete Jeschua.

Pilatus schlug wieder zu. Aus einer Augenbraue Jeschuas floss Blut.

„Du stehst hier nicht vor deinen jüdischen Mitbürgern", schrie er Jeschua an. „Du stehst vor dem Prokurator des römischen Reiches. Also sprich nicht in Rätseln, sondern beantworte meine Fragen."

„Wenn du erlaubst, Pontius", mischte sich Kaiphas ein, aber der Prokurator unterbrach ihn sofort.

„Du hattest ausreichend Gelegenheit, dich mit diesem Mann zu beschäftigen, Kaiphas", sagte er böse. „Wenn ich etwas von dir erfahren möchte, werde ich es dich wissen lassen. In diesem Prozess stellt nur einer Fragen, und das bin ich."

Kaiphas lief rot an. Diese Zurechtweisung verletzte ihn, aber er zog es vor, zu schweigen.

„Die Leute sagen, dass du der Sohn eures Gottes bist, der angekündigte Messias, auf den sie schon so lange warten", wandte sich Pilatus wieder an Jeschua. „Aber du wirst mittlerweile schon begriffen haben, dass deine Glaubensbrüder keinen Messias haben wollen. Ihr solltet eure alten Überlieferungen noch einmal genauer überprüfen. Irgend ein Schreiberling muss sich da nicht deutlich genug ausgedrückt haben."

„Wie müssen uns von euch keine Beleidigungen unserer Religion gefallen lassen", mischte sich Hannas empört ein.

„Wenn euch etwas nicht passt", sagte Pilatus mit messerscharfer Stimme, „dann schert euch in den Hades, oder besser gesagt, zum Teufel, der ja bei euch für alles Schlechte verantwortlich ist."

Hannas schwieg betroffen.

„Also, Prediger", bellte Pontius Pilatus Jeschua an, „wer ist dein Vater?"

„Ich bin der Sohn des Allmächtigen", antwortete Jeschua.

„Merkwürdig", höhnte der Prokurator. „Merkwürdig verhält sich euer Gott. Er läßt es zu, dass meine Legionäre dich geißeln. Er verteidigt dich nicht gegen meine Peitschenhiebe und er gibt deinen Anklägern nicht die Eingebung, dass sie dich in Ruhe lassen sollen. Hat er nicht die Macht dazu, oder bist du ihm egal?"

„Gott will, dass ich erleide, was ich zu erleiden habe", sagte Jeschua.

„Ach ja", sagte Pilatus spöttisch. „Will er an dir testen, wo die Schmerzgrenze der Menschen liegt?"

„Er will, dass ich die Sünden der Menschen auf mich nehme", sagte Jeschua.

Es war bewundernswert, wie souverän er sich verhielt. Nichts, aber auch gar nichts schien seinen Stolz brechen zu können.

„Die Sünden aller Menschen, die auf dieser Erde leben“, fragte Pilatus belustigt.

„Ja“, antwortete Jeschua.

„Dann sind also alle anderen frei von jeder Schuld“, sagte Pontius Pilatus. „Dein Gott wird auch mir verzeihen, wenn ich dich verurteile, weil du meine Schuld auf dich genommen hast?“

„Ja“, gab Jeschua zur Antwort.

„Sage ihm, dass ich dich nicht mit meinen Sünden belasten werde“, sagte Pilatus. „Ich verurteile dich nicht aus einer Laune heraus, sondern weil ich mich an die Gesetze halten werde.“

„Gesetze sind das Werk der Menschen“, sagte Jeschua. „Gottes Gebote sollen unser Leben bestimmen.“

„Dein Gott ist ziemlich überfordert“, sagte Pilatus. „Bei uns haben die Göttinnen und Götter ihre unterschiedlichen Aufgabengebiete und sind damit schon oft überlastet. Deiner muss sich allein um alles kümmern. Wundert es dich da, dass er im Moment keine Zeit für dich zu haben scheint.“

„Der Herr ist bei mir in jedem Augenblick“, sagte Jeschua.

„Du fängst an mich zu langweilen“, sagte Pontius Pilatus scharf. „Kommen wir auf das Wesentliche zurück. Bist du also der König der Juden, ja oder nein?“

„Es steht geschrieben, dass der Messias kommen wird, der aus dem Hause Davids stammt und die Kinder Israels befreien wird“, sagte Jeschua.

„Vorhin wollte er sie noch retten“, sagte Pilatus spöttisch. „Jetzt will er sie schon befreien. Von wem? Von uns Römern? Das sähe euch Juden ähnlich. Jahrelang beschützen wir euch gegen eure Feinde an den Landesgrenzen, bringen euch römischen Lebensstil bei, und ihr undankbare Brut wollt euch von uns befreien.“

Ein Legionär kam und flüsterte dem Prokurator etwas ins Ohr.

„Meine Gemahlin wartet mit dem Essen auf mich“, sagte Pilatus laut. „Ich sehe nicht ein, dass die Künste meiner Köche auf dem Abfallhaufen landen. Darum kurz und bündig: Kraft meines mir übertragenen Amtes verurteile ich diesen Prediger zum Tod am Kreuz.“

Er warf Kaiphas einen vernichtenden Blick zu, drehte sich auf dem Absatz um und wollte gehen. Aber der Hohepriester hielt ihn zurück.

„Jetzt, nachdem das Urteil gesprochen wurde, ist die Situation eine andere, verehrter Pontius“, sagte er betont freundlich.

„Was soll das schon wieder heißen“, fragte Pontius Pilatus misstrauisch.

„Es ist dein Recht, dem Volk einen Gefangenen anlässlich des Passahfestes zu überlassen“, sagte der Hohepriester. „Wenn die Menschen die Freilassung des Jeschua fordern, kannst du ihn laufen lassen.“

Pilatus überlegte einen Augenblick, dann wandte er sich an seinen Sekretär Articus.

„Was hälst du davon“, fragte er ihn.

„Es ist ein alter Brauch“, antwortete Articus. „Man könnte dem Pöbel anbieten, dass er den vielfachen Mörder Barabbas oder den Jeschua bekommen könnte.“

„Das gefällt mir“, sagte Pilatus grinsend. „Die Menschen werden nicht so dämlich sein, dem Mörder die Freiheit zu schenken.“

„Ich werde sie fragen“, sagte der Hohepriester.

Er stieg auf eine Mauer, die die Einfahrt zum Prätorium bildete.

„Der Prokurator hat Jeschua zum Tode verurteilt“, rief er den Wartenden zu. „Aber er bietet euch an, ihn oder den Barabbas freizulassen. Die Entscheidung liegt bei euch.“

„Wir wollen Barabbas“, schrie der Pöbel in immer lauter werdenden Sprechchören. „Wir wollen Barabbas!“

„Dieses Volk ist nicht mehr zu retten“, tobte der Prokurator.

Eilig ging er mit Articus in das Innere des Prätoriums.

Ich erkannte in den ersten Reihen der Menschenmenge vor dem Gebäude viele Spitzel und Agenten, die im Dienst des Hohepriesters standen. Kaiphas überließ nichts dem Zufall.

PONTIUS PILATUS

DER PREDIGER NIMMT MEINE HILFE NICHT AN

Wie ich es hasse, dieses steinige, staubige, von allen Göttern verlassene Judäa. Wie ich sie hasse, diese starrköpfigen, aufrührerischen Juden, die sich für das auserwählte Volk Gottes halten.

Rom hat wunderbare, bedeutende Provinzen und ausgerechnet mich schickte Kaiser Tiberius in diese wüste Einöde.

In meinem Palast in Cäsarea war das Leben noch einigermaßen erträglich, aber jede Dienstreise nach Jerusalem war eine Qual. Der Hohepriester Kaiphas lag mir den ganzen Tag mit seinen Klagen über das Verhalten meiner Legionäre in den Ohren. Sie würden als Ungläubige ständig den heiligen Tempelbezirk entweihen, weil sie auf dem Tempelvorplatz saufen und Lieder grölen würden. Alle Fremden waren für die Juden Ungläubige. Und dass behauptete ein Volk, das aus Geiz und Bequemlichkeit nur an einen einzigen Gott glaubt! In Rom hat Apollo seinen Tempel, Fortuna ihren, Mars sein Standbild und Diana unzählige Statuen. Beim Jupiter, wir verehren unsere Götter und beweisen es ihnen durch zahlreiche Denkmäler. Und den Juden reicht ein einziger Gott, den sie Jahwe nennen. Als sie die Möglichkeit bekamen, wenigstens einen zweiten Gott in ihre Religion aufzunehmen, hatten sie nichts Eiligeres zu tun, als ihn zu mir zu schleppen und seine Hinrichtung zu verlangen.

Ich weiß, mit welchen unsauberen Mitteln Herodes Antipas und Kaiphas arbeiten, und halte es deshalb für meine Pflicht, die wahren Zusammenhänge, die die Verurteilung Jeschuas herbeiführten, zu Papier zu bringen. Diese Dokument werde ich dann auf den Tisch legen, wenn die Lügengeschichten der beiden unerträglich werden.

Dieses Klima hier macht mich wahnsinnig. Ich habe von Tag zu Tag größere Schwierigkeiten, mich zu konzentrieren. Aber ich werde mich zusammenreißen und die Wahrheit über den Fall Jeschua niederschreiben. Articus hatte mir das Protokoll besorgt, das Arras, der Sekretär des Kaiphas, von der Verhandlung auf den Stufen des Prätoriums angefertigt hatte. Ein böses Machwerk, in dem ich als blutrünstiger, gnadenloser Tyran erscheine.

Jetzt kann er nachlesen, was sich wirklich zugetragen hat.

Diesen Tag werde ich nie vergessen, als ausgerechnet die Priesterschaft mir diesen Nazarener vorführten. Er hätte ihren Gott beleidigt, behaupteten sie und ich müsse ihn deswegen mit dem Tode bestrafen. Diese Dummköpfe mussten doch wissen, dass ein Nazarener der galiläischen Gerichtsbarkeit unterstand, und dass in Galiläa Herodes Antipas zuständig war. Ich hatte mit religiösen Konflikten nichts zu tun. Ich hatte mich um Diebe, Mörder und Aufwiegler zu kümmern.

„Tragt eure Probleme unter euch aus“, schrie ich sie an. „Urteilt ihn selber ab oder bringt ihn zu Herodes. Ich will meine Ruhe haben.“

Die Rabbiner und Schriftgelehrten wollten gerade mit ihrem Gefangenen verschwinden, da tauchte, wie immer im unpassendsten Moment, Kaiphas auf.

„Verzeih mir meine Einmischung, Pilatus“, sagte er scheinheilig. „Aber es geht hier nicht um religiöse Fragen. Dieser Mann behauptet, er wäre der König der Juden. Woraus man nur folgern kann, dass er Anspruch auf den Thron Israels erhebt. Ich glaube nicht, dass Kaiser Tiberius mit dieser Forderung einverstanden sein wird.“

Ein geschickter Winkelzug des schlauen Hohepriesters. Revolutionäre, Volksverhetzer und Umstürzler unterlagen natürlich meiner Gerichtsbarkeit. Schon mit der nächsten Post würde Kaiphas den Kaiser darüber unterrichten, dass ich mich geweigert hätte einen politischen Gefangenen zu verurteilen.

Aber hielt Kaiphas mich für so einfältig, dass er glaubte, ich würde mich nicht daran erinnern, dass er einem gewissen Paulus den Auftrag gegeben hatte, einen aus der Vielzahl der Wanderprediger auszusuchen, ihn bekannt zu machen, damit der Zulauf zu den anderen beendet würde? Ich nahm Kaiphas zur Seite.

„Wenn du mich nicht aus dieser Sache heraushältst“, flüsterte ich ihm zu, „dann werde ich nicht umhinkommen, über deine Aktivitäten bei diesen Ereignissen zu sprechen.“

„Ich weiß nicht, wovon du redest“, sagte Kaiphas.

„Ich rede von dem Gespräch, das wir mit Herodes Antipas und diesem Paulus in deinem Haus geführt haben“, sagte ich drohend.

„An ein solches Gespräch kann ich mich nicht erinnern“, sagte der verlogene Hohepriester. „Hast du Zeugen, die mich über den Inhalt der Unterredung aufklären könnten?“

Ich wusste, dass jeder weitere Versuch sinnlos war. Herodes würde sich natürlich auch an nichts erinnern können. Aber eine Chance hatte ich noch.

„Wo steckt dieser Paulus“, fragte ich Kaiphas.

„Nimm es mir nicht übel, Pontius“, sagte der Hohepriester, „aber ich kenne nicht einen Menschen, der Paulus heißt.“

Wie naiv war es von mir, anzunehmen, dass er mir diesen Paulus auf dem Silbertablett servieren würde. Es war unumgänglich, ich musste mich mit dem Fall Jeschua beschäftigen. Aber war dieser Mann in dem erbärmlichen, weißen Kittel, den sie da zu mir gebracht hatten, ein Verbrecher? Meine Kundschafter hatten mir nach Cäsarea berichtet, dass das Volk behaupten würde, er wäre der Messias, der Sohn Gottes.

Von einem Messias, der ihnen verheißen wurde, reden die Juden seit ich in dieses Land gekommen bin. Sollten sie doch froh sein, dass endlich einer erschienen war. Aber die hohe Priesterschaft, die Pharisäer und die reichen Kaufleute brauchten keinen Messias. Sie fürchteten jede Veränderung, die ihre Pfründe gefährden konnte. Und jetzt kamen sie zu mir und verlangten, dass ich mir die Hände schmutzig machen sollte.

„Also gut“, sagte ich, „wenn ihr darauf besteht, verurteile ich den Angeklagten zu neununddreißig Schlägen mit dem bleiernen Riemen.“

„Damit ist die Gotteslästerung genügend bestraft“, sagte Kaiphas, „aber welche Strafe erhält er für sein politisches Vergehen?“

„Keine“, sagte ich, „und nun schert euch fort.“

Kaiphas verschwand mit seinem Anhang.

„Vergesst euren Prediger nicht“, rief ich ihnen nach.

Zwei Rabbiner kehrten um und schleppten den Gefangenen hinaus. Ich hatte meinen Legionären befohlen, sich nicht an der Bewachung des Jeschua zu beteiligen. Ich rieb mir die Hände, als die Männer mit diesem Prediger endlich verschwunden waren und war glücklich, dass ich diese unerfreuliche Angelegenheit so schnell beendet hatte.

Zum Laubhüttenfest erschien auch Herodes aus Tiberias regelmäßig in Jerusalem. Am Abend hatte er zum Nachtmahl eingeladen. Ich mochte seine besserwissende, belehrende Art nicht, aber seine Weine waren von so ausgesuchter Qualität, dass ich auf sie nicht verzichten wollte. Claudia, meine Gemahlin, hatte in den letzten Tagen böse Träume und weigerte sich, der Einladung des Herodes zu folgen. Also ging ich allein.

Herodes begann das Tischgespräch mit einem Toast.

„Auf die Jerusalemer Bevölkerung, die in unerschütterlicher Treue zum römischen Kaiser steht“, rief er aus.

„Woraus schließt du das“, fragte ich.

Herodes lachte schallend.

„Nun“, sagte er, „haben sie dir nicht den Mann ausgeliefert, der sich als König der Juden ausgibt? Sie verlangen seine Verurteilung, weil sie ihrem Kaiser Tiberius treu ergeben sind.“

„Ich habe ihn bereits verurteilt“, sagte ich missmutig.

So gut fand ich den Wein diesmal nicht und auch die angebotenen Speisen reizten nicht meinen Gaumen.

„Du hast ihn wegen Gotteslästerung verurteilt“, sagte Herodes Antipas, „und damit in den Zuständigkeitsbereich der Priesterschaft eingegriffen.“

„Bedanke dich bei mir, weil ich deinem Freund Kaiphas die Arbeit abgenommen habe“, sagte ich.

„Vielen Dank“, sagte Herodes während sich ein spöttisches Grinsen bei ihm breit machte. „Ich hätte ihn zu vierzig Riemenschlägen verurteilt. Ich bin für abgerundete Zahlen.“

„Müssen wir unbedingt über diesen Nazarener sprechen“, fragte ich.

„Leider", sagte Herodes, „obwohl mich dieser Jeschua wenig interessiert. Aber wenn er behauptet, er wäre der König der Juden, was bin dann ich? Der Statthalter von Galiläa?"

„Lächerlich", sagte ich. „Du bist der Landesfürst von Galiläa. Der Kaiser selbst hat dir dieses Amt gegeben. Was belastet es dich, wenn ein hergelaufener Wanderprediger Ansprüche auf den Thron von ganz Palästina erhebt? Hast du Angst vor einem Träumer, einem Phantasten?"

„Angst habe ich keine", sagte Herodes und schenkte eigenhändig Wein nach. „Aber erinnere dich an diesen Johannes, der die Menschen im Jordan taufte. Er hat über mich und die Königin so lästerliche Dinge gesagt, dass ich gar keine andere Wahl hatte, als ihn zum Tode zu verurteilen. Die Stimmung unter seinen Anhängern war anschließend so angeheizt, dass ich mit einem Aufstand rechnen musste."

„Das war eine andere Situation", sagte ich beruhigend. „Die Anhänger des Jeschuas fordern seinen Tod und nicht deinen Rücktritt."

„Glaube mir, Pilatus", sagte Herodes, „ich kenne das jüdische Volk besser als du. Ich bin selber Jude."

„Was bist du", fragte ich spöttisch.

Jeder wusste, dass Herodes nur zum jüdischen Glauben übergetreten war, weil Kaiser Augustus das zur Voraussetzung für seine Inthronisierung gemacht hatte.

„Nun ja", sagte Herodes brummelnd, „ich bin es nur auf dem Papier. Aber ich bin in diesem Land aufgewachsen und kenne den Charakter dieser Menschen genau. Sie sind schnell für eine Sache zu begeistern. Und die Zahl der Verehrer des Jeschua wird sich nicht dadurch verringern, nur weil die Priesterschaft ihre treusten Anhänger auffordert, seine Bestrafung zu verlangen. Es ist nicht schwer, eine Menschenmenge zusammenzutreiben, die „Kreuzigt ihn" brüllt. Aber das muss nicht unbedingt die Stimme des gesamten Volkes sein."

Ich überlegte fieberhaft, welchen Grund ich vorbringen könnte, um das Abendessen zu beenden. Aber Herodes ließ nicht locker.

„Ich habe die Gesetze dieses Landes nicht gemacht", sagte er. „Aber ich kenne sie genau. Auf Volksverhetzung steht die Todesstrafe. Kaiser Augustus stellte sie auf eine Stufe mit Hochverrat."

Jetzt fängt er auch damit an, die römischen Kaiser ins Spiel zu bringen, dachte ich. Sicher hatte er sich längst mit Kaiphas getroffen und eine gemeinsame Linie mit ihm abgesprochen. Hatten sie schon einen gemeinsamen Bericht für den römischen Hof abgefasst? Wenn mich Tiberius wegen Vernachlässigung meiner Amtspflichten abberuft, dann kann Herodes Antipas erwarten, dass er, der kaisertreue Pflichtbewusste, zum König von ganz Palästina ausgerufen wird.

„Was soll ich deiner Meinung nach tun“, fragte ich und versuchte meiner Stimme einen freundlichen Klang zu geben, damit Herodes meinen Zorn nicht bemerkte.

„Du musst diesen Jeschua noch einmal vorladen“, sagte Herodes. „Es ist deine Entscheidung, zu welchem Urteilsspruch du dann kommst.“

„Ich bin müde“, sagte ich stand auf und ging zur Tür. Dann drehte ich mich noch einmal um.

„Wann hast du den Namen Jeschua zum ersten Mal gehört, Herodes“, fragte ich ihn.

Aber der listige Landesfürst fiel auf meinen Trick nicht herein.

„Als alle Welt anfing, über ihn zu reden“, sagte Herodes. „Warst du es nicht, der ihn in meiner Gegenwart erwähnte?“

Ich verabschiedete mich und ließ mich von meiner Eskorte zu meinem Palast zurückbringen.

Wenn Jeschua des Staatsverrats schuldig wäre, dann hätte ich gar keine andere Wahl, als ihn zum Tode am Kreuz zu verurteilen. Es war nicht so, dass mir das seelischen Kummer bereitete, aber ich hasste es, mich um die inneren Angelegenheiten der Juden zu kümmern. Ich hatte Hauptleute und Legionäre, die ständig einen höheren Sold forderten, eine Frau, die wie ich das Klima in diesem Land nicht vertrug und ununterbrochen über Kopfschmerzen klagte und den Druck aus Rom, die kaiserlichen Steuereinnahmen regelmäßig zu erhöhen. Ich hatte, beim Jupiter, wirklich genug Probleme.

Am nächsten Vormittag erschien Kaiphas mit einigen Priester und diesem grässlichen Hannas, einem besonders bösartigen Rabbiner, wieder vor dem Prätorium. Dem Gegeißelten in ihrer Mitte schienen die neununddreißig Riemenschläge nicht sonderlich zugesetzt haben. Er stand aufrecht da und überragte seine Begleiter um mehr als zwei Köpfe.

„Wollen wir hineingehen“, fragte mich Kaiphas.

„Nein“, antwortete ich, „dies ist ein öffentlicher Prozess. Warum sollten wir ihn hinter verschwiegenen Mauern führen.“

„Wie du wünscht“, sagte der Hohepriester.

Ich ließ mir einen Schemel bringen und zwei Legionäre bauten sich mit dem Gefangenen vor mir auf.

Ich sah diesen Jeschua zum ersten Mal aus der Nähe. Er war ein gut aussehender Mann und jünger, als ich ihn mir vorgestellt hatte.

„Ich spreche deine Sprache nicht so perfekt“, begann ich das Verhör. „Wenn du also irgend etwas nicht verstehst, sage es mir.“

„Ich werde es euch sagen“, antwortete Jeschua mit einer angenehm, dunklen Stimme.

„Bist du der König der Juden“, fragte ich.

„David war der König der Kinder Israels, und ich komme aus seinem Haus", sagte Jeschua. „Aber mein Reich ist nicht von dieser Welt."

Ich war erleichtert.

„Siehst du", sagte ich zu Kaiphas gewandt, „sein Reich ist nicht von dieser Welt. Folglich erhebt er auch keinen Anspruch auf die Krone Israels."

„Es gibt nur ein Land, in dem Milch und Honig fließen wie es Moses verheißen wurde, und das ist das Land Israel", sagte Kaiphas. „Dein Kaiser ist der Kaiser der Römer. Der König der Juden kann nur der König der Juden in dem Land sein, in dem die Juden leben."

Es war eine Frechheit von ihm, diese Geröllwüste als ein Land zu bezeichnen, in dem Milch und Honig fließen würde.

Ich wandte mich an Jeschua: „Du hast dich sicher nur falsch ausgedrückt. du bist der König des Reiches, das Gott für dich bereit hält. Kein irdisches, sondern ein himmlisches Reich."

Ich hoffte, dass Jeschua meine Hilfestellung richtig verstand.

„Gottes Reich ist unermesslich", sagte Jeschua. „Ich aber bin gekommen, die Kinder Israels zu retten."

„Das ist hier nicht die Frage", sagte ich ärgerlich. „Ich will wissen, ob du dieses Land als König regieren willst?"

„Ich will keine irdische Macht", sagte Jeschua. „Ich erfülle nur den Auftrag, den mir der Allmächtige gab."

„Das ist aber jetzt eindeutig", sagte ich zu Kaiphas. „Es geht diesem Mann nicht um den Thron Israels. Er ist ein gläubiger Mensch, der glaubt, dass Gott ihm einen Auftrag gegeben hat. Ich weiß wirklich nicht, wessen er sich schuldig gemacht haben sollte."

„Das sind doch alles Spitzfindigkeiten", sagte Kaiphas. „Nichts als Ausflüchte des Angeklagten. Jeder, der mit einer harten Bestrafung rechnen muss, versucht seine Vergehen zu beschönigen. Aber wenn es dir so schwer fällt, ihn zu verurteilen, mache ich dir einen Vorschlag. Schreiben wir gemeinsam einen Brief an Kaiser Tiberius und bitten wir ihn, uns mitzuteilen, wie wir mit einem Mann zu verfahren haben, der sich als König der Juden bezeichnet."

Dieser Teufel Kaiphas! Das fehlte gerade noch, dass ich Tiberius um Rat fragen musste. Die Intriganten am römischen Hof würden in ein Freudengeheul ausbrechen.

„Was haben wir gesagt, edler Kaiser, dieser Pilatus ist nicht der geeignete Mann für so einen verantwortlichen Posten. Bald wird er anfragen, ob er seine Tunika knie- oder wadenlang tragen soll."

Zum Hades mit diesen Juden. Wen interessiert schon ein Urteil? Ich habe so viele von ihnen kreuzigen lassen. Da kommt es auf einen mehr oder weniger auch nicht an.

„Also kreuzigt ihn", sagte ich resignierend und erhob mich.

Kaiphas ging ein paar Schritte auf den Vorplatz zu, wo sich eine größere Menschenmenge angesammelt hatte.

„Er wird gekreuzigt", schrie er den Leuten zu.

Der wilde, entfesselte Pöbel antwortete mit einem Triumphgebrüll.

Ich wollte ins Innere des Prätoriums gehen, da hielt mich Cassius, einer meiner Offiziere zurück.

„Ist es nicht üblich, am Laubhüttenfest einem Gefangenen die Freiheit zu schenken", fragte er mich leise.

„Ja", antwortete ich, „das ist Brauch."

„Ihr habt vor einigen Tagen diesen Totschläger Barabbas verurteilt", sagte Cassius. „Kaiphas soll den Pöbel fragen, ob ihr Jeschua oder dem Mörder die Freiheit schenken sollt."

„Eine gute Idee", lobte ich ihn.

Barabbas hatte mit seiner Bande Angst und Schrecken im Land verbreitet. Die Menschen waren erleichtert, als er gefangen wurde, sie würden sich nicht freiwillig wieder der Gefahr aussetzen, von ihm bedroht zu werden.

Ich winkte Kaiphas zu mir.

„Es ist das gute Recht des Volkes, dass es zum Fest die Freilassung eines Verurteilten fordern darf. Frage die Menge, ob sie Jeschua oder Barabbas haben will", sagte ich.

Kaiphas grinste hinterhältig. Er schien sich seiner Sache sicher zu sein. Er ging ein zweites Mal zu den Wartenden.

„Der gütige Prokurator will euch einen Wunsch erfüllen und einen Gefangenen freilassen. Wem wollt ihr die Freiheit schenken", rief er, „Jeschua oder Barabbas?"

„Barabbas! Barabbas! Barabbas!", brüllte das rasende Volk zurück.

Kaiphas wandte sich wieder an mich: „Das Volk hat gesprochen. Nun sind alle rechtlichen Möglichkeiten erschöpft."

Ich drehte mich um und ging ins Haus. Ich wollte nicht mehr ein einziges Wort mit dem Hohepriester wechseln. Und ich wollte das Gesicht dieses Jeschua nicht mehr sehen, der während der ganzen Zeit dastand, als würde nicht über ihn, sondern über eine nicht anwesende Person verhandelt.

In den nächsten Wochen schwirrten die Gerüchte durch Jerusalem wie lästige Fliegen um die Rinder.

Der Himmel hätte sich verdunkelt, als man ihn ans Kreuz schlug. Sein Leichnam wäre aus dem Grab verschwunden, obwohl zwanzig Legionäre einen riesigen Stein vor die Grabhöhle gerollt hätten. Ja, man behauptete sogar, dieser Jeschua habe sich lebend und unversehrt wieder bei seinen Anhängern gezeigt.

Ich würde den Juden gönnen, dass ein Funken Wahrheit an diesen Geschichten ist. Jahrelang musste ich ihren Messiaswahn miterleben. Vielleicht hatten sie jetzt wirklich ihren Messias bekommen und mich mit ihrer unerbittlichen Sturheit gezwungen, ihn zu verurteilen. Ein zweiter Messias würde sich bestimmt nicht mehr bei ihnen blicken lassen.

Meine Zeilen beweisen, dass ich alles versucht habe, um das Leben dieses Nazareners zu retten. Ich war sogar bereit, einem vielfachen Mörder die Freiheit zu schenken, um diesen Jeschua nicht kreuzigen lassen zu müssen. Mir kann man wirklich keine Vorwürfe machen. Kaiphas und seine Helfershelfer haben den Tod des Jeschua zu verantworten. Und natürlich dieser feige Herodes, der Angst um seinen Thron hatte. Aber Jupiter ist mein Zeuge, dass der Landesfürst und der Hohepriester die Hauptschuldigen in diesem Fall waren.

SAULUS

FLUCHT AUS JERUSALEM

Wir saßen in fröhlicher Runde beisammen. Archelaos, Jakobus, Magdalena und ich.

„Etwas hat dieser Jeschua bereits erreicht“, sagte Archelaos. „Er hat für gewaltigen Streit zwischen den Herren Kaiphas, Herodes und Pontius Pilatus gesorgt.“

„Er hat eigentlich noch mehr erreicht“, sagte Jakobus. „Er hat aufgezeigt, dass man eine Bewegung im Volk auslösen kann. Auch wir Juden haben unsere Schmerzgrenze. Alles lassen wir uns nicht gefallen.“

„Leider hat diese Bewegung nichts genützt“, meinte Magdalena lakonisch. „Der Alltag hat die Menschen längst wieder eingeholt.“

„Reden wir über erfreuliche Dinge“, sagte Archelaos. „Stoßen wir mit diesem blonden Jüngling an. Ein letzter Schluck auf Paulus. Den nächsten trinken wir mit Saulus aus Tarsos.“

„Jeder, der noch einmal Paulus zu ihm sagt, muss mich küssen“, sagte Magdalena lachend.

„Dann werde ich mich absichtlich ständig versprechen“, rief Jakobus und prostete mir zu. „Auf dein Wohl, Paulus.“

Er trank, beugte sich dann über Magdalena und gab ihr einen schmatzenden Kuss.

Mitten in unser Gelächter kam Arras herein.

„Pilatus hat ihn zum Tod am Kreuz verurteilt“, sagte er.

Die gute Stimmung war wie weggeblasen.

„Ihr müsst Jerusalem auf dem schnellsten Wege verlassen“, sagte Archelaos. „Kaiphas wird alles daran setzen eurer habhaft zu werden.“

„Der Meinung bin ich auch“, sagte Arras.

„Aber hast du mir nicht erzählt, dass Kaiphas gar kein Interesse mehr an uns haben würde“, fragte ich den kleinen Sekretär.

„Nicht bis zur Verurteilung Jeschuas durch den Prokurator“, sagte Arras. „Ihm lag daran, dass Pilatus euch nicht verhören konnte. Aber jetzt wird er alles versuchen, um jeden Zeugen und Mitwisser aus dem Weg zu räumen. Besonders du weißt zu viel, Paulus.“

„Du musst mich küssen“, sagte Magdalena, „weil du ihn Paulus genannt hast.“

Aber niemand konnte mehr darüber lachen.

„Ich habe in Sichem einen Bruder“, sagte Arras. „In zwei Tagen könntet ihr bei ihm sein. Er kann euch sagen, welche Küstenstadt die ungefährlichste ist. Er versorgt Schiffsbesatzungen mit Proviant und kennt dadurch viele Seeleute.“

„Ich werde euch Pferde besorgen“, sagte Archelaos. „Bald ist der Stall meines Vaters leer, und ich muss mir etwas einfallen lassen, damit es den Verwalter nicht den Kopf kostet.“

Arras übergab mir einen Umschlag.

„Das ist ein Brief für meinen Bruder“, sagte er. „In dem steht alles, was er wissen muss. Ihr solltet vorsichtshalber nicht über die Gründe eurer Flucht sprechen.“

„Dummerweise bin ich so knapp bei Kasse, dass ich euch nicht mit einem kleinen finanziellen Polster versehen kann“, sagte Archelaos.

„Ich habe fünfzig Denare unter meinem Bettlaken versteckt“, sagte Magdalena. „Sie waren eigentlich für schlechte Zeiten bestimmt. Aber ich habe mich nie festgelegt, ob es schlechte Zeiten von mir, oder von anderen sein sollten.“

Bevor ich etwas sagen konnte, war sie aus dem Haus gestürmt. Es war rührend, wie sich die Freunde um uns sorgten, und wie hilfreich sie uns alle unterstützten. Ich hatte später leider nie die Gelegenheit, mich bei ihnen zu revanchieren.

Als es dunkel geworden war, kam Archelaos mit den Pferden. Arras und er packten Lebensmittel in die Satteltaschen und füllten die Wasserflaschen. Wir saßen schon im Sattel, als Magdalena atemlos angelaufen kam. Sie drückte mir einen kleinen Beutel in die Hand.

„Viel Glück, Saulus“, sagte sie mit Tränen in den Augen.

Jakobus und ich waren nicht fähig, große Abschiedsworte zu sprechen. Wir drückten den Freunden lange die Hand und ritten in die Nacht hinaus. Jerusalem schlief. Nur ein paar angetrunkene Legionäre taumelten grölend durch die Straßen.

Gedanken über meine anderen Mitarbeiter gingen mir durch den Kopf. Was war aus Mattäus geworden? Der Zöllner, der ein so angenehmes Leben geführt hatte, bevor er in meine Dienste trat. Der kleine Betrüger, der dem Landesfürsten ein paar Scheckel abnahm, um sich in Kapernaum einen guten Tropfen Wein gönnen zu können. Wo steckte Bartholomäus? Er wäre Stadtschreiber in Kapernaum. Vielleicht hätten sich Mattäus und er auch ohne mein Dazutun kennen gelernt., und wären Stammgäste im Haus der Delila. Wo mochte Judas Ischariot geblieben sein? Ich wusste so wenig von ihm. Ich kannte nicht einmal den Ort, aus dem er stammte.

Mir war klar, dass ich nicht nur Jeschuas Leben beeinflusst hatte. Auch die Schicksalswege meiner Freunde wären sicher anders verlaufen.

ARTICUS

DAS ENDE DES PROKURATORS

Ich habe fünf Jahre als zweiter Sekretär des Prokurators, Pontius Pilatus, in Judäa gearbeitet. Ich war Zeuge des ersten Prozesses gegen Jeschua vor dem Ausschluss der Priesterschaft und auch Zeuge des zweiten im Palast des Prokurators, dem Prätorium, in Jerusalem. Mir diktierte Pontius Pilatus seine Version des Prozessablaufs vor dem Prätorium, weil er selber nicht mehr in der Lage war, fünf zusammenhängende Worte zu schreiben. Er ließ mich eine Lügengeschichte niederschreiben, die den einzigen Zweck hatte, sein Verhalten in diesem Prozess in ein besseres Licht zu rücken. Ich las das Protokoll, das Arras, der Sekretär des Kaiphas, angefertigt hatte, bevor Pilatus es verbrannte. Es entsprach in jedem Punkt dem tatsächlich Geschehenen.

Pontius Pilatus litt schwer unter den Gerüchten, die sich nach dem Tod des Jeschua im Lande ausbreiteten. Er war völlig verunsichert. Einerseits glaubte er nicht an den Gott der Juden und an die Möglichkeit, dass dieser seinen leiblichen Sohn auf die Welt geschickt haben könnte, andererseits kamen ihm wieder beträchtliche Zweifel, ob nicht mehr hinter der Person dieses Jeschuas steckte, als seine Gegner behaupteten. Verstärkt wurden diese Zweifel durch das Verhalten seiner Gemahlin Claudia, die immer wieder behauptete, Jeschua wäre ihr im Traum erschienen und hätte schwere Vorwürfe gegen Pontius Pilatus erhoben.

Der Prokurator beauftragte mich, unauffällig Informationen über diesen Jeschua zu sammeln. Ich versuchte, die Mitarbeiter des Jeschua, Paulus, Mattäus, Jakobus und Bartholomäus ausfindig zu machen, aber sie waren wie vom Erdboden verschwunden.

Das Einzige, was ich in Erfahrung bringen konnte, war, dass es noch einen weiteren Mitarbeiter gegeben hatte, der sich allerdings schon vor der Reise nach Jerusalem abgesetzt hatte. Aber auch dieser Judas Ischariot war unauffindbar.

Pilatus zog sich immer mehr zurück. Er verließ Cäsaria nicht einmal mehr, um zum Laubhüttenfest nach Jerusalem zu reiten. Besucher empfing er gar nicht mehr. Selbst Herodes Antipas, der häufig versuchte, das Verhältnis zu Pilatus wieder zu kitten, musste ich unverrichteter Dinge fortschicken. Ganz selten verließ Pilatus sein Bett. Ich musste ihm sein Essen und die Post aus Rom in sein Schlafzimmer bringen. Briefe, auch wenn sie das Siegel des Kaisers trugen, warf er ungeöffnet in den Papierkorb. Seine Gemahlin Claudia war schon kurz nach der Kreuzigung des Jeschua nach Rom zurückgekehrt und lebte bei ihren Eltern. Ich hatte eigenmächtig einmal einen Brief an sie geschrieben, bekam aber nur ein kurzes Antwortschreiben ihres Vaters, der mir mitteilte, dass sich seine Tochter, obwohl noch lebend, von dieser Welt verabschiedet habe. Die Schuld für ihre offensichtliche geistige Verwirrung gab er ihrem Ehemann.

Pilatus baute auch körperlich schnell ab. Er bekam regelmäßig Fieberanfälle und hustete fast ununterbrochen. Meine Bitte, einen Arzt holen zu dürfen, lehnte er ab.

Der Palast in Cäsaria glich einem Tollhaus. Die Leibgarde des Prokuartors nahm die Wohn- und Essräume für sich in Anspruch. Die Legionäre bedienten sich im reichhaltigen Weinkeller und es verging kaum ein Abend, an dem nicht riesige Saufgelage in den kostbar ausgestatteten Räumen abgehalten wurden. Die Möbel und das Geschirr waren bald in erbarmungswürdigem Zustand. An manchem Morgen musste ich Berge von Scherben von den Dienern zusammenfegen lassen. Das Schwimmbad im Freien, einst der ganze Stolz des Pontius Pilatus, war total verdreckt und stank nach den verfaulten Essensresten, die die Soldaten dort hineinwarfen.

Jeden dritten Tag erschien anfänglich ein Abgesandter des Hohepriesters Kaiphas. Die Priesterschaft in Jerusalem merkte erst jetzt wie sehr sie auf den Schutz und die Unterstützung des Prokurators angewiesen war. Zwar empfing Pilatus auch diese Abgesandten nicht, aber ich nutzte die Gelegenheit, um mich über die Zustände in Jerusalem zu informieren. Die römische Legion, die dort stationiert war, hatte unter ihrem Führer, dem Hauptmann Cassius, längst die Kontrolle über die Stadt übernommen. Cassius regierte wie ein kleiner Provinzfürst und fand, besonders bei den zahlreichen anderen Nationalitäten, die in Jerusalem lebten, große Unterstützung. Cassius war ein Judenhasser und es machte ihm Freude, ihre religiösen Heiligtümer zu entweihen. Er ließ es zu, ja, er förderte es sogar, dass seine Legionäre im Tempel Ringkämpfe und andere Sportveranstaltungen durchführten. Vor dem Tempel hatten sich Würfelspieler, Gaukler und Geldwechsler breit gemacht und angetrunkene, grölende Soldaten belästigten und verhöhnten die Gläubigen. Kaiphas wagte es kaum noch seinen Palast zu verlassen. Wenn er es dennoch tat, dann nur, weil ihn Cassius ins Prätorium zitierte, um sich über ausstehende Steuerzahlungen zu beschweren.

Jerusalem, so berichteten Kaiphas Boten, verkomme in einem Meer von Schmutz und sündhaften Ausschreitungen.

Wenn ich Pilatus die Post oder das Essen brachte, versuchte ich, ihm diese Zustände zu schildern, aber er hörte mir nicht zu oder tat wenigstens so, als würde er nicht ein Wort von dem was ich sagte verstehen.

Ich überlegte, ob ich einen Brief an den Kaiser nach Rom schicken sollte, verwarf den Gedanken aber wieder, weil ich nicht zum Verräter werden wollte. Ich hatte einen Treueschwur ablegen müssen wie jeder römische Beamte, der einem Prokurator zugeteilt wurde. Und diesen hilflosen, häufig geistesabwesenden Mann in dem verdunkelten Schlafzimmer wollte ich nicht denunzieren.

Meine Gefühle für ihn bewegten sich ständig zwischen Mitleid und Verachtung. Leid tat mir dieser ehemals so mächtige Mann, auf den niemand mehr hörte, weil er nicht in der Lage war, sich richtig zu artikulieren. Verachtung empfand ich für ihn, wenn ich sein Lager von seiner Notdurft reinigte. Brutal und grausam hatte Pontius Pilatus über dieses Land geherrscht, ohne Rücksicht auf menschliche Tragödien, und dieser Despot lag in seinem eigenen Kot, weil er nicht die Kraft aufbrachte, sich von seinem Lager zu erheben. Leider hatten die Opfer seines Regimes nicht einmal die Genugtuung den Niedergang des Prokurators mitzuerleben. Vielleicht hätte es die Qualen, die sie durch ihn erlitten hatten, im Nachhinein etwas erleichtert.

Wir schreiben das Jahr 3809.

Vor drei Tagen fand ich Pontius Pilatus, den Prokurator für die römische Provinz Judäa, erhängt in seinem Schlafzimmer.

Möge Jupiter ihm gnädig sein.

SAULUS

DIE TRENNUNG VON JAKOBUS

Jakobus und ich ritten in der ersten Nacht nur einige Stadien. Es war stockfinster und wir befürchteten, dass eines unserer Pferde in ein Sandloch oder gegen einen größeren Stein treten könnte, und die Pferde waren unser kostbarster Besitz. Archelaos hatte an alles gedacht. Ein kleines Zelt gehörte ebenfalls zu unserer Ausrüstung. Es war nur drei Fuß hoch, aber es schützte gegen den Sand, den der Nachtwind vor sich hertrieb, und dessen feine Körner in Nasen-, Augen- und Ohrenhöhlen eindrangen. Wir hatten das Zelt gerade aufgebaut, als mich zum ersten Male die Symptome dieser merkwürdigen Krankheit befielen. Es begann damit, dass meine Bewegungsabläufe blockiert zu sein schienen. Ich konnte nur kleine, trippelnde Schritte unternehmen, und meine Arme und Hände zitterten völlig unkontrollierbar. Meine Rachenmuskeln verkrampften sich. Ich bekam Atemnot und Erstickungsanfälle. Heftige Fieberschübe folgten. Von Krämpfen geschüttelt fiel ich auf den Boden. Diese Krämpfe müssen gut drei Stunden angehalten haben, wie mir Jakobus später sagte. Ich war in eine tiefe Bewusstlosigkeit gefallen und konnte mich an nichts mehr erinnern, als ich wieder zu mir kam. Nur ein rötlicher Hautausschlag am Hals und im Gesicht erinnerten noch an den Anfall.

„Ich hatte Angst, du würdest sterben“, sagte Jakobus, der meinen Kopf in seinem Schoß hielt und mir mit einem Tuch die Schweißperlen von der Stirn wischte.

„Mir geht es gut“, beruhigte ich ihn. „Die Aufregungen der letzten Wochen hat mein Kopf vielleicht verarbeitet, aber für meinen Körper scheinen sie etwas zu viel gewesen zu sein.“

„Wir sollten in Sichem einen Arzt aufsuchen“, sagte Jakobus. „Der Bruder von Arras wird bestimmt einen kennen.“

„Warten wir ab, wie ich mich in Sichem fühle“, sagte ich. „Wir sollten mit so wenig Personen wie möglich Kontakt aufnehmen.

Als Jakobus mich am nächsten Morgen weckte, fühlte ich mich schon wesentlich besser. Auch der Hautausschlag war fast völlig verschwunden.

„Kannst du reiten“, fragte Jakobus besorgt.

„Schneller, als ein Engel fliegen kann“, sagte ich, gab meinem Pferd die Sporen und galoppierte so schnell davon, dass Jakobus Mühe hatte, mir zu folgen.

Nach zwei Tagesritten erreichten wir Sichem. Arras hatte einen genauen Plan gezeichnet, und wir hatten keine Mühe, das Haus seines Bruders zu finden. Ich übergab ihm den Brief, den Arras mir in die Hand gedrückt hatte. Er las ihn und bat uns hinein.

Markus war wesentlich älter als Arras. Er war ein überzeugter Gegner der Ehe und lebte allein in seinem geräumigen Haus.

„Ich kann waschen, putzen und kochen", sagte er. „Warum soll ich mir ein Weib ins Haus holen, dass sich über meinen Tabakqualm beschwert, meckert, wenn ich einen Becher Wein zu viel getrunken habe, oder reden will, wenn mir danach ist, den Sternenhimmel zu beobachten?"

Von seinen Kochkünsten konnten wir uns in den nächsten Tagen überzeugen. Er war ein Meister auf diesem Gebiet und ein angenehmer, zurückhaltender Gastgeber.

„Ihr seid auf der Flucht, nicht wahr", sagte er am zweiten Abend, als wir auf der Terrasse vor seinem Haus saßen.

Jakobus und ich wussten nicht, was in dem Brief stand, den Arras uns mitgegeben hatte. Markus sah uns an, dass wir überrascht waren.

„Arras hat es in dem Brief nicht erwähnt", beruhigte er uns. „Aber er schreibt, dass ich euch möglichst unbemerkt beherbergen soll. Wir sind zwar hier in Sichem tiefste Provinz, aber wir bekommen doch mit, was in der Welt geschieht. Ihr müsst mir keine Auskünfte geben. Ich glaube aber, dass ihr direkt oder indirekt mit den Ereignissen um diesen Jeschua in Verbindung zu bringen seid."

Ich sah keinen Grund, Markus nicht die Wahrheit zu sagen.

„Wir gehörten zum Kreis seiner Mitarbeiter", sagte ich.

„Das ist stark untertrieben", fügte Jakobus hinzu. „Saulus hat diesen Prediger erst zu dem gemacht, was er wurde. Ich habe ihm seine Predigten geschrieben, aber Saulus hatte die Gesamtleitung des Unternehmens."

„Dann steht also fest, dass es nicht der Messias war, den sie in Jerusalem verurteilt haben", sagte Markus. „Ich muss zugeben, dass ich manchmal selber geglaubt habe, dass sich die Verheißung endlich erfüllt hätte."

„Jeschua hat es zum Schluss selber geglaubt", sagte ich. „Und häufig überfallen auch mich Zweifel, ob dieser Mann nicht doch mehr war, als wir in ihm gesehen haben."

„Das meinst du doch nicht wirklich", sagte Jakobus. „Du hast dich von der Bewunderung seiner Anhänger anstecken lassen."

„Mag sein", sagte ich. „Aber du musst zugeben, dass es eine außergewöhnliche Persönlichkeit ist."

„Sicher", sagte Jakobus, „und ich bin auch davon überzeugt, dass diese Bewegung mit der Kreuzigung des Jeschua nicht beendet sein wird.

Märchenerzähler haben in unserem Land Tradition. Es wird genügend Leute geben, die neue Legenden um Jeschua erfinden werden. Sein Tod wird diese Erzählungen nur noch fördern. Er kann sich nicht mehr gegen die Phantasien wehren, und wir sind am besten beraten, wenn wir den Mund halten."

„Du solltest dir den Bart abnehmen“, sagte Markus zu mir. „Deine natürliche Haarfarbe kommt immer mehr zum Vorschein. Ein Mann mit dunklem Haar und blondem Bartwuchs fällt sofort jedem auf. Ich könnte mir vorstellen, dass diejenigen, die euch nicht gerne in Freiheit sehen, Denunzianten eine Art Kopfgeld anbieten werden, wenn sie euch verraten.“

Am nächsten Morgen rasierte ich mir den Bart ab.

„Ich werde in zwei Tagen nach Apollonia reisen“, sagte Markus. „Einen von euch könnte ich mitnehmen und auf einem Schiff unterbringen.“

„Jakobus wird mit dir reisen“, sagte ich, bevor der Freund überhaupt den Mund aufmachen konnte.

„Ich denke gar nicht daran“, sagte Jakobus. „Wir bleiben zusammen.“

„Ich will versuchen, in meine alte Heimat Kilikien zurückzukehren“, sagte ich. „Glaube mir, Jakobus, die Länder in Kleinasien sind nicht besonders reizvoll.“

„Ich kann dich nicht alleine lassen“, sagte Jakobus. „Wer soll dir helfen, wenn du wieder einen solchen Anfall bekommst?“

„Bist du krank“, fragte Markus mich besorgt.

„Unsinn“, sagte ich. „Die Spannungen der letzten Zeit haben einen Schwächeanfall hervorgerufen, aber die königliche Verköstigung in Deinem Haus hat mich wieder völlig gesund werden lassen.“

Auch wenn sich Jakobus noch weiter sträubte, ich bestand darauf, dass er mit Markus abreiste.

„Ich gebe dir die Adresse eines Freundes, der in Safed lebt“, sagte Jakobus beim Abschied. „Ein zuverlässiger, ehrlicher Mann, bei dem du jederzeit Unterschlupf finden kannst.“

Ich winkte Jakobus noch einmal zu, als er mit Markus davonritt. Ich konnte in diesem Augenblick nicht ahnen, dass wir uns zum letzten Mal sahen.

Zwar hatte Markus mich eindringlich gebeten, bis zu seiner Rückkehr in seinem Haus zu bleiben, aber ich hatte beschlossen, mich auch auf den Weg zu machen. Ich hatte Jakobus die fünfzig Denare mitgegeben, die mir Magdalena zugesteckt hatte. Mein erstes Ziel sollte Tabhgah sein. Im Garten des Fischers Simon musste die vergrabene Kiste Silberlinge noch liegen. Ein Vermögen, das mir meine weitere Flucht sicher sehr erleichtern würde.

Ich packte meine Sachen, holte mein Pferd aus dem Stall und verließ Sichem.

Vor dem Stadttor wartete ein Reiter.

„Wohin führt dich dein Weg, Fremder“, fragte er.

„Nach Galiläa“, antwortete ich. „Ich muss nach Nain.“

„Ich nach Megiddo“, sagte der Mann. „Wenn es dir recht ist, dann reiten wir bis zur Landesgrenze zusammen.“

„Es ist immer besser, wenn man in Begleitung reitet", sagte ich. „Woher kommst du?"

„Aus Jerusalem", antwortete er. „Ich hätte schon längst wieder bei meiner Familie sein sollen, aber ich wollte mir die Kreuzigung dieses Predigers nicht entgehen lassen."

„Man hat ihn schon gekreuzigt", fragte ich und spürte, dass meine Stimme bei dieser Frage zitterte.

„Vor zwei Tagen", sagte der Fremde. „Es war ein riesiges Volksfest. Schon auf dem Weg nach Golgatha säumten Hunderte von Zuschauern die Straße. Die Legionäre hatten diesem Jeschua eine Dornenkrone aufgesetzt und ließen ihn das Kreuz selber tragen, an das sie ihn später nagelten. Die Menschen am Straßenrand sind auf die Knie gefallen und haben gerufen: „Heil dir, du König der Juden." Dann sind sie in lautes Gelächter ausgebrochen und haben mit Steinen nach ihm geworfen. Auf der Schädelhöhe warteten mindestens fünftausend Leute auf die Ankunft des Predigers. Man hatte schon zwei andere Verbrecher ans Kreuz genagelt. Nur das mittlere war noch frei. Das hatten sie für diesen Jeschua reserviert. Ich stand höchstens zwanzig Fuß entfernt, als die Legionäre ihn annagelten."

„Hat er noch irgend etwas gesagt", fragte ich.

„Der Prediger", fragte der Mann zurück.

„Ja", sagte ich.

„Er rief. Eli, Eli, lema sabachtani, als die Legionäre das Kreuz hochzogen", sagte mein Begleiter.

Mein Gott, mein Gott, warum hast du mich verlassen, waren also Jeschuas letzten Worte, dachte ich. Der fremde Reiter legte mein Schweigen anders aus.

„Du darfst nicht glauben, dass es mir Spaß gemacht hat, diese Grausamkeiten mitzuerleben", sagte er. „Aber dieser Jeschua war ja schon bekannter, als Herodes oder der Hohepriester. So ein Ereignis wie seine Kreuzigung erlebt man nur alle hundert Jahre."

„Weißt du, wie lange er am Kreuz hängen bleiben musste", fragte ich den Mann.

„Nach neun Stunden muss er erlöst worden sein", sagte der Fremde. „Ich denke es mir deshalb, weil nach dieser Zeit die Menschenmenge in die Stadt zurückströmte. Es kann allerdings auch sein, dass sie ein furchtbares Gewitter vertrieben hat. Es war von einem Augenblick auf den anderen stockfinster geworden. Der Himmel hatte sämtliche Schleusen geöffnet, und ich habe selten so schnell aufeinander folgende Blitze erlebt. Diejenigen, die am lautesten „Kreuzigt ihn" gerufen hatten, legten das schon wieder als Zeichen des Himmels aus, mit dem der Allmächtige sein Missfallen über diese Verurteilung ausdrücken wollte."

„Wir sind schon ein merkwürdiges Volk", sagte ich. „Liebe und Hass wechseln sich ständig ab, und beide Gefühle werden bis zum Exzeß ausgelebt."

Jeschua war also seinen Weg bis zum bitteren Ende gegangen. Ich hoffte, dass der unerschütterliche Glaube an seine Mission ihm die Kraft gegeben hat, diese Leiden zu ertragen. Bestimmt hätte sein Leben einen ganz anderen Verlauf genommen, wenn wir uns damals in Kapernaum nicht getroffen hätten. Vielleicht hätte er mit Rachel längst Kinder und würde wicder als Zimmermann arbeiten. Aber unser aller Schicksal scheint vorbestimmt zu sein, und wir haben wenig Chancen, uns dagegen zu wehren.

An der Landesgrenze von Galiläa trennte ich mich von dem fremden Reiter.

JAKOBUS

AUF DEM WEG NACH APOLLONIA

Ich habe Saulus ungern verlassen. Aber sicher war es vernünftiger und die Erfolgsaussichten wären größer, wenn wir getrennt versuchten, das Land zu verlassen. Kaiphas würde überall nach uns fahnden lassen, und wir brachten so hilfreiche Menschen wie Markus nur in unnötige Gefahren, weil man mit Sicherheit jeden, der uns auf der Flucht helfen würde, zur Rechenschaft ziehen würde.

Markus und ich übernachteten in einer Herberge, die nur wenige Stadien vor Apollonia am Weg lag. Er war hier bekannt, weil er immer in diesem Haus Station machte. Die Hafenstadt war von Sichem aus nicht an einem Tag zu erreichen. Wir aßen Käse und Oliven und tranken einen Krug Wein.

„Ein edler, griechischer Tropfen", sagte der Wirt, als er uns einschenkte.

Als wir unsere Kammern aufsuchen wollten, hielt mich der Wirt zurück.

„Ich lade euch noch auf einen Becher ein", sagte er.

„Danke. Aber ich bin müde", antwortete ich.

Markus war weitergegangen, und der Wirt und ich waren die Einzigen, die sich noch im Gastraum befanden. Ich war noch nicht ganz an der Tür, da begann der Wirt wieder zu sprechen.

„Ich könnte euch Dinge erzählen, die euch interessieren würden", sagte der Wirt geheimnisvoll.

Ich blieb neugierig stehen.

„Was könnten das für Dinge sein", fragte ich.

„Gestern prahlte ein völlig betrunkener Mann, von dem wir alle wissen, dass er ein Spitzel des Hohepriesters ist, damit, dass er sich hundert Denare verdienen würde, wenn er einen von den Mitarbeitern des Jeschua fangen würde. Auf die Ergreifung des Paulus wären sogar fünfhundert Denare ausgesetzt", sagte der Wirt.

„Und warum glaubst du, dass mich das interessiert", fragte ich beiläufig.

„Vor gut drei Wochen haben zwei Männer bei mir übernachtet", sagte der Mann. „Wenn ich die Beschreibungen richtig im Kopf habe, dann waren das Bartholomäus und Mattäus."

Er sah mich triumphierend an.

„Die Namen sagen mir nichts", sagte ich gleichgültig. Ich versuchte, so uninteressiert wie möglich zu erscheinen.

„Ach nein", grinste der Wirt. „Gut, dann spare ich eben den Becher Wein, den ich euch ausgeben wollte."

„Versprochen ist versprochen", sagte ich. „Ich bin ein neugieriger Mensch. Erzähle mir diese Geschichte ruhig weiter."

Der Wirt schenkte uns zwei Becher Wein ein und ging zu einem der Tische.

„Setzen wir uns", sagte er. „Im Sitzen plaudert es sich besser."

„Ich gebe zu", sagte ich, als ich mich zu ihm an den Tisch setzte, „dass ich diese Namen schon gehört habe. Das ganze Land spricht ja von diesen Leuten. Aber ich kenne nur diesen Jeschua und den Paulus, der angeblich dieses Unternehmen geleitet haben soll."

„Nur das Unternehmen geleitet", sagte der Wirt lächelnd. „Der Paulus ist ein Religionsstifter. Er behauptet, dass der Allmächtige seinen Sohn auf die Erde gesandt habe."

„Du meinst diesen Jeschua, den sie in Jerusalem kreuzigen wollen", fragte ich.

„Was heißt wollen", sagte der Wirt. „Sie haben ihn bereits gekreuzigt."

„Bist du sicher", fragte ich.

„Aber ja", sagte der Mann, „der betrunkene Spitzel konnte es nicht oft genug wiederholen. Er wäre angeblich sogar dabei gewesen, log der Prahler."

„Dann ist die Geschichte vorbei", sagte ich. „Warum will man seine Mitarbeiter gefangen nehmen?"

„Das wissen Gott, Kaiphas und die Römer", sagte der Wirt verschmitzt. „Ich jedenfalls habe nicht mit einem Wort erwähnt, dass Mattäus und Bartholomäus auf dem Weg nach Apollonia sind. So hoch kann ein Kopfgeld gar nicht sein, dass ich der Priesterschaft einen Gefallen tun würde."

„Weißt du, wohin sie von Apollonia aus gereist sind", fragte ich.

„Mit Bestimmtheit nicht", sagte der Wirt, „aber wenn meine Informationen richtig sind, dann ist Bartholomäus schon in Rom, und Mattäus müsste in ein paar Tagen in Griechenland ankommen."

„Du bist ein aufrechter Mann", sagte ich, „und deine Erzählung war nicht uninteressant, aber ich habe morgen einen anstrengenden Tag und muss ins Bett."

„Das verstehe ich", sagte der Wirt.

Ich stand auf und gab ihm die Hand.

„Gute Nacht", sagte ich und ging zur Tür.

„Ihr werdet bei mir schlafen wie in Abrahams Schoß", sagte der Wirt lächelnd. „Ich wünsche euch ebenfalls eine Gute Nacht, Jakobus."

Er stand auf und begann damit, die Kerzen auf den Tischen auszublasen. Ich blieb unschlüssig an der Tür stehen.

Ich überlegte fieberhaft, ob ich ihm trauen konnte. Was würde sein, wenn der die Polizei verständigen oder diesen Spitzel benachrichtigen würde? Aber dann dachte ich mir, dass er es nicht nötig gehabt hätte, sich mit mir zu unterhalten. Wenn es seine Absicht wäre, mich zu verraten, dann hätte er dies sofort tun können. Der Wirt schien zu erraten, was in meinem Kopf vorging.

„Ihr könnt mir vertrauen", sagte er und lächelte mich freundlich an.

Ich hatte sowieso keine andere Wahl. Beruhigt legte ich mich auf mein Lager. Meine Menschenkenntnis hatte mich selten im Stich gelassen.

In Apollonia gab es nur ein Schiff, das Indien als Reiseziel hatte.

„Was soll ich in Indien", fragte ich Markus. „Ich kann weder die Sprache, noch weiß ich etwas über dieses Land."

„Du sollst ja nicht dein ganzes Leben dort verbringen", sagte Markus. „In ein paar Jahren wird sich die Situation beruhigt haben. Dann kommst du wieder nach Palästina zurück."

„Bartholomäus ist in Rom, Mattäus wahrscheinlich in Griechenland", sagte ich. „Wenn ich in eines dieser Länder fahren würde, hätte ich wenigstens schon eine Kontaktperson."

„Und du müsstest fast eine Woche in Apollonia bleiben", sagte Markus. „Saulus wird mich prügeln, wenn ich das zulasse."

Am nächsten Tag betrat ich zum ersten Mal in meinem Leben die Planken eines großen Segelschiffes. Der Kapitän hatte mich als Gehilfe des Schiffskochs angeheuert. Aber der Mann hatte nicht viel von meiner Arbeitskraft. Ich war während des ganzen Verlaufs der Reise seekrank und nicht fähig, auch nur die kleinsten Handreichungen durchzuführen. Ich lag entweder wie ein Häufchen Elend in meiner Kajüte, oder ich stand an der Reling und fütterte die Fische mit dem, was mich der Koch gezwungen hatte zu mir zu nehmen.

Die Winde waren ungünstig auf unserer Fahrt und es dauerte drei Monate, bis wir unser Ziel erreicht hatten. Ich war ein dürrer, ausgemergelter Mann, als ich im Hafen von Bombay zum ersten Mal wieder festen Boden unter den Füßen hatte.

SAULUS

DIE FESTNAHME

Es war ein Zufall, dass ich Simon, den Vetter von Jakobus, schon eine Stadie vor Tabhgah traf. Simon hatte Fische nach Tiberias gebracht. Dort hatte er auch alle Neuigkeiten erfahren, und er wusste über die Ereignisse in Jerusalem gut Bescheid.

„Wo ist Jakobus“, fragte er mich nach der herzlichen Begrüßung.

„Ich hoffe, schon auf einem Schiff nach Rom“, sagte ich.

Ich erzählte ihm in allen Einzelheiten, was sich in der letzten Zeit abgespielt hatte.

„Kann ich bei dir übernachten“, fragte ich Simon dann.

„Du kannst drei Jahre bei mir wohnen“, sagte er. „Ich werde dir den Fischfang beibringen, und wenn du Talent zeigst, bauen wir dir irgendwann ein eigenes Boot.“

„Ich will zu meinen Eltern nach Tarsos“, sagte ich. „Aber trotzdem vielen Dank für dein Angebot.“

Am Abend versammelten sich alle Einwohner von Tabhgah am Ufer des See Genezareth, und ich musste noch einmal über alles berichten, was sich nach unserer damaligen Abreise ereignet hatte.

Als ich mit Simon und seiner Frau zu ihrem Haus zurückging, sagte ich: „Ich will mich noch einen Augenblick in den Garten setzen.“

„Wenn du dort etwas suchen solltest“, sagte Simon. „Dann wirst du nur ein schwarzes Loch vorfinden.“

„Ich verstehe nicht, was du meinst“, sagte ich.

„Ich habe zufällig gesehen, wie du bei Deinem ersten Aufenthalt mit Judas Ischariot eine Kiste im Garten vergraben hast“, sagte Simon. „Ich habe nicht einmal nachgeschaut, welchen Inhalt sie hatte. Aber dein treuer Mitarbeiter war vor gut zwei Monaten hier und hat sie ausgegraben.“

„Judas war hier“, fragte ich überrascht.

„Ja“, sagte Simon. „Er hat mir erzählt, dass ihr euch auf der Flucht befindet. Er wollte nur eine Nacht hier schlafen. Als er am nächsten Morgen verschwunden war, und ich das Loch im Garten gesehen habe, wusste ich natürlich, warum er zu mir gekommen war.“

„Die Kiste war voller Silberlinge“, sagte ich.

„Dann hoffe ich, dass du weißt, wo er sich aufhält“, sagte Simon. „Sicher habt ihr euch irgendwo verabredet.“

„Leider nicht“, sagte ich resignierend.

„Und was nun“, fragte Simon, der mir meine Enttäuschung ansah.

„Ich habe noch drei Denare in der Tasche", sagte ich. „Damit werde ich nicht sehr weit kommen."

„Ich würde dir gerne etwas leihen", sagte Jakobus' Vetter, „aber von dem Erlös des Verkaufs in Tiberias muss ich neue Netze kaufen. Die alten sind so zerrissen, dass ich sie nicht mehr flicken kann."

Ich wusste, dass Simon mir wirklich geholfen hätte, wenn er dazu in der Lage gewesen wäre. Was sollte ich nun tun? Der einzige Besitz, den ich hatte, war mein Pferd. Und das gehörte eigentlich auch Archelaos' Vater. Dreißig Denare würde ich schon für die Stute bekommen, aber ohne Pferd sanken meine Aussichten, Kilikien je zu erreichen, auf null. Dann fiel mir Delila ein. Wir waren für sie mehr als nur Kunden gewesen, während unserer Zeit in Kapernaum. Es hatte sich eine Freundschaft entwickelt, was Magdalenas Hilfe in Jerusalem ja auch bewiesen hatte. Delila würde mir sicher weiterhelfen. Auf jeden Fall war sie eine schlaue Person, die sicher gute Ratschläge parat hätte.

Mit einem Korb getrockneter Fische, Brot und Feigen, den mir Simons Frau in die Hand drückte, machte ich mich am nächsten Tag auf die Weiterreise. Bei der ersten Rast entdeckte ich eine kleine Schachtel auf dem Boden des Korbes. Ich öffnete sie. Simon hatte fünf Denare von seinem spärlichen Einnahmen abgezweigt, um sie mir mitzugeben. Was hätte ich in den letzten Wochen nur gemacht, wenn ich nicht ständig hilfsbereite Menschen getroffen hätte?

Ich band mein Pferd an einer kleinen Palme fest, die gut hundert Fuß vom Haus der Delila stand. Aufmerksam beobachtete ich das Haus. Es hätte ja sein können, dass die Schwestern Besucher empfangen hatten. Zwar waren keine Pferde zu sehen, aber auch wir hatten uns oft nicht gescheut, den langen Fußweg aus der Stadt anzutreten. Es mochte gut eine Stunde vergangen sein, als Sarah, die jüngste Schwester, vor die Tür trat. Sie sah mein Pferd und kam auf mich zu. Sicher dachte sie, dass ein neuer Kunde seine Schüchternheit nicht überwinden konnte und sich nicht traute, das Haus zu betreten. Als sie mich erkannte, kam sie mit schnellen Schritten näher und fiel mir in die Arme.

„Magdalena hat einen Brief aus Jerusalem geschickt", sagte sie atemlos. „Wir wissen über alles Bescheid. Geh ins Haus. Ich werde dein Pferd in den Stall bringen."

Auch Delila umarmte mich freudig, als ich den Wohnraum betrat.

„Es war eine gute Idee von dir, zu uns zu kommen", sagte sie. „Eine innere Eingebung hatte mir schon verraten, dass du dich hier blicken läßt."

Sarah kam zu uns.

„Hast du das Pferd geklaut", fragte sie, „oder hast du dir ein eigenes Brandzeichen zugelegt?"

Ich erzählte den Schwestern von meiner Flucht aus Jerusalem, von der Unterstützung durch Arras, Archelaos und Magdalena, von Judas' Diebstahl der Kiste, die wir vergraben hatten und von meiner Absicht, in meine alte Heimat zurückzukehren.

„Diesen Judas konnte ich nie leiden", sagte Sarah. „Irgendwie hatte er etwas Verschlagenes an sich."

„Man darf ihn nicht verurteilen", sagte ich. „Er konnte davon ausgehen, dass wir Jerusalem nicht lebend verlassen würden. Und wenn doch, dann nahm er vielleicht an, dass wir uns das Geld teilen würden, das wir im doppelten Boden des Planwagens versteckt hatten."

„Typisch Paulus", sagte Delila. „Er versucht immer alles zu entschuldigen."

„Wir haben auch eine Neuigkeit für dich", sagte Sarah. „Dein Freund Archelaos ist auf dem Weg nach Rom. Dreimal darfst du raten, wer ihn begleitet."

„Ich habe nicht die geringste Ahnung", sagte ich lachend.

„Magdalena ist ebenfalls auf dem Schiff", sagte Delila. „Archelaos hatte sich vom ersten Augenblick unsterblich in sie verliebt. Er hat sich nur zurückgehalten, weil er dir die Freundin nicht ausspannen wollte. Magdalena hat ihm ihre Vergangenheit bis ins kleinste Detail erzählt, aber er meinte nur, dass ihn das nicht interessieren würde."

„Ich wünsche ihnen alle Glück dieser Welt", sagte ich.

„Du bleibst selbstverständlich bei uns", sagte Sarah. „Wir haben einige Ersparnisse, von denen wir uns leichten Herzens trennen können, aber nur, wenn du für einige Zeit unser Gast bleibst."

„Und wie wollt ihr euren Besuchern meine Anwesenheit erklären", fragte ich.

„Wir machen Ferien", sagte Delila. „Die haben wir uns schon lange verdient."

„Ich male ein Schild „Wegen Überfüllung geschlossen" und stelle es vorne an der Straße auf", lachte Sarah.

Die nächsten Tage waren ein Leben im Paradies. Die Schwestern verwöhnten mich auf jedem Gebiet. Es fehlte eigentlich nur noch, dass sie mich auch wuschen oder rasierten. Es stellte sich schnell heraus, wie wichtig mein Verbleiben war. Nach ungefähr einer Woche bekam ich einen zweiten Anfall. Nicht auszudenken, wenn mir das irgendwo unterwegs passiert wäre. Delila und Sarah versorgten mich liebevoll, und obwohl ich eindringlich darum bat, keinen Arzt zu holen, brachten sie am nächsten Tag einen aus der Stadt mit. Der Mann untersuchte mich gründlich, konnte aber nicht erklären, was die Ursache für diese Anfälle sein könnte. Bis auf ein paar blasse, rote Flecken, wies auch nichts mehr auf den Anfall hin. Die anderen Begleitumstände konnte ihm Delila nur schildern.

„So ein Schwächeanfall kann seelische Ursachen haben", sagte der Arzt. „Gibt es irgend welche Probleme, die dich belasten?"

„Im Gegenteil", log ich. „Ich führe ein wunderbares Leben."

Für den Moment traf der letzte Satz ja auch zu.

„Du musst auf jeden Fall einige Tage das Bett hüten“, sagte er. „Keine Ausritte und keine anderen körperlichen Anstrengungen.“

Delila und Sarah begleiteten den Arzt in die Stadt zurück. Sie wollten noch Einkäufe für die nächsten Tage tätigen. Es war knapp eine halbe Stunde vergangen, als ich das Geräusch von galoppierenden Pferden hörte. Direkt vor dem Haus hielten die Reiter an. Ein Söldnerhauptmann, in Begleitung zweier Männer, stieß die Tür auf. Sie hatten ihre Schwerter gezückt und blieben kurz vor dem Sofa stehen, auf dem ich ruhte.

„Du bist Paulus von Beth Shean“, sagte der Söldnerhauptmann in einem Ton, der keinen Widerspruch duldete.

„Ich bin Saulus von Tarsos“, antwortete ich. „Die Besitzerin dieses Hauses kann es euch bestätigen.“

Mir fiel ein, dass ich Delila nie meinen richtigen Namen gesagt hatte. Aber nun war es zu spät.

„Spare dir deine Lügen“, sagte der Mann. „Der Arzt hat dich sofort erkannt, und auch ich finde, dass du haargenau zu der Beschreibung passt, die wir von dir bekommen haben.“

Der Arzt hatte mich also verraten. Mir war klar, dass Delila und Sarah nichts mit dem Aufkreuzen dieser Männer zu tun hatten. Sie wären beide zu einer solchen Tat nicht fähig.

„Ich habe nicht gelogen“, sagte ich und erhob mich. „Ich bin Saulus, aber man hat mir später den Namen Paulus gegeben. Sollt ihr mich nach Jerusalem bringen?“

„Jerusalem“, höhnte der Hauptmann. „Was sollen wir in Jerusalem? Der Landesfürst wünscht dich in Tiberias zu sehen. Hast du ein Pferd?“

„Die dunkelbraune Stute im Stall“, sagte ich.

Was wollte Herodes Antipas von mir, überlegte ich. Wollte er mich als Druckmittel gegen Kaiphas und Pontius Pilatus in der Hand behalten? Oder wollte er mich aus dem Weg räumen, damit es keinen Zeugen gab, der aussagen konnte, dass er die Idee des Hohepriesters unterstützt hatte?

Vor der Tür warteten noch sechs weitere Söldner. Man setzte mich auf mein Pferd, band meine Füße unter dem Pferdebauch zusammen, und einer der Männer befestigte ein Seil an meinem Sattel und das andere Ende an seinem eigenen. Weder der Hauptmann noch einer seiner Männer wechselten auf dem Ritt nach Tiberias ein Wort mit mir. Sie warfen mir nur immer wieder Blicke zu. Sie waren stolz darauf, dass sie es waren, die den Gesuchten gefunden hatten und hofften sicher auf eine größere Belohnung.

Wir saßen achtzehn Stunden im Sattel, bis wir endlich Tiberias erreicht hatten. Am Tor des königlichen Palastes sprach der Söldnerhauptmann kurz mit einem der Wachposten und wir durften in den Hof hinein reiten.

Der Hauptmann verschwand im Palast. Kurze Zeit später kamen mehrere Leibwächter des Landesfürsten, banden mich los und führten mich in einen Raum, der in einem der Seitenflügel lag. Die Gitter vor dem Fenster verrieten mir, dass ich mich nicht als freiwilliger Besucher im Palast des Herodes Antipas befand.

Ein hünenhafter Wächter bezog Posten vor der Tür. Ich konnte das quietschende Geräusch hören, mit dem er den Riegel vorschob. Nach wenigen Minuten ließ sich das Geräusch wieder vernehmen. Die Tür öffnete sich, und ein Sklave brachte mir Wein und Speisen auf einem Tablett in den Raum. Alles erinnerte mich an die Tage im Hause des Hohepriesters. Der Sklave sprach kein Wort, aber an seinen Blicken konnte ich erkennen, dass er Mitleid mit mir hatte.

„Raus mit dir, Achmed“, knurrte ihn der riesige Wächter an, als er das Tablett abgestellt hatte.

Gemeinsam verließen sie den Raum, und die Tür wurde wieder verriegelt.

Für mich selber überraschend, hatte ich keine Angstgefühle. Ich musste seit einigen Wochen damit rechnen, dass mein Leben bedroht war. Mich würde man mit Sicherheit nicht ans Kreuz schlagen, sondern in einem Hinterhof enthaupten, um kein größeres Aufsehen zu erregen. Ein kurzer Schwerthieb und alles wäre vorbei. Es gab nur wenige Wünsche, die ich noch hatte. Ich hätte meine Eltern und Geschwister gerne noch einmal in die Arme geschlossen, und ich hätte viel darum gegeben, noch einmal eine Nacht mit Ruth zu verbringen. Ich war zwar gerade erst vierundzwanzig Jahre alt geworden, aber ich hatte in dieser Zeit mehr erlebt, als mancher Sechzigjährige. Sollten sie mit mir machen, was sie wollten. Ich würde mich gegen mein Schicksal nicht auflehnen. Wer weiß, welche unerkannte Krankheit sich in meinem Körper verbarg. Vielleicht war es eine Gnade für mich, dass ich nicht mehr erfahren sollte, ob diese Anfälle eines Tages zu einem wesentlich qualvolleren Tod führen würden. Wie oft hatte Jeschua gepredigt, dass Gottes Wille geschehe. Nun würde es eben auch sein Wille sein, dass ich mich von dieser Erde verabschiedete.

In den nächsten Tagen geschah allerdings nichts. Achmed brachte mir das Essen und räumte das benutzte Geschirr ab. Er betrat den Raum jetzt schon mit einem Gruß und der hünenhafte Wächter, der im gleichbleibendem Rhythmus von einem dicken, ständig schwitzenden Kollegen abgelöst wurde, ließ Achmed gewähren.

Verhungern lassen will Herodes mich nicht, dachte ich. Das Essen war reichhaltig und schmackhaft. Aber jede Mahlzeit konnte auch meine Henkersmahlzeit sein. Jedenfalls würde ich mit vollem Magen sterben. An manchen Tagen hörte ich die Kommandostimme eines Hauptmanns und die lauten Schritte seiner Männer, die exerzieren mussten. Vielleicht übten sie für die Stunde meiner Hinrichtung.

In mir hatte sich eine ungeheure Gleichgültigkeit breit gemacht. Mir war es wesentlicher, dass die Tauben gut durchgebraten waren, die Achmed mir servierte, als an mein Ende zu denken. Ich schlief jede Nacht traumlos, jedenfalls erinnerte ich mich nach dem Aufwachen an keinen Traum. Wenn ich mich nach der Mittagsmahlzeit auf meinem Lager ausruhte, dann dachte ich viel an Jakobus, der mir wie ein Bruder nahe stand, und an Archelaos, dem ich wünschte, dass er in Rom das Leben vorfinden würde, das er sich so viele Jahre in Jerusalem erhofft hatte.

JUDAS ISCHARIOT

DAS FEST DES KAPITÄNS

Mein Schwiegervater hatte eine lange Reise hinter sich. Er war mit seinem Schiff nach Korinth gesegelt, wo er judäisches Leinen auslud, und dann mit einer Ladung griechischen Weins nach Ostia, das vor der Küste Roms lag, ausgelaufen. Fast vier Monate hatte es gedauert, bis er wieder in Zypern ankam. Seine Frau hatte ein großes Fest ausgerichtet, um seine Ankunft gebührend zu feiern. Natürlich waren Sana, meine Gemahlin, und ich auch eingeladen. Der Kapitän erzählte die abenteuerlichsten Geschichten. In Griechenland und im römischen Reich würden die christlichen Gemeinden wie Pilze aus dem Boden schießen. In Rom wäre einer der Jünger des Jeschuas fast schon so weit, den Kaiser zur Anerkennung der neuen Religion bewegen zu können.

„Was heißt Jünger des Jeschua", fragte ich meinen Schwiegervater.

„Ich kann dir nur erzählen, was ich gehört habe", antwortete er. „Der Jeschua soll zwölf Jünger gehabt haben, die den Auftrag hatten, nach seinem Tod seine Lehren zu verbreiten. Der vertrauteste von ihnen sei er gewesen, behauptet der, der in Griechenland arbeitet. Er heißt Mattäus. Aber der in Rom, er nennt sich Petrus, behauptet ebenfalls, er hätte diesem Jeschua am nächsten gestanden."

Bei diesem Petrus kann es sich nur um Bartholomäus handeln, dachte ich. Nur Mattäus und ihm traute ich zu, aus ihrer Vergangenheit Kapital zu schlagen.

„Dem Kaiser wird keine andere Wahl bleiben, als diese Religion anzuerkennen", sagte ein zypriotischer Holzhändler, der sich schon seit längerer Zeit öffentlich zum christlichen Glauben bekannte. „Wir werden einmal die stärkste religiöse Kraft der gesamten Erde werden. Unser Glaube ist der einzig wahre Glaube."

„Das behauptet jede Religion von sich", warf ich ein. „Diese Frage kann nur Gott beantworten, und der hüllt sich in Schweigen."

„Gott hat gesprochen", sagte der Mann. „Es gibt schriftliche Aussagen, die die Gespräche zwischen Jeschua und dem Allmächtigen belegen."

„Von solchen Dokumenten habe ich gehört", sagte der Kapitän.

„Einige Tage vor seinem Tod bekam der Jünger Mattäus sie von ihm", fuhr der Holzhändler fort.

„Einige Tage vor dem Tod des Jeschua muss dieser Mattäus schon geflohen sein", sagte ich. „Ich war zu der Zeit in Judäa. Die Römer wollten auch die Mitarbeiter des Jeschua töten. Das wusste jeder im Land."

„Kein Jünger ist in ihre Hände gefallen", sagte der Holzhändler. „Petrus hat drei Tage am Fuß des Kreuzes gebetet. Es wäre ein Leichtes gewesen, ihn zu verhaften. Aber auch die Ungläubigen spürten, dass Gottes Sohn seine schützende Hand über ihn hielt."

Sie waren also alle entkommen, dachte ich. Hatten sie den Planwagen, in dessen doppeltem Boden ein vermögen lag, mitnehmen können? Wenn ja, dann würde es ihnen nicht schlechter gehen, als mir heute. Aber warum setzten sich Bartholomäus und Mattäus der Gefahr der Verfolgung aus und gründeten christliche Gemeinden, wenn nicht aus materiellem Interesse. Hatten sie nur ihr Leben retten können, dann wäre Paulus bestimmt längst im Garten des Simon gewesen und nach der vergrabenen Kiste gesucht.

Mein Schwiegervater unterbrach meine Gedanken.

„Wir Araber haben Propheten, die auch die Ankunft eines Gottes verkünden“, sagte er. „Wir werden nicht so dumm sein und ihn ans Kreuz schlagen. Glaube, dann wird man auch an dich glauben, sagt ein arabisches Sprichwort.“

„Jeschuas Tod war vorausbestimmt“, sagte der Holzhändler. „Gott hat ihn den Menschen geopfert, um sie von ihren Sünden zu befreien.“

„Warum bedurfte das eines Opfers“, fragte ich. „Hätte Gott nicht einfach eine generelle Begnadigung erlassen können?“

„Der Allmächtige weiß, dass die Menschen Zeichen brauchen, die sie erkennen können“, sagte der Mann. „Warum glaubst du, hat er seinen Sohn an die hundert Wunder vollbringen lassen?“

„Ich weiß nur von einer Hand voll Wundern“, sagte ich unvorsichtigerweise, aber der Mann legte meine Worte anders aus.

„Weil du nicht dabei gewesen bist“, sagte er geduldig. „Seine Jünger aber haben jedes Wunder hautnah miterlebt.“

„Mattäus soll sogar selbst einige vollbracht haben“, mischte sich mein Schwiegervater wieder ein. „Jedenfalls erzählt man sich das in Korinth.“

„Warum bist du diesem neuen Glauben beigetreten“, fragte ich den Holzhändler. „Warst du mit deinen griechischen Göttern unzufrieden?“

„Ich habe an sie geglaubt, weil ich so erzogen worden bin“, antwortete der Mann. „Aber als ich zum ersten Mal einem Prediger bei einer Versammlung der Christen hier auf der Insel zugehört hatte, wusste ich, dass es nur den einen Gott und Christus, seinen Sohn, geben konnte. Warum, dass kann ich dir mit dem Verstand nicht beantworten. Es war eine innere Eingebung.“

Meine Schwiegermutter beendete das Gespräch.

„Ich habe keine Musikkapelle engagiert, damit ihr hier über Glaubensfragen diskutiert“, sagte sie. „Wer in einer Minute nicht auf der Tanzfläche erscheint, muss das Fest verlassen.“

„Bin ich eigentlich Jüdin, weil ich dich geheiratet habe“, fragte mich Sana, als ich sie beim Tanzen im Arm hielt.

„Du bist meine Frau“, sagte ich. „Für mich ist das mehr wert, als jede Religion dieser Welt.“

Sana lächelte glücklich und schmiegte sich noch näher an mich.

Wann immer ich meinen Schwiegervater in den nächsten tagen traf, versuchte ich, mehr von ihm über diese angeblichen Jünger des Jeschua zu erfahren.

„Fiel irgendwann auch mal der Name Paulus“, fragte ich ihn.

„Es fielen so viele Namen“, antwortete er. „Ich habe sie mir nicht alle merken können. Einer hieß jedenfalls auch Judas wie du.“

„Judas heißt jeder zweite Mann in Palästina“, sagte ich. „Was bei euch der Vorname Ali ist, ist bei uns Judas.“

„Eines verstehe ich nicht“, sagte der Großvater meiner Kinder. „Die Christen werden verfolgt und mit dem Tode bestraft, wenn sie sich zu ihrem Glauben bekennen. Warum verleugnen sie ihn trotzdem nicht?“

„Sie müssen Fanatiker sein“, sagte ich. „Fanatiker sterben lieber, bevor sie ihre Meinung ändern.“

Ich musste an Jeschua denken, der sich auch nicht anders verhalten hatte. Diese sture Unbeirrtheit, mit der er seinen Standpunkt vertrat, nötigte mir allerdings keinen Respekt ab. Ich glaube, dass er aus purer Eitelkeit an seiner angeblichen Mission festhielt, weil er auf die Verehrung und Bewunderung der Massen nicht mehr verzichten wollte. Und dieser neuen, christlichen Bewegung, gebe ich keine Überlebenschancen. Auch wenn es Bartholomäus und Mattäus, eventuell Paulus und Jakobus in anderen Teilen der Erde, gelingen sollte, die Erinnerung an Jeschua wach zu halten, eine nachfolgende Generation würde sich für diese Glaubensrichtung nicht mehr interessieren.

SAULUS

GEFANGENER IN TIBERIAS

Nichts geschah in den nächsten Tagen. Ich hatte aufgehört, mitzuzählen, wie lange ich schon in diesem Raum war. Bisher hatte mir Achmed morgens eine Schüssel mit kaltem und eine mit warmen Wasser ins Zimmer gebracht, damit ich mich waschen konnte. An diesem Tag schleppten zwei weitere Sklaven einen Badezuber in meine Unterkunft. Ich konnte mich endlich einmal von Kopf bis Fuß reinigen. Eine Tunika lag bereit, die mir passte, als wäre sie für mich angefertigt. Ich fühlte mich wie neugeboren, als mich der hünenhafte Leibwächter aufforderte, ihn zu begleiten. Er führte mich durch eine lange Reihe von Gängen, in denen überall griechische Statuen aufgestellt waren. Jeder wusste, dass Herodes Antipas ein Anhänger der hellinistischen Architektur war. Schon bei unserer Ankunft in Tiberias, hatte ich gesehen, dass das Stadtbild aussah, als wäre man in Athen. Ich war zwar noch nie in Griechenland, aber in den Büchern meiner Mutter hatte ich viele Zeichnungen von dieser griechischen Metropole gesehen. Vor einer großen Saaltüre übergab mich der Leibwächter an zwei Söldner, die ihren Uniformen nach zu der persönlichen Garde des Landesfürsten gehörten. Sie brachten mich in das Innere dieses Raumes. Zwei Säulenreihen trugen die Decke. Ein mächtiger Herkules aus Stein stand an der Stirnseite des Saales. In der Mitte des Raums stand eine Tafel, an der bestimmt vierzig Leute Platz hatten. Herodes saß auf einem thronartigen Sessel am Kopfende des Tisches. Ich sah, dass nur für zwei Personen gedeckt war. Der Landesfürst winkte mich zu sich und gab den beiden Uniformierten ein Zeichen, dass sie uns allein lassen sollten.

„Nimm Platz, Paulus", sagte Herodes überaus freundlich. „Oder soll ich dich lieber Saulus nennen?"

„Wie es euch beliebt, hoher Herr", antwortete ich und setzte mich auf den Stuhl, vor dem auf dem Tisch ein Gedeck lag. Herodes klatschte in die Hand und ein Diener kam herein und schenkte uns Dattelwein ein.

„Bist du mit deiner Unterkunft zufrieden", fragte Herodes.

„Ich kann mich nicht beklagen", sagte ich.

„Und wie ist die Verpflegung", fragte der Landesfürst.

„Ganz ausgezeichnet", sagte ich höflich.

„Heute wirst du erleben, wozu meine Köche imstande sind", sagte Herodes und wandte sich dann an den Diener: „Das Essen kann serviert werden."

Herodes sah mich prüfend an. So, als wolle er feststellen, ob es mir wirklich gut gehen würde.

„Ich hoffe, es stört dich nicht, dass ich bei der Zusammenstellung des Menüs die koscheren Vorschriften nicht so genau genommen habe", sagte er dann. „Aber seit ich bemerkt habe, dass man selbst im Hause des Hohepriesters sehr großzügig mit dieser Überlieferung umgeht, erlaube ich mir auf diesem Gebiet ein paar Freiheiten."

„Ich denke, unser Glaube besteht nicht in erster Linie aus Ritualen, sondern aus moralischen Wertvorstellungen", sagte ich.

Zwei Sklaven brachten Teller mit Seezungenfilets in Safransauce. Meinen stellte einer vor mir ab, den von Herodes Antipas drückte der andere dem Diener in die Hand, der wartend neben dem Stuhl des Landesfürsten stand. Der Diener zog eine kleine Gabel aus seiner Tasche und probierte vorsichtig vom Fisch und von der Sauce. Dann stellte er den Teller vor seinem Herren ab. Dieser Vorgang sollte sich bei jeder Speisenfolge wiederholen.

„In dieser Safransauce könnte ich baden", sagte Herodes stolz. „Der Prokurator wollte bei seinem Besuch in Tiberias, übrigens seinem einzigen bis heute, unbedingt das Rezept haben. Natürlich hat er es bekommen, aber ich hatte dem Koch befohlen, die Menge der Zutaten falsch aufzuschreiben. Pilatus muss drei Tage Magenschmerzen gehabt haben, als er sich die Sauce in Cäsarea zubereiten ließ."

Herodes lachte, bis ihm die Tränen über das Gesicht rollten.

„Wunderst du dich nicht über den freundlichen Empfang", fragte er dann unvermittelt, als er sich wieder beruhigt hatte.

„Ich habe mir abgewöhnt, mich über irgend etwas zu wundern, hoher Herr", sagte ich. „In meinem letzten Lebensjahr haben sich so viele Dinge ereignet, die ich noch lange nicht verarbeitet habe."

Das Seezungenfilet zerging auf der Zunge. Auch Herodes Antipas schien es zu schmecken. Der Diener stellte ihm einen zweiten Teller hin.

„Du bekommst auch noch einen Nachschlag", sagte er lächelnd. „Wenn die Vorspeise gut ist, sollte man sich an ihr satt essen, weil man nie weiß, wie das Hauptgericht ausfällt."

„Ich habe noch nie ein so gutes Seezungenfilet gegessen", sagte ich.

„Das ist die Safransauce", sagte Herodes mit vollem Mund, „nur die Safransauce."

Der Diener stellte zwei Teller mit Salaten auf den Tisch.

„Der Salat neutralisiert den Geschmack", sagte der Landesfürst. „Der Gaumen kann wieder jungfräulich das nächste Gericht erwarten."

„Ihr seid ein Feinschmecker, hoher Herr", sagte ich.

„Auch das Essen ist eine Kunst", sagte Herodes Antipas. „Die Menschen gehen manchmal barbarisch mit den Speisen um. Sie sättigen sich nur wie die Tiere."

Der Diener tauschte die Gläser aus und schenkte einen neuen Wein ein.

„Was hast du für Pläne", fragte Herodes mich.

„Ich wollte meine Eltern in Tarsos besuchen", antwortete ich.

„Wenn es nach Kaiphas oder Pontius Pilatus gehen würde, dann würdest du deine Eltern nie wiedersehen", sagte der Landesfürst. „Sie sähen dich beide lieber unter, als auf der Erde."

„Warum, hoher Herr", fragte ich. „Jeschua ist tot. Damit ist dieses Kapitel abgeschlossen. Warum dieses Interesse an mir?"

„Dieses Kapitel ist noch lange nicht abgeschlossen", sagte Herodes nachdenklich. „In Jerusalem ist die Anhängerschaft des Jeschua schon wieder beträchtlich angewachsen. Man spricht sogar von einer völlig neuen Religion, die seine Bewunderer ins Leben gerufen haben. Kaiphas versucht, diese Abtrünnigen in den Schoß des jüdischen Glaubens zurückzuführen. Du kannst dir vorstellen, dass es nicht besonders dienlich wäre, wenn ein Mensch die wahren Zusammenhänge verbreiten würde."

„Aber was will der Prokurator von mir", fragte ich. „Er interessiert sich doch überhaupt nicht für Glaubensfragen."

Der Diener servierte gegrilltes Lamm auf Lorbeer.

„Pilatus hat das Urteil gesprochen", sagte Herodes, nachdem der Diener hinausgegangen war. „Soll er sich dem Vorwurf aussetzen, er hätte einen schlichten Wanderprediger aus Kapernaum gekreuzigt und nicht den König der Juden?"

„Ich werde mich hüten, auch nur ein Wort über diese Geschichte zu verlieren", sagte ich.

„Stelle dich nicht naiver an, als du bist", sagte der Landesfürst und wischte sich mit dem Handrücken das Fett von den Lippen. „Diese Geschichte ist mit dem Tod des Predigers nicht beendet. Die Menschen, die gestern noch „Kreuzigt ihn" geschrien haben, fallen heute schon vor seinem Grab auf die Knie und beten. Für den Prokurator sind es du und deine anderen Mitarbeiter, die im Untergrund Jeschuas Parolen weiterverbreiten. Darum will er, dass eure Köpfe rollen. Die Römer bevorzugen grundsätzlich radikale Lösungen. Wenn sie nach einer gewonnenen Schlacht Gefangene machen, sortieren sie die aus, die sie als Sklaven gebrauchen können. Der Rest muss sterben. Nur ein toter Soldat kann nie wieder ein Schwert in die Hand nehmen. Die Beziehungen zwischen mir und dem Prokurator sind durch die jüngsten Vorkommnisse ziemlich belastet. Kaiphas und Pilatus sprechen überhaupt nicht mehr miteinander. Kaiphas muss sich außerdem noch gegen Vorwürfe aus der Priesterschaft wehren. Plötzlich hat sich eine Mehrheit gefunden, die es lieber gesehen hätte, diesen Jeschua doch wegen Gotteslästerung zu verurteilen. Sie sind der Meinung, dass durch die politische Lösung des Falles der Mythos dieses Predigers angewachsen wäre, und sich nur deshalb neue Anhänger seiner Lehren zusammenfinden würden. Du siehst, das Durcheinander ist enorm groß. Um es nicht noch größer werden zu lassen, wäre es nützlich, wenigstens dich und deine Mitarbeiter zum Schweigen zu bringen."

Herodes begann damit, sich hastig mehrere Stücke des Lammbratens in den Mund zu schieben, als wolle er alles nachholen, was er bei seiner längeren Ausführung versäumt hatte.

„Ihr seid selber Zeuge gewesen, hoher Herr“, sagte ich, „dass ich nur ein Beauftragter war, der auf Befehl gehandelt hat.“

„Natürlich weiß ich das“, sagte Herodes und spülte mit einem Schluck Wein den letzten Bissen herunter. „Und Kaiphas und Pontius Pilatus wissen das auch. Genau diese Tatsache aber macht dich untragbar. Stelle dir nur einmal vor, dass ich dich, weil du zufällig Gast in meinem Hause bist, bitten würde, einen Brief an den römischen Hof zu verfassen, in dem du den Kaiser wissen läßt, welche Rolle der Prokurator in diesem Fall gespielt hat, und mit welchen Mitteln Kaiphas versucht hat, ihn in diese Rolle zu drängen.“

„Der römische Kaiser wird nichts auf einen Brief von mir geben, hoher Herr“, sagte ich.

„Da hast du recht“, lachte Herodes Antipas, „aber wenn er einem Schreiben von mir beigelegt ist, dann bekommt jede Zeile von dir eine größere Bedeutung.“

War es das, was Herodes von mir wollte, überlegte ich. Wollte er Pilatus und Kaiphas in Rom denunzieren, und mich als Beweismittel benutzen? Was würde passieren, wenn ich ihm den Gefallen tun würde, und diesen Brief verfasste? Er würde mich bestimmt nicht mit einer persönlichen Eskorte nach Tarsos schicken.

Herodes Antipas schien zu erraten, was in meinem Kopf vor sich ging.

„Ich werde dich nicht um einen solchen Gefallen bitten“, sagte er. „Der Prokurator und der Hohepriester spielen in meinen zukünftigen Plänen noch eine wichtige Rolle. Die beiden kenne ich, aber wer weiß, wen Tiberius zu ihren Nachfolgern machen würde.“

Der Diener räumte die leeren Teller ab und stellte kandierte Äpfel und Aprikosenscheiben mit Mandeln auf den Tisch.

„Darf ich fragen, hoher Herr“, sagte ich, „was ihr mit mir für Pläne habt?“

„Stelle mir keine Fragen, die ich mir selber noch nicht beantwortet habe“, sagte Herodes nachsichtig lächelnd. „Ich werde den Hohepriester auf jeden Fall wissen lassen, dass du Gast in meinem Hause bist. Seine Einnahmen übersteigen bei weitem die, die ich durch Zölle und Steuern einnehme. Er weigert sich immer wieder, mich an den Tempelabgaben partizipieren zu lassen. Pontius Pilatus steckt er einen Anteil zu, aber ich muss um jeden Schekel betteln, obwohl die galiläischen Juden großzügig an den Tempel spenden.“

Jetzt hatte er also die Katze aus dem Sack gelassen. Er wollte mich als Druckmittel benutzen, um Kaiphas gefügiger zu machen. Wie hoch wird die Summe sein, die ihn veranlassen könnte, mich an den Hohepriester zu überstellen? Ich war mir sicher, dass er seine Trumpfkarte verkaufen würde, wenn der Preis stimmen würde.

„Erzähle mir etwas über diesen Jeschua", wechselte der Landesfürst überraschend das Thema.

„Er war ein einfacher Mann", sagte ich nach kurzer Überlegungspause. „Er war davon überzeugt, dass predigen seine Berufung wäre. Aber bei den Zuhörern erzielte er erst Interesse, als Jakobus seine Predigten schrieb. Nachdem er dann eure Söldner vertrieben hatte, schlug die Bewunderung, die ihm die Menschen für seine Reden entgegenbrachten, in Verehrung um."

Ich hütete mich, auch nur ein Wort darüber zu verlieren, dass ich wusste, dass Herodes bei dieser Vertreibung mitgespielt hatte.

„Bist du der Meinung, dass du jeden anderen Prediger auch in eine solche Position gebracht hättest", fragte der Landesfürst.

„Jeden", sagte ich. „Die Menschen erwarten sehnsüchtig die Ankunft eines Messias. Sie hätten jeden akzeptiert, der sich durch seine Wunder als Heilsbringer ausgewiesen hätte."

„Aber dieser Jeschua war auch eine außergewöhnliche Erscheinung", warf Herodes ein.

„Das wirkte sich natürlich unterstützend aus", bestätigte ich. „Aber bedenkt, hoher Herr, dass es geschichtlich nie von Bedeutung war, wie Männer, die ihre Epoche prägten, aussahen. Ausschlaggebend waren die Entscheidungen, die sie getroffen haben, ihre Ideen und Intuitionen."

Herodes rülpste und strahlte über das ganze Gesicht. Er bezog meine Äußerungen natürlich auch auf sich. Er schenkte uns eigenhändig Wein nach, eine Geste, die mir sein Wohlwollen ausdrücken sollte.

„Warum hat er sich nicht vor Gericht verteidigt", fragte er dann. „Wenn er widerrufen hätte, hätte man ihn weder in der ersten, noch in der zweiten Verhandlung zum Tode verurteilen können. Für Gotteslästerung hätte er zwanzig Stockhiebe bekommen, für die Titelanmaßung vielleicht dreißig. War er geistig verwirrt?"

„Bestimmt nicht", sagte ich. „Aber von Predigt zu Predigt steigerte er sich immer mehr in den Glauben hinein, dass Gott ihn wirklich auserwählt hätte. Außerdem war er davon überzeugt, dass er die sogenannten Wunder wirklich vollbracht hätte."

„Habt ihr ihn nicht darüber aufgeklärt, dass es Inszenierungen von euch waren", fragte der Landesfürst.

„Ich habe es ein paar Mal versucht, als ich spürte, in welche Rolle er sich hineinzusteigern begann", sagte ich. „Aber er war nicht bereit, mir ein Wort zu glauben."

„Das beweist eigentlich deutlich, dass er nicht der Messias sein konnte", sagte Herodes nachdenklich. „Ein Messias würde wissen, was wahr und was falsch ist."

Er lehnte sich stolz zurück und sah mich an, um die Wirkung seiner Logik zu testen.

„Eine einleuchtende Schlussfolgerung", lobte ich ihn. „In den alten Überlieferungen steht außerdem, dass der Messias den Kindern Israels die Freiheit bringen würde. Aber an der Situation des Volkes hat sich nichts geändert. Im Gegenteil, Pontius Pilatus soll das Versammlungsverbot noch verschärft haben. Selbst nach dem Sabbatgebet dürfen sich die Männer nicht mehr vor der Synagoge treffen."

Herodes Antipas hatte Spaß an seinen Gedankenspielen gefunden.

„Außerdem", sagte er und seine Stimme nahm einen dozierenden Ton an, „hätte Gott auch dich beauftragen müssen, deinen Anteil an der Entwicklung beizusteuern. Aber Kaiphas hatte dich beauftragt, und zwar nicht aus einer göttlichen Eingebung heraus, sondern aus rein politischem Kalkül. Und auch mich hat kein göttlicher Befehl veranlasst, meine Zustimmung zu geben."

Der Diener brachte Käse und Oliven.

„Der Allmächtige hätte seinen Sohn nicht sterben lassen", stellte Herodes abschließend fest. „Probiere von diesem Ziegenkäse. Er wird nach einem alten Rezept nur für mich hergestellt."

Ich nahm ein Stück von dem Käse. Er war würzig und schmeckte ausgezeichnet.

„Ach übrigens", sagte der Landesfürst, „deine Freundin Delila hat meinen Männern verraten, dass du dich bei ihr aufhältst."

Ich wusste, dass er log. Der Arzt hatte mich verraten, das stand fest. Delila oder Sarah wären zu einer solchen Tat nicht fähig gewesen. Aber ich sah keine Veranlassung, Herodes zu korrigieren.

„Man kann sich auf niemanden verlassen", sagte ich statt dessen und nahm mir noch ein Stück Käse.

„Sind deine Mitarbeiter auch auf dem Weg nach Kilikien", fragte Herodes Antipas fast beiläufig.

„Wir haben uns in Jerusalem getrennt", log ich jetzt meinerseits. „ich habe keine Ahnung, wohin sie geflohen sind."

„Schade", sagte Herodes. „Mein Palast ist groß genug. Ich hätte euch gerne alle hier untergebracht."

Der Diener räumte die Käseplatte ab und nahm, auf ein Zeichen des Landesfürsten, mein Weinglas. Das musste das Zeichen dafür sein, dass Herodes unsere Unterhaltung beenden wollte.

„Du wirst noch einige Zeit mein Gast bleiben müssen", sagte er, als er sich erhob, „aber ich werde versuchen, dir deinen Aufenthalt so angenehm wie möglich zu gestalten."

Er ging hinaus. Die beiden Leibgardisten kamen herein und forderten mich auf, sie zu begleiten. Wir gingen nicht den Weg zurück, den wir gekommen waren. Ich erkannte es an den Statuen und Möbelstücken, die auf den Gängen standen. Die Männer hielten vor einer Tür, vor der bereits Achmed und der hünenhafte Söldner auf mich warteten. Mein neues Gefängnis war wesentlich komfortabler, als das alte. Ich hatte einen eigenen Baderaum und ein separates Schlafzimmer. Die Böden waren mit Teppichen ausgelegt und die Möbelstücke kostbarer. In einem kleinen Vorraum, der vor meinen Zimmern lag, war ein Bett aufgestellt.

„Hier werde ich schlafen“, sagte Achmed. „Ihr braucht nur zu klopfen und ich werde euch Tag und Nacht zur Verfügung stehen.“

Die Fenster in meinen Räumen waren nicht vergittert, aber da wir einige Treppen gestiegen waren, als wir zu meiner neuen Behausung gingen, nahm ich an, dass sie nicht mehr zu ebener Erde lag wie meine vorherige. Ich sah hinaus und richtig, ich war in einem der vier Türme untergebracht, die die Ecken des Palastes kennzeichneten. Es waren gut vierzig Fuß bis zum Erdboden. Nur mit einer langen Strickleiter hätte man aus diesen Räumen fliehen können.

Ich hatte einen merkwürdigen Traum in dieser Nacht. Ich träumte, Jeschua hätte in einem Palast in Jerusalem einen Empfang gegeben, zu dem ich geladen war. Er saß auf einem Thron, als ich den Saal betrat und trug eine mit Edelsteinen besetzte Krone. Er winkte mich zu sich heran, und während ich zu ihm ging, verließen die anderen Besucher den Raum.

„Setze dich auf die unterste Stufe“, sagte er zu mir und wies auf die Treppe, die zu seinem Thron hinaufführte.

Ich folgte seiner Anweisung und nahm Platz. Aus meiner Perspektive wirkte er plötzlich überlebensgroß.

„Schade“, sagte Jeschua, „dass du nicht begriffen hast, wer ich bin. Du hättest einen wichtigen Posten an meinem Hof einnehmen können. Aber diese Auszeichnung hast du selber verspielt. Ich werde dir nie verzeihen, dass du an mir gezweifelt hast.“

Ich wollte antworten, aber ich spürte, dass ich die Lippen nicht auseinander bringen konnte.

„Du kannst nicht reden“, sagte Jeschua. „Du wirst nie wieder in Deinem Leben sprechen können, weil du den Mund nicht aufgemacht hast, als man mich anklagte.“

Er lächelte, und es schien mir, als wäre es ein höhnisches Lächeln.

„Ich könnte ein Wunder vollbringen und dir deine Sprache wieder geben“, sagte Jeschua, „aber dann musste du dich vor mir auf den Boden werfen.“

Ich zögerte keinen Augenblick und warf mich zu Boden. Nichts geschah, und als ich nach einer Weile den Kopf hob und zum Thron sah, saß ein toter

Mann auf ihm, aus dessen Händen und Füßen Blut floss. Ich schrie auf und spürte, dass ich wieder in der Lage war, zu sprechen.

Achmed hatte mir am nächsten Morgen gerade das Frühstück gebracht, als der Wachtposten seinen Kopf zur Tür hereinstreckte.

„Besuch“, sagte er kurzangebunden und machte die Türe ganz auf.

Eine Frau betrat mein Zimmer. Keine Schönheit, aber mit einem interessanten Kopf. Die Haare hatte sie streng nach hinten gekämmt. Der Ausschnitt ihres Kleides war so tief, dass man ihre üppigen Brüste fast vollständig sehen konnte. Am Auffallendsten aber waren ihre Augen. Sie hatten ein Blau, das nicht zu beschreiben war, weil es in der Natur für diesen Farbton keine Vergleiche gab. Ich war aufgestanden und sie musterte mich wie ein Reitpferd, an dessen Kauf sie interessiert war.

„So also sieht er aus“, sagte sie, „der Mann, der für so viel Unruhe im Land gesorgt hat.“

Mir war klar, dass es sich nur um Herodia, die Gemahlin des Herodes Antipas, handeln konnte.

„Mein Mann hat mir erzählt, dass ihr gestern ein sehr aufschlussreiches Gespräch miteinander hattet“, sagte die Frau und vertrieb damit die letzten Zweifel, die ich an ihrer Identität hätte haben können.

„Der Landesfürst war sehr großzügig“, sagte ich.

„Ich bin es auch“, sagte die Fürstin. „Nimm wieder Platz und frühstücke weiter. Ich hoffe, du gibst mir eine Tasse von dem türkischen Kaffee ab.“

Achmed musste vor der Türe gelauscht haben, denn er brachte eine zweite Tasse herein. Er griff zur Kanne.

„Ich mache es selber“, sagte Herodia. „Verschwinde!“

Achmed ging hinaus und die Fürstin schenkte sich eine Tasse Kaffee ein.

„Du hast deine Talente am falschen Objekt vergeudet“, sagte sie, nachdem sie einen Schluck getrunken hatte. „Ein Mann mit deinen Begabungen dürfte nur am Hofe des Fürsten arbeiten.“

„Ihr schmeichelt mir, hohe Frau“, sagte ich bescheiden.

Herodia lächelte mich an. Ich hatte das Gefühl, dass ihre Brüste aus dem Kleid rutschen würden, wenn sie sich vorbeugte, um einen weiteren Schluck aus ihrer Tasse zu nehmen.

„Ich wäre untröstlich, wenn dein Kopf in den Sand rollen würde“, sagte sie lächelnd. „Ein so kluger und außerdem noch schöner Kopf.“

„Über mein Schicksal bestimmen andere“, sagte ich.

Ich überlegte fieberhaft, was sie von mir wollen könnte. Den Gerüchten nach war Herodia eine Frau, die sich jeden Liebhaber nahm, der ihr gefiel. Sollte ich mich auf dieser unendlichen Liste einreihen müssen? Wäre es eine besondere

Befriedigung für sie, mit einem Mann zu schlafen, auf den der Henker schon wartete?

„Es gibt Kräfte im Land, die dich lieber tot sehen würden", sagte sie. „Was den Fürsten, meinen Gemahl, betrifft, wird er bestimmt meinen Rat einholen, bevor er so eine Entscheidung treffen würde."

„Selbst wenn ihr den Fürsten milde stimmen könntet, hohe Frau", sagte ich, „wäre meine Leben nicht sicher. Es fordern auch noch andere meinen Kopf. Gott sei Dank, kann man mich nur einmal enthaupten."

„Wer dich enthaupten will, der muss dich haben", sagte Herodia. „So lange du dich in Tiberias befindest, haben Kaiphas und Pontius Pilatus keine Möglichkeit, dir etwas anzutun. Möchtest du noch etwas Kaffee?"

Ohne meine Antwort abzuwarten, schenkte sie mir eine weitere Tasse ein.

„Ich werde dich nicht aus unserer Obhut entlassen", fuhr sie dann fort.

„Warum setzt ihr euch so für mich ein", fragte ich.

„Vielleicht gefällst du mir", antwortete sie mit einem kokettem Lächeln.

Ich hatte gehört, dass der Landesfürst nichts gegen die Liebschaften seiner Frau hatte. Er soll ihr sogar einige Liebhaber selbst ausgesucht haben, weil es ihm, den Erzählungen nach, eine größere Befriedigung schenken würde, den Liebesspielen seiner Frau zuzusehen, als selber aktiv zu werden.

Herodias Stimme riss mich aus meinen Überlegungen.

„Es ist bewundernswert", sagte sie, „in welch kurzer Zeit es dir gelungen ist, aus diesem Wanderprediger einen bekannten Mann zu machen."

„Es haben viele Zufälligkeiten eine Rolle gespielt", sagte ich.

„Du bist zu bescheiden", sagte die Fürstin. „Auch Zufälligkeiten müssen in ein Gesamtkonzept eingebaut werden. Politik ist Intuition. Wer zu lange taktiert und keine Entscheidungen trifft, reagiert oft falsch, weil sich die Ausgangsbasis längst verändert hat."

„Da muss ich euch recht geben, hohe Frau", sagte ich.

„Na siehst du", sagte Herodia lächelnd, „langsam kommen wir uns näher. Aber nenne mich nicht hohe Frau, das klingt so, als wäre ich eine ältere Dame. Es reicht, wenn du Fürstin zu mir sagst."

„Wie ihr befehlt, Fürstin", sagte ich.

„Ich befehle es nicht", sagte Herodia. „Ich biete es dir hoheitsvoll an."

Sie schenkte mir erneut ein Lächeln, das sie sicher für unwiderstehlich hielt.

„Die Verbreitung der Wundergeschichten war eine taktische Meisterleistung", fuhr sie dann fort.

„Ich hatte gute Mitarbeiter, Fürstin", sagte ich bescheiden.

„Mitarbeiter sind nur gut, wenn sie vom richtigen Mann an der richtigen Stelle eingesetzt werden", sagte Herodia. „Du glaubst nicht, wie viele unfähige

Leute ich hier am Hof entlassen musste, die nichts anderes gemacht haben, als ein fürstliches Honorar von meinem Mann einzustreichen."

Herodia schlug ihre Beine übereinander und zog den Saum ihres Kleides dabei so hoch, dass ich ihre Oberschenkel sehen konnte.

„Ich weiß", sagte sie dann, „dass man über den Fürstenhof die unmöglichsten Dinge erzählt. Besonders über meine Person werden die dümmsten Äußerungen verbreitet. Nicht, dass mich so etwas besonders belastet, aber für die Karriere meines Mannes ist es nicht dienlich, weil diese Schauermärchen selbst am Hof in Rom erzählt werden. Obwohl er selbst ein ausschweifendes Leben führt, ist Kaiser Tiberius ein Moralapostel, was alle anderen Menschen betrifft."

„Ich hört davon, Fürstin", sagte ich.

Aber Herodia wünschte keine Unterbrechung. Etwas unwirsch fuhr sie fort: „Tiberius plant eine Neuordnung der römischen Provinzen. Man munkelt, dass er Palästina wiedervereinigen und unter die Regierung eines jüdischen Königs stellen will. Nach der gottgewollten Erbfolge käme dafür nur mein Gemahl in Frage. Sollte der römische Kaiser einen Legaten mit der Verwaltung der neuen Provinz beauftragen, kann man sich an einer Hand abzählen, wann der jüdische Glaube ausgelöscht sein wird. Ein Mann wie Vitellius, der Legat von Syrien, würde in kürzester Zeit den Tempel in Jerusalem und landesweit die Synagogen niederreißen lassen und sie durch römische Götzenbilder ersetzen. Eine grausame Vorstellung für jeden frommen Juden."

Herodia wischte sich über die Augen, obwohl sich dort nicht eine Träne blicken ließ.

„Ich verstehe nicht viel von der hohen Politik, Fürstin", sagte ich. „Aber diese Vorstellung erschreckt mich auch."

„Ich wusste, dass ich auf dich zählen kann", sagte Herodia.

Sie sah mich an, als würde sie eine Frage von mir erwarten, aber ich hatte immer noch nicht die geringste Vorstellung davon, was sie von mir wollte.

„Herodes Antipas ist zu gutmütig", sagte die Fürstin, nachdem ich beharrlich schwieg. „Er läßt leider die Zügel oft schleifen und wartet ab, wie sich die Dinge von alleine entwickeln. Aber ich habe einen Sohn, der einen Anspruch darauf hat, einmal der Nachfolger seines Vaters zu werden."

Ich wusste, dass ich jetzt etwas sagen musste, um sie nicht zu verärgern.

„Haltet mich nicht für dumm, Fürstin", sagte ich, „aber ich kann nicht erkennen, wie ich euch bei diesen Problemen behilflich sein kann."

„Ich werde es dir sagen", sagte Herodia huldvoll. „Ich glaube, dass du der richtige Mann bist, der dafür sorgen könnte, dass das Volk begreift, dass ich eine Landesmutter bin, die sich täglich für die Verbesserungen im Leben der Menschen einsetzt. Nicht nur, dass ich mir ununterbrochen Gedanken darüber mache, wie man das Steuersystem gerechter einsetzen könnte und wie man die Situation der Armen verbessern kann, habe ich außerdem größere Summen aus meiner Privatschatulle für den Bau eines Krankenhauses gestiftet. Von den Spenden an die drei Synagogen der Stadt will ich gar nicht reden. Du könntest dich darum kümmern, dass die Leute begreifen, was ich für sie tue und dass Rom erfährt, dass ich eine Wohltäterin und nicht die Ausbeuterin des Volkes bin."

„Als Gefangener in eurem Palast wird es schwer für mich sein, irgend etwas für euch zu tun", sagte ich.

„Wenn du mir dein Ehrenwort gibst, dass du nicht aus Galiläa verschwindest", sagte Herodia, „dann wären deine Tage als Gefangener gezählt."

Bevor ich etwas sagen konnte, stand sie auf.

„Ich gebe dir ein paar Tage Zeit, um über meinen Vorschlag nachzudenken", sagte sie.

Dann klopfte sie an die Türe, und der Wachposten öffnete. Ich war aufgestanden und Herodia kam ganz nah an mich heran.

„Du wirst dich über deinen Lohn nicht beklagen können", sagte sie und sah mir tief in die Augen.

Der Wächter grinste mich frech an, als Herodia an ihm vorbei das Zimmer verließ.

Ich war überhaupt nicht daran interessiert, in den Dienst der Fürstin zu treten. Außerdem glaubte ich den Gerüchten, die im Umlauf waren mehr, als den Beteuerungen von Herodia, mit denen sie sich als fürsorgende Landesmutter herausstellen wollte. Ich hatte mich einmal in meinem Leben mit den Mächtigen eingelassen. Diese Erfahrung reicht mir bis an das Ende meiner Tage. Auf der anderen Seite überlegte ich mir, dass es eine Möglichkeit geben könnte, Tiberias und damit auch Galiläa zu verlassen, wenn ich mich frei in der Stadt bewegen konnte. Mich interessierte brennend, ob Herodes Antipas von den Plänen seiner Gemahlin etwas wusste. Hatten sie sich abgesprochen, oder zog Herodia an ihren eigenen politischen Fäden? Ich war froh, dass die Fürstin mir eine Frist zum Nachdenken eingeräumt hatte. Ich neige oft dazu, zu spontan zu reagieren. Aber mir war auch klar, dass ich dieser Frau nicht trauen durfte. Herodia ging über Leichen, wenn sie ihre Interessen verfolgte. Sie würde auch mich nur so lange benützen, wie es ihr Erfolge bringen würde. Mitleid mit einem Studenten, der in Jerusalem sein Studium abbrechen, seine nächste Arbeit gezwungenermaßen beenden musste und sich nur durch seine Flucht vor schlimmeren Folgen bewahren konnte, Mitleid hatte die Fürstin mit dieser Person sicher nicht.

HERODIA

EIGENINITIATIVE

Herodes, mein Gemahl, war in vielen Punkten inkonsequent. Ihm fehlte die Gabe, zielstrebig eine Sache durchzuziehen. Mit Pontius Pilatus verband ihn anfangs eine echte Männerfreundschaft, aber Herodes' Verhalten in der Sache Jeschua verursachte einen Riss in der Beziehung der beiden Männer, der nicht mehr zu kitten war. Mein Mann, der flüchtige Sklaven, ungehorsame Söldner oder Steuerbetrüger reihenweise enthaupten ließ, ja manchmal sogar große, öffentliche Veranstaltungen aus diesen Hinrichtungen machte, sträubte sich wie eine Jungfrau vor dem ersten Beischlaf hartnäckig, diesen Wanderprediger in Galiläa zu verurteilen. Es wäre die einfachste Sache der Welt gewesen, diesen Jeschua nach Tiberias zu schaffen und ihn dort abzuurteilen. Ein solches Vorgehen hätte Herodes bei Pontius Pilatus Pluspunkte verschafft, die später sicher positiv zu Buche geschlagen wären. Ich war zum Passahfest nicht mit nach Jerusalem gefahren, weil ich wenig Wert darauf legte, dem Hohepriester und seinen Anhängern zu begegnen. Dieser Kaiphas war ein so anmaßender Mensch, der jeden spüren lassen musste, dass er de facto die wahre politische Macht in Judäa ausübte. Sein frömmelndes Gehabe wirkte ausgesprochen abstoßend auf mich. An Pontius Pilatus missfielen mir sein Benehmen bei Tisch und seine derbe Ausdrucksweise, mit der er besonders die Damen bewusst schockieren wollte. Er war ein römischer Plebejer der übelsten Sorte. Im Nachhinein bereute ich allerdings meine Abwesenheit beim Laubhüttenfest in diesem Jahr. Ich hätte Herodes gezwungen, eine klare Position zu beziehen. Wenn man die Alternative hatte, ob man sich auf die Seite des Hohepriesters, oder auf die des Prokurators schlagen sollte, dann musste man Pontius Pilatus vorziehen. Schon Kaiser Augustus hatte die Kompetenzen in der Region klar aufgeteilt. Einem gemeinsamen Vorgehen von Pilatus und meinem Mann hätte sich niemand widersetzen können. Aber nun war das Kind in den Brunnen gefallen und es galt zu retten, was noch zu retten war.

Ich plante schon seit langer Zeit eine Reise nach Rom. Kaiser Tiberius war auch nur ein Mann, und er wäre der erste gewesen, bei dem ich meinen Willen nicht hätte durchsetzen können. Aber es war dringend notwendig, den Gerüchten, die am römischen Hof die Runde machten, etwas entgegenzusetzen. Ich hatte bereits vor einigen Jahren vier Senatoren, die sich mit ihren Frauen auf einer Besichtigungsreise durch Galiläa und Judäa befanden, kostbare Gastgeschenke zukommen lassen. Jetzt galt es, den Kontakt zu ihnen wieder aufzunehmen, und sie mit Informationen zu füttern, die für ein positives Bild über die Verhältnisse am Hof in Tiberias sorgen mussten. Für diese Aufgabe schien mir Paulus der geeignete Mann zu sein. Ich hatte mit Bewunderung verfolgt, mit welcher Zielstrebigkeit er diesen Wanderprediger aufgebaut hatte. Eine solche Arbeit war in dieser Zeit einmalig. Er hatte Möglichkeiten erkannt und benutzt, die völlig neue Wege bei der Beeinflussung von Menschen aufzeigten. Er würde genau die richtige Dosierung finden, mit der man für einen Stimmungsumbruch am kaiserlichen Hof sorgen konnte. Ich hatte Herodes bereits davon überzeugt, dass wir das Steuerjoch lockern sollten. Sympathien im eigenen Volk konnte man nur erreichen, wenn man den Menschen materielle Vorteile verschaffte. Mein Mann jammerte zwar darüber, dass ihm dann wesentliche Gelder fehlen würden, um seine Söldnerarmee und seinen Hofstaat zu finanzieren, aber als ich ihm versprach, dass ich meinen Lebensstil stark einschränken würde, war er einverstanden.

„Und du glaubst wirklich, dass Paulus der richtige Mann ist, der eine solche Aufgabe durchziehen kann", fragte er zögerlich.

„Der Mann hat Fähigkeiten, die in diesem Land kein anderer hat", antwortete ich, und als ich sein missmutiges Gesicht sah, fügte ich schnell hinzu: „Selbstverständlich nur auf seinem Spezialgebiet."

„Das Unternehmen Jeschua hat er zum größten Teil durch die Spenden finanziert", sagte Herodes. „Uns wird seine Arbeit einen Haufen Geld kosten."

„Das holen wir wieder herein", sagte ich. „Wenn wir seine Hilfe nicht mehr brauchen, können wir ihn Kaiphas überlassen. Er wird ihn aber nicht umsonst bekommen."

Das gefiel meinem Mann. Wenn es darum ging, sich durch Intrigen und falsches Spiel eines Menschen zu entledigen, war er sofort bereit, sich daran zu beteiligen.

Dieser Paulus war ein gut aussehender Mann, und in einer anderen Situation hätte ich mich vielleicht damit begnügt, diesem Umstand Rechnung zu tragen, aber ich musste in größeren Dimensionen denken. Es galt nicht nur, die Dynastie der Idumäer zu erhalten, ich war auch der Überzeugung, dass es meine Aufgabe war, aus diesem Palästina wieder ein vereintes Königreich zu machen, das eines Tages von meinem Sohn regiert werden würde. Diese Vision war nur mit der Unterstützung des römischen Kaisers zu erreichen, deshalb musste alles unternommen werden, was ihn auf unsere Seite ziehen würde. Sollte ich meinen Traum verwirklichen, und ich war davon überzeugt, dann würden sich einige Herren in diesem Land auf etwas gefasst machen müssen. Eine Herodia vergisst nichts, selbst wenn es so scheint, als wäre Gras über Schmähungen und Beleidigungen gewachsen.

Ich würde mich nicht nur auf das Ehrenwort dieses Paulus verlassen. Mir war nicht entgangen, mit welchen Blicken er mich betrachtet hatte. Ich würde ihm ein paar himmlische Nächte bereiten, die ihn mit Sicherheit an mich fesseln würden. Männer, das war meine feste Überzeugung, kann man nur im Bett an sich binden. Sie sind abhängig von ihren erotischen Bedürfnissen. Es sind schon Kriege gewonnen oder verloren worden, weil eine Frau den Männlichkeitsbeweis eines Liebhabers in den höchsten Tönen so lobte, dass er dadurch seine eigentlichen Pflichten vergaß.

Paulus würde seine Pflichten nicht vergessen, dafür würde ich sorgen. Aber was sprach dagegen, dass er nach getaner Arbeit in den Armen einer Frau Entspannung finden sollte? Ich war es leid, mir meine Gespielen unter den Leibwächtern auszusuchen, die zwar in der Regel gute Liebhaber waren, aber mit denen man kaum einen vernünftigen Satz wechseln konnte. Paulus war ein gebildeter Mann, und ich hoffte auf manches interessante Gespräch mit ihm.

JAKOBUS

DIE JUDEN

Wir Juden waren eigentlich ein Bauernvolk. Nur in einigen kleinen Regionen waren durch die Schafzucht Spinnereien und Webereien entstanden, in denen aber in erster Linie Sklaven arbeiteten. Erst die rigorose Steuerpolitik der römischen Besatzer, die vielen Kleinbauern die Existenz zerstörte, hatte zur Folge, dass sich die Landbevölkerung nach anderen Berufen umsehen musste. Dazu kam, dass die Römer Großgrundbesitzer, in der Regel verdiente Mitglieder des kaiserlichen Hofes, die zwar nicht selber nach Palästina auswanderten, sondern Verwalter für ihre Latifundien einsetzten, zugelassen hatten. Diese Besitztümer beschäftigten ausschließlich Sklaven und produzierten dadurch wesentlich günstiger, als die Kleinbauern.

Den Handel hatten griechische Einwanderer längst in ihren Händen, deshalb blieben den Juden nur handwerkliche Tätigkeiten. Sattler, Schmiede, Maurer oder Schuster, Berufe, die von ägyptischen, persischen oder arabischen Bevölkerungsgruppen ausgeübt wurden, übernahmen die Juden. Es bildeten sich sogenannte Schutzgemeinschaften, die mit Drohungen und Tätlichkeiten die früheren Geschäftsleute dazu zwangen, ihre Läden aufzugeben, und die jüdische Bevölkerung aufrief, nur bei ihren Glaubensbrüdern einzukaufen oder Sachen anfertigen zu lassen. Nur in Jerusalem lebten die unterschiedlichsten Nationalitäten noch relativ friedlich nebeneinander. Obwohl auch hier die Bevölkerung alles Nichtjüdische mit einer gewissen Verachtung betrachtete. Dies überraschte um so mehr, da wir Juden in unserer langen Geschichte durch Vertreibung und Verschleppung selber oft der Fron ägyptischer, griechischer oder persischer Unterdrückung ausgesetzt waren. Nach dem Zerfall des Perserreiches waren viele Juden wieder in ihre alte Heimat zurückgekehrt, hatten allerdings ein Land vorgefunden, das zwischen dem Reich der Seleuziden im Norden mit Syrien als Zentrum und dem Reich der Ptolemäer in Ägypten ständiger Schauplatz heftiger Kämpfe wurde, weil diese beiden Reiche bemüht waren, sich gegenseitig zu vernichten.

Als die Römer Griechenland besiegt hatten und wenige Jahre später Karthago dem Erdboden gleichmachten, hatten sie die einzigen Rivalen, die ihre Weltherrschaft gefährden konnten, aus dem Weg geräumt. Das römische Reich dehnte sich unaufhörlich aus. Die antike Welt wurde durch die Vernichtung der letzten selbständigen Staaten eliminiert. Palästina bekam für die Römer eine strategische Bedeutung. Von hier aus waren die rohstoffreichen Länder Kleinasiens und Afrikas bequem auf dem Seeweg zu erreichen. Wirtschaftlich war Palästina uninteressant. Die wenigen Produkte, die im Land hergestellt wurden, konnte man auch aus anderen Ländern beziehen, wo sie oft in besserer Qualität zu haben waren. Indische Wolle war weitaus gefragter, als palästinensische. Ägyptische Goldschmiedearbeiten standen in höherem Ansehen, als die, die aus der Provinz Palästina kamen. Holz wurde aus Bithynien und Galatien bezogen, die über waldreiche Gebiete verfügten. Die Nahrungsmittelerzeugung Palästinas reichte nicht aus, um die vorderasiatische Legion zu ernähren und es musste Weizen und Hafer aus dem Nildelta eingeführt werden.

Aber für uns Juden war die Herrschaft der Römer am Anfang ein Segen. Es hatte verschiedene Epochen gegeben, in denen die Gefahr bestanden hatte, dass der jüdische Glaube ausradiert würde. Der Hellenismus schien ihn verschlucken zu wollen oder der ägyptische Pharaonenglaube drohte ihn aufzusaugen. Die Römer zeigten sich toleranter. Kaiser Augustus hatte per Dekret erlassen, dass die Juden ihre Religion ungehindert ausüben dürften. Dieser Glaube war es dann auch, der letztendlich dieses unterdrückte, ständig geknechtete Volk zusammenhielt. Ich habe an anderer Stelle schon ausgeführt, dass es zwar die unterschiedlichsten Glaubensauffassungen gab, aber alle beriefen sich darauf Juden zu sein, und das schaffte eine Verbundenheit, die das Überleben meines Volkes bewirkte.

Viele Juden waren in Libyen, auf der Insel Zypern, in Italien, Griechenland, Kleinasien, Ägypten, ja selbst im fernen Spanien geblieben und hatten dort Glaubensgemeinschaften gegründet. Sie hatten längst die Staatsangehörigkeit dieser Länder angenommen, aber ihre Religion verpflichtete sie, einen jährlichen Beitrag an ihr größtes Heiligtum, den Tempel in Jerusalem, zu bezahlen. Sie waren Spanier, Römer oder Griechen, doch im Innersten ihrer Herzen blieben sie in erster Linie Juden. Es waren riesige Werte an Gold und Silber, die jährlich in der Tempelkasse landeten. Diese Werte waren der Grundstock des Reichtums der Priesterschaft.

Athenius, der Philosoph und Historiker, den ich in Joppe kennen lernen. durfte, hatte in einem vieldiskutierten Aufsatz einmal geschrieben, dass wir Juden gar kein Volk wären, weil nicht nachweisbar wäre, welches Land der Allmächtige gemeint hätte, als er Moses aus Ägypten führte. Nach Athenius Auffassung wäre es nur der Erschöpfungszustand seiner Schutzbefohlenen gewesen, der Moses veranlasst hätte, sich in Palästina niederzulassen. Wir Juden, schreibt Athenius an einer anderen Stelle, sind ein Volk ohne Land, oder besser gesagt, eine Glaubensgemeinschaft, der es auferlegt wurde, überall auf der Erde zu Hause zu sein.

Ich persönlich schließe mich seinen Gedankengängen an. Selbst Jerusalem, die heilige Stadt, war in ihrer langen Geschichte im Besitz zahlreicher anderer Herrscher, die allen Göttern huldigten, nur nicht Jahwe, dem Allmächtigen.

Der Hohepriester in Jerusalem war die einzige Bezugsperson, die die Juden über viele Jahre hinweg hatten. Kein König, welcher Nationalität auch immer, hatte sich so lange gehalten, wie die Hohepriester. Sie waren stets bemüht, eine vermittelnde Rolle einzunehmen, denn der Untergang des Landes hätte gleichzeitig ihren eigenen bedeutet.

Ich beschäftige mich hier in Indien immer mehr mit dem Hinduismus. Diese Religion beruft sich nicht auf einen Stifter und hat keine allgemein verbindliche Dogmatik. Der ganze Kosmos wird beherrscht von dem moralischen Gesetz, dem Karma, das jedem Wesen, das geboren wird, seinen Platz auf Grund seiner guten oder bösen Handlungen in einem vorangegangenen Dasein anweist. Die Hindus glauben, dass alle Lebewesen der in ständigem Entstehen und Vergehen begriffenen Welt eine bei den Pflanzen beginnende und bei den Göttern endende Stufenleiter bilden. Die Samsara, die Seelenwanderung, endet erst dann, wenn eine geläuterte Seele die Erlösung erreicht hat. Ihr Gott Wischnu nahm menschliche Gestalt an und kam als Rama und als Krischna auf die Erde. Wenn man so will, hatten die Hindus auch ihren Jeschua. Wer besitzt den Hochmut, dass er es wagen würde zu behaupten, dass die Lehre der Hindus nicht die einzig wahre wäre?

Religion und Glaube, behaupte ich, müssen in erster Linie auf einer Toleranz beruhen, die jeden Andersgläubigen akzeptiert. Ich wage nicht vorauszusagen, ob die Menschheit in einigen tausend Jahren noch den Glauben, oder längst andere philosophische Erkenntnisse zur Grundlage ihrer Moralvorstellungen und ihrer Ethik machen wird.

SAULUS

UND WIEDER EINE FLUCHT

Ich führte ein Leben wie im Paradies. Ich hatte mir von Achmed ein Seil bringen lassen, um wenigstens einige sportliche Übungen durchführen zu können, da ich spürte, dass ich um die Hüften herum etwas breiter wurde. Es war kein Wunder, bei der guten Verpflegung und dem Müßiggang, zu dem ich verurteilt war. Der Wachtposten hatte die Länge des Seils am Fenster getestet, um zu sehen, ob ich es eventuell als Hilfsmittel für eine Flucht gebrauchen konnte. Aber als er sah, dass noch viele Fuß fehlten, bis man sich an ihm zum Erdboden herablassen hätte können, genehmigte er mir den Besitz. Herodia ließ sich nicht blicken, und es kamen auch keine neuen Gesprächseinladungen von Herodes Antipas. Ich bat Achmed, dem Fürsten eine kleine Notiz von mir zu überbringen. Ich ersuchte ihn, mir einige Bücher aus seiner Bibliothek ausleihen zu dürfen. Schon eine Stunde später kam der Bibliothekar zu mir und fragte mich nach meinen Wünschen. Ich bestellte zehn Bücher bei ihm, die sich in erster Linie mit geschichtlichen Themen befassten. Ich hatte meine alte Leidenschaft für das Lesen wieder entdeckt. Außerdem war es die angenehmste Beschäftigung, um die Zeit totzuschlagen. Manchmal öffnete der Wachtposten die Tür, und einer der Hofschranzen des Fürsten betrachtete mich stumm, als wäre ich ein seltener Vogel, der neu in der Voliere war. Einmal drängten sich drei Hofdamen der Herodia im Türrahmen, kicherten albern und verschwanden dann wieder.

Achmed hielt sich jetzt häufiger in meinen Räumen auf, auch wenn er gerade nichts zu tun hatte. Er war in Syro-Phönizien bei der Arbeit auf dem Feld von Söldnern aufgegriffen worden. Seine Schwester und seinen älteren Bruder hätten die Söldner ebenfalls gefangen genommen, erzählte er. Der Haushofmeister des Fürsten habe ihn dann auf dem Sklavenmarkt ausgesucht. Er hatte das Recht, vor dem Verkauf der übrigen, einige Sklaven für den Landesfürsten zu rekrutieren. Achmed hatte den Mann flehentlich gebeten, wenigstens auch seine Schwester mitzunehmen, aber der Mann hatte ihm diese Bitte abgeschlagen.

„Inzwischen weiß ich wenigstens, wo sich mein Bruder und meine Schwester aufhalten“, sagte Achmed. „Sie sind beide im Hause eines reichen Kaufmanns gelandet. Er heißt Mattathias und lebt allein in einem riesigen Haus. Nur seine Sklaven leisten ihm Gesellschaft und er behandelt sie ausgesprochen gut.“

„Hast du Kontakt zu ihnen“, fragte ich.

„Wir sehen uns in der Stadt, wenn wir zufällig am gleichen Tag freihaben“, sagte Achmed.

Er putzte zum dritten Mal, den nichtvorhandenen Staub vom Fensterbrett. Ich spürte, dass er etwas auf dem Herzen hatte.

„Es muss etwas ganz Besonderes gewesen sein, für Gottes Sohn zu arbeiten", sagte er dann plötzlich.

„Ich habe nicht für Gottes Sohn gearbeitet", sagte ich. „Ich habe mich um einen Wanderprediger gekümmert."

„Ich verstehe, warum ihr das behaupten müsst", sagte Achmed verständnisvoll, „ihr wollt nicht das gleiche Schicksal erleiden, das Jeschua erleiden musste."

„Woher weißt du vom Schicksal Jechuas", fragte ich überrascht.

„Wir Sklaven haben einen perfekten Nachrichtendienst", antwortete Achmed lächelnd. „Es ist die Ironie des Schicksals, dass wir in allen wichtigen Häusern dieses Landes verkehren. Wenn auch nicht freiwillig. Meistens sind ganze Familie versklavt worden. Dadurch erfährt die Nichte vom Onkel, der Vater vom Sohn oder der Vetter von der Tante, was es an Neuigkeiten in ihrem Hause gibt. Ich habe den hohen Herren hier im Palast schon Kühlung zufächeln müssen, als über strengste Staatsgeheimnisse gesprochen wurde."

„Du weißt aber auch", sagte ich, „dass Erzählungen immer mehr aufgebauscht werden, je häufiger sie weitergegeben werden."

„Natürlich weiß ich das", sagte Achmed. „Ich habe auch ein feines Gespür dafür, was wahr ist, oder nur erfunden wurde."

„Und du glaubst, dass die Geschichten, die von Jeschua erzählt werden, stimmen", fragte ich.

„Ich glaube es nicht, ich weiß es", sagte Achmed mit Bestimmtheit.

„Und was macht dich so sicher", fragte ich.

„Habt ihr nicht selbst erlebt, was in Jerusalem passiert ist, nachdem man Jeschua ans Kreuz geschlagen hat", sagte Achmed.

„Zu dem Zeitpunkt war ich nicht mehr in der Stadt", sagte ich.

Achmed war nicht aufzuhalten. Die Worte sprudelten nur so aus ihm heraus.

„Man hat seinen Leichnam vom Kreuz abgenommen, ihn gesalbt und in Leinentücher gewickelt", sagte er. „Man hat ihn in einem Grab beigesetzt, vor dessen Eingang Legionäre einen zehn Kornsäcke schweren Stein rollten. Als ein paar Frauen am nächsten Tag zum Grab kamen, war der Stein vor dem Eingang verschwunden. Sie gingen in das Grab hinein, und dort saß ein Mann, der mit einem weißen Gewand bekleidet war. Sie erschraken furchtbar, aber der Mann beruhigte sie. „Fürchtet euch nicht", sagte er, „der Gekreuzigte ist auferstanden." Erst jetzt erkannten die Frauen, dass es Jeschua war, der dort vor ihnen saß. Sie fielen auf die Knie und beteten."

Achmeds Gesichtsausdruck hatte sich verklärt. Die Legenden hatten also schon begonnen, dachte ich. Mir war klar, dass sich täglich neue Gerüchte um Jeschua ranken würden. Sein Tod hatte das Interesse an seiner Person nicht zum Erliegen gebracht, sondern wieder aufflackern lassen.

„Jeschua hat seine Leiden auch für uns Sklaven auf sich genommen", sagte Achmed. „Wenn ich auch nie auf Erden ein freier Mensch werden sollte, so bleibt mir wenigstens der Trost, dass ich eines Tages im Himmelreich an der Seite des Erlösers sitzen werde. Meinen irdischen Herren wird er den Zutritt verwehren."

„Du glaubst an unseren Gott", fragte ich. „Bist du Jude?"

„Nein", sagte Achmed. „Ich bin weder Jude, noch gehörte ich je einer anderen Religion an. Aber ich glaube an Jeschua, der für uns Sklaven gestorben und wieder auferstanden ist."

Ich war beeindruckt, mit welcher inneren Überzeugung er diese Sätze sagte. Besonders unter den Randgruppen der Gesellschaft würde es viele geben, die ähnlich denken würden. Religion und Glaube sind oft der einzige Trost, der den Unterdrückten bleibt, um ihr Schicksal zu ertragen.

„Es ist dein gutes Recht, an Jeschua zu glauben", sagte ich deshalb.

Ich sah keinen Grund, diesem armen Sklaven auch noch die letzte Hoffnung zu nehmen. Da Achmed angehalten war, die Tür nach draußen immer einen Spalt offen zu lassen, hatte der Wachposten unser Gespräch belauschen können. Er kam herein.

„Hat dieser Jeschua eigentlich auch etwas über die Söldner gesagt", fragte er. Er gab sich gar keine Mühe, sein Lauschen zu verheimlichen.

„Er hat gesagt, dass alle Menschen gleich sind", beantwortete Achmed seine Frage, bevor ich etwas sagen konnte. „Die Menschen dürfen nur einem Herren dienen, dem Allmächtigen im Himmel."

„Aber er hat keine Tipps gegeben, wie ich diesen verdammten Eid loswerde, den ich auf den Landesfürsten geschworen habe", sagte der Hüne. „Oder doch?"

„Der Glaube wird Ketten sprengen, hat er gesagt", antwortete Achmed.

„Aber nicht wann", brummte der Wachposten. „Wenn ich als alter Mann aus dem Dienst entlassen werde, hilft mir nur noch der Glaube weiter, dass ich mit meinem Ruhegeld überleben kann."

Er ging schulterzuckend hinaus. An der Tür drehte er sich noch einmal um.

„Hole mir etwas Gekühltes zum Trinken", sagte er zu Achmed. „Die Hitze bringt mich noch um."

Achmed verließ den Raum. Es war wirklich unerträglich heiß in diesen Tagen. Selbst die dicken Mauern des Palastes konnten die Hitze nicht abhalten.

Nach einigen Minuten kam Achmed zu mir zurück. Er hielt einen Krug Wein in der Hand, den er auf dem Fensterbrett abstellte.

„Das ist palästinensischer Wein", sagte er. „Der ist nicht für euch bestimmt."

„Und wer soll ihn trinken", fragte ich.

„Der fette Wachposten, der heute Nachtschicht hat", sagte Achmed. „Er schläft sowieso stets nach einer Stunde ein. Heute werde ich dafür sorgen, dass sein Schlaf noch tiefer sein wird als üblich."

„Warum“, fragte ich.

Ich hatte nicht die geringste Ahnung, worauf Achmed hinauswollte.

„Ich werde um Mitternacht die Türe aufschließen“, sagte der Sklave und lächelte mich spitzbübisch an. „In diesen heißen Nächten steht kein Posten auf seinem Platz. Im ganzen Palast hört man nur lautes Schnarchen.“

„Du willst mir zur Flucht verhelfen“, fragte ich überrascht.

„Ich habe den Messias nicht vor dem Kreuz bewahren können“, sagte Achmed, „aber ich will mir später nicht den Vorwurf machen müssen, dass ich euch nicht vor dem gleichen Schicksal bewahrt habe.“

Die erste Freude in mir wurde von Misstrauen abgelöst. War das ein Komplott? Die einfachste Lösung wäre es gewesen, mich auf der Flucht zu töten. Der Gefangene wollte fliehen, aber aufmerksame Wachen haben seine Flucht vereitelt. Man würde mich irgendwo verscharren, und das Problem Saulus wäre aus der Welt geschafft.

Achmed schien meine Gedanken zu erraten.

„Ihr müsst nicht misstrauisch sein, mein Herr“, sagte er. „Ich handele nur auf Befehl.“

Jetzt war ich noch überraschter.

„Wer hat dir den Befehl gegeben? Die Fürstin? Herodes selber“, fragte ich verwirrt.

„Sie können mir nur Anordnungen geben“, sagte Achmed verschmitzt. „Befehlen kann mir nur Jeschua.“

„Hat er zu dir gesprochen“, fragte ich.

„Er muss nicht zu mir sprechen“, sagte Achmed. „Es reicht, wenn ich spüre, was er sich wünscht. Und es ist sein Wunsch, dass ich euch aus dieser misslichen Lage befreie.“

Er lächelte mir aufmunternd zu und ging hinaus.

Was hatte ich für eine Alternative, überlegte ich. Herodes Antipas und die Fürstin hatten sich nicht mehr gerührt. Möglicherweise hatten sie die Idee von Herodia längst verworfen. Würden sie mich an Pontius Pilatus ausliefern, würde sich vielleicht das Verhältnis zwischen ihm und Herodes wieder verbessern. Würden sie mich Kaiphas überstellen, konnte der Landesfürst damit rechnen, dass er endlich einen größeren Anteil an den Tempelabgaben erhielte. Beides waren keine rosigen Aussichten für mich. Es waren bisher immer die einfachen, schlichten Menschen, die mir in Notsituationen weitergeholfen hatten. Johannes, Markus, der Bruder von Arras, Delila, Sarah und Magdalena oder Simon der Fischer. Was sprach dagegen, mein Schicksal jetzt in die Hände eines Sklaven zu legen?

Es war kurz vor Mitternacht, als Achmed meine Räume betrat.

„Der Posten schläft wie ein unschuldiges Kind“, sagte er leise.

„Wenn ich aus diesem Zimmer bin, bin ich noch lange nicht aus dem Palast“, flüsterte ich ihm zu. „Wir können doch nicht davon ausgehen, dass alle Posten schlafen.“

„Es gibt einen Ausgang, der nur von den Dienstboten benutzt wird“, flüsterte Achmed zurück. „Der wird nicht bewacht. Er führt zum Lagerhaus. Im Vorratsraum gibt es ein Fenster, dessen Gitter sich herausnehmen läßt. Das Fenster befindet sich in der Außenmauer des Palastes. Hinter ihm liegt die Freiheit.“

„Wenn das so einfach ist“, sagte ich leise, „warum benutzt ihr diesen Weg nicht für eure eigene Flucht?“

„Wohin soll ein Sklave fliehen“, fragte Achmed. Er zog einen Ärmel hoch und zeigte den festgeschweißten Ring, der ihn als Eigentum des Fürsten kennzeichnete. „Wir werden überall erkannt. Auf Flucht steht der Tod. Also warten wir lieber freiwillig auf den Tag, an dem ein Mächtiger unsere Fesseln sprengen wird.“

Er gab mir einen schwarzen Umhang und dunkle, kurze Wollstrümpfe.

„Legt den Umhang um, und zieht die Strümpfe über eure Sandalen“, sagte er. „So, wie ich es getan habe.“

Ich sah, dass er ebenfalls Strümpfe über seine Fußbedeckung gezogen hatte. Ich tat, was er anordnete, und wir schlichen an dem schlafenden Wächter vorbei auf den Gang. In Haltern an den Wänden der Gänge brannten Fackeln. Achmed führte mich zielstrebig durch ein wahres Labyrinth von Gängen, Treppen und kleinen Vorräumen. Ab und zu trafen wir auf einen Wachposten, der schnarchend am Boden lag. Über manchen mussten wir vorsichtig hinübersteigen. Wir kamen zu der Tür, die zum Innenhof führte. Achmed deutete mir an, dass ich warten solle. Er ging hinaus und vergewisserte sich, dass niemand im Hof war. Dann gab er mir ein Zeichen, ihm zu folgen. Mit schnellen Schritten überquerten wir den Hof und verschwanden im Lagerhaus.

„Hier müssen wir nicht mehr flüstern“, sagte Achmed. „Hier hören uns nur die Ratten und Mäuse.“

Wir gingen einige Stufen in den Keller hinunter und Achmed öffnete die Tür zu dem Raum, in dem die getrockneten Früchte lagerten. Ein paar Mäuse flohen verängstigt in ihre Löcher. Achmed griff nach dem Gitter vor dem Fenster und zog es mit einem kurzen Ruck heraus. Das Fenster lag halb unter, halb über der Erde, aber der obere Teil ließ genug Platz, um hinausklettern zu können.

„Haltet euch rechts, wenn ihr auf der Straße seid“, sagte Achmed. „Nach dreihundert Fuß erwartet euch ein Mann, der euch weiterhelfen wird. Auch ihm könnt ihr vertrauen. Es ist mein Bruder.“

Ich kletterte aus dem Fenster hinaus. Draußen angekommen, drehte ich mich noch einmal zu Achmed um.

„Danke für alles“, sagte ich.

„Der Herr möge euch beschützen", sagte Achmed und drückte mir etwas in die Hand, was ich in der Dunkelheit nicht erkennen konnte. „Ich wünsche euch viel Glück."

Er setzte das Gitter wieder ein, winkte mir zu und verschwand.

Ich war gerade fünfzig Schritte gegangen, als eine zarte, hohe Stimme leise rief: „Hier bin ich."

Hatte Achmed nicht davon gesprochen, dass sein Bruder älter wäre? Diese Stimme gehörte aber höchstens einem Kind. Ich machte große Augen, als ein Mädchen aus dem Dunkel auf mich zukam.

„Ich bin Achmeds Schwester", sagte sie. „Mein Bruder konnte nicht weg. Unser Besitzer hat einen seiner depressiven Anfälle, und dann muss mein älterer Bruder ihm immer die Schläfen massieren."

Jetzt, als sie direkt vor mir stand, erkannte ich, dass sie ein außergewöhnlich hübsches Mädchen war. Sie war höchstens fünfzehn Jahre alt.

„Ich weiß genau, was zu tun ist", fuhr Achmeds Schwester fort. „Folgt mir."

Mit schnellen Schritten ging sie voraus. Wir durchquerten die Randgebiete von Tiberias und kamen schon bald an die Stadtmauer. Ein acht Fuß hoher Stapel von Baumstämmen war dort gelagert. Unter einigen abgeschlagenen, kleinen Ästen lag eine Strickleiter, die das Mädchen hervorzog.

„Wir müssen warten, bis die Patrouille vorbei ist", sagte sie. „Die Männer machen ihren Rundgang in unregelmäßigen Abständen, aber es dauert eine halbe Stunde, bis sie wieder auftauchen, wenn sie diese Stelle einmal passiert haben. Dann bleibt euch Zeit genug, um auf die Stämme zu klettern und die Strickleiter über die Mauer zu werfen. Auf der anderen Seite lasst ihr sie wieder herunter. Dann müsst ihr euch allerdings acht Fuß fallen lassen, weil wir keine längere Leiter auftreiben konnten."

Es tat mir jetzt schon leid, dass ich mich von dem hübschen Kind trennen musste. Aber ich schalt mich einen Narren, dass ich auch nur einen Gedanken daran verschwendete.

Einer der Söldner musste gerade einen deftigen Witz erzählt haben. Die Männer der Patrouille zogen lachend und brüllend an uns vorbei.

„Beeilt euch", sagte das Mädchen, als sie in der Dunkelheit verschwunden waren. „Auf der anderen Seite erwartet euch ein Freund von uns. Auf seinem Maultierkarren werdet ihr eure Reise fortsetzen."

Ich gab ihr einen flüchtigen Kuss und stieg auf die Baumstämme. Ich brauchte drei Versuche, bis sich die Griffe der Leiter am oberen Ende der Mauer verhakt hatten. Dann kletterte ich hinauf. Als ich oben war, warf ich noch einen Blick zurück, aber das Mädchen war verschwunden. Ich befestigte die Leiter an der anderen Seite der Stadtmauer und ließ mich hinunter. Als ich am Ende der

Leiter war, kam es mir vor, als wären es noch mindestens zwanzig Fuß bis zum Erdboden.

„Springt", rief eine Stimme von unten. „Es liegen zwei Bündel Stroh auf dem Boden."

Ich ließ los und landete in den Strohballen. Ein älterer Mann half mir auf die Beine.

„Legt euch unter die Plane", sagte er und zeigte auf seinen Karren. „Es ist besser, wenn man euch nicht sieht, falls wir kontrolliert werden. Ihr seht nun wirklich nicht aus wie ein Sklave."

„Wohin fahren wir", fragte ich, als ich auf den Karren kletterte.

„Ich muss nach Dora in Syro-Phönizien", sagte der Alte. „Mein Herr erwartet eine Ladung Elfenbein, die dort mit dem Schiff ankommen soll."

Unter der Plane hatte der Mann Decken ausgebreitet und es vergingen nur wenige Augenblicke, bis ich tief und fest eingeschlafen war. Selbst das Holpern der Wagenräder, die den Karren auf und ab hüpfen ließen, konnte mich davon nicht abhalten.

ACHMED

EIN ERFOLGSERLEBNIS

Es war wunderbar. Als ich am nächsten Morgen den dicken Wächter weckte, weil ich mit dem Frühstückstablett in das Zimmer des Herrn Paulus wollte. Er stand missmutig auf und wollte den Schlüssel in der Tür umdrehen, aber es war kein Schlüssel da. Er war mein Abschiedsgeschenk, das ich dem Paulus durchs Kellerfenster gereicht hatte, als er bereits in Freiheit war.

„Welcher Spaßvogel hat den Schlüssel gestohlen", fragte der Wachposten ärgerlich. „Warte hier. Ich werde im Zimmer der Leibwache nachfragen."

Er stampfte wütend davon. Nach einigen Minuten kam er mit dem diensthabenden Offizier zurück. Auch der starrte nur fassungslos auf das leere Schlüsselloch. Dann zog er am Türgriff, um zu prüfen, ob die Türe verschlossen war.

„Du wirst geschlafen haben, du hirnlose Masse Mensch", sagte er böse zu dem Dicken. „Du kannst von Glück sagen, dass du wenigstens abgeschlossen hast."

„Ich habe nicht einen Augenblick geschlafen", log der Wächter. „Ich bin nur manchmal ein paar Schritte auf und ab gegangen, um mir die Beine zu vertreten."

„Brich die Tür auf", befahl der Offizier. „Das Geld, das eine neue kostet, werde ich dir von Deinem Sold abziehen."

Der massige Wachposten warf sich mit seinem ganzen Körpergewicht gegen die Tür und die zersplitterte, als wäre sie aus Glas.

Der Offizier betrat die Räumlichkeiten.

„Er ist verschwunden", sagte er mit drohendem Unterton.

„Vielleicht ist er im Baderaum", sagte der Dicke hastig und rieb sich die schmerzende Schulter, mit der er sich gegen die Tür geworfen hatte.

„Stelle keine Vermutungen an, sondern sieh nach", sagte er Offizier böse.

Der Wächter sah im Baderaum nach.

„Hier ist er auch nicht", sagte er kleinlaut.

Er ging zum Fenster und sah hinaus.

„Auch wenn er mit diesem Jeschua zusammengearbeitet hat", sagte der Offizier höhnisch, „wird er trotzdem kein Engel sein, der aus dem Fenster geflogen ist."

Mit schnellen Schritten lief er zur Unterkunft der Wachmannschaft zurück und gab Alarm. In der nächsten Stunde glich der Palast einem Bienenhaus. Sämtliche Leibgardisten suchten jeden Winkel ab. Sogar in den riesigen Töpfen, in denen das Essen für das Personal gekocht wurde, sahen Wächter nach. Aber natürlich war nirgends eine Spur von Paulus zu entdecken.

Herodes muss einen Tobsuchtsanfall bekommen haben, als der Offizier ihm später mitteilte, dass Paulus geflohen war. Er hatte blutunterlaufene Striemen im Gesicht, die nur davon herrühren konnten, dass der Landesfürst mit seiner Reitpeitsche, die er immer in Griffnähe bei sich liegen hatte, seine grenzenlose Wut zum Ausdruck gebracht hatte.

Ich zog mich in den Raum zurück, in dem wir Sklaven uns aufzuhalten hatten, wenn man uns nicht benötigte. Nach einer weiteren Stunde kam ein Leibgardist zu mir und befahl, dass ich mich unverzüglich bei Herodes zu melden hätte.

Der Landesfürst empfing mich mit einem so zornesroten Gesicht, dass man fürchten musste, ihn würde der Schlag treffen.

„Was weißt du über das Verschwinden des Gefangenen", fragte er drohend.

„Nichts, hoher Herr", antwortete ich. „Ich habe ihm sein Nachtmahl gebracht. Da saß er lesend auf seinem Stuhl und war so in die Lektüre vertieft, dass er mein Hereinkommen gar nicht bemerkte."

„Der Wachtposten, der am Tag Dienst hatte, hat mir berichtet, dass du dich lange mit diesem Paulus unterhalten hast", sagte Herodes Antipas. „Worüber habt ihr gesprochen?"

Ich überlegte kurz, ob der Wächter den Inhalt unserer Unterhaltung genau wiedergegeben haben könnte, aber dann fiel mir ein, dass er Paulus ja auch diese provozierende Frage nach der Aufhebung seines Eides gestellt hatte. Er würde sich hüten, mich anzuschwärzen, weil er damit rechnen musste, dass ich auch meine Informationen weitergeben würde.

„Ich habe mich nur nach seinen Wünschen erkundigt", log ich. „Er wollte, dass ich ein paar Bücher gegen neue austausche."

„Du weißt, dass ich dich vierteilen lasse, wenn du nicht die Wahrheit sagst", zischte mich der Landesfürst ungnädig an.

„Ich würde euch immer die Wahrheit sagen, hoher Herr", antwortete ich. „Das gebietet mir schon der Respekt, den ich vor euch habe."

Ich dachte mir, dass mir Jeschua im Himmel diese Lügen verzeihen würde, weil ich sie nur vorbrachte, um einen seiner Freunde zu schützen.

„Der Nachtwächter kommt in den Kerker", sagte der Landesfürst zu einem anderen Offizier, der neben ihm stand. „Zwei Wochen bekommt er nicht einmal Wasser und Brot. Das Schwein ist sowieso zu fett."

Der Offizier salutierte und gemeinsam verließen wir das Arbeitszimmer des Herodes Antipas.

Es müssen sich furchtbare Szenen zwischen Herodia und ihrem Gemahl abgespielt haben. Die Sklavin, die für die Pflege der Schuhe der Fürstin zuständig war, erzählte mir, dass Herodia gefordert hätte, dass alle diejenigen enthauptet werden sollten, die mit dem Paulus in Berührung gekommen wären.

„Dann müssen wir beide unseren Kopf auch auf den Block des Henkers legen“, hatte Herodes gesagt.

„Du hast eine merkwürdige Art von Humor“, hatte die Fürstin böse geantwortet. „Du verlierst eine Trumpfkarte und machst auch noch Scherze.“

„Im ganzen Land wird nach ihm gesucht“, hatte Herodes sie zu beruhigen versucht. „Ich habe ein Kopfgeld von tausend Denaren ausgesetzt. Alle Söldner sind aus dem Urlaub zurückgerufen worden. Sie werden jeden Winkel von Galiläa durchkämmen.“

„Gebe Gott, dass sie ihn finden“, hatte Herodia gesagt.

„Gott wird sich eher auf seine Seite schlagen“, hatte Herodes gesagt. „Wenn auch nur ein Funken Wahrheit an der Geschichte dieses Jeschuas ist, dann sind Paulus und der Allmächtige Verbündete.“

„Du verlangst doch nicht von mir, dass ich jetzt in Lachen ausbreche“, hatte die Fürstin geantwortet und war wütend aus dem Zimmer gestürzt.

An meinem nächsten freien Nachmittag traf ich meine Schwester Nur, die mir erzählte, dass Paulus die Stadt unbehelligt verlassen hatte.

Ich sandte ein Stoßgebet zum Himmel, in dem ich Gottes Sohn bat, den braven Mann weiterhin zu beschützen.

SAULUS

IM REICH DER SAMÄER

Was sich in den nächsten Tagen ereignete, war eine solche Verkettung von Zufällen, dass man sie als unglaublich beschreiben könnte. Ich war bereits sieben Tage mit dem alten Mann unterwegs, als wir kurz vor den Toren von Dora waren. Ich hatte schon bemerkt, dass sich die ersten Anzeichen für einen erneuten Anfall einstellten, aber hoffte, dass wir es noch ohne Schwierigkeiten bis zur Stadt schaffen würden. Aber die Lähmungserscheinungen wurden immer heftiger. Ein Schüttelfrost überfiel mich, und ich bekam so starke Atemprobleme, dass ich fast keine Luft mehr bekam. Der Alte merkte, dass etwas mit mir nicht stimmte und hielt den Wagen an. Das war das Letzte, was ich noch wahrnahm, bevor ich in eine tiefe Bewusstlosigkeit fiel. Erst später erfuhr ich, dass ich acht Tage in einer Art Koma lag, und alle, die mich sahen, davon überzeugt waren, dass ich jeden Augenblick sterben müsste.

Ich erwachte in der Kajüte eines Segelschiffs. Ein Matrose saß mit einem Leinentuch auf dem Schoß vor meinem Bett.

„Kein Mensch auf dem Schiff hätte geglaubt, dass du je wieder die Augen aufmachen würdest“, sagte er. „Ich sitze hier schon seit einigen Stunden, weil der Kapitän mich beauftragt hat, dich in dieses Tuch zu wickeln, wenn du deinen letzten Atemzug getan hättest. Wir wollten dich wie einen Seemann über Bord werfen.“

„Wo sind wir“, fragte ich ihn und versuchte, mich aufzurichten, aber mein Körper war so geschwächt, dass es mir nicht möglich war.

„Heute Morgen sind wir in den Bahr en-Nil gesegelt“, sagte der Mann.

„In den Bahr en-Nil“, fragte ich.

Ich war davon überzeugt, dass ich mich verhört hatte. Aber der Mann belehrte mich eines Besseren.

„Ja“, bekräftigte er. „Wir segeln bis Assuan. Nehmen dann den Landweg bis Leuke Kome. Dort erwartet uns ein Schiff im Hafen, mit dem wir durch das Rote Meer bis zu unserem Zielort Marib weiterfahren.“

„Wo zum Teufel, liegt Marib“, fragte ich entsetzt.

„Fluchen kannst du schon wieder ganz gut“, sagte der Matrose. „Marib ist die Hauptstadt des sabäischen Reiches. Wenn du Glück hast, dann läuft dir die Königin von Saba über den Weg.“

Er ging lachend hinaus, und kam nach einer Weile mit dem Kapitän in die Kajüte zurück.

„Der Koch rührt dir einen Haferbrei an“, sagte der Kapitän. „ich denke, es ist besser, wenn wir deinen Magen mit leichter Kost wieder zur Verdauung anregen.“

„Wie bin ich auf dieses Schiff gekommen“, fragte ich.

„Ein Mann, ich glaube, ein Sklave, hat dich in Dora an Bord getragen“, sagte der Kapitän. „Ich habe mich geweigert, dich mitzunehmen. Was sollte ich mit einem todkranken Mann an Bord anfangen? Aber dann hat er mir erzählt, dass du ein Mitarbeiter dieses Jeschua gewesen bist. Ihr hättet alle die Begabung, in einen todesähnlichen Schlaf zu fallen und dann wieder zum Leben zu erwachen. Ich hatte davon gehört, dass dieser Jeschua sogar nach der Kreuzigung wieder lebend gesehen worden war und war neugierig, ob es dir auch gelingen würde, wieder auf die Beine zu kommen. Ich bin Spieler, musst du wissen, und habe mit meinem ersten Bootsmann eine Wette abgeschlossen. Heute Morgen war ich überzeugt davon, dass ich sie gewinnen würde. Du hast wirklich ausgesehen, als wenn dein letztes Stündchen geschlagen hätte. Wer kann schon acht Tage ohne Essen und Trinken überleben? Jetzt habe ich dich am Hals und dazu auch noch die Wette verloren.“

„Wusste der Mann wohin du segelst“, fragte ich.

Da er mich mit dem vertraulichen du ansprach, nahm ich mir auch dieses Recht heraus.

„Er hat gar nicht danach gefragt“, sagte der Kapitän. „Ich weiß auch nicht, auf wie vielen anderen Schiffen er schon versucht hatte, dich unterzubringen.“

Es war unfassbar. Ich war auf dem Weg in das Land der Sabäer. Unterwegs in genau die entgegengesetzte Richtung, als die, die ich einschlagen wollte.

Dem Schiffskoch, einem freundlichen, älteren Juden, gelang es schnell, mich wieder aufzupäppeln. Nach einiger Zeit kamen wir in Assuan an, und ich war schon wieder so bei Kräften, dass ich der Besatzung beim Beladen der Kamele behilflich sein konnte. Wir hatten Kupfererz geladen, das in Marib geschmolzen und verarbeitet werden sollte. Fünf Tage zog unsere Karawane am Rande der Rub al-Khali, der großen arabischen Wüste entlang, bis wir Leuke Kome erreicht hatten. Der Kapitän ritt auf dem Führungskamel genau so sicher, wie er sein Segelboot durchs Wasser steuerte. Leuke Kome war eine Stadt, die mehr einem riesigen Beduinenlager glich, als einer Hafenstadt am Roten Meer, die ein wichtiger Meilenstein auf der Handelsstraße, die man die Weihrauchstraße nannte, war

„In Marib wirst du viele Glaubensbrüder treffen“, sagte der Schiffskoch, der neben mir auf einem Maulesel ritt. „Nachdem die sabäische Königin Salomo in Jerusalem besucht hatte, hat sie viele Juden angeworben, die sie nach Marib begleiteten. In erster Linie Kupfer- und Silberschmiede.“

„Wie kann man nur so lange in der Fremde leben“, sagte ich.

„Ach weißt du“, sagte der Koch, „was heißt schon Fremde? Wenn du Arbeit hast, eine Frau, die du liebst und Kinder, die dir Freude machen, dann bist du überall zu Hause.“

Wir brauchten einen ganzen Tag, um unsere Fracht von den Kamelen auf das neue Schiff zu transportieren.

Die Fahrt auf dem Roten Meer war ein einzigartiges Erlebnis. Gewaltige Bergketten türmten sich an der Küste auf, die von riesigen Tälern durchschnitten wurden. Wir konnten, da wir sehr nah am Ufer segelten, sehen, wie fruchtbar der Boden in diesen Tälern sein musste, denn leuchtende Kornfelder wurden von großen Obsthainen abgelöst. Fellachen pflügten mit ihren Ochsengespannen brachliegendes Land. Händler näherten sich unserem Schiff in kleinen Booten und riefen uns ihre Angebote zu.

Es war schon eine merkwürdige Welt, in der wir lebten. Noch vor Tagen sahen wir nur endlose Wüste, und hier schien das Paradies auf Erden zu sein. Die Königin von Saba soll drei Jahre gebraucht haben, um von Marib nach Jerusalem zu kommen. Mit den Segelschiffen und der Karawane schafften wir diese Strecke in knapp sechzig Tagen. Auch das war für mich ein Zeichen dafür, dass die Zeit der Antike endgültig vorbei war.

Der Kapitän, ein Syrer, brachte mich in Marib zu einer arabischen Familie, syrische Auswanderer, die sich schon vor zwei Generationen hier niedergelassen hatten. In ihrem Haus wurde ich aufgenommen. Er hatte mir angeboten, wenn er die Weihrauchladung, die er mit in die Heimat nehmen wollte, verstaut hatte, mich wieder mit zurückzunehmen. Aber ich empfand es als eine höhere Bestimmung, dass mich mein Weg hierher geführt hatte und beschloss, zu bleiben.

Das Stadtbild von Marib wurde geprägt von einer monumentalen Tempelanlage. Sie war von einer Größe und Pracht, dass der Jerusalemer Tempel mir dagegen schlicht und bescheiden vorkam. Mannsgroße Bronzelöwen standen rechts und links auf dem Weg, der zum Hauptportal des Tempels führte. Riesige Parks umgaben den Tempel, in denen Gazellen, Steinböcke und Giraffen an den Zäunen auf Besucher warteten, die ihnen Leckereien zuwarfen. Hinter diesen Parks waren die Wohn- und Geschäftshäuser so gebaut worden, dass sie einen Kreis um diese Tempelanlage bildeten. Hinter jedem Kreis folgte ein weiterer. Aus der Luft musste die Stadt aussehen, wie eine riesige Schnecke. Im Gegensatz zu den bunten Häusern waren die Menschen eintönig gekleidet. Männer und Frauen trugen lange Gewänder und Kopfbedeckungen, die selten erkennen ließen, welchem Geschlecht diese Person angehörte. Die Juden erkannte man daran, dass sie sich keine Tücher um den Kopf banden. In den Augen der Samäer waren sie die Ungläubigen, die nicht an Almaqa, ihren Hauptgott glaubten. Der samäische König Sailas hatte der kleinen Minderheit aber großzügig erlaubt, sich am Rande der Stadt eine Synagoge und ein Gemeindehaus zu errichten. Hier traf man sich zum

Sabbatgebet und feierte anschließend Hochzeiten, die Bar-Mizwa oder saß im Gemeindehaus gesellig beieinander. Ich hatte schnell Kontakt mit der Gemeinde und schon bald darauf eine Arbeit bei einem Kupfergießer. Ich hatte dafür zu sorgen, dass der Schmelzofen immer die richtige Temperatur hatte. Es war eine schweißtreibende Arbeit. Die Hitze, die aus dem Schmelzofen strömte, war oft so heiß, dass ich fürchtete, mein Haar könnte Feuer fangen. Dazu kam, dass es in Marib keine Jahreszeiten gab. Hier kannte man nur den Sommer. Unerbittlich schien die Sonne, die fast immer senkrecht am Himmel stand auf die Stadt. Während meines vierjährigen Aufenthalts regnete es nicht ein einziges Mal. Mit Wasser versorgten sich die Einwohner aus den nahen Bergen. Geschickt angelegte Kanäle durchzogen die ganze Stadt und jeder Bewohner konnte sich das quellfrische Wasser zum eigenen Haus umleiten.

Aber ich fühlte mich wohl in Marib. Mein Zimmer im Haus der samäischen Familie war groß und gemütlich, und ich hatte schon bald viele Freunde in der jüdischen Gemeinde. Niemand fragte hier, woher man kam oder wohin man ging. Man erzählte, was man erzählen wollte, und keiner machte den Versuch, den anderen auszuhorchen. Ich war Saulus aus Tarsos und das reichte. Niemanden interessierte es, warum ich nach Marib gekommen war. Das Ehepaar, bei dem ich wohnte, hatte zwei Töchter. Daß es sich um Mädchen handelte, merkte ich erst, nachdem ich schon einen Monat im Haus war. Auch im Inneren nahmen die Frauen nie die Tücher vor ihrem Gesicht ab, und es war ihnen untersagt, mit einem Mann auch nur ein Wort zu wechseln. Dann aber sah ich die Mädchen zufällig durch mein Fenster, als sie unverschleiert im Schatten hinter dem Haus ein Brettspiel spielten. Lilitu, die jüngere Tochter, hatte mich ebenfalls entdeckt, aber weder erschrak sie, noch zog sie ihren Schleier vor das Gesicht. Sie lächelte mich kurz an und wandte sich dann wieder dem Spiel zu, um die Aufmerksamkeit ihrer älteren Schwester nicht auf mich zu lenken. Wenn wir uns von diesem Tag an im Haus trafen, tauschten wir lange Blicke aus, und ich wagte es manchmal, im Vorbeigehen ihre Hand zu berühren. Die Samäer sprachen ein Arabisch mit starkem hamtitischen Einschlag. Mit meinem angeborenen Talent für Sprachen fiel es mir nicht schwer, mich sehr schnell mit den samäischen Bewohnern der Stadt zu unterhalten. Die Samäer feierten den Tag nach dem Sabbat als den Tag ihrer Götter, und es war auch der jüdischen Minderheit verboten, an diesem Tag zu arbeiten. Dadurch hatte ich in jeder Woche zwei freie Tage, die mir, bei der anstrengenden Arbeit, die ich zu verrichten hatte, mehr als willkommen waren. An den samäischen Feiertagen unternahm der Hausherr mit seiner Familie oft Ausflüge, und bald durfte ich daran teilnehmen. Die Männer gingen voran, plauderten über Geschäfte, oder über die überaus beliebten Hahnenkämpfe, die stets am Abend in einer kleinen Arena stattfanden. Die Frauen folgten mit einem Abstand von zwanzig bis dreißig Fuß.

Man hörte ihr Kichern und Plappern, aber wenn der Hausherr sich nur einmal umdrehte, verstummten sie, folgten uns schweigend, bis sie nach einer Weile wieder mutiger wurden, und man ihr fröhliches Geplauder wieder vernahm. Wenn wir das Ziel unseres Ausflugs erreicht hatten, wurden Decken auf dem Boden ausgebreitet, und es gab Speisen und Getränke. Auch hier saßen die Frauen in gebührendem Abstand gut zwanzig Fuß von den Männern entfernt. Nach dem Essen spielten die Männer mit bunten Holzkugeln. Eine rote wurde an eine Stelle geworfen und es wurden zwei Mannschaften gebildet. Eine erhielt blaue Kugeln, die andere weiße. Jetzt galt es, die eigene Kugel so nahe wie irgendmöglich an die rote heranzuwerfen. Lag eine gegnerische Kugel im Weg, musste man diese treffen, um sie von der roten wegzustoßen. Die Mannschaft, die die meisten Kugeln in der Nähe der roten platziert hatte, gewann das Spiel.

Auch vor den Toren der Stadt gab es eine Vielzahl von künstlich angelegten Kanälen, die dafür sorgten, dass die Bauern ihre Anpflanzungen wässern konnten. An einem dieser Kanäle hielten sich die Frauen nach dem Essen auf. Sie entledigten sich ihrer Sandalen und hielten ihre Füße in das kühlende Nass. Jetzt war auch der Zeitpunkt gekommen, an dem sie sich unterhalten durften, ohne einen tadelnden Blick ihres Gebieters befürchten zu müssen. Ich stellte mich bei dem Kugelspiel sehr ungeschickt an, und keine der Mannschaften legte Wert darauf, mich in ihren Reihen zu haben. Darum setzte ich mich meistens in den Schatten einer Palme und beobachtete das Treiben. Ich bemerkte, dass Lilitu, wenn sie sich unbeobachtet fühlte, verstohlen zu mir herüberschaute.

Es war eine drückend heiße Nacht, und ich lag nackt auf meinem Lager, als ich von einer zarten Berührung wach wurde. Im ersten Moment glaubte ich, dass eine Fledermaus mich gestreift hätte, die sich durch das offene Fenster in mein Zimmer verirrt hatte. Aber als ich die Augen aufschlug, sah ich Lilitu. Sie hatte sich in mein Zimmer geschlichen, lag, ebenfalls völlig unbekleidet, neben mir und streichelte die Haare auf meiner Brust.

„Sie werden mich töten, wenn sie dich bei mir finden“, flüsterte ich ihr zu.

Nach dem samäischen Recht war es jedem Ungläubigen verboten, mit einer Samäerin eine Beziehung einzugehen. Eheschließungen zwischen Samäern und Andersgläubigen bedurften der Zustimmung eines besonderen Gerichtshofs, der für alle Glaubensfragen zuständig war.

„Was ich dir schenke“, flüsterte das Mädchen zurück, „ist so teuer, dass der Tod ein lächerlicher Preis dafür ist.“

Sie sollte recht behalten. Noch nie vorher, habe ich eine solche leidenschaftliche Nacht erlebt wie die, die mir Lilitu schenkte. Im Morgengrauen schlich sie sich wieder aus meinem Zimmer und ich schlief erschöpft, aber glücklich ein.

Als ich am folgenden Tag von der Arbeit nach Hause kam, empfing mich der Hausherr mit finsterer Miene.

„Ich muss mit dir reden", sagte er. „Aber nicht hier im Haus. Wir werden einen kleinen Spaziergang unternehmen."

Seine Frau hatte, als sie mein Zimmer aufräumen wollte, die Spuren der Entjungferung ihrer Tochter auf dem Bettlaken entdeckt. Der Vater hatte gedroht, beide Töchter zu verprügeln, wenn sich die schuldige nicht zu ihrem Vergehen bekannte. Lilitu hatte sofort zugegeben, dass sie es war, die mich in der Nacht besucht hatte.

„Wenn ich den Vorfall melde, und ich bin verpflichtet, es zu tun, dann wird man dich enthaupten", sagte der Hausherr, als wir uns einige Schritte vom Haus entfernt hatten.

Ich versuchte nicht, mich zu entschuldigen, oder Ausreden zu erfinden. Jede Erklärung von mir wäre überflüssig gewesen.

„Ich habe dich in diesem halben Jahr lieb gewonnen", fuhr Lilitus Vater fort. „Almaqa hat es nicht gewollt, dass meine Frau mir einen Sohn schenkte. Aber es war sein Wille, dass du in mein Haus gezogen bist."

„Ich habe dein Vertrauen missbraucht und gegen die Gesetze deines Landes verstoßen", sagte ich. „Ich werde die Strafe auf mich nehmen, die ich verdient habe."

„Ich will dich nicht verlieren", sagte der Mann. „Es gibt nur eine Möglichkeit wie wir die Angelegenheit aus der Welt schaffen können. Ich muss vor dem hohen Gericht um die Erlaubnis nachsuchen, Lilitu mit dir vermählen zu dürfen."

„Dann würde ich nicht nur straffrei ausgehen", sagte ich zerknirscht, „sondern auch noch eine Belohnung für mein Fehlverhalten bekommen, wie ich sie mir schöner nicht vorstellen kann."

„Du wärst also bereit, sie zur Frau zu nehmen", fragte der Mann.

„Es wäre für mich die größte Ehre, die du mir erweisen könntest", antwortete ich.

Die Formalitäten waren schnell erledigt. Das Gericht hatte keine Einwände gegen unsere Heirat. Wir wurden einmal nach dem samäischen und in der Synagoge nach dem jüdischen Recht getraut. Den Rabbiner der Gemeinde störte es nicht, dass Lilitu nicht zum jüdischen Glauben übertrat.

„Man muss sich den Gepflogenheiten des Landes anpassen", sagte er zu mir, als ich um einen Hochzeitstermin anfragte.

Lilitu und ich zogen in ein eigenes Haus, das ebenfalls ihrem Vater gehörte. Sie war eine schlechte Hausfrau, aber die beste Liebhaberin, die man sich vorstellen konnte. Was machte es da, wenn sie die Speisen fast ungewürzt ließ, die Sachen noch monatelang an dem Platz standen, an dem sie bei unserem Einzug abgelegt worden waren und Lilitu keinerlei Lust zeigte, die Betten zu machen oder Staub zu wischen. Unsere Nächte entschädigten mich für jede dieser kleinen Unfähigkeiten. Lilitu war ein Naturtalent und so temperamentvoll, dass ich an manchem Tag unausgeschlafen vor dem Schmelzofen stand. Das Sabbatmahl nahmen wir im Gemeindehaus ein, am Tag darauf waren wir regelmäßig zum Essen bei ihren Eltern eingeladen. Dadurch bekam ich zweimal wöchentlich ein wohlschmeckendes Gericht, und dass reichte mir. Lilitu war erst fünfzehn Jahre alt, und ich passte auf, dass sie nicht schwanger wurde. Zwar wünschte sie sich sehnlichst ein Kind von mir, aber sie ließ sich dann doch von mir überzeugen, dass wir uns damit noch etwas Zeit lassen sollten.

„Wenn du ein Kind unter dem Herzen trägst", sagte ich, „dann werden wir auf manche heiße Nacht verzichten müssen."

Und dass war das Letzte, worauf Lilitu verzichten wollte.

Im Grunde genommen führte ich ein glückliches Leben. Der Kupfergießer machte mich zum Aufseher über seine Schmelzöfen, was bedeutete, dass ich nicht mehr selber das Brennholz nachlegen musste, sondern nur darauf zu achten hatte, dass die Heizer das Feuer nicht ausgehen ließen. Über Lilitus Vorzüge habe ich mich schon ausgiebig ausgelassen. Mein Freundeskreis wuchs nicht nur in der jüdischen Gemeinde, es kamen auch immer mehr sabäische Familien dazu.

Auf der anderen Seite machte sich aber eine unstillbare Sehnsucht nach meiner Heimat bemerkbar. Ich spürte erst jetzt, wie sehr ich mein Palästina liebte, seine Sprache, seine Menschen und seine Traditionen. Lilitu gegenüber ließ ich mir nichts anmerken, aber in den Gesprächen mit den Gemeindemitgliedern, die wir stets auf Hebräisch führten, schwärmten wie uns gegenseitig vor, welch wunderbares Land doch unsere Heimat wäre, schwelgten in Erinnerungen an die herrliche Metropole Jerusalem und weinten oft, wenn wir alte, jüdische Volksweisen sangen.

Wie jeder Abschnitt meines Lebens, wurde auch der nächste vom Zufall bestimmt. Ich war an einem Abend mit Lilitu zum Hafen spaziert, um die großen Schiffe zu bewundern, die dort vor Anker lagen. Plötzlich stand der Kapitän, der mich vor vier Jahren hierhergebracht hatte, vor mir.

„Hallo, Paulus", sagte er. „Du siehst ja aus, wie ein Eingeborener."

Er betrachtete Lilitu, die selbstverständlich in der Öffentlichkeit verschleiert war. Nur in unserem Haus lief sie ohne Kopfbedeckung herum. Das war der Kompromiss, den wir zwischen samäischem und jüdischem Glauben getroffen hatten.

Ich stellte ihm Lilitu vor und lud ihn ein, am späteren Abend unser Gast zu sein.

„Ich kann dich verstehen", sagte er lachend, als er eine Stunde später unser Haus betrat und Lilitu in einem langen, engen Kleid sah, das ihre Figur gut erkennen ließ. „Bei einer solchen Frau würde ich mich sogar am Ende der Welt wohl fühlen."

Er erzählte, dass Kaiser Tiberius gestorben sei, und Caligula seine Nachfolge angetreten hätte. Der Prokurator, Pontius Pilatus, hätte sich selber das Leben genommen und Kaiser Caligula hätte Herodes Antipas in die Verbannung geschickt. Er habe gehört, berichtete er weiter, dass Caligula wahre Hetzjagden auf die Christen, die Anhänger der Religion des Jeschua, in Rom veranstalten würde. Selbst in Jerusalem würde es bereits christliche Gemeinden geben, die sich erbitterte Streitereien mit den jüdischen Traditionalisten liefern würden.

„Weißt du etwas über das Schicksal des Hohepriesters Kaiphas", fragte ich ihn.

„Den hat mein Landesherr, der Legat Vitellius von Syrien, abgesetzt", antwortete der Kapitän. „Wer seinen Posten übernommen hat, weiß ich allerdings nicht."

Das waren gute Neuigkeiten. Meine drei ärgsten Widersacher waren aus ihren Ämtern vertrieben worden. Einer, Pontius Pilatus, hatte sich durch seinen Selbstmord selber abgesetzt. Jetzt drohte mir in Judäa und Galiläa sicher keine Gefahr mehr. Was sprach dagegen, die alte Heimat wieder aufzusuchen? Eigentlich nur Lilitu. Konnte ich es wagen, sie aus ihrem gewohnten Lebenskreis herauszureißen? Sie sprach kein Wort hebräisch oder griechisch. Mit wem, außer mit mir, sollte sie sich in Palästina unterhalten. Selbst ihr hamitisches Arabisch würden die Araber, die in Palästina lebten nicht verstehen. Und dann war da auch noch Ruth. Ich hatte nie aufgehört, an sie zu denken. Ich liebte Lilitu, aber mit Ruth verband mich etwas, was ich nicht beschreiben konnte.

Der Aufenthalt des Kapitäns in Marib dauerte drei Tage. Eine Stunde, bevor sein Schiff im Hafen ablegte, ging ich an Bord und bat ihn, mich mit nach Palästina zurückzunehmen. Ich hatte zwei Dinge, die ich wie einen Schatz hütete. Das eine war der Schlüssel, den mir Achmed beim Abschied in die Hand gedrückt hatte, und den ich wie ein Amulett stets bei mir trug, das zweite die Adresse von Josef von Arimathäa in Safed, die ich von Jakobus bekommen hatte. Josef würde ich als erstes aufsuchen. Ansonsten besaß ich nur, was ich auf dem Körper trug und einige Goldmünzen, die ich aus der Schachtel genommen hatte, in der Lilitu unser Geld aufbewahrte.

„Ich würde dich bitten, auch bei späteren Besuchen in Marib nie zu erwähnen, dass ich mit dir die Stadt verlassen habe", bat ich ihn.

Wenn im samäischen Reich ein Mensch ein halbes Jahr verschollen war, wurde er nach heimischem Recht für tot erklärt. Eine Witwe durfte, wenn sie in der Ehe kinderlos geblieben war, einen neuen Lebensbund eingehen. Ich hoffte, dass Lilitu einen neuen Mann finden würde, mit dem sie mehr Glück haben würde, als mit mir.

Die Reise nach Dora, dem Bestimmungshafen des Kapitäns, verlief nicht so glücklich, wie die, die wir vor vier Jahren unternommen hatten. In Leuke Kome hatte eine unbekannte Seuche die Kamele befallen, und es dauerte Wochen, bis aus dem Landesinneren neue Tiere in der Stadt eintrafen. Erst dann konnten wir unseren Landweg nach Assuan in Angriff nehmen. Als wir endlich in Dora ankamen, war fast ein halbes Jahr vergangen. Bei einem Vetter des Kapitäns kaufte ich mir ein Reitpferd und machte mich auf den Weg nach Safed, einem kleinen Ort in den galiläischen Bergen in der Nähe des See Genezareth. Bis Ptolemais hielt ich mich auf syro-phönizischem Gebiet auf. Dann durchquerte ich Kana, Magdalla und Kapernaum. Orte, mit denen mich die größten Erinnerungen verbanden. Mir kam es vor, als läge diese Zeit fast zwanzig Jahre zurück.

Josef von Arimathäa und seine Frau Zehava begrüßten mich, als hätten sie mich schon seit langem erwartet.

„Man sucht immer noch nach dir", sagte Josef, „aber es wird sich kaum jemand an dein Aussehen erinnern. Du bist für die Kinder und die Nachbarn mein Bruder Samuel, der in Tabhgah gelebt hat und nun, nach dem Tode seiner Frau, zu uns gezogen ist."

„Mein Vater heißt Samuel", sagte ich. „Den Namen werde ich mir deshalb gut merken können."

Josef, der viel im Lande herum kam, erzählte mir, dass ein gewisser Hannas neuer Hohepriester in Jerusalem geworden sei. Seit wenigen Monaten wäre Herodes Agrippa von Kaiser Caligula zum König von ganz Palästina ausgerufen worden. Herdodias Traum, dass ihr Sohn einmal diese Position einnehmen würde, hatte sich also nicht erfüllt. Caligula hatte ihren Bruder zum Nachfolger des Herodes Antipas ernannt. Es gäbe einen kaiserlichen Befehl, berichtete Josef weiter, dass alle Mitarbeiter des Jeschuas zu Geächteten zu erklären seien, und die Ergreifung und der Tod jedes einzelnen von ihnen unverzüglich Rom zu melden sei. Caligula hoffte, damit die unaufhörliche Verbreitung des Christentums, so nannte sich die neue Religion jetzt, eindämmen zu können.

Wir schrieben das Jahr 3811 nach jüdischer Zeitrechnung.

War es wirklich schon sechs Jahre her, dass sie Jeschua ans Kreuz geschlagen hatten? Wer von meinen alten Freunden war noch am Leben?

War der Hohepriester Hannas identisch mit dem Rabbiner, der im ersten Prozess gegen Jeschua die Rolle des Anklägers übernommen hatte?

Ich versuchte mich im Hause des Josefs von Arimathäa so nützlich wie möglich zu machen. Ich hütete Schafe, half bei der Olivenernte und beim Weinkeltern, beaufsichtigte die Kinder, wenn das Ehepaar aus dem Haus war, presste Beeren und zog den Hunden Dornen aus den Pfoten. Ich lernte mit dem Dreschflegel umzugehen und Butter zu stampfen. Josef und Zehava gaben mir vom ersten Tag an das Gefühl, als würde ich wirklich zur Familie gehören. Alle zwei Monate stellten sich jetzt die Anfälle wieder bei mir ein. In Marib hatte mich die Krankheit vier Jahre verschont. Wann immer ich mit Josef über meine Abreise sprach, erinnerte er mich an meinen letzten Anfall, und erklärte mit Bestimmtheit, dass er die Verantwortung nicht übernehmen könnte, mich gehen zu lassen.

Ich versprach Josef mit ihm zurückzukehren, wenn er mich einmal nach Nazareth begleiten würde. Ich wollte unbedingt Ruth wiedersehen. Nazareth lag gut drei Tagesritte von Safed entfernt, und eines Tages machten wir uns gemeinsam auf den Weg. Ich hatte keine Schwierigkeiten, das Haus von Jeschuas Eltern zu finden. Mit pochendem Herzen klopfte ich an die Türe. Eine alte Frau öffnete. Ich fragte nach Ruth.

„Ruth“, sagte sie nachdenklich, „der Name sagt mir nichts.“

„Sie hat mit ihren Eltern und Brüdern hier gelebt“, sagte ich.

Vorsichtshalber erwähnte ich nicht, dass es sich um die Familie Jeschuas handelte.

„Mein Mann hat dieses Haus von einem Zimmermann gekauft, der dann mit seiner Familie die Stadt verlassen hat“, sagte die Alte. „Ich weiß nicht, wohin sie gezogen sind. Eine Woche nach unserem Einzug starb mein geliebter Mann. Dieses Haus hat der Teufel gesehen. Du kannst es kaufen, wenn du willst.“

Ich lehnte dankend ab. Ruth war also mit ihren Angehörigen weggezogen. Ich überlegte fieberhaft, wen ich noch nach ihrem Verbleib befragen konnte. Ich erkundigte mich auf der Straße nach Schneiderwerkstätten in der Stadt. Ruths große Leidenschaft war das Anfertigen von Kleidern. Vielleicht hatte sie inzwischen ihren Traum verwirklicht, und einen Laden eröffnet, oder sie arbeitete in einer dieser Werkstätten. Es gab vier von ihnen in Nazareth. Josef suchte zwei auf, ich die beiden anderen. Anschließend wollten wir uns in dem kleinen Gasthaus treffen, in dem ich mit Ruth so glückliche Stunden erleben durfte. Meine beiden Adressen waren Fehlschläge. Auch hier kannte niemand eine Ruth. Josef hatte in der ersten Werkstatt genau so wenig Glück. Die zweite existierte gar nicht mehr. Eine alte Frau hatte ihre Schneiderei vor einem Jahr aufgegeben.

„Aber sie erinnerte sich an eine Ruth, die bei ihr gearbeitet hätte“, sagte Josef. „Eines Tages wäre sie einfach nicht mehr erschienen. Sie hätte nur auf Umwegen erfahren, dass sie mit ihrem Vater die Stadt verlassen habe. Die Brüder seien bereits früher weggezogen, die Mutter schon vor vielen Jahren gestorben.“

„Hast du gefragt, wohin sie mit ihrem Vater gegangen ist“, fragte ich.

„Wofür hälst du mich“, sagte Josef. „darum habe ich doch nur an ihre Tür geklopft. Aber die alte Schneiderin hat nie erfahren, wohin diese Ruth mit ihrem Vater gezogen ist. Sie meinte nur, dass sie möglicherweise nach Ägypten gegangen sein könnten, weil Ruths Vater dort viele Jahre verbracht hätte.“

Ich verspürte seelische und körperliche Schmerzen, als wir nach Safed zurück ritten. Josef schien zu ahnen, wie ich mich fühlte. Er ritt schweigend neben mir her und überließ mich meinen Gedanken.

Ich hatte Lilitu in Marib verlassen, um mein Glück an der Seite meiner geliebten Ruth zu finden. Aber nun hatte ich alle beide verloren.

In Safed verließ ich einen Monat lang mein Zimmer nicht. Ich nahm nur die Speisen durch einen Türspalt entgegen, die mir Zehava hereinreichte. Josef, seine Frau und selbst die Kinder respektierten meinen Wunsch, allein sein zu wollen und warteten geduldig ab, bis ich mein kleines Eremitendasein freiwillig beendete.

Wieder einmal hatte ich Menschen getroffen, die mir Verständnis und Liebe entgegenbrachten. Ich fragte mich immer häufiger, ob ich diese Gefühle oft genug in meinem bisherigen Leben anderen entgegengebracht hatte.

MATTÄUS

EIN UNERWÜNSCHTER BESUCH

Im Jahre 3809 bekam ich eines Tages die Nachricht, dass sich Bartholomäus auf dem Weg nach Griechenland befinden würde. Ich war nicht gerade begeistert, als ich davon erfuhr. Bartholomäus hatte in Rom verbrannte Erde hinterlassen. Während ich in Griechenland eine vorsichtige Annäherung an die Obrigkeit praktizierte, hatte er in Rom auf Konfrontation gesetzt. Illyrien, Epirus, Achia und Griechenland gehörten ebenfalls zum Einflussgebiet des römischen Reiches und wurden von Prokuratoren verwaltet, aber die Römer waren klug genug, diese Länder nicht schamlos auszubeuten, und sicherten sich dadurch das Wohlwollen der einheimischen Bevölkerung. Antonius, der zuständige Prokurator für Griechenland und die Insel Kreta, tolerierte jede Religion, deren Vertreter nicht auf eine Änderung des politischen Systems drangen. Er hatte seinen Hauptsitz in Athen und dort neben dem Zeustempel einen kleineren für Jupiter errichten lassen. Der Göttervater der Griechen und der der Römer wohnten also friedlich beieinander, und es war mein Ziel, eines Tages einen Tempel für Jahwe und seinen Sohn Jeschua an der Stirnseite des großen Platzes erbauen zu lassen. In Griechenland war der Siegeszug des Christentums nicht mehr aufzuhalten. Griechen, jüdische Auswanderer und Mazedonier gehörten bereits den Gemeinden an. Ich war froh, als ich hörte, dass Kaiphas, Pilatus und Herodes nicht mehr in Amt und Würden waren. Andeutungen und Äußerungen von ihrer Seite, was die Person Jeschuas betraf, hätten meine mühevolle Aufbauarbeit nur zurückwerfen können. Sorgen machte ich mir darüber, dass ich nicht erfuhr, was aus Paulus geworden war. Er bedeutete für mich das größte Sicherheitsrisiko. Jeder würde sich daran erinnern, dass er der führende Kopf des Unternehmens Jeschua gewesen ist, und seinen Ausführungen würde man entsprechendes Gewicht beimessen. Aber ich ging davon aus, weil er nirgends in der Öffentlichkeit gesehen wurde, dass Kaiphas oder Pontius Pilatus ihn unauffällig liquidiert haben mussten. Seinen Busenfreund Jakobus würde das gleiche Schicksal ereilt haben. Von Judas Ischariot ging keine Gefahr aus. Er war zu feige, um gegen Bartholomäus und mich aufzutreten.

Ich holte Bartholomäus im Hafen von Nikopolis ab. Die christliche Gemeinde der Stadt hatte ich aufgefordert, mich zahlreich zu begleiten. Bartholomäus sollte sich sofort ein Bild davon machen können, mit welcher aufrichtigen Verehrung mich meine Anhänger bewunderten. Er zeigte sich auch sichtbar beeindruckt, als er die zweihundertköpfige Menschenmenge im Hafen sah, als er von Bord ging. Ich umarmte ihn bei der Begrüßung. Weniger um meiner Freude Ausdruck zu geben, als deshalb, weil ich ihm zeigen wollte, dass wir es uns leisten konnten, unsere Glaubenszugehörigkeit in aller Öffentlichkeit zeigen zu können. Die Menschenmenge begleitete uns bis zum Gemeindehaus, und ich war den Leuten dankbar, dass sie mir durch Zurufe immer wieder ihre Bewunderung mitteilten.

„Du bist zu beneiden", sagte Bartholomäus, als wir im Inneren des Hauses verschwunden waren. „In Rom hätten die Prätorianer euch alle verhaftet. Einige gleich erschlagen, einige ans Kreuz genagelt und die stärksten in die Arena zu den Löwen geschickt."

„Ich will mich nicht in deine Angelegenheiten einmischen", sagte ich. „Aber du solltest deine Vorgehensweise überprüfen."

„Was weißt du von der Lage in Rom", fragte Bartholomäus etwas beleidigt.

„Ich habe in jeder Gemeinde Christen, die aus Rom geflohen sind", sagte ich. „Bessere Informationen konnte ich gar nicht bekommen."

Ich bat den Gemeindevorsteher, der mit uns im Raum war, diesen zu verlassen, weil ich mit Bartholomäus einige Glaubensfragen zu besprechen hätte.

„Diesen Feiglingen darfst du nicht glauben", sagte Bartholomäus, als der Mann das Zimmer verlassen hatte. „Sie hatten ja nicht einmal den Mut, uns in unserem Kampf zu unterstützen."

„Du sollst auch nicht gerade der Mutigste sein", sagte ich spitz. „Du arbeitest unter dem Decknamen Petrus und läßt dich überhaupt nicht persönlich bei deiner Gemeinde sehen."

„Die Verhältnisse in Rom sind anders", sagte Bartholomäus. „Hätte Jeschua sich in die galiläischen Berge zurückgezogen und von dort seine Anweisungen gegeben, wäre er noch am Leben und ganz Palästina längst christlich."

„Wenn wir unter uns sind, müssen wir uns nichts vormachen", sagte ich. „Du weißt so gut wie ich, dass nicht Jeschua, sondern Paulus die Anweisungen gegeben hat."

„Ich will dir etwas ganz ehrlich sagen, Mattäus", sagte Bartholomäus. „Als wir Palästina verlassen mussten, habe ich anfangs wirklich gedacht, dass wir keine andere Möglichkeit hätten, als unser Wissen zu Kapital zu machen. Aber inzwischen bin ich fest davon überzeugt, dass Jeschua wirklich der war, für den er sich hielt, und dass es die Vorhersehung war, die uns zu seinen Wegbegleitern machte."

Bartholomäus hatte nichts von seiner Verlogenheit verloren. So wie er die Bürger von Lydda mit dem leprakranken Zwilling hereingelegt hatte, wie er den angeblich blinden Bettler in Hamath den Menschen präsentierte, so versuchte er auch jetzt, mich mit seiner späten Erkenntnis zu beeindrucken.

„Sei vorsichtig, Bruder", sagte ich. „Als Jeschua anfing, sich in seine Rolle hineinzusteigern, begann sein Abstieg."

„Du willst mir doch nicht erzählen, Mattäus“, sagte Bartholomäus scheinheilig, „dass es nur materielle Interessen sind, die dir die Motivation für deine Arbeit geben.“

„Finanziell habe ich bis an mein Lebensende ausgesorgt“, sagte ich. „Was mich antreibt ist die Herausforderung, einer neuen Religion zum Durchbruch zu verhelfen. Ich habe von Paulus viel gelernt. Seine Art, große Zusammenhänge zu erkennen und die richtigen Schlussfolgerungen daraus zu ziehen, habe ich übernommen. Paulus war davon überzeugt, dass man den Menschen nur glaubhaft klarmachen musste, was sie vor sich sehen wollten, dann würde es nicht lange dauern, und sie würden es tatsächlich für die Realität halten. Nicht anders verfahre ich hier in Griechenland. Jede Neugründung einer Gemeinde erfüllt mich mit Stolz, und ich gebe offen zu, dass ich die Bewunderung und Verehrung, die die Menschen mir entgegenbringen, genieße. Wenn du es also genau nimmst, dann sind Stolz und Eitelkeit meine Motivation.“

„Was würde passieren, wenn ich deinen Gemeindemitgliedern deine Einstellung mitteilen würde“, fragte Bartholomäus böse.

„Sie würden dich mit Steinen bewerfen und auf dem schnellsten Weg auf das Boot zurückbringen, das dich hergebracht hat“, sagte ich lachend. „Ich habe meine Position stetig und sorgfältig gefestigt. Jeschua hätte noch Jahre weiterpredigen können und hätte trotzdem nie diese unantastbare Position erreicht, die ich bei meinen Anhängern genieße.“

Bartholomäus unternahm keinen Versuch mehr, mich von seiner angeblichen Frömmigkeit überzeugen zu wollen. Er bat mich, sich einige Zeit bei mir aufhalten zu dürfen, bis sich die Lage in Rom etwas beruhigt hätte.

„Du kannst bleiben, so lange du willst“, sagte ich freundlich. „Aber ich erlaube dir keinerlei missionarische Tätigkeiten.“

Das letzte, was ich hätte brauchen können, war ein zweiter Jünger, der über seine guten Beziehungen zu Jeschua predigen würde. Bartholomäus war in Rom gescheitert, dass stand für mich fest. Ich würde ihm nicht die Gelegenheit geben, in meinem Revier einen neuen Anlauf zu nehmen.

BARTHOLOMÄUS

EIN KURZER BESUCH IN GRIECHENLAND

In Rom wurde mir der Boden unter den Füßen langsam zu heiß. Kaiser Caligula verfolgte die neue Religion mit rigoroser Konsequenz. Er hatte alle Christen für vogelfrei erklären lassen und zahlte selbst einfachen Bürgern Prämien, wenn sie meldeten, dass sich in ihrer Nachbarschaft oder in ihrem Verwandten- und Bekanntenkreis Anhänger der neuen Religion befanden. Dazu kam noch, dass eine üble Kampagne gegen die Juden, die in nicht geringer Anzahl in Rom lebten, gestartet wurde.

Aelius besorgte mir eine Schiffspassage nach Nikopolis. Über einen Mittelsmann hatte ich Mattäus ein Schreiben zukommen lassen und ihm das Datum meiner Ankunft mitgeteilt. Es war typisch für Mattäus, dass er meine Begrüßung zu einer Demonstration seiner Beliebtheit werden ließ. Im Grunde war das unnötig. Ich hatte schon in Rom erfahren, dass er ziemlich unbehelligt in Griechenland arbeiten durfte, und mir oft vorgeworfen, dass ich ihm nicht das Schiff, das nach Sizilien auslief, überlassen hatte.

Mattäus hatte sich verändert. Aus dem lebenslustigen, zu jeder Schandtat bereiten Kumpel war ein eingebildeter Mensch geworden, der mit seinen Erfolgen prahlte. Und er hatte vergessen, oder vergessen wollen, dass ich es war, der auf unserer Flucht die Anregung gegeben hatte, aus unserem Wissen um die Ereignisse um Jeschua Kapital zu schlagen.

„Wenn es Paulus und uns gelungen ist, aus Jeschua einen berühmten Mann zu machen“, hatte ich damals gesagt, „dann sollte es uns beiden doch auch gelingen, sein Leben so auszuschlachten, dass ein paar Goldstücke für uns dabei herausspringen.“

Uns kam zu dem Zeitpunkt sehr gelegen, dass die judäische Legion fast vollständig ausgetauscht wurde. Ganze Kohorten wurden nach Rom zurückgerufen, oder mussten in Griechenland, Ägypten, Syrien oder Illyrien ihren Dienst verrichten. Sie erzählten natürlich von den Vorkommnissen in Palästina, und dadurch war bei der einheimischen Bevölkerung der Name Jeschua schon häufig ein Begriff, und das Interesse nach näheren Informationen über ihn bereits geweckt. Das war der Hauptgrund dafür, dass unsere Missionsarbeit auf fruchtbaren Boden fiel.

Ich Narr hatte erwartet, dass Mattäus mich mit offenen Armen aufnehmen würde. Aber Mattäus ähnelte bereits Jeschua. Er genoss wie der Nazarener die Verehrung und Bewunderung seiner Anhänger. Er gab mir gegenüber zu, dass ihn diese Tatsache mit Stolz erfüllte, und Mattäus war nicht der Mann, der mit jemandem freiwillig teilen würde. Weder Gefühle, noch Geld.

Schon nach vier Wochen kehrte ich nach Italien zurück. Aber es war mir doch zu riskant, direkt in Rom zu erscheinen. Deshalb blieb ich vorerst einmal auf Sizilien bei Freunden von Aelius. Als toter Mann wäre ich keine Hilfe für die christliche Bewegung gewesen, und sollte sie die Verfolgung durch die kaiserlichen Soldaten nicht überleben, wäre es schade um das kleine Vermögen, das Aelius für mich verwaltete. Irgendwann würde sich die Lage beruhigen, und ich könnte ohne Gefahr für meine Person nach Rom zurückkehren. Um die Geheimpolizei des Kaisers nicht auf meine Spur zu bringen, unterließ ich es auch, weitere Briefe an meine Gemeinde zu schreiben.

Ich hatte bereits einmal durch das Unternehmen Jeschua alles verloren. Das sollte mir nicht ein zweites Mal passieren.

Dann aber geschah etwas, womit ich nicht gerechnet hatte. Die Geldbeträge, die Aelius mir durch Boten zukommen ließ, blieben überraschend aus. Ich schrieb einen Brief nach Rom, um mich nach den Gründen zu erkundigen. Das Antwortschreiben von Aelius war niederschmetternd. Er kündigte mir seine Freundschaft auf und warf mir vor, dass ich meine Anhänger im Stiche gelassen hätte. Tausende wären bereits ermordet worden, die ich angeworben hätte, und ich würde nichts unternehmen, um dieses Verbrechen an unschuldigen Menschen, die nichts verbrochen hatten, als an eine neue Religion zu glauben, zu beenden. Ein dummes Argument. Was sollte ich gegen die vorherrschende Meinung am römischen Hof unternehmen? Sollte ich den Märtyrer spielen und mich an der Spitze meiner Gemeindemitglieder ans Kreuz schlagen lassen? Ich war nicht Jeschua, der aus Überzeugung diesen Weg gegangen war.

Trotzdem fuhr ich mit dem nächsten Schiff nach Ostia und von dort weiter nach Rom. Aelius empfing mich unfreundlich.

„Ich habe die kürzeste Amtszeit eines Senators gehabt in der langen Geschichte dieses Gremiums“, sagte er, „weil ich mich für die Rechte der Unterdrückten eingesetzt habe. Und du versagst deinen Anhängern jede Unterstützung. Ich verlange ja nicht, dass du persönlich vor Caligula erscheinst, aber du kannst aus dem Untergrund den Verfolgten moralische Unterstützung geben.“

„Warum glaubst du, bin ich zurückgekommen“, fragte ich.

„Weil du kein Geld mehr hast“, sagte Aelius spöttisch.

„Ich beherrsche drei Sprachen in Schrift und Wort“, sagte ich. „Glaubst du nicht, dass ich eine entsprechende Arbeit gefunden hätte, um mich über Wasser zu halten?“

„Lass uns nicht mehr darüber reden“, sagte Aelius. „Es ist gut, dass du wieder da bist. Nur mit dir an der Spitze hat diese Bewegung überhaupt eine Chance. Die philosophischen Grundgedanken dieses Glaubens sind gut, es wäre schade, wenn er sich nicht durchsetzen würde.“

Ich gebe gerne zu, dass der Druck, den Aelius auf mich ausübte, un Mahnungen, mit denen er mich bedachte, die Motivation für mich waren, weiterzumachen.

Heute, wir schreiben das Jahr 42 n. Chr., haben die schlimmsten Verfolgungen aufgehört. Kaiser Claudius zeigt sich wesentlich toleranter, als seine Vorgänger. Vor einigen Monaten habe ich meinen kleinen Palast auf dem Monte Vaticano bezogen.

Auf dem Eröffnungsempfang waren auch römische Adelige, die zu den Spitzen der hiesigen Gesellschaft zählen.

AOS

IRE IN ROM

Es war eine schlimme Zeit, als ich mit Magdalena in Rom ankam. Tiberius hatte gerade zu einer Hetzjagd auf die Juden aufgerufen. Die Ursache lag auf der Hand. Die Juden hatten sich in Rom nach und nach hervorragende Positionen in Handwerk und Handel erarbeitet, und der Neid der römischen Konkurrenz nahm im gleichen Maße zu. Die Römer liebten ihre langen Ruhepausen und extrem kurze Arbeitszeit. Ihr Sinn stand mehr nach einem ausgiebigen Familienleben und einer erfüllten, abwechslungsreichen Freizeit, als nach Arbeit. Tiberius verbot uns jede Ausübung unserer Religion. Eine kleine, notdürftig eingerichtete Synagoge musste geschlossen werden und wurde, eine demütigende Vorgehensweise, von den Prätorianern als Unterstand für ihre Pferde benutzt.

Der Kapitän unseres Seglers, mit dem wir die Überfahrt antraten, durfte nach römischen Recht Trauungen vornehmen. Magdalena und ich fanden das ausgesprochen komisch und ließen uns mehr aus Spaß verheiraten, als dass wir daran dachten, unsere Partnerschaft so zu bekräftigen. Wir wollten uns vor einem Rabbiner in Rom richtig das Jawort geben. Aber die Situation, die wir vorfanden, ließ das nicht zu. Unsere Kinder waren schon zwölf und vierzehn Jahre alt, als wir nach unserer Rückkehr nach Palästina von einem Rabbiner getraut wurden, und erst ab diesem Zeitpunkt, nach jüdischem Recht, als verheiratet galten. Aber unser Zusammenleben sollte darunter nicht leiden. Wir waren auch keinen größeren Repressalien ausgesetzt, weil die Handelsbeziehungen zwischen dem römischen Hof und meinem Vater von Tiberius nicht belastet werden sollten. Ich mietete ein schönes Haus für uns, ging meiner Arbeit nach und freute mich mit Magdalena, als sich unser erster Sohn ansagte. Eines Tages lernte ich den jungen Claudius Nero Germanicus, den Sohn des Drusus, kennen. Ein körperlich behinderter, aber blitzgescheiter Einzelgänger, der Jahre später von den Prätorianern zum Kaiser gekrönt werden sollte. Aber daran dachte er zu diesem Zeitpunkt am allerwenigsten. Er war ein großer Geschichtskenner, und ich lernte sehr viel von ihm über die römische Vergangenheit und seine Vorfahren. Er dagegen wollte alles über den jüdischen Glauben und die Historie Palästinas wissen. Er war oft Gast in unserm Haus. Hier lernte er auch seine spätere Frau, Messalina kennen, die mich aufgesucht hatte, weil sie ganz spezielle, indische Baumwollstoffe bestellen wollte.

Als Kaiser Caligula Nachfolger des Tiberius wurde, verschärften sich noch die Übergriffe auf die römischen Juden, und er verbot Claudius jeden weiteren Kontakt mit mir. Aber Claudius setzte sich einfach darüber hinweg.

In dieser Zeit hörte ich zum ersten Mal davon, dass sich in Rom eine religiöse Gemeinde gegründet hatte, die den gekreuzigten Jeschua als Gottes Sohn verehrte. Ihr Anführer war ein gewisser Petrus, der angeblich ein Jünger des Jeschuas sein sollte. Ich nahm an, dass man mit Jünger einen der Mitarbeiter des Paulus meinen würde, und versuchte, da ich diese ja alle kennen gelernt hatte, mehr über diesen Petrus zu erfahren, oder ihn, wenn die Möglichkeit bestand, einmal zu treffen. Aber der radikale Verfolgungswahn, den Caligula gegen diese Gemeinde entfachte, machte diese Versuche unmöglich. Zu Gesicht bekam man diese Christen, wie sie sich nannten, nur, wenn betrunkene Prätorianer sie brutal durch die Straßen schleiften, um sie anschließend auf dem Vorplatz der Arena zur Belustigung des Volkes an Kreuze nagelte. Erst als Claudius 3814 nach jüdischer Zeitrechnung den Thron bestieg, hörte dieses erbärmliche Schauspiel auf, und auch die Verteufelung der Juden wurde beendet.

Claudius war gut ein Jahr an der Macht, als Magdalena und ich eine Einladung erhielten, an dem Einweihungsfest eines gewissen Petronius in dessen Palast auf dem Monte Vaticano teilzunehmen. Unser Haus lag unterhalb des Monte Vaticanos und wir nahmen die Einladung an, weil wir, ohne eine Sänfte mieten zu müssen, den Palast bequem zu Fuß erreichen konnten.

Unsere Überraschung war kaum zu beschreiben, als wir feststellen mussten, dass es sich bei dem Hausherrn um Bartholomäus, einen der Begleiter des Jeschua handelte. Er zeigte nicht einen Augenblick, ob er uns erkannt hatte. Aber ich bin mir sicher, er tat es. Magdalena wollte das Haus sofort wieder verlassen. Bartholomäus erinnerte sie an eine Zeit, die sie eigentlich vergessen wollte. Sie hatte mich noch in Jerusalem schonungslos über ihre Vergangenheit aufgeklärt. Aber das tat meiner Liebe zu ihr keinen Abbruch. Mich interessierte nicht das Gestern, sondern das Morgen. Und in Magdalenas Fall sollte ich mehr als recht damit behalten. Sie war eine Partnerin, die man sich besser nicht vorstellen konnte. Außerdem war ich schon damals der Auffassung, dass es eine überholte Meinung der Moralapostel war, Männern eine Vergangenheit zuzugestehen, Frauen aber nicht.

Als wir in unserm Haus ankamen, fiel es mir wie Schuppen von den Augen. Dieser Petronius, den wir als Bartholomäus kannten, konnte niemand anderes sein, als der Petrus, der Leiter der christlichen Gemeinden in Rom.

Tage später brachte ein Bote einen Brief des Petronius vorbei, in dem er um eine vertrauliche Unterredung bat. Ich aber antwortete ihm ebenfalls brieflich. Ich schrieb, dass wir wohl erkannt hätten, dass das Zusammentreffen in seinem Haus nicht unser erstes gewesen wäre. Aber mit Rücksicht auf unsere Beziehungen zum kaiserlichen Hof würden wir es für richtig erachten, keinen weiteren Kontakt zu ihm zu unterhalten. Wenn es in seiner Vergangenheit etwas gäbe, an das er nicht gerne erinnert werden möchte, könnte er sicher sein, dass von unserer Seite aus keine Informationen weitergegeben würden.

Wir hörten nie wieder etwas von ihm.

Als mein Vater starb, bat mich meine Mutter, nach Jerusalem zurückzukehren, um die Leitung der Geschäfte in der Zentrale zu übernehmen. Ich kam ihrer Bitte nach. Durch die äußeren Umstände war Rom auch nicht die Stadt geworden, von der ich in meiner Jugendzeit geträumt hatte. Ich fühlte mich, trotz der besonderen Stellung, die ich einnahm, immer als Bürger zweiter Klasse.

Die schönste Erinnerung blieb die Freundschaft mit Claudius, die bis zu seiner Ermordung durch seine zweite Frau, Agrippina, die ihn vergiftete, anhalten sollte.

JAKOBUS

AUF NEUEN SPUREN

Ich wollte es nicht glauben, als Vir Singh heute Morgen mit einem großen Kuchen in der Hand mein Zimmer betrat.

„Es ist dein fünfter Jahrestag in Indien, Sahib", sagte er lächelnd.

Waren tatsächlich schon fünf Jahre vergangen, seit ich in sein Haus in Amritsar eingezogen bin? Wo war die Zeit geblieben?

Ich hatte nicht viel über meine Erinnerungen an die Ereignisse in Galiläa und Judäa zu Papier gebracht. Irgendwann erschien es mir sinnlos, diese Epoche in meinem Leben niederzuschreiben. Ich war davon überzeugt, dass niemand mehr etwas über das Schicksal eines jüdischen Wanderpredigers und den Anteil, den ich an seinem Verlauf hatte, wissen wollte. Aber die Lust am Schreiben hatte mich gepackt. Ich begann damit, die heiligen Schriften des Hindus ins Lateinische und Hebräische zu übersetzen, und Vir Singh sorgte dafür, dass meine Werke nach Rom und Jerusalem geschickt wurden. Ich habe nie erfahren, wer sie in die Hände bekam, und ob sich irgend jemand dafür interessierte, aber es machte mir einfach Spaß, mich mit diesen Schriften auseinander zu setzen. Die hinduistischen Götter verkörpern die Naturelemente, Indra den Regen, Surja die Sonne, Soma den Mond, Waju den Wind und Agni das Feuer. Im Augenblick schreibe ich gerade an einer Abhandlung über Kama, den Gott der Liebe. Da heißt es an einer Stelle: Lieben können die Menschen erst, wenn sie vergessen, was sie einander angetan haben. Dieser Satz beinhaltet für mich eine der wahren, großen Erkenntnisse. Aller Schmerz, den der Mensch erleiden muss, wird ihm von einem anderen Menschen zugefügt. Allen Hass, dem er ausgesetzt ist, erzeugt ein anderer Mensch. Es gibt in der Natur keine andere Gattung von Lebewesen, die einem Artgenossen willkürlich verletzt. Gott kann nicht gewollt haben, dass wir Menschen die große Ausnahme bilden. Irgendwann in unserer Entwicklung müssen wir etwas falsch verstanden haben. Und diese falsche Eingebung hat sich von Generation zu Generation weitervererbt. Ich habe mit Vir Singh lange über dieses Thema gesprochen.

„Die Götter hätten uns nur Instinkte geben sollen", sagte der kluge Mann. „Das Denken hat uns in einen Irrgarten geführt. Als der Gedanke aufkam, dass wir etwas Besonderes wären, haben wir uns zum Schlechten hin entwickelt. Wer sich über andere Lebewesen, ob Tiere oder Pflanzen, erhebt, der sündigt bereits."

„Aber wir mussten Bäume fällen, um unsere Häuser zu bauen", sagte ich. „Tiere töten, um uns zu ernähren."

„Auch der Tiger reißt das Lamm, wenn er hungrig ist", sagte Vir Singh. „Aber er tötet es nicht, um mit seinem Fell seine Höhle auszuschmücken. Den

Baum, den du fällst, um dein Haus zu bauen, haben die Götter dazu bestimmt. Aber der Baum, den du fällst, weil er dir die Aussicht versperrt, leidet solche Qualen, als würde man dir ein Messer in die Brust stechen."

„Hat Gott die Blumen nicht zur Freude der Menschen erschaffen", fragte ich ihn.

„Doch", antwortete Vir Singh, „aber nicht, damit wir sie pflücken und in unsere Vasen stellen. Sie sollen uns an Brahma erinnern, wenn unser Auge sie am Wegrand erblickt."

Diese Einstellung meines Freundes findet man bei vielen Menschen hier in Indien. Sie haben ein anderes Verhältnis zur Natur, als ich es aus meiner Heimat kenne. Kein Inder würde auf die Idee kommen, einem Gott Tieropfer zu bringen.

„Kein Gott würde von einem Menschen verlangen, dass er Blut vergießt, um ihm Ehrfurcht zu erweisen", sagte Vir Singh. „Die Götter haben Leben erschaffen. Sollen sie ihre eigene Arbeit in Frage stellen?"

Ich musste ihm recht geben und an die vielen Opfer denken, die meine Glaubensbrüder Jahwe opferten. Langsam begann ich daran zu zweifeln, ob die heiligen Schriften der Juden wahrheitsgetreu weitergegeben wurden. Niemand weiß, wer in den alten Überlieferungen Dinge weggelassen und eigenständig neue hinzugefügt hatte. Wie oft mögen eigene Interessen in die Abhandlungen eingeflossen sein, die dem persönlichen Vorteil eines Einzelnen gedient haben?

Demnächst will ich mich mit dem Kastensystem der Inder befassen. Auch dies ist eine besondere Eigenart, die es sonst in keinem anderen Land der Erde gibt. Auch in Palästina unterschieden wir zwischen arm und reich, schriftkundig oder unkundig, von adeligem Geblüt oder bürgerlich, aber diese Klassenunterschiede haben nichts mit der Kastenzugehörigkeit der Inder zu tun.

Wir haben es uns leicht gemacht, wenn wir Gottes Wille zitiert haben, um die Unterschiede zwischen den Menschen zu begründen. Mitglied einer Kaste wird man nicht durch den Willen Gottes, sagen die Inder, sondern durch seine guten oder bösen Eigenschaften. Wenn sich die guten Seiten eines Menschen über seine verschiedenen Daseinsstufen durchsetzen, wird er Mitglied der Brahmanenkaste, die an der Spitze aller Kasten steht. Der Mensch wird also nicht in die Rolle hineingeboren, in der er sich befindet, sondern er ist durch sein eigenes Handeln, dazu verpflichtet worden. Wie stark würde unser aller Verlangen nach dem Guten werden, wenn wir uns diesen Gedankengang zu eigen machen würden.

Ich habe keine Sehnsucht nach Palästina, zu gut bin ich hier bei meinem Freund aufgehoben, nur manchmal wünsche ich mir, ich könnte mit Saulus auch über diese Themen reden, oder könnte die Meinung des Athenius, des weisen Mannes aus Kana, erfahren.

Jetzt aber werde ich den Kuchen anschneiden und mit Vir Singh meinen Jahrestag feiern. Fünf Jahre Indien - fünf wunderbare Jahre.

JUDAS ISCHARIOT

WARUM TRIFFT ES MICH

Es begann alles ganz harmlos. Wir waren ans Meer gefahren und ich saß unter einem Sonnenschirm am Strand und beobachtete Sana und die Kinder, die sich in die Wellen warfen und von diesen an den Strand zurücktreiben ließen. Ich spürte einen Stich in der Schulter und schlug mit der flachen Hand auf die Stelle, weil ich glaubte, dass mich irgendein lästiges Moskito gestochen hätte. Der Juckreiz, den ich auf der Heimfahrt empfand, schmerzte nicht besonders. Zu Hause angekommen, bat ich Sana, sich die Einstichstelle einmal anzusehen.

„Es ist nur eine kleine Rötung zu sehen", sagte sie. „Ich werde die Stelle mit Zwiebelsaft einreiben, weil der den Juckreiz nimmt. Morgen früh wirst du nichts mehr spüren."

In der Nacht bekam ich höllische Schmerzen. Die Stelle brannte, als würde jemand ein Stückchen Glut auf meinem Körper ausdrücken. Ich weckte Sana.

„Sieh noch einmal genau hin", sagte ich. „Vielleicht kannst du einen Stachel entdecken und ihn herausziehen."

Sana zündete eine Öllampe an und untersuchte den Einstich erneut.

„Es ist wirklich nichts zusehen", sagte sie. „Soll ich die Stelle noch einmal einreiben?"

„Es juckt nicht", sagte ich, „es brennt wie Feuer unter der Haut."

„Ich werde dir ein großes Glas Likör holen", sagte Sana. „Wenn du Likör trinkst, wirst du immer müde. Kann sein, dass du dann wenigstens einschlafen kannst."

„Bringe gleich die ganze Karaffe mit", sagte ich.

Ich trank vier Gläser Likör und schlief dann tatsächlich ein. Aber nur für wenige Stunden. Die Sonne war gerade aufgegangen, als mich der Schmerz wieder weckte.

Sana schickte einen Diener los, der den Arzt Trollus holen sollte. Der Arzt kam sofort. Er war ein guter Arzt, den wir auch immer aufsuchten, wenn eines der Kinder krank war. Bis jetzt hatte er immer helfen können.

„Es ist ein Insektenstich", sagte Trollus, nachdem er die Stelle eingehend untersucht hatte. „Dummerweise wissen wir nicht, von welcher Art."

Er ließ sich von mir beschreiben, wo genau der Punkt lag, an dem ich den Schmerz verspürte.

„Heute Nacht war er nur an der Einstichstelle", sagte ich, „aber jetzt ist die ganze Schulter betroffen. Ich kann auch meinen linken Arm nicht mehr richtig bewegen."

Trollus betrachtete mein Handgelenk, um zu sehen, ob die Adern blau angelaufen wären.

„Eine Blutvergiftung ist es nicht", sagte er dann. „Und damit es auch keine wird, werde ich die Stelle vorsichtshalber aufschneiden müssen."

Sana brachte ihm heißes Wasser und der Arzt gab mir ein weißes Pulver, das ich schlucken sollte.

„Es nimmt den Schmerz", sagte er. „Du wirst den Schnitt gar nicht spüren."

Tatsächlich spürte ich nichts, aber als er die offene Wunde mit einer Alkohollösung auswusch, brannte es wieder furchtbar.

„Das läßt wieder nach", beruhigte mich Trollus. „Ich werde die Wunde verbinden und lasse dir noch etwas von dem Pulver da. Nimm davon mittags einen kleinen Löffel und einen vor dem Schlafengehen."

Das Pulver verfehlte seine Wirkung nicht. Ich hatte einen ruhigen Tag und schlief die ganze Nacht durch, ohne einen Schmerz zu spüren. Aber als ich aufwachte, merkte ich, dass mein Kopfkissen und das Laken feucht waren. Das ganze Bett war voller eitrigem Ausfluss. Wieder schickte Sana den Diener los, und der kam kurze Zeit später mit Trollus zurück.

„Es ist mir ein Rätsel", sagte der Arzt, nachdem er den Verband abgenommen hatte und die Wunde betrachtete. „Es muss der Stich von einem unbekannten Moskito sein, das irgend einen Krankheitserreger überträgt, den wir nicht kennen."

Trollus wusste sich keinen Rat mehr. Am Nachmittag war bereits mein linker Arm völlig gelähmt. Am Abend konnte ich auch den rechten Arm nicht mehr bewegen.

Auch meine Beine versagten mir den Dienst.

Sana ließ in den nächsten Wochen sämtlich Ärzte der Insel an mein Krankenbett rufen. Sie gaben mir Pulver und Heilkräutermixturen, ließen sich fürstlich entlohnen und verschwanden. An meinem Zustand änderte sich allerdings nichts. Selbst vom griechischen Festland kamen Medizinkundige, aber auch ihre Hilfe brachte keine Heilung. Wir schreckten nicht einmal davor zurück, eine als Hexe verschriene alte Frau ins Haus zu holen. Sie murmelten ununterbrochen Zaubersprüche und rieb mich mit Vogelkot ein. Das einzige Ergebnis war, dass das ganze Zimmer furchtbar stank.

Inzwischen ist ein halbes Jahr vergangen, und es hat sich nichts geändert. Ich liege völlig hilflos im Bett. Sana muss mich waschen und füttern wie ein Kleinkind. Am unangenehmsten ist es mir, wenn sie meine Notdurft beseitigen muss. Sie hat Rollen an mein Bett anbringen lassen und mich in einen Raum verlegt, der eine Tür zur Terrasse hat. An schönen Tagen schieben mich die Diener hinaus. Meine Kinder bekomme ich kaum noch zu Gesicht. Ihnen ist es unangenehm, ihrem hilflosen Vater, der zu nichts mehr zu gebrauchen ist, Gesellschaft zu leisten.

Ich wünsche mir jeden Tag, dass mich der Tod aus diesem Zustand befreit. Aber Trollus, der einmal in der Woche vorbeischaut und mich untersucht, sagt jedesmal, dass mein Herz und die anderen Organe phantastisch arbeiten würden.

Was er als tröstende Bemerkung empfindet, ist für mich eine unvorstellbare Strafe. Heißt es doch nichts anderes, als dass ich noch viele Jahre in diesem bedauernswerten Zustand verbringen muss.

Wenn Jahwe auch nur eine Spur Mitleid hat, dann ruft er mich so schnell es geht zu sich.

MATTÄUS

EIN ÜBERRASCHENDES WIEDERSEHEN

Ich bekam eine Einladung der Gemeinde auf Zypern, und meine engsten Berater empfahlen mir, sie anzunehmen. Sie waren der Meinung, dass man alle Gemeinden in den anderen Ländern eingliedern sollte. Die Zentrale der Bewegung sollte in Griechenland etabliert werden. Meine Berater befürchteten, dass Bartholomäus ähnliche Pläne haben könnte, und Rom zum Zentrum des christlichen Glaubens machen wollte.

Wir konnten es uns leisten, ein Schiff anzuheuern, das nur meine Begleiter und mich nach Zypern brachte. Der Empfang auf der Insel war überaus herzlich, und der Leiter der zypriotischen Gemeinde bedrängte mich förmlich, seine Christen unter meine Oberherrschaft stellen zu dürfen.

„Wir haben einen ganz besonderen Fall hier auf der Insel", sagte er beim abendlichen Beisammensein. „Ein reicher Jude liegt schon über zwei Jahre lang gelähmt in seinem Bett. Er kam 3805 nach Zypern und investierte ein beträchtliches Vermögen in Weinberge. Er ist in seiner Region einer der größten Arbeitgeber und sehr beliebt bei den Einwohnern. Meinst du, verehrter Mattäus, dass dir der Herr die Kraft geben würde, ihn zu heilen? Das wäre der endgültige Durchbruch für unseren Glauben hier auf der Insel."

„Wie heißt er", fragte ich.

Ich war nicht erpicht darauf, diesen Versuch zu wagen. Die Gemeindevorsteher predigten ständig, dass wir Jünger von Jeschua die Fähigkeiten erhalten hätten, die ihn so berühmt gemacht hatten. Aber die Zeit der Wunder war vorbei. Die Gläubigen waren überzeugte Anhänger der neuen Religion, und man hätte unter ihnen nicht einen gefunden, der sich dafür hergegeben hätte, eine wundertätige Handlung vorzutäuschen.

„Sein Name ist Judas von Palästina", sagte der Mann. „Er wohnt hier ganz in der Nähe."

Ich war sofort davon überzeugt, dass es sich bei diesem Gelähmten nur um Judas Ischariot handeln konnte. Aber woher hatte er das Vermögen, mit dem er auf die Insel gekommen war? War er nicht geflohen, sondern unerkannt nach Jerusalem gekommen und hatte die Schätze, die wir im doppelten Boden des Planwagens versteckt hatten, an sich genommen? Auf jeden Fall war meine Neugierde geweckt.

„Ist er zu unserem Glauben übergetreten", fragte ich.

„Bisher noch nicht", antwortete der Mann.

„Dann wird es schwer sein, ihn zu heilen“, sagte ich. „Es ist in erster Linie meine Aufgabe, unseren Glaubensbrüdern zu helfen. Aber ich werde mir den Mann einmal ansehen.“

Am nächsten Morgen ritten wir zum Haus des Gelähmten. Es war ein prächtiges Anwesen, das den Reichtum seines Besitzers erahnen ließ. Ein Diener nahm uns in Empfang und bat uns, auf der Terrasse Platz zu nehmen. Nach einigen Augenblicken erschien die Hausherrin, eine schöne, elegante Frau. Ihre funkelnden, schwarzen Augen verrieten, dass sie arabischer Abstammung war.

Der Leiter der zypriotischen Gemeinde kannte sie und stellte mich vor.

„Wir haben sämtliche Ärzte der Insel an seinem Krankenbett gehabt“, sagte die Frau. „Auch aus anderen Ländern habe ich jeden Arzt kommen lassen, der glaubte, er könne den Ursprung der Krankheit entdecken. Aber alles war vergebens.“

Der Diener brachte uns Säfte und die Frau bat mich, sie Sana zu nennen.

„Kann ich euren Mann einmal sehen“, fragte ich.

„Natürlich“, sagte sie sofort. „Er wird euch aber nicht wahrnehmen können. Seit einigen Tagen ist er in einen tiefen Schlaf gefallen. Unser Hausarzt ernährt ihn durch einen Schlauch, den er ihm in die Speiseröhre einführt.“

Sie stand auf und öffnete die Tür, die in den Raum führte, der hinter der Terrasse lag.

Ich erkannte ihn sofort. Der Mann, der dort totenbleich auf dem Bett lag, war Judas Ischariot.

„Seit vier Tagen liegt er so da“, sagte Sana. „Er atmet, sein Herz schlägt und seine anderen Organe arbeiten, aber das sind auch die einzigen Lebenszeichen. Ist es wahr, dass euer Meister Jeschua selbst Blinde wieder sehend gemacht hat?“

„Das ist wahr“, bestätigte ich.

„Und stimmt es auch, dass er an seine Jünger diese Gabe übertragen hat“, fragte sie hoffnungsvoll.

„Ja“, log ich. „Das stimmt.“

Mir blieb gar keine andere Wahl, als zu lügen, da der Gemeindevorsteher sich ebenfalls in dem Raum befand.

„Ihr könntet alles von mir haben“, sagte Judas' Frau, „wenn ihr meinem Mann helfen würdet.“

Was sollte ich tun? Den großen Wunderheiler spielen und dann meinen Ruf verlieren, wenn sich der Kranke nicht von seinem Lager erheben würde? Ich verfluchte innerlich meine Neugierde, die mich veranlasst hatte, dieses Haus aufzusuchen. Aber ich konnte Sanas Bitte auch nicht einfach abschlagen. Ich musste Zeit gewinnen, um aus dieser Situation wieder herauszukommen.

„Ich müsste einige Tage im intensiven Gebet verbringen“, sagte ich nach einer Weile. „Leider muss ich Zypern morgen schon wieder verlassen.“

„Ich bitte euch inständig“, mischte sich der Leiter der Gemeinde ein, „verlängert euren Aufenthalt, und helft dieser armen Kreatur.“

Er hoffte natürlich auf sein Wunder und auf den Effekt, den dieses auslösen würde. Seine Mitgliederzahl würde sich in kürzester Zeit verdoppeln.

„Ich wäre glücklich, wenn ihr in meinem Haus wohnen würdet“, sagte Sana.

Sie ergriff meine Hand und sah mich mit Tränen in den Augen bittend an.

„Gut“, sagte ich, „ich will versuchen, ob ich euch helfen kann. Aber macht euch nicht allzu große Hoffnungen.“

Der Gemeindevorsteher küsste mir dankbar die Hand und verschwand mit den anderen Männern, die uns begleitet hatten. Meine Mitarbeiter wollten bleiben, aber ich schickte auch sie fort.

„Alles wird geschehen, wie ihr es wünscht“, sagte Sana. „Ihr müsst nur eure Anweisungen geben.“

„Zeigt mir den Raum, in dem ich schlafen soll“, sagte ich. „Ich will versuchen, mit dem Allmächtigen Zwiesprache zu nehmen.“

Sana führte mich in ein freundliches, helles Zimmer.

„Soll euch einer der Diener einige Speisen auf Euer Zimmer bringen“, fragte sie höflich.

„Schickt alle Diener aus dem Haus“, sagte ich. „Habt ihr Kinder?“

„Zwei Söhne“, sagte Sana. „Aber sie leben schon seit längerem bei ihren Großeltern. Ich konnte ihnen den Anblick ihres leidenden Vaters nicht mehr zumuten.“

„Gut“, sagte ich. „Ich möchte, dass nur ihr, Euer Mann und ich im Haus sind.“

Wenn ich etwas nicht gebrauchen konnte, dann waren das neugierige Diener, die über die Vorgänge im Haus reden würden.

„Alles wird geschehen, wie ihr es befehlt“, sagte Sana.

Sie ging hinaus. Ich legte mich auf das Bett und überlegte, wie ich jetzt vorgehen sollte. Ich könnte ihr morgen sagen, dass der Allmächtige mir zu verstehen gegeben hätte, dass ihr Mann diese Leiden ertragen müsse, weil es eine Prüfung für die Festigkeit seines Glaubens wäre. Ich könnte sie aber auch darüber aufklären, wer Judas war, bevor er nach Zypern kam. Jeschua könnte diese Opfer von ihm verlangt haben, weil er ihn vor der Ankunft in Jerusalem verlassen hatte. Während ich noch nachdachte, klopfte es an die Tür und Sana kam mit einem Tablett herein, auf dem die verschiedensten Obstsorten lagen.

„Die Diener sind aus dem Haus“, sagte sie. „Ich habe hier einige Erfrischungen zusammengestellt. Wenn ihr etwas Handfestes essen möchtet, müsst ihr es mir sagen.“

Sie blieb abwartend stehen.

„Bringt mir einen Krug Wein“, sagte ich. „Und leistet mir ein wenig Gesellschaft.“

Sana war nach wenigen Augenblicken wieder zurück. Wir tranken Wein und redeten über die Kinder, die bevorstehende Traubenernte und das gute Klima auf Zypern. Über Judas Ischariot sprachen wir nicht.

„Es muss eine harte Zeit für euch in den letzten zwei Jahren gewesen sein“, sagte ich. „Ihr seid eine junge Frau und habt sicher noch große Erwartungen an das Leben zu stellen.“

Sana errötete. Sie hatte verstanden, was ich mit diesem Satz sagen wollte.

„Der Krug ist leer“, sagte sie. „Soll ich noch einen neuen holen?“

„Gerne“, antwortete ich.

Ich sah ihr nach, als sie das Zimmer verließ. Sie war eine wunderschöne Frau und ich konnte mir vorstellen, wie stolz Judas auf sie gewesen sein musste.

Sana kam mit einem neuen Krug zurück. Sie hatte sich ein anderes Kleid angezogen, dass an den Seiten zwei große Schlitze hatte, die ihre hübschen Beine freigaben,

„Die Nächte sind so schwül“, sagte sie entschuldigend. „Ihr nehmt es mir hoffentlich nicht übel, dass ich mir etwas Luftiges angezogen habe.“

Ich war aufgestanden, als sie den Raum betreten hatte, und nachdem sie den Krug auf dem Tisch abgestellt hatte, trat ich hinter sie. Sie spürte meine Nähe und blieb regungslos stehen. Ich legte meine Hände auf ihre Schultern und dreht sie sanft zu mir um. Ihre großen, dunklen Augen sahen mich an, aber sie hatte nichts Abweisendes in ihrem Blick. Ich küsste sie und ihr ganzer Körper zitterte, als sie meinen Kuss leidenschaftlich erwiderte. Mit einer schnellen Bewegung streift sie die Träger ihres Kleides von den Schultern. Es glitt an ihrem Körper herunter und sie stand nackt vor mir. Wir liebten uns dreimal in dieser Nacht, bis wir in den Morgenstunden erschöpft einschliefen. Ein lautes Klopfen an der Haustüre weckte uns. Der Arzt Trollus kam, um Judas zu versorgen. Sana ließ ihn herein. Durch die offene Zimmertür hörte ich, dass sie Trollus von meiner Anwesenheit erzählte, und ihm mitteilte, dass ich befohlen hätte, dass nur wir uns im Haus aufhalten sollten. Trollus ging in das Zimmer des Kranken und kam nach wenigen Augenblicken zurück.

„Ihr seid jetzt nur noch zu zweit im Haus“, hörte ich ihn zu Sana sagen. „Dein Mann ist heute Nacht von uns gegangen.“

Sana schluchzte auf.

„Es ist ein Segen für ihn“, sagte der Arzt. „Die Götter haben ihn von seinem menschenunwürdigen Leben befreit.“

Als der Arzt gegangen war, kam Sana tränenüberströmt in mein Zimmer.

„Ich habe alles gehört“, sagte ich. „Ich habe gestern Abend den Allmächtigen angefleht, deinen Mann zu erlösen. Er hat meine Bitte erhört.“

„Die Götter werden mich verfluchen“, sagte Sana unter Tränen, „weil ich in der Nacht seines Todes gesündigt habe.“

„Du hast nicht gesündigt“, sagte ich tröstend. „Liebe ist die edelste Gabe, die Gott den Menschen geschenkt hat.“

Ich nahm sie in den Arm und küsste ihr die Tränen von den Wangen.

„Ich reite ins Dorf und benachrichtige den Totengräber“, sagte ich. „Nach dem Begräbnis komme ich zu dir zurück.“

„Willst du ihn noch einmal sehen“, fragte Sana und zeigte auf die Tür hinter der der tote Judas lag.

„Nein“, sagte ich.

Der Arzt hatte im Dorf schon alles in die Wege geleitet, und ich ritt weiter zum Haus des Gemeindevorstehers. Noch am Nachmittag ließ ich das Schiff klarmachen und wir reisten ab.

Nach einem halben Jahr schrieb ich Sana einen Brief, in dem ich sie bat, mit ihren Kindern nach Korinth zu kommen. Sie antwortete sofort. Ich möge mich nur etwas gedulden, schrieb sie, da sie auf Zypern noch einige Dinge zu klären hätte. Sana verkaufte die Weinberge, überließ ihren Eltern das prächtige Haus, und es dauerte nicht mehr lange, bis ich sie im Hafen von Korinth in die Arme nehmen konnte.

Wir sind jetzt seit zwei Jahren verheiratet und führen eine wunderbare Ehe. Die Kinder sind mir inzwischen so ans Herz gewachsen, dass ich schon vergessen habe, dass Judas Ischariot ihr leiblicher Vater ist.

BARTHOLOMÄUS

EINE NEUE ZEIT

Seit Kaiser Claudius an der Macht war, hatte sich in Rom einiges verändert. Die Verfolgung der Christen war beendet und das hatte zur Folge, dass die Gemeinde viele neue Mitglieder verzeichnen konnte.

Ich wartete vorsichtshalber erst noch einmal ab, ob dieses liberale Verhalten des römischen Hofes anhalten würde. Vorerst blieb ich noch im Hintergrund. Ich war Petronius, der Vetter des Aelius, der aus Sizilien nach Rom gekommen war. Als Archelaos und Magdalena auf meinem Empfang erschienen, war ich zunächst beunruhigt. Ich hatte die Einladungsliste von einem Römer aufstellen lassen, der dafür bekannt war, dass er die wichtigsten Leute der Stadt zusammenführen konnte. Archelaos gehörte zu dieser Gesellschaft, da man wusste, dass er mit dem Kaiser befreundet war. Ich spürte sofort, als ich ihnen die Hand zur Begrüßung gab, dass mich die beiden erkannt hatten, aber sie machten nicht die geringste Andeutung. Meine Bitte um eine Aussprache lehnte Archelaos ab, aber er versicherte mir in seinem Antwortschreiben, dass ich von seiner und Magdalenas Seite nicht zu befürchten hätte, dass sie über meine wahre Identität reden würden. Mir war es ein Rätsel, dass sich ein Mann aus einer der angesehensten Familien Jerusalem mit einem Mädchen, das früher einmal dem leichten Gewerbe nachgegangen war, einlassen konnte. Aber das war letztendlich nicht mein Problem. Irgendwann hörte ich, dass sie Rom verlassen hatten. So lange sie noch in der Stadt waren, habe ich sie nie wieder gesehen.

Nachdem Claudius ein Jahr regierte und sich keine Veränderung in seinem Verhalten den Christen gegenüber zeigte, wagte ich es, mich wieder offiziell in die Gemeindearbeit einzuschalten. Bald gaben mir die Mitglieder den Ehrennamen Episkopos, ein Begriff aus dem Griechischen, der so viel wie Aufseher bedeutete. Man hatte mir gesagt, dass Mattäus sich in Griechenland so nennen lassen würde. In den nächsten Jahren entstand ein wahrer Konkurrenzkampf zwischen den griechischen und der römischen Gemeinde. Wir lebten in der Stadt, die der Mittelpunkt der Erde war, und es war unser gutes Recht, unsere Gemeinde als die führende in der neuen Religion zu bezeichnen. Diese Position nahm aber auch Mattäus für seine griechischen Gemeinden in Anspruch. Mit der fadenscheinigen Begründung, dass seine Gemeinden fast die vierfache Zahl an Mitgliedern hätten, wie die römische. Schon bei meinem Besuch in Griechenland war mir aufgefallen, dass sich Mattäus gewaltig überschätzte. Jetzt schien dieser Zöllner endgültig dem Größenwahn verfallen zu sein.

Kaiser Claudius war ein wissbegieriger Mann, der sich für alle geschichtlichen und religiösen Fragen interessierte. Eines Tages lud mich ein Vertrauter von ihm in den kaiserlichen Palast ein. Durch einen geheimen Seiteneingang wurde ich in die Bibliothek des Palastes geführt, wo Claudius mich erwartete. Er wollte jede Einzelheit über die Geschichte des Jeschua wissen, und ich erzählte ihm alles. Natürlich in der Version, die ich auch vor meiner Gemeinde vertrat.

„Mein Freund Archelaos hat mir die Zusammenhänge etwas anders dargelegt", sagte der Kaiser, als ich meinen Vortrag beendet hatte.

„Archelaos hat nur den Prozess in Jerusalem miterlebt, erlauchter Cäsar", sagte ich. „Ich aber habe den Messias auf seinem ganzen Weg begleitet."

„Und was macht dich und deine Anhänger so sicher, dass er wirklich der Messias war", fragte Claudius.

„Er hat Wunder vollbracht, die nur Gottes Sohn vollbringen konnte, erlauchter Cäsar", antwortete ich.

„Ich bin selbst ein Gott", sagte der Kaiser. „Jedenfalls behaupten das die Priester und Priesterinnen in den Tempeln. Aber ich habe noch nicht ein einziges Wunder vollbracht. Mal abgesehen davon, dass es ein Wunder ist, dass ich überhaupt Kaiser geworden bin."

Ich glaube nicht, dass ich Claudius von der wahren Bedeutung Jeschuas überzeugen konnte. Irgendwie hatte ich auch Hemmungen, dem Imperator, dem mächtigsten Mann der Welt, Dinge zu erzählen, die zum größten Teil in meiner Phantasie entstanden waren, oder durch die geschickte Strategie des Paulus in Umlauf gesetzt worden waren. Aber als man mich auf dem selben Weg aus dem Palast herausführte, hatte ich doch das Gefühl, dass der Kaiser diesen neuen Glauben auch weiterhin tolerieren würde.

Noch in diesem Jahr ließ ich ganz in der Nähe meines kleinen Palastes den ersten christlichen Tempel in Rom errichten. Zwar gab es immer noch eine Reihe von Senatoren, die unsere Religion als Verrat an ihren Göttern bezeichneten, aber die waren in der Minderheit.

Wir waren auf dem Weg, eine respektierte, anerkannte Gruppe in der hiesigen Gesellschaft zu werden.

Meine Position festigte sich von Tag zu Tag. In der Gemeinde war ich sowieso unumstritten, aber auch römische Kreise suchten immer mehr engeren Kontakt zu mir. Gemeinsam mit einem Priester, den ich extra für diese Aufgabe bestimmt hatte, verwaltete ich ein Vermögen, das dem der reichsten Familien des Landes entsprach. Und weder die Kunst, die Moral oder der Glaube, haben die Anziehungskraft, die Geld besitzt.

In den nächsten Jahren gelang es mir und meinen Mitarbeitern, spanische, allemannische und selbst gallische Gemeinden zu gründen, die sich alle verpflichteten, Rom als Zentrum ihres Glaubens anzuerkennen. Auch die meisten Gemeinden in den anderen römischen Provinzen respektierten unseren Führungsanspruch.

Mattäus verlor zusehends an Einfluss. Ich war großzügig genug, ihm sein kleines Griechenland zu gönnen, obwohl es mir ein Leichtes gewesen wäre, auch dort die Anerkennung meiner Position durchzusetzen.

ARRAS

EIN GUTER SEKRETÄR WEISS ALLES

Ich wusste, dass sich Paulus in der Hand des Herodes Antipas befand, als Kaiphas ihn noch fieberhaft im ganzen Land suchen ließ. Ja, ich war sogar über die näheren Umstände seiner Verhaftung informiert. Es war einer meiner zuverlässigsten Informanten, der Haushofmeister am Hof des Landesfürsten, der dafür sorgte, dass der Sklave Achmed zur Betreuung von Paulus abgestellt wurde. Es zahlte sich aus, dass ich den Hof in Tiberias mit Informationen aus Jerusalem versorgte, mit denen sich einige Herren das Wohlwollen des Landesfürsten erkaufen konnten. Als Kaiphas' Agenten nach der Flucht Paulus' die ersten Berichte nach Jerusalem schickten, muss dieser sich schon in Syro-Phönizien aufgehalten haben. Dort verlor ich allerdings auch seine Spur und konnte nur hoffen, dass er heil und gesund in einem Land angekommen war, in dem er gefahrlos leben konnte. Kaiphas bekam nicht einen dieser Berichte zu Gesicht. Sollten sich seine faulen Agenten doch endlich einmal das Geld verdienen, das er ihnen zahlte.

Als Kaiphas in Ungnade fiel, wurde ich Sekretär seines Nachfolgers Achtus, und nach dessen plötzlichem Tod übernahm mich Hannas. Die Herren wussten, dass ein zuverlässiger Sekretär die Garantie dafür war, über die Vorkommnisse und Stimmungen in der Jerusalemer Priesterschaft bestens informiert zu werden.

Ich habe Kaiphas kommen und gehen gesehen, habe den Aufstieg und Fall des Pontius Pilatus miterlebt und das Ende des Herodes Antipas verfolgen können. Diese Beispiele zeigten mir deutlich, dass wir Männer in der zweiten Reihe die besten Überlebenschancen hatten. Und ohne eingebildet erscheinen zu wollen, wage ich zu behaupten, dass die wahre Macht auch sehr oft in unseren Händen liegt. Ein Hohepriester musste das erfahren, was ich für richtig hielt. Warum sollte er sich mit Dingen belasten, die ich für ihn übernehmen konnte? Und ich setzte einfach voraus, dass die Herren genug Vertrauen zu mir hatten, mich die Frage, was wichtig oder was unwichtig ist, selber entscheiden zu lassen. Es reichte, wenn sich meine Arbeitgeber auf meine Loyalität verlassen konnten. Nie hätte ich jemandem erzählt, dass Hannas den Hohepriester Achtus besucht hatte, als dieser seinen tödlichen Herzanfall bekam. Wen ging es etwas an, dass eine heftige Auseinandersetzung zwischen den beiden stattgefunden hatte, in der Hannas Achtus bis aufs Blut reizte? Nur Hannas und ich wussten davon, und das reichte. Als Hannas sein Amt antrat verdoppelte er fast meinen Lohn, ohne, dass ich darum gebeten hatte. Der Hohepriester würdigte freiwillig meine Arbeitsleistung.

Wir befinden uns im Jahre 3811 und langsam wird es für mich Zeit, meinen Dienst zu quittieren und mich in den wohlverdienten Ruhestand zurückzuziehen. Ich habe Archelaos' Vater das kleine Haus abgekauft, in dem wir Paulus versteckt hatten. Im Moment waren Handwerker gerade bemüht, es nach meinen Wünschen und Vorstellungen umzubauen. Freundliche Menschen, die mir mit dem Preis für ihre Leistungen sehr entgegen kamen, weil ich ihnen in Aussicht stellen konnte, dass auch im Palast des Hohepriesters einige Aufträge zu vergeben wären.

Nicht weit entfernt von meinem neuen Zuhause wohnte der Tempeldiener Johannes mit seiner Frau Naomi. Wir hatten uns vor längerer Zeit angefreundet. Es waren reizende Leute, die ich sehr oft besuchte. Johannes erzählte viel von seinem Pflegesohn Saulus, den sein Schwager, ein Rabbiner aus Tarsos, zu ihm geschickt hatte.

Obwohl er wusste, dass ich auch schon unter Kaiphas als Sekretär gearbeitet hatte, stellte er mir nie die Frage, ob ich gewusst hätte, welche Aufgabe der Hohepriester Saulus übertragen hatte.

Ich glaube, Johannes und Naomi waren die einzigen beiden Menschen in Jerusalem, die bis heute nicht wissen, wer der Mann war, der Jeschua erst zu dem gemacht hatte, was er wurde.

SAULUS

EINE SCHLUSSBETRACHTUNG

Ich habe in den letzten Tagen durchgelesen, was ich bis heute niedergeschrieben habe, und erkannt, dass ich in meinem bisherigen Leben sicher einiges falsch gemacht habe.

Moralische Menschen werden wenig Verständnis für mein Verhalten aufbringen können. Aber man muss die Zeit und die Umstände berücksichtigen, in denen sich die Ereignisse abspielten. Ich war ein junger Mann, der eine erfolgreiche Laufbahn einschlagen wollte. Ehrgeiz verdrängt oft Skrupel. Diejenigen, die jetzt mit dem Finger auf mich zeigen, sollten sich fragen, wie sie sich in meiner Situation verhalten hätten. Ein junger Mensch aus Tarsos kommt ungewollt mit den mächtigen Männern eines Landes in Berührung. Sie vertrauen ihm eine Aufgabe an, die einen politisch erfahrenen Mann vor Probleme gestellt hätte. Und sie stürzen ihn von der Leiter auf dem Höhepunkt seines Erfolges. Sie lassen ihn fallen wie ein heißes Stück Holz, das sie aus einem Feuer nehmen, das sie selbst entfacht haben.

Ich selber kann mir nicht vorwerfen, dass ich nicht oft genug versucht habe, Jeschua zur Umkehr zu bewegen. Natürlich hätte ich Bartholomäus und Mattäus in ihrem Eifer bremsen müssen, aber die Welle der Begeisterung, die das Unternehmen begleitete, trug uns alle mit sich. Jeschua hätte man nur mit Gewalt davon abhalten können, seine Auftritte zu beenden, und ich bin mir auch heute noch sicher, dass er, wenn wir ihn verlassen hätten, seinen Weg alleine weitergegangen wäre. Im schlimmsten Fall hätte er sich mit neuen Mitarbeitern umgeben, die seine Gutmütigkeit und seine unbeugsame Überzeugung viel rücksichtsloser ausgenutzt hätten, als wir es taten. Vieles wäre einfacher gewesen, wenn es mir gelungen wäre, eine freundschaftliche Beziehung zu ihm aufzubauen. Aber Jeschua ließ niemanden an sich heran. Bezeichnend für seinen Willen, als Einzelgänger durchs Leben gehen zu wollen, war sein Verhalten Rachel gegenüber. Ich bin davon überzeugt, dass er dieses Mädchen wirklich geliebt hat, aber er verzichtet freiwillig auf diese Liebe, weil sie ihm hinderlich war. Mit der gleichen Konsequenz lehnte er in Nazareth ein Zusammentreffen mit seiner Familie ab. Ich würde sein Verhalten nicht als krankhaft bezeichnen wollen, weil ich nicht weiß, ob die Seele und die Gedanken auch von Krankheitserregern befallen werden können. Aber die Eigenschaften, die unseren Charakter bestimmen, sind sicher Veränderungen unterworfen. Nur so läßt sich erklären, dass die Art und das Verhalten von Menschen, die wir schon lange kennen, uns manchmal fremd vorkommt, wenn wir sie nach längerer Zeit wieder treffen. Woher nimmt ein Eremit die Kraft, monatelang bei Wasser und Brot in der Einsamkeit seinen Gedanken nachzugehen? Ist es auch dieser unbeugsame Wille, der Jeschua auszeichnete? Oder ist es der Glaube an höhere Mächte, an Gewalten, gegen die wir Menschen klein und unbedeutend sind? Ich habe es versäumt, Jeschua viele Fragen zu stellen, aber ich bin sicher, dass er mir die meisten auch nicht beantwortet hätte.

Habe ich mich schuldig gemacht, weil ich Jakobus, Mattäus, Bartholomäus und Judas in diese Geschichte mit hineingezogen habe?

Ihre Mitarbeit war freiwillig. Gut, ich habe es leicht gehabt, sie mit dem Angebot eines größeren Geldbetrages zu überreden, aber es war schließlich ihre Lust am Abenteuer und ihre Neugierde auf das Kommende, was sie zu ihrer Mitarbeit bewog. Jeder Matrose, der sich auf das unberechenbare Meer hinauswagt, muss damit rechnen, dass er ein Opfer der Naturgewalten wird. Jeder Soldat, der sich freiwillig einem Heer anschließt, muss sich klar darüber sein, dass er, selbst auf der Seite der Sieger, in der Schlacht sein Leben verlieren kann. Jakobus, Mattäus, Bartholomäus und Judas waren keine unerfahrenen Kinder, die man zu unüberlegtem Tun verführen konnte. Sie waren gestandene Männer, die in der Lage sein mussten, die Gefahren eines solchen Unternehmens einschätzen zu können. Ich konnte nicht ahnen, und ich hätte auch nie erwartet, welches Ende diese Ereignisse nehmen würden. Sicher, Mattäus, Jakobus, Bartholomäus und Judas wussten nicht, wer tatsächlich hinter dem Unternehmen stand. Ich kann mir den Vorwurf nicht ersparen, dass ich sie darüber hätte aufklären müssen. Vielleicht hätten sie dann vorsichtiger auf mein Angebot der Zusammenarbeit reagiert.

Meine größte Sorge aber ist, dass sich diese Bewegung, die Jeschua ausgelöst hat, immer stärker auszubreiten droht. Wenn nur die Hälfte der Berichte stimmt, die ich gehört habe, dann beginnt überall ein wahrer Kult, der um die Person Jeschuas herum aufgebaut wird. Ich befürchte, dass viele Unschuldige für ihren Glauben an Jeschua noch bitter bezahlen müssen. Die irdischen Führer der bestehenden Religionen werden keine neue Konkurrenz dulden. Auch Religionen sind Machtinstrumente, mit denen eroberte Positionen verteidigt werden.

Lilitu gegenüber verspüre ich keine Schuldgefühle. Ich gehörte nicht ins Reich der Samäer und es war bestimmt nicht mein vorbestimmtes Schicksal, mein Leben in einer Kupfergießerei zu verbringen. Und dafür, dass ich sie ohne Abschied verlassen hatte, wurde ich schon bestraft, durch die Tatsache, dass meine geliebte Ruth unauffindbar verschwunden war. Die Erinnerung an Ruth löst immer noch eine unstillbare Sehnsucht in mir aus.

Was mich betrübt ist , dass ich nicht erfahren kann wie es meinen Eltern und meinen Geschwistern geht. Lebten Vater und Mutter noch? Was war aus meinem Bruder, was aus meinen beiden Schwestern geworden? Ein schlechtes Gewissen machte mir auch, dass ich Naomi und Johannes nie ihre Güte und aufopferungsvolle Liebe vergelten konnte. Ich konnte auch Archelaos und Arras keinen Dank abstatten. Zwei Menschen, die sich selber in Gefahr gebracht hatten, um mir behilflich zu sein. Zufrieden wäre ich schon, wenn ich die Möglichkeit gehabt hätte, Achmed aus seinem Sklavendasein freizukaufen. Aber es scheint meine Bestimmung zu sein, dass ich mich für alles, was man mir an Gutem hat zukommen lassen nie revanchieren konnte.

Ich habe oft mit Josef von Arimathäa über meine Zukunft gesprochen. Er ist der Meinung, dass, wenn ich Safed schon unbedingt verlassen wollte, was er sich nie wünschen würde, Damaskus für mich der richtige Ort wäre. In dieser Stadt sollen sich Dichter und Philosophen treffen, die ein Gegengewicht zur römische Kultur bilden wollten.

Wer weiß, vielleicht warten dort neue, befriedigende Aufgaben auf mich.

ZEITTAFEL I

DIE RÖMISCHEN KAISER
(nach jüdischer Zeitrechnung)

3745 - 3786	Kaiser Augustus
	Er ernennt Herodes Antipas zum Landesfürsten von Galiläa
3786 - 3809	Kaiser Tiberius
	Während seiner Regierungszeit wird das Urteil gegen Jeschua gefällt
3809 - 3813	Kaiser Caligula
	In seiner Amtszeit beginnt Saulus mit der Niederschrift Seiner Erinnerungen

DIE HERODES DYNASTIE

3708	Pompejus setzt den Idumäer Antipater als Prokurator ein
3733 - 3768	Herodes der Große regiert als König über Palästina
3768 - 3810	Herodes Antipas regiert als Landesfürst über Galiläa und Piräa
3811 - 3814	Herodes Agrippa I. regiert als König von ganz Judäa
3814	Die römischen Provinzen werden nur noch von Prokuratoren verwaltet

ZEITTAFEL II

(nach jüdischer Zeitrechnung)

3768	Herodes Antipas wird Landesfürst von Galiläa und Piräa
3772	Jeschua wird in Bethlehem geboren
3790	Kaiphas wird von Valerius zum Hohepriester berufen
3798	Pontius Pilatus wird Prokurator der römischen Provinz Judäa
3804	Beginn der Zusammenarbeit zwischen Jeschua und Saulus
3805	Verurteilung Jeschuas in Jerusalem Saulus und seine Mitarbeiter sind auf der Flucht
3808	Der Legat Vitellius setzt Kaiphas ab
3809	Pontius Pilatus begeht Selbstmord
3810	Kaiser Caligula schickt Herodes Antipas in die Verbannung
3811	Saulus kommt aus seinem Exil nach Palästina zurück

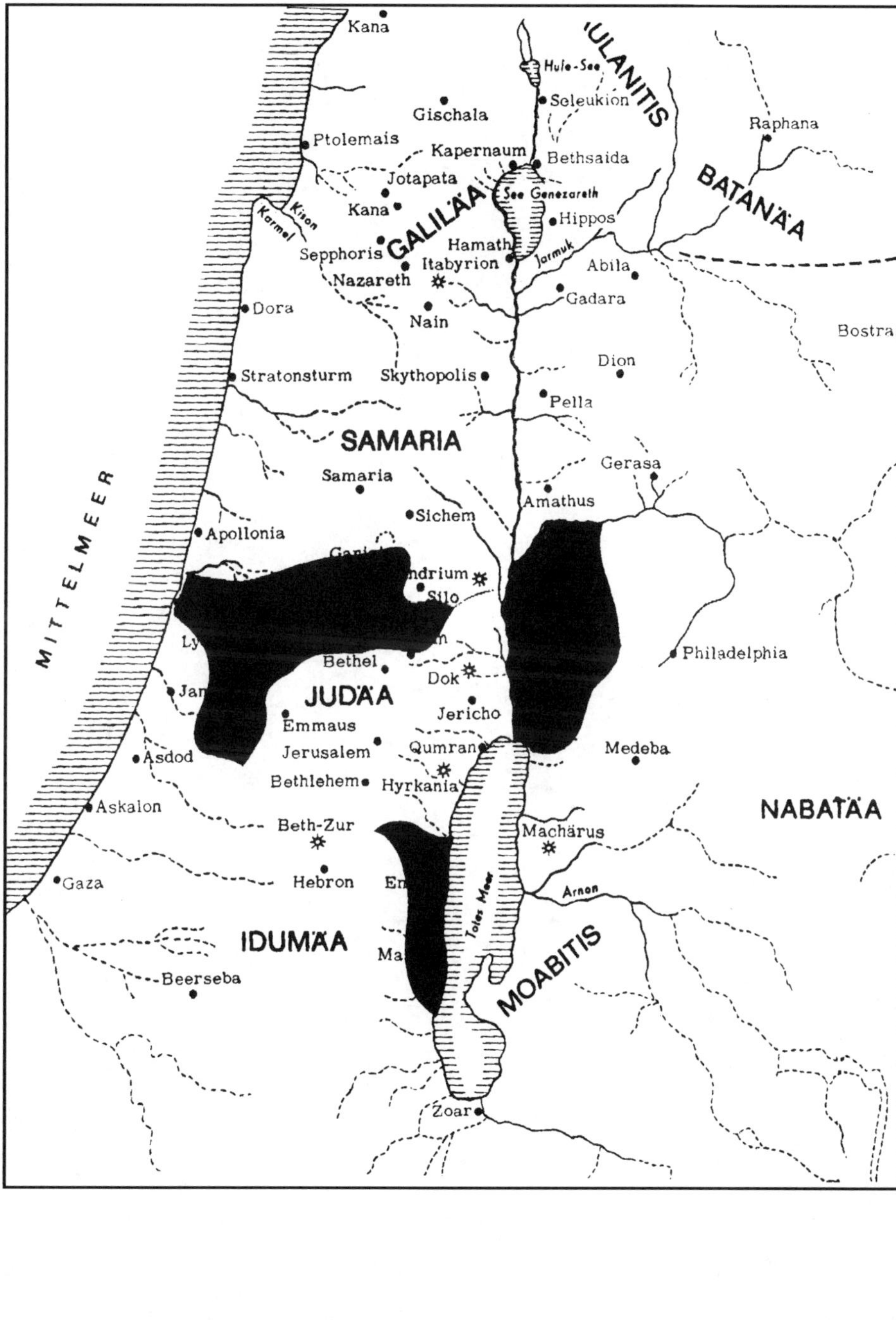
Kana
Hule-See
Seleukion
Gischala
Raphana
Ptolemais
Kapernaum
Bethsaida
BATANÄA
Jotapata
See Genezareth
Kana
GALILÄA
Hippos
Karmel
Kison
Sepphoris
Hamath
Itabyrion
Jarmuk
Abila
Nazareth
Gadara
Dora
Nain
Bostra
Dion
Stratonsturm
Skythopolis
Pella
SAMARIA
Gerasa
Samaria
Amathus
Sichem
Apollonia
Silo
Philadelphia
Bethel
Dok
JUDÄA
Jericho
Emmaus
Medeba
Qumran
Jerusalem
Asdod
Bethlehem
Hyrkania
Askalon
NABATÄA
Beth-Zur
Machärus
Gaza
Hebron
Arnon
Totes Meer
IDUMÄA
MOABITIS
Beerseba
Zoar
MITTELMEER